大鱼

有爱的青春陪伴者

风眼乐园

方载酒 著

贵州出版集团
贵州人民出版社

图书在版编目（ＣＩＰ）数据

风眼乐园 / 方载酒著. — 贵阳：贵州人民出版社，
2023.10
　ISBN 978-7-221-17848-0

　Ⅰ．①风…　Ⅱ．①方…　Ⅲ．①长篇小说－中国－当代
Ⅳ．①I247.5

中国国家版本馆CIP数据核字(2023)第160737号

风眼乐园
FENGYAN LEYUAN

方载酒/ 著

出 版 人：朱文迅
责任编辑：梁　丹
特约编辑：廖唯佳　雪　人
装帧设计：刘　艳　唐卉婷
封面绘制：王点点

出版发行：贵州出版集团　贵州人民出版社
地　　址：贵阳市观山湖区会展东路SOHO办公区A座
印　　刷：长沙鸿发印务实业有限公司
版　　次：2023年10月第1版
印　　次：2023年10月第1次印刷
开　　本：880毫米×1230毫米　1/32
印　　张：11
字　　数：428千字
书　　号：ISBN 978-7-221-17848-0
定　　价：42.80元

贵州人民出版社微信

目录

目 / 录

第一章
你知道什么叫表里不一吗

1

沅江市入秋以后落了场雨，雨势刚收，气温便降了下来。

戚百合在主席台背面的水泥台阶上坐着，地面还没完全干透，她在屁股下垫了一本历史书，脚上那双白色帆布鞋的鞋带全都散开了，她一只手拉着鞋带，另一只手握着荧光绿色的水性马克笔，正小心翼翼地在上面涂抹着。

那一年夏天，少女杂志上流行起了这种五彩斑斓的鞋带，算是当下最火的时尚单品。

戚百合零花钱不多，动手能力却很强，那段时间她迷上了这种"圣诞树审美"，只要闲着无聊，就拿出各种颜色的马克笔在鞋带上作画。

好友靳卉蹲在旁边，狐疑地看着她鞋带上的花花绿绿问："这几个颜色搭起来能好看吗？"

一阵秋风吹来，戚百合打了个冷战。她缩了缩肩膀，扬起瘦削的小脸，精致的细眉微微一挑："穿在我脚上就好看。"

靳卉习以为常地"啧"了声，也懒得怼她，努努嘴问："这周五梁讫然生日，晚上唱歌，你到底去不去？"

戚百合收回视线，鬓边的碎发被风吹得紧贴脸颊，衬得下颌线条越发明显，整个人散发着一种清冷独立的神秘感。

可靳卉知道她走的压根不是天上谪仙的路线，不耐烦地踢了她一脚："到底去不去？你不去我也不去了。"

戚百合皱眉拍了拍鞋子上的灰："他又没叫我，我去什么？"

"得了吧。"靳卉翻了个白眼，抱着双臂在戚百合旁边坐了下来，刚想说"全年级谁不知道梁讫然的心思"，眼皮一掀，便在不远处的绿茵场上看到了一个熟悉的身影。

"说曹操，曹操到。"她轻笑了一声。

梁讫然应当是不知道她们在这里，旁边还跟着几个男生，一行人并排走着，手里不时传阅着一个褐色的东西，脸上的玩闹和嬉笑很瞩目。

靳卉站起身，大喊了一声："梁讫然！"

梁讫然脚步一顿，定睛看过来，随即便开心地跑了起来。

"百合。"他气喘吁吁地站定，脸上笑容不减，"你们体育课啊？"

戚百合刚涂完一根鞋带，单手撑着正在晾干。她打量了他一眼，纯白的长袖 T 恤外面套着一件 8 号球衣，额上的汗很明显。

"你又翘课了？"她问，"不怕老戴来操场抓人？"

戚百合和靳卉在高三（16）班，梁讫然在高三（17）班，两个班除了都是全年级最难管的班以外，还拥有着同一位班主任，戴笠军。

能同时管理两个后进班的人物必是有一些手腕在身上的。戚百合有一回经过办公室的时候，看到老戴把梁讫然的爸爸叫到了学校，然后，当着梁爸爸的面将梁讫然骂了个狗血淋头。

所以梁讫然对老戴恨之入骨。

戚百合刚问完，梁讫然就匪气十足地笑了笑，他从牛仔裤的口袋里掏出一样东西，正是刚刚几个男生互相传阅的，一款褐色的长方形钱包。

"他敢！梁讫然把钱包在手里颠了颠，"他的钱包丢了，刚好被我捡到，里面没什么钱，但乱七八糟的证件也够他补上一个月了。"

戚百合微怔了几秒，看着梁讫然得意的脸，缓缓朝他道："你可真不怕死。"

靳卉把钱包拿过来看，梁讫然还在喋喋不休，说着老戴上回没收他 CBA 签名篮球的事，还没皮没脸地道："不给他找点麻烦，我这生活也没啥意思了。"

他话说得挺唬人，但戚百合从来也不看好。如果说老戴是颗又臭又硬的大石头，那梁讫然就是可怜的西西弗斯，除了屡战屡败，只剩下锲而不舍了。

戚百合晃了晃钱包，笑着开口："这话我好像在哪儿听过呢？"

"上学期期末考试，他偷偷把老戴监考的那间考场的信号屏蔽仪换成了收音机。"靳卉友情提醒戚百合，"后来他在学校广播站朗读的那篇检讨还是求你帮他写的呢。"

戚百合煞有介事地点点头，把钱包还给梁讫然："再有下回，一篇五百。"

梁讫然伸出手，刚要去接，戚百合余光中瞥见对面看台上走下来两个人，她又急忙把手缩回去。

梁讫然背对着看台，不知道情况，还拽着钱包不撒手："怎么了？你想加入？"

看台台阶上，穿着白色帽衫和牛仔裤的蒋初妮怀里抱着几本书出现在众人视线中，下一秒，她便瞥向了戚百合，以及戚百合手中的钱包。

"给你给你。"戚百合恨铁不成钢地把钱包丢了回去。

真不怪她敏感。她和蒋初妮有过节，有一回体育课，戚百合打羽毛球不小心把球打到蒋初妮身上，虽然当时她就道歉了，但自那以后，蒋初妮但凡在学校里看见她，都要翻个巨大的白眼，心眼比针孔还小。

戚百合已经收回了视线，旁边的靳卉捅了捅她的胳膊，小声提醒："辛其洲欸。"

戚百合抬头。

辛其洲站在蒋初妮右侧，身形高瘦，穿着深蓝色帽衫，乍一看跟蒋初妮身上那件还挺像是情侣装，宽松休闲，好看是好看，只不过两人肩上有刚刚落雨未干的痕迹，不知是在后面待了多久。

靳卉压着嗓音，用唇语发出了一句惊叹，然后小声问："不是吧，他俩？"

戚百合八卦地朝辛其洲那张帅气不凡的脸上打量，企图获取一些优等生在校园里偷偷做坏事的蛛丝马迹，可他毫无表情的脸上看不出任何信息。

戚百合在心底"啧"了一声，刚要收回视线，蓦地撞上辛其洲投来的目光。

两人四目相对，戚百合有些疑惑，辛其洲似乎是在看她，可又像是在看站在她面前的梁讫然。

那眼神不像是在打量，正当她感到一阵莫名其妙的心虚时，辛其洲眼睫轻垂，不知在思索什么，两秒后又平静地移开了。

那两人的脚步也没有停顿，离开的时候，蒋大小姐高傲地丢了个白眼过来，而辛其洲的转身无声无息，只让人瞧见了他高挺的眉骨和鼻梁，如远山层峦，可望而不可即。

待两人走远，靳卉凑过来："他俩有情况？"

戚百合低头穿好鞋带："不知道。"

靳卉叹息一声："真是可惜了这么大一帅哥，怎么就被蒋初妮给捞着了呢？"

"哪儿帅了？"旁边的梁讫然相当不服气地开口，"小白脸一个。"

靳卉踢了他一脚："你还没人家小白脸高呢。"

戚百合没接话，系好鞋带以后起身，依旧好言相劝了一句："你还是赶紧把钱包还回去吧，昨天我还看到老戴在办公室骂人。"

末了，她又怕没吓到梁讫然，补充了一句："整栋楼都能听见的那种。"

按照惯例，星期四下午的最后一节课是自习，因为全年级老师要开周会。一般这个时候，乖一点儿的同学都留在教室做试卷，而不乖的那些同学已经拎着书包回家了。

戚百合算不上乖，但她对回家这件事也没有多大的热情。

靳卉刚开学的时候混进了学校的勤备部，虽然不像监察部的人掌握记名和扣分大权，只是干些无关紧要的小活儿，可在高三那样严肃紧张的氛围当中，只要不用在座位上待着，即便是干活儿也是开心的。

一模的成绩出来了，楼梯口光荣榜上的照片和名次要更新，靳卉和勤备部的几个人围在正红色的榜单前，一边贴照片，一边百无聊赖地聊着八卦。

"编外人员"戚百合懒散地坐在旁边的围墙上，嘴里叼着一根荔枝味棒棒糖，漫无目地看着教学楼墙外被爬山虎包围的窗台。阴雨连绵的天空很沉郁，她的心情也有些说不上来的低落。

正胡思乱想着，身后的人突然提起一个名字。靳卉的嗓门是出了名地大，戚百合几乎怀疑旁边班里自习的学生都听到了。

"第一名又是辛其洲？"靳卉捏着成绩单和一沓照片，眼神瞥向戚百合，"他是人还是鬼啊？怎么一点波动都没有？"

旁边的魏一诺直接跳到了第二名的位置，把原来的照片揭下来，贴了新人的上去，随意说道："你怎么不说人家是神呢？"

戚百合下意识就看向了第一名的位置。自打她高二转学过来以后，那里的照片就没换过，一张已经泛黄的证件照，辛其洲清新冷峻的眉眼已经看不清了，但一眼望过去，他依旧是一群戴眼镜的书呆子中最瞩目的那个。

"这照片都多久了，怎么也不换一张新的？"靳卉刚进勤备部，她捅了捅魏一诺这个部里老人的胳膊，不怀好意地说，"你们怎么不找他再要一张？"

"要不来。"魏一诺摇了摇头，"就这张还是老师给的，复印了学籍上的证件照。"

戚百合又仔细看了一眼，他那张照片的质感确实和别人的不一样，应该就是从彩印的 A4 纸上裁下来的。

靳卉不赞同地调侃："那是你们没本事吧？"

"你去要，我看你有多大本事……"

魏一诺话音刚落，楼梯转角处出现了一道蓝白色的身影。

沅江二中的校服是出了名地丑，肩线松垮没型，不管是男生款还是女生款，总共就只有两个型号，多数人穿着都不合身，学校如果不强制的话没人愿意穿，这还是头一回，戚百合看见有人能把这么丑的校服穿出时尚感。

辛其洲应该是刚从教务处出来，手里捧着一摞试卷，刚刚的对话不知道被他听了多少，他的目光如水一般划过靳卉的脸，让她不受控地屏住了呼吸。

魏一诺最先反应过来，捅了捅靳卉的胳膊，提醒她别忘记刚刚的豪言壮语。

戚百合有些好笑地看着，靳卉涨红了脸，鼓起勇气："那个——"

辛其洲像没听见似的，踩完最后一层台阶就转身。

靳卉骑虎难下："辛……辛其洲同学。"

与此同时，楼下的空地上突然响起一阵叫嚷声，明显是冲着戚百合来的："二楼栏杆上那个女生，谁让你坐在那儿的？你哪个班的？怎么不上自习？"

听声音像是高三组教导主任，戚百合下意识就从围墙上跳了下来，和脚步顿住的辛其洲踩了个面对面。

浅蓝色的校服衣摆近在眼前，戚百合仰起头，两人四目相对，耳畔的空气似乎都凝滞了。那种感觉相当不好形容，在如此相近的距离，辛其洲的目光仿佛一朵乌云，漫无边际的灰，又轻飘飘的，光是看着就让人觉得已经被淋湿了。

"有事？"

两秒过后，辛其洲蓦地开口，直接略过了她的"投怀送抱"，稍一侧身便拉开了距离，面向了靳卉。

靳卉被戚百合突如其来的举动吓一跳，愣了愣才找回自己的声音，指着光荣榜，支支吾吾地开口："那个，你有新照片吗？这张照片太旧了，都看不清了。"

戚百合尴尬地直起身，后退几步，远离了栏杆。

辛其洲骨节分明的手换了个姿势捧试卷，纸张发出干燥的沙沙声，和着他冷峻的嗓音，让整个场面充斥着一种说不出的寂静。

"没有，看不清的话，可以揭下来。"

放学铃声一响，靳卉就拉着戚百合从教室后门溜了。

十月的天气变化莫测，明明下午还出了一个小时的太阳，到傍晚又落起了雨。

两人是踩点儿出来的，但直到教学楼大门汇集了一大批人，她们还是杵在原地一筹莫展。

"你怎么也没带伞？"靳卉问她，"上午不是看你桌洞里有一把伞吗？"

戚百合伸头看外面的天空，阴云密布，不知道还要下多久："那是遮阳伞，遮雨会坏的。"

靳卉很无语："坏就坏呗，这都几月了，夏天都没了，你还遮什么阳？"

戚百合伸出一根手指头戳了戳她的脸："我一直没得及跟你说，你这个暑假，黑了很多哦。"

靳卉刚想生气，身侧有个人撑开一把黑伞步入了雨中。

两人的视线随着那道身影消失在人群中，靳卉还愤愤不平："你说辛其洲凭什么那么高傲啊？不就是长得帅点儿，成绩好点儿，家里又多了那么一点儿钱？他凭什么那么看不上咱们啊？"

戚百合无语地瞥她一眼："你都说完了还问我？"

靳卉本来还想说些什么的，一转身看见跟她住同一个小区的女生撑开了伞，就立马当了叛徒："我不跟你说了哈，我回家了。"

戚百合一个人站在教学楼门口，还在纠结要不要回去拿上那把遮阳伞的时候，口袋里的手机突然响了一声。

是她爸丁韪良发来的短信：百合，我在校门口。

戚百合合上手机，冲进了雨幕中。

初秋的雨势头不大，落在皮肤上却是沁骨地凉。她一路上为了保护自己的小白鞋，避开了无数小水坑，可跑到校门口时，鞋子里面还是进了水。

顾不上这些，隔着人头攒动的家长和学生，戚百合看到了马路对面停着的一辆黑色奔驰。她走到驾驶座旁边，敲了敲玻璃，车窗下移，丁韪良的脸出现在眼前。

"爸。"戚百合笑着叫了一声。

丁韪良表情浅淡："上车吧。"

戚百合回身几步，收起笑容，深吸一口气，拉开了后车门。

一股带着湿润水汽和荔枝甜味的空气蓦地灌入车厢，棕褐色的真皮座椅之上，目光清冷的少年扬眉，不轻不重的眼神扫过去，少女洁白修长的脖颈上零散着几缕碎发，慵懒又随意的美感很打眼。还没待戚百合关上车门，他又收回了视线。

然后，戚百合眼睁睁看着，辛其洲把后排座位之间的置物板放了下来，骨节分明的手像一道白光，速度之快几乎划伤了她的眼睛。

戚百合忍了忍，最后面无表情地转过了头。

不能怪她窝囊，旁边的这个人，他可是姓"辛"。

2

丁韪良甚少来学校接戚百合，戚百合转学过来一年，也只在学校门口见到过他两次。两次，他还都是为了接辛其洲，她沾光蹭一下车。

丁韪良是辛其洲的姑父。换句话说，戚百合现在的后妈辛芳就是辛其洲的姑姑。

说是后妈也不一定准确，因为戚百合也不知道他们到底有没有结婚，她上回在家还听辛芳的女儿辛小竹说过，她妈和丁韪良根本没领结婚证。

戚百合问为什么，辛小竹白眼一翻，把辛家祖传的高傲做派拿捏得十足："还能为什么，怕你和你爸贪图我们辛家财产呗。"

戚百合没兴趣管这些，去年年初她母亲意外过世，她才头一回见到自己亲爸。丁韪良领她到辛家，她有了个居身之所，她就合该有些安分守己的自知之明。

车子启动，门窗都关上了，车内的氛围变得有些沉闷。

戚百合缩在座位上，半边身体靠向车窗。她微垂着头，无所事事地打量着自己的鞋，鞋子湿了，颜色脏了，鞋底边缘还有一圈从花坛里沾到的泥。

她有些挫败，叹息的瞬间，蓦地觉察出一道视线。抬头看，辛其洲的脸微微侧着，眼睫低垂，目光正落在她那双脏不拉几的鞋子上。

戚百合低头，奔驰内饰的脚垫上有她踩下的泥。

辛家没人不知道，辛其洲有洁癖，症状还不轻。

"鞋子湿了。"她开口为自己解释。

辛其洲移开视线，不咸不淡地"嗯"了一声，像是在意，又像是不在意。

两人认识一年半，说过的话加起来不超过十句，戚百合想了想，最后还是从口袋里拿出一张纸巾，弯腰把脚垫擦干净了。

擦完她再去看辛其洲，他已经把目光投向了窗外，耳朵里塞着耳机，不知道是在听歌还是听英语听力。

戚百合心里倒没什么不自在，就是感觉脚更难受了。

好不容易，车辆驶入了落霞山的盘山公路，戚百合以为丁韪良会把她放在家门口，没想到他却继续往前开了，看样子，是想带着她一起参加晚上的辛家家宴了。

戚百合忍不住开口："爸。"

丁韪良轻踩了一脚刹车："怎么了？"

戚百合声音清冽，带着试探："我也要去吗？"

丁韪良下意识地从后视镜里看了一眼辛其洲，见他神色未变，才不满地开口："今天你芳姨出差回来，说很久没见你了。"

芳姨就是辛芳，她待戚百合说不上好，也说不上不好，两人虽同住一个屋檐下，可她一年有一半时间都在外出差，两个人没怎么正儿八经相处过，那句"好久不见"任谁听也知道只是句客套话。

但丁韪良要把面子做足，戚百合虽然衣服湿漉漉地贴在背上，脚也在脏鞋子里泡着，但也没再说什么。

丁韪良见戚百合不再吭声，转过身想继续往前开，可冷不防地，身旁的人却开口了。

辛其洲摘下一只耳机，面朝丁韪良时神态还算客气恭敬："丁叔，小姑吃完晚饭，回家也能看见百合。"

戚百合怔了怔，下意识看向他冷峻的侧脸，似乎还不明白辛其洲为什么突然帮她说话，辛其洲又开口了："她鞋子湿了。"

丁韪良从后视镜里看了眼，语气不轻不重："怎么没带把伞出门？"

话是这样说着，车却开始往后倒了。

倒回 23 号别墅门口，戚百合下车。关门时她下意识看了眼辛其洲，心里还在盘算着要不要说句"谢谢"，就看见这家伙已经把耳机戴了回去。

算了。

戚百合关上车门，漫不经心地想着，估计辛其洲就是不想在自己家里看见她而已。

戚百合一个人回了家，家里空荡荡的，只有保姆陈姨还在厨房忙碌着。戚百合探头过去："陈姨，家里今天没人，都去山上了，你怎么还做饭啊？"

陈姨一边剥蒜一边朝楼上努嘴："小竹身体不舒服，晚上没去，说想喝我煲的笋干火腿汤了。"

"那行，那我先上楼了。"

陈姨伸头出来："一会儿做好了你也下来喝一碗。"

戚百合迈着步子上楼："好嘞，谢谢陈姨。"

回到房间，她先去洗了个热水澡，换上睡衣，下楼的时候，对面的辛小竹还房门紧闭，没有出来。

戚百合扶着栏杆往下看，陈姨的汤已经端上了餐桌，还炒了两盘爽口小菜。她去敲大小姐的房门，整整五下，里面才传来瓮声瓮气的声音："干什么啊？"

戚百合拧开门把手："陈姨把饭做好了。"

辛小竹小脸儿煞白："我没劲儿下楼了，你帮我端上来吧。"

戚百合挑眉："你还挺会使唤人。"

辛小竹把被子拉到了下巴上，眼神楚楚可怜："求你了还不行吗？"

辛小竹比她小两岁，脾气虽然差了些，但跟辛其洲比起来还是好相处多了，平时心情好的时候还会叫她两声"姐"。戚百合又向来有寄人篱下的自觉，她把饭端到了辛小竹床前，还询问："要不要量一下体温？"

辛小竹拒绝了，咬着勺子，慢腾腾地开口："姐。"

戚百合奇了，这会儿她病恹恹的，看着也不像心情好的样子，那么客气干什么？

"怎么了？"

辛小竹犹犹豫豫地说："你是十六班的，那隔壁……十七班，你有认识的人吗？"

"十七班的谁？"

"叫梁讫然。"

戚百合怔了怔："你怎么认识他的？"

辛小竹没回答，光顾着惊喜了："你真的认识他？"

"认识。"

辛小竹突然垂下了眼睛，有些扭捏的样子："那你跟他熟吗？他这个人……怎么样啊？"

"头脑简单，四肢发达。"戚百合粗暴地评价了一句后，开始上下打量辛小竹，"你没发烧啊？"

"谁跟你说我发烧了，就是来月经了。"辛小竹喝了一大口汤，开始赶人，

"没事了，我就问问，那你出去吧。"

戚百合回了房间，从书包里拿出作业。自打上了高三，这作业都成了一沓一沓的试卷。

戚百合不是对学习一点不感兴趣的人，相较起来，这段时间她在学习上下的功夫反而比从前多了很多。因为她妈戚繁水还在世的时候根本不管她的学习，所以她是在一个宽松自由的环境下成长起来的，那时候戚繁水常跟她说的一句话就是：可以不做好孩子，但别作奸犯科就行。

后来跟丁韪良一起生活，丁韪良也没管过她。他对戚百合的未来规划很明确，养她到十八岁，高考结束以后送她出国，花钱给她找个不错的大学读，然后，他从前未尽的责任便也弥补得差不多了，以后她就自力更生吧。

戚百合算是个有自尊的人，她怕到时候自己的高考成绩太差，要花更多的钱，未免到时候丢大脸，现在多少也会对成绩上点儿心。

只是她底子太差，专注能力也不行，试卷刚做了四分之一，就开始神游太虚了。没过多久她反应过来，又有些惭愧。

她想起辛其洲，莫名其妙地，拿起手机给靳卉发了一条短信：你下午看到辛其洲这次一模考多少分了吗？

靳卉回得很快：为什么关心这个？

戚百合：我准备搞学习了，找个目标激励自己。

靳卉：那也不能一上来就挑战地狱模式吧？他可是考了719分的怪物。

戚百合在那个数字上看了又看，然后撕下来一张白纸，把那个匪夷所思的分数写上去，贴在了桌角。

她实在太无聊，托腮看了一会儿，觉得不够有力度，又挑了几支五颜六色的荧光笔，画了个握拳的火柴小人，然后在下面加上了一句：十八岁的挑战。

第二天是梁讫然的生日，一大早他就在十六班后门守着，戚百合的身影刚从楼梯口出现，靳卉和梁讫然就捧着小笼包和豆浆迎了上去。

"我吃过了。"戚百合狐疑地打量他俩。

梁讫然傻笑："百合，今天我生日，放学去练歌房玩玩？好久没听你唱歌了。"

靳卉在旁边满眼期待："去吧去吧。"

戚百合有些奇怪："你这么积极干什么？"

靳卉的脸可疑地红了一下，张了张嘴，没好意思说。

旁边的梁讫然大大咧咧地开口："她最近跟我八中的一个兄弟正网聊呢，晚上去就能见着面了。"

"网聊？"戚百合看向靳卉，"什么时候的事儿？怎么认识的？"

梁讫然继续爆料："在我空间发的说说下面，两人一个自称我爷爷，一个自称我奶奶，占我便宜就算了，还当着我的面说！"

靳卉继续拱着戚百合的手臂："去吧去吧，我一个人不好意思。"

戚百合就这么答应了。

她没准备礼物，就利用下午最后一节语文课给梁讫然画了一张素描。她没怎么学过画，但就是有这方面的天赋，大约是因为丁矬良这个大画家的基因，她画得比许多艺术生都更像那么一回事。

梁讫然订的练歌房就在离学校不远的南烛路，那条街上基本开的都是歌厅、网吧和台球厅，大部分做的都是年轻人的生意。

他们几个人到的时候，偌大的包间里还空无一人。

梁讫然出去打电话联系人了，靳卉从包里掏出几个化妆品，是她早晨从她妈梳妆台上偷拿的。她握着戚百合的手，激动地说："姐妹，厕所等你。"

戚百合无语地跟在靳卉身后往走廊尽头的卫生间走去，走廊墙壁上贴的都是镜子，头顶是闪烁的灯光，脚下是颜色斑斓的彩砖，正常人走着都晕头转向。

走着走着，戚百合突然瞧见斜前方的镜面上有一道熟悉的身影，清瘦高挑，骨相优越，一闪即逝的侧脸轮廓像极了那个远山一般的人。

她下意识地回身，身后已没了人影。

"怎么了？"靳卉问。

"没什么。"戚百合摇摇头，"刚刚看到一个人，好像'719'。"

自从她们知道了辛其洲的分数以后，他的代号就变成了"719"。

"看错了吧。"靳卉也没在意，"'719'怎么可能会来这种地方？再说他们一班现在应该还没放学吧？"

戚百合想说不一定，但转念想如果说了，靳卉八成又要追问，于是抿抿嘴没有接话。

3

梁卓拉辛其洲进了一个包厢，关上门时还在往走廊上看："刚刚是不是有个挺正的妞儿？我没看错吧？"

辛其洲兀自找了个座位坐下，随口道："看错了。"

梁卓有些怀疑："明明有两个姑娘。"

辛其洲撩起眼皮，"嗯"了一声："两个保洁阿姨。"

"得，"梁卓在他旁边坐下，自嘲道，"我这是想姑娘想疯了。"

辛其洲没有应声，端起茶几上的玻璃杯，抿了一口："东西能还给我了吗？"

"急什么？"梁卓道，"在我这儿宝贝着呢，不会给你弄坏的。"

辛其洲没应声，清澈的眼神落在屏幕上，表情木然，不知道在想些什么。

这场子是梁卓组的,没过多久,包厢里就聚集了一大批人,男的多些,基本上都是梁卓的朋友,其中有几个和辛其洲打过球,是见面能点头的关系,剩下几个,以及他们带过来的姑娘,辛其洲全都不认识。

梁卓说今天是他与某女生绝交一个月的纪念日,是他涅槃重生的好日子,因此把大家伙儿叫过来开心开心。

有人给他点了一首《好心分手》,梁卓非要拉着辛其洲一起唱:"我唱男声,你唱女声。"

辛其洲不接话筒,梁卓又妥协:"我唱女声,你唱男声行了吧?"

辛其洲摇摇头:"我不会唱。"

除了梁卓,其他人都感觉到氛围冷却了下来。事实上,明眼人都能瞧得出来,辛其洲和这里格格不入。他们大部分都是职高的,还有年纪稍大一些的,已经踏入社会了,他们玩的是当下,没人去考虑未来。

换句话说,他们这群人可能没有什么未来。

没人知道梁卓是怎么跟辛其洲这样的人处成兄弟的,也没人知道,梁卓为什么这么上赶着跟他玩到一起。

最后,梁卓也没唱成那首《好心分手》,他切了歌,把话筒丢给了旁人。

震耳欲聋的音乐响彻包厢的时候,梁卓凑到了辛其洲旁边。辛其洲正在练习色盅,他仿佛对一切挑战都感兴趣,刚刚看见旁边有人摇出了一柱擎天,这会儿就自己拿着色盅练了起来。

梁卓凑过来,皱眉看他:"你知道我为什么非要你过来吗?"

辛其洲眼皮都没掀一下:"你没事找事。"

梁卓呼出一口气,漫不经心地开着玩笑:"我就喜欢看你这副要死不活的样子,贼治愈。"

包厢里的旋转彩灯很晃眼,辛其洲没理会梁卓,他掌握了巧劲儿,成功摇出了一柱擎天。

梁卓失声:"我的天,牛啊,不愧是学霸。"

辛其洲把色子丢回色盅里,往后靠到了沙发上,侧身看向梁卓:"东西还我。"

梁卓叹息一声,从牛仔裤口袋里掏出一根细长的金链子:"给你给你。"

辛其洲接过那条链子细细打量中间的断痕,这本来就是一条已经损坏的项链,从他第一次看见开始,就是断着的。

梁卓知道内情,表情变得有些复杂:"修修吧,修一下又不费事。"

"没必要。"辛其洲把东西放回口袋,"只是一条不值钱的项链而已。"

与此同时,走廊另一侧的包厢里,戚百合正百无聊赖地拿着手机下五子棋。

梁讫然在和一群人抢麦,一抢到就拿过来要给她唱,戚百合提不起劲开嗓，而靳卉也在和刚认识的那个叫游浩的男生说着悄悄话，几乎从游浩踏进这个包厢开始，戚百合就预料到了自己今晚会被闺蜜冷落。

靳卉那会儿沉迷的言情小说，男主角几乎都是这个路子的，穿着黑色夹克，戴着耳钉，头发可以染成任何颜色，但就是不会顶着老老实实的黑。

沉沦的闺蜜屏蔽了一切外界信号，戚百合叫了她几声也没有得到回应，最后决定独自前往卫生间。

她刚起身，沙发另一端的梁讫然就站了起来，握着好不容易抢到的麦克风问："百合，你去哪儿？"

戚百合瞪他一眼，努力回避掉周围人的打量，咬牙说道："厕所。"

梁讫然丢了话筒："我陪你去。这儿刚装修，走廊'谜'得很，怕你迷路。"

戚百合想说不用，沙发上已经响起了一阵心照不宣的起哄声。

算了，上厕所为重。

两人一前一后出了包厢门，梁讫然跟在她身后，目送她进了女厕所，笑容满面地在门口挥手："慢慢上哦，我在这里等你哦。"

戚百合感觉这一幕能进她晚上的噩梦。

从厕所出来，戚百合还在洗手台边就听到了外面的吵闹声，其中夹杂着几句脏话，听着像是梁讫然的。

戚百合心中顿觉不妙。

她连忙冲出去，果不其然，看见梁讫然已经跟一个男生扭打在一起。说是扭打也不确切，确切地说，是他单方面进攻，而对方只是一味躲闪。

"别打了！"戚百合想劝架，可是无从下手，更要命的是，她感觉自己可能是被这里地府一般的灯光晃晕了，她看着看着，怎么觉得是两个梁讫然在打架？

另外那个一直躲闪的男生，除了身形比梁讫然略微健壮些，那张脸竟然和他有七八分相像。

"梁讫然！"

戚百合伸出胳膊企图分开两人，可情绪上头后的梁讫然真不是个玩意儿，被打的那个人还没对戚百合怎么样呢，他一个甩手就先把戚百合甩了一个趔趄。

另外那个一直闪躲的人想扶她，但大约是因为光线太暗，他一伸手，不但没碰到戚百合，还把她的手机打飞了。

手机摔出两米远，戚百合也脚下不稳，正要摔倒的时候，身后突然有人扶住了她。

"谢谢啊。"戚百合随口谢了一声，刚抬头，就撞进了那朵乌云里。

辛其洲笔直地站着，只用了一只手扶着她的腰，隔着薄薄一层布料，他的手正握在她腰部最纤细的地方，柔软的线条不需要丈量，嵌入得刚刚好。

感受到宽厚掌心隔着衣物传递来的温度，戚百合感觉自己整个上半身就像失火了一样，胸中回荡着横冲直撞的冲动，心跳也缓缓加速。她浑身一震，立刻站直了身体，半垂着头，生怕辛其洲看到自己脸红了，僵硬地跟他打着招呼："真……真巧啊。"

　　辛其洲的手还停在半空，闻言只是淡淡掀起眼皮看了她一眼，随后便不发一语，退到了旁边。

　　虽然很匪夷所思，但他似乎真的只是单纯地在看热闹。

　　最后还是游浩过来上厕所，才强行把梁讫然扛回了包厢。

　　那个被打的男生眼睁睁看着梁讫然被扛走，面上也没有什么不悦，只是整理衣服的时候回头，对着看热闹的辛其洲抱怨了一句脏话："老子今天怎么那么倒霉！"

　　辛其洲不置可否地挑了挑眉，没说话，但看样子是认识的。

　　戚百合默不作声地走过去捡起了自己的手机，她那个手机新买没多久，还宝贝着呢，可翻盖已经裂了一半。

　　梁卓整理好衣服以后注意到了蹲在地上的戚百合，她穿着雪纺的白色衬衫，很贴皮肤，蹲着时露出修长洁白的脖颈，背影瘦削单薄，脊珠颗颗分明，不用回头也能看出是个美女。

　　梁卓笑着回看了辛其洲一眼，那一眼传递的信息很分明，简单来说，就是春天又要来了。

　　辛其洲大约也是看懂了，幽暗的眼神释放出意味不明的光。

　　梁卓凑过去："妹妹，手机摔坏了？"

　　戚百合回头看他，站起身，不咸不淡地："嗯。"

　　"我打飞的，我的错，"梁卓笑呵呵地说，"这样吧，你把QQ号给我，我赔你。明天是周末，我带你去买个一模一样的，好吗？"

　　戚百合强行把手机盖上，抬眼打量梁卓，又看了一眼他身后的辛其洲。

　　这会儿借着昏暗的灯光和嘈杂的氛围，她的目光称得上明目张胆。辛其洲斜靠在墙壁上，单手插兜，另一只手在拿着手机打字，屏幕上微弱的蓝光照亮了他一侧的脸，他依旧如往常那样沉静，没有情绪。

　　戚百合刚想收回视线，但辛其洲似乎是感应到了一般，抬起头朝她的方向望了过来。

　　两人四目相对，不知道是不是错觉，戚百合总感觉辛其洲看向她的眼神越发冷漠了，即便他本来就是个阴晴不定的人，可这一眼依旧挺让人惊颤的。

　　梁卓没等到回答，又把刚刚的话问了一遍，戚百合从某种慌乱的情绪中抽身，朝他胡乱道了声："好。"

　　她报完自己的QQ号就回了包厢，还没进门，撞上了出来找她的靳卉。

　　靳卉听说梁讫然跟别人打起来了，又开始浮想联翩："不会是因为有人调戏你，梁讫然发疯了，然后英雄救美吧？"

戚百合进去拿起了自己的包，神色浅淡："只说对了一半。"

"你被人调戏了，英雄救美的不是梁讫然，然后他吃醋了？"靳卉开始发散思维，"还是被调戏的不是你，但梁讫然挺身而出了？"

戚百合皮笑肉不笑："都不是。"

靳卉一愣："那我说对了什么？"

戚百合咬牙切齿："梁讫然发疯了。"

戚百合回了家，用电脑登上QQ，果然看到一条好友申请，是一个ID叫"卓尔独行"的人，备注信息：你在练歌房浪漫邂逅的帅气哥哥。

戚百合挺无语的，但还是点了"通过"按钮。

简单地聊了几句过后，戚百合了解到，那个人叫梁卓，是城北职高的。作为礼貌，她也回答了一些自己的信息，比如她是沅江二中的学生，在读高三。

卓尔独行：那你认识辛其洲吗？就是今天跟我一起那哥们，他可是你们二中的风云人物。

田中小百合：略有耳闻。

戚百合承认自己有些八卦，还在期待梁卓曝出一些辛其洲的料，比如两人怎么会相识，辛其洲去练歌房干什么，诸如此类。哪知道下一秒，系统就弹出来一个消息：卓尔独行邀请你加入一个群聊。

她仔细看了一眼群名：周六Shoping小分队。

戚百合心想这事儿也要组队？可等她进去了，才发现这是一个只有三个人的群。

她点开群成员列表，看到第三人的头像，一只巨肥无比的橘猫，顿时就知晓了这个人的身份。

落霞山是沅江市著名的富人区，整个板块的别墅区都是由盛茂地产开发。辛其洲的家在半山腰，而戚百合居住的房子，也就是辛其洲姑姑的家，位于山脚下，两栋别墅隔着半公里的盘山公路，但戚百合去辛宅的次数极少，上一回不得不去的时候，她就带上了猫草，借故从客厅溜出去，在庭院里逗猫逗了一下午。

那只猫叫"海明威"，是辛其洲的。

辛其洲应该也很莫名其妙，在群里发了一个问号。

他的ID很简单，在那个广泛认为网名越长就越时髦的年代，他的网名就是首字母拼音"xqz"，连个大写都没有。

梁卓热情地在群里聊着。

卓尔独行：明天我要带小百合去买手机，你跟我们一起吧，顺道把你那破项链修修。小百合也是二中的，也读高三，人刚刚跟我说了，在学校经常听说你，大名鼎鼎，如雷贯耳。

戚百合那时候还不知道日后互联网上会诞生一个词叫"社死"，她只觉得梁卓这人可真会添油加醋，她明明说的是"略有耳闻"。

辛其洲一直没有再回复，戚百合看着对话框，恨得只想退群。

一直到临睡前，她都背完两个单元的单词了，电脑上才弹出新的对话消息。

xqz：是Shopping，两个p。

戚百合目光上移，停留在群名上面——

虽然是这样没错……但她总感觉辛其洲在骂人。

还一下骂了她和梁卓两个人。

4

梁卓约的时间是下午，戚百合吃完午饭做了半张英语试卷，最后在阅读理解题上缴械，趴在书桌上睡着了。

旁边的电脑上一直在弹出新消息，梁卓一个人在商场门口等了近一个小时，群里两个人没一个露面的，甚至连消息都没回。

梁卓有些愤懑，从口袋里掏出手机给辛其洲打电话。

"还来不来啊你？"他叼着棒棒糖，口齿不清地抱怨，"你们沅江二中的学生都这素质？放人鸽子都一声不吭的。"

辛其洲的声音很淡："我并没有答应你。"

"那你现在答应我行吗？"梁卓明显生了气，"赶紧出来，我在淡金商场门口。"

"做什么？"

梁卓耐着性子："你记性好，记得她那手机什么样吧？出来陪我买个新的，回头帮我送过去。"

辛其洲从椅子上起身："打架的原因不在你。"

"算了，就当我欠梁讫然那小子的，你赶紧出来。"要挂电话的时候，他又补充了一句，"你要是也放我鸽子，我今天就从这商场六楼跳下去，让你俩都上新闻！"

通话刚结束，梁卓一转身，看见不远处的出租车上下来一个人。

戚百合睡过了头，醒来后就急忙换衣服赶过来，也忘了在群里说一声，她有些不好意思："抱歉啊，我被英语试卷催眠了。"

梁卓还挺惊喜，那股子闷气也烟消云散了："没事没事，等会儿美女应该的。"

外面的风不小，戚百合把鬓边的碎发撩到耳后，不动声色地打量了一下，梁卓是孤身一人，辛其洲应该没来。

不过她猜想辛其洲也不会来，他看样子就不是一个愿意陪朋友逛街的人，又或者说，他对逛街这事儿可能都不感兴趣。

"那我们进去吧。"梁卓笑眯眯地说。

戚百合的手机是三个月前刚买的。

丁聿良是个画家，自己开了一家画廊，虽然他看起来是入赘到了辛家，但他平时也不怎么在家，只要辛芳出差，戚百合便很少能在家看见他。

说起来，落霞山 23 号别墅平日里也只有戚百合和辛小竹，以及照顾她们起居生活的保姆陈姨。丁聿良隔一段时间便会给她一笔零花钱，数量不多，戚百合把大部分都用来买衣服了，那个手机是她攒了许久的钱才买的，虽然没有多贵，但也算不上便宜。

到了专卖店，没有原来手机的那款颜色了，营业员去打电话调货，两人便坐在椅子上聊天。闲着也是闲着，戚百合看梁卓这人挺随和，就问他那天为什么会跟梁讫然纠缠起来。

"其实我没想跟他打，那小子自己轴。"梁卓说着，默了几秒，"我俩是同父异母，我妈……可能有点对不起他妈吧。"

戚百合昨晚睡前想起他俩复制粘贴的脸，已经猜得八九不离十了，这会儿看他用这么轻松的语气说出来，还有些佩服："那你心态挺好的。"

梁卓刚想说话，口袋里的手机响了一声，他掏出来看，下意识地回了一句："心态不好能跟你们二中的恶霸处成兄弟吗？"

戚百合把沙发上的抱枕揣在怀里，随口问："那你们是怎么认识的啊？"

梁卓一边低头发消息，一边说："在球场认识的，属于不打不相识吧。"

戚百合惊了。

她强忍着想立刻发消息跟靳卉八卦的热情，又佯装无意地说："他看起来不怎么好相处啊。"

"可不是。"梁卓收起手机，"那是相当不好相处。"

戚百合赞同地点头，还想说些什么，就见梁卓从沙发上起身，朝向门外："来那么快？"

她揣着抱枕转头，辛其洲穿着黑衣黑裤，衬得身形越发高瘦，在人群中相当扎眼，刚买完手机出去的顾客里有两个女生，都擦肩而过了还在窃窃私语，回头看他。

"营业员去调货了，在这儿坐着等吧。"梁卓跟他招呼完，突然说，"我去对面奶茶店买三杯奶茶，你俩在这儿等我会儿。"

戚百合有些尴尬，想说跟他一起去吧，但梁卓说完就走，丝毫没有邀请她同去的意思，她这会儿站起身说想去，多少有些刻意。

想了想，她还是按兵不动了。

会客区的沙发是三角形，戚百合和梁卓坐的是长条形那张，而辛其洲坐在正对面的单人沙发上，两人中间隔了一张透明的玻璃茶几，上面放着她摔坏的手机。

戚百合原本还有些局促，毕竟这是她和辛其洲第一次独处，可眼看着辛其洲自打坐下后便开始看手机，看都没看她一眼，她心里那点儿若隐若现的尴尬又消失了。

两个人像陌生人一样，谁也不搭理谁。

没过多久，戚百合感觉旁边的沙发陷进去一块，她以为是梁卓回来了，一抬头，发现是个不认识的年轻男人，头发是干枯的黄，面颊干瘦发黑，嘴里还嚼着槟榔。

"妹子，来修手机的？"男人看着她面前的坏手机，说话油腔油调的，"都裂成这样了，怕是修不好了，要重新买咯。"

戚百合眉头皱了皱，不动声色地拉开了距离："我知道。"

她的冷淡很明显，但那人像是听不出来，又朝她身边挤了挤，装得很疑惑的样子："我看你特别眼熟，你是不是住广源街啊？我老感觉在哪儿见过你呢。"

他坐得越来越近，戚百合避无可避，下意识去寻求店员帮助，一抬眼就看见了辛其洲。

然而他的目光自始至终都没有望过来，更离谱的是，他在戚百合看向他的下一秒便起身了，然后，走出了店门。

"……"

旁边的人还在不要脸地往她身边靠，戚百合感觉全身的血都冲向了脑门，刚想开口骂人，梁卓的身影出现在专卖店门口。

梁卓是常年在街头巷尾混的，越是不要脸的他越是有招儿。

他一口一个"妹妹"叫着，往戚百合身边挤，下了要命的劲儿踩了那黄毛几脚，还厚着脸皮跟人家道歉："不好意思啊，没看到这里有人。"

这么大的人怎么可能没看见？但那黄毛瞥见梁卓右侧脖颈上的文身，也自知理亏，没说话，捂着脚坐到了别处的椅子上。

戚百合这会儿有些无语，又有些好笑，因此没注意到一些细节。

比如，梁卓是空着手回来的。

而几米之隔的奶茶店门外，辛其洲坐在高脚凳上，目光懒散，有一下没一下地往对面打量着，隔着一扇玻璃门，他能瞧见戚百合的侧影。

她今天似乎并没有怎么打扮，刚刚进店的时候辛其洲看到，她的唇色略微苍白，跟在学校里的丰润嫣红有些差别。他曾经无意间看见班里的女同学分享那种叫唇油的化妆品，涂在嘴唇上亮晶晶的，又不会过分明显让老师看出来。

女生总是对变美这件事兴致勃勃，尤其是戚百合。辛其洲在学校里偶遇过很多次，戚百合和她那个形影不离的好朋友从女厕所出来，还在拿一指长的小梳子梳刘海。

想到刘海，辛其洲的目光略微定了定，他发现戚百合换了个发型。原本稍微有些厚重的斜刘海变薄了，只剩几缕碎发一般散在眉毛两侧，看起来很是漫不经心。

漫不经心，就像她这个人一样。

身后的店员提醒："37号顾客的奶茶好了。"

辛其洲走过去，低声道了句"谢谢"，然后就拎着奶茶回去了。

走进手机店，梁卓刚付完钱，戚百合正拿着新手机看，突然出声索要购物小票："给我吧，留个纪念。"

"没问题。"梁卓很爽快地把小票给了她。

辛其洲拿走了自己那杯奶茶。

三人出了商场，梁卓在低头看手机，戚百合看了一眼，似乎是在问别人哪里有什么修理店，她自觉告辞："那我先回家了。"

梁卓收起手机："别啊，都到饭点儿了，哪能不吃顿饭就走？"

他说着，仿佛寻求附和一般看向辛其洲。辛其洲站在两人前面一点，长身玉立，侧颜冷淡，一只手握着奶茶，另一只手在嘬里啪啦打字，看样子根本没听见两人说了些什么。

戚百合收回视线，撩了一下刘海："那行，那我请你吧。"

"都行都行。"梁卓心情不错地招呼着，"先去个地方，然后再吃饭。"

戚百合点点头。

梁卓走到辛其洲旁边，她听不清他们说了什么，只隐约听到"项链""断很久了"这样的字句，她蓦地想起昨晚梁卓在群里说的话，猜测辛其洲今天出来应该是有自己的事要做。

梁卓转身回来，戚百合笑着看他："怎么说，去哪儿啊？"

梁卓一脸泄气："不管他了，不修拉倒，咱们直接去吃饭，你想吃什么？"

"都行，我知道南崔路有家烧烤还不错。"戚百合说着，突然想到什么，目光瞥向辛其洲，语气犹疑，"他不吃烧烤吧？"

梁卓的目光闪了闪，随即开玩笑："只要不是老鼠肉他就吃。"

沅江市的大学城就在南崔路，那里确实有很多性价比不错的小吃大排档，生意很好，都是附近的年轻学生光顾，赶上周末的话，去晚了还要等位。

他们去得就不算凑巧，正赶上几大高校的篮球比赛结束，大排档里外的座位上都是穿着球衣的男生和啦啦队女生，座无虚席。老板娘不好意思地拿出一摞塑料板凳，让他们坐在门口等一会儿，里面还有几桌普通学生，应该快吃好了。

十月初的气温多变，雨停之后又有了几分夏末的闷热，红色的雨棚投下暖光，戚百合刚坐了一小会儿，就感觉藏在头发下面的脊背出了汗。

她从包里掏出皮筋，随手在头顶挽了个丸子，然后把头顶的头发揪起来几束，看起来有些乱，有些慵懒随意，但可以把脸衬得很小。这是她的习惯，她追求的一直是这种看起来不费吹灰之力的美。

梁卓说要去买东西，不知道去哪儿买了，走了五分钟还没回来。戚百合掏出手机和靳卉闲聊，存心逗靳卉，说自己有个惊天大八卦，只要靳卉愿意帮她带一个礼拜的早餐，她就分享出来。

靳卉不信：少扯了，你能有什么惊天大八卦，学校贴吧里一点消息都没有？

戚百合发了个表情过去：要是那么容易就听到风声，还能叫惊天大八卦吗？

靳卉犹豫了一下：关于谁的？

戚百合：你猜。

靳卉：我总得验验货吧。举个例子，一个人吃屎了和早恋了哪个更惊悚？单看起来是吃屎了，但如果你加上了主语，譬如梁讫然吃屎了和辛其洲早恋了，那我肯定觉得后面那个更惊悚。

她煞有介事地说完，还问了一句：你觉得我说得有没有道理？

戚百合捧着手机笑了一下，只是扯了嘴角，没有发出声音，可是一旁的辛其洲却看了过来，他的目光在她那颗看起来颇为凌乱的脑袋上停留了三秒，然后就移开了。

戚百合还在跟靳卉你来我往地开玩笑，肩膀突然被拍了一下。

一个穿着啦啦队制服的姑娘站在她身后，嘻着笑问："美女，你有多余的皮筋可以借我用一下吗？里面真是太热了。"

她一边说一边用手扇风，脸上精致的妆容确实有些斑驳了，但也不难看出是个美女。

戚百合从包里掏出皮筋，那姑娘也没离开，接过皮筋后站在她身旁三下五除二把头发扎好了，又朝她挤挤眼，下巴微微朝辛其洲的方向努了努："那个，是你男朋友吗？"

戚百合眼睛瞪得大大的，连忙摆手："不是。"

"那行，谢谢了哈，一会儿我走的时候把皮筋还你。"她说完，从口袋里掏出了手机，朝辛其洲走了过去。

戚百合回过神来，调整了坐姿，好整以暇地看着，辛其洲坐在小板凳上时后背也是挺直的，宽肩窄腰，侧颜线条很硬朗利落。

那姑娘走到他旁边，弯腰说了些什么，辛其洲微微侧身，也回了句什么。声音太小，戚百合没有听清，只看见那个漂亮姑娘耸了耸肩，拿着手机进去了。

戚百合"啧"了一声，收回了视线。

5

梁卓买完东西回来的时候，老板娘刚好过来通知，说里面有桌客人走了，招呼着他们入座。

戚百合起身往里走，辛其洲的手机突然响了，他走到外面接电话，梁卓他们两人先进去坐了。没过多久，辛其洲进来说他要走了。

"现在就走？不是说好吃完打球吗？"梁卓皱着眉说。

辛其洲把手机放进口袋，往垃圾桶走了几步，把喝完的奶茶杯丢进去。戚百合只注意到了他那双修长且骨节分明的手，冷白中泛着淡淡的青，那是一双经常打球的手，她在学校里看过几次，辛其洲投篮的时候确实很帅。

"有场无人机材料学讲座就在江大。"江大就在这附近，辛其洲抬手看了眼手表，"我先走了。"

等他离开以后，戚百合还在回想他说的那几个字，无人机是什么？无人机材料又是什么？而且，他还在上高中，就这么明目张胆地去听大学讲座了吗？

梁卓也很不理解："真搞不懂这些学霸。"

戚百合用力点头。

但无论如何，没了辛其洲的存在，这顿饭吃得轻松多了。戚百合本身话不多，但遇到话多的人也能聊得很好，梁卓性格幽默，人也热情，但戚百合总觉得，从商场出来以后，他的态度就变了。

那些变化很细微，她一时也分辨不清，直到之前找她借皮筋的姑娘过来还皮筋。

漂亮姑娘很开朗，看桌上只有两人，问她："欸，你男朋友呢？"

戚百合愣了愣，意识到她说的是辛其洲，又是当着辛其洲朋友的面，她连忙挥手解释："他真不是我男朋友。"

那姑娘笑得很大方："可他说是啊。"

戚百合在空中挥舞的手顿时僵住了。

人走以后，戚百合还愣了一分钟，等她反应过来，就看见对面的梁卓正一脸兴味地看着她，那表情，就差把"我看你还怎么演"写在脸上了。

"误会，误会。"戚百合端起水杯喝了口水，"估计拿我当挡箭牌呢。"

梁卓笑眯眯的："恐怕不只是'略有耳闻'那么简单吧？"

戚百合听见自己说过的话，有些心虚："嗯……常常耳闻。"

梁卓轻哼了一声："早就看出来了，你俩——"他伸出两根食指，往中间碰了碰，"不一般。"

这便是他态度变化的原因了。

尽管戚百合一直在澄清她没有暗恋辛其洲，可梁卓已经认定了，不管她说什么，他都觉得是欲盖弥彰。

辛其洲赶到江大图书馆负一楼会议厅的时候，讲座已经进行了一半。他在江大有认识的师兄，两人因为同好在论坛相识，拿着师兄给的工作证，辛其洲轻松找了个位置坐下。

他对无人机的爱好起源于一部纪录片。他的爱好实在不算多，篮球算一个，无人机便是另一个。至于学习，称不上爱好，只是一种习惯。

他一边听讲座，一边在手机上查看台上教授发表的材料学论文，不知不觉便过了一个小时。到了散场的时候，梁卓恰好发来消息，问他结束了没。

辛其洲来过江大已经不止一次了，从图书馆出来，他一边思考讲座内容一边往外走，刚出学校大门，在花坛边，身后有女孩追上来，轻轻拍了拍他的肩膀。

他记性很好，但记人不行，那女孩说自己刚刚在讲座上就坐在他旁边，辛其洲露出了疑惑的神情。

那女孩的眼神中闪过一丝失望，然后便鼓足勇气开口："你是哪个系的？方便留个……联系方式吗？"

女孩似乎是第一次做这种事，说话时结结巴巴："因为我看你对无……无人机挺感兴趣的，我也是。然后，赵教授的讲座很难听到，所以我就想留个联系方式，以后方便……交流。"

辛其洲摸到了口袋里的手机，按照原来的习惯，他一般会说"抱歉，我没有手机"，可今天的他觉得那样拙劣的谎言未免太伤人。

他想起刚刚在大排档排队的时候鬼使神差说出去的话，突然觉得那个理由很好用，于是他神色浅淡地开口："抱歉，我已经有女朋友了。"

…………

戚百合能听到这段对话纯属是意外。

刚刚她和梁卓吃饭的大排档就在江大旁边，两人本打算出了门就直接道别，可梁卓一抬眼，注意到不远处一个坐轮椅的小姑娘正在发传单。

他说闲着也是闲着，便拉着戚百合过来帮忙了。

两人把小姑娘推到安全的地方，一人分了半沓，辛其洲出来的时候，他们已经在学校门口发了十来分钟的传单了。

辛其洲脸不红心不跳地撒谎时，戚百合就站在他身后不足十米的地方。

真不怪她自作多情，下意识就把这个"女朋友"的头衔安在自己身上。只不过刚刚大排档里那个啦啦队美女说的话还言犹在耳，这会儿她又听见辛其洲这样说，自然就对号入座了。

那一瞬间，戚百合心底闪过了很多情绪，仿佛微生物逃避噬菌体的天性一样，本能驱使着她，赶紧走！

在被发现之前，她飞速脱离了战场，跑到梁卓旁边，把传单一股脑塞进他手里："你发吧，我突然有点事儿，先回家了。"

梁卓问了一句"什么事"，戚百合随口搪塞了过去。

这事儿该怎么说呢？一向洁身自好、眼高于顶的辛其洲，明明连句像样的人话都没跟她说过，可竟然拿她当了两次挡箭牌。

这说出去不但没人信，恐怕自己还要迎来灭顶之灾。

戚百合也不知道自己在慌什么，身为辛家的"编外人员"，也许她就是对辛家大少爷有种天然的恐惧，以及抵触。她搞不懂自己的心理，也懒得去想，包一拿就脚底抹油，溜之大吉了。

戚百合离开以后，梁卓捏着传单走到了辛其洲旁边，他心底有疑惑，试探着开口："小百合回家了。"

辛其洲正在 QQ 上和师兄道谢，头也没抬："不用跟我说。"

"还跟我装。"梁卓哼笑一声，"刚刚拍你肩膀的那女孩，你跟人家说了什么？那会儿小百合就在你旁边，你到底说了什么啊？她刚听完就跑了。"

辛其洲的手指在屏幕上顿住，抬头看他："她听到了？"

梁卓耸耸肩："所以你说了什么？"

辛其洲顿了两秒，回忆了一下自己刚刚说的话，并没有指名道姓。他垂下眼睛，继续编辑消息："没说什么。"

梁卓踢了一下地面："那我换个问题，你俩到底什么关系？"

"没关系。"

"没关系她在手机店被人占便宜你去提醒我？"梁卓说着，笑眯眯地凑近了他，"没关系她能知道你洁癖？"

不吃烧烤大排档，辛其洲原来是这样的，也是认识了许久以后，梁卓才强行带他克服了这个矫情的毛病。可戚百合说要吃烧烤的下一秒就看向了辛其洲，要说他俩不熟，梁卓是万万不信的。

他自觉证据确凿，可辛其洲只是淡淡地看了他一眼，开口说："嗯，确实有些关系。"

梁卓竖起耳朵。

辛其洲："邻居关系。"

那之后，任梁卓再怎么问，辛其洲都不再说什么了。

他这人向来如此，没劲得很。

梁卓第一次见辛其洲的时候，差不多是两年多以前。那天他跟几个兄弟去公园的篮球场打球，几个人是打车过去的，又刚下完雨，以为球场不会有人，但隔得很远就瞧见了辛其洲一个人在投篮。

辛其洲的三分球很棒，但他的性格一点儿也不棒。

那天不论是谁上去跟他交涉，说让他们打会儿，或者他可以直接加入他们一起玩，辛其洲统统不予理会，一句话不说，连眼神都不给一个。

梁卓那天心情很差，就骂了一句："遇上个哑巴。"说着把篮球往地上一砸，然后，球弹到了辛其洲身上。

忘了是谁先动手的，但是真比画起来的时候，梁卓还是有些江湖侠气的，他不想以多欺少，跟辛其洲你来我往地挥了对方好几拳，还警告自己那些狐朋狗友别插手。

不过梁卓虽然能跟辛其洲打得平分秋色，却输给了他的忍耐力。两人拳拳到肉，疼是真的疼，梁卓被打得龇牙咧嘴，可辛其洲愣是忍着，一句话都没说出口。

那天他们两个像是从地狱来的一样，身上都带着无法纾解的怨气，迫切地想要发泄，要不是最后公园的保安赶了过来，人群轰然散开，两人不会停下。

最后，空荡荡的球场只剩他们两人，梁卓躺在地上，任凭脏水将衣服弄湿，抬眼去看辛其洲，只见他靠在篮架上，颧骨上几处乌青，手里拿着一条断了的金链子，眼神木然。

梁卓那会儿是真的相信了辛其洲是个哑巴，天又下起了雨，或许是气氛烘托得到位了，或许是身上太疼了想分散一下注意力，又或许只是单纯想发泄一下，觉得倾听者是个哑巴也不错，总之，他开始絮絮叨叨地和辛其洲诉起了苦。

他说："抱歉了兄弟，我今天……心情很差。"

梁卓就像中了邪一样，开始跟一个陌生人说自己母亲当了十几年小三并且死不回头的故事。

就是那天，他跟母亲大吵了一架，因为他那个不负责任的爹前不久二婚了，他母亲本以为自己有机会上位，哪知道那男人从始至终都没想过这件事，死了一个老婆就再娶一个新的。

梁卓本以为她能死心了，她也确实冷淡了一阵子，可是那天下午，他看见那个已经再次结婚的男人又去了他家。

没有人想拥有一个这样的妈妈。

他已经在一个被人指指点点的环境下长大了，所以当他口不择言地说出"你怎么那么贱"的时候，他的痛苦并不比任何人少。

最后，他躺在地上，已经分不清从眼角流下的是雨水还是眼泪。辛其洲缓缓走到他身边，手上缠着那根金链子，表情依旧是肃然的冷淡。

他不是哑巴。他们两人都中了邪。

从某种意义上来说，梁卓觉得自己是这个世界上最懂辛其洲的人，可更多时候，他又觉得，也许这个世界上没有任何一个人能真正看懂辛其洲。

星期一早上，戚百合到了学校的第一件事，便是去十七班找梁讫然。

梁讫然那天晚上就在QQ上和戚百合道了歉，这会儿见面了又在道歉，他挠着头说："那天我也不知道自己怎么了。"

戚百合面无表情地看着他，递出昨天买手机的购物小票："梁卓昨天赔了我一部新手机，但我觉得那件事不是他一个人的责任。"

　　梁讫然接过小票："你俩一起去买的？"

　　戚百合点点头："手机三千六百块，咱们仨分摊，你拿一千二百块给我吧，我自己再凑一千二百块回头还给他。"

　　"不用。"梁讫然把小票揉成团，揣进了口袋里，"是我的错我自己认，明天给你拿三千六百块，你还给他就行了。"

　　"不用，我也有责任。"戚百合说，错估了梁讫然的蛮力以及没拿稳手机就是她的责任。

　　梁讫然看起来心情不太好的样子："你是我叫去的，责任就在我。"

　　戚百合拒绝了，坚决只让他出一千二百块，然后便不给梁讫然拒绝的机会，转身回了班里。

　　上课铃声响了，是地理课，地理是戚百合唯一一门真心感兴趣的学科，也是这次一模她得分最高的学科。因此在老师还没踏进教室门的时候，她就把上星期发下来的试卷拿出来，铺好在桌面上了。

　　旁边的靳卉知道这时候找戚百合闲聊，她大约也不会理，就从桌洞里掏出手机，藏在书本后面给游浩发消息。

　　两人不知聊了些什么，快下课的时候，靳卉突然冷哼一声，然后把手机关机，扔回了书包里。

　　课后她拉着戚百合去上厕所，一路上闷闷不乐，看到女厕所门口的队伍排到了楼道，脸色更不好看了。

　　"怎么了？"戚百合问她。

　　靳卉一脸怨气："没什么，就是跟游浩吵架了。"

　　"为什么吵？"

　　"你知道我最讨厌什么吗？"靳卉突然抬头，一脸真诚地看着戚百合，"我跟你说过的。"

　　这范围给得太大了，戚百合皱着眉："老戴拖堂？"

　　"扯哪儿去了。"靳卉侧了侧身，面向楼道口鲜红的光荣榜，似有怨气一般，"我最讨厌男生抽烟。"

　　这倒是实话，每回撞见有人偷偷抽烟，靳卉都一脸嫌恶地拉着她匆匆远离。戚百合有点模糊的印象，靳卉从前提过一次，似乎是因为最疼爱她的爷爷就是肺癌去世的。

　　"我让他戒了，他说尽量。尽量是什么意思啊？这点小事都不能答应我吗？后来我说得有点多了，他就着急了，说他已经满十八周岁了，他妈都不管他了，我也管不了。"

　　"你说这什么人啊？我为他好我还错了？那玩意儿明明对身体很不好，他还偏说能让人脑袋清醒！"她喋喋不休地说着，一抬眼看到光荣榜上的辛其洲，于是脱口而出，"他脑袋清醒怎么没见他考全校第一呢。"

戚百合随着她的目光也抬头看到了墙上。辛其洲的照片还在那里，泛黄的纸质给优越的五官镀了层缥缈的滤镜，学校贴吧评价此图——出尘脱俗。

如今她很不认同。

戚百合"啧"了一声："你怎么就知道全校第一不抽烟呢？"

"你疯啦？"靳卉瞪着眼睛看她，"他可是辛其洲欸，你看他那双手，像是夹烟的手吗？"

几段回忆在戚百合脑海中闪回，戚百合唇边蓦地溢出一声冷笑："你知道什么叫表里不一吗？"

第二章
挡箭牌

1

　　梁讫然第二天早上就把钱拿给了戚百合。两人在走廊上说话的时候，老戴恰好路过，目光在戚百合手上那沓百元大钞上停留了许久，最后施施然走了。

　　戚百合想起之前，问梁讫然有没有把钱包还回去，梁讫然面色为难："我也想还啊，可是我去了一趟网吧，钱包就丢了。"

　　"又丢了？"戚百合难以置信地看着他。

　　梁讫然点点头："我还想调监控找，但网吧不让。"

　　戚百合无语了："你最好祈祷老戴别追究这件事。"

　　梁讫然不理解："他那钱包是我捡的又不是我偷的，再丢一次也不赖我吧？"

　　戚百合忍住要拿钱砸他的冲动，缓缓说："网吧的监控不好调，但学校的监控总好调吧？"

　　不得不说，墨菲定律能广泛应用是有迹可循的。那天下午最后一节课，老戴专门在课上说了这件事，语气很是暴躁，他将英语书卷成轴在讲台上连砸了好几下，中心思想就是警告拿了他钱包的同学快去办公室自首。

　　靳卉吓得大气儿不敢出，眼神询问戚百合，戚百合朝她摇了摇头。靳卉压低脑袋，极小声地说："他搞什么啊？"

　　放学铃声响起来，老戴走出班级，同学们也不着急收拾书包了，都在八卦老戴为什么发那么大的火。

　　前排的男生甲说："你没看贴吧吗？有人在相亲网站上替老戴发了个征婚帖，附上了他的手机号和身份证照片，结果被我们学校的人看到了，截图发到贴吧了，那帖子现在都快两千个回复了。"

　　男生乙很兴奋："谁干的啊？"

　　"还能是谁？身份证都有，谁捡到钱包就是谁干的呗。"

班级里的人陆陆续续走得差不多了，靳卉瘫在课桌上，还是很不理解："你说梁讫然是不是脑子有问题？硬生生给自己找了个麻烦。"

说着，她又一骨碌坐起来："不会连累到咱俩吧？"

毕竟她俩还有个知情不报的罪过。

"不知道。"戚百合看着手机，头也没抬一下，"等老戴查到再说吧。"

放学回家，戚百合刚进院子就听到了摔东西的声音，听起来像是瓷器。

辛家收藏的东西都价格不菲，戚百合以为是陈姨失手打碎了，一时心急，没换鞋就走了进去，然后就瞧见了辛芳和辛小竹针锋相对的画面。

辛小竹站在沙发前，面前是撕碎的纸，看起来像是什么比赛的报名表，而辛芳坐在沙发上，面有怒色，脚边碎成渣的是一直摆放在沙发旁边的琉璃灯盏。

听到声音，母女俩一齐望过来，戚百合这才看清，辛小竹的脸上还有几道红印，眼圈儿也已经通红，但脸上却没有一滴泪。

"芳姨。"戚百合有些尴尬，木讷地叫了一声。

"芳姨"这个称谓是辛芳亲自给的，在这个家里，辛小竹管丁韪良叫"叔"，戚百合管辛芳叫"姨"，明明同住一个屋檐下，却要楚河汉界都规划分明。

辛芳眼神中的愠怒还没散开，她看了戚百合一眼，目光又落在戚百合脚上，因为没换鞋，廊檐到客厅被踩出了一串脏兮兮的脚印。

戚百合没再说话，退回去换鞋，然后识趣地上楼，回了房间。

过了大约半个小时，楼下响起汽车发动的声音。戚百合出门看，辛芳已经走了。

她扶着栏杆往下看，辛小竹一个人坐在沙发上，似乎是在发呆，看模样小小一只，还挺楚楚可怜。

戚百合去庭院里拿了扫把，走过去清扫碎玻璃，还没想好怎么安慰，小姑娘自己开口了。

"你来干什么？看我笑话吗？"小姑娘眼眶里蓄着泪。她妈走了，她倒是哭出来了。

"没那么多闲工夫。"戚百合把碎玻璃扫成一堆，在她旁边坐下，凑近看了一下她脸上泛红的指印，有些无语，"为什么要打你？"

辛小竹鼻子一皱："不是她打的，我自己撞门上了。"

戚百合心知肚明，也不再纠结，又问："那为什么吵架呢？"

辛小竹哀怨地看她一眼，缓缓开口："十月底有场钢琴比赛，她挺看重的，但我把报名表撕了。"

"为什么？"戚百合放轻语调，"你不是挺喜欢弹钢琴吗？"

辛小竹胡乱拿衣袖擦了擦眼："我今天听见我妈打电话了，给那比赛的评委。”

戚百合沉默了下，不知道该说什么了。

一直以来她都挺喜欢辛小竹的，优渥的家境不仅能滋生骄纵的习惯，也能养出天真正义的性格，像这样的少年意气，多少成年人听了都会汗颜。

戚百合最不会安慰人，良久才憋出一句：“那她也是为你好……”

“为我好个屁！”辛小竹就像炮仗似的一点就着，“她就是为了自己的虚荣心，才想把我培养成什么名媛千金！我才不想做什么名媛千金，虽然十八般武艺样样精通，可哪样是自己真正喜欢的？哪样的成就又是自己真正靠实力得来的？说到底还不是想满足自己的虚荣心！”

戚百合被她说得一愣一愣的，下意识就回了句：“那你哥不也是十八般武艺样样精通吗？他也是虚荣吗？”

辛小竹头一歪，气势十足：“我哥才不一样！”

戚百合想顺势再劝她想开点儿，哪知一回头，看见廊檐上的人影，已经张开的嘴就又抿了回去。

辛其洲不知什么时候出现了，他穿着纯白的T恤，空荡荡的衣摆在晚风中摇晃着，面容冷清又透着几分苍白，薄暮冥冥，霞光残韵，在如此热烈的黄昏之下，他的眼神淡漠得多少有些不合时宜。

戚百合不知道那些话他听了多少，这会儿只顾着心虚了，哪还有心思安慰辛小竹，提起扫把就开始劳动，还不忘低声提醒辛小竹：“你的‘名媛’哥哥来了。”

辛小竹一回头，有些惊讶：“哥，你怎么来了？”

两家虽然离得近，但见面却不多，偶尔要一起吃饭，也多是辛小竹她们上山，辛其洲今天来得确实突然。

戚百合斜着眼偷看，他手里还捏着一盒巧克力，包装上是一串英文名，梁讫然送过她一次，戚百合不爱吃甜食，全被靳卉吃了，吃完还抹嘴说这是巧克力中的劳斯莱斯。

辛其洲把巧克力拿给辛小竹，似乎是有事找她。戚百合极其自觉，清理好玻璃就出去扔垃圾了。

等她拎着扫把回来的时候，客厅的沙发上只剩下辛小竹一个人在吃巧克力。戚百合环顾四周，没看到辛其洲的身影，于是问：“你哥走啦？”

“没呢。”辛小竹的心情看起来好些，嗓音也洪亮了，“在楼上。”

“在楼上干什么？”

辛小竹抬手把巧克力的包装纸扔进垃圾桶，满不在乎地说：“上回我从他那儿拿了一盒拼图回来玩，就那个科幻插画，难拼得很，不是让你拿回去帮我拼的吗？”

戚百合越听越不对劲：“你让他去我房间拿了？”

辛小竹点头：“对啊，我看你房门开着，就让他进去拿了。”

戚百合只感觉到自己脑袋里"轰隆"一声，仿佛有什么东西炸开了。她猛地起身，一步三个台阶冲上楼，跑到房间门口时，恰好看到辛其洲拿着拼图走出来。

她气儿还没喘匀，胸口起伏明显。四目相对时，辛其洲微微挑眉，嗓音很淡："怎么？"

戚百合下意识往他身后看了一眼，拼图原来是放在书桌上的，他已经去过书桌了。

换句话说，他十有八九已经看到了贴在桌角上的那张纸，以及纸上那个滑稽的小人和不自量力的宣言。

"没事。"她挤出一个干笑，故作镇定没话找话，"拼图我还没拼完。"

"哦。"辛其洲不咸不淡地应了一声，"昌文书店，自己去买。"

戚百合一时语塞，感觉自己口干舌燥，心里也七上八下。擦肩而过的瞬间，她侧身为辛其洲让路，可辛其洲不知道为什么，在她面前停了下来。

不算宽敞的门框下站着两个人，戚百合感觉空气有点儿稀薄。

窗外的夜色已经完全暗了下来，没有开灯的房间，两个人沉浸在阴影中，戚百合感觉自己能闻到他身上清寒的气息，黑暗给了她一些勇气。

她不动声色地挺起了胸膛，扬起虚张声势的笑："有事？"

辛其洲没有立刻回答他，戚百合看着他高挺的鼻梁和完美的下颌线条，感觉喉咙有些发紧。她承认自己的定力不及他，正当她急躁得想要再次发问的时候，辛其洲开口了。

"你十八岁立志要挑战的——"他的眼神过于虚浮，让他整个人看起来有些不真实感，但他接下来说出的话，却让戚百合立刻感受到了真实世界的残酷。

"是我最差的一次。"

"？？？"

还没等戚百合反应过来，辛其洲就走了。她追过去，只看到他缓缓下楼的背影。

那份洒脱，仿佛他来这一趟只是为了羞辱她。

2

那段时间，迟钝如靳卉也察觉出了戚百合的变化，平时总是踩点进班级的人每天提前半小时就坐到了座位上，原本用来补觉的早自习也变成捧着成语释义或单词本低头默背。

她对此很不解："你说要搞学习是认真的？"

戚百合松开捂着耳朵的一侧手："很显然，是的。"

"受什么刺激了这是？"靳卉煞有介事地试了试她额头的温度，"你不是一向不在意成绩的吗？"

戚百合看了眼自从高三开学后就挂在黑板旁边的倒计时牌子，官方地说："再怎么说我们都是学生，怎么可能完全不在意成绩呢？家长送我们来学校读书是为了让我们学习知识，又不是来玩的。再说了，现在好好学习，以后上了大学有的是时间玩。"

靳卉刚想说什么，戚百合就在书桌下面掐了一下她的大腿。一年多的闺蜜不是白处的，靳卉顿时就明白过来，用力地点头："你说得对，那我们背单词吧，一会儿互相抽写一下。"

又过了大约半分钟，靳卉感觉身旁玻璃窗上的黑影消失了才壮着胆子往外看，老戴已经溜达到十七班巡视去了。她笑眯眯地转头，刚想赞许戚百合反侦察能力挺强，就看见这人已经捂上了耳朵，继续背单词去了。

到了大课间，靳卉偷溜到学校停车库给游浩打电话，戚百合一个人跟随大队伍去操场做操，楼梯上人满为患，她放在口袋里的手机响动了一下，刚费力地拿出来，走在前面的队伍突然停住了。

"又下雨了，我没带伞啊！"

"让你妈来接你呗。"

"走吧走吧，早操做不了了。"

一群人又浩浩荡荡地掉头。戚百合正看着手机，回头时没注意，一下撞到了谁的怀里，板板正正的胸膛还挺硌人。

她捂着脑门抬头，有些不高兴："你没听前面说外面下……"

辛其洲本来个子就高，站在比她还高一级的台阶上，显得更加盛气凌人了。楼道转角处的窗户开着，冷风从他的身后吹过来，吹乱了他眉上细碎的刘海，看起来是鲜活了一点，可却并没有把他身上的傲慢和冷漠中和多少。

戚百合把剩下的话咽了回去，抿了抿嘴，提醒他："掉头了。"

辛其洲"嗯"了一声："我知道。"

"知道你还不转身？"

戚百合的眉头微微拧着，渐渐有些不耐烦。

辛其洲没说话，周围的骚动还在持续。突然，戚百合听到了自辛其洲身后传来的声音——

"下雨了，早操别做了，大家有序撤回班级，不要打闹。"

是高三组教导主任。

戚百合浑身一激灵，连忙把回了一半信息的手机藏了起来。

辛其洲垂头看了她一眼，长长的眼睫下表情有些漠然。见戚百合已经把手机揣回了兜里，他才事不关己一般，潇洒转身离去。

托他隔在中间的福，戚百合没有被视手机为洪水猛兽的教导主任抓个正着。

正愣神的瞬间，戚百合听到一道冷哼，她后知后觉地偏头，原来辛其洲旁边还有个蒋初妮。

蒋美女瞪了她一眼，眼底的嫌恶很明显，仿佛在看什么脏东西似的，转过身就去追辛其洲了。

戚百合回了班级才有时间回辛小竹的消息，她问戚百合二中高三的放学时间是几点。

辛小竹今年刚升高一，但她没在二中上学，似乎是她妈打定了主意高考后就送她出国，所以直接把她送进了沉江市一所私立贵族高中的出国班。

戚百合不懂：你问这个干什么？

辛小竹语气很欠揍：女孩的心思阿姨你别猜。

戚百合：你阿姨比你大两岁？

过了几分钟辛小竹才回：快点儿。

戚百合懒得追问，直接给她发了过去。

下午最后一堂课本来是音乐课，但被历史老师要去了，戚百合对历史实在提不起兴趣，听了没多久就昏昏欲睡。为了不浪费时间，她掏出了数学试卷，刚做完选择题，就听到了前排男生的窃窃私语。

"今天在保卫科看到了，正调监控呢，估计最迟明天就有结果了。"

戚百合对"监控"这两个字格外敏感，揪着他们俩的后领口问："谁调监控？"

"老戴啊，他不是钱包丢了吗？就去保卫科调了上周三的操场监控，整整看了一下午啊，铁了心要把人揪出来，啧，估计那位勇士凶多吉少了。"

戚百合面色沉重，刚想给梁讫然发消息让他有个心理准备，放学铃声就响了。两人准备去十七班找梁讫然，找十七班班长一问，才知道老戴还没等下课就来把梁讫然揪走了。

靳卉坐在座位上："怎么办？"

戚百合收拾书包："你不觉得有问题吗？"

"什么问题？"

"我后来问过，梁讫然说他是在操场门口那条路上捡到的，那条路上没有摄像头，老戴要找钱包，为什么要去调操场里面的监控？你刚刚没听见吗？他只调了操场的监控。"

靳卉摇了摇头，一脸懵懂："为什么呢？"

"他直接去调操场的监控，很有可能是已经知道谁捡了他的钱包，只是缺少证据。"戚百合认真地说。

靳卉越听越糊涂："什么缺少证据啊？如果他真的都知道了，那还要什么证据？"

戚百合怒其不争看着她："梁讫然捡钱包的那条路上没有监控，老戴不可能通过监控找到他的。"

"所以呢?"

"所以是有人跟他告了密,说在操场看见梁讫然拿钱包了,所以老戴才去调操场的监控,想确定一下。"戚百合耐着性子,"懂了吗?"

靳卉愣了许久,像是在消化这个信息。良久她反应过来,对戚百合竖起大拇指:"牛哇。"

两人分析完便默契地察觉出可能会有麻烦,毕竟梁讫然在操场出现的时候,她们俩也在,说不定老戴想搞连坐呢。

戚百合收拾好书包,刚走出班级,老戴正巧出现在走廊尽头。

他面色凝重,明显是冲她们来的,一见到人就朝她们俩招手:"来我办公室一趟。"

戚百合和靳卉对视一眼,这就叫交友不慎。

走到办公室,果不其然,梁讫然已经在老戴的办公桌旁站着了。原本还吊儿郎当的他一看到靳卉和戚百合,脸色骤然变了。

"跟她俩没关系!"他连忙朝老戴吼了一句。

老戴刚坐下就端起保温杯,吹了一口上面漂着的茶叶,眼神幽暗地瞥他:"没你说话的份儿。"

"我说了,钱包是我一个人捡的。"

梁讫然态度坚定,视死如归。戚百合和靳卉默契对视,都从对方眼里看出了纠结——

来的路上分明都商量好了明哲保身,这会儿看梁讫然那么讲义气,倒不好意思开口了。

老戴问梁讫然想干什么,梁讫然半垂着脑袋,瓮声瓮气地说:"我没想干什么。不是都跟你说了吗?网上那帖子不是我发的,我压根不知道。"

老戴阴森森的目光在他身上打量了几秒,随后又移到戚百合身上,戚百合连忙把手背到了身后。

靳卉也做出无辜的表情,认真解释:"对啊,戴老师,当时我和戚百合看见梁讫然捡了您的钱包,还叮嘱他一定要还给您呢,他当时也答应了,咱们都说得好好的,那事儿肯定不是他干的。我觉得您可以去查查在我们学校贴吧发帖子的人,说不定会有什么新线索呢。"

老戴把茶杯重重地搁在桌上,语气很不友善:"你当我跟你们一样游手好闲呢,作为学生不好好学习,整天想着跟老师作对,还有没有一点儿学生的样子了?"

说着,他把头转向梁讫然,加重了语气:"尤其是你!明天上午让你爸过来一趟。"

几人最后被释放的时候,只有梁讫然一个人被请了家长。

戚百合松了一口气,刚要走出办公室,老戴的声音自身后响起:"把你那花里胡哨的指甲给洗了，明天我要检查！"

三个人不用看就知道他在说谁，戚百合恭恭敬敬地回头，俯身应道："知道了，戴老师。"

戚百合面上谦恭，心里却在滴血，她刚做的彩绘啊……

几人出了教学楼，梁讫然一直若有所思，靳卉以为他是担心明天的事，随口安慰道："没事儿，反正老戴当着你爸的面骂你也不是一次两次了，你还有什么不习惯的？"

梁讫然不满地瞪了她一眼："你知道什么，我是在想这事儿是怎么泄露出去的。"

靳卉惊奇地和戚百合对视了一眼："哟，你这脑子什么时候办的入职手续？"

梁讫然估计是没听懂这句话，自顾自地说："肯定是那个小白脸呗，他当时不是也在操场嘛，难道碰巧看到我们拿钱包了？"

他说这话时，戚百合的手机正好响动了一下，她一边回消息一边笑，她发现梁讫然这人有一个不怎么明显的优点，那就是怜香惜玉。

连靳卉都能看出来辛其洲向来我行我素，清高得要命，根本不可能参与这种事，可梁讫然偏偏就能闭着眼睛把屎盆子往他身上扣。

"你是没看见当时蒋初妮的白眼吗？"靳卉怒其不争地戳了戳他，"如果真是他俩，那也只可能是蒋初妮好吗？"

梁讫然把书包斜着背在肩上，不屑地看她一眼："跟你这种花痴没话说，总之这事儿没完。"

说罢他转头看向戚百合："百合，去吃砂锅粉吗？学校后门新开的那家生意可好了。"

戚百合刚收起手机，摇摇头："今天有事，你们去吃吧。"

梁卓的钱还没还，梁讫然是把他的一千二百块拿给她了，可戚百合自己那份儿还没着落呢，丁楚良有段时间没回家了，她也一直没找到机会跟他讨生活费。

眼下，她只能想想其他办法了。

"停机坪"是沅江市最负盛名的音乐俱乐部，规模不大，却场场爆满，戚百合坐公交车赶到翡翠路的时候，暮色还未完全被黑暗掩盖，泛着橘紫色霞光的天空之下，"停机坪"门头上的招牌灯才刚刚点亮。

她熟门熟路地走进去，虽然背着书包，却没有人阻拦，原因无他，这里的人几乎都认识戚百合。作为他们老板阮侯泽的干女儿，戚百合称得上这里的常客。

戚百合走到吧台边，熟稔地给自己倒了一杯柠檬水，问站在那儿的小帅哥："你们老板呢？"

小帅哥给她递了根吸管："没来呢。"

戚百合皱着眉掏出手机，一边发信息催他，一边抱怨："这人一天不当太皇太后都急是吧？明明跟我说已经到店里了，非要别人等他。"

阮侯泽没回她消息，戚百合坐了一会儿，看到了自己的指甲，叹息一声，去了后台的化妆间。

阮侯泽做人不行，做生意头脑还是可以的。"停机坪"之所以能在翡翠路杀出一条血路，凭的是店里每天晚上定点表演的百鬼夜行和风 Trap 舞蹈，这在那个年代完全称得上先锋。

因此，阮侯泽高价培养着一批舞蹈学院的美女姐姐，个个人美声甜，戚百合的指甲就是那群美女热心给做的，可如今老戴下了死命令，她又得觍着脸让人家帮她卸了。

"为什么要卸啊？你知道这彩绘的指甲出去做得多少钱吗？"跟戚百合比较熟的石悦托着她的手，很不理解。

戚百合皱着眉："我跟你们不一样啊，我还没上大学呢，学校管得严。"

石悦从她包里掏出卸甲棉，唏嘘道："我读高中的时候也没被人这么管过，那时候我天天在外面练舞，学校老师压根见不着面。"

戚百合另一只手托着腮，专心研究着悦姐今天的假睫毛，漫不经心地说："可我不会跳舞。"

石悦小心翼翼地帮她卸甲，头也没抬："要我说你唱歌那么好听，就该走艺考的路子，长得漂亮，嗓音条件又好，到时候上了音乐学校，再去参加个什么选秀，怎么就没前途？"

之前暑假的时候，戚百合来"停机坪"玩，上台唱过几首歌，也就图个乐呵，她没有想过把这个当成以后的事业。但是石悦听过之后表示惊为天人，明里暗里表达过很多次，如果戚百合愿意走这条路，前途必定会一片光明。

戚百合听她又提起，本想谦虚一下，还没开口，化妆间的门被人推开了。

阮侯泽风尘仆仆地进来，把驼色麂皮夹克脱下来挂在衣架上，然后随手把车钥匙丢在梳妆台上，语气很是不满："你还拱她？本来就不知道自己几斤几两了，再夸尾巴都要翘到天上去了。"

石悦挑了挑眉，很不以为然："确实是天赋异禀。"

"她是不是天赋异禀我比你清楚。"阮侯泽扶着椅背，站在戚百合身后，看样子是真的动了脾气，他打量着石悦上了一半妆的脸，"你是不是最近又胖了？再这样要扣工资了啊。"

戚百合有些不好意思，回头看他，开玩笑缓解气氛："你干什么啊？怕别人夸我抢了你风头？"

阮侯泽阴阳怪气地"哼"了一声："你那点天赋都不如你妈，还敢跟我叫板？你干爸我当年在世青歌唱赛上大出风头的时候，你还不知道在哪里呢。"

这话说完，戚百合一直没抬头。阮侯泽后知后觉地意识到自己提起了戚繁水。他皱了皱眉头，把石悦打发走了："你去换衣服吧，我来。"

石悦走了，阮侯泽接替她的座位，捧起戚百合的手继续。两人之间一时有些沉默，只有卸甲棉反复摩擦指甲的声音，阮侯泽悄悄打量，戚百合半垂着头，像是真的想起了什么伤心事一样，低落无声。

阮侯泽知道，不是不能在戚百合面前提起戚繁水，是不能提起她妈之前唱歌的事儿。这丫头看着洒脱随性，固执起来也要命，就比如她一直觉得，是她的诞生断送了戚繁水的歌唱事业，拖累了戚繁水的人生。

那年阮侯泽大出风头的时候，跟他同在一个艺术团的戚繁水也不甘落后。作为花腔女高音歌唱家，她接连登上省电视台表演，是他们合唱团风头最盛的女高音，如果不是遇见了丁彗良，她现在的成就不可丈量。退一万步说，或许也不会像如今这般芳年早逝。

万般往事，无法细说。阮侯泽心软，语气也柔了几分："今天找我什么事儿啊？"

戚百合撩了把头发，煞白的小脸挤出一抹苦笑："也没什么事儿，就是想你了，来看看你。"

阮侯泽没说话，帮她卸好指甲以后，抽了张纸巾给她："自己擦擦。"

"哦。"

阮侯泽拖着椅子到旁边坐下，低头看见戚百合脚上那双被荧光笔染得花里胡哨的小白鞋，瞬间气儿不打一处来，尖着嗓子："你亲爹就是这么管你的？穿这么双破鞋？"

戚百合低头看，顿时语塞，不好意思开口说这是自己"作"出来的。

阮侯泽扔了打火机，从钱包里掏出一沓百元大钞："去买双新鞋。"

无心插柳柳成荫，但戏还是要演下去。

戚百合表情带着几分委屈，几分落寞，不情不愿地接过了钱，确保装进书包了，拉链拉上了，她嘴角才绽出笑："谢谢阮老板，阮老板生意兴隆，大吉大利。"

阮侯泽这才意识到上当，眼看着戚百合蹦蹦跳跳地走了，他不知是生气还是好笑："我看你当演员挺有天赋。"

走出化妆间的时候，店里的地灯已经安排上了，阮侯泽从日本高价淘回来的那套音响设备确实厉害。戚百合脚步顿住仔细听了几句，陈淑桦凄迷缠绵的嗓音流淌出来，柔情没少，还多了几分诗意。

留人间多少爱，迎浮生千重变。

跟有情人做快乐事，别问是劫是缘。

她哼着歌走出俱乐部，蓦地想起戚繁水生前最常跟她说的一句话。

后悔是最没劲的事。

所以她从不后悔。

3

拿到钱的戚百合点了一下，够还梁卓了。

她坐在回去的公交车上，发消息给梁卓，好一顿说，他都不肯接受，后来戚百合说要去城北职高亲自找他，他才着急：你别来，我们学校可是狼窝，能把你这种小白兔生吃了。

田中小百合：看不起谁呢。

戚百合又发了个表情过去：那周末出来吃饭？

卓尔独行：这周不行，我们球队要去邻市打比赛。钱你给辛其洲吧，你俩不都是二中的吗？我晚上跟他说一声。

戚百合看着那一行字，想问他是怎么想的，可还没来得及发出去，梁卓就发来一句"体训了，关机了"，然后就失联了。

落霞山没有公交站，住在那儿的人也没有需要坐公交车的，因此戚百合每次都要在山脚下的站台下车，再步行上山。

晚风裹挟着街景后退，路灯一盏盏亮起的时候，戚百合快到站了。

她从座位上起身走到后门，因为面向窗外，所以她看得一清二楚，辛其洲背着书包从昌文书店出来，旁边跟了一个女生。

这场景并不多见，戚百合来了兴致，仔细看了几眼。那女生嘴边似乎是噙着笑容，飞起的眼线略显夸张，说话的时候嘴里还嚼着口香糖，动作很利落，应该是追着辛其洲从书店出来的，小跑几步就挡到了辛其洲面前。

正是晚高峰时期，因为站台前面停靠的公交车太多，戚百合的这辆还没进站，就停在两人旁边，她聚精会神地看热闹，故事却并没有按照她想象的剧情展开。

那姑娘大约是说了什么他不爱听的话，把自己手机递出去的时候，辛其洲连看都没看一眼，嘴巴只动了两下，便绕过那姑娘，走了。

车子进站，戚百合捏着书包带走过去。口香糖姑娘停在原地踩脚，腰带上挂的裤链撞击铆钉发出清脆的声响。

夜色降临，戚百合借着路灯的光细瞧了一眼。那姑娘正在打电话，满脸受了折辱的愤怒，对着电话那端咆哮："都第三次了！他以为自己是吴彦祖吗？"

戚百合收回视线，步伐轻纵地经过，没走几步，就看见了正前方的背影。越往上走行人越少，辛其洲穿着白色外套，烟灰色的运动长裤宽松，衬得他身形越发高大凌厉，如挺拔的雪松，在山路上的黑夜亮得像一束光，确实有几分甩脸子的资本。

这条山路戚百合走了一年多，和辛其洲同行的次数屈指可数。雨后的柏油马路湿润，踩在上面无声无息，戚百合不想出现在前面那人的视野里，只能保持相同的节奏跟在他身后。

秋天的金桂被雨水泡过，香味少了些甜腻，多了几分清爽，两人一前一后地走着，夜色宁静芬芳，这世界少有的清净。

直到一阵摩托车的轰鸣声由远及近，停在了路中央。

落霞山的居住面积不小，但人口实在不多，治安虽然有保障，但到底不是闹市区，又是晚上，真要遇到什么危险，出事的概率还是挺大的。

因此，戚百合一见到摩托上下来几个流里流气的小混混，心里就有些慌了。她本以为是奔着自己来的，毕竟她也不是没在学校门口被这样的人骚扰过，直到那群小混混的身后走出来一个女生。

原来口香糖姑娘刚刚那通电话是在叫人，这会儿身边跟着三个满脸匪气的小伙子，她像是找回了自己的主场，走起路来身上的链子更响了。

她几步拦到辛其洲面前，下巴高高地扬着："再给你最后一次机会，到底加不加我 QQ？"

辛其洲笔直地站着，听人说话也没有身体前倾的自觉，还让人家姑娘仰着脑袋看他，再三催促："说话啊！"

辛其洲微微敛眉，嗓音清冽，倒也没听出什么不耐烦："说什么？"

口香糖姑娘估计是被气着了，一时语塞。旁边那个花臂小混混气愤地推了辛其洲的肩膀："装什么蒜，我就问你，愿不愿意跟我妹处对象？"

口香糖姑娘皱了皱眉，估计是不喜欢这个说法，纠正道："是谈恋爱。"

"不都一样吗？"那小混混把头转向辛其洲，越看越来气，"不愿意你今儿就别走了。"说完，像是怕没吓到辛其洲一样，他回身去摩托车车头上抽出一截钢管，举起来在空中晃了晃。

后面的戚百合以为他要动手，吓得倒抽了一口凉气。

不怪她大惊小怪，几人就在她正前方七八米的距离，这状况，她走也不是，不走也不是，就这么顿在了原地。

那个拎钢管的小混混估计是才发现她，挥了挥手中的钢管，示意她先走："不该看的热闹别看。"

戚百合正缺个脱身的机会，忙不迭点头："打扰了。"

说着，她快走几步。

经过几人身侧的时候，她内心极度挣扎，把辛其洲就这样撇下不太好，可她一个手无缚鸡之力的美女，留在这里似乎更不好。

她打定主意脱离几人视线以后就打电话给辛家，可经过辛其洲旁边的时候，她的手腕却突然被扣住了。

戚百合感觉不妙，低头看，自己的手腕上覆着一只手，清瘦修长，骨节分明，在光线并不怎么充足的晚夜泛着冷淡的白。

辛其洲垂眼看她，明晰硬朗的五官轮廓像动漫里的人一样，一双黑漆漆的眼格外透亮，里面藏了些慵懒的嘲弄，有些陌生，像是对她，又像是对拦他的那些人。

戚百合这会儿已经没时间去想他为什么扣着自己了，急得用口型警告他："松手！"

辛其洲面容冷清，不但没放开，手上还加了点力。

小混混一伙儿看到辛其洲扣下了人，一时有些没明白。口香糖姑娘率先反应过来，瞪着眼质问："什么意思？"

辛其洲眉眼微扬，硬朗的下颌线条透着不近人情的淡漠，说话的调子也冷冰冰的，听着就让人窝火："还没明白吗？"

戚百合这会儿已经预料到了接下来要发生的事儿，只不过她还没来得及反应，整个人就被辛其洲拽了过去。

他的怀抱没有想象中的冷，因为是顷刻间发生的事情，戚百合整个上半身都扑向了辛其洲的胸口。为了寻求平衡，她的一条手臂还揽上了他的腰，同时脸也埋进那件白色外套。

剧情急转直下，淡淡的木质香味涌入鼻息，戚百合都蒙了。辛其洲铁了心要把她拉下水，此时此刻，她连回头的勇气都没有，感觉背上都被人盯出了窟窿。她闭着眼睛，一动不动地装死。

辛其洲似乎是对她的表现还算满意，轻笑了一声。戚百合感觉那笑从他的胸腔发出去，懒散得有些不知天高地厚了。

口香糖姑娘尖细的嗓音响起来："她是你女朋友？你有女朋友了？怎么可能！"

"怎么不可能？"辛其洲抬起握着戚百合的手，淡定出声，"你觉得我们不般配吗？"

泰山崩于顶而面不改色，那姑娘也傻眼了。

宁静的空气中只剩下路边草地里的虫鸣，这个世界仿佛被冰冻了。

戚百合率先清醒，从辛其洲的怀抱中挣扎出来，一回头，几个人凶神恶煞地瞪着她，尤其是口香糖姑娘。那姑娘脸色通红，一双眼在她和辛其洲的脸上来回睃着，最后大约是崩溃了，带着哭腔："哥！"

花臂小混混应声道："这小白脸不识好歹，哥替你教训他！"

"别别别！"戚百合伸出手在空中挥了几下，然后往前踏几步，远离了辛其洲才开口，"他骗你的，我不是他女朋友，他也没有女朋友。你应该不知道吧？辛其洲同学是学霸，次次月考年级第一的那种，你不信可以去二中看，这样的人怎么可能会早恋呢？"

口香糖姑娘半信半疑地看着辛其洲："真的假的？"

戚百合在后面疯狂给辛其洲使眼色，他们人多势众啊！

辛其洲双手插进裤子口袋里："真的。"

口香糖姑娘松了口气："那你刚刚为什么要骗我？"

辛其洲抬眸看她，目光清冷，有种目空一切的孤傲："因为我不喜欢你。"

局势好不容易扭转过来，又被他一句话葬送。

戚百合抿紧了嘴巴，一个字也不想说了。

行了，毁灭吧，累了。

那场架最终也没有避免，但戚百合想象中暴力、混乱的场面却并没出现。那个花臂男扬起武器的瞬间，辛其洲就一脚踹向他的膝盖，纯粹的自保动作，连手都没从口袋里拿出来。

那花臂男看着一身孔武有力，谁料都是花架子，失去平衡摔倒以后，他就"哎哟哎哟"地捂着膝盖，开始没完没了地号叫。

旁边那两人想上都没机会上，只能先去扶他，一边查看伤势，一面骂骂咧咧地警告他们不许走。

辛其洲垂眼，事不关己地看着："半月板损伤了，走路不能受力。"

那口香糖姑娘急得满眼泪："什么意思？"

辛其洲的表情风轻云淡，仿佛真的只是在做科普："就是再不送去医院的话，以后可能就是个瘸子了。"

戚百合还沉浸在突如其来的转折中没反应过来，就又被辛其洲拉到了身旁，他不急不缓地开口："走了。"

"啊？"戚百合抬头看他，眼中还有惊惶，就这么……走了？

辛其洲是镇定的，看起来是真的不怵。晚风递来好闻的香味儿，像他身上的薰衣草洗衣液，莫名安定了戚百合躁乱的心绪。于是她也不挣扎了，任由辛其洲拉着她往前走。

"喂，你这就想走？"另外一个小混混叫嚣着要冲过来，话音刚落，那边又"哎哟"起来。

辛其洲脚步顿住，侧身，居高临下地看着地上躺着的人："我不走，留这儿给他补另外一条腿？"

这话说得狂妄，可此时此刻却没人怀疑。

戚百合也是第一次看见这样的辛其洲，清高的、冷漠的、孤僻的，她都见过，唯独现在，辛其洲扬着下巴，头微微偏着，冷峻的侧面线条像蒙了一层寒霜，在这个看起来还蛮和煦的晚夜，他的轻狂虽然罕见，但又十分合理。

毕竟这人的存在感向来都是过分强烈，宛如头顶高悬的月亮。

"最上面那栋房子是我家，下次来找要认准了。"丢下这句话，他就拉着戚百合走了。

戚百合僵直身体随着他走，辛其洲的手很大，掌心处有些粗粝的摩擦感，应该是打篮球磨出的茧，一下一下蹭在她手腕最薄的皮肤上，她感觉青色血管里流淌的血液也开始滚烫起来。

她一直忍着，直到摩托车的轰鸣声远去，下山的路逐渐恢复宁静。

她甩开辛其洲的手，不自然地咳了一声，嗓音有些冷："今天的事，我不会说出去的。"

月亮高悬，莹白的月光清冷如纱覆盖大地，辛其洲仿佛又变回了那个没有情绪的"假人"，只"哦"了一声，便自顾自往前走了。

戚百合被留在原地，道歉没等来，只看到"假人"离开的背影。

她必须承认，辛其洲很擅长践踏别人的自尊。

戚百合感觉自己体会到了刚刚口香糖姑娘的感觉，那种备受折辱的语气和表情，真的很容易让人失去理智。

于是她也冲动了，几步追上去，双臂张开拦住了人："关于刚刚你拖我下水的事情，我认为你需要给我一个解释。"

两人针锋相对，这是头一回。

辛其洲脚步顿住，两人正好停在一盏路灯下面，他漫不经心地抬眼，看见戚百合煞白的一张小脸，长而媚的眼睛里激滟着水光，看样子是真的惊魂未定。

他还以为她多厉害。

"你觉得我是需要跟你说谢谢。"辛其洲顿了顿，像是在思索，然后补充，"还是对不起？"

"谢谢就不用了。"毕竟她也没帮上什么忙，只不过他明明一个人就能解决……

"为什么扣下我？"

辛其洲的眼神寡淡："因为这种麻烦，我不想解决第二次。"

戚百合看着他，蓦地想起上个月在大学城的烧烤店，那次辛其洲就拿她当过一回挡箭牌，敢情这是用顺手了。

她扬了扬下巴，给自己增加气势："下次拿别人当挡箭牌的时候，能不能先征求一下别人的同意？"

辛其洲垂眼看她，干净冷峻的轮廓上覆了一层微妙的情绪："为什么？"

"什么为什么？"戚百合不能理解他的脑回路，"如果我有男朋友，你这样说就会给我造成困扰。"

"哦。"他那张脸上向来没什么表情，"你有男朋友吗？"

戚百合一愣，仿佛被他问住了一样，良久才说："这并不是问题的重点。"

辛其洲煞有介事地点了点头，然后顿了两秒："知道了。"

戚百合还在等他下一句话，结果这人话音一落，就绕过她走了。

"喂！"她气得跳脚，把人叫住，脸色都憋红了，却没想到该怎么谴责。

戚百合抬眼望了望山上，天上又飘起蒙蒙细雨，半山腰上的别墅群灯光闪烁，至少其中还有一盏，在雾气中氤氲着暖光，是等着她回去的。

到底还在寄人篱下……

"算了。"她顿时泄了劲儿，朝停下来的辛其洲挥了挥手，"走吧。"说完她也没去看辛其洲的脸色，低着头往前走，路过辛其洲时也没停下。

冷风裹着雨丝扑向脸颊，戚百合缩了缩脖子，刚准备加速跑回家，头顶却突然罩下来一件衣服。

戚百合"啊"了一声，把脸从衣服里露出来。

辛其洲目光清落地从她身后走出来，不咸不淡地说："谢礼，给你遮雨。"

戚百合顶着衣服，看他身上只剩下一件单薄的黑色T恤，肩上已被打湿，几乎与浓墨的雨夜融为一体。她心情有些复杂，像是欣慰，又有些不好意思，于是缓缓开口："不用了吧，那你怎么回……"

客气话还没说完，辛其洲双手插进口袋，姿态闲散，精致的下颌线条被朦胧的月光刻画得越发深邃且刻薄："别客气，反正我也不想要了。"说完便在戚百合惊愕的目光下，在雨夜中远去了。

……他那只手也被她碰过了，怎么不卸下来丢掉啊！

4

沅江市沿江沿海，位于南北分界处，气候只有冬夏两季明显些，入了秋过后便是没完没了的阴天。

那晚狂风骤雨，雨滴裹在北风里顺着窗户涌进来，戚百合依旧穿着夏天的睡裙坐在书桌前数钱。

想到还要再跟辛其洲单独见一次面，她太阳穴的筋就突突地跳，要是一直把梁讫然的一千二百块带在身上，那刚刚她就能直接把钱给还了。

戚百合拿起手机，思索了很久，想给梁卓发消息说还是当面给他，可删删减减了几分钟，字还没打完，梁卓的头像就跳动起来。

卓尔独行：我跟辛其洲说了，时间、地点你们单约，回头我打完比赛请你俩吃饭。

戚百合握着手机，说不上什么心情。一阵湿润的风突然扑面，感受到颈上的凉意，她缩了缩脖子，走过去关窗，然后打开手机，回了个"行吧"。

她惦记着这事儿，以为那"假人"多少会主动一点儿，给她发个消息什么的，可那天晚上直到她捧着手机睡着，辛其洲那边都没有任何动静。

第二天早上，戚百合迟到了。

她得了重感冒，又顶着熊猫眼，一走进教室，靳卉就不怀好意地笑："昨天晚上去干什么了？"

戚百合没精打采："回家了呗。"

"少扯。"靳卉拿了一支笔在手上转啊转，"昨天我看见你上了26路公交车，那好像不是你回家的路线吧。"

戚百合把靳卉的笔拍掉："我去要饭了行了吧？"

"老实交代！"靳卉突然凑近她，"是不是有情况了？"

"什么情况？"戚百合瞥靳卉一眼，"你知道的，我现在心里只有学习。"

靳卉索然无味地"喊"了一声："没劲，长这么好看多浪费啊。"

戚百合从书包里掏出英语课本，因为鼻子不通气，她的头很沉，随口回了句："多照照镜子就不浪费了。"

靳卉勾了勾嘴角，她最喜欢戚百合的就是这一点，美而自知，不谦虚，也不孤傲。

学校里从不缺美女，可在这样的年纪，那些美女总是或多或少缺乏一些平静和坦诚。有的特靓行凶，有的口是心非，可美貌根本不是伤人的利刃，也不该是羞于启齿的洪水猛兽。

美丽又有自信的才叫女王，能让人甘愿俯首称臣。

不知道是不是因为今天要见梁讫然的家长，老戴一走进班级，底下的人就注意到了气氛不对劲。老头儿今天没拿保温杯，英语书里还夹了数学老师在黑板上画几何图用的一个三角板。

众人屏息凝神，大气儿不敢出一声。

果然，上课铃声一响，老戴就清清嗓子，叫了几个人上来，都是些成绩差的，其中就有戚百合。

众人忐忑地走到讲台边面面相觑。

老戴不高兴地看了几人一眼，戚百合连忙露出自己的手，以及干干净净的指甲。

他收回视线，也没表达出满意或者不满意，不耐烦地看着几人："愣着干什么？拿粉笔啊，昨天说了今天听写都忘了？你们还能记得些什么？食堂什么菜好吃记得？几点放学记得？"

众人心如死灰，左右环顾了一下，心里都明白过来了，老戴这就是想教训人了。

台上这几个，哪个像回家背了单词的？

戚百合也有点紧张，看着其他人都拿完粉笔了她才去拿。她有个毛病，但凡遇到有颜色的东西下意识都要挑挑，因此站在粉笔盒前停顿了几秒。

就是这两三秒，老戴斜眼看她："怎么，没你喜欢的颜色？"

底下有人小声地笑，戚百合瞬间清醒，随手拿起半截黄色的粉笔站到了黑板前。

台上共有五个人，老戴听写了十六个单词。他从左往右踱步，脸色越来越差，最右边的戚百合也没什么信心，那些单词她背是背了，可她对自己的记忆力向来很有自知之明，一觉醒来又感冒了，等于是雪上加霜。

因此老戴走到她旁边的时候，她连看他一眼的勇气都没有。

听写结束，五个人轮流走到讲台边。

老戴带着低气压检查了一下黑板，最后走回讲台旁边，拿起三角板朝戚百合扬了扬。戚百合下意识闭上了眼睛，带着浓浓的鼻音："戴……戴老师！"

"你，回去。"看老戴那表情，似乎他也挺意外的，"高三了，也该上点儿心了，以后继续保持。"

戚百合后知后觉地睁眼，回头看黑板，只有最右边的单词没有被老戴打叉。她心中一阵暗喜，看来"719"的意志多少对她起了点作用啊。

戚百合美滋滋地回了座位。那节课她听得特别积极，直到课堂末尾，老戴掏出了一张试卷。

"一模的试卷作文难度不小，班里没一个拿满分的。这是年级第一的英语作文，我让课代表复印下来了，每个人都给我回去背熟，后天早上英语晨读我过来抽查。"

一阵哀号过后，下课铃声响了。老戴前脚踏出班级，课代表后脚就从座位上起身开始发复印的作文。

发到戚百合这桌的时候，靳卉刚睡醒，她捏着 A4 纸的一角："干什么的这是？"

戚百合在看，头也没抬地回："显摆呗。"

戚百合英语水平一般，考试从来也没拿过高分，因此对辛其洲那篇作文的行文结构也看不太明白，以她肤浅的观赏水平，只能捕捉到一个信息。

靳卉这个同样肤浅的女人先她一步说了出来——

"校草的字好好看啊。"

戚百合偏了偏头："校草？谁？"

靳卉随手将作文夹进英语书里："上周末贴吧的一个帖子，广大人民群众评出来的，校花有点争议，但校草是众望所归。"

戚百合转过头想了想，不说人品，单论颜值的话，至少在二中确实是没有比辛其洲更能担当起这个称呼的人。

靳卉凑过来："你知道校花是谁吗？"

"不知道。"

"竞争可激烈了，我还给你投票了呢。"靳卉叹息一声，"但主要咱们学校的人还是有点不客观，把成绩看得太重了，蒋初妮不就成绩比你好点儿嘛，投票竟然还领先你。后来有个人估计是不喜欢她，就说如果非要选德智体美劳全面开花的美女，那二中校花必定只有一个……"

靳卉故作神秘，顿了顿才说："袁织雨。"

戚百合愣了："大我们一届的？"

"对啊，校长外孙女啊，今年考上清华的那个。"靳卉唏嘘道，"你转学来得晚不知道，她的高光时期都在高一高二，那可真是个神级美女啊，琴棋书画样样精通不说，咱们高一的时候，她有次跟辛其洲去美国参加什么世界青少年无人机智能对抗赛，最后两人都拿了一等奖，还被市里的领导接见了呢。"

戚百合对这个比赛闻所未闻，但她敏锐地捕捉到了"无人机"三个字，想起上回吃烧烤辛其洲说要去大学听讲座，她随口问："无人机是什么？"

靳卉摇摇头："不知道，一个软件吧。"

戚百合觉得不靠谱："什么软件还要互相之间智能对抗啊？"

靳卉又开始自作聪明："你在手机上面下的五子棋不就是智能对抗吗？对了，你选的那个机器人对手，打三天了，你打过了没？要不要我帮你？我在我们小区五子棋大赛可是拿过亚军的。"

戚百合觉得跟她没什么沟通的必要了，于是从书包里掏出了手机。原本她只想上网搜一搜，可刚按亮屏幕，一条好友申请就映入眼帘。

戚百合握着手机，一时间忘了动作。

旁边的靳卉好奇："怎么了？"

在她凑过来看之前，戚百合敏锐地从椅子上站起来："我去趟厕所。"

靳卉看着戚百合仓促的背影，多少感觉出了一些不对劲。

按理说戚百合这人是不属于早恋的，之前两人沉迷言情小说那会儿，戚百合看归看，却从来不会对着学校里这群缺心眼的男生动凡心。

靳卉闲着也是闲着，去她的QQ空间里逛了一圈儿，留言板是空的，动态也一条没发过，就相册里几张让人看着云里雾里的抽象画，就这浏览记录都已经突破了千次。

靳卉"啧"了一声，还是坚定了戚百合高不可攀的女神人设。

上课铃声响起以前，戚百合握着手机回来了。

她刚在座位上坐下，靳卉就从教室后门回来了，一张脸憋得通红，一副"出大事儿了"的模样，拉着戚百合的胳膊大声说道："这下完了。"

戚百合皱着眉往窗外看，走廊上似乎真的聚集了一批看热闹的人，都在探头探脑往办公室里打量。

"梁讫然他爸又动手了？"

靳卉喝了口水："没有，他爸没来。"

戚百合眯着眼睛："那谁来了？"

"他后妈。"

这句话说完，戚百合也猜个八九不离十了。

梁讫然那后妈才二十六岁，比梁讫然大不了几岁，又爱打扮成小姑娘，他一直引以为耻来着，这会儿家丑扬得全年级都知道了，他不疯才怪。

"老戴也没想到来的是他后妈啊，没好意思动手，只是教训了几句，但是我估计对梁讫然来说比打他一顿还难受呢。"靳卉一边说，一边"啧啧"叹息，"刚刚我在走廊上听他班里那几个刺儿头说了，梁讫然打算找辛其洲麻烦呢。"

"哈？"戚百合很不理解这个脑回路，"找辛其洲麻烦干什么？他真以为是辛其洲告的密啊？"

靳卉原本准备打开QQ跟游浩聊天了，一听这话立刻放下了手机，表情变得有些高深莫测："你……"

戚百合被靳卉盯得心里发毛："干什么？"

"你好像有点担心的样子。"靳卉越凑越近，"你不会是对校草有想法吧？"

戚百合伸出食指，把靳卉的脸推开："我有病还是你有病？"

对他有想法？

那人那么喜怒无常，又热衷于对人降维打击。

下个星期是校庆，校领导下达命令要整新校园风貌，因此开展了许多活动，例如全校大扫除、黑板报评选等，重点班要不要参加不知道，但对于戚百合他们这些成绩上没什么努力空间的后进班来说，还是挺劳民伤神的。

十六班的文艺委员叫魏一诺，和戚百合关系挺好，知道戚百合有点绘画基础，审美也不错，所以每回班里有出板报的任务都会拜托给她。

那天早上，戚百合通过了辛其洲的好友申请，他一句闲话没说，上来就约了傍晚七点在昌文书店拿钱。

她很不能理解，发消息问他：五点四十五分就放学了，为什么要七点才见？

辛其洲的回复就跟他这个人一样，欠揍得要死：五点四十五分是你放学的时间，不是我的。

重点班每天下午都会加一节课，有时用来小考，语数外轮流来，试卷是他们老师自己出，老戴要过几回，复印了当作业布置下去，那难度，比八校联考的题目还变态。

戚百合无话可说，放学以后也不急着走了，和魏一诺踩着凳子设计板报，魏一诺写字，她画画，靳卉趴在最后排的桌子上戴着 MP4 听歌。

日暮西沉，黄昏的霞光壮丽万千，斜斜地洒在隔壁教学楼的白色瓷砖上，浓墨重彩得像幅油画。

戚百合那棵树画得差不多了，她从凳子上跳下来，刚想回座位喝口水，教室后门乌泱泱经过了一群人。还没看清是谁，领头的人后退几步趴在了门框上。

梁讫然露了个脑袋："你俩怎么还没走？"

戚百合拧开水杯，指了指黑板："出板报呢。"

靳卉漫不经心地抬眼，一看是他，立马把耳机拽了下来，招呼他过来坐。

梁讫然一天没露面，这会儿估计也猜出来靳卉想问什么了。他的表情有些不自然，梗着脖子走过去，大大咧咧地坐下，语气有些硬邦邦的："干什么？"

靳卉八卦地打量他："听说你要整校草？"

戚百合原本已经开始整理讲台，她看了眼黑板，突然觉得树叶有些少了，于是又挑了根绿色的粉笔，继续填补。

梁讫然冷哼了一声："校草？就他？哪个人选出来的？"

"这你别管，"靳卉急切地追问，"我就是想知道，你怎么就那么确定是辛其洲告密？"

"我不确定能说要收拾他吗？"梁讫然挑了挑眉，表情不屑，"我们班大齐都说了，老戴调监控的那天上午，他看见辛其洲进了我们这层的办公室。他们班在四楼，理科，任课老师跟我们又不重叠，进我们二楼的办公室，你说还能是为什么？"

二中高三共有二十一个班级，分班按照中考成绩由高到低排序，辛其洲所在的一班是理科实验班，位于少有人打扰的尊贵顶层，而戚百合和梁讫然所在的后进班则在热闹的第二层。

这个理由实在牵强，靳卉表情有些纠结："那你打算怎么收拾他呢？"

她本意是想劝劝梁讫然的，毕竟辛其洲在学校的地位摆在那儿呢，沅江二中冲刺省高考状元的种子选手，校长、老师宝贝不说，还是校园万千少女的梦中情郎。梁讫然要是真想不开去挑事，那绝对是以卵击石，不自量力了。

可这些话还没说出口，就被梁讫然堵回去了。

他跷着二郎腿，嘚瑟地抖了抖肩，说出的话掷地有声："你还真以为他是什么三好学生、优秀模范吗？实话跟你说吧，上周五我在操场旁边那男厕所碰到他了，你猜他走之后我在地上看见了什么？"

靳卉怔了怔，还没来得及说出口，梁讫然就忍不住抢答了。

他把书包往桌上一撂，冷笑了一声："烟头哦。"

"啪"的一声，戚百合手中那根完整的粉笔摔到地上，顿时断成了两截。

　　昌文书店位于落霞山山脚下，格局不大，装修得较为古朴。据说店主是一对夫妻，早年两人去西北支教时相识，回来就结婚并开了这家书店，店里除了两口子四处搜集来的古籍孤本，就是一些难寻的画册和拼图，生意一直不怎么样。

差不多是饭点的时间段，店里人更少了，戚百合坐在阅读区的椅子上等辛其洲，越等越饿，索性从书架上抽了一本书来看。金庸的《白马啸西风》，还是世纪修订版。

戚百合喜欢看金庸的书还是因为她妈妈戚繁水。戚繁水没有阅读的习惯，据说小时候成绩也差得离谱，但就是喜欢看武侠小说，母女俩原先居住的房子很小，稍微大点儿的家具都放不下，可即便如此，戚繁水还是专门在置物架上辟出两排空的用来码书，不是金庸的就是古龙的。

那些书里，戚百合最常看的就是《白马啸西风》，初中的时候因为喜欢阿秀，还专门跟戚繁水商量过，能不能领她去把名字改成戚文秀。

那本书七八万字，不算多，可戚百合看过太多遍，差不多都滚瓜烂熟了，因此一目十行，翻到快末尾的时候，辛其洲才姗姗来迟。

书店的木质大门上了年岁，推起来会有"咯吱咯吱"的声音，戚百合没注意，直到头顶出现了一道黑影。她合上书，看了眼手机，七点二十分了。

"你迟到了二十分钟。"她抱着臂，一副兴师问罪的样子。

辛其洲看了她一眼，逆着光眉宇皆是清冽淡漠："抱歉。"

头一回从他嘴里听到这两个字，戚百合有点想笑："看来道歉对你来说也没有那么难啊。"

辛其洲没接话，低头往下看着什么。戚百合伸长了脖子，实心的书桌底部没有放腿的地方，他那双大长腿斜斜地敞着，看起来十分别扭。

本来是挺搞笑的画面，可她又看见了辛其洲裤子上的淤泥，不知道是在哪儿摔的，膝盖应该是擦伤了，褐色污渍上面隐隐还能看见血迹。

戚百合心中一惊，下意识按着桌子："梁讫然找你麻烦了？"

辛其洲抬眼看她，眼底有些晦涩，看起来意味不明，似乎是在思索，良久才开口："找谁麻烦？"

戚百合怔了怔，几秒后理智回笼，想起刚刚在班里梁讫然说的话，那份胸有成竹、胜券在握的模样，估计是真觉得自己揪住了辛其洲的把柄，应该不会直接来打人。

这样看来，校草这一腿的泥八成就是自己摔的。

想明白以后，戚百合就开始后悔刚刚的脱口而出。虽然她也觉得辛其洲挺无辜的，但她实在是不想掺和进去，一来梁讫然这人义气有余可智商不足，每次没事找事都闹得满城风雨；二来是辛其洲，单论两人的交情，戚百合觉得还没到要她多管闲事的地步。

可话已经说出口，她想装作无事发生也不可能了。

戚百合紧急头脑风暴了几秒，最后胡编了一个理由："啊，最近……最近贴吧不是红了个帖子，把你评成了校草吗？梁讫然吧，哦，就是梁卓他弟，那小子一直都觉得自己是二中最帅，听说校草不是他有点不服气，下午开玩笑说要毁你容呢，我看你这膝盖受伤了，还以为他真那么缺心眼来揍你了呢。"

戚百合这人有个毛病，一撒谎手就不自觉地握成拳头。她干笑两声，配合着刚编的故事，脸上还挤出无语的表情，一副不能理解的样子。

辛其洲一直没说话，目光幽静，直勾勾地盯着一个人看的时候，总会让对方心虚。戚百合被他看得有些绷不住了，刚想转移话题，就听见辛其洲"哦"了一声。

他好像是信了，又好像是根本不在意，总之没有追问下去。

戚百合松了一口气，想起正事儿，从钱包里拿出钱："两千四百块，要不你点点？"

辛其洲把钱接过来，看都没看一眼便装进了口袋："不用了。"

说完他起身要走，戚百合假模假式地跟他说了声"拜拜"，辛其洲脚步顿在桌边，垂眼看她："你不走？"

戚百合手按在书上："我还没看完呢。"

"买回家看。"

戚百合皱着眉："为什么？"

辛其洲没有回答她，从口袋里摸出了一张百元大钞，递到她面前："去付钱。"

戚百合眼睁睁看着他"挪用公款"，嘴巴张了张，还是一句话都没说出口，老老实实地接过钱，捧着书去收银台了。

倒不是她想占小便宜，只不过是她想起了昨晚发生的事，辛其洲把那花臂大哥踹得那么狠，保不准人家今天缓过劲儿，就埋伏在哪棵树后面准备打击报复了。

天色已经完全暗了下来，浓稠的夜幕像泼了墨的画布，沉闷得连颗星星也寻不见。

戚百合捏着书包带跟在辛其洲后面，刚走出书店，身侧突然有几个人匆匆跑了过去，她下意识抬头看，然后就看见那三个人停在了辛其洲面前。

其中有个穿制服的警察，看样子格外热络，跑步的气儿还没喘匀，就把手搭在了辛其洲的肩膀上，转过头朝刚刚跟上的两个抱着孩子的年轻夫妻说："就是这位同学！"

戚百合怔了，脚步顿在原地。

那对夫妻连连俯身道谢，嗓音带着哭腔，因为情绪过于激动，连路过的人都投来了探寻的目光。

警察平稳了气息，面带笑容地朝辛其洲解释："我刚刚给他们看了监控，想教育教育他们看孩子不能分心，尤其是马路边。不过他们看到你扑过来抱孩子特别感动，非要我过来找你当面致谢。你是哪个学校的？明天他们要去学校给你送感谢信。"

辛其洲笔挺地站立着，面容有些格格不入的淡漠："不用了，以后把孩子看好就行。"

那对夫妻解释自己是在街角开快餐店的，因为今天家里没人带孩子，就把孩子带到了店里，饭点儿忙起来的时候没注意，孩子一个人跑了出去。五六岁的娃娃，追个气球跑到了马路中央，要不是辛其洲正巧路过，这会儿天都要塌了。

戚百合有一下没一下地听着，渐渐拼凑出了事件的过程，内心震荡不已，下意识去看辛其洲。他依旧冷冷淡淡地旁观着，上身微微前倾，虽然话还是少，表情还是疏离，但戚百合知道，那就是他认真倾听的表现了。

一阵鸣笛声由远及近，路灯的光影影绰绰，辛其洲孑然一身，清落坦荡地站在那里，膝盖处的淤泥和血迹仿佛都成了勋章。

1

离开烟火气十足的街道，上山的路越走越空荡寂寥。

辛其洲走在前头，戚百合跟在后面，脚步像灌了铅，抬起时很沉重。

她穿的是运动风的拉链外套，下身只有一条及膝的百褶裙，两条细长的小腿露在外面，应当是有些冷的。可她双手插在口袋里，已经紧张得出了汗，手心黏腻，像她望向辛其洲的目光。

她的纠结和迟疑看起来很不磊落。

23 号别墅近在眼前，终于到了要做决定的时候，戚百合抿着嘴，内心还在交战时，前方的辛其洲停了下来。

他抬手看了眼手表，那款白色的机械表，听辛小竹说过要一百多万，是辛其洲的十八岁成年礼物。

戚百合有些出神，抬眼看他时的目光微微怔忪："怎么了？"

辛其洲放下手臂，手表隐在了宽松的袖口中。注意到戚百合的异样，他也没有追问，只是自顾自地叮嘱："昨天的事我已经让李叔去解决了，但这段日子你最好不要一个人走山路。"

戚百合挤出一抹干笑："平时我也不会那么晚回来。"

辛其洲若有若无地点了一下头，长长的睫毛下，没什么情绪的目光更像两汪寒潭了，疏离，且幽静，让人无法长久地注视下去。

"从明天开始跟我一起坐车。"

戚百合下意识拒绝："不用——"

辛其洲漫不经心地转身："就这个月。"

他说完就走，渐渐离去的背影仿佛一阵风，在她眼睛里疯狂喧嚣着。

戚百合站在原地，凝视着 23 号别墅的大门，金漆的雕花略有斑驳，缺口处在雨水的浸泡下生出了红锈，星星点点的，像鲜明的烙印。

她无奈地叹了口气。

辛其洲腿长，一会儿工夫便将她甩开很远。戚百合的运动神经向来不发达，跑了一会儿便气喘吁吁，又着腰停下了。

她掏出手机，给辛其洲发了条消息，言简意赅：站住！

几秒过后，辛其洲回复了个问号。

戚百合回道：没到家吧？站着别动，我有事儿跟你说。

收到辛其洲的"哦"以后，戚百合又背着书包继续往前走了，只不过刚过个弯道，就在正前方看到了辛其洲。

他很配合地停在了一盏路灯下，头低垂着，望向湿漉漉的地面，不知是在想些什么，明黄的顶光自上而下，衬得他傲骨子然，仿佛电影里的落寞少年。

"喂。"

辛其洲抬头，看见戚百合走过来。她显然是跑过了，脸颊双侧淡淡的红晕，气息也不匀，胸部的线条起伏明显，在这个略显清冷的晚夜带来几分躁乱的风。

他不自然地清了清嗓子："什么事？"

戚百合走到他面前，掐着腰，开门见山："学校有人要找你麻烦。"

辛其洲脸上的意外一闪即逝，不经意扬了扬眉，开口时懒洋洋的："找我什么麻烦？"

戚百合愣了愣，一时憋住了。

她本以为辛其洲会问是谁要找他麻烦，毕竟正常人的思维就是知己知彼，百战不殆，因此她在开口前准备了一大堆的话，她打算从老戴的钱包开始说起，想跟辛其洲解释清楚梁讫然看他不顺眼的原因，可辛大少爷明显是没把这对手放在心上，连问都懒得问上一句。

"不能说？"辛其洲见戚百合半晌没说话，表情又有些纠结的样子，冷不丁地来了这么一句。

戚百合摇摇头，眉心微微蹙起，似乎是还在权衡。

辛其洲也不再追问，只静静地看着她。

一阵冷风袭来，扑打在小腿上带着刺骨的寒意，戚百合下意识缩了缩脖子，打了个冷战。

辛其洲的表情此刻出现了一道裂缝，他转过身，不知是不耐烦还是生气："不想说就别说了，回去吧。"

他说罢转身要走，戚百合急得下意识去拉住了他的手。

辛其洲的手很凉，但摸着却并没有怎么感觉到寒冷，她也不知是哪根筋搭错了，摸着摸着，还低头看了一眼——

一双好手。

辛其洲一动未动，任由她拉着自己的手，眼神平静且赤裸地落在戚百合脸上，带着若有若无的探寻，以及某种难以捉摸的兴味。

"你这样捉着我，很难不让我怀疑你是他们计划中的一环。"

戚百合没反应过来："什么？"

辛其洲俯身看她，那双雾蒙蒙的眼激滟着水光，像突破了夜幕的星点，灵气逼人，又带着难以觉察的妩媚，少女不解风情的目光，某些时候更像一种无声的邀请。

他嗓音略沉，似沙砾一般，带着一种轻佻又正经的质感："美人计。"

戚百合一愣，下意识松开了手。

她以为辛其洲在跟她开玩笑，虽然她很惊诧辛其洲会跟她开玩笑这件事，可更让她心绪起伏的，似乎是辛其洲刚刚不动声色地夸了她一句。

……美人？

虽然是这样没错。

戚百合抛开这些乱七八糟的想法，正了神色："看在你审美还行的份儿上，我就实话跟你说了吧。"

辛其洲微不可见地抬起眉头。

"那个人说他有你的把柄。"戚百合深吸了一口气，"他说，他撞见过你在操场旁边的男厕所留下了……烟头。"

最后两个字说出口的时候，说不惶恐是假的，戚百合感觉自己的嗓音都有些颤抖。但她很快就原谅了自己，毕竟辛大少爷名声在外，天之骄子一般的人物，要是被人当众揭了短，说不定就要恼羞成怒了。

她小心翼翼地掀起眼皮去看辛其洲，一抬头，撞进他乌云一般的目光里。没人能从这样的目光中全身而退。

戚百合心虚得不行，说话也开始磕磕巴巴："我也不知道是……是真的假的，反正你自己心里有点数就行。"

辛其洲微微俯身靠近她，戚百合身上有好闻的荔枝味儿，估计又是刚吃完什么糖，甜而不腻，温润得恰到好处，让人心旷神怡。他仔细嗅了几下，看到戚百合面色讶异，湿漉漉的眼神如惊惶小鹿——

辛其洲从未感觉自己如此莫名其妙过。

"你……你要干什么？"戚百合注意到了他的贴近，有些拘谨地往后撤了半步。

辛其洲目光赤裸，嗓音慵懒得像羽毛，轻飘飘地开口："真的假的，你不知道吗？"

他话说得随意，听在戚百合耳朵里，却犹如地裂一般，在她脑内轰然巨响。

时间倒回至一年半以前。

2

春寒料峭的三月末，戚百合第一次来到沅江。此前，她一直和戚繁水生活在邻市吉淮，离这里不到两小时车程，可她从来没来过。

戚繁水在春节前一天意外坠楼，那时她刚再婚不久。戚百合和那位继父只相处过半年时间，感情算不上深厚，因此戚繁水离世后他的销声匿迹看起来也无可指摘。

阮侯泽帮忙操办完丧事以后，就带着戚百合来到了沅江，两人同在一个屋檐下相处了一个多月，然后丁韪良出现了。

戚繁水从未隐瞒过丁韪良的存在，只是也从未向戚百合说起过他是一个怎样的人。

丁韪良以监护人的名义把她接进了辛家，她不想畏畏缩缩，丢戚繁水的脸，因此笔挺地站在辛家的客厅里，平静坦荡地接受众人的审阅。她以为自己没有怯场，很落落大方，可那样的故作姿态落在别人眼里，也只不过是笑话一场。

那天是久违的好天气，阳光热烈得仿佛能融化所有春水。

戚百合只记得，自己根据丁韪良的指引一一称呼过去，然后自我介绍。当时辛其洲的母亲宋冉阑也在，她捧着一杯红茶坐在暗红色的真皮沙发上，阳光从后面铺洒进来，落在她长而卷的头发上，让她周身镀上了一层金光，仿佛那份高高在上是天生的旨意。

她笑容温润，却不达眼底，在戚百合落音后惊讶地问："姓戚？"

戚百合看了眼丁韪良，见他垂着头，没有给她任何回馈。她收回视线点了点头。

宋冉阑抿了一口红茶，打趣儿似的看了一眼旁边坐着的辛芳："你家老丁可真大气。"

辛芳神色娇俏，意味深长地看了丁韪良一眼："难道我不大气吗？"

戚百合装作听不懂，镇定如常地站着，然后她看见宋冉阑把红茶搁在桌子上，蔻丹色的指甲翻转，裹了裹身上的羊绒披肩，慵懒地开口："反正学籍还没入，不如改个姓吧，毕竟你现在是跟着你爸生活。"

这话，除了戚百合，没人当真。

那时的她还没想明白，这只是一句简单的玩笑，或者说是戏弄。辛家没人在乎丁韪良的女儿跟不跟他的姓，换句话说，他们压根就不在乎戚百合这样一个孤女姓什么、叫什么、来自哪里。

他们收容她，就像收容一只淋了雨的流浪狗，是于他们来说无关紧要的善心。

可十六岁的戚百合显然还没明白，这是有钱人习以为常的捉弄。她尽量克制语气表达拒绝，可话音落下之后，气氛还是显而易见地冷却了下来。

丁韪良投来责备的目光，他在怪她不懂事。

"性子还挺倔。"宋冉阑也不冷不热地笑了一声，"那如果是要你改姓辛呢？"

她好整以暇地看着，仿佛在逗弄什么新鲜的玩物，表面和煦的目光中皆是不动声色的凌厉。

　　戚百合几乎想撂挑子不干，去阮侯泽那里当个服务员也好，回到乡下找姥姥种地也罢，总之，她不想伺候了。

　　就在她觉得自己想清楚了，准备开口的时候，身后响起了一道清朗淡漠的声音——

　　"不想改就别改了。"

　　戚百合下意识回头看，客厅左侧的楼梯，穿着灰蓝色毛衣的男生缓缓下楼。她从没见过那么好看的男生，远山一般的眉骨和鼻梁托着深邃的眼，神情却冷得像冰，眼神很空，不是目空一切的空，是冷漠，是孤绝，仿佛这世上的一切都不值得他在意。

　　那人说完，只看了她一眼，下巴微微扬着，擦肩而过时也没再投来视线。

　　本是一句解围的话，可戚百合咽下自己想说的，只觉得这里的一切都没劲透了。

　　戚百合硬着头皮生活，对辛家人尽量礼待，也尽量敬而远之，包括辛其洲。

　　在落霞山 23 号别墅住下以后，戚百合慢慢知道了辛其洲的所有事，老天的宠儿，自律优秀，生活在云端，注定是睥睨芸芸众生的天之骄子。

　　她不喜欢仰视别人，可在这个家里，似乎所有人都在逼迫她仰视权力和财富，他们处处提醒她记住自己的身份。于是戚百合记住了，也一直离家族吉祥物一般的辛大少爷远远的，直到一个月前，辛其洲度过了他的十八岁生日。

　　和辛芳对辛小竹的规划不同，辛其洲的父母现阶段似乎并没有让他在名流圈抛头露面的打算，因此他十八岁的成人礼，也只是在辛家举办了一场家宴。

　　那天丁韪良和辛芳都在家，让戚百合跟着一起去，她一直疑惑辛其洲和她同级却比她大一岁这件事，因此在辛小竹的房间帮她挑衣服的时候，戚百合随口问："为什么你哥比同龄人晚一年入学？"

　　辛小竹也不是很清楚，头也没抬地回："可能是因为我哥小时候生过一场病吧，还做手术了，也许是我舅舅和舅妈觉得他身体不好，所以晚一年上学？唉，我也不知道，那会儿我还没记事呢。"

　　戚百合没有追问是什么病，她给辛小竹挑了一件鹅黄色的无袖连衣裙，然后就随着丁韪良一起上山了。

　　落霞山海拔不高，森林覆盖面积广，向南的坡面很缓，辛其洲的家就在半山腰，一栋四层高的别墅，新中式的装修风格，庭院的假山和房子背后的山顶风光相互映衬，池塘里几尾锦鲤，黑底上有红白纹。听丁韪良和辛芳闲谈时说过，这种鱼叫昭和三色。

自从知道这一池子鱼能在市中心买套房子以后，戚百合每次去辛家都会坐在池边的石头上看很久。

那天也没有例外。

她跟在辛小竹身后进入辛宅。宋冉阑正在客厅，应当是她约的设计师上门送衣服了，一件藏青色有暗红纹路的旗袍，裁剪很精致，盘扣上还坠着樱色的玛瑙石。

宋冉阑招呼辛小竹过去："快来瞧瞧，这件怎么样？"

辛小竹是活泼的，蹦蹦跳跳地跑过去："太好看了舅妈，你穿上肯定特仙女。"

宋冉阑笑了笑，刮了一下她的鼻子："就你嘴甜。"

戚百合又挪到了丁韪良的身后，嘴角的弧度该怎样保持，她已经烂熟于心了。

在沙发上坐了几分钟，保姆开始往餐厅端菜了。宋冉阑招呼辛小竹："去楼上把你哥叫下来，早饭他就没吃。"

辛小竹"噔噔噔"跑上楼，下来时手里还顺了一盒拼图。

辛其洲在她身后，穿着灰白色的家居服，头发有些乱，应当是刚醒，睡眼惺忪，下楼时目光在客厅的众人身上扫了一圈，看向戚百合时顿了顿，旋即又很快移走。

辛芳指责辛小竹："你给你哥准备生日礼物了吗？还拿人家的东西？"

辛小竹做了个鬼脸："我哥借我玩几天，我又不是不还他了。"

丁韪良此刻从旁边的沙发上起身，把拿了一路的礼盒递过去，戚百合这才知道那包装精致的木质盒子里装的是什么。

"其洲，叔叔的新画，看你喜不喜欢。"

辛其洲这人清高归清高，对待长辈却很有礼数。他微微俯身，双手接过盒子说："谢谢丁叔。"

辛芳也送上了礼物，是她上次去日本出差时买的一款男士机械表。辛其洲又道了谢。

众人在餐桌前落座了，辛其洲的父亲辛远盛才下楼。戚百合来辛家一年多，很少见到辛远盛，但大约也能理解，辛芳只是分管盛茂酒店部，一年都有大半的时间在出差，辛远盛作为盛茂的掌门人，忙碌程度可想而知。

他是个严肃的人，即便和妹妹打招呼也不会热络，更遑论别人，连辛小竹也怕他，不敢多说一句话，只闷头吃菜。

宋冉阑带着笑意说："老盛是昨天后半夜才下的飞机，爷俩都补觉呢，睡到现在。"

她本意可能是想解释辛远盛现在才下楼招呼的原因，也可能是想缓和因他入座而变得些许拘谨的气氛，但这话却让辛远盛捕捉到了一条信息。

他看向正在吃饭的辛其洲，声音有些沉，带着上位者独有的压迫感："昨晚干什么了？"

辛其洲面无表情地回答："有场篮球赛加时了，打到了十一点。"

辛远盛也没表露出什么，就是在拿起筷子的时候说了一句："运动适量就行了。"

戚百合同情地看过去。辛其洲面色淡漠，看不出什么情绪，只是淡声应了一句："知道了。"

作为辛家从里到外的掌权者，辛远盛大约早就习惯成为气氛的主导者。那天直到最后，就算众人端起杯子一齐高声祝贺辛其洲成年快乐，欢乐的氛围里也总像是缺了点儿什么。也许是只有戚百合一个人注意到了，也许是其他人早就习惯了。总之，谁也没说什么。

饭后，辛家父子俩上楼，丁趔良和辛芳陪宋冉阑坐在沙发上聊天，辛小竹坐在一旁玩她刚到手的拼图。只有戚百合，她百无聊赖地坐在角落里，看着没人看的电视节目，每一分每一秒都是煎熬。

就在她感觉撑不下去的时候，脚边突然出现了一团毛茸茸的东西，热乎乎的，还在蠕动。戚百合本就有些昏昏欲睡，脑袋也不怎么清醒，一下子没忍住叫出了声。

辛芳看了过来，宋冉阑也不耐烦地喊了几声保姆："这小东西怎么进来了？"

辛小竹说过，这猫是辛其洲捡来的，一直在院子里养着，不让进屋，原因是宋冉阑对猫毛过敏。

保姆可能在后院忙碌，没听到宋冉阑的呼叫，戚百合这会儿反应过来了，连忙抱着猫起身，主动请缨："我抱它出去。"

中式庭院的绿化做得很好，到处都是名贵的雪松和樟树，戚百合抱着那只叫海明威的胖猫坐在亭子里，不仅没有感觉到热，甚至觉得连空气都清新了许多。

她这次下了决心，一定要数清楚池子里到底有多少条鱼，于是俯身趴在栏杆上往下看。湛清的水面上倒映出两张脸，一张是戚百合的，另一张是那只胖猫的。

感受到海明威对锦鲤的兴趣，戚百合连忙警告它："你最好别动那种心思。"

胖猫不解地看着她，"喵呜"了一声。

戚百合又说："你知道人家比你贵多少吗？你知道你在寄人篱下吗？"

回应她的依旧只有一声"喵呜"。

戚百合跟它进行了几句没有营养的对话，鱼也没有数清楚，半晌自己也觉得无聊了，开始靠在栏杆上四处打量。

她顺着池水延伸的方向往前看，研究了几分钟才知道，原来这水还不是单纯的死水，是从山上引过来的，前院比较窄，大约是想营造小桥流水的感觉，后院靠近住宅，水域面积还大了不少。

戚百合一边想着不知道夏天该有多招蚊子，一边漫不经心地抬头，十几米开外的一个小型半封闭的露台上，清瘦的少年独自站在栏杆边上，身后的白色纱帘迎风飘荡，他微垂着头，一双过分好看的手捏着烟盒，抽了一根出来放在鼻尖轻嗅。

万里无云的天际，雪白的青砖和红瓦，辛其洲微微眯起的眼睛，薄冰一般冷白的手腕，以及线条凌厉的下颌，是肆意的山水画，是孤绝遗世的画中人。

戚百合怎么也想不到，这一幕会被她看到。

惊愕过后，她就像电视剧里无意中撞见大人物秘密的炮灰一样，下意识便对自己的人身安全产生了担忧。她没有再看下去，抱着海明威仓皇逃走。

那件事过后，戚百合便对辛其洲有了些不一样的感觉，毕竟这个作为模型一般存在的人，不管走到哪儿都被称为绝对的榜样，天之骄子，无差别伤害同龄人的巨型武器。

还有什么能比撞见耀星陨落更刺激的事呢。

戚百合一直以为这件事只有自己知道，虽然她当时只看了匆匆一眼，可是她确认辛其洲没有注意到她。

如今她为了心中的正义背叛梁讫然给辛其洲通风报信，月黑风高夜，辛其洲拦在她面前反问出那句话，锋刃般的目光仿佛洞悉了一切。

戚百合慌了。

她摇摇头，动作迟钝，语气也透着股急躁："这个我怎么可能知道？"

辛其洲俯下上半身，贴近她几分："那你还为我担心什么呢？"

戚百合一晃神，猛然抬头，四目相对的瞬间，她感觉心中仿佛有什么东西在破土而出。

"我没有担心你。"她垂下眼，回绝了那过分赤裸的探寻，"你知道就行了，我回去了。"

3

辛其洲回了家，刚迈进宅子大门，在桥上撞见了过来送钥匙的李正源。

李正源是辛远盛的秘书，说是管家或许更妥帖，总之从辛其洲记事起他就在这个家里了。

辛其洲唤了一声："李叔。"

李正源走过来，他对辛其洲倒没有什么尊卑之分，总是像长辈一样称呼他为"其洲"。

辛其洲尽可能简短地叙述了一下前因后果，当然，跳过了他硬拖着戚百合蹚浑水的那段，只说了自己被小混混盯上，然后顿了顿，客气道："可能要麻烦您一下。"

李叔扶了扶眼镜，镜片后面的目光有几分惊讶。虽然这不是辛其洲第一次托他办事，但往日里辛其洲最多只是让他帮忙送个东西，因为外面的人际纠纷开口求助，这还是第一次。

李正源虽有几分疑惑，但还是笑着拍了拍辛其洲的肩："这是小事儿，明天我就帮你去解决，他们不敢怎么样的。"

辛其洲点了点头："辛苦李叔。"

李正源笑了笑，晃了晃手里的钥匙："那我去书房给你父亲送东西了。"

"好。"

辛其洲进了前庭，还没换下鞋子，就闻到了房间里传来的檀香，不知燃了多久，香味浓得有些发腻。

今天是初一，按照旧例，宋冉阑会斋戒一天。

他走进去，保姆看到他说："夫人已经吃过晚饭了，给你留了清粥和素炒，要我现在端上来吗？"

"不用了，不饿。"

辛其洲经过客厅，见宋冉阑裹着披肩端坐在蒲垫上眼皮都没掀一下，就打算自己上楼，可脚步刚迈上台阶，宋冉阑的声音便响了起来。

"怎么今天回来得那么晚？"

辛其洲回身看她，毫不掩饰地把膝盖给她看："路滑，摔了一跤。"

宋冉阑原本还在静坐，闻言立刻大呼小叫地走过来，仔细打量："怎么摔的？严不严重啊？有没有去医院看过？"

"没事。"辛其洲继续上楼，"一点擦伤。"

宋冉阑跟着来到他的房间，又招呼保姆送个药箱过来。她经常这样神经敏感，压着声音问："这伤，真不是打球摔的？"

辛其洲去衣帽间换了条短裤，出来时有些隐约的不耐烦，开口却没有过多辩解："不是。"

宋冉阑像是没听到，又自顾自地叮嘱："你爸上次说的话你也听到了，运动适度就好了，没必要占用太多的精力，而且球场上那么多人，说不定就要伤到哪里，你跟别人不一样，以后……"

"哪里不一样？"辛其洲望着她，突然问了这么一句。

宋冉阑被问得怔住了，良久才颇为不满地瞪了他一眼："你这孩子，妈妈担心你还招你不耐烦了？"

"没有。"辛其洲垂下眼，撩起裤管，"我要先洗个澡，然后再擦药，妈你先出去吧。"

宋冉阑出去了。

辛其洲并没有立刻去洗澡。他从药箱里拿出碘伏，清理了一下伤口处的沙砾，然后便把裤管放了下去。

他那间房的格局很大，书桌后面还有一方半开放的露台，但看不见其他房间，站在栏杆边上，只能瞧见后院的池水，以及水中晃动的鱼。

刚刚还浓稠如墨的晚夜似乎有了些变化，夜幕中多了几颗星，伶仃地挂在浸了几分月光的乌云上，像是镶嵌其上的钻石。

那天，也是这样不阴不阳的气候，微风扑打在脸颊，辛其洲刚走到栏杆边上，就看到了下面的戚百合。

她抱着猫趴在栏杆上，伶仃细长的胳膊架着猫的前肢，隔着她瘦弱白皙的肩侧，辛其洲看见了海明威的表情，似乎是不理解，也很困惑，呜咽声一声比一声尖锐，而她充满耐心，温柔又坚定地告诫它，寄人篱下就要有寄人篱下的自觉。

辛其洲不是一个惯于剖析自己的人，因此直到现在他也想不明白那天发生的一切。

烟盒不是他的，是打球时梁卓穿错外套塞到他口袋里的。辛其洲从不抽烟，他走上露台本是想找个地方丢掉，没想到会看见戚百合，更没想到，自己会起了捉弄她的心思。

想让她看到，想让她惊惶，他懒散地想了想，这也许只是他偶然迸发的恶趣味。一如刚刚，当他看到戚百合仓皇下山的背影时，嘴边也浮现出了一抹无法解释的笑。

可能真的只是因为太无聊了。

辛其洲胡乱地想了想，回了房间后也并没有继续细想为什么他要捉弄的对象是戚百合。

有些事他不习惯刨根问底，对自己也一样。

戚百合的感冒还没好，夜里又做了些光怪陆离的噩梦，第二天起床起得有些晚了，眼睛也肿得像核桃。陈姨要给她做三明治带在路上吃，戚百合婉拒了，从冰箱里拿出一瓶冰水敷在眼睛上便出门了。

昨夜她被辛其洲最后那句反问吓到，完全忘记了他之前说过的话。因此，当她走出大门，看见了路边停靠的那辆黑色奔驰时，下意识就想回头。

后座的车窗降了下来，辛其洲眸色清淡，仿佛在看她，又仿佛只是应付差事："上车。"

戚百合感慨自己或许果真是丫鬟的命，辛其洲对她这样颐指气使，她反而还有几分安心。

上车以后，两人之间还是沉默，戚百合拿着冰水在眼眶周围上下滚动，车厢内一时只有水流声，几秒"咕咚"一声，那声音仿佛有什么暗示，戚百合没坐一会儿，肚子就饿了。

她开始后悔没让陈姨做一份三明治带上，想了想拿出手机，准备给靳卉发个消息，让她多买两个包子带到学校。

出于礼貌，戚百合抬头看了辛其洲一眼，本意是想问他有没有吃早饭，可那一眼正巧撞到辛其洲也在看她。

深秋的清晨，车窗上都结了一层薄薄的霜，辛其洲穿着一件纯白的外套，自带打光功能，把他本来就冷白的皮肤衬得更加平整，英俊的五官配上这样优秀的皮相，完全就是老天爷的偏爱。

两人沉默地对视了几秒，连呼吸都清晰可闻，更别说戚百合咽口水的声音了。

她回过神，有些尴尬："你吃早饭了吗？"

辛其洲收回眼神，敛起了嘴角可疑的笑意，反问她："你没吃？"

戚百合点点头："我让我同桌给我带，你要吗？"

问完，她就觉得有些多余，人家连专职司机都有，怎么可能会没有早饭吃？

辛其洲没有回答，从身侧的置物架上拿出了一个纸袋，递到她面前："你吃吧。"

戚百合愣了愣："这是什么？"

辛其洲松开手，微扬了扬眉："早饭。"

"给我带的？"她有些受宠若惊。

辛其洲按下车窗，面不改色地回应："是我没胃口。"

冷空气瞬间灌进来，带着湿润的水汽，瞬间吹散了戚百合那点儿感激之情。

她放下手机，打开袋子看，真巧，还是三明治。

"那我吃了哈。"虽然辛其洲没看她，但她还是对着那颗孤傲的后脑勺道了声谢。

车子平稳地向前行驶，不用挤公交是很不错的体验，不过戚百合很快意识到了另一个问题。

在离学校只剩一个路口的时候，她让司机停了车。

"我在这儿下就行了。"戚百合有些心虚地指了指路边的文具店，"我的马克笔用完了，要去买几支。"

辛其洲不知是信了还是没信，他琥珀色的眼睛淡淡地在她那双崭新的小白鞋上扫了一眼，然后慵懒地应了声"嗯"。

戚百合早就习惯了他的"嗯"，她下了车，还带走了早饭的垃圾。

车子继续往前开了十几米，然后遇到了红灯。

辛其洲靠在椅背上漫不经心地看着后视镜，戚百合刚走到路边，一个男生就跳到了她旁边，两人说说笑笑，不知聊了些什么，戚百合明显比刚刚在车上时放松了许多，咧嘴笑的时候还伴随着一些看起来不太聪明的肢体动作，看起来很傻，也很生动。

直到两人走进路边的文具店，辛其洲收回视线，关上了车窗。

戚百合原本就是怕被同学看到才提前下车的，哪知道才站稳，梁讫然就冒了出来。他斜背着书包，牛仔外套大刺刺敞着，看样子心情还不错，一见面就给她说了个刚听来的冷笑话。

戚百合心虚，配合地笑了几下，觉得他应该是没看到，转移话题说要买几支笔，梁讫然便也跟着进了文具店。

在店里，戚百合认真挑着马克笔的颜色，一转头，看见梁讫然没心没肺地夹着支笔在指尖，那姿势，蓦地让她想起了辛其洲。

她轻咳了一声，决定还是拯救一把无知的少年，于是旁敲侧击地提起了上回老戴丢钱包的事儿，她拐弯抹角地问梁讫然："你真的确定是那个人告的密吗？"

顿了顿，她干脆直截了当地说："只凭借他进过二楼办公室这一点，我觉得不足以证明是他告密，要不你再考虑考虑？"

"不是他是谁？"梁讫然放下笔，一副紧张的样子，"不会连你也被他的外表欺骗了吧？"

此后便是一连串的啰唆。

辛其洲绝对不是她们这些人想象的那么完美，这个人我行我素，品行上有极大的问题，正是他梁讫然最为不齿的那类，两面三刀的人。

戚百合插不上话，干脆放弃了。

到了教学楼，正巧碰上了边走路边吃包子的靳卉，她看见两人走在一起，十分惊讶："你俩不是一个方向的吧？"

戚百合本来坐公交车，是要从学校左边的车站下车的。

她还没想好怎么解释，梁讫然就替她开口了："百合要去买笔，所以绕到了那边。"

戚百合点点头："对。"

靳卉也没放在心上，拉着梁讫然问："今天有什么计划没？"

梁讫然拍了一下她的手："此事不宜声张。"

"自己人。"靳卉说。

戚百合默不作声地走到一旁丢垃圾，回来时听到梁讫然说："没什么计划，就是找了几个人在操场那边的男厕所蹲着，一班今天正好有节体育课，只要逮到他，什么都好说。"

靳卉觉得这个办法有点蠢，但是也没好意思泼冷水。直到跟戚百合回了自己班坐下，她才感慨道："我觉得这事儿玄得很，梁讫然恐怕还要惹一次麻烦。"

戚百合放下书包，不知道该说什么，就也问她一遍："你觉得是辛其洲告的密吗？"

"那肯定不是啊。说句不好听的，辛其洲可能压根都不认识他。"靳卉"啧"了声，"这梁讫然也太二百五了，拉都拉不住，随他吧，再捅个娄子他就长记性了。"

这话本来是随口一说，哪知道才到下午，靳卉的预言就成真了。

起因是有人在班群里发了一张照片。

照片拍的是操场旁边的男厕所门口，教导主任揪着梁讫然的耳朵正往外走，旁边乌泱泱一群人，大部分都是跟梁讫然混在一起的，脸上皆是惊恐。而在照片的右下角，辛其洲站在人群之外，这个年代的手机像素都不怎么高清，画质模糊掉了他的表情，可却没有模糊掉那张帅气的脸。

辛其洲大约是功成身退，带着一种少见的肆意，他懒散地插着兜，明明是远离人群的位置，却能轻而易举夺走所有人的焦点。那是他的天赋。

因为他的出现，讨论这张照片的人分成了两派，一派是认真分析梁讫然又闯了什么祸，另一派就是分不清重点的颜值派，这些人根本不在乎教导主任为什么生气，只是惊呼校草为什么随便一拍都那么好看。

靳卉从来不会放过任何一个八卦，倒数第二节课的课前，她溜到隔壁班去打听，上课铃声响了才回来。

历史课，任教老师管得不严，靳卉喝了一口水，压着嗓音娓娓道来："梁讫然那家伙，有人跟他说看见校草进男厕所了，他就立马带了一伙人去堵。刚进厕所啊，一群人就举着手机在那儿拍，教导主任在厕所里面抽烟呢，气得不行，当场就把人逮了，手机全部没收！"

她说完，自己都气笑了："你说梁讫然的脑袋里装的不会都是水吧？就一点脑组织都没有吗？"

戚百合抠着手指，虽然这事儿是梁讫然自作自受，可她心里多少觉得有些对不起人家："那他现在怎么样？"

"还能怎么样？这星期都二进宫了。"靳卉叹息一声，"把老戴是气得够呛。"

这件事被众人热情讨论了一节课，等梁讫然的处罚结果出来才渐渐平息。因为他屡教不改，校方给了他记过的处分。

戚百合拉着靳卉去隔壁班看梁讫然，这事儿对梁讫然打击挺大，靳卉还蛮唏嘘，唏嘘完了就往地下车库跑，说要给游浩打电话八卦，同步一下这个事儿。

戚百合也掏出手机给辛其洲发了条消息。

学校小卖部在实验楼旁边，一间低矮的平房，正门是络绎不绝的学生，后门是连接实验楼的一段长廊，顶上是蜿蜒缠绕的紫藤萝，这会儿到了秋季，只剩下秃黄的枝丫。

戚百合靠在廊檐的柱子上等辛其洲，实验楼向来人流稀少，这会儿没到上课时间，更是没人往这边来，她坐在那里唉声叹气，没多久就听到了身后传来的脚步声。

　　辛其洲没穿早上那件白色外套，身上的黑色卫衣很宽松，却没有空荡的感觉，依旧是清瘦修长、干净利落的样子。大约他宽肩窄臀，什么衣服都衬得起来，不然也不会被人在男厕所门口随手一拍，就让广大女生倾心收藏。

　　他步伐轻纵，走过来时头发被风吹得有些乱，但没影响气质。对，就是那种冷淡孤傲、目中无人的气质。

　　辛其洲走到戚百合面前停下，没说话。旁边就是另一个柱子，但他没像戚百合那样靠上去。这是戚百合发现的他的第 N 个习惯，他从不会松松垮垮地靠在哪里，大约是坐有坐相，站有站相，就像老戴某一次在操场看见他时，回头跟他们点评的那句——"一看就是好学生"。

　　戚百合有些无语，老戴看人的那点儿本事，估计都用在他们这群差生身上了。

　　"什么事？"大约是沉默太久，辛其洲先开口了。

　　戚百合皱了皱眉，斟酌了一下语气，缓缓开口："我跟你说那件事，是让你自己提防，不是让你……对付他的。"

　　她沉默了下，"陷害"两个字还是没说出口。

　　靳卉说得不对，哪会有人运气这样好。辛其洲会选在那样的时机走进男厕所，大约是早就打算要拉着真正抽烟的人——教导主任一起入局，给梁讫然一个措手不及。

　　辛其洲听她这样说，脸上也没有惊讶，似乎是来之前就知道她要说这些，往日里淡漠、疏离的目光下，似乎还滋生了某种新鲜的情绪，不用深究也能瞧出来，是一些莫名其妙的寒意。

　　"我，对付他？"辛其洲反问了一句，嗓音不重，带着沙哑的质感，反而有种咄咄逼人的威力。

　　戚百合抠着手指，纠结地说："其实梁讫然就是缺心眼，人也不坏，你没必要那么针对他，他蹲几天没蹲到估计就没耐心了。其实也怪我昨天没跟你说清楚，梁讫然他就是一小孩……"

　　戚百合心里有愧疚，虽然她也知道这愧疚来得挺厚颜无耻的，毕竟她就是那个从中作梗的人，她很少干这种亏心事，处理起来很没经验，话说得有些没头没脑了。

　　辛其洲似乎有些不耐烦了，打断她："除了这些，你还有别的要说的吗？"

　　戚百合怔了两秒："你，你急着走啊？"

　　辛其洲垂眼看她。戚百合的五官很漂亮，尤其是眼睛，双眼皮的线条非常流畅，从尖尖的眼头延伸出来，到眼尾缓缓上扬，有像小狐狸一般狡黠的机敏感，可瞳仁黑亮，眼神又澄澈清明，又显出一股湿漉漉的天真。

她那张脸实在美丽，也实在矛盾。像她这个人，看起来聪明又洒脱，事事都能自洽，像野草般拥有旺盛的生命力和张扬的活力，可有时候，她又总是不小心流露出虚张声势的脆弱，那种不谙世事的天真，大约是她一直想隐藏的，也是让辛其洲唯一心软的地方。

他微微叹息一声，大约只有他自己能听到，缓缓开口："我的确事先知道教导主任在里面，但我只是去上了一下卫生间。"

戚百合怔怔地看着他，黑白分明的眼，像默片电影里那样深刻得仿佛能说话。

辛其洲的表情渐渐出现一道裂缝，流露出几分不知从哪儿来的焦躁。他平了平气息，稳着嗓音说道："他被处罚是因为他触犯了校规，我没有逼着他招呼都不打一声就拿手机去拍——男厕所。"

说到这里，他加重了音调，拿捏着分寸的提醒，仿佛多说一句都嫌累。

戚百合不是没有逻辑的傻子，她听懂了。

辛其洲是想告诉她，梁讫然被处分和辛其洲有没有故意设计无关。即便辛其洲是主动选择在教导主任之后走进那间男厕所也没做错什么，是梁讫然的冲动和无脑，让他付出的代价才变成了咎由自取。

戚百合想了想，不说豁然开朗，但多少也捋明白过来一点儿道理。这件事不管结果如何，辛其洲都可以称得上是受害者，自己这样贸然过来责问他，属实算得上没事找事，圣母病大爆发了。

她若有所思地点了点头，自我安慰道："我明白了。好吧，还好他的处分也不是很严重。"

之后大约是出于好奇，她又追问了一句："那你为什么要对付他呢？"

据她的认知，辛其洲这样目空一切的脾性，大约是不会把梁讫然这样的小把戏放在眼里的。她当时通风报信，也只是觉得自己最多会毁坏梁讫然的"拔草"计划，她并不认为辛其洲会主动理会这些小打小闹，甚至于还主动出击——

对，她还是不相信辛其洲会恰好在那个时候内急。

辛其洲没有回答她的提问，他蓦地俯身贴近戚百合，两人之间的距离骤然缩短，不足十厘米，近到戚百合能看清他根根可数的睫毛，像小草一样修长，睫毛颤动时，让她想起了振翅的蝴蝶。

戚百合下意识开始紧张，刚想后退半步，辛其洲就像知道她要干什么似的，一只脚垫在她脚侧，让她避无可避，然后才开口问："你跟他很熟吗？"

戚百合咽了咽口水："还行吧。"

"哦。"辛其洲眨了一下眼睛，"他喜欢你？"

戚百合大惊，艰涩地开口："这个……不好乱说的吧，毕竟咱们还是高中生，早恋……早恋是不对的。"

辛其洲听到这句，像是挺满意似的，"嗯"了一声便缓缓站了回去。戚百合从那种莫名其妙的压迫感中解脱出来，刚想松口气，哪知他又补充了一句——

"你知道就好。"

戚百合满头满脑的问号，辛其洲那个语气欠得要死，端着老神在在的劲儿，好像指点迷途羔羊一般高高在上。

再说，她长着一张很渴望早恋的脸吗？

4

深秋的白昼越来越短，不到下午六点，教学楼外的天色已经变成了蟹青一般的灰。

戚百合背着书包和靳卉一起走出教室，还没下楼，口袋里的手机就响动了两下，她一边和靳卉聊天一边拿出来看，小企鹅的图标跳动着，她点进去，是辛其洲发来的消息。

xqz：等我。

戚百合发了个问号过去：天还没黑呢，我可以一个人回去。

xqz：随你。

戚百合握着手机顿在原地，正踌躇的时候，辛其洲仿佛看出了她的犹豫似的，又补了一刀：早晨看你穿的运动鞋，被人追杀跑起来应该方便。

……这人是真的擅长兵不血刃。

靳卉凑过来："你干什么呢，还不走？"

戚百合皱着眉："你先走吧，家里没人，我等会儿再回去。"

靳卉很惊讶："你没带家里钥匙吗？对了，你家到底在江浦区的哪个小区啊？"

戚百合装作没听到后半句，把手机放进书包里，就跟她说了再见："今天出门急，忘带钥匙了，我回教室等一会儿，你先回去吧，拜拜。"

回到班里，板凳已经全部被架到了课桌上，只有打扫卫生的同学还没走，教室里扬起的灰尘迷眼，戚百合挑了靠窗的位置坐下，无事可做，只能拿晚上的作业出来写。

半个小时过去，戚百合已经不知不觉做完了半张数学试卷，抬头看时，人全都走光了，窗外天色也完全暗了下来，教室里空荡荡的，连气温都下降了几度。

戚百合只穿了一件毛衣开衫，没有扣子的那种，松松垮垮的版型只有美观的作用，几乎没有保暖功能。她勾着背趴在课桌上，深秋的夜晚温度不算太低，但多少有些瑟瑟的湿冷，她打了个寒战，又掏出了手机。

问辛其洲几点放学的消息他还没回，戚百合打了个寒战，越想越委屈，又给他发了一条：如果今天我注定要选一种死法，那我宁愿选择被抛尸荒野，也不要在教室里做一颗冻僵的望夫石……

　　戚百合本来没觉得这个词用得有什么不对，因为在她的印象里，"望夫石"就是用来形容一个苦苦等待的女人，这和她今晚的形象完全吻合，可当她打完这三个字时又觉得不妥了，刚想删除，脑后响起熟悉的声音。

　　梁讫然倚在门框上，疑惑地看着她："你怎么还没走？"

　　戚百合还为通风报信的事儿心虚着，支吾地回："家里没人，我也没……没带钥匙，就在教室等会儿。"

　　梁讫然点了点头："哦，那我先走了。"

　　"等会儿。"戚百合顿了顿，还是开口问他，"你今天……没事儿吧？"

　　"能有什么事儿？"梁讫然随手薅了把头发，满不在乎地说，"不就一个处分嘛，你转学来得晚不知道，我高一就挨过处分了。"

　　戚百合看着他没精打采的样子，有些愧疚，又安慰了几句。梁讫然的脸色突然变得有些奇怪，慢腾腾地开口："我真不在意那个处分，我就是觉得……就是觉得……"

　　他泄气地说："有点丢脸。"

　　没抓住那小白脸的把柄，反而被对方摆了一道，这事儿闹得整个年级都知道了，多少有些影响面子。

　　戚百合怔了怔，没想到他冒出这么一句，没忍住笑了一声："这种事儿你干得少了？现在觉得丢脸了，之前惹麻烦的时候不是洒脱得很吗？"

　　"这次不一样。"梁讫然揉了揉脸，又看了戚百合一眼，像是在打量她的脸，看得戚百合有些莫名其妙了，他才烦躁地丢下一句，"我先走了，你回去注意安全。"

　　说完他转身就走，没两秒钟又退回来，把身上那件运动外套脱下来丢到她的课桌上，嘟囔了一句："穿那么少……"

　　他扔完就走，也没给戚百合反应的机会，她拿着那件外套，刚追到门口，梁讫然的身影已经从楼梯拐角消失了。

　　她无语地拎着外套转头，一抬眼，吓出了一声尖叫。

　　戚百合看课外小说涉猎极广，除了一些谈情说爱的，恐怖类的校园怪谈她也看了不少。因此，当她蓦然回头，倏地看见不知道什么时候出现在身后的辛其洲时，心跳都漏了半拍。

　　他像是刚走到教室后门，走廊上的灯还没打开，挺拔如孤松的身形隐在阴影里，若不是还有教室里的光微弱地照着，那张本就没什么人气儿的脸都要和黑暗融为一体了。

　　戚百合又急又气："你走路没声音的啊！"

　　辛其洲没理会她的脱口而出，从口袋里掏出手机，边看边问她："你给我发消息了？"

"是啊是啊，发了一百条了！"

辛其洲没接话，低头看手机。两秒后他抬头，看向戚百合，眼神里似有不解："望夫石？"

戚百合愣了愣，拿出手机看，应该是刚刚梁讫然出现的时候，她不小心点了发送键。

"望夫石。"辛其洲这样煞有介事地读出来，他的声音很冷峻，在这个晚夜显得格外清晰，于是戚百合也尴尬了。

她不自然地咳了两声，开始转移话题："你耽误了我五十分钟。"

戚百合转身回到课桌前，辛其洲也是在这时才发现她手中那件外套，灰白色的三叶草，很经典的款式。他下午才在男厕所门口见到，那会儿穿它的人还很狼狈。

宛如那日早上，他在后视镜里看到文具店门口的场景一般，酸闷、躁郁的滋味很陌生，然而更陌生的还是他自己。

下午那节体育课，其实他刚走出篮球场的时候就注意到了，操场看台上坐着几个人，几双眼睛滴溜溜地往他身上看，太刻意了，想不看到都难。

这些年想找他麻烦的人不少，对于那些莫名其妙的敌意，他也从没放在眼里过。

可那天，他走到栏杆旁喝水，有一下没一下地看了眼那群奇怪的人，脑海中突然就浮现出了戚百合的笑。

她似乎更喜欢和那样的男生打交道。

他将矿泉水瓶扔到垃圾桶里，一转身，看见了教导主任。

从男厕所走出来的时候，辛其洲并没有什么功成身退的快感，他只觉得自己鬼迷心窍。

对，鬼迷心窍。

敛起回忆，辛其洲依旧心绪不定。

戚百合背对着他，慢条斯理地收拾着课桌上的书，那件三叶草外套就搭在她的胳膊上。

他眉头轻皱："司机在催了。"

"知道了！"戚百合没好气儿地应了声，随手把梁讫然的外套塞进桌洞，然后收拾试卷和书，不再理会身后的动静。

可人越是着急就越容易出错，英语书被她不小心扫到了地上，里面夹着的试卷和各种复印资料散落一地。

戚百合蹲下来捡，余光中看见辛其洲也蹲下来了，余光中又看见他捡起了一张纸，余光中她又瞥见了那纸上的内容……

辛其洲捏着那张他自己的作文，单膝蹲在地上，和戚百合面对面。

惨白的灯光自上而下落在他的眉骨上，在眼下投下一小片阴影，于是他那本就幽静高深的目光便更难琢磨了，仿佛还带着一种不易察觉的压迫感。

戚百合艰涩地开口："这是班主任给我们复印的……"

她很想大声辩解，但又总感觉说多错多。

戚百合一把从他指尖夺下那张纸，随手夹进书里，自暴自弃地说："写的什么玩意儿，看都看不懂。"

辛其洲左手握拳拢在嘴边轻咳一声，似乎还看了她一眼。但戚百合已经完全不在意了，她甚至都感觉不到寒冷了，胡乱把东西全都塞进书包，就率先起身出了教室。

二中的晚自习七点半开始，寄宿的学生吃了晚饭，已经陆陆续续回了教学楼。戚百合和辛其洲往外走的时候还看到了同班同学，两个女生，虽然平常跟她在班里都不怎么说话，但戚百合还是跟她们打了招呼。

那两个姑娘看了她一眼，目光又飘飘然地移到了她身旁的辛其洲身上，那表情，似乎是在揣测。

辛其洲清落孑然，站得笔直。目不斜视是他的习惯，即便是察觉到有人在看他，他也不会投过去一个眼神，这样高傲又孤绝的性子，拿捏得不好会让人讨厌，但老天爷偏偏又给了他这么一张招蜂引蝶的脸，太容易横生麻烦。

戚百合略有不安，提起腿步子迈得更大了。

一直到出了学校大门，她回头去看。辛其洲双手插兜，身形高瘦，走得不疾不徐，在她身后不到五米的位置。见她回头，他微扬了扬眉："你突然走那么快干什么？"

戚百合看清他唇边淡淡的笑意，搞不懂他刚刚还很不耐烦地催促她，这会儿为什么又心情很好的样子："你不怕被人看到我们走一起？"

辛其洲迈着大步走近，蹙眉看向她："你风评很差？"

戚百合下意识反驳："你才差呢！"

"我风评很差？"辛其洲有些意外，这点他过去从未去探听过。

戚百合一怔，不知道他是真傻还是装傻，有些不耐烦地解释："你不是也讨厌早恋吗？被人看见我们走一起，回头又传出一些捕风捉影的绯闻什么的，你不嫌烦吗？"

辛其洲蓦地站定："你嫌烦？"

"废话！"戚百合无语地看了他一眼。

"哦。"辛其洲敛起神色，仗着腿长的优势先走一步，两秒就拉出一长段距离，然后回头催她，"嫌烦还不赶紧过来上车。"

车子就在马路对面。戚百合受够了他这喜怒无常的脾气，狠狠翻了个白眼跟上去。刚过完马路，就要走到车门旁边了，身后突然又响起女孩的声音。

"辛其洲！"

蒋初妮穿着白色高领毛衣和呢子半裙，怀里捧着几本书，跑起来的样子十分青春洋溢。戚百合看了一眼，瞬间就明白蒋初妮在校花投票中一直名列前茅的原因了。

戚百合顿在原地，余光中看见辛其洲也停下了。

两人目视着蒋初妮在马路中间停下等车流过去，戚百合小声询问："要不我先上车？"

一旁的辛其洲斜睨了她一眼，一副大可不必的表情，反问："有这个必要？"

戚百合哑口无言。

不回避就不回避，是你的绯闻女友又不是我的！

又过了几秒钟，蒋初妮跑到了两人面前，她先是理了理鬓边的头发，然后气喘吁吁地把怀里捧着的试卷拿给辛其洲："我问完老师了，她说你画的辅助线是对的，只有那一种解法，我从办公室出来本来想回去把卷子还你的，但你走得太快了。"

辛其洲没应声，伸手接过了试卷。

那双好看的手像闪电一样出现在戚百合目光中，她又忍不住低头看了一眼。

大约是她的存在本就突兀，不该有任何动作，因此那一下低头还挺刺眼的，蒋初妮看了过来，辛其洲也睨了她一眼，随即他就像是怕被占了便宜似的，不动声色地收回了手。

戚百合略有几分尴尬地摸了摸鼻子。

辛其洲偏头看她一眼，似乎是叹了口气，然后轻声道："走了。"

不知是对蒋初妮说，还是对她说。

戚百合点点头，抬手就要去拉车门。

蒋初妮见他要走，像是有些着急似的，又唤了一声。

辛其洲回头，嗓音清冽，寡淡得很："还有事吗？"

蒋初妮僵硬的表情转瞬即逝，唇边挂着笑，状似无意地打量了一眼旁边的戚百合，语气轻快："这位同学……是你的亲戚吗？"

戚百合刚想点头，就听到一声冷飕飕的回答："这跟你有关系吗？"

气氛一瞬间降至冰点，戚百合也下意识屏住了呼吸。在她的印象里，这两人一直是学霸界流传已久的佳偶来着，可这会儿看来，似乎是蒋初妮更殷勤一些，而辛其洲对蒋初妮，似乎也并没有什么特别的。

不知为何，戚百合心情有些微妙的复杂，抬眼去看蒋初妮的反应，见女生眉眼下垂，表情尴尬，她又有些感同身受的同情。

她想说些话，又不知说什么合适，正纠结着，旁边的辛其洲又开口了，这次的语气倒是和缓很多："抱歉，我只是不喜欢回答没有边界感的问题。"

听上去是彬彬有礼的致歉，但似乎又像是一个耳光，戚百合掀起眼皮去瞧，他那副看起来平淡静默的表情下依旧藏了几分冷漠。

她猜测，这第二句只是出于教养，或者说程序化的礼貌。毕竟，换作她是蒋初妮，是无法从这句话中得到安慰的。

但学霸的心理世界显然是戚百合无法理解的，蒋初妮出人意料地配合，赶紧就顺着台阶自己下去了："嗯嗯，我也只是随口一问。那你们赶紧走吧，明天见。"

说完，她就笑着挥了挥手，没放在心上的样子，一举一动都做得滴水不漏，除了临走前不动声色地剜了戚百合一眼。

上车以后，戚百合心里莫名其妙有点委屈，憋着一股气儿没说话。辛其洲也不说，他向来是个不爱说话的。

两人并肩坐在车后排，昏暗的车厢内过分安静，沉默得像在深海里，车胎压过路面沙砾的声音都格外清楚。

开到落霞山脚下，快到家的时候，戚百合开口说了第一句话，她问："那件事什么时候才能解决？"

辛其洲转过身看她，眸色有些黯淡："不知道。"

这算是什么回答，戚百合感觉自己失去了自由。

下车的时候她带着怨气，关车门时稍微用了点力，"嘭"的一声，沉闷又响亮。

回到别墅，家里只有陈姨在厨房忙碌着。辛芳和丁晁良不沾家是常事，令人疑惑的是辛小竹，按理说她车接车送，应当比自己回来得更早才是，可最近这段时间都是戚百合吃完饭回房间了才听到她上楼的声音。

因为作业已经做了三分之一，所以戚百合没在书桌前坐多久就结束了她一天的学习，虽然还剩下三分之一的题目不会，那种题目不管她呆坐多久都是不会的。

她拿出手机和靳卉聊天，阮侯泽说他的俱乐部周六晚上要搞一场活动，让戚百合带人去捧场。靳卉很感兴趣，问她：什么活动？

戚百合换了睡衣躺到了床上，捧着手机打字：有表演，百鬼夜行和风Trap，他还请了一个乐队，最近挺火的，叫什么下雨的，成员都是大学生，好像最近还得了个什么奖。

靳卉激动了：真的假的？是帅哥吗？

戚百合笑了一声，刚想打出"都是艺术院校的男大学生"几个字，突然瞥见左上角冒出了一个小红点。

她点进去看，海明威的头像正跳得欢快。

辛其洲给她发了一长段的文字，乍一看像什么新闻似的，说了大学生就业的问题。戚百合眯着眼睛看了半天也没看明白，刚想问他是不是发错了，辛其洲又发来了一条。

xqz：现在能看懂了吗？

戚百合愣了愣，随即想起这就是一模的英语作文题目，说是假设自己是英语报的小编辑，关于大学应届生就业难现状点评几句。

汉译英本来就难，还要自己想内容，这次二中英语成绩的平均分那么低是有理由的。

戚百合一目十行地扫了一遍被辛其洲翻译成汉语版的作文，怒回了两个字：无聊！

等了半天，辛其洲没有再回。

第二天出门，那辆黑色奔驰依旧停在路边。

秋末的清晨，山路上起了雾，车窗上薄薄一层水汽，像是隔开了外面的世界，车厢像一个小型的太空舱。

对于和辛其洲相处这件事，戚百合自觉已经摸索出一些关窍，他不爱说话，她也就闭嘴，装哑巴这件事，在辛家她已经习得驾轻就熟。

一路沉默，快到那家文具店门口，戚百合连编都懒得编了，直接开口："我在文具店门口下就行。"

辛其洲侧身看她："又要买马克笔？"

戚百合背好书包，极其敷衍地应了声："嗯啊。"

她下了车刚打算走，想到什么，又转过身问："你每天到底几点放学？"

总不能老用没带钥匙这个理由来糊弄靳卉，从前两人都是一起走到公交站的，那丫头精得很，再糊弄几次怕是就瞒不住了。

辛其洲垂眸答道："六点四十五分。"

戚百合撇撇嘴："所以我每天都要等你一个小时？"

"很快你就不用等我了。"

戚百合愣了一秒，蓦地开心起来："所以那件事就要解决了？"

辛其洲不置可否地看了她一眼："你猜。"

莫名其妙，戚百合瞪着他："不说拉倒。"

她捏着书包带转身，几秒过后，黑色奔驰经过她身侧缓缓加速，不多时便远去了。戚百合继续向前，没走十米，眼前出现一个人。

蒋初妮身着白色学院风毛衣、暗红色及膝伞裙，半长不长的头发扎成了小马尾，后颈上还散落着几缕碎发，很清纯可人的装扮。

"有事？"戚百合皱眉看她。

蒋初妮扬了扬下巴，杏眼微眯，不屑地将戚百合从头打量到脚，冷淡开口："你跟辛其洲什么关系？"

戚百合好笑地看着她："你来问我啊？"

此前戚百合虽然在学校里经常和蒋初妮打照面，但两人从没开口说过一句话，戚百合也不知道蒋初妮是这样的性格，像个小太妹一样，抱着胳膊对戚百合说："问你，你回答就行了。"

戚百合看她那副趾高气扬的样子，又觉得比喻得不恰当，小太妹都比她可爱许多，至少上次在落霞山拦着辛其洲要QQ号的那个口香糖姑娘，就比眼前的蒋初妮看着顺眼。

"你怎么不去问辛其洲？"戚百合出了辛家，在哪儿都不算软柿子，她知道蒋初妮的死穴在哪儿，讥讽道，"他是你同学，我又不是。你舍近求远来问我，不会是怕辛其洲又来警告你注意边界感吧？"

她还特意在"边界感"三个字上加重了语气。

果不其然，蒋初妮被激怒了。

她气得瞪大了眼睛，戚百合这才发现她还刷了睫毛，眼睛炯炯有神的样子。

"我只跟你说一句，辛其洲不是你这种人可以妄想的。"

"我哪种人？"

"烂人咯。"蒋初妮冷笑一声，"别以为跟他走近了一点儿，就以为自己真有机会了，睡觉之前也不照照镜子，看看自己配不配得上做这个梦。"

她用尽全力嘲讽，可戚百合不怒反笑，伸出手指头指了指她的眼睛，笑嘻嘻地说："那我也劝你照照镜子，你睫毛变成苍蝇腿了。"

蒋初妮花容失色的下一秒，戚百合耸耸肩离开了。

在学校门口遇见靳卉，她一看见戚百合就跑了过来，一副天都塌了的样子："你听说了没？"

"什么啊？"

靳卉咬牙说："学校要强制高三所有学生上晚自习了！"

戚百合有些惊讶："走读的也要？"

"对啊，"靳卉喝了一口豆浆，愤愤说道，"我也是刚刚在公交车上听十五班一个女孩说的，他们班主任昨天放学前跟他们隐晦地提起了这件事，应该八九不离十了。"

二中之前从未有过这项规定，靳卉说，大概是上一届的升学率实在太难看，差点儿被一直踩在脚底下的八中超越了，估计是校领导着急了，所以想出这个高招儿。

戚百合也有些无语，晚自习十点结束，大部分公交车都停了，还有一段山路，她怎么回家呢？

"只能让我爸来接我了。"靳卉叹了口气。

戚百合心烦意乱地往学校走，电光石火间，突然想起辛其洲刚刚跟她说的那句话。

——"很快你就不用等我了。"

原来如此！

她掏出手机，在走进教学楼之前迅速打了一行字，发给了辛其洲。

田中小百合：我猜到了，真是谢谢你的好心提醒。

让她不但空欢喜，还迎来了一场意料之外的暴击。

xqz：不客气。

流言在校园里传播得向来都很快，不出半天的时间，几乎全年级都知道了这件事，高三教学楼一层和二层的每个角落都能看见几张惆怅的脸。

戚百合也惆怅，并且一直惆怅到了放学。她编了一个新理由支走了靳卉，教室渐渐变得空荡，知道了辛其洲的放学时间以后，她也没再给他发过消息催促。

默默做了半个多小时的作业，看时间，还有二十多分钟要等。戚百合伸了伸懒腰，刚拿出手机想下会儿五子棋，靳卉发了消息过来：我刚刚跟游浩打电话，他说我们学校有个女的得罪了城北职高的几个小混混，下午在群里说哪天放学要去堵她呢。你觉得会是谁？

二中确实有几个作风张扬的女生，往日里也常常和社会上的人来往，都是能叫得出名字的，搁平常戚百合说不定就要用排除法和靳卉好好推测一番了，可她这会儿心情实在不怎么样，提不起劲儿问更多细节，随便敷衍了两句就打开了五子棋。

刚下没两局，身后响起了敲门声。

教室后门站着一个面生的女孩，问她："戚百合在吗？"

"我就是。"

那女孩看了她一眼："哦，辛其洲让我跟你说一声，他手机没电了，有点急事先走，让你不用等他了。"

"哈？"戚百合皱着眉，还想再问，那姑娘已经转身离开了。

戚百合给辛其洲发消息，几分钟也没得到回复。她似信非信地收拾了书包，往外走时经过了楼梯口，心神微动想上去四楼看看，可转角处突然出现一道红白色的身影。

蒋初妮从上面走下来，看到她，投来怨憎的目光。

戚百合没理会这个，她瞥见蒋初妮背着书包，疑惑的心放回了肚子里——看来那厮真的提前放学，提前走人了。

她走一路，骂一路，十分钟后走到公交站台，天色已经完全暗了下来。过了放学潮的高峰期，学校附近又没有住宅区，车站空无一人。

戚百合刚准备放下书包在车站的长椅上坐一会儿，面前突然出现了一只手。一切都发生得太过突然，几乎没有人注意到，她被捂着嘴拖到了车站斜后方几十米外的一家黑网吧后门，连书包都遗落到了地上。

玻璃推拉门碎了半扇，戚百合被揪着头发丢到地上，耳朵、头皮都传来火辣的痛感，她皱着眉艰难地抬头，借着头顶昏暗的灯，发现自己坐在网吧厕所门口，面前四个男人，最矮的那个目测也有一米七八，此刻都虎视眈眈地盯着她。

"你叫戚百合，是吧？"为首的那个男人离她最近，留着莫西干头，一身装扮流里流气，看着是个壮汉，嗓音却尖细得刺耳。

戚百合憋回了眼泪，左右打量了一下。这家黑网吧前门在路边，可后门却位于一座菜市场里，白天是人声鼎沸，到了夜间却如同鬼屋一般，大棚内伸手不见五指，而网吧离厕所要经过一段长廊，里面又向来吵闹，真要大声呼救，说不定救她的人没来，这群人先被激怒了。

头顶的灯泡电压不稳，光线时暗时亮，戚百合已经慌了，可还是佯装镇定："我说不是，你们会信吗？"

旁边有个男的着急提醒："就是她！我看过照片了，一模一……"

话还没说完，被莫西干打断了，他半蹲下身子，嘴角浮出笑意："行啊，不哭也不闹的，挺有胆量啊。"

戚百合偏过头："能告诉我为什么绑我吗？"

"最近得罪了什么人，你自己不知道吗？"莫西干蓦地靠近戚百合，似乎在仔细打量，呵出的热气扑在戚百合面颊上，带着酒精和香烟混合的臭味，让人反胃。

"真人比照片更好看。"他得出这个结论以后，突然叹了口气，"可惜了。"

戚百合无暇去想这句话的含义，她在脑海里飞速过了一遍最近的经历，想来想去，只有上回在落霞山那一次，她无意中得罪了几个小混混。

抱着最后一丝希望，她哽住喉间想哭的酸涩，稳着嗓音开口："是谁找你们来的？我可以跟他通个电话吗？"

莫西干没理她，起身从腰间拿下了一串钥匙，丁零哐当一阵响过后，他握住了一把挂在上面的瑞士军刀。

冰冷的地面上有水，像是从厕所延伸出来的，布满了鞋子踩踏留下的黑色泥渍，又凉又让人恶心。戚百合不知道是寒冷多一点，还是恐惧多一点，嗓音终于是带上了哭腔。

"你们想干什么？杀人是犯法的！"

那四个男人闻言，戏谑地笑了几声，似乎是觉得她傻，开口说："谁要杀你了？我们又不傻。几千块钱，至于坐牢吗？"

刚刚那个提醒的男人掏了一把小尺子递给莫西干，两人头对头比画了一下，嘀咕了几句，戚百合的心刚放下来几分，就又悬了上去。

她声音发抖："你要干什么？"

"不干什么，"莫西干把刀刃在她眼前晃了晃，满不在乎地说，"就是在你脸上划个小口子，不深，但是没个一年半载的也恢复不好的那种。"

他语气越是漫不经心，戚百合的心就越冷。

她这个时候已经蒙了，下意识求饶，见对方不吃这一套，又说出了那句不痛不痒的警告："你们会坐牢的。"

莫西干又笑了："你以为这尺子是干什么用的？"

戚百合愣了愣，知道他们有备而来，自己大概是在劫难逃了，于是奋力站了起来想往网吧里面跑，可腿刚迈出去就被一股蛮力拽了回来。

她不放弃，几乎让血液倒流一般，用尽全身力气朝长廊那一端大喊："着火啦！前门着火了！快跑！着——"

那群人刚想去捂她的嘴，戚百合就自己咳了起来。她过去只在论坛上看过有人分享逃生技巧，却没有人告诉她，这样突然爆发式的呐喊会造成咽反射，从而引起无法自止的咳嗽。

她咳得眼泪横流，视野模糊。莫西干看她不老实，揪着她的头发打了她一个耳光。绝望的下一秒，戚百合几乎已经快放弃了。

她垂下头，余光中看见那把刀渐渐逼近，浑身止不住地颤抖，刚准备闭上眼睛，面前的男人突然被一脚踹开。

不足一寸的距离，刀刃贴着她的脸蛋划过，莫西干失去平衡摔向另一侧，戚百合心有余悸地抬眼，在浓稠的夜色中看清了一道身影。

少年站在她面前，脸上是从未见过的狠厉，那是辛其洲。

在这个夜晚，他足以称得上是救赎的"神"。

趁那伙人还没反应过来的时候，辛其洲丢了书包，几步走到莫西干面前，当着所有人的面一脚踩在他的肚子上，然后以迅雷不及掩耳之势半蹲了下来。

在这个已经有了几分峭寒意的夜晚，一座空旷无人的菜市场，骨骼和肌肉碰撞发出的沉闷声、地上一道接着一道的哀号声，以及长廊另一端隐约传来的游戏声，时间仿佛在这一刻定格。

少年的身上带着肃杀的冷气，像是从黑暗中走出来的鬼刹一般，失去理智，也没了温度。

5

几分钟后，辛其洲走到戚百合身边，俯下腰，朝她伸出了手。

戚百合不知道自己满脸的泪水被他看到多少，她随手抹了一下眼睛，从地上挣扎着站起来，带着哭腔："你怎么来了？"

"还能走吗？"辛其洲没回答她，冷峻的嗓音像磨砂纸一般，刷新着戚百合关于这个夜晚的记忆，"先离开这里。"

戚百合停止哽咽，回握住他的手，借力站了起来。

站稳之后回头看，四个成年男人四仰八叉地倒在地上，哀号不断。

这件事可大可小，那个莫西干看样子伤得并不轻，戚百合思虑几秒，连忙拉着辛其洲跑了。

终于离开了那条暗巷，视野重新变得明亮开阔。

戚百合感受着劫后余生的空气，大口喘息着，然后就察觉到辛其洲松开了她的手。

　　他神色淡定，往前方的灌木丛边走了几步，然后弯腰捡起了一个粉色书包，正是戚百合被捂嘴时遗落的那个。

　　"你……"戚百合想问些什么，可才说出一个字喉咙就哽住了。她鼻腔里泛着酸意，想哭的冲动怎么压也压不回去。

　　辛其洲就站在离她七八步的地方，头发有些乱，能看见的伤只有眼下半个掌心那么大的红痕，看模样也不算意气风发，但开口还是有种压人的锐气："你是傻子吗？谁说的话都信！"

　　戚百合无话可说，揉了揉鼻子："你怎么找到我的……"

　　辛其洲把两个书包挂在肩上，腾出一只手扣住了她的手腕："回家再说。"

　　两人在路边打了一辆车，直到车门关上，他的手都没有松开。昏暗的车厢内，戚百合脸烧得通红，她埋着头，感觉半边身子都僵了。

　　"去医院吗？"说出这句话以后，他才松开手。

　　戚百合瓮声瓮气地回："没事，就是膝盖青了。"其实脸也被打肿了。

　　辛其洲没有再说话，戚百合以为他在顾及什么，便也没有开口询问，直到二十分钟后，出租车司机表示不想上山，把两人丢在了山脚下。

　　昌文书店门口，两人面面相觑。

　　戚百合犹疑着："你的伤，要去医院看一下吗？"

　　"没事。"辛其洲把两个书包叠在一起挂在肩侧，朝她伸出了右手。

　　戚百合没懂，他又解释："扶你。"

　　"哦。"她低下头，把手搭了上去。

　　戚百合短短十几年的人生里，从未经历过这样惊险的时刻，因此脱困以后还是心有余悸。两人搀扶着走了几分钟，空气中似乎有漩涡，一开口就要泄露什么。

　　半晌，是辛其洲先出的声，他问："那几个人你认识吗？"

　　戚百合反应了两秒，才意识到他问的是什么，摇摇头："没见过。"

　　正因为面生，她一开始才没相信，要不是看见蒋初妮背着书包从楼上下来，她势必会去一班看看的。

　　"所以你根本就没有先走吗？"戚百合问他。

　　辛其洲摇摇头："我看到信息才出来。"

　　那节课老师只用了一半的时间讲解试卷，另一半用来自习。辛其洲没说他从铃声响起的那一秒便开始心神不宁了，老师离开以后他拿出手机，看到戚百合发来指责他的消息，瞬间就意识到要发生什么了。

　　他从教学楼跑出去，校门口空空如也，走到她常坐的公交车停靠站，看到了那个遗落在地上的书包。他本来是打算报警的，可戚百合突然爆发的那几句呐喊传了出来，虽然很微弱，但他听到了。

戚百合一瘸一拐地走着，不敢太借他的力，她担心地询问："你不会把那个人打死吧？"

"不会。"经过一段较滑的路段，辛其洲改成两只手扶她，"那些血基本都是口腔里的伤口。"

"哦。"戚百合点点头，又静了几秒，"谢谢你。"

辛其洲脚步一顿，停下来看她："你不怪我上次拉你下水？"

"不怪。"戚百合不知道该怎么形容此刻的心情，沉默了下，挤出一个勉强的笑，"而且也不一定是上次的人。"

辛其洲垂眼看她，几秒后挪开视线，"嗯"了一声："他们是城北职高的。"

不知道为什么，他还是没把"上次的事已经解决了"这句话说出来。如同这段时间戚百合每次开口问他那样，他有意无意地拖延着时间，仿佛一开口，一些无法宣之于口的隐秘联系便止步于此了。

戚百合不疑有他，一双眼亮晶晶的："城北职高的为什么来找我麻烦？我不认识他们学校的人啊。"

说完这句话，她的脑海中倏地跳出一些画面。刚刚实在太紧张，她一时没想起来，那个莫西干说的某些话还是有迹可循的。

她激动地搂住辛其洲的胳膊："我想起来了，他们提了几千块钱，是有人雇他们过来的。

"这个人知道我们俩的关系，知道我们放学会一起走……"

戚百合全神贯注地分析，丝毫没注意到自己像株植物一样攀附在辛其洲的身上，细嫩的胳膊交叉叠放，在他腰侧细微地摩挲着。

"所以还是我们学校的！"得出结论以后，戚百合又陷入了头脑风暴，"到底是谁啊？"

她自问在二中一向低调，从不参加什么出风头的活动，也没有那些乱七八糟的人际关系，最近一次被人关注谈论，大约就是学校贴吧上那个校花评比的帖子了。

正当她分析得起劲的时候，身旁的辛其洲咳嗽了一声，他脸上有些不正常的潮红，眼神闪烁着，把胳膊从她的怀抱中抽了出来。

戚百合这才注意到自己过于亲密的姿态，她慌了两秒，抬眼偷看辛其洲的反应，见他目光平静，又觉得自己有些大惊小怪了。

"那几个人我会让梁卓去查的，这段时间你不要一个人出门。"辛其洲垂眼看她，立体的眉骨在眼下投出一片阴影，衬得那块乌青越发明显。

"你的伤怎么办？"戚百合想起辛远盛那张严肃的脸，不由得为他担心。

"打球撞到了篮筐。"

23 号别墅近在眼前，辛其洲把肩上的粉色书包递给她。晚风安静，衬得他目光如水，声音也温柔。

"早点睡。"

戚百合点点头，临走前又纠结地看了他一眼，虽然说出来有点奇怪，但是，她是真的很感激。

"今天……谢谢你。"

"嗯。"辛其洲只应了这一声，便抬腿往山上走了。

戚百合扶着雕花大门站在那里看了一会儿，直到那道清落的背影消失，她好像才从这个夜晚冗长的梦境中醒来。

回了家，依旧只有陈姨一个人。戚百合怕被看出异样，一进门就上了楼，站在二楼的栏杆前才跟厨房里忙碌的人打了招呼，说在学校吃过了，不用喊她吃饭了。

她去卫生间照了镜子，看见左侧脸颊上肿起来的皮肤，才后知后觉地感觉到了一些愤怒的情绪。

她满腹心事地洗了澡，作业也没心情做了，躺到床上握着手机发了好一会儿的呆，感觉辛其洲应该也快忙完了，打开他的QQ对话框。

人生的际遇实在奇妙，几个小时以前，她看到那个橘猫的头像时还是满腔的怨念，如今换了心境，她却不知该怎么形容那种悸动。

写写删删，眼见着时针指向了十一点，她才发出第一句话：你的伤严重吗？

十分钟以后辛其洲才回：不严重。

戚百合换了个姿势躺着，都没意识到自己有些没话找话：你打架挺厉害的啊。

又一个十分钟过去，辛其洲回：一般。

戚百合不知道该说什么了，突然有些焦躁。

不远处的别墅里，辛其洲承诺高考前不会再打篮球，才终于把唠唠叨叨的宋冉阑打发走了。他走到书桌前，拿起手机，没有新消息。

眼前似乎又浮现出他穿过长长的黑夜，见到戚百合瘫坐在地上的样子，像一只小小的流浪猫，不再漂亮，不再生动，但那股可怜劲儿还是招人。

辛其洲又打开了对话框。

他没有过以一敌四的经验，也没想过放开身手去拼个你死我活，只不过是从看到戚百合的下一秒起，他心里就只有"带她离开"这一个念头了。

戚百合躺在床上看着天花板发呆，本以为对话已经终止了，没想到手机又响动了一下。

她心潮顿起，连忙抓过来看，辛其洲回得依旧很短，只有七个字：下次不要乱跑了。

戚百合握着手机，心跳如鼓点般在耳畔敲击，她感受着胸腔内莫名的冲动，把脸埋进了枕头里。

太奇怪了，真的太奇怪了。

辛其洲坐在窗前的沙发上，房间里没开灯，手机屏幕发出幽暗的蓝光，映照出他向来薄情寡淡的侧脸。

挂上梁卓的电话以后，他下意识点进了戚百合的对话框。最近这段时日，他总是重复着这个没有意义的动作，看她的头像，看她发的最后一条消息。

戚百合的头像是一幅蜡笔画，应该是她自己画的，一排火柴小人各自牵着不同颜色的气球起飞，很幼稚，但也出奇地可爱。

他看了几秒，又看了眼对话框最后一条消息。

田中小百合：晚安，明天见。

戚百合是一个很喜欢用表情包来代替标点符号的人，可在那句话后面，她打上了一个句号。

第四章
明天会下雨吗

1

许是因为做了一夜的梦，戚百合破天荒地在闹钟响起之前就自然醒了，比往日提早了半个小时，于是她吃完早饭又回了房间。

膝盖上的淤青已经变成了黑紫色，乍一看还挺吓人，戚百合喷上云南白药以后试着蹦了两下，只有皮肤上的疼痛，看来没伤到骨头。

她给辛其洲发消息，问他有没有涂药，需不需要给他带着在路上涂。

过了几分钟，辛其洲才回：我没事，过几分钟司机会去接你，我今天有事请了半天假，你自己去学校吧。

戚百合紧张地问：你的伤严重了？

xqz：没有，私事。

戚百合有些不安，但看着"私事"两个字，踌躇了许久也没有再问什么。她记得辛其洲不喜欢别人过问他的私事。

她心事重重地去了学校。课间，靳卉看她走路一瘸一拐的，问她怎么了。

戚百合没精打采地说："摔了一跤。"

靳卉看她没睡醒的样子，拿出手机扒拉了两下，说是要给她提提神。

戚百合趴在课桌上，目光呆滞地看着靳卉。

"你看看这是什么。"靳卉把手机递给她，"你什么时候跟辛其洲走那么近了？"

戚百合听靳卉提起辛其洲，陡然坐了起来接过手机，原来是贴吧的一个帖子，发表日期还是几个月前刚开学那会儿，主楼是一张图片，背景是学校门口，戚百合拉开奔驰车门的瞬间。

看穿着，就是辛芳从日本出差回来，丁赳良来学校接他们那次。

楼主发问：偶然看见的，这不是高三（1）班那个大帅哥辛其洲家的车吗？我好像见过几次这车来学校接他，开门这女的是谁啊？好像也是我们学校的欸，是女朋友还是亲戚？

因为图片画质太差，这帖子一开始没人注意，也就是最近那个校花校草评比话题度太高了，估计是有人搜了辛其洲的名字，又把这帖子顶上来了。看底下的回复，大多是最近这一周的。

戚百合一目十行地看了眼，由于只是个侧脸，所以大多数人都没认出来这人是她，靳卉也是因为跟她朝夕相处，才一眼就看出来了。

"老实交代吧你！"靳卉冷哼一声。

戚百合刚想解释，余光中瞥见一个熟悉的 ID，她指着那层回复问："你看这昵称，眼不眼熟？"

靳卉凑过去看，下意识读了出来："……这么中二，除了梁讫然还能有谁？我记得他 QQ 昵称就用过这个名字。"

往下看是梁讫然的回复，一周前发的，言简意赅的一句话：关你们屁事。

靳卉抬起头，露出一副了然的神情："怪不得他一根筋非要去收拾校草……估计他也认出来了。"

戚百合把手机推还给靳卉，又重新趴回了课桌上。

靳卉还在喋喋不休地追问，戚百合随口敷衍了一句："家长认识，那天下雨就顺路捎我一程。"

靳卉一副"你又骗我"的样子，但看戚百合懒怠的表情，也没有再追问。

那天一整个上午，戚百合都抱着手机趴在课桌上没动。她脑袋乱得很，既想不明白自己得罪了谁，也猜不到辛其洲为什么要请半天假。

她魂不守舍地过了大半天，直到下午第二节课的课间，靳卉拉着她去一楼水房接水，在楼梯转角处，撞见了辛其洲。

他低着头，罕见地穿上了一件厚厚的外套，还戴着口罩，露出来的眉眼失去了神采，擦身而过的瞬间还咳了两声。

戚百合纠结得很，想问问他是不是被打出什么毛病了，可旁边有靳卉捉奸一般的眼神盯着，那家伙走路又目不斜视，她只能眼睁睁看着辛其洲转身上楼。

"还看呢？要不要把眼珠子抠下来贴人家身上去？"靳卉笑眯眯地看着戚百合。

戚百合咳了一声，把水杯递给她："你去帮我接吧，我腿疼。"

把人支走了，戚百合掏出手机想给辛其洲发条消息，走路没看路，转身时不小心撞到了一个人。

蒋初妮皱着眉，眼神在看到戚百合的一瞬间变成了慌乱，像是做了什么亏心事一般，瞪了她一眼就绕过去走了。

戚百合莫名其妙地收回视线，低下头继续打字，可电光石火间，脑海中有些草蛇灰线的记忆迅速串联起来。她愣在原地，几秒过后，突然有了一个不可思议的想法。

放学铃声响起以后，老戴照惯例拖了会儿堂，待把最后一篇阅读理解讲解完，众人都开始收拾书包了，他端起保温杯抿了一口，缓缓地扔出了一则重磅消息——

"晚自习的事儿都听说了吧？我也不多废话了，家长意愿表我已经给班长了，待会儿都领一张带回去给监护人签字，星期一早读之前收上来。"

班里顿时哀号一片，后排的男生壮着胆子问："家长不同意可以吗？"

老戴把水杯放在讲台上，冷哼一声："可以，怎么不可以？你不来学校上课都可以，只要家长同意，你高考考几分学校还能掉块肉吗？"

那几个男生顿时噤声。

靳卉一边收拾书包一边问她："游浩约我出去玩，要不要一起？"

戚百合摇摇头："你俩去玩带我干什么？"

"行吧，那明天见啦。"

戚百合差点儿忘了这事儿，点头应下了："明天联系你。"

靳卉走了以后，戚百合背着书包慢悠悠地往公交车站走。

最后一节课之前，梁卓在群里发了消息，说是要请他俩去吃火锅。辛其洲应下了，戚百合也回了句"好"。

周五下午实验班也不用补课，戚百合惦记着贴吧那个帖子，不敢明目张胆地在学校门口和辛其洲碰头，给他发消息说要在公交站见面。

辛其洲当时回了戚百合一个问号，戚百合在靳卉高强度的监控之下没时间细说，只解释道见面再说。

后来辛其洲就没再回了。戚百合后知后觉地意识到，大少爷或许对坐公交车这件事有所抵触，不知道会不会去。她忐忑了一节课，好在她背着书包走到十几米开外的地方时，就看见了站台上一个出挑的身影。

辛其洲背着书包，脸上还戴着那只浅蓝色的口罩，清隽的眉眼瞩目，笔直如孤松一般站着。在人满为患的站台，他像是有种与众不同的磁场，抑或是被玻璃罩套上的大型手办，周身一米内都没人靠近。

戚百合走过去，刚好有辆公交车驶进站，她往车门走，经过辛其洲身侧时给他飞了一个眼神，辛其洲默默跟上。

那辆车是往大学城方向的，上去的学生不多，还有很多空位。

戚百合去了最后一排坐着，上来三四个人以后，她看到辛其洲上来了，然后，他站在投币箱前，朝她投来了疑惑的目光。

戚百合也疑惑，用眼神提醒他：投币啊。

辛其洲傲然地立在那里，面容清落，似乎是在质问：你叫我来坐车的，不给我付车费？

司机在旁边催促："一块钱，投了就往里走。"

戚百合一个头两个大，她就是为了避嫌才坐公交车的，这会儿她要是过去帮他，这车上所有背书包的不是都看到了吗？

　　就当她纠结着要不要过去的时候，前排突然有个女生站了起来，三两步走过去往箱子里投了一块钱，然后有些意外地看着辛其洲："辛其洲，你坐公交车啊？"

　　应该是同班同学，辛其洲朝她致谢，说周一还她。女生毫不介意的样子，还招呼他："这边有空位。"

　　辛其洲跟她点了点头，然后就在她的注视下，走到最后一排，在戚百合旁边坐了下来。

　　那女生的眼神在戚百合脸上扫了一下，然后露出几分了然的神情，转过了头。

　　戚百合无语地看向旁边的辛其洲，压着声音："你连一块钱都没有啊？"

　　"没有带零钱的习惯。"他平静地说。

　　戚百合还想说什么，就听见旁边的人又咳了两声，她急忙问："你没事吧？为什么会咳嗽？上午请假是不是去医院了？"

　　"没事。"辛其洲掏出手机给梁卓回消息，清秀的眉眼压低，嗓音很轻，"只是着凉。"

　　戚百合不太信，但看他这副云淡风轻的样子，又不知该说些什么。

　　辛其洲发完消息，一抬头就看见戚百合纠结的表情："怎么了？"

　　"没事。"她嗓音低哑，"你没事就好。"

　　"我是问，怎么不能跟我在学校门口碰面了？"

　　"啊？"戚百合愣了一下，然后小声回，"你不知道，学校贴吧有咱俩的帖子了，有人拍到我上你的车，还问我们俩是什么关系呢。"

　　"是吗？"辛其洲眼神微闪了闪，扭过头淡声说道，"能是什么关系。"

　　戚百合没听清："你说什么？"

　　辛其洲垂眸："没什么。"

　　梁卓约的地方是大学城里的一家火锅店，等他们下车时，公交车上已经没有二中的学生了。戚百合走路还有些跛，下车时崴了一下，辛其洲伸手扶住了她。

　　这段时间他们的肢体接触多得有些离谱，站稳以后，戚百合不自然地看了辛其洲一眼："谢谢啊。"

　　辛其洲只"嗯"了一声，然后就抽回了手。

　　许久未见，梁卓看起来又精瘦了不少。他站在火锅店门口的垃圾桶旁，见到两人过来就迎了上来，仔细打量着辛其洲的脸，开玩笑地说："挂彩啦？"

　　辛其洲没搭理他，径自往店里走。

　　梁卓又拉着落在后面的戚百合，问："到底是谁要找你麻烦，有头绪了吗？"

戚百合面色凝重："一点点，但还不确定。"

等到几人落了座，梁卓才开口："我回来就去学校打听了一下，不是平常喜欢惹事的那几个，我还在托人问，有可能是已经不来学校的人。"

辛其洲点点头："找到以后把名字给我就行。"

梁卓闻言笑："哟，还想报仇呢，为什么不直接报警？"

戚百合坐在辛其洲旁边，闻言苦笑了一声："是我不想……把这件事闹大。"

她只想在辛家透明地生活，换句话说，她害怕丁睫良和辛芳把目光放在她身上。如果报警的话，事态会怎么发展无法预料，因此在可控的范围内，她还是想私下解决这件事。

梁卓点了点头，没有追问。辛其洲的家教他是知道的，虽然不清楚戚百合的家庭状况，但大致也可以猜出来她选择不报警的原因。

并非每个家庭都是避风的港湾。

鸳鸯锅端上来，话题被自然而然地揭过。

戚百合给自己烫了碗筷，余光瞥见旁边的辛其洲大爷似的端坐着，便把他的那份餐具也端了过去。

坐在对面的梁卓饶有兴致地打量着他俩，唇边似笑非笑的，仿佛参透了什么天机似的，没事找事地开口："妹妹，怎么光给他烫，不给我也烫烫啊？"

戚百合刚把杯子里的水倒掉，听后也没多想，伸手就要去拿他的餐具："给我。"

梁卓刚美滋滋地推过去，视线中就出现一只冷白的手把他的盘子推了回去，辛其洲冷飕飕地开口："自己没长手吗？"

梁卓"啧"了一声："也不知道没长手的是谁。"

戚百合把茶壶也推过去："那你自己烫吧，我去趟卫生间。"

等她的身影消失在走廊，梁卓又靠在椅背上，眯着眼睛看对面的辛其洲，调笑道："半个月不见，你俩这关系，突飞猛进啊。"

辛其洲撩起眼皮："行啊，会用成语了。"

"看不起谁呢？"梁卓白他一眼，"瞧你小人得志那样儿。"

辛其洲没接话，咳了两声。

梁卓又"啧"了一声："真没事儿啊？"

"没事。"辛其洲摘下口罩，眼下一片浅浅的瘀痕，"皮外伤。"

梁卓摇了摇头，转过身看戚百合还没回来，想到什么："这话跟我说说就行了，跟小百合——"

辛其洲抬眼看他，目光沉静，似乎在等他下一句。

梁卓对辛其洲的求知欲很受用，高深莫测地笑了笑："知道追姑娘的终极诀窍是什么吗？"

辛其洲端起杯子喝了口水："我没有追她。"

梁卓显然是不信，自顾自地说："激发她的同情心。当一个姑娘对你产生怜爱，那你离成功就不远了。"

辛其洲放下杯子，牵了牵嘴角，不予置评。

2

这顿饭吃得很轻松，梁卓依旧风趣幽默，话很多很密，却也不招人烦。等到结完账出来，戚百合感觉多日来的阴霾情绪都一扫而空了。

三人在火锅店门口分别，梁卓打车回家，戚百合背着书包站在辛其洲面前，心情大好地问他："坐公交车还是打车？"

辛其洲重新戴上口罩，咳了两声："你定。"

"那就坐公交车吧，吃太多了，多走几步消消食。"

辛其洲点了点头，顶光下眼皮的肌肤白得近乎透明。

火锅店离最近的公交站有三百多米，戚百合走路的姿势奇怪，辛其洲又不说话，人来人往的街头，路边商家的音乐一首接着一首，全是热门歌曲，而他俩之间的气氛却始终安静得有些诡异。

戚百合想打破这种窒息的感觉，主动尬聊："明天周六，不用早起了，真好。"

旁边的辛其洲咳了一声，淡声说道："我要早起。"

见他愿意接话茬，戚百合兴致勃勃地问："早起干什么？学习吗？"

"不是。"辛其洲脚步顿了顿，偏过身子看她，嗓音像冬夜的星空，冷峻孤寂，"要去医院。"

"嗯？"戚百合反应了几秒，似乎是没听懂他的话。

"去医院？"她眉头缓缓皱起，"去医院干什么？"

辛其洲看着她，目光沉静："伤到肺了，要去挂点滴。"

戚百合的神情骤然紧张，双手下意识地扶上他的胳膊："肺怎么了？严重吗？"

辛其洲垂眸看了眼，细微的小动作最让人心神荡漾。此刻，戚百合眼神透亮，漂亮的眼睫下藏着担忧，那双白嫩的手攀在他手腕上，关心溢于言表。

他感觉到胸腔内发散出来的欣然，却还压抑着嘴角，寡声答道："只是会不舒服几天而已。"

戚百合没有心情再消食了，她当即转身，从路边拦了一辆出租车。

从刚开始紧张兮兮地询问过后，没过多久，她就陷入了沉默。

过去戚百合从未想过和辛其洲发展什么交情，对于她来说，辛其洲就像一个符号，他代表着辛家，代表着那个她不喜欢却无法逃避的世界，原本只要敬而远之就好，可不知从什么时候开始，他们越走越近，纠葛越来越多。

如今，她竟又莫名其妙地背上了一桩人情。

戚百合是个知恩图报的人，可如果对象是辛其洲，那她就不知道这个恩要怎么报才好了。

出租车平稳地行驶在高架上，窗外月色如水，路灯似会发光的胡杨树，一棵棵笔直地离去，辛其洲望着窗外，心思沉了又沉，还是捉摸不透，戚百合为什么又不说话了？

明明刚刚还像一只百灵鸟，开口都是动听的声音。

褐色的玻璃映出身后的倒影，辛其洲看见戚百合秀气精致的侧脸，她仿佛在忧虑着什么，细细的眉毛拢起，眼睛半垂着，仿佛透露出一丝晦涩的忧郁。

辛其洲咳了两声。

戚百合回过神，紧张地看着他："又不舒服了？"

"没有。"辛其洲垂眸看她，"医生说咳嗽是正常反应。"

戚百合点点头，刚准备说些什么，目光却掠过他锁定了车窗外的某处。随后，她像是看到了什么可怕的东西一样，一副难以置信的样子。

辛其洲还没反应过来，她就激动地俯身过来，一只手撑在车门上，另一只按在他腿侧，整个上半身都贴在他胸前，紧密得像是正在耳语的小情侣，引得司机频频看后视镜。

辛其洲的心跳陡然加速，感觉后背像着了火，坐卧不安。

"你……"

他刚想询问，戚百合就开口了："你快看！那是不是小竹？"

辛其洲循着她的目光看过去。刚过去不久的路边，辛小竹背着书包一蹦一跳地走在绿化带的石阶上，高高的马尾甩来甩去，看模样十分开心。

"是她。"辛其洲淡声道。

"可她旁边那个人……"戚百合一副见了鬼的样子，"不是梁讫然吗？"

辛其洲收回视线，"嗯"了一声。

绿灯亮起，车辆缓缓起步，很快便将那两个不可思议的身影甩在了身后。戚百合还沉浸在这两个人怎么跨次元走到了一起时，后知后觉地意识到辛其洲似乎沉默了。

她偏过头，以那种怪异的姿势和身下的男生四目相对。

不足十厘米的距离，两个心思各异的人互相从对方眼睛里看到了此刻的自己，迟钝的、慌张的是戚百合，而另一道空荡清澈的目光下，藏着无人知晓的暗涌。

难以言说的旖旎肆意蔓延，戚百合的脸颊像熟透了的苹果，脑袋里尽是鼓噪的喧嚣，在下一棵胡杨树到来之前，她揣着秘密的心事坐了回去。

刚坐好，司机从后视镜里瞥了眼两人的书包，开始调侃："学生，你们是哪个学校的？放学这么晚。"

戚百合正愁没个人来打破尴尬，连忙接话："二中的。"

"二中怎么从南崔路上车啊？去那边干什么呢？"

戚百合："吃饭。"

"去那么远的地方吃饭啊，"司机笑了笑说，"是怕家长和老师看到吗？"

这话一开始戚百合没听懂，过了半分钟反应过来，那大叔已经笑完了。

她想解释，但余光瞥见辛其洲端坐着，望着窗外，一副什么都不关心的模样，她又觉得再开口是多此一举，徒增尴尬。

那之后便一路沉默，直到下车。

临别前，戚百合下意识问了一句："明天几点去医院？"

辛其洲站在一盏路灯下，双手插在裤子口袋里，面无表情地回："八点。"

"那么早啊。"她下意识客气了一句，"需要我陪你一起去吗？"

辛其洲不置可否地看了她一眼："随你。"

戚百合眼神闪了闪，嘴角扯出一抹浅笑："那我明天给你打电话。"

辛其洲身姿颀长，转身离开时留下一个字："行。"

这天晚上戚百合又失眠了。原本她已经从那场堪称浩劫般的意外中恢复了，但也许是因为刚刚得知辛其洲因她受了伤，一闭上眼睛，她的脑海中又开始一遍遍循环着那个噩梦。

如果辛其洲没有出现，她会如何？至今戚百合也不敢顺着这个设想猜测下去。

整夜的辗转难测，导致她再一次在闹钟响起之前醒来。简单的洗漱过后，眼看时间还早，她掏出周末的作业，做了半张英语试卷。

闹钟后知后觉地响起时，她也没心思打扮了，背上书包就步行下了山。

在昌文书店里等了近十分钟，辛其洲给她发了消息。

戚百合拿着手机推开门，一眼就看见在路边打车的男生。辛其洲穿着一件深灰色的棒球夹克，脖子上挂着一副耳机，宽肩窄臀的好身材完全衬得出衣服的时尚，干净利落的线条又不乏青春洋溢的活力。

真是一副好皮囊。不管是脸，还是身材。

戚百合唏嘘了几声，收起心思走到他旁边一起拦车。

察觉到有人靠近，辛其洲转身，看了眼戚百合。已经是十二月初的天气，她还只穿了一件针织开衫，只扣了一颗扣子，领口大刺刺地敞着，脑袋一个劲儿地往下缩。

"我以为你不会来。"收回视线，他淡声说道。

"为什么不来？"戚百合看着他，"我可是一个言出必行的人。"

"嗯。"辛其洲点点头，"品德高尚。"

戚百合甚少从他口中听见过赞许，因此怀疑这是嘲讽，可还没等她做出反击，一辆出租车缓缓停在了他们面前。

换季似乎是疾病高发期，他们去的那间医院几乎人满为患，穿过人头攒动的大厅，辛其洲不紧不慢地往输液区走。戚百合跟在后面，看着走廊长椅上麻木等待的就诊患者，感觉自己似乎也被这种情绪传染了。

辛其洲在输液区找了个连排的空位坐下，回头看，戚百合慢悠悠地走过来，眉头轻蹙，一只手还做着敲打头部的动作。

把就诊单递给护士，他轻声询问："怎么了？"

戚百合走到他旁边坐下，有些颓丧的语气："我好像被传染了。"

辛其洲怔了一下："传染什么了？"

"就刚刚那个走廊，我从那儿走过来头就开始痛了。"她一边说着，还一边回头看，似乎是想搞清楚是什么科室。

"别看了。"辛其洲手握拳拢在嘴边，轻咳了两声，缓缓开口，"那是肛肠科。"

如果眼神能被解码成文字，那戚百合此时此刻的脸上只写了三个字：打扰了。

护士过来扎针，她就靠在旁边的椅子上装死，眼睛闭着，耳朵却竖着听动静。

护士小姐姐约摸是记得辛其洲，过来还跟他寒暄了几句，说从没见过他这么好扎的手，皮肤白，血管清晰可见，还微微凸起。

戚百合没出声，但在心里默默点头。的确，辛其洲的手是她见过所有男生里最好看的手。冷白、纤长，血管不轻不重却线条分明，似盘结的虬枝，带着一种冷淡的性感。

大约是不看白不看的心理作祟，戚百合悠悠地睁开眼，调整了坐姿之后，开始好整以暇地观看扎针过程。

护士小姐姐像是才注意到她，怔了两秒，然后才若有若无地笑了声，瞥向辛其洲："今天有人陪？"

辛其洲没抬头，"嗯"了一声。

小姐姐撕完胶带又看向戚百合，眼前的姑娘未施粉黛，皮肤却白得几近透明，五官精致，脸型小巧流畅，完美如 SD 娃娃般的长相，眼下淡淡的黑眼圈也并未影响观感，反而增添了些许生动和灵气。

其实今天她是调班过来的，这心思说出来也不丢人，人都喜欢貌美的事物。昨天她第一次在输液室看到辛其洲，因为是周五上午，所以她没往高中生上面想，以为他是沅江哪所高校的大学生，今天调班是想制造机会，打听一下他是哪所大学的，顺便加个联系方式什么的。

如今想来也是没必要了，她尚且还有几分自知之明。

护士扎完针，一句话也没说就离开了。戚百合看着她的背影，后知后觉地品出了一丝落寞的情绪。

戚百合乐了，偏头去看辛其洲，这呆子已经拿出了一本物理书。

大约是出于无聊，或者说想缓解自打她走进医院后就开始抑郁的心情，她拱了拱辛其洲的胳膊，迎来一个不解的眼神。

"你就没察觉出什么吗？"她挤眉弄眼。

辛其洲目光淡然："你又被什么病传染了？"

戚百合忍住了白眼，笑呵呵地嘲讽他："你到底无意中伤害了多少妙龄少女啊，真是罪孽深重。"

辛其洲莫名地看了她一眼。

戚百合朝已经走远的护士努了努下巴，他循着看过去，只看见一个背影，转过头："什么意思？"

"拜托。"戚百合有些无语，"你真的很呆欸。"

辛其洲微微点点头，翻开腿上的物理书，用一种新鲜的语气喃喃道："原来我很呆。"

戚百合嘴角僵了僵，总感觉他在嘲讽自己。

"刚刚那个漂亮护士对你有意思，看不出来？"她问道。

辛其洲头也没抬："漂亮吗？"

"这还不漂亮？"戚百合对他的审美嗤之以鼻，"她是丹凤眼欸，很美很高级的好吧？"

辛其洲听到这里抬头朝她看去。戚百合说话就说话，还抬起两只手把自己的眼尾也吊了起来，双眼皮的折痕被拉长，眼睛变成一条缝，看起来滑稽又可爱。

他嘴角轻扯，有些无奈："不好看。"

戚百合手放下来，撇撇嘴："你眼光不好。"

"是吗？"他表情寡淡，没什么情绪地接了句，"我觉得你的眼睛更好看。"

戚百合怔了怔，旋即有些不适地扭了下身体，想说些客气话，一抬眼，辛其洲已经重新低下头看他那本书了。

戚百合瞥见封面，叫什么《费曼物理学讲义》。

听都没听过。

3

辛其洲一共要挂三瓶水，前两瓶就用了一个半小时。

戚百合实在是太无聊了，眼见着第三瓶快要见底了，她实在受不了了，想起身活动活动，就问辛其洲饿不饿，她出去买点东西吃。

辛其洲看她："你头不疼了？"

戚百合惊异他还惦记这件事，摇摇头："就是没睡好。"

辛其洲点点头："你去吧，我不吃。"

"哦。"

她去了医院大厅的自动贩售机，站在那里研究了一会儿，最后挑了一袋干脆面和一瓶绿茶。拿着东西往回走的时候，身侧突然跑过去一个人，看起来匆匆忙忙的，撞了她的肩膀都没时间停下道歉。

戚百合捡起东西，不悦地看向不远处拉着医生说话的人。

这一眼不要紧，她唇边立刻绽放出了惊喜的笑容。

"玥玥！"她大声叫了一句。

站在医生旁边的女孩浑身一僵，缓缓转身，目光在触及戚百合的那一刹那，她的表情可谓变化万千，有下意识的意外，有未来得及反应的欣喜，随之而来的，还有转瞬即逝的慌张。

戚百合迟钝的感官没有捕捉到这些，她的脑袋全被他乡遇故知的兴奋填满了。她三两步冲过去，拉着周玥的胳膊，激动地问："你怎么在这里？你什么时候来沅江的？怎么不跟我说？"

周玥是戚百合还在吉淮生活时的朋友，在她还跟戚繁水相依为命的那段回忆里，周玥作为戚百合的邻居和发小，在她十几年的生活中充当了相当重要的角色。

"为什么给你发消息你都不回？你是不是换手机号了？"戚百合还没从重逢的欣喜中脱身，喋喋不休地问了许多问题，片刻后才反应过来，周玥似乎一句话也没说。

意识到这些，她才压低声音，小心翼翼地问："你来医院干什么？阿姨的病……好些了吗？"

就像是无意中碰到了什么开关，周玥从怔忪的状态中清醒过来，她不动声色地拨开了戚百合抓着她胳膊的那只手，偏过身子，视若无睹地跟医生说："您快去看看我妈吧，我只喂了白米粥，她喝了不到半碗，十分钟后全吐出来了。"

穿着白大褂的医生从文件夹中翻找病例，几秒后应声："今天先不要进食了，我去看看。"

话音刚落，他抬腿往电梯走。周玥犹豫了两秒，跟了上去。

戚百合站在原地，怔怔地看着消失在电梯口的身影，恍然又不解。悲伤的情绪似浪潮，一波接着一波涌上来，几乎将她淹没。

她坐在医院门口的花坛上，木然地吃着干脆面，过往的回忆走马灯似的在她脑中闪现。

她何尝不怀念过去呢？

和妈妈一起生活，即使是不到七十平方米的小房子，即使从未见过爸爸，可她那时候拥有多少爱啊。戚繁水全心全意地爱着她，为了迎接她的出生亲手结束了自己光辉灿烂的前程，无怨无悔地抚养她成长，教她如何感知快乐，排解忧郁，让她拥有最饱满的爱意和最无忧的童年，让她和要好的朋友上学放学都待在一起，可以尽情追求感兴趣的一切，生活没有压力，现实美好到几乎不期待未来。

她用那么多美好的形容词去点缀记忆，可却很少将它们平铺出来仔细回味。

戚繁水是个很酷的妈妈，她曾经教过戚百合，失去是人生的常态。她尽职尽责地把自己验证过的人生捷径分享给自己的女儿，因此戚百合也长成了一个拿得起放得下的人。

她很少回忆起过去，因为没有意义。如果失去是注定的，那怀念也将变得多余。

戚百合一直都是这样履行的，但周玥的出现，以及她形同陌路的态度，像一柄利剑般贯穿了戚百合的心。

她坐在花坛边，认认真真地思考着，过去她那些若无其事，究竟算不算是粉饰太平？如果不是，那她为什么会被一个旧友的态度轻而易举地击溃，然后泪流满面呢？

辛其洲走出医院的时候，天又阴沉了几分。蟹青色的云层后裹着微不可见的暗黄氤氲，仿佛在酝酿一场呼啸而来的狂风。

他站在台阶上，眉头轻皱，有路过的人好奇地打量他，而他顿在原地，目光笔直地投向坐在花坛上的少女。她穿着米白色的毛衣，几乎是蜷缩的姿势，双手捂着脸，肩膀一抽一抽的，似乎是在无声地哭泣。

辛其洲走过去，从口袋里拿出了一张纸巾。

感知到身前投下的阴影，戚百合缓缓抬头，泪水挂在眼睫上，她黑瞳闪亮，眼圈微红。

"谢谢。"她接过了纸巾。

辛其洲就站在那里，看着她一囫囵把脸擦干净，然后深呼吸调整情绪。

两分钟过后，他朝她伸出了手。

戚百合抬头，不解地看着他。

辛其洲面容冷峻，嗓音压得很低，似乎还带着不自信的试探："虽然不知道发生了什么事，但我想安慰你。"

戚百合被他煞有介事的话弄得有些想笑，可又意识到自己刚哭完，于是扯了扯嘴角，挤出了一个苦涩的干笑。

"不用了。"她站起了身。

辛其洲却不由分说地握上了她的手。

戚百合脚步一顿，目光有些凝滞。她缓缓缩回手，看见掌心里躺着一个小东西，是荔枝味的真知棒。

"你……"她犹疑地看向辛其洲。

辛其洲已将手插回裤子口袋，微微挑眉，状似云淡风轻地开口："我说了，我想安慰你。"

"谢谢。"她真心笑了笑，渐渐从那些排山倒海的情绪中抽身。

辛其洲点了点头，口袋里的拳渐渐握紧。

事实上，那根棒棒糖是他刚从输液室出来就在自动贩售机前买好的，不是因为她哭，而是因为，她说她头有点疼。

回去的车上，戚百合一直没说话。他们又遇上了不负责任的司机，把他们丢在了山脚下。

两人一前一后地上山，辛其洲走在后面，沉默的空气像深海中涌动的暗流，让人思绪模糊，愁肠百结。

戚百合其实已经好得差不多了，只不过她习惯了平心静气对待一切，那样起起落落的情绪对她来说是种消耗，因此眼下她是没力气开口的。

手机铃声突兀地响起，她没精打采地掏出来接了，靳卉询问她晚上的活动能不能带游浩一起去。

戚百合低声应着："可以。"

靳卉："那里的消费贵不贵啊？"

戚百合："今天有店庆活动，酒水饮料一律半价。"

"哦……"靳卉拖长了音调，"那我们几点见？"

"晚上七八点吧，去早了表演还没开始。"

大约是她的语气实在过于低沉，靳卉察觉出什么，小心翼翼地问她："你怎么了？"

"没事。"戚百合随口编了个理由，"没睡好。"

挂上电话以后，23 号别墅也近在眼前了。

戚百合停下脚步，转过身看辛其洲，就在她身后两三米的位置，见她停下，他也跟着停下了。

戚百合揉了揉脸，声音闷闷地说："你感觉好些了吗？"

辛其洲看着她，点点头。

戚百合也点头："那我回去了。"

"好。"

吃完午饭，辛其洲接到了梁卓的电话，约他出去打球。

他坐在椅子上，西非花梨木的书桌上搁着一本书，已经一个小时没有翻过页了。

"不去。"他回绝了。

"去呗，今年最后一场友谊赛了。"梁卓喝了口可乐，打出一个巨响无比的气嗝，又补充了一句，"比赛完去聚一下，上个月集训，老子啥都没得玩。"

辛其洲骨节分明的手搁在桌面上，一下接一下敲击着桌面，浑厚的脆响落下，他心神微动，应了声："好。"

下楼的时候碰到宋冉阑，她也打算出去。听辛其洲说有事出门，她狐疑地打量："你又要去打球？"

辛其洲从口袋里掏出借书证："去市图书馆还书。"

宋冉阑开车将他带至图书馆，眼看着他进去了才离开。

五分钟后，辛其洲从图书馆大门出来，打车去了体育场。

他去得晚了，进去篮球馆的时候，人基本都到齐了。梁卓穿着24号球衣，运着球过来问他："身体还行吗？能打不？"

辛其洲在场边找了个座位坐下，掏出刚从图书馆借出来的书，才撩起眼皮看他："我不打。"

梁卓顿了顿，球跑了。

"不打你来干什么？"

辛其洲不疾不徐地回："不是你让我来的吗？"

梁卓气得不行："我是让你来打球的，结果你是过来当啦啦队的还是看书的？"

他嗓门不小，引起了不少人的围观。看台另一侧有七八个穿着清凉的姑娘，估摸着是真正的啦啦队，叽叽喳喳的吵闹声从注意到辛其洲开始消失，取而代之的是不停交换的眼神，以及窃窃的议论。

辛其洲置若罔闻，拢拳咳了声："你就当我是啦啦队，医生说我这一周都不能剧烈运动。"

梁卓彻底无语了，他站在原地沉默了下，泄愤似的将一瓶未开封的矿泉水扔到了辛其洲脚边："那就好好看，好好学！"

他转身离开，辛其洲掏出手机看了眼时间，四点零六分。

比赛打了近两个小时，结束时，梁卓呼朋引伴叫上了不少人，说要请客，不醉不休。

辛其洲走在梁卓的旁边，闻言问道："你奖金拿到了？"

梁卓眼皮一耷："还没。"

"那你要请客？"

梁卓"嘘"了声："找家便宜的呗。"说完一头钻进人群里。

几分钟后他回来，胸有成竹地说："有家俱乐部搞店庆，酒水饮料半价，走着？"

辛其洲不置可否地看他一眼，点了点头。

4

约的时间是七点半，但戚百合几乎八点才赶到翡翠路。她吃完午饭写了张数学试卷，最后迷迷糊糊睡着了，将近七点才悠悠转醒。

她从公交车上下来，一路狂奔到"停机坪"，远远就看见靳卉和游浩在门口转悠。她急忙跑上去，二话不说就道歉："不好意思，我下午睡着了。"

靳卉第一次来俱乐部玩，穿着十分用心，一件紧身的拼色毛衣，下面一条超短裙，两条细长的腿大剌剌敞着，什么都没穿。

她冻得瑟瑟发抖，咬牙怼道："我要是冻感冒了，这医药费你必须给我报了。"

"报，肯定报。"戚百合不好意思地领两人进去。

一个多月没来，吧台的小哥哥又换了。戚百合见着是个生面孔，也就没上去打招呼，只是给阮侯泽发了条消息，问他留的是哪个台。

半分钟后，阮侯泽从休息间出来。

他应当也是刚到没多久，烟灰色的长款风衣上还挂着风尘仆仆的霜寒气，径直奔着他们一行人走来。靳卉激动地直拽戚百合的衣角："那就是你干爸吗？好帅好年轻啊，他结婚了吗？"

戚百合有些无语地看了靳卉一眼，恰好阮侯泽走过来，她拉着他说："我朋友问你结婚了没有。"

阮侯泽闻言一笑，不无骚气地朝着靳卉挤挤眼："小妹妹，等你长大就知道了，像我这样的帅哥都不喜欢结婚的。"

靳卉后知后觉地意识到什么，尴尬地笑了笑。

阮侯泽毫不在意，领着三人到了离舞台最近，视野最好的一个卡座上："今晚忙着，没空管你，自己心里有点数。"

"知道了知道了。"戚百合坐下来，朝他挥了挥手驱赶，"忙去吧，不用管我。"

八点还属于晚餐的时间，这里还没什么人。他们三个像开茶话会一样在那儿坐了半个多小时，吃光了三盘酱黄瓜和德式烤肠，"停机坪"终于迎来了客流量峰值。

因为"停机坪"生意向来都好，这次店庆优惠力度也大，所以今晚的盛况用"座无虚席"来形容都不够，才九点半的时间，门口已经等候了四五十个年轻人，一边闲聊，一边等待里面翻台。

店里新换的调酒师很有几把刷子，不含酒精的夏季浆果可乐好喝到爆炸，戚百合和靳卉一人干了两杯，然后结伴去卫生间。

撞见辛其洲这事儿纯属意外。

当时两人在洗手池边洗手，旁边三个姑娘的嗓门实在大了点儿，议论着某个男生实在是太帅了，不知道有没有女朋友。

靳卉八卦地支起耳朵，戚百合刚想拉着她离开，旁边男厕所的门帘内走出来一个人，轻佻又随意地说了句："当然没女朋友，我们辛大帅哥是要考清北的料子，对早恋这种俗事那是深恶痛绝。"

是梁卓的声音。

戚百合脚步顿住，别过头看。梁卓靠在洗手池边，身后的日式门帘被掀起，辛其洲清新俊逸的脸出现在昏暗的灯光下，突兀又好看，混合着耳畔节奏感十足的鼓点声，视觉体验变得极为不真实。

两人四目相对，一时都没有说话。

梁卓也注意到了她，不无惊喜地走过来打招呼："哟，小百合也在！你们来玩？坐哪桌呢？"

戚百合回过神来，跟他说了位置。

"那位置不是要提前预约吗？"梁卓不解，"怎么你还是这儿的常客，看不出来呀。"

靳卉不认识梁卓，但听戚百合说过他和梁讫然打架那事儿，眼下看他那张复制粘贴般的脸也明白过来了，自来熟地解释："这家店老板是百合的亲戚，专门给我们留的。"

梁卓了然地点了点头："走吧，别堵在厕所门口，出去说。"

他和靳卉一前一后从廊檐下出去了。

戚百合顿在原地，看辛其洲一步一步走过来，才想起自己还没跟他打招呼，于是抬抬手："好巧。"

辛其洲点了点头，刚想说话，门外突然走进来一个壮汉，看模样是喝了不少，脸色通红，走路也晃晃悠悠的，戚百合刚想往旁边站站给壮汉让路，谁知他最后一级台阶没站稳，直直地就往她身上撞了过来。

戚百合下意识伸手去推，手都张开了，辛其洲眼疾手快地揽上了她的肩膀，一收力，把她带到了自己怀里。

她的手没来得及收回，就这么按在了辛其洲的腹部。

他还穿着早上那件棒球服，扣子没扣，里面一件灰白色卫衣，衣服很薄，几乎没什么阻碍，戚百合摸到了他温热又坚硬的……腹肌？

"对……对不起。"她脑袋乱了，"不是，我是想说，谢谢。"

越说越错，戚百合红着脸，干脆跑回了座位，梁卓在身后喊她待会儿过去坐坐她也没理。

阮侯泽大约是交代过吧台，服务员端来的酒杯里没有一杯酒，五颜六色的饮料里全都不含酒精。

她随手端起一杯橙味气泡水一饮而尽，心头的燥热才消解分毫，口袋里的手机响动了一下。

辛其洲发来的消息，他问：你跑什么？

戚百合皱了皱鼻子，睁眼说瞎话打字回他：没跑啊。

xqz：哦。

xqz：头还疼吗？

戚百合惊异于他的细心，又总觉得哪里怪怪的，于是老老实实地回：早就不疼了。

田中小百合：那你呢？医生说能喝酒吗？

xqz：我不喝酒。

戚百合不知道还能说些什么，正纠结着，舞台上一声"喂"打断了她的思路，表演开始了。

戚百合看了眼台上的男生，脖子上挂了贝斯，很平平无奇的长相。

"什么啊，这也算帅哥？"靳卉不满地在她旁边耳语，"你不是说来的乐队主唱很帅吗？"

戚百合摇了摇头："老阮说的，他的审美一向都很——"

"迷惑"两个字还没说出口，身后突然爆发出了一阵小范围的尖叫，听声音，女孩居多。

戚百合不解地抬头，靳卉拉着她的袖子疯狂摆动："哇，这个帅这个帅！"

她看向台上，原来刚刚那个男生只是调试话筒，眼下，走上舞台正中心的男孩应当才是乐队的主唱，他只穿了一件纯白长T，松松垮垮的牛仔裤自然又随性，舞台的效果灯从上面打下来，五官尚且看不清，但清晰利落的面部线条已经先声夺人。

"还行。"戚百合附和了一声，下意识就跟辛其洲对比了一下，片刻后又觉得自己莫名其妙。

靳卉兴奋地开始拿出手机拍照。

那男生开始说话，他扶着立式话筒，嗓音有些沙哑："欢迎来到'停机坪'，我们是——"

话还没说完，后排有个女生尖着嗓子抢答："昭和三色！"

"好家伙，刚出道就有粉丝啦？"靳卉咋舌。

戚百合没接这话，难以置信地问她："他们乐队叫什么？"

"昭和三色啊，你没听到吗？"靳卉撇撇嘴，"名字够怪的。"

戚百合无法理解，又觉得有些搞笑，刚想跟靳卉说"昭和三色"是什么东西，旁边的沙发突然陷进去一块，有人坐到了她旁边。

石悦穿着演出服装，红白色和服，看模样妆才上了一半，跟她打招呼："多久没来了？"

戚百合提醒她："我都高三啦，石悦姐。"

"OK，OK，高三万岁。"石悦耸了耸肩。

戚百合笑笑。

台上演唱开始了，是一首热场的FUNK音乐，架子鼓先引燃气氛，贝斯紧随其后，节奏层次逐级递升，待听众的情绪被气氛渲染至顶点时，一束追光落在舞台中心。

主唱扶着话筒开口，恰到好处的慵懒带着嘶哑，乍一听和他清爽的形象有些违和，但放在歌里，确是出人意料的适配。

也是自从他开口以后，戚百合才听出来他唱的是什么歌——张国荣的《拒绝再玩》。他们的改编力度不小，大约是因着主唱特别的音色，风格也显得别具一格。

戚百合渐渐听得入迷。旁边的石悦注意到，拱了拱她的手臂："这主唱帅吧？我学弟，名字也特好听，周郁野。"

戚百合有些意外："这么小啊？"她记得石悦才大三。

口袋里的手机又响动了一下，她感觉是辛其洲发来的。怕石悦八卦，她往旁边挪了一点儿才掏出手机。

xqz：你什么时候走？

田中小百合：你要走了吗？

xqz：你呢？

戚百合刚想回，耳边响起熟悉的旋律，旁边的石悦兴奋地搂着她的胳膊："哇，这首歌不是你上回暑假在店里唱过的吗？"

她点点头："对，《迷宫》。"

应付完石悦，她又低头打字：我跟朋友一起来的，暂时还不走。

xqz：你同桌？

田中小百合：还有她朋友。

戚百合刚发完这句话，突然感受到身旁人幅度巨大的动作。她下意识抬眼，只见石悦高高地举起了手，嘴里还嚷嚷着："这里！这里！"

她不解地往台上看，那位很帅的主唱已经蹲到了舞台边缘，离她们不到两米的位置，看得更清楚了。旁边的靳卉掐着她胳膊上的肉，激动地发出颤音："真的好帅啊！"

戚百合皱眉，好不容易挣扎出来，余光中瞥见石悦已经接过了话筒，她心中有些不好的预感——

果不其然，那只话筒被顶到了她嘴边。

戚百合蒙了。

靳卉在旁边小声地提醒她："你不是会唱吗？跟他合唱，快快！我要录视频！"

戚百合硬着头皮接过了话筒，再抬头，对上了周郁野的眼神。

他单膝蹲在舞台上，直直地看着她，唇边挂着笑意："要不要上来？"

她之前是在俱乐部唱过歌，可那时，台下坐着的人她一个人都不认识，如今……

戚百合握着话筒的手心出了汗，她下意识地往后看了眼，隔着人山人海，她并没有看见辛其洲的身影。

石悦还在旁边催促，戚百合麻了，一动不动地坐在沙发上，朝台上扯出一抹干笑："我坐着唱就行。"

周郁野说声"OK"，然后比了个手势，示意她先开始。

这首歌他们依然做了改编，虽然改编力度没有前两首那么大，但还是对戚百合造成了一些影响。她刚开口的情绪进得不对，唱了两三句之后，才跟吉他的声音逐渐融合。

辛其洲原本在低头看手机，熟悉的嗓音从话筒中流淌出来的刹那，他的手指就在屏幕上顿住，停止了动作。

一旁的梁卓在掷骰子，估计也是听出来了，凑过来打趣："哟，还会唱歌呢。"

辛其洲从沙发上起身，梁卓梗着脖子看他："哪儿去？"

"方便。"

辛其洲走到厕所走廊前的台阶上，那儿位置高，视野不错，旁边一盆巨大的琴叶榕，他掩在宽厚的叶片后面，漫不经心地往舞台下方搜寻，目光像摇晃的灯光，也像黏稠的夜色。

戚百合还穿着早上的衣服，米白色的毛衣，松松垮垮的样式没有埋没她的好身材，肩颈线依然平直，高高的马尾下，白皙的脖子修长似天鹅颈。

她端坐在沙发上，只给好奇的看客留下一道模糊的背影。

无所谓　慢慢来
迷宫一样的未来
转一个圈会到哪里
我喜欢爱情有点神秘

戚百合唱完第一段副歌就把话筒还了回去。

听着场内再度响起的男声，辛其洲似乎是从某种情绪中抽身了，他别过眼，绕过前来搭讪的女生，信步回到了座位上。

5

戚百合把话筒还回去以后，第一件事就是掏出手机看。

屏幕上安安静静，没有任何新消息。

靳卉拍了一段视频，得意得不行，说："如果把这段发到学校贴吧上，你猜会怎么样？"

戚百合没精打采地开口："会被老戴看到，然后叫家长。"

"喊，没劲儿。"

台上的演唱还在继续，靳卉的摄影事业也在继续。

戚百合大约是吃饱喝足，脑袋开始犯懒，倦怠地窝在沙发上，木然地盯着手机屏幕，不知道在想些什么。

又过了几分钟，最后一首歌接近尾声了，靳卉突然神秘兮兮地捧着手机靠近，压低声音说："我发现了一个秘密。"

戚百合敷衍了一句："什么啊？"

她把手机拿到戚百合眼前，一边划拉屏幕，一边说："台上这帅哥好像一直在偷瞄你欸。你看我拍的这几张，他眼神是不是在往我们这边看？"

戚百合觉得离谱，看都没看一眼："我是什么绝世大美女吗？整天有人看我。"

"啧，你怎么不信啊？"靳卉不服气，让她仔细看看。

戚百合刚想给她个面子，口袋里的手机就响动了一下。

xqz：唱得不错。

她捧着手机，仔仔细细把这四个字看了十几遍，惹得靳卉好奇地凑过来想窥屏："你笑什么啊？"

戚百合这才恍如大梦初醒，立刻抿直了嘴角："我没笑啊。"

靳卉狐疑地看了她一眼，没再说话，坐了回去。

戚百合发了条"一般一般"回去，半晌未见辛其洲回复，又给他发了一条：你什么时候走呀？

xqz：我等你。

戚百合没回，锁上手机屏幕，转身朝向靳卉问："我们什么时候走啊？"

"急什么？"靳卉叉了一块椒盐土豆塞进嘴里，含混不清地说，"你不是说还有什么和风舞蹈吗？"

戚百合："可是我想早点回去，把数学试卷做完。"

靳卉闻言大惊："什么数学试卷？不是只有文综和英语吗？"

戚百合："你在说什么？密卷第四单元，上下两张。"

"啊，我今天一个字都没写！"靳卉慌张起来，端起桌上剩的半杯浆果可乐一饮而尽，"那走吧，我明天都不一定能做完。"

戚百合点点头："你跟游浩先生走吧，我去后台跟太皇太后打个招呼。"

靳卉面色烦躁，开始收拾背包，应了声"好"。

目送着两人出去，戚百合拿出手机，先是给阮侯泽发了一条"我走啦"的消息，然后又给辛其洲发了一条：在门口等你。

她像做贼一样，揣着手机蹑手蹑脚往外走，刚踏上过廊，有人从身后拍了拍她。

阮侯泽正把围巾往脖子上缠："太晚了，我送你回去。"

戚百合慌了："不用，我跟朋友一起走。"

阮侯泽往她身后看了眼："那你朋友呢？"

戚百合面不改色地撒谎："上厕所去了。"

阮侯泽："顺路吗？"

戚百合："就隔一站公交车。"

"那行。"阮侯泽不疑有他，把脖子上的围巾又扯了下来，搭到她胳膊上，"外面冷，穿那么少。"

戚百合把围巾围好，朝他吐了吐舌头："你这里都是帅哥美女，不穿好看点我敢进来吗？"

"德性。"他挥了挥手，"快走吧。"

戚百合走到门口，辛其洲还没出来。已经将近十点半了，外面还聚集着不少人，大约都是出来透气的，室内外温差大，一个个都冷得直哆嗦。

她百无聊赖地站着，总觉得有道视线黏在自己身上，漫不经心地四处打量了一下，然后就瞥见了路边站着的一行人。

周郁野跟乐队的哥们儿正站在路边等车，这个点儿翡翠路不好打车，几个人等了会儿都觉得冷，于是纷纷挤在一起。

他站在一盏路灯下面，目光有意无意地望向俱乐部门口。

自打戚百合出来，周郁野就注意到了她。她并不像经常出入这里的人，因为她看起来很干净。并非是他对这里的红男绿女有偏见，只是他觉得，擅长寻欢的人眼睛里都有种疲惫和世俗感。

但这姑娘没有。

她的漂亮中带着一种难得的澄净，就像她的歌声一样，明明可以华丽，却慵懒得过分低调了。

同行的贝斯手小乐注意到他的视线，打趣道："有想法？"

周郁野勾唇笑了一下，也没说话就走了过去。

戚百合等了有两三分钟，没等来辛其洲，等来了一声"嗨"。

她疑惑地看着眼前的男生，语气有些不确定："嗨……"

周郁野一副无奈的样子："不是吧，出来就不记得我了？"

大约是他的音色实在过于特别，戚百合怔了怔，终于把眼前这个穿着羽绒服的男生跟刚刚的主唱对上了号。

她连忙道歉："不好意思，你穿上衣服我有点认……"

这话说着说着，她突然意识到不对劲，这也太容易让人误会了。

戛然而止的半句话滑稽又可笑，戚百合又不知道该接些什么其他话题，于是只能闭嘴微笑，并且偷偷涨红了脸。

周郁野看着她的脸，咧嘴笑了："你真逗。"

戚百合继续微笑。

周郁野看了眼大门："等人？"

戚百合点点头："朋友还没出来。"

周郁野"嗯"了一声，态度挺诚恳："也没什么其他事儿，就是觉得你唱歌很好听，想认识一下。"

戚百合道："你也不错，改编得很有风格。"

"我叫周郁野。"他伸出了手。

出于礼貌，戚百合虚握了一下："戚百合。"

他点点头："戚百合，这名字很适合你。"

"哈。"她客气地回了句，"你们乐队的名字也很特别。"

周郁野有些意外似的，挑了挑眉："你知道？"

戚百合点点头，伸出两根手指比画了一下："因为贵，所以略有耳闻。"

周郁野轻笑一声，单手插进口袋，神情轻松："对，挺贵，组乐队的钱就是我卖鱼赚来的。"

戚百合有些瞠目，他似乎是觉得她的反应挺好玩，又笑了笑："我从家里偷了一条拿出去卖了，为了纪念它，就给乐队起了这个名儿。"

戚百合震惊地看着他："你家里人知道吗？"

周郁野耸耸肩："我妈养着玩的，她也不懂，我换了条锦鲤进去，她到现在还没发现呢。"

看着她捂嘴笑了好几秒，周郁野摸到了口袋里的手机，刚想掏出来，眼前的姑娘像是看到了什么人，一双笑眼骤然迸发出光彩，伴随着身体前倾的动作，她稍显急躁地对他说了句："我朋友来了我先走了，很高兴认识你，祝你的小鱼乐队早日声名大噪，拜拜！"

敷衍得太明显，反而显得有些可爱了。

周郁野把手机放回去，颇有些无奈地看着她跑走，小兔子一般跳到了门口的台阶上。

他双手插兜，漫不经心地打量她小跑着迎接的男生，对方似乎注意到了他，四目相对时，他坦诚的探索在对方沉静的面容下，不设防地流露出了直白的遗憾。

那种雄性荷尔蒙之间的天然感应，让他挫败地耸了耸肩。

因为这个点儿实在不好打车，所以戚百合拉着辛其洲步行去了公交站。

初冬的晚夜，狂风乍起，夜空中布满鹤灰的乌云，像是给浓稠的夜幕打上了补丁，风雨晦暝，仿若下一秒就要倾泻而下。

她杵在站牌旁研究末班车时间，辛其洲就站在两三米开外的台阶上，单手插兜，目光不偏不倚地落在她脖子上那条棕褐色的围巾上。

一条男士围巾。

他想起刚刚走出俱乐部时看到的那一幕。

戚百合回头，看到辛其洲站得清落孑然，目光怔忪，她下意识地问："怎么了？"

松松软软的围巾掩住了她的口鼻，辛其洲只能看见她亮晶晶的眼，瞳仁黑且耀眼，仿佛带着水光。

他移开了视线，淡声回："没什么。"

"哦。"戚百合垂下了眼，两秒后瞥见他落在腿侧的右手还拿着两本书，又抬起头问，"你今天怎么会来这里？"

辛其洲："下午和梁卓打球，结束后他要请客。"

"他请客啊，"戚百合揉了揉鼻子，随口说道，"早知道我就跟老阮说，给他打个折了。"

辛其洲转过身："你和老板是亲戚？"

戚百合："也不算啦，他是我妈的朋友，从我记事起他就算是我的……干爸，但我从没叫过他。"

辛其洲点点头，没再说什么。末班车缓缓停靠，两人一前一后上了车。

翡翠路离落霞山不远，七个站台，他们只用了二十分钟便抵达了目的地，昌文书店门口。

因为路上行人实在太少，因此他们下车才发现，天空已经飘起了雪粒子。虽然不密集，可一粒粒落在脖子里，依旧能沁出彻骨的凉意。

"哇，下冰雹了。"戚百合把头探出车站顶棚，伸出手接了几粒。

辛其洲比她晚一步下车，站稳后说："这是霰，不是冰雹。"

戚百合没反应过来："什么 xiàn？"

辛其洲把手里的书分给她一本，慢腾腾地解释："霰是由雪状结构的冰柜粒子组成的固态降水，在高空中的水蒸气遇到冷空气凝结成的小冰粒，通常在下雪前或下雪时出现。"

戚百合听得一知半解，又不想表现出没听明白的感觉，若无其事地点了点头，然后迅速转移了话题："你给我书干什么？"

辛其洲给她换了本硬封的："遮在头上。"

戚百合看了眼封面，《编程珠玑》，为什么他总是看一些奇奇怪怪的书？

"不用了，别淋坏了，我还没那么娇气。"

辛其洲看了她一眼，白皙的皮肤，纤长浓密的睫毛，一眨一眨的眼，看起来就娇气得很。

他抿了抿唇，淡声道："市图书馆借的，不是孤本，也不贵，淋坏了我重新买一本。"他说完，把书放到了戚百合的头上。

她扎着高马尾，恰好和顾顶持平，那本书一动不动，稳当得有些诙谐了。

戚百合感觉自己像个书架。

她把书拿下来，塞回辛其洲手里，扯下了围巾："干什么浪费钱，又不是大冰雹，拿围巾挡挡就好了。"

辛其洲表情松动："这围巾……"

戚百合专心整理围巾，头也没抬地说："老阮给我的，他应该不要了。"

辛其洲将两本书重新摆到了一起，极轻极快地"哦"了一声。

到家以后戚百合就去洗了澡，临睡前躺在床上，她想起还有事没做，拿起手机给辛其洲发了条消息：明天还是八点？

辛其洲回得很快：明天你不用去。

戚百合：为什么？你不是要吊三天点滴吗？

她促狭心起，开玩笑：不会是怕护士小姐姐误会吧？

辛其洲从卫生间出来，从架子上随手抽了条毛巾，一边擦头发，一边看手机。戚百合发了好几个表情过来，捂嘴笑的样子贼兮兮的，很符合她伶牙俐齿的形象。

辛其洲勾唇笑了一下，刚打了几个字，脑海中蓦地浮现出昨天戚百合坐在花坛边，眼泪像断了线的珠子，那副可怜巴巴的劲儿。

他又把打好的字逐个删除。

过了七八分钟，戚百合都快睡着了，枕边的手机才响了一下。

xqz：明天会下雨吗？

这寒冬腊月哪儿来的雨？

戚百合觉得这人是学习学傻了，翻了个身把手机塞回枕头下面，就继续睡觉了。

第五章
你喜欢他

1

闹钟响起的时候,戚百合把头埋在被子里,进行了一番激烈的心理斗争。

眼下入了冬,天亮得越来越晚了,七点半左右的时间,窗帘外面还是灰扑扑的天,看起来沉闷得很。

她睁眼望着天花板,发了两分钟的呆,最后还是决定贯彻自己言出必行的人设,挣扎着坐起来了。

品德高尚的奖励就是一拉开窗帘就看到外面银装素裹的世界。

戚百合兴奋地从衣柜中翻出了羊绒斗篷。这是开春时她在少女杂志上看到的,当时省吃俭用了一个多月才好不容易买回来,却没机会穿了。

这段时间,因为种种莫名其妙的麻烦,她一直过得灰头土脸的,眼下穿上了新衣服,大约是心理暗示,她觉得自己整个人焕然一新。

辛其洲走到昌文书店门口的时候,下意识地往里看了一眼。大约是因为下雪了,书店还没开门。

他收回视线,走到路边拦车。

宋冉阑一直不知道他去医院的事,她是一个极其迷信的人,年初去寺庙求签,签文不太好,自那以后她便开始每月斋戒,对辛其洲和辛远盛一丁点儿的变化都紧张不已。

周五那天请假,他便是瞒着宋冉阑。

为他开车的司机叫黄叔,是辛其洲两年前参加冬令营时认识的,那时他是校车司机,因为绕了两个红绿灯载家里癫痫发作的女儿去医院,被领导责难公车私用要把他开除。

辛其洲下车时看到司机摘下发黄的手套抹了把眼睛,掏出手机给妻子打电话询问女儿病情。他并不常动恻隐之心,可那天,他走向了那个佝偻的背影。

104

于是黄叔成了他的专职司机。这两年黄叔勤勤恳恳，对辛其洲由恭敬到慈爱，从不会在宋冉阑面前乱说话，平添麻烦。

一辆出租车缓缓停靠，辛其洲拉开车门，刚准备坐进去，一阵踩雪声由远而近，同时还伴随着阵阵高呼："等等我，等我呀！"

他偏过头看，被雪覆盖的世界里，戚百合正一蹦一跳地朝他跑来，小斗篷的衣摆鼓风飞舞，精致的小卷发被吹乱，一缕刘海贴在嘴唇上，嫣红的一点在一片白茫茫中美得惊心。

一只漂亮的、活泼的小精灵。

待她站定，辛其洲才松开攥着车门已经发白的手。

"我昨晚不是跟你说了我要去吗？"她理了理刘海，一副不满的样子。

辛其洲垂着眼："我昨晚也说了，不用你去。"

戚百合撩起衣摆，瞪他一眼："你不是说怕下雨吗？"她指了指天，"这是雪，不是雨，OK？"

说完，戚百合就傲娇地瞥了他一眼，一弯腰钻进了车里。

辛其洲立在原地，扯起嘴角，没什么意义地笑了一下。

大约是下了雪的原因，这天他们来到医院时，大厅里的人群跟昨天比稀疏了许多。

辛其洲直奔输液大厅，戚百合磨磨叽叽地跟在后面，突然，她出声叫住了他。

"怎么了？"他回头问。

戚百合看着他："你先去吧，我有点事。"

想起昨天她在门口捂脸啜泣的境况，辛其洲沉默了下，最后还是"嗯"了一声。

他似乎还没有什么立场干涉她的行为。

目送着辛其洲走进输液厅，戚百合掉头出了医院大门，去路边的水果摊买了两个果篮，然后重新回到了医院。

周玥的妈妈叫秦玉婉，戚百合一直称呼对方为"秦姨"。她读小学那几年戚繁水开服装店，每天早出晚归，中午没时间回家做饭，她都是去秦姨家吃的。

秦玉婉性情温柔，待戚百合也好。在戚百合朴素的世界观里，这样好的人是该长命百岁的，可在她们初三那年，秦玉婉被查出了尿毒症。

戚繁水发生意外的那个春节，秦玉婉的病情恶化了，劫难似洪水冲垮了众人安稳的生活，后来戚百合离开吉淮，甚至都来不及和周玥好好告别。

戚百合在沅江安定下来以后，通过各种途径联系周玥，可周玥就像是从这个世界蒸发了一样，除了初中同学传述过来的那句"她休学了"之外，戚百合再不知道周玥的任何信息。

戚百合提着果篮上了电梯，根据指示牌一路走到肾内科，在服务台咨询秦玉婉的信息，然后来到了她的病房。

　　并排的三张病床，秦玉婉躺在最边上那张，戚百合小心翼翼地走过去，轻唤了一声："秦姨。"

　　秦玉婉靠在病床上，本来拿着一把小木梳梳头发，听到这声呼喊，她动作顿了顿，打量过来的眼神由疑惑变成欣喜："百合，你怎么来了？"

　　好久不见，秦玉婉苍老了不少，原本面色红润带福气的中年妇女，如今瘦得像个干巴巴的小老太太。她握着戚百合的手，粗糙的茧子刮得戚百合心都疼了。

　　戚百合鼻子一酸，把眼眶的热意逼了回去，才笑了笑说："我昨天在医院碰见玥玥，才知道您在这里。"

　　秦玉婉看起来是真的很开心，搓了搓戚百合的手："这孩子，昨天回来也没跟我说，秦姨都多久没见你了。"

　　顿了顿，她想起什么，又问："你来医院干什么？身体不舒服吗？"

　　戚百合回避了她关切的眼神，瓮声瓮气地说："没事，就是感冒，已经好了。"

　　"那就好，现在入冬了，出门要多穿点衣服。"秦玉婉慈爱地看着戚百合，"真漂亮，越来越像你妈妈了。"

　　戚百合差点绷不住，趁秦玉婉转身给她拿苹果的间隙，猛地抹了把眼睛。

　　那天，秦玉婉拉着她的手絮絮叨叨说了很多，问她爸爸对她如何，问她如今读高几。她在这张小小的病床前，久违地体会到了失联已久的母爱，往事如一张细细密密的网，将她牢牢包裹。

　　后来医生过来查房，戚百合感觉辛其洲那边也差不多了，起身想告辞。秦玉婉不舍地拉住她，对她说周玥一会儿就要来了。

　　"玥玥昨晚后半夜才走，应该快来了，你们不见一面吗？"

　　戚百合表情悲伤："不用了秦姨，我下次再来看您。"

　　秦玉婉仿佛察觉到了什么，握紧她的手："百合，玥玥这些年……性格变了很多，都是我这个当妈的拖后腿了，她休学也没跟我说，就为了照顾我。这孩子很辛苦，如果她哪里惹你不开心了，别往心里去。你们是从小一起长大的，这情谊很难得。"

　　戚百合点点头："我知道秦姨，下周末我再来看您。"

　　秦玉婉松开她的手，还不忘叮嘱："下雪了路滑，过马路注意点。"

　　戚百合回到输液大厅，正巧撞上辛其洲按着棉球往外走。

　　他看见莫名失踪了两个小时的女孩低着头就往他怀里撞，心中蹿起了一阵无名火，寡声道："这就是你说的陪我？"

　　戚百合抬眼，红红的眼睛像小兔子，眼睫上还挂着珠光。

辛其洲哽住了："怎么又……"

戚百合揉揉眼："没事，我们走吧。"

原以为这事儿已经揭过，可没想到走出医院时，戚百合似乎遇见了熟人。辛其洲垂手站着，打量那个跟戚百合四目相对的姑娘，对方穿着朴素，头发有些乱，手上戴着手套，应该是骑车过来的，胳膊下面还夹着铁皮饭盒。

戚百合转过头："你等我一下。"

辛其洲点点头，走到了一边。

周玥立在原地，看戚百合一步步靠近，双手下意识地攥成了拳头。

戚百合表情落寞，静静地看着周玥："玥玥，我刚刚去看过秦姨了。"

周玥别开眼："我知道。"秦玉婉给她打电话了。

"秦姨的病……还好吗？"刚刚医生查房时，戚百合听到似乎秦玉婉已经做完换肾手术，按理说病情是该缓和的，可看她的状态，又不像康复了的样子。

"挺好的，"周玥淡声道，"只是有些排异反应。"

戚百合点点头，想起什么，又轻声问："我听秦姨说你休学了，那现在呢？回去上学了吗？"

周玥的情绪原本还算镇定，可听到这句话，眼底陡然生出了几许烦躁。她猛然抬头，目光锐利，直勾勾地望着戚百合。

"我就不用你关心了。"

戚百合被她一堵，眉头皱了起来："玥玥，我不知道你发生了什么，但你应该知道我的，我妈出事很突然，我那时候根本反应不过来，后来到了沅江也发生了很多事，我也是渐渐才适应的。如果你是怪我忽视你，那我跟你道歉，我后来联系你联了一个月，可一直找不到你。我知道你很辛苦，但现在既然你们来了沅江，我以后可以帮你一起照顾秦姨。"

"不用了。"周玥听戚百合这样说，神情间突然多了几分悲怆。

"百合。"她认真地看着戚百合，缓缓开口，"看到你现在过得很好，说实话我很开心，如果你不要走到我面前，那我会一直为你开心。没有什么关系是不会变的，也没有什么人能永远陪着你，你妈是，我也一样。我们已经不可能回到从前了，我希望你过得好，但是，我不想再看见你了。"

周玥掷地有声，说到这里，却缓缓垂下眼睛，悄无声息地握紧了拳："所以麻烦你以后不要再过来了。"

2

如果知道今天出来要流那么多的眼泪，那戚百合是绝对不会盛装打扮的。此刻她坐在出租车后排无声流泪，即便不照镜子，也大约清楚自己有多狼狈。

车内氛围安静，只剩下她偶尔吸鼻子的声音，辛其洲大约是对她这种反应免疫了，上车时就直接坐到了副驾的位置上，把后排的广阔空间留给她一个人。而戚百合也极其配合，泪水就像断了线的珠子一样，怎么止也止不住。

车子经过一个路口，副驾上沉默了许久的辛其洲突然开口，是对司机说的："停一下，等我两分钟。"

戚百合吸了吸鼻子，看他拉开车门下车，然后走进一家便利店。

一分多钟后他回来了，戚百合看了他一眼。

今天下雪了，辛其洲终于穿上了羽绒服，里面是一件灰白色帽衫，帽子没整理好，窝成一坨堆在后面，他大约也不知道，信步走过来的时候，不疾不徐得像在走 T 台。

她揉了揉眼，收回了视线，然后车门关上，她看到一包纸巾出现在面前。

辛其洲侧着身子，目光沉静地看着她。

戚百合垂下眼，接过了纸，嗓音有些沙哑："谢谢。"

辛其洲坐了回去，淡声道："就买了一包。"

意思是省着点哭。

他总是这样，说话只说半截，即便是好心，也会叫别人在感激里多出几分滞郁。

戚百合跟他相处多了，也习惯了。她抽出一张纸巾擦完脸，泪水终于停了。

她目光放空地望着前方，没多久，把手伸到了副驾的头枕上。

辛其洲正看着外面的后视镜发呆，突然感受到一阵凉意。

戚百合一言不发地帮他整理帽衫，手指无意间碰到他的脖子，明明是冰凉的触感，却让他的胸腔内蹿起了一阵火热的躁意。

戚百合收回了手，辛其洲顿了顿，降下了车窗。

司机频频看他："小伙子，你不冷啊？"

辛其洲头也没抬："闷。"

到家以后，戚百合就躺到了床上，望着雪白的天花板发了会儿呆，她打开了 QQ 空间。

她很少在社交平台上发动态，空间里的相册全都私密了，她随手打开其中一个被命名为"2007"的相册，一眼就看到了那张合照。

吉淮市每年都要举办灯会节，在元宵节那天，似乎也是寒假开学的前一晚，她和周玥一人提着一盏自己手工做的彩灯，穿梭在园湖公园的各条小径上，周边人来人往，她们在湖边最大的一座假山前合影。

看着屏幕上模糊的笑脸，戚百合鼻腔一酸，几乎要落下泪来，就在这时，手机突然响动了一下。

辛其洲的对话框跳出新消息，他分享了一首歌过来。

戚百合觉得奇怪，揉了揉眼点开看，第二条消息也来了。

xqz：听粤语歌吗？

戚百合感到莫名其妙，往上看，他推来的那首歌是陈奕迅的《最佳损友》。

打字框里的问号瞬间变得多余了。

这首歌是2006年发行的，戚百合第一次听是在2007年，戚繁水在她生日那天送给她一个MP3。家里没有电脑，还是周玥陪她一起去的网吧，她在电脑上下载了很多流行歌曲，其中就有这首《最佳损友》。

后来这首歌在内地越来越火，很多人都喜欢副歌的部分，唯独戚百合，她每回听这首歌，总是被末尾那简简单单的几句感慨打动——

来年陌生的

是昨日最亲的某某

总好于那日我没有

没有遇过某某

…………

如果说长长久久是无法保证的可能，那回忆就是能永远握在手中的肯定。

戚百合涸在眼眶里的泪终究还是落了下来，辛其洲的头像被模糊成了一个小小的色块，她胡乱用手背擦了擦，抬手在对话框里打下了两个字。

刚回到卧室的辛其洲看到手机上简简单单的"谢谢"，刚想回消息，戚百合又发了一条过来。

田中小百合：你今天没有在心里偷偷笑话我吧？

他似乎能通过屏幕，看到那个一边抹眼泪，一边睁大眼睛瞪着他的小姑娘，柔软的血液流淌过心底，他嘴角虚勾几分，回了个"没有"。

周日晚上，戚百合做完作业才想起那张家长意愿表。恰好丁韪良那天中午回了家，晚饭之前，她拿着表和笔出去，看到楼下客厅没人，便打算去房间找他。

这套别墅有三层：一楼是客厅、餐厅、储藏室和保姆房；二楼是辛小竹和戚百合的卧室，外加书房和钢琴房；丁韪良和辛芳的主卧在三楼，平常大多是空置的，他们不回来，只有陈姨打扫时会上去。

戚百合走到三楼走廊时，看见主卧的门是紧闭的。她不知道辛芳有没有回来，想了想，还是退了回去，打算吃晚饭的时候再提这件事。

可她刚要抬脚离开，门内突然爆发出了激烈的争吵，辛芳的嗓音尖细且高昂，听起来十分刺耳。

"你管我！你有什么资格管我？"

戚百合如芒在背，快步走下了楼梯，可即便如此，她还是听到了后面的话。

　　"我都还没问你跟画廊那个销售经理到底是什么关系呢，你哪儿来的脸问我昨晚跟谁吃的饭？丁毽良，我们辛家，我辛芳是不是太给你脸了，让你忘了自己是谁了，是吧？"

　　戚百合逃难一般逃回了自己的房间。明明不关她的事，可她总感觉那些难听的话都骂到了她身上，让她面红耳赤、呼吸急促，就像当众被人扒光了衣服一样难堪。

　　晚饭时，陈姨过来喊戚百合吃饭，戚百合本想拒绝，可看到手边的意愿表，还是下了楼。

　　在餐桌上提，总好过再去敲他们的房门。

　　她重新带着纸和笔下楼，刚走到餐桌旁，丁毽良就拿着车钥匙打算出门，他面色沉重，眉间有深深的沟壑，看样子是气得不轻。

　　戚百合纠结了几秒，还是在他换鞋前叫住了他。

　　丁毽良转身看她，语气很疲惫："没生活费了？"

　　戚百合摇摇头，轻声解释："不是，学校要求所有高三学生从明天开始上晚自习了，需要家长在意愿表上签字。"

　　她把表推了过去。

　　丁毽良走过去，拿起水性笔，目光只在纸上扫了两秒便签下了自己的名字，戚百合怀疑他连一行字都没看完。

　　院子外面的汽车发动声渐渐远去，戚百合低头，食之无味地喝了口粥。

　　辛小竹吃饭一向不积极，等她下来的时候，戚百合已经吃得差不多了。

　　戚百合拿着意愿表准备回房间，辛小竹叫住她，好奇地问："你拿的什么呀？"

　　"学校强制高三上晚自习，这是让家长同意后签字的。"戚百合仔细看了眼，丁毽良不愧是搞艺术的，简单的签名也能写得很有风格。

　　辛小竹应该已经洗完澡了，穿着明黄色的棉绒睡衣，一张素面朝天的脸蛋有水蒸过后的粉嫩。

　　她看起来只是随口一问，可戚百合说完，她的情绪明显低落了不少，皱着眉询问："这意思是不是你们以后都不能五点四十五分放学了？"

　　戚百合看她这模样，后知后觉地想起了一些事情。

　　戚百合不是一个爱多管闲事的人，但辛小竹这丫头不一样，她太天真，人也不怎么聪明，戚百合常常对她产生一些不知天高地厚的怜爱之情。

　　"你最近是不是常去我们学校？"戚百合站在餐桌旁，目光直勾勾地盯着辛小竹。

　　辛小竹不自在地扭了扭身子："没有啊，就去过一两次，你们学校附近不是新开了一家奶茶店吗？我就是去看看，顺便找朋友玩。"

“哪个朋友？”戚百合抱着臂，“你上次问我高三的放学时间，怎么，你在二中还认识除了我和你哥之外的高三学生？”

辛小竹噘着嘴：“对啊，不行吗？”

戚百合深吸一口气，决定不跟她兜圈子了：“你那个朋友，是不是叫梁讫然？我上次看到你跟他一起逛街。”

辛小竹被她当面戳破，语气提高了好几度：“你瞎说什么，我什么时候跟他一起逛街了？”

“我听陈姨说你最近回家越来越晚了，还不让司机去接你。”戚百合想起下午听到的话，依旧心有余悸，“你才读高一，要是让你妈发现，她会很生气的。”

她的提醒点到为止，可辛小竹还是奓了毛。

辛小竹拍着餐桌一跃而起，脸蛋涨得通红：“高一怎么了？我又没做什么见不得人的事情，我有什么好怕的，你凭什么这样说我，你又不是我亲姐，要你在这儿多管闲事！你要打小报告就去好了，反正我身正不怕影子歪，随便你怎么说！”

说完她便撂了筷子，也不再理会身后端着汤出来的陈姨，“噔噔噔”跑上楼，回了自己的房间。

戚百合顿在原地，疲惫地掐了掐眉心。

这一天过得实在过于伤神，她回到房间，刚收拾好书包，手机突然响动起来。

是丁韪良打来的电话。

他似乎在开车，耳畔有风刮过车窗的鼓噪声，他问戚百合晚自习几点放学。

戚百合握着手机，眼眶突然泛起热意：“十点。”

“太晚了，”丁韪良顿了下，似乎在考虑什么，过会儿才说，“我跟家里的司机说一声，让他去接你。”

想起下午辛芳说的那些话，戚百合咽下了喉咙处的酸涩，轻声回：“没事，不用，十点还有公交车，有同学跟我顺路。”

“那也只能到山脚下。”

戚百合揉揉眼：“不远，几分钟就走到了。”

那边的人静了几秒：“我跟其洲说一声吧，你俩都要上晚自习，你坐他的车回来也方便。”

“不用了，”戚百合放在桌上的手握成了拳头，轻声说，“我跟他说就行了，我们在学校经常见面。”

“好。”丁韪良又问了她生活费还够不够，然后才挂断电话。

戚百合看着手机屏幕发了会儿呆，窗外有冰凌融化砸在窗台的声音，清脆、响亮。她重新按亮了台灯，把已经装好的书又掏出来，开始背单词。

大约是前一天流了太多眼泪，周一早上，戚百合的眼睛又肿了。只不过这次她没有拿冰水来回地敷，只是安静地坐在车上，耳朵里塞着耳机，眼睛紧闭，一副入定的姿态。

一旁的辛其洲见她从上车以来一句话都没说，嘴里还念念有词，扯下她一边的耳机："你念经呢？"

戚百合不解地看着他："你背单词不也是这样的吗？"

辛其洲有些意外，不置可否地挑了挑眉："难得一见。"

戚百合瞪他一眼："用不着讽刺我，笨鸟先飞，勤能补拙，也许我用用功，也能上那个大红榜呢。"

辛其洲看她言之凿凿的样子，唇边勾起一个极浅的笑意，"嗯"了一声："离高考还有半年，你想起来飞了。"

戚百合不满地皱眉："冲刺，冲刺懂不懂？"

她昨晚刚背过这个单词，现下突然起了几分显摆的心思，于是看着他字正腔圆地说："sprint，冲刺，也可翻译成短距离快速奔跑，懂？"

辛其洲唇边笑意渐深："懂了，辛苦戚老师教诲。"

戚百合白他一眼，重新戴上了耳机。

刚到教室，班长就过来收表了。

黑色星期一，班里的氛围显而易见地低落着，有人忙着抄作业，有人埋头偷吃早饭，还有人一来就趴在课桌上补觉。

班长从门外进来，压着嗓音八卦："我刚刚去办公室送表，听到教导主任提了运动会的事儿。"

众人一下子精神起来："真的假的？什么时候？"

班长耸耸肩："这周末。"

台下瞬间响起一阵失望的"嘘"声。

他们这些人想参加运动会，无非就是觉得不用上课，相当于多放了两天假，可如果运动会安排在了周末，不但要来学校，还要早起，那就得不偿失了。

"什么呀。"靳卉也在一旁抱怨，"意思是我接下来的半个月都不能睡懒觉了呗。"

戚百合在旁边背文言文，头也没抬："你现在还有空考虑这个。"

"那考虑什么？"

戚百合朝后排的座位努了努嘴，体育委员张俊生已经开始忙碌起来了。

果不其然，老戴正式通知了这个消息以后，张俊生就着手安排同学们选报项目了。

说是安排也不对，基本算是求爷爷告奶奶。他们是文科班，女生居多，对体育的热情普遍不高，那些女子项目从来都报不满。

去年的那次，靳卉就没抵抗住张俊生这个一米八五大高个儿的软磨硬泡，报了个女子1200米长跑和铅球，硬着头皮上的结果是，运动会结束一个星期了，她那副胳膊腿儿都没好。

晚饭的时候，人果然黏了上来。

张俊生故技重施，追在靳卉后面又是威逼利诱，又是撒娇卖好，中心主旨就一点，让她继续报去年那两个项目。

靳卉拉着戚百合去食堂吃饭，一个好脸色都没给他："我跟你说，这些招儿不好使了，姐姐现在对男色基本免疫了。"

张俊生也不恼，龇着牙傻笑道："报名参加运动会是为班级增光添彩，我没骗你，老戴跟我说这事儿的时候特意提过你，说你去年表现得不错，希望你今年再接再厉。"

提起去年，靳卉就来气。那次靳卉跑步的时候正好赶上蒋初妮跳远，那姑娘参加运动会穿条裙子，班里男生全都去隔壁沙坑看她了，没一个来给靳卉加油呐喊的。

"少给我戴高帽子。"靳卉怒气冲冲地刷了饭卡，手叉腰站在一旁，"羊毛你就逮着一只羊薅是吧？觉得我好欺负吗？"

说着，她食指一伸："怎么不找她报名？"戳到了戚百合的鼻头，"有福同享，有难同当。你能说动她也报名，那我就上。"

戚百合皮笑肉不笑地看着她："上回你跑完1200米是谁给你送水的？"

好一个恩将仇报。

靳卉置若罔闻，转头朝张俊生说："话我给你放这儿了，做不到就别来烦我了。"

张俊生愣了愣，一时没有应声。

说实话，他不是没有考虑过，但戚百合转学过来以后，基本上没和班里男生说过几句话，偶尔有交流，也就是跟她座位离得近的那几个，看起来就特高冷，加上她长得又好看，后排那几个男生常常在课后讨论，却没几个敢主动找她聊天。

他正纠结的时候，下意识地看了眼戚百合，作为他们十六班最拿得出手的妹子，如果她能参加，那是最好不过了。

"那个……"张俊生还在酝酿说辞，戚百合的饭打好了。

眼见着她端着餐盘要走，张俊生在心里一不做二不休，抬腿就追了上去。

那天是高三第一天晚自习，食堂的人流量肉眼可见地暴增。戚百合和靳卉好不容易看到一张空桌，刚坐下去，就看见张俊生坐到了对面。

"戚同学，你跑步水平怎么样啊？"

戚百合看着他那张笑眯眯的脸，梗着脖子答道："很差，非常差。"

张俊生眼神一僵："那跳远呢？"

戚百合往嘴里送了一口饭："一米。"

事实上戚百合说的也都是真话，她从未见过比自己运动素质还差的同龄女生。从小到大班里跑步她都是倒数，立定跳远别人蜻蜓点水，她动静极大，最后落地一米多点儿，坐位体前屈也是，别的姑娘是水做的，她是水泥，根本弯不下去。

戚繁水就曾说过她是小姐的身子丫鬟的命。

张俊生不死心："跳高，跳高总行了吧？我看你个子比一般女生都高，这一项你应该有优势吧？"

戚百合神色顿了顿，一脸认真："抱歉，我不是有意敷衍你，我是真不行。"

张俊生沉默了两秒，说了声"没关系"，然后重新把目光投向了旁边看热闹的靳卉身上。

靳卉放下筷子，仰天长啸："杀了我吧！"

辛其洲刚走进食堂就看见了戚百合，他对食物没什么偏好，随便找了个人少的窗口开始排队。站在他前面的两个男生应该是刚打完球回来，带着满头的汗频频回眸，兴致勃勃地讨论着。

"靠墙那个穿白衣服的女的，就她，十六班的班花。"

"她就是那个戚百合？我见过她很多次了，一直不知道叫什么，早知道戚百合是她，当时那个帖子我就把票投给她了。"

"你没投她吗？我投了，她长得比那个学霸带劲多了。"

一阵猥琐的笑声过去，辛其洲皱了皱眉。

他侧过身子往墙边看，戚百合没穿外套过来，就一件紧身的高领毛衣，看起来纤薄又瘦弱，在一众臃肿厚实的羽绒服当中格外突兀。

辛其洲向来知道她爱美，即便是在人声鼎沸的食堂坐着，也始终挺直脊背，收紧腹部，让自己保持优美的体态，永远漂亮，永远亮眼。

欣赏美丽是一种能力，辛其洲并不觉得，那两个言辞下流的男生懂得她的可爱之处。

戚百合吃得差不多了就掏出手机，坐在凳子上一边下五子棋一边等靳卉。辛其洲的消息来得很突然，往常他很少在学校主动找她。

戚百合还以为晚上的计划有什么变动，连忙打开看。

xqz：食堂有什么好吃的？

戚百合没好气儿地回：你就为这事儿找我？

xqz：嗯。

戚百合感觉他这不是请教人该有的态度，但碍于自己还欠他一份人情，于是随便挑了几个菜回给他：糖醋里脊、山楂小排、酸辣土豆丝、兰州拉面。

xqz：你吃的什么？

戚百合懒得跟他说，直接拍了一张照片发过去。

发完以后她才意识到自己的餐盘差不多都空了，又忍不住嘀咕："他会不会觉得我太能吃了？"

辛其洲在回教室的路上，昨夜的积雪已经融化殆尽，地面湿滑，路上行人匆匆，不是赶着去食堂吃饭，就是赶着回教室做题。他拿出手机看戚百合发来的照片，餐盘上只剩下一半的米饭、几根土豆丝，上方还有一只手，骨节分明，肤色略黑。

刚刚他就注意到了，坐在戚百合对面的男生一直在殷勤地找她聊天，两人应该是同班同学，一起吃饭也没什么问题。

这样想着，他收起了手机。

没走几步他又掏出手机，打了一行字。

几百米开外的戚百合刚走出食堂，冷风一吹，她打了个寒战，掏出手机看，又气得心头冒火。

xqz：吃那么干净，让我看什么？

因为这句话，梁卓给她发消息让她和辛其洲一起到学校后门的时候，她并没有通知辛其洲，一个人去了。

晚自习七点半开始，她还有半个多小时的时间。

二中后门较为冷清，旁边就是复读班，学习气氛比较紧张，没什么人出来瞎溜达，戚百合走到门口都没遇到一个人。

梁卓在路口等着，旁边停着一辆摩托车，再远一点的绿化带旁还蹲着三五个年轻人，见她走过来，直打量。

戚百合有点惊讶："你叫那么多人干什么？"

梁卓笑笑说："做这种事，当然人越多越好。"

戚百合有些不好意思："麻烦你了。"

"客气什么。"梁卓满不在乎地耸了耸肩，"反正他们也没事，辛其洲呢？"

戚百合面不改色地撒谎："不知道，没回我消息。"

"估计又学入定了。"梁卓抬手看了眼表，"我估计那丫头也快过来了，要不你先找个地儿躲起来？"

戚百合抿抿唇："你怎么给她发的信息？"

"我就说我们老大受伤了，找她报销医药费，不然就把事情发到你们学校贴吧里。你不是就想知道到底是不是她吗？待会儿她要是真出来了，那这事儿不就板上钉钉了吗？"

戚百合有些不安："可是这样说会不会太直接了，引起她的怀疑啊？"

"不做亏心事，不怕鬼敲门。只有做了亏心事的人，才会跟那什么惊什么鸟一样，一丁点儿风吹草动都坐不住。"

一阵脚步声由远及近，辛其洲从大门里走出来，讨嫌地开口："惊弓之鸟。"

梁卓不满地"啧"他一声："臭显摆。"

辛其洲停在戚百合旁边，刚想说话，梁卓瞥见几十米开外的松树下面隐约闪过一个纤细的身影，连忙招呼他们："快快，到后面藏起来，人好像来了。"

戚百合来不及反应，害怕计划失败，连忙拉着辛其洲的手躲到了不远处的垃圾桶后面。

她蹲下来，紧张得心跳加速，一偏头看见辛其洲正在往她旁边挤。

"别挤了！"她压低声音吼道。

辛其洲不愿意贴着垃圾桶，可看她那副郑重其事的样子，忍了忍，不动了。

戚百合一边听动静，一边悄悄探头出去看。

出来的那女孩背对着他们，又站在暗处，只能隐约看出她的身形和衣服的颜色，是有点像蒋初妮。

戚百合一颗心沉了下去，还是有些无法相信。

她推了推辛其洲的手臂，极小声地问他："你看是她吗？"

辛其洲微微偏头，几秒后转过来："是。"

戚百合盯着辛其洲看了许久，半晌问了一个毫不相干的问题："你跟她很熟？"

辛其洲怔了两秒："什么意思？"

"一眼就认出来了，"她微笑道，"平时没少关注吧？"

辛其洲觉得好笑，面不改色地回望她："眼神好也有错？"

戚百合的微笑改成了冷笑，她冷哼一声，大摇大摆地走了出去。

不远处的梁卓一瞧见她就吹了声口哨，扬声道："过来认认。"

本来就很慌张的蒋初妮循着他的视线看过去，撞见戚百合阴沉的脸，整个人都像丢了魂儿似的，恐惧如潮水将她淹没。

其实她早就后悔了。

蒋初妮家境好，成绩优异，长得漂亮，几乎是被众星捧月般长大的。在上高中之前，她从没有主动和什么人示好过，直到她遇上辛其洲。

她喜欢辛其洲，即便对方从来没有给过她一丁点回应，她也并不记恨。大约因为父母是商人，从小耳濡目染，她的心中也长了一杆秤。

辛其洲可以对她无动于衷，因为她引以为傲的那些东西，家境、成绩、容貌……辛其洲全都在她之上。

她可以容忍他的忽视和冷漠，却无法容忍她一直厌恶的戚百合，像个胜利者一样旁观自己的失败。

那天放学，她受了辛其洲的几句冷言冷语，又亲眼看见他和戚百合一起离去，清醒和理智一并失守，她心中只剩下了冲动的仇恨。

3

因此，蒋初妮处心积虑地设计了那个圈套。

她知道戚百合每天都和辛其洲一起放学，她在校门口撞见过不止一次了。为了让戚百合落单，她去找了高一的学妹传递假消息，还特地去跟老师请了假，在楼梯口盘旋许久，就是为了让戚百合亲眼看见她背着书包离开，让戚百合相信辛其洲也真的走了。

戚百合被掳走的时候，她就躲在马路对面的车站后面，那间菜市场真的很大，也很空旷，黑漆漆的，看不见一丝光亮。

她后知后觉地害怕了，后悔了，犹豫了无数次，脚步抬起又放下，最后，眼睁睁看着辛其洲赶过来，冲了进去。

那天过后，她几乎连学校都不敢去了，在楼梯上碰见戚百合，心虚和恐慌几乎难以抑制。她每天做噩梦，害怕事情败露，害怕父母知道，害怕辛其洲厌恶，害怕自己被抓进少管所。

其实今天下午收到那条短信以后，蒋初妮就隐隐约约觉察到了，她不是没有逻辑的蠢货，知道那个陌生的号码存在多少疑点，但她实在是走投无路，伸头是一刀，缩头也是一刀。

如今被人抓个现行，除了恐惧之外，她竟还有几分悬在心头多日的大石头终于落地的轻松。

"真的是你。"戚百合停在蒋初妮面前，目光中有不加掩饰的审视，"为什么？"

蒋初妮由最初的慌张变成了自暴自弃，她摇摇晃晃地站着，仿佛失去了某种活力，说话的声音也有种散漫的敷衍："还能为什么？因为我讨厌你，讨厌你那张脸。"

戚百合都气笑了："我的脸怎么了，让你自卑了？"

蒋初妮冷笑了一声，连看都没看她一眼："现在就别说这些废话了吧。"

"废话？"戚百合微微扬眉，表情冷肃，"那你想听什么？"

蒋初妮讨厌的就是戚百合这种清高的劲儿，以及自以为能拿捏所有人的镇定，明明什么都没付出，却永远势在必得，轻而易举就能收获所有人的关注。

她不耐烦地抬起头，质问戚百合到底想怎么处理，可话还没说出口，却看到了戚百合身后不远处的辛其洲。

他依旧如往常一般，站得笔直清落，身影瘦长又凌厉，像她无数个日夜在眼里梦里追逐的那样，高高在上，难以接近。

如果说她原本还剩下些虚张声势的勇气，那么从这一秒开始，她连最后一丁点关于自尊的坚持都消散了。

这个夜晚多冷啊，路上车流也稀少，树影幢幢，雾气穿梭其中肆意弥漫。

蒋初妮看见辛其洲垂手站在一盏路灯下，即便她以这样不堪的方式成为今晚的主角，可那个人的目光也始终没投过来，哪怕一瞬。

他自顾自地注视着戚百合的背影，那样的专注，是她从没有得到过的。

蒋初妮原本觉得自己是唯一有资格站在辛其洲身边的人，因此她才理所当然地认为自己于他而言是特殊的。时至今日她才知道，辛其洲从未对她另眼相看过，他不在意她，就像不在意班里其他人一样。

是她的自以为是蒙骗了她。

蒋初妮别过头，看着戚百合的眼："是我做的，你去告诉学校吧，我会承认的。"

戚百合看出了蒋初妮的心灰意冷，刚想探究原因，余光中瞥见不知什么时候走近的辛其洲。她心下恍然，也明白过来了，不想再浪费时间，直奔主题道："我不会跟学校老师说，也不会跟你父母说，但我有一个要求。"

她知道揭发这件事的影响会有多大，可毁了蒋初妮的前途对她而言没有任何意义。

迎着蒋初妮质疑的目光，戚百合淡声道："你转学吧。"

戚百合自认不是什么以德报怨的善人，她无法接受以后要跟一个曾对自己做出这种歹事的人抬头不见低头见，所以只是让蒋初妮离开二中，这是对双方都好的结局。

"刚刚的话我录音了，但你放心，我肯定不止这一项证据，教学楼里的监控那么多，当时你应该在楼梯上徘徊了挺久吧，为了等我出来，让我亲眼看见你。再说了，别以为就你有路子。"

戚百合朝梁卓努努下巴，梁卓立刻配合地做出凶神恶煞的表情，警告似的盯着蒋初妮："给你机会了，别敬酒不吃吃罚酒。"

一阵冷风袭来，戚百合打了个寒战，感觉恩威并施得也差不多了，开始总结陈词："做错了事情，总该付出代价吧。"

沉默许久的蒋初妮听到这句话，终于抬起了头："好，但我需要时间，我不可能突然就向父母提出转学。"

戚百合理解地点了点头："下周末之前可以解决？"

"可以。"

戚百合笑了笑："那行，你回去吧。"

等人离开以后，倚在摩托车旁的梁卓瞬间跳了过来，边拍手边赞赏："可以啊小百合，有胆量，有魄力！"

戚百合自己也松了一口气，朝他笑笑："还是你配合得好啊，改天请你吃饭。"

"为什么要改天啊？我现在就没吃呢。"

戚百合有些为难地掏出手机，看了眼时间，刚想说"我们晚自习要开始了"，一旁看戏的辛其洲走了过来，二话不说就扣着她的手腕把她拉走了，还撂下一句："前面左转下一条街有十几家煎饼摊子，自己买去。"

梁卓在后面破口大骂，戚百合一边走一边回头大喊："谢谢了！"

等进了学校大门，戚百合挣开了辛其洲的手，装腔作势地瞥了他一眼："您这甩手掌柜做得挺舒服呀。"

辛其洲若有若无地"嗯"了一声："还行。"

戚百合看着他就来气，"哼"了一声："本来我还觉得是你救了我，我欠你一桩人情，现在想想我这场无妄之灾完全就是由你引起的。"

说到最后，她提高声音："你这个祸水。"

辛其洲嘴角一弯，眼睛里溢出无奈的笑："我怎么了？"

"你怎么了——"戚百合嗤笑了一声，"你不洁身自好呗。"

"我还不洁身自好？"辛其洲脚步顿了顿，停下来看着她，"今天的晚饭，我一个人吃的。"

戚百合没听明白："什么意思？"

辛其洲微挑了挑眉："没什么意思。"

戚百合刚想回嘴，想起什么又哽住了。他这话说得实在莫名其妙，很难不联想到自己，似乎今天晚上，她就不是一个人吃的饭。

她声音略低，带着犹疑："你在食堂看见我了？"

辛其洲嘴巴抿成了直线，并没说话。

戚百合乐了："你那么关注我啊？"

辛其洲别过头，继续往前走了："被动关注。"

"什么意思？"戚百合追上去，兴致勃勃地问，"什么叫被动关注？是有人在你旁边讨论我吗？他们说了什么啊？是不是说我长得好看？"

辛其洲脚步未停，她跟在后面叽叽喳喳说个没完："你说呀，到底有没有人说什么啊？"

想起那些难以入耳的话，辛其洲蓦地转身。

他俯下身，漆黑的眼带着攻击性十足的探寻，两人距离十分近，几乎连鼻息都缠绕在一起。

"你真想知道？"辛其洲嘴角微扬。

戚百合原以为，经过了那么长时间的相处，她已经对辛其洲的美色免疫了，可如今这副精致俊朗的五官骤然在眼前放大，她的心潮顿时又没出息地澎湃起来。

大约是刚刚说了太多话口渴，戚百合舔了下嘴角。

其实她刚刚也并不是想知道自己是不是被人讨论了，那会儿她就是莫名其妙地，突然起了几分炫耀的心思。

炫耀什么呢？

自己长得漂亮，在学校从不缺男孩子的青眼？

可这犯得着跟辛其洲显摆吗？

她已经不想问了，可辛其洲把她架在那儿，她又只能硬着头皮开口："你……你说呗。"

"他们说——"辛其洲慢悠悠地看着她。

戚百合做出求知的表情。

"说你是靠墙那桌吃得最多的女生。"

靳卉早就注意到了，戚百合从晚自习开始，便好像夹着一股怒气。

老戴进来巡视的时候，她老实做作业，但书翻得哗哗作响；老戴一走，她又拿出手机噼里啪啦打字，似乎是在给人发消息，但眼神毒得像刀子，恨不得戳穿屏幕。

靳卉觉得戚百合最近反常得很，于是压低声音问她："你是不是谈恋爱了？"

戚百合把手机往桌洞里一扔，语气挺冲："谁谈恋爱了？"

"你在网恋吗？"靳卉又问。

戚百合觉得靳卉莫名其妙："没有！"

"可你刚刚的样子。"靳卉捏着自己的下巴，一副侦探破案的样子，"很像是在谈恋爱。"

戚百合被她说无语了，耐着性子解释："哪儿像了？我刚刚是在骂人。"

"可你骂了很多条欸。"靳卉撇了撇嘴，"而且时不时就把手机拿出来看。"

戚百合蒙了："这能说明什么？"

靳卉认真地说："我跟游浩吵架的时候就这样啊，我可以一口气骂他十几条，但是他一发消息过来，我还是会立刻拿起来看。"

戚百合握笔的姿势一僵，水性笔在试卷上划出了一道长长的痕迹，填空题上那个畸形的"D"，几乎已经变成了"P"。

靳卉探头过来看，脸上挂着胜利在望的笑容："你不用告诉我他是谁，我就问你，对面是不是个男生？而且你最近经常跟他聊天？"

戚百合咬着嘴唇，心里想撒谎，但没忍住自己也想听下去的欲望，点了点头。

靳卉一拍桌子，已然下了定论："你喜欢他。我确定了。"

因为这段不着四六的对话，后面的晚自习戚百合一个字也没有看进去。

4

放学的铃声响起，靳卉怕她爸在外面等急了，火急火燎地收拾书包，收拾好了回头一看，戚百合还坐在凳子上发呆。

"喂，"她推了推戚百合的胳膊，似笑非笑地说，"还不走？想什么呢？"

戚百合回过神，揉了揉脸，只把没做完的作业塞进了书包。

两人并肩走出校门，靳卉一眼就看到了她爸，回过头朝戚百合告别："我爸来接我了，走了。"

戚百合心不在焉地和她拜拜，看了眼人头攒动的校门，有开车来的，有骑电动车来的，还有家长步行过来，但胳膊里夹着一件军大衣。这些父爱母爱里没有她的那一份。

戚百合失落地往公交站走，好在老天爷没有让她太倒霉，刚走到站台，回家的最后一班公交车就开了过来。

戚百合整理好心情，上车的时候还问了一下司机，末班车一般是几点经过这个站。

司机告诉她就是十点十分左右，有时提前两分钟，有时晚两分钟。

戚百合点点头往车厢后面走，心里盘算着下次铃声一响就要往外冲。

她把书包拿下来抱在怀里，刚坐下，口袋里的手机响动了一下。

辛其洲问她在哪儿等着。戚百合指尖顿在屏幕上方，犹犹豫豫的，最后打字道：我坐上公交车了。

辛其洲那边秒回：下车。

戚百合拍了张窗外的街景发给他：已经开车了。

那之后辛其洲就没有再回，戚百合觉得他大概是生气了，毕竟他本来就不是一个很有耐心的人。

公交车上暖气很足，戚百合坐在靠窗的位置，隔着铺满水蒸气的窗望着外面飞逝的路灯，感觉自己的脑袋也越来越沉重，靳卉的话就像魔咒一样在她耳边不断盘旋——

她可能会对辛其洲有不一般的小心思。

这光是想想就足够让人惶惑不安了。

两人之间的地位差距犹如云泥，倒不是说戚百合自轻，如果她没有在辛家寄人篱下的话，或许她还能摆正自己的心态，但她如今作为辛家的"编外人员"，身份已经足够尴尬，再悄悄惦记上辛家大少爷，多少有点儿自取灭亡的意思了。

她没有过喜欢一个人的经验，单靠她贫瘠的感情阅历，她也不知道这份猜想该如何剖析细节，验证真伪，因此只能依赖最朴素的方法。

不管她的心思歪没歪，但只要跟辛其洲保持距离，从源头上斩断一切可能，那所有问题便都迎刃而解了。

夜晚路上车流少，公交车只用了半个多小时便抵达落霞山脚下。

戚百合背着书包下车，昌文书店已经关门了，路边的商铺只剩下一家理发店还亮着灯，门口的旋转灯柱许是电压不稳，发出的光芒闪烁，又昏暗又诡异。

戚百合捏紧书包带，抬头看了眼上山的路。黑漆漆的柏油路面，惨白的路灯，路两旁随风摆动的幽魅树影，黑暗一眼望不到头似的。

她在心里劝自己，前两次都是意外，自己向来安分守己，应该不会再遇上什么歹人了，只要屏住呼吸往前跑，不到十分钟就能到家。

这样想着，戚百合开始往上走了。

前一段路还好，除了自己的心跳声她什么也没听见，可两分钟过去，她的耳朵突然捕捉到了一些细微的摩擦声，像是有人跟在她身后。

她害怕了，又不敢明目张胆地跑起来，僵着手指从口袋里掏出手机，一边悄悄提速，一边装模作样地开始打电话——

"我一会儿就到家了，爸，就两分钟，唉，你真的不用来接我！我都看到家里的灯了……嗯，那行吧，那你下来迎迎我吧，我这书包太重了，你帮我背着。"

当她还沉浸在自己画面感十足的对话中时，谁料下一秒，耳旁的手机突然响了起来。

因为距离太近，山路又格外空旷，所以那分贝声刚冒出来，本来就很慌张的戚百合被吓出了一声尖叫。

她下意识就把手机扔了出去，要不是身后的辛其洲一个箭步冲上来帮她接住了，免不了又要破点小财。

戚百合看着凭空出现的辛其洲，缓了好久才回过神，整个人像被吓傻了一样，声音蒙蒙的："你怎么在这儿？"

辛其洲把手机递给她，嗓音冷峻清透："在山脚下等你。"

"等我干什么？"戚百合下意识问出了这句话，问完又觉得多余。

她看了眼辛其洲，他不知在外面站了多久，路灯下耳郭都是红扑扑的，不知道是冻的还是怎样。她心里有些感动，没两秒又想起了手机铃声。

戚百合低头看了眼手机，屏幕上显示刚刚的未接来电就来自辛其洲。

为了缓和诡异的气氛，她清了清嗓子，佯装生气："你为什么吓我？"

辛其洲双手插兜，背着书包的肩膀挺拔开阔，站得如孤松一般，清冷卓绝。

他昂了昂下巴，不轻不重地说："谁吓你了？"

"那你不说话？"

辛其洲眉心皱了皱："你走太快，我刚要追上你，你就开始打电话了。"

想起自己刚刚瞎编的话都被他听到了，戚百合心中恼怒渐深：“那你给我打电话干什么，不会直接叫我吗？”

辛其洲勾了勾唇："不会。"

戚百合想了想，似乎他压根也没叫过几次她的名字。两人之间的联系一直都是封闭且隐秘的，除了梁卓偶尔参与以外，他们之间没有掺和过任何人，而两人面对面说话的时候，确实没必要叫名字。

戚百合想了想，声调低了几分："那我刚刚下车怎么没看到你？"

辛其洲顿了顿，没有回答这个问题，朝她走了过来。

两人一靠近，戚百合就闻到了一股特殊的味道。

辛其洲的衣服一直都是香的，之前她猜测大约是家里阿姨洗完衣服烘干时用了什么香料，后来有一回她陪靳卉去给游浩挑礼物，偶然间闻到了一款男士香水，才知道那种难以捕捉的味道叫作橡木苔香，时而浓郁，时而清淡。

戚百合还想细嗅，就见辛其洲抬起了手，从她左肩擦过，绕到了后颈。

两人距离过近，戚百合睁圆了眼睛，只看清辛其洲外套上的 LOGO 像重影了一样，在她眼前晃啊晃。她心乱如麻，想问他什么意思，下一秒就感觉身上一轻，她的书包被他凌空拎了起来。

辛其洲看都没看她一眼："走吧。"

戚百合声音细如蚊蚋："你干什么……"

辛其洲拎着书包的手岿然不动，云淡风轻，惜字如金："运动会报了铅球，顺便练练。"

戚百合："……"

全程她感觉自己像一个牵线木偶，没有关节，没有情绪，只木然地跟随着他的脚步前行。

辛其洲不但操控了她的身体，还操控了她的脑袋。

到了别墅门口，戚百合要溜进去，辛其洲又把她拦住。

他垂着眼，自上而下看着她："明天等我。"

戚百合呼吸一滞："不用了吧，总是麻烦你也不太好，我自己也可以回来的。"

辛其洲寡声道："像今晚这样，靠自说自话回来？"

戚百合不安地扭了扭肩膀，想了想，应付道："那我跟我爸说，让他去接我。"

"哦。"辛其洲目光沉寂，"可丁叔今天早晨给我打了电话，让我以后晚上顺路捎你回来。"

再无话可说。

戚百合难耐这样令人头皮紧张的氛围，胡乱应了声"那明天见"，然后就一溜烟儿跑进了大门。

漆金大门缓缓合上，落锁时发出一声清脆的"咔哒"，辛其洲看见戚百合奔跑的身影消失在门内，他眼睫低垂，看了眼湿滑路面上清晰的脚印，转身离开。

廊檐下，戚百合坐在凳子上换鞋。辛小竹从楼上下来倒牛奶，经过时瞥了她一眼，戚百合余光中看见了，但她没抬头。

辛小竹走进厨房，两秒后又退了出来，停在她面前："你要喝牛奶吗？给你倒一杯。"

戚百合将脱下的鞋子塞进鞋柜，拎着书包往客厅走："谢谢，我不喝。"

辛小竹顿在原地，似乎是在纠结，待到戚百合都走上楼梯了，她好像终于做足了心理建设，大喊了一句："对不起啦！"

戚百合停下来看她，起了逗弄的心思："对不起什么？"

辛小竹缓缓憋红了脸："对不起你呗，那天我不该跟你大声说话，明明知道你是为我好，我不该撒谎，说我……"

戚百合扶着栏杆，似笑非笑道："说你什么？"

"说我……"辛小竹实在说不出口，原地跺了跺脚，"你到底喝不喝牛奶？"

戚百合眼睛往上看，摆出傲娇的姿态："那就勉强喝一杯吧。"

"好嘞。"辛小竹连忙往厨房跑，"那我倒好了给你端房间去。"

"你跑慢点，陈姨刚拖了地。"戚百合看着辛小竹蹦蹦跳跳的身影，忍不住叮嘱。

厨房传来一声欢快的声音："知道啦！"

戚百合笑了声，转过身回了房间。

其实这不是第一次了，辛小竹性格单纯，说话直爽，只要一吵架，什么话都能脱口而出。当然，她也很快就会认错，态度诚恳，又不乏可爱。

戚百合没有对此感到怨愤，平心而论，她也没这个资格。但她从未生辛小竹的气还有另一个原因，一个比她吃人嘴短还要合理的原因——

在她搬进辛家的这些日子，虽然吃喝不愁，经济无忧，可在这个家里，她所能体会到的温暖和陪伴，全是辛小竹给的。辛芳和丁慧良常年在外，她们两人从某种意义上来说算得上相依为命了。朝夕相处的日子里，戚百合能感觉到辛小竹对她的依赖，而她，也早已将辛小竹当成了自己的亲妹妹。

如果不是因为真的关心，那天她也不会多嘴。

⋯⋯⋯⋯⋯⋯

小姑娘过来送牛奶的时候，表情中还带点拘谨。

戚百合坐在书桌前正在从书包里往外掏作业，辛小竹就坐在旁边托腮看她，不说话，也不动。

戚百合有些受不了了，深吸一口气："想说什么就说吧。"

辛小竹托着腮的手顿时握成了拳头，像是有些不好意思似的，含羞带怯地看着她："那我跟你说了，你可别跟我妈说。"

戚百合无语："你觉得我活够了，是吗？"

辛小竹下了下决心："那行，那我跟你说实话吧。"

戚百合转过身，展现给她一个洗耳恭听的姿势。

"其实……其实我认识梁讫然。"说完这句，辛小竹又连忙抬头看戚百合的眼色，见她面无表情才接着往下说，"也是刚认识不久。"

戚百合想了想，问："就是刚开学那会儿，你问我认不认识十七班的人那次？"

辛小竹点点头："那天下午我跟我妈吵架了，她让司机接我去一场晚宴表演钢琴，我不想去，下午放学的时候就从学校后门走了，想坐公交车回去。"

戚百合扬了扬下巴，示意她继续说。

"那天……我不是来月经了嘛，我不知道裤子上都有了。我在公交站等了好久，梁讫然他从公交车上下来，一直在我旁边站着。我不知道为什么他明明都下车了还在车站不走，一开始还以为他是变态。后来过了几分钟，车站又来了两个男生，他们一直站在我后面看着我笑，我也不知道为什么，直到他们上车走了，梁讫然才走到我身边，跟我说话。"

戚百合语气艰涩："他提醒你了？"

辛小竹点了点头："原来他在我旁边站了那么久，就是想提醒我，但是又不好意思开口，看到我被人笑话，他才鼓足勇气过来……然后他把他的外套给我了。"

辛小竹又陆陆续续说了些她和梁讫然的联系，那天她留了他的 QQ 号，问到了他的学校和班级。两人聊天不多，被戚百合撞见的那次是两人第一次约着见面，不为别的，辛小竹就是把衣服还给他，并且请他喝了杯奶茶。

知道了前因后果以后，戚百合放心了不少。

她靠在椅子上，平心静气地看着小姑娘："他是个很好的人，虽然学习成绩跟我一样差，但性格比我好很多，你和他交朋友，只要别被你妈发现，没什么问题，我不会干预的，也不会跟他说我们的关系。"

辛小竹还是低着头："我知道。"

戚百合看她那个样子，也猜得八九不离十了，小心翼翼地开口："你在想什么我也知道，但你现在才高一，我不想，也没资格说什么学业为重，但我觉得，有些感情可能是真的，也可能只是幻觉，你自己要分清楚。"

为了保护小姑娘隐秘的心思，戚百合话说得点到为止。辛小竹也听懂了，见她没有态度鲜明地反对，情绪也高昂了起来，笑眯眯地应着："我知道，我现在也没想怎样。"

戚百合点点头，刚要把桌上垒成堆的试卷整理一下，一双嫩白的小手就伸了过来。

大约一吐为快了，辛小竹心情很好，抽了一本试卷拿过去翻了翻，问她："你们高三都不上课啦，光做试卷啊，这么多能做完吗？"

戚百合吐了口气："做不完也得做。"

一想到下个星期又要月考了，她重重地叹了一口气。

辛小竹放下试卷："你一直说你成绩差，到底是多差啊。上次你们考试，我听舅妈说我哥考了七百多分，你呢，比他差很多吗？"

戚百合掏笔的手一顿，想起自己的成绩条，以及学校大红榜上那张淡漠的脸，胡乱应了声："差一张证件照。"

辛小竹听不懂，过会儿又神秘兮兮地凑过来："姐，你成绩那么差劲，长得又那么漂亮，是不是因为在学校没好好学习啊？"

这话没明着说，可她那副八卦的样子就差把"你是不是早恋了"这句话挂在脸上了。

戚百合今天本就因为靳卉的那句话心烦意乱了一晚上，再抬头看到辛小竹那双笃定的眼，心里顿时紧张起来。

"你再总想这些有的没的，等你到了高三，成绩跟我估计也差不多。"无言以对的戚百合开始赶人，"都几点了，你快睡觉去，我要赶作业了，天道酬勤懂不懂？"

辛小竹撇了撇嘴，起身走了："不说我下次问我哥。"

她说完就走，急得戚百合又起身去追："你少在你哥面前提我啊！"

"就提就提！"辛小竹走到自己房间门口，朝戚百合做了个鬼脸，"你们这周末运动会吧，到时候我要去玩，你把校服给我留下来啊，我穿你的衣服混进去。"

第六章
他的那片海域究竟有没有她的位置

1

月考在即，老戴反复强调这次是全市统考，有市排名，是进入高三以来最重要的一场考试，让大家认真对待。

虽然十六班是后进班，但在高三恐怖的强压之下，音乐课、美术课和体育课正式取消，班里也是愁云惨淡，没几张笑脸了。

戚百合从没有对学习如此上心过，每天不是背语文的诗词和成语，就是背英语单词。虽说死记硬背不算个好方法，但她基础太差，这样下笨功夫，还是有些立竿见影的效果。

几次课堂小测，她的英语成绩都有显著进步。有一回下课，老戴专门把她叫到办公室里，她还以为他是要表扬自己，谁料是抓她去参加运动会的。

原本老戴是想让戚百合报个接力跑或者跳远，可戚百合用尽全身在拒绝，最后老戴退而求其次，只让她当了个方阵前头举牌的引导员。

去年运动会体育老师就提过让戚百合举牌，当时魏一诺也想举，因为她外校的朋友要过来玩，她说想让朋友看见，给自己长长脸。

戚百合跟魏一诺关系不错，也乐得清闲，就把机会让给了她。

这回是没人再替自己了，戚百合只能硬着头皮去训练。

高三所有班级的体育课都取消了，只能用下午放学吃饭的时间训练。那会儿是操场上最热闹的时候，四百米的跑道挤了十几个班的方阵轮流走。

辛其洲所在的一班也在训练，只不过他们的方阵是最简单的，既不用抬旗，也没有花哨的着装，简单的队形跟早操没什么两样。

两人碰见过一次。

当时一班刚训练完，一群人正往外面走，戚百合带领着方阵走过去，她举着牌子，姿势端庄，笑容得体。

而辛其洲刚喝完水，正在拧矿泉水的瓶盖，昏黄的余晖落在他眉上，好看得像自带滤镜的油画。他旁边那个戴着黑框眼镜的男生似乎在同他讨

127

论着什么难题，一双手翻过来折过去地比画。

戚百合朝他迎面走过去的时候，辛其洲上半身还保持着倾听的姿态，可眼神却毫无掩饰地朝她看了过来。

两人四目相对仅有一瞬，戚百合率先移开了视线。

没有人看见，也没有人注意到，可正因如此，更让戚百合心头发虚，好像她和辛其洲之间的关系，已经进入到某种无人之境。

这种暧昧的氛围让她板正的身形瞬间摇晃了一下。

几分钟后解散，戚百合和靳卉手挽手去食堂吃饭。

那个时间段食堂人满为患，各个窗口都是排起长龙的队伍，连找个空位都难，戚百合和靳卉排了该有五六分钟，好不容易挤到窗口前，一刷卡，一道长而急促的"嘀"声响起。

打饭阿姨和蔼地笑："同学，你饭卡钱不够了哦。"

旁边的靳卉抽出卡："刷我的，两碗小份拉面。"

紧接着，又是一声长长的"嘀"。

打饭阿姨说："同学，你的余额也只够一份。"

靳卉沉默了几秒："见笑了，阿姨。"

戚百合失笑，拍了拍她的肩膀："你先打，我去缴费。"

她脱离人群，走到食堂最角落的窗口边。办理缴费的工作人员是学校退休的老师，一位慈眉善目的爷爷，他接过戚百合的饭卡，问她要缴多少。

戚百合翻遍全身的口袋，只找到十五块钱，她攥着两张有些皱巴巴的纸币，多少有些尴尬："我先……"

话还没说完，她肩膀后面突然伸出了一只手，几张鲜红的百元大钞压着一张饭卡，辛其洲独有的冷峻嗓音在身后响起，近得像是贴着她的耳郭低语。

"两张饭卡，各缴二百五。"

戚百合吓了一大跳，慌不迭往旁边撤了半步。

大约是她的动静太大，辛其洲说完那句话以后就侧身看向了她，然后仿佛有些困惑似的，问她："你的脸怎么红了？"

戚百合就差把"慌乱"两个字写在脸上，眼神闪烁着，说话也有些结巴："你……你来这儿干什么？"

辛其洲不动声色地挑了挑眉："不知道，可能是来吃饭的吧。"

戚百合被噎得无话可说，好在此时，窗口后面的老爷爷开口解救了她。

他大约是数完钱了，捏着两张饭卡，半开玩笑地说："同学，二百五可不好听啊。"

辛其洲又看了眼低头的戚百合，转过身："那她二百五，我二百。"

一旁的戚百合："……"

缴费成功以后，辛其洲把饭卡还给她。戚百合接过来，带着些莫名其妙的扭捏："钱我明天还你。"

"可以。"他答应得很随意。

戚百合点点头，然后环顾一圈，挑了一个没人排队的窗口走了过去。刷完卡，她端着餐盘转身，看见辛其洲单手插兜站在她身后，正在阅读窗口上的菜单。

他站得笔直清落，和食堂人声鼎沸的嘈杂并不适配。

戚百合压低声音："让一下。"

辛其洲为她让了路，刚要点饭，口袋里的手机响动起来。宋冉阑说在他学校附近，让他出去吃饭。

辛其洲拒绝，说晚自习一会儿就开始了，来不及。

宋冉阑顿了下，说："你要不来，我就在这儿吃久一点，等你晚自习结束，接你一块儿回去。"

辛其洲握着手机，眼神下意识在食堂扫了一圈。戚百合刚刚落座，旁边那个女孩应该是她闺蜜，两个人正在互相夹对方盘子里的菜，然后不知说了什么，她笑得前仰后合。

电话那端的宋冉阑还在继续说："如果实在来不及就算了，我十点去校门口等你，跟司机说一声晚上不用来了。"

辛其洲眼睫轻垂："来得及，地址发我。"

他走出食堂大门的时候，正巧被去拿汤的靳卉看见了，她端着两碗汤急匆匆地往座位赶，像只小企鹅一样，一坐下就开始八卦："校草也来食堂吃饭啊？"

戚百合百无聊赖地往嘴里塞了一口米饭："你真以为他是草，只靠光合作用吗？"

"不是。"靳卉摆摆手，"我的意思是，他家不是很有钱吗？怎么没有保姆来送餐什么的？"

戚百合犹豫了一下："他应该也不是那么娇气的人吧。"

"你好像很了解他的样子……"靳卉若有所思，"上次你说，你们的家长互相认识，那他家那么有钱，你家应该也不差吧？"

"你又一直不肯告诉我你家住哪儿，只说在江浦区，校草家也在江浦区。"她越说越来劲，最后像是发现了什么惊天大秘密一样，捂着嘴，"你不会也住落霞山吧？"

戚百合心情复杂地看了靳卉一眼。

靳卉这人很爱脑补，戚百合知道，但凡她承认了，靳卉下一秒就能脑补出她和辛其洲是什么青梅竹马的戏码，徒增是非是小事，主要落霞山那别墅跟她戚百合确实没一毛钱关系，她也不想厚着脸皮往身上揽。

长吁短叹了几秒过后，戚百合决定坦白了。

关于她爸是怎么倒插门住进了辛家，还带上了她这个拖油瓶的故事。

靳卉惊得嘴巴都没合上过，良久，才缓缓说了一句："我就说你爸不是普通人吧！"

戚百合转学一年半，丁趧良就过来给她开过一次家长会，就是那一次被靳卉看见了，惊为天人，不停晃着戚百合的胳膊逼问她："你爸是不是哪个隐退的男明星啊？"

丁趧良的皮相确实很不错，阮侯泽曾提起说他年轻时更帅。那会儿他还有一些艺术家怀才不遇的文艺气质，颓废和阳光都是恰到好处的点缀，基本属于横扫身边所有妙龄女子芳心的万人迷男神。

戚百合吃完饭抽出纸巾，一边擦手一边自嘲："在招惹女人这方面，他可能比画画更有天赋。"

靳卉大方地笑了笑："帅哥多情，是咱们普通人的幸事。"

说罢，她似乎意识到了什么，又连忙找补："不过结婚生子了还到处拈花惹草就是坏男人！"

戚百合嗓音很轻："我也不在乎他作为伴侣究竟是好是坏了，反正我妈也不在了。"

靳卉怜爱地拍了拍戚百合的手臂，嘴巴撇了撇："我竟然现在才知道，我的小美人，你受苦了。"

戚百合递给她一张纸巾，叮嘱道："这些事你千万别说出去。"

"你放心，我绝对守口如瓶，再说谁能想到你跟校草还是亲戚啊！"

戚百合连忙双手交叉："没有亲戚关系！他们没有领证！"

靳卉更惊讶了，捂着嘴发出呜咽："天啊！"

辛其洲根据宋冉阑发过来的地址，找到了学校附近的一家粤式酒楼。

宋冉阑不工作，每天出门就是跟一群富太太吃吃喝喝，逛逛街，美美容，辛其洲以为今天不过也就是这样性质的一场聚会，可等他走进包厢，看见方桌另一侧落座的母女时，他突然有了一种不好的预感。

宋冉阑瞧见他就张开双手："我儿子来了。"

辛其洲礼貌地朝那位阿姨颔首，然后走到宋冉阑身边坐了下来。

他今天穿着一身黑，显得身形瘦削，五官优越，轮廓线条是攻击性十足的凌厉，一副无可指摘的好皮囊，不管走到哪里都能轻而易举夺去所有人的注意力。

"这位是赵姨，旁边的小美女是她的女儿罗珊。今天你赵姨邀请我来看珊珊的演出，小姑娘跳舞特别好看，跟个仙女似的。"说罢，她又转过头寒暄，"你培养得太好了。"

赵姨礼尚往来地夸赞："哪有啊，也就文体方面有点优势，成绩是一塌糊涂。听说你儿子去年物理竞赛被保送了，本来我还以为是个书呆子，没想到今天一见……"

她含笑看向宋冉阑："还是你有福气，儿子又帅又聪明。"

宋冉阑的虚荣心得到了极大满足，又顺势抱怨："保送是保送了，可他没同意，非要自己考。"

赵姨疑惑，看向辛其洲："为什么？是不是也打算出国？"

辛其洲的语气是格格不入的冷淡："那个竞赛保送是定向专业，我并不感兴趣。"

旁边的宋冉阑帮腔："对，他爸一直想让他读金融，男孩子，你知道的，多少要考虑得多一些，不像你家千金，这么让人省心。"说完，她推了推辛其洲的手臂，"对了，珊珊跟小竹是一个学校的，也是高三，你们加个联系方式，以后有什么学习上的问题，多沟通沟通。"

辛其洲如同局外人一般沉默，他抬头看了眼对面，小姑娘目光闪烁，眼下有浅浅的红晕，似乎是有些害羞。两个大人在旁边帮腔，气氛好不热闹。

这一切都令他感到厌烦。

在两人的催促之下，罗珊先报出了自己的QQ号，可她刚念到第三个数字，就听到了一道颇为冷淡的嗓音："抱歉，我没有。"

众目睽睽之下，辛其洲神色浅淡，不疾不徐地给自己倒了一杯水，喝了一口，微微抬起的下巴线条凌厉，一整套动作随性自然，仿佛根本没意识到自己的借口有多离谱。

对面的罗珊笑容僵在了嘴角。

旁边的宋冉阑面子上挂不住，干笑了两声："我差点忘了，他从来不玩那些。"

眼见着对面的富太太脸色不好看了，宋冉阑连忙说："留手机号就行，这样，待会儿珊珊把手机号给我，我发给你。"

罗珊才勉强笑了一下。

那顿饭大约吃了二十分钟，辛其洲见时间差不多了，起身告辞。宋冉阑以送他出去的名义拉着他下楼，走到酒楼门口就把他劈头盖脸骂了一顿。

"你什么意思？故意让我下不来台是吧？"

门口来往的路人都在好奇地打量，台阶上对峙的两个人，不但衣着打扮非富即贵，旁边那个身形高挑的男生容貌也是一等一的好，这样的场景不常见到，甚至有女孩走远了后还拿出手机偷拍。

寒风中，宋冉阑的脸色很不好看，身上深紫色的貂皮大衣被风吹得变了形："人家说什么难听话了？得罪你了吗？"

辛其洲不紧不慢地看着她，眉眼覆着一层薄霜："我也没说什么难听话。"

"那你——"

"妈。"辛其洲打断她，"我下周要月考。"

宋冉阑紧了紧衣领，语气软了几分："行了行了，回去吧。"

辛其洲点点头，刚走下台阶，又被叫住了。

宋冉阑似乎刚想起来，问他："我听说丁翊良给你打电话了，让你晚上顺路捎带他女儿回去？"

辛其洲脚步一顿，面不改色地回头："嗯。"

宋冉阑描画着精致眼妆的眼睛微微眯着，似乎是在打量。见辛其洲神态自若，她才问："你答应了？"

辛其洲点了一下头："并不影响我什么。"

"行。"宋冉阑朝他挥了挥手，"回去吧。"

几分钟脚程，辛其洲走到了二中大门。门口有各种煎饼小摊，旁边都围着几个学生，辛其洲不经意瞥了一眼，似乎看到了戚百合。

那人扎着高高的马尾，穿着驼色羊角扣大衣，长长的，露出一截暗红色格纹半裙，伶仃的腿只穿了白色的打底袜，在寒风中看着清冷又瘦弱。

辛其洲心神微动，下意识快走了几步，然后便看清了对方的侧脸。

他脚步顿了顿，勾起嘴角，自嘲地笑了笑。刚刚在食堂，他亲眼看她打了一份饭，这会儿怎么可能又来买小吃。

最主要的是，他想起戚百合那张瘦削的小脸，以及握着都有些硌手的纤细手腕……

一个会用马克笔往鞋带上涂的女孩，晚上不会吃两顿饭的。

2

大约是因为被下周要考试的阴影笼罩着，戚百合这个晚自习的学习效率格外高，做完了一张数学试卷，英语试卷也只剩下了听力。

到了十点，清脆的铃声在隆冬夜晚的星幕下响起，仿佛一束阳光，唤醒了许多昏昏欲睡的人。

戚百合收拾好书包，叫醒靳卉："你答应我的啊，待会儿陪我一起坐公交车，坐一站你再下车。"

靳卉睡眼惺忪地朝她比了个"OK"的手势："我都跟我爸说好了。"

"你怎么说的？"

靳卉一边收书包一边说："我就说我同桌被小痞子骚扰了，对方要是看她一个人坐车，说不定会尾随她，所以我陪她坐一站公交车，让他去那个车站接我。"

戚百合喜笑颜开："真聪明。"

靳卉翻了个白眼："我说你也是够费劲的，直接跟校草说呗，你怕被议论，所以不想坐他的车。"

"是我爸给他打的电话，人家也是一片好心。"戚百合想了想，还是没敢把真实理由说出来。

趁靳卉收拾书包的工夫，戚百合掏出手机给辛其洲发了消息。

她说朋友搬家了，现在顺路了，以后她都可以坐公交车了，不用再麻烦他了。

一个稍微有那么几分拙劣的借口，戚百合也拿不准辛其洲会不会相信。

她和靳卉手挽手穿过走廊，原本还在讨论班里运动会名额有没有凑满，一抬眼，辛其洲刚好从楼上下来，还拿着手机在看。屏幕的微光照亮他的侧脸，在人头攒动的楼道里格外突出。

戚百合瞬间噤声。

似乎有什么心灵感应般，辛其洲也望了过来，四目相对，拥挤的人群仿佛都变成旷野里的小草，广袤天地里只有他们两人。

最近总是这样，戚百合但凡在学校看见辛其洲，总会冒出一些奇怪又诡异的想法。大约是因为她和辛其洲的来往越发频繁，可不管是在家里还是学校都没有任何人知道，这种阴错阳差的隐秘滋生出了一种暧昧，这种暧昧又让她产生错觉。

戚百合心虚得要死，收回视线装没看到，先一步拖着靳卉下了楼梯。

辛其洲将手机塞进口袋，脚步也没停顿，跟在了后面。

原本拥挤的楼道运行得还算正常，可前面有个人似乎是忘带了什么试卷，他转身上楼，打断了原本乱中有序的队伍。

戚百合视力一般，又不爱戴眼镜，等人都挤到自己面前了她才看到，没有路能让，她也挤不动，混乱中胳膊被人拉了一下。

她借力往旁边避了避，再一抬头，自己已经站到了辛其洲的身侧。昏黄的顶光均匀地落在每一个人的身上，可似乎只有他不受任何场景、角度和光线的制约，永远好看得让人挪不开眼。

戚百合心跳如鼓，垂下眼，极小声地朝他说了句"谢谢"。

辛其洲似乎是"嗯"了一声，然后便松开了手。

出了学校大门，靳卉也没再寻找她爸爸，挽着戚百合就往车站走。反倒是戚百合自己，看到路边停靠的黑色奔驰，心情有些难以言喻的复杂。

应该是辛其洲给司机黄叔打过电话了，不用捎带她，就不用把车停在偏僻人少的后门了。

她拿出手机看，对话框依旧停留在她发出去的那条消息上。

靳卉拍拍她："后悔了？跟校草独处的机会就这么放弃了？"

戚百合没精打采："别再说那两个字了。"

"哪两个字？"靳卉问，"校草啊？"

"独处。"戚百合皱了皱眉，听着就害怕。

两人按照原计划共同坐了一站路，靳卉下车时和她告别："那段山路，自己注意点儿啊。"

戚百合挤出笑："知道啦，今天谢谢了，明天给你带早饭。"

靳卉走了，戚百合隔着车窗看到靳卉走向她父亲的电动车，心里起了几分愧疚。

太麻烦人家了，更何况，她似乎有点自作多情了，辛其洲连消息都没回一句，自己还装模作样地做戏做了全套。

戚百合揉了揉脸，不敢面对自己心底的失落。她从书包里掏出了单词本，不知从什么时候开始，她也学会了那些学霸的做派，碎片化的时间也是时间。

戚百合到家的时候，辛小竹正好练完琴。

她瞧见戚百合风尘仆仆、气喘吁吁的模样，有些意外："你不会是从学校跑回来的吧？"

戚百合摆摆手："从山下跑上来的。"

辛小竹放下牛奶："你为什么不坐我哥的车回来？他不是经常接你上学吗？"

正在平稳呼吸的戚百合心头一跳："你知道？"

辛小竹上学的时间比她晚半个小时，路程也不远，因此早上两人很少同时出门。

"废话，我又不瞎，而且我一开窗就能看见大门好吗？"辛小竹一副不理解的模样，"你俩不会吵架了吧？"

"想多了。"戚百合按下乱糟糟的思绪，"我也没那个胆子啊。"

辛小竹点点头："也是。"

那之后的几天，戚百合一直都没有见到辛其洲。二百五十块钱在书包里放了三四天都没送出去，她才惊觉，原来她和辛其洲的关系只存在于上学和放学同行的这两段时间里。

当她选择远离的时候，两个人真的能以这样飞快的速度回到陌生人的姿态中，陌生得仿佛从没靠近过。

这个发现让她庆幸，庆幸中又多了几丝怅惘。

戚百合读书不多，她把这种纠结的情绪归结为两个字：矫情。

活了将近十八年，她才知道，原来自己是个那么矫情的人。

校运动会如期举行，戚百合因为要举牌不用穿校服，就把校服留在了家里，出门时辛小竹还裹着被子追出来问，一看她身上的衣服，又说了句"没事了"。

戚百合爱操心的毛病又出来了，站在玄关处问她："你去找梁讫然？"

辛小竹睡眼惺忪，点了点头："我跟我朋友一起去玩，如果能见到他不是更好？"

戚百合看她一副坦荡的样子，也无话可说："我是十六班，在梁讫然他们班旁边，看台西北角，无聊就来找我。"

"知道啦。"辛小竹朝戚百合挑眉，"你今天那么漂亮，想找你还不简单？"

戚百合大言不惭地笑了笑道："也是哈。"

到了学校，还没进操场就听到了嘹亮的广播声，戚百合往自己班级所在的看台走，旁边有两个姑娘跟她差不多并行，谈话声听得一清二楚。

"你带相机了吗？"

"带了带了，他什么项目啊？"

"男子400米接力，方阵走完就开始了，下午还有跳高。"

"OK！这次一定要拍到校草正面！"

戚百合原以为辛其洲不会报名参加运动会，按他那个行事逻辑，大约会觉得浪费时间才对。她后知后觉地想起前几天的夜晚，辛其洲以要练习铅球的名义拎起了她的书包，不知道他是不是真的报名了。

正胡思乱想着，靳卉不知从哪儿冒了出来，揽上她的肩膀，流里流气地吹口哨："哟，哪儿来的小美人啊？哪个班的？有男朋友没有？给个QQ号呗。"

戚百合把她的手掰下来："你什么时候来的？"

"来很久啦。"她神秘兮兮地凑近戚百合，"而且听到了一个超级大八卦！"

"什么八卦？"

"蒋初妮。"她压低声音，"她要转学了。"

戚百合眉心跳了跳，想起这件事，刚好一个星期，没想到蒋初妮还挺守约。

"转就转呗，你不是也不喜欢她吗？"

靳卉撇撇嘴："她那个样子，跟只斗鸡似的逮谁瞪谁，谁喜欢她啊！我只是好奇，这都高三了，为什么突然转学呢？"

戚百合摇摇头："她成绩好，家境也不错，可能有什么更好的安排吧。"

两人闲聊着走到了看台边，魏一诺看见她们也跳了下来，十分浮夸地朝戚百合"哇哦"了一声："你今天也太好看了吧！"

戚百合今天特意卷了头发，还在眼睑下面点缀了几粒细碎的小亮片，像楚楚泪花，又像小美人鱼的漂亮鳞片。

她一向如此，对出风头这种事兴致缺缺，可如果真把她架上去了，也从来不会掉链子。

她坦然地接受了赞美，还故意做作地转了一圈，说是要让她们三百六十度全方位欣赏。

靳卉做出呕吐的表情，实在没忍住上手推了戚百合一把。

戚百合今天穿了一双中跟鞋，一下没站稳，往旁边倒的时候恰好张俊生经过，下意识就伸出手臂接过了她。

两人以国标舞的经典动作定格了两秒，所有人都愣住了。

下方塑胶跑道上有其他班级的人经过，不知前因后果，看到这一幕就开始起哄，吸引了更多人注意过来，那架势，就差喊"结婚"了。

靳卉反应得快一些，连忙过来拉人，戚百合借力站了起来，不动声色地掐了一下她的胳膊。

什么叫得意忘形，如今戚百合算是领教了。

"那个，谢谢啊。"她朝张俊生道谢。

张俊生小麦色的脸蛋上泛起了红晕，说了声"不客气"之后，几乎是落荒而逃。

旁边的靳卉和魏一诺同时爆发出巨大的笑声，戚百合尴尬得不知道看哪里才好，瞥向栏杆下面的操场，然后看见了不远处的辛其洲。

他穿着黑色的运动卫衣和白色工装裤，简约又阳光，帅气中带着一种平易近人的温和。旁边有女生在同他说着什么，辛其洲偶尔点一下头，目光却穿过层层人群朝她看了过来。

不知道他在那里站了多久，也不知道他有没有看见刚才那一幕。

戚百合心中突然有些懊恼。

好在广播声适时响起，运动会要开始了。

高一高二的方阵走完，高三组开始整顿队形。因为十六班和十七班挨在一起，所以梁讫然时不时就探出头朝她们喊话，问她们报了什么项目，中午出不出去吃饭。

靳卉不胜其烦，警告他："再废话一句就把你的头拧下来！"

梁讫然不服气地喊："我又没问你。"

两人你来我往的，又斗上了嘴。戚百合刚想劝一句，广播里传来声音："接下来入场的是高三（16）班的同学们，看，他们的……"

戚百合瞬间握正了牌子，挺直脊背走了出去。

方阵结束之后，戚百合和靳卉彻底"下班"。两人坐在看台上一边吃零食一边闲聊，比赛快要开始的时候，辛小竹发来了消息。

戚百合去接她，领她往操场走的时候，远远看见高一组的男子400米接力跑要开始了。想到一会儿就轮到辛其洲比赛了，戚百合问辛小竹："等下你哥比赛，你会给他加油吗？"

辛小竹套着她的校服显得格外娇小，嘟着嘴说："当然了。"

"那你直接喊他的大名，别喊'哥'，"戚百合叮嘱道，"如果你非要喊'哥'也行，但那样你会成为学校的焦点，还有可能会上我们学校的贴吧。"

铺垫得差不多了，她说："最重要的是，你得装作不认识我。"

在辛小竹疑惑的目光中，她缓缓说道："因为我不想上学校的贴吧。"

辛小竹听了这话，笑得很是开心："没想到我哥还是你们学校的风云人物啊。"

谆谆教诲了一路，戚百合领辛小竹到了看台边，简单跟靳卉介绍了一下。靳卉也很给力，把辛小竹好一顿夸，笑得辛小竹合不拢嘴。

三人刚在台阶上坐下，辛小竹就开始往旁边打量，戚百合知道她想干什么，背着靳卉小声提醒："梁讫然待会儿要比赛，去准备了。"

"哦哦。"辛小竹点头如捣蒜，"那我等下要给他加油。"

戚百合理了理头发："你不给你哥加油了？"

"我哥应该也不缺。"辛小竹塞了一块薯片到嘴里，朝下方跑道上努努下巴，"喏，一堆人在那儿围着呢。"

戚百合心头一紧，下意识地顺着辛小竹的视线看了过去。

400米接力是高三组第一个开始的比赛，辛其洲在最后一棒，可在他身旁围观的人却比第一棒的还要多。女孩们三五成群地站在绿茵草地上，不时耳语，或拿出手机拍照。

而他本人就好像察觉不到似的，他把裤脚挽起来，露出精瘦的小腿，笔直地站立在锈红色的塑料跑道上，凌厉的身形仿佛闪电，轻易便能夺取所有人的目光。

戚百合看了会儿，拍了拍脸，然后便把目光投向了第一棒。

裁判开始倒计时，一声枪响，一班赛道上的男生便如利箭般冲了出去，几秒后便遥遥领先。

旁边的靳卉嘀咕："这一班看来也不全是书呆子啊。"

她的话音刚落，第二位选手接棒，那个戴着黑框眼镜的瘦弱男生戚百合还有印象，似乎也是光荣榜上的常客，刚跑起来没几步就被第二名追上了。

靳卉"啧"了一声，显然也是觉得自己话说早了。

紧接着第三棒，依旧是戴着眼镜的文弱男生，个子不高，跑起来步伐飘忽，虽然也能看出来尽力，但还是被对方的第三名超越了。

接力棒到辛其洲手上的时候，一班已经是倒数第二。辛小竹冲到栏杆前，虽然隔着半个操场，但她声嘶力竭的模样还是吸引了不少人的目光。

可戚百合已经没空理会，虽然她没站起来，可心却提到了嗓子眼。辛其洲接棒起跑的姿势十分利落，动作极快，迎面的风将卫衣吹得贴紧了腰腹，隐约可见其紧致的肌肉线条。

原先围在那里的女生发出低沉的哄笑，全都兴奋了起来。

戚百合感觉自己好像在陪跑似的，全身的血液上涌，屏着呼吸，眼看着辛其洲超越了前面两个人，以绝对的速度优势冲向了终点线……辛小竹的欢呼声像一道信号，唤回了她呼吸的本能。

靳卉拉着戚百合往下面跑："走，去看看。"

戚百合犹豫了一下："去干什么？"

"等下我们班就要比了，去给他们加油啊。"靳卉一副"你在想什么"的表情，"拿两瓶水。"

梁讫然正在进行跳远比赛，辛小竹独自去沙坑找他，戚百合没办法，只能跟着靳卉去了跑道。

西南角最是热闹，起点和终点都在那里，因为人实在太多，挤着挤着靳卉就松开了戚百合的胳膊。戚百合费力地穿过人群，想去找自己班级所在的跑道，说了大概七八句"对不起，麻烦让一下"，最后撞上了一堵坚硬的墙。

辛其洲拦在她面前，眼睫轻垂，扫了一眼她手中的两瓶水，嗓音带着一种运动过后的沙哑："送水？"

戚百合抬头看他。辛其洲的脸上出了层薄薄的汗，几绺刘海打湿了贴在额前，半边卷起的裤管随性，少了很多凛冽的气质，多了几分阳光体育生的鲜活。

第一次见到这样的他，戚百合心跳加速得很明显，加上他们将近有一个星期没说过话了，她不由得紧张："啊？嗯……对。"

辛其洲垂眸看她，喉咙滚了滚："给谁？"

戚百合还未来得及回答，不远处的靳卉突然大喊了一声："百合！"

两人循声看过去，靳卉已经挤到了正在热身的张俊生旁边，而且她似乎并没有注意到这里的情况，还在笑嘻嘻地调侃张俊生："张俊生，你女神都亲自来给你送水了，再跑不了第一就提头来见！"

戚百合愣在原地，看了一眼辛其洲，竟有一种被抓包的愧疚感。

离谱，太离谱了。

3

梁卓接到电话时正在打游戏，辛其洲喊他去吃饭，就在二中附近的一家家常菜馆，他刚到就看见了从旁边巷子里走出来的辛其洲。

辛其洲这样活力十足的体育生装扮很罕见，两人并肩往饭店里走，梁卓始终笑呵呵的，旁边这人虽然不说话，可那张帅气的脸上却写满了情绪，面瘫看多了，他觉得格外新鲜。

"到底什么事儿啊？"他把手臂搭在辛其洲肩上，"说出来，让哥哥开导开导你。"

那家餐馆位于学校后门，生意不算很好，除了他们那一桌，没有其他客人。辛其洲把手机扣在桌面上，扫了眼屏幕。他的好友列表不长，对话框也没几个，而最上面的那个，已经一个星期没有跳动过了。

他抬头看向梁卓："下午有空吗？"

梁卓跷着二郎腿："干什么？"

辛其洲从旁边的窗口上抽出菜单，一边翻一边说："来看我跳高。"

梁卓"咻"了一声："有病。"

一顿饭吃得没头没尾，辛其洲心里明显藏着事儿，可他不说，梁卓也没那个本事撬开他的嘴。

直到快吃完的时候，餐馆里进来了一群男生。那伙人一看就是二中的，校服松松垮垮地系在腰间，一进来就在门口的大方桌坐下了，倒是没注意到坐在里面的他们。

梁卓本来没在意的，可他们嗓门太大，说的还都是一些不入流的荤话，他很快就听出了不对劲——

"高一哪有好看的？一群小姑娘你也能看得上？"

"谁说我看上高一的了？我说的是高三，十六班还是十七班那个举牌子的。"

"是不是穿紧身牛仔裤，皮肤还贼白的那个？"

"对对对，就是她！我托人去打听了，叫什么百合，长得是真漂亮，身材也好，老子一眼就看上了！"

"怎么着，有想法啊？"

"有是有，不过也太难搞了，我发了几十条好友申请，她全给拒了。"

听到这里，梁卓"扑哧"一声笑了出来，再一抬头看见辛其洲，他似乎是在发呆，眼神空泛，落在杯子上，不知道在思索什么。

那一刻，梁卓想通了。他似笑非笑地咳了一声，从椅子上起身："行吧，下午去看你跳高。"

辛其洲"嗯"了声，也站了起来。

梁卓看他要去结账，连忙伸出手臂阻拦："别别别，这顿我请。"

辛其洲瞥了梁卓一眼。

"正好我今天一天都没事，晚上再来一顿，你请。"他吊儿郎当地笑着，顿了顿，又补充一句，"叫上小百合，有段日子没见她了。"他说完便咧着嘴笑，一副"你看我懂不懂事"的表情。

辛其洲拿起桌上的手机，抽出纸巾擦擦屏幕，倦懒地看他一眼，只丢下一句"你自己跟她说"便走了出去。

戚百合这边也刚吃完午饭，和靳卉、辛小竹，以及梁讫然一起。

梁讫然看到辛小竹出现在戚百合身边时很惊讶，问她们是什么关系，戚百合刚想用一句"说来话长"糊弄过去，辛小竹就急不可耐地开口："她是我表姐，我是她表妹，你看我们俩长得像吗？"

戚百合有些意外，看了眼辛小竹，辛小竹朝戚百合眨了眨眼。

她那个样子，校服的袖子卷起来，双手背在身后，走起路来一步三晃，看起来就是不谙世事的小姑娘，可偏偏有时候又懂事得让人无话可说。

辛小竹选择撒谎，无非是怕戚百合尴尬。

可梁讫然是个不解风情的，他认真地打量了两人，然后说道："不像，你姐比你好看多了。"

辛小竹龇牙咧嘴地朝他冲过去："我还小，再过两年我也是大美女！"

他们一行人从食堂出来，前往操场要经过篮球场，碧绿色的围栏里面，靳卉率先发现了熟悉的身影，是辛其洲和梁卓在投篮。

她捅捅戚百合的胳膊："你看。"

戚百合看过去，两个人都把外套脱了，只穿着薄薄的卫衣，空荡的篮球场只有他们，梁卓在防守，辛其洲一个后仰跳投，球进了，一个空心的三分球，隔着那么远的距离，她都听到了梁卓的那一声笑骂。

而辛其洲只是勾唇笑了一下，也没去捡球，走到场边台阶上拿起矿泉水，仰头喝了几口。

戚百合身旁响起近乎呓语的呢喃："我的妈呀，他怎么能那么帅……"

她偏头看靳卉，明知故问："你说梁卓啊？"

靳卉捶了她一拳："少跟我装。"

运动会到了下午，戚百合和靳卉就没那么闲了。班长吩咐下来，说没有项目的同学都要坐在看台上写加油稿，为班里参加比赛的同学鼓劲儿。

戚百合搜肠刮肚绞尽脑汁，好不容易凑了十张交上去，靳卉送到了广播站，回来就说要继续写。

戚百合拍打着脑门："我被榨干了。"

"是吗？"靳卉捂着手机神秘兮兮地靠过来，"那我来滋润你一下。"

她把手机递过来，戚百合低头看，屏幕上是一张照片。

男子组的跳高比赛，绿色的草地，绿色的海绵垫，黑压压的人群，以及其中让人无法忽视的辛其洲。

"他真的好适合做明星哦，"靳卉感慨道，"天生的主角。"

戚百合收回视线，来了灵感，抬手在纸上写下了一串文字。

梁卓在球场玩了半天，下午四五点，辛其洲总算给他打电话了。

"晚上吃什么？"辛其洲问。

梁卓笑："吃什么重要吗？"

辛其洲像没听到，继续说："你先定，我回趟教室，待会儿后门见。"

梁卓挂上电话，嘴角的笑止都止不住。他什么时候见过这样的辛其洲。

做兄弟，两肋插刀，这点觉悟还是有的。梁卓把手机塞进口袋，拎起外套就去了操场。

戚百合正捏着一沓加油稿往广播台走，远远就听见有人喊她的名字，回头一瞧，梁卓从栏杆下面翻了上来。

"你怎么来了？"戚百合问。

梁卓笑笑："来凑热闹呗，你报了什么项目？"

戚百合捏着稿子苦笑："大概是啦啦队项目吧。"

梁卓扫了眼："都是你写的？"

戚百合点头。

"辛苦啦。"梁卓挑了挑眉，"晚上一起吃饭，算我替你们班主任犒劳犒劳你。"

戚百合下意识就想答应，毕竟她还欠梁卓一顿饭。可她想起了中午梁卓和辛其洲在篮球场打球，他来二中八成是奔着辛其洲来的，晚上吃饭辛其洲一定也会去。

再三斟酌过后，戚百合还是拒绝了。

"下次吧，今天我妹也来了，晚上我要跟她一起。"戚百合露出抱歉的笑意，"下周末，我请你，行吗？"

梁卓是一个非常会看眼色的人，也不喜欢勉强别人，当即就接了话头："当然行啦，看你方便，那今天就算了。"

"嗯嗯。"戚百合连忙点头。

眼见着梁卓要走，她突然想起什么，从牛仔裤口袋里掏出了几张纸币，捏在手里递给他："对了，这钱你帮我还给辛其洲，我之前借他的。"

梁卓瞥了一眼，接下了："行，那欠我两顿饭了啊。"

跟梁卓说话向来都很轻松，他分寸感极强，从不追问，即便气氛有什么不对劲，他也能三言两语圆回来，一如此刻，戚百合心底忸怩的不自在被他用一句话化解。

目送着梁卓离开的背影，戚百合忽然想起之前的疑问：辛其洲为什么会跟这样一个看起来跟他哪里都不搭的人交朋友？

如今她明白了，大约真诚才是唯一的标准。

冬日昼短夜长，不到六点，天色已经变成蟹青般的灰。

辛其洲回教室拿了本物理书，还没走到学校后门，就看到了靠在公交站牌上的梁卓。

梁卓也看见了他，朝他挥手。

辛其洲走过去，毫不掩饰地打量他的身后，空无一人。

"别找了，人不来。"梁卓想起了中午的事，朝辛其洲挤了个眼神。

辛其洲没理："为什么不来？"

"我哪知道你怎么得罪她了。"梁卓从口袋里摸出钱拿给他，"喏，她让我还你的。"

辛其洲接过钱，看了眼，两张百元纸币之间夹了一张小纸条："这是什么？"

"她写的什么加油的广播稿吧。"梁卓探头过来看，下意识读了出来——

"虽然你在赛道上停留的时间不长，可你奔跑的身姿却如流星般划过每个人的眼睛，你是骏马奔腾，蛟龙啸月，高三（16）班张俊生，你永远是我们心中的主角！"

读完以后，梁卓乐了："这张俊生谁啊，还永远的主角，他很牛吗？"

寒风裹挟着枯败的落叶扬起来，给空荡的车站增添了几分寂寥。

辛其洲没说话，把那张纸条反反复复看了三遍。路灯骤然亮起，昏黄的灯光被光秃秃的树枝分割，疏影在摇晃，落在眉宇间，把他优越的骨相描绘得越发深刻。

梁卓总觉得这会儿的辛其洲很不一样，和平日里隔绝人世的漫不经心不同，他身上似乎多了些弱点，但至少看着更有人味儿了。

"怎么说？"梁卓问。

辛其洲将纸条揉成一团，扔进了垃圾桶。

4

今天的比赛结束了，响了一天的广播也安静下来了。

到了各回各家的时候，靳卉去找龚浩吃饭，梁讫然要去游戏厅，戚百合哪儿都不想去，和辛小竹一起回了家。

或许开窍真的是一瞬间的事，进入高三以后，戚百合学习的积极性陡然增加，在桌子上一趴就是几个小时，不但不会打盹儿，还写完了一张文综试卷。

晚上九点，她揉揉手腕准备下楼喝水，刚走到厨房门口，玄关处传来辛小竹的声音："你等我一下，我去房间拿给你。"

戚百合扶着厨房的门框顿住，好奇地打量她在跟谁说话。

辛小竹说完便甩下鞋子，"噔噔噔"跑上了楼。

戚百合往门外探头，辛其洲劲瘦利落的身影出现在眼前，四目相对，她就像被噎住了似的，说不出话。

辛其洲似乎没有想进来的意思，他站在门外的台阶上，眉眼隐在暗处，看不清情绪，只是朝她招了一下手，嗓音很沉："过来。"

戚百合如同鬼迷心窍一般，端着空空的杯子挪了过去。

"怎……怎么了？"

辛其洲低头看她。

戚百合穿着藕粉色睡衣，头发应该是刚洗过，发尾还有些湿漉漉的，衬托着一张被热水蒸过的脸蛋，粉嫩，此刻也很无辜。

"为什么躲我？"他语气平淡，似乎在说一件寻常小事。

戚百合的脸骤然滚烫，真实原因在脑海中掠过数遍，最后微微皱眉，做出疑惑的模样："我没有躲你啊，躲你干什么？"

辛其洲垂眼，重复了一遍："没有吗？"

戚百合用力地点头："没有！"

"好。"他的表情突然多了几分懒散的兴味，"明天给我送水。"

戚百合刚想点头，突然反应过来，难以置信地看着他："啊？"

"有问题？"

"那么多人看着你，会被议论的吧……"她小心翼翼地提醒。

"你害怕被人议论，"辛其洲挑眉，微微提高了音调，"所以躲着我？"

戚百合对这样的语言陷阱向来反应不过来，连忙摇头："没，没这回事儿。"

"好。"辛其洲拿出一张纸币，"明天的水费。"

戚百合低头看了眼，多么熟悉的褶皱，如果没记错的话，这张五十元她下午刚还给他。

辛其洲看她接下了钱，转身要走，戚百合叫住他："小竹不是要给你拿什么东西吗？"

辛其洲头也没回："让她自己拼。"说完便推开铁门，离开了。

辛小竹抱着一袋子拼图下来，只看到站在门口发呆的戚百合。

"我哥呢？"她问。

戚百合捏着钱转身："他说让你自己拼。"

辛小竹似乎不相信，看着戚百合问："那他过来干什么？"

戚百合木然地摇摇头："不知道。"

十二月的天气，一场风都能带来温度的骤降，戚百合前一天还穿着麂皮小外套，第二天早晨一出门，便被冻得回房换上了羽绒服。

她坐公交车去学校，刚到操场就收到了辛其洲的消息。

xqz：男子1500米长跑，十点开始。

戚百合喝了口豆浆，回他：知道了。

靳卉背着包姗姗来迟，一坐下就很激动地问："你猜我看见谁了？"

戚百合没精打采："谁啊？"

"袁织雨。"她挥了挥手，很兴奋的样子，"上一届校花！"

"哦——"戚百合拖着长长的尾调，显然是没什么兴趣，"她不是在上大学吗？"

"对啊，应该是放假了吧，所以回来看看。"靳卉托着腮，一副憧憬的样子，"而且她好漂亮哦，我刚刚从校门口进来，看她在跟教导主任说话，还以为是哪位美女老师。"

"她也就比我们大一岁吧？"

靳卉说："大学生跟高中生就是不一样，待会儿你看见她就知道了。"

戚百合心里装着事，没有继续这个话题。

十点整，男生组长跑比赛开始。戚百合没工夫看，撇下靳卉去了学校小卖部，辛其洲给她的五十块钱，她一口气花了三十多块。

拎着一个大红色塑料袋赶回操场时，比赛刚好结束，靳卉抱怨地把她拉过去："你去哪儿了？你不来看比赛张俊生都没动力了，跑了个第二。"

戚百合四处观望，搜寻着辛其洲的身影，漫不经心地问："那谁第一啊？"

"喏。"靳卉扯了扯她的袖子，"那儿呢。"

辛其洲穿着烟灰色毛衣和运动卫裤，左边站着掐着秒表的裁判，右边站着一个穿着黑色大衣的女孩，而他微微侧身，俯首和裁判说什么，大约是在沟通成绩。

几秒过后裁判拍了拍他的肩膀走开，那个穿黑色大衣的女孩踮脚在他耳边说了什么，然后自己笑开了。辛其洲表情淡漠，看不出态度，只是扯了扯嘴角，像是附和，又像是客气。

"你买那么多水干什么？"靳卉终于注意到了戚百合手中的塑料袋。

戚百合回过神来，从袋子里拿出一瓶往前走："送人啊。"

与此同时，袁织雨从不远处的裁判桌上也拿了一瓶矿泉水，转过身，辛其洲还在原地站着，整理手上的白色腕带，旁边有女生拿着纸巾跃跃欲试，可没一个人敢真正上前。

他就是有这样的能力，让旁人挪不开目光，可又不敢再进一步的能力。

袁织雨笑了笑，拧开矿泉水瓶盖走了过去。

"喝口水吧。"她把水递上去。

辛其洲没接。袁织雨抬头看，察觉到他的目光有明确落点。

戚百合像批发一样，拎着一大袋饮料挨个儿发，不管是不是她们班的人，刚刚有没有跑步，只要她看见，就会笑眯眯地送上一瓶水，并附上一句"辛苦了"。

由于她的态度过于热情，手上也确实提着很多水，因此许多人甚至认为她是学校勤备部的后勤人员。

辛其洲把这一切看在眼里，直到那个弯着腰的女孩走到了他面前。

戚百合扬着明媚的笑脸，嘴角的弧度却僵硬而虚浮："你好，辛苦了，喝口水吧。"

辛其洲黑着脸，琥珀色的瞳仁外像是浮了一层冰。

袁织雨看他没接，就替他拒绝了："不用了，谢——"

话音还没落，旁边的人说话了。

"拧开。"辛其洲眉眼向下压，语气有些意料之外的轻佻。

袁织雨疑惑地看了眼对面的姑娘，很漂亮的一张脸，狐狸眼，花瓣唇，脸蛋小巧又精致，虽然是在笑着，可也不难看出那笑容里没多少真心。在辛其洲说完那句话以后，她的嘴角还若有若无地抽了一下。

袁织雨惊了，看了眼自己手中早已拧开瓶盖却一直没有被接过去的水，后知后觉地感受到了一些失落和尴尬。

她不是不知趣的人。那女生离开以后，辛其洲与她说自己还有事，袁织雨从嘴边挤出一个笑，跟他道别："寒假再见。"

把水全部发完以后，戚百合像是刚跑完马拉松一样，紧张得出了汗，急促的呼吸才慢慢平复。

她去篮球场旁边的卫生间洗了把脸，刚走出来，就被辛其洲堵在了墙角的灌木丛边上。

那个地方三面都是围墙，只有一面对着一条小路，可中间隔着一棵又矮又粗壮的柏树，辛其洲把她堵在墙边，恰好能被这棵树挡着严严实实。

辛其洲懒洋洋地站着，脸上的表情没有戚百合预想中的兴师问罪，仿佛已经气过劲儿了似的，有些好笑地看着她，问道："还剩多少钱？"

戚百合颤颤巍巍地从口袋里掏出一把零钱，数给他看："十……十七块五。"

辛其洲垂眸扫了眼："买了多少瓶水？"

"十几瓶吧，"戚百合看他的脸色，又补充了一句，"十三瓶。"

辛其洲扬眉，好看的双眼皮线条越发明显："我有说过要请那十二个人喝水吗？"

戚百合沉默了下："那算我请了，钱我明天还你。"

"我缺那三十块钱？"

戚百合没办法了，自暴自弃地挺直脊背，看着他："那你想干什么？"

"不想干什么。"辛其洲俯身向前，嗓音湿润低沉，"合理索赔。"

戚百合觉得他在无理取闹："我刚刚不是说明天还——"

辛其洲打断她："不要钱。"

戚百合没明白："那你要什么？"

她刚洗完脸，刘海湿漉漉地贴在脸颊，小水滴汇成一股往下流，尖尖的下巴上挂着晶莹的水珠。辛其洲看了眼，喉咙干涩得厉害，他移开了视线。

他站直了身体，仿佛又恢复到那种喜怒不形于色的状态里，寡声说道："十二瓶水，你分次给我送。"

戚百合怀疑自己听错了，又重复了一遍："我给你送？十二瓶？"

那估计等到送完，她的名字能在学校贴吧屠版了。

辛其洲不满地看着她："不应该？"

"应该是应该……"

但这种行为也太形式主义了吧，再说，他图什么呢？闲着无聊，耍她好玩？

戚百合想不通，皱着眉提醒："你应该知道自己在学校有多出名吧，我给你送水是没什么问题，但我怕有人看到，编出一些乱七八糟的传闻，

145

你人缘那么好，那么多女孩喜欢你，万一她们信以为真，误会你了怎么办？"

"误会我？"辛其洲扯了扯嘴角，意味不明地笑了一声，"你还真是会倒打一耙。"

戚百合没听清，睁大眼睛看他："你说什么？"

"张俊生是谁？"他顺势问出了这句话。

戚百合愣了一下，他刚刚也没输给张俊生啊。

"我们班的体育课代表。"

辛其洲垂眼看她："你很崇拜他吗？"

"哈？"戚百合眉毛皱到一起，"这从何说起啊，我跟他都不熟。"

最近这段时间，她感觉自己越来越看不懂辛其洲了，虽然他脸上的表情比从前多了很多，但许多时候，她都不知那些情绪是从何而起的。

一如此刻，辛其洲听了她的那句"不熟"，刚刚还冷清的目光中流露出了几分满意，撂下一句"继续保持"，然后就抬腿走人了。

戚百合顿在原地，望着他离开的背影，无语凝噎。

周一开学，运动会结束，众人还来不及收心，月考便到来了。

考场座位安排是根据上次月考名次排的，戚百合和靳卉一个考场，戚百合好一些，位置在第一列第一排，靳卉则在倒数第几。

戚百合去得早，第一场是语文考试，她坐在座位上捂着耳朵背古诗，靳卉端着一杯豆浆走进来，本来还想跟她说什么，看她那副认真的样子，把话又憋了回去。

上午两场考试结束，戚百合收拾好文具，回头看，后排有两个女生明显在议论她，一看到她回头立刻就移开了视线。戚百合没在意，往后看，靳卉的座位已经空了。

整整一天，两人同在一间考场，一句话也没说上。终于等到最后一门考完，戚百合刚想去逮靳卉，问她到底怎么回事儿，靳卉自己送上门了。

靳卉像是封印终于解除了一样，大喘气儿地说："憋死我了，一天没说话。"

"中午怎么不等我？"戚百合问。

"我怕我忍不住。"

"忍不住什么？"

"忍不住跟你说。"靳卉拿出手机划拉了几下，递到戚百合面前，"学校贴吧又有你的帖子了。"

戚百合凑近去看：

高三（16）班那个举牌子的女生太心机了吧！

看到这个标题，戚百合很不解："我又怎么了？"

靳卉表情复杂："说你给校草送水那事儿呢。"

戚百合皱着眉："我做得那么隐蔽，他们怎么发现的？"

"拜托，那可是辛其洲欸。"靳卉白了她一眼，"什么人给他递了什么东西，实验楼所有放大镜、显微镜加一起都没她们看得清楚。"

戚百合"啧"了一声，不无遗憾地叹息："早知道不那么麻烦了。"

没达到人不知鬼不觉的效果，还白白给辛其洲落下了话柄。

靳卉勾着她的肩，笑嘻嘻地问："所以你不打算跟我交代交代？"

"交代什么？"戚百合揣着明白当糊涂，"你考得怎么样？"

"少跟我岔开话题。"靳卉撩起她的一捋头发，笑容暧昧，"你为什么要给他送水啊？还费这么大的劲儿，拐弯抹角地送。"

戚百合沉默了下："我说了你也不会信的。"

靳卉来了精神："你先说。"

"因为——"戚百合屏住呼吸，"他喜欢我，只想喝我送的水！"她说完就跑，边跑还边笑。

靳卉又追上去："你笑什么？也不是没有这个可能啊？"

戚百合"哧"了一声："开什么玩笑，你要是他，你会从全校那么多喜欢他的女生中挑中我吗？"

"为什么不会？"靳卉下意识地回了这句以后，表情突然变了，"你刚刚那句话有问题哦。"

戚百合感到莫名："什么问题？"

"从全校那么多喜欢他的女生中挑中你。"靳卉复述了一遍戚百合的话，然后挑了挑眉，"我要是没听错的话，你刚刚是不是把自己也归结到'喜欢他的女生'里了？"

戚百合怔了两秒，不知道该怎么狡辩时，口袋里的手机响了。

"你还是少动脑吧。"她看了眼手机，"不跟你说了，我有事要忙，走了。"

坐上公交车以后，戚百合才回辛其洲的消息。他让她现在去市体育馆的篮球馆给他送水，她看了眼手机屏幕上方，明明刚到考试结束时间。

田中小百合：你提前交卷了？

xqz：嗯。

戚百合不理解自己手要写抽筋了都没写完的试卷，辛其洲凭什么能提前交卷，几秒后又反应过来：哦，你考的是理综啊。

xqz：……

xqz：还要多久到？

戚百合抬头看了眼站名：二十分钟吧。

她预计得很准，十八分钟后车子到站，二十分钟后戚百合准时走进篮球场。场上的比赛接近尾声，穿着白色球服的队伍以十二分的明显优势领先，她扫了一眼，没有看见辛其洲，却看见了挥汗如雨的梁卓。

戚百合给他发消息：你在哪儿呢？我到了。

xqz：等我两分钟。

戚百合捧着一瓶饮料，在看台边找了个位置坐下，看了一眼倒计时板，还有三分钟时，对方防守球员犯规，梁卓的队友获得两次罚球机会。

梁卓擦了擦汗，看到了看台边的戚百合，朝她挥了挥手。

戚百合也朝他比了个大拇指，还没收回来，旁边出现了一道身影。

"水呢？"辛其洲站在旁边，脸上白白净净的，一滴汗也没流。

戚百合莫名其妙："你又没上场，让我送水干什么？"

"因为我口渴，"辛其洲抽走她手中的冰红茶，蹙眉道，"下次不要送这个。"

戚百合很不爽："为什么？"

他拧开喝了一口，语气极为平静："太甜了。"

戚百合低头撇了撇嘴："你刚刚干什么去了？"

"天台。"

辛其洲在她旁边坐下了，一声哨响，比赛结束。

梁卓赢了。

戚百合刚站起身，台下突然起了一阵骚动，大约是庆祝的时候不小心撞到了对方球员，三两句口语过后，便发展成了肢体冲突。

"打架了，怎么办？"她有些焦虑地看着球场。

旁边的辛其洲依旧坐着不动，似乎在回什么消息，头也没抬地说："不用担心。"

戚百合揪着心看了一分钟，的确，三五个发生冲突的人很快就被镇压。梁卓看着是个喜欢惹事儿的，没想到在球场上还是个和平爱好者，来回地劝了劝，一场风波看样子就此平息。

戚百合松了一口气，刚想拎起书包走过去，突然瞥见穿蓝色球服的某个男生走到篮筐下面拿了什么东西。

等到她看清那是什么的时候，好像已经来不及了，对方操着个黑色的保温杯就朝梁卓的后脑勺抡了过去。

电光石火间，她听见耳畔传来破风的声音，一个深红色的瓶子被砸了出去，那个男生没有防备被砸中了，手中的保温杯也歪了，从梁卓的耳朵擦了过去。

…………

"这孙子下手真黑。"

五分钟过后，梁卓站在洗手间门口，满脸不忿。他刚洗完伤口，那个保温杯虽然没有对他造成重创，可那厮指甲太长了，他的耳郭背面有两道血痕，就是被那人的指甲划破的。

戚百合拿出刚刚跑去便利店买的创可贴："你自己贴还是我帮

你贴？"

梁卓瞥了一眼靠在旁边冷冷清清的辛其洲，立刻笑了笑："我自己贴，自己贴。"

他往回走了几步，站在卫生间镜子前，一边贴创可贴一边朝辛其洲说："今天多亏你了，不然我这智慧的脑袋又要被开瓢了。"

戚百合也没想到辛其洲会把那瓶水扔出去，饱含赞赏地感慨了一句："你砸得好准啊。"

辛其洲似乎还挺受用，掀了掀眼皮："你第一次知道我准吗？"

戚百合无语了，转过身问梁卓："等下怎么办？"

梁卓贴好了创可贴，回过头满脸戾气："该怎么办就怎么办。"

他的队友已经报警了。

三人回到球场，没看到警察，倒是看到动手的那伙人旁边又来了一群人。

"好家伙，还敢叫人。"梁卓"呸"了一声，显然已被激怒。

原以为对方是来找事的，可当他们走近才发现，来的人似乎是和事佬，一直在给梁卓的队友说好话，看样子是想平事儿。

戚百合漫不经心地看着，一伙人当中最显眼的那个有些眼熟。

那人看见梁卓过去，走上来招呼："梁卓是吧？抱歉，我这兄弟心情不好，下手重了点儿，没事儿吧？"

梁卓走在三人前面，看见这人说话也挺客气，就没发作起来，只是含混不清地抱怨："这球赛也是你们要打的，输了就动手，太没风度了吧。"

"是，我们说过他了，一会儿让他赔个礼道个歉，这事儿——"没想到来人竟是周郁野，他抬头看了梁卓身边的辛其洲一眼，有些眼熟，但没想起来，直到他撇过头，看见了旁边的戚百合。

"戚百合！"

周郁野明朗帅气的眉眼染上惊喜，透过梁卓的身侧，直勾勾地望向一脸蒙的戚百合："你怎么在这儿？你们是朋友？"

梁卓也被这突如其来的变故惊到，嘴巴张了张，看了一眼旁边的辛其洲，见他站得清落孑然，带着不近人情的冷淡，眉眼看不出丝毫意外，好像只有不爽。

戚百合用了大约十几秒的时间，才想起眼前这张脸。

不怪她记性差，只不过两人才见着三面，周郁野三次的装扮都不同。第一次唱歌时他在台上，穿的是摇滚朋克风；第二次两人在俱乐部门口碰见，他又变成了普通大学生；而这一次，他穿着黑色西装和白衬衫，职场精英味儿极浓，看着又不像学生了。

"你……嗯，对，梁卓是我朋友。"她干笑两声，显然是想不起他叫什么了。

周郁野猜出来了，也没计较什么，提醒道："周郁野。"

"啊，抱歉。"戚百合有些不好意思，指了指他身上，下意识开始狡辩，"你这样穿，我才没认出来。"

周郁野顺着她的视线看了眼自己，笑了笑解释道："跟朋友弄个创业项目，下午刚见完投资人。"

"哦哦。"戚百合点了点头，"那既然是你的朋友，我看这事儿——"

她说着，看向了梁卓。梁卓也心领神会，附和道："行，那这事儿就算了，你回去好好说说他，这样打球也太脏了。"

戚百合在旁边礼貌微笑，她不是擅长交际的人。

寒暄结束，戚百合说要去一趟卫生间，梁卓和辛其洲留在原地，眼睁睁看着周郁野追了上去，在走廊上把戚百合拦住了。

"这人谁啊？"梁卓唏嘘道，"来势汹汹啊。"

辛其洲依旧单手插兜站着，全程没说一句话，也没搭梁卓的腔，一双冷清的眼望向不远处说话的两人，心头生出一些无法忽视的不悦。

十几米开外，周郁野三言两语唤醒了戚百合对他们乐队的全部记忆，他邀请戚百合为他们录一段和声。

戚百合有些犹豫："我不是专业的。"

"只有八句。"周郁野目光诚恳，但也适可而止，"要不加个联系方式，我把录音样带发给你听听？"

戚百合只得答应，拿出了自己的手机："那你加我 QQ 吧……"

她这边号码还没报完，手机屏幕上突然跳出一条新消息。

xqz: 快点过来把你书包拿走。

戚百合加速报完后面的数字，然后飞快跟他挥手告别："我先走了，下次见。"说完就跑到了看台边。

周郁野顿在原地，把号码存好后抬头看，发现戚百合跑向了一个男生。

辛其洲穿着一身黑，身形瘦削修长，站在座椅旁漫不经心地看过来，如同第一次见面时一样。他的目光让周郁野感到熟悉，这次周郁野总算想起来，黑暗丛林中蛰伏的野兽瞄准猎物时就如此，高傲不屑，又蓄势待发。

周郁野不知怎的，嘴角一牵，跟他扬了扬下巴。

戚百合跑过来："我书包怎么了？"

辛其洲把目光从远处收回，落在她脸上，眉眼近乎淡漠："压到我的书包了。"

"啊？"戚百合怀疑自己听错了，又问了一遍，"你说什么？"

辛其洲微微俯身，下颌线条锋利，显出不近人情的冷清："我说，你的书包，压到我的书包了。"

戚百合瞪着他："有病！"

她拎起书包背在肩上，气冲冲地往外走，梁卓在后面呼唤："出口在这儿。"

"上厕所！"

5

丁犍良刚给戚百合一笔生活费，因此她手头还算宽裕，为了兑现承诺，她请梁卓去吃了一顿不算便宜的日料自助。

辛其洲自费。

吃完出门的时候小风一吹，她的太阳穴立马"突突突"地跳了起来。

圣诞节快到了，街边的店面都换上了花花绿绿的装饰物。三个人并肩走着，梁卓在和辛其洲说话，戚百合一个人看着手机，班群里在对答案，她粗略地看了眼，自己文综的选择题和班长的大差不差。

大约是因为没有好好看路，戚百合走着走着就歪了，走到了辅道边上逆行。

她自己浑然不觉，还在认真看着班长发出来的答案，直到正前方一道刺耳的鸣笛声响起，而她身形一晃，被人揽进了怀里。

辛其洲也没想到，一眨眼的工夫没看着，戚百合就逆行到了机动车道上。

"手机那么好看？"他眼睫轻垂，目光中有明显的责备。

戚百合静静地看了他两秒，发蒙的脑袋悠悠转醒，晃晃手机："我在对答案。"

辛其洲松开手，瞥了一眼她的手机屏幕，果真只是班群聊天内容。

戚百合站直了身体，后背上冰冷的触感渐渐消失。她又偷偷看了眼辛其洲。

他今天穿了件黑色冲锋衣，胳膊擦过身侧有"沙沙"的声音，防水的质感摸起来很冰冷，在这个冬季的午夜像是落了层霜，倒是很符合他淡漠的神情和冷白的皮肤。

辛其洲似乎从不在穿着上下功夫，可他又什么都很好看。

正当她胡思乱想时，身侧响起了一声长长的鸣笛。

戚百合疑惑转身，一辆纯黑色的城市越野车停在旁边，阮侯泽坐在驾驶座上，头探出车窗，喊了声她的名字。

戚百合心头一跳，顿时慌了起来。

戚百合扶着后排车门，先招呼了辛其洲和梁卓上车。等两人坐好，她刚想钻进去，阮侯泽阴阳怪气的语调冷冰冰响起——

"非要挤一起？"

戚百合从后视镜里看了他一眼，摸了摸鼻子，拉开了副驾的车门。

阮侯泽是个很注重生活品质的人，车上从不会放置任何香薰和装饰品，只是中控台上常年放着植物香系的雪茄，豆蔻香和松木香有着恰到好处的氛围感。

戚百合自打系上安全带以后便开始不安，不时偏过头去偷看阮侯泽的表情。而他神态自若，除了偶尔看一下后视镜以外，没有任何多余的动作。

梁卓在群里发消息：怎么个事儿啊，怎么没人说话？

戚百合埋着头回：我不敢说啊。

卓尔独行：那我说。

戚百合看了眼那三个字，心中有了些不好的预感。果不其然，后排的梁卓咳了一声，说话了："叔，你这辆牧马人改过避震吧？"

戚百合几乎瞳孔地震，连忙捂着嘴咳了好几声。

阮侯泽斜眼瞥她，朝后排努了努下巴："这傻小子，你同学？"

戚百合干笑了两声："朋友。"

说完她在手机上迅速打了几个字：别叫叔，叫老了。

梁卓很莫名其妙。

卓尔独行：你不是说他是你干爸吗？

田中小百合：但我从来没叫过他干爸！

两人还在热火朝天打字的时候，车子无声无息地上了高架。

阮侯泽看了眼后视镜，突然说话："后面那个——"

辛其洲抬头看他，眼神沉寂，不卑不亢："辛其洲。"

阮侯泽收回视线，看了看前方的路况，又开口了："你刚刚为什么要抱她？"

戚百合感觉脑袋里平地起了一声惊雷，连忙摆手："不是，他没有抱我，你看错了！"

阮侯泽睨她，语气很不耐烦："问你了吗？"

说罢就看后视镜。

辛其洲迎着阮侯泽的目光，不动声色地坐直了上半身，嗓音是从未有过的清澈质感："她刚刚玩手机没看路，差点儿被一辆车剐蹭，我并非有意，肢体接触只是紧急情况下的应急举措。"

他没有否认，只是认真地解释了事情原委，说得很有道理，但也等于把戚百合出卖了。

戚百合转头过去瞪了辛其洲一眼，辛其洲没有说话，只是在她撇嘴的时候扬了扬眉，像是挑衅，又像是安抚。

阮侯泽把一切看在眼里，经过一盏路灯后，车厢重新陷入黑暗，他又突然语不惊人死不休地来了一句："你挺照顾她的。"

战略性停顿了两秒，阮侯泽语气微沉："你喜欢她？"

这下不只是戚百合地震了，就连后排的梁卓也坐不住了，他激动得摩拳擦掌，几乎要拍座而起，手掌摩擦真皮座椅发出尖锐的声音，然后掏出手机连发了一串惊叹号。

可戚百合这会儿没工夫回他，音响里放着迷幻电子乐，靡靡之音更增添了诡异的气氛和一触即发的紧迫感。她伸出手重重地按下切歌按钮，语气很是不满："你胡说什么啊，什么喜欢不喜欢的，我还没成年好吗？再说，你看他像是会早恋的人吗？"

阮侯泽似笑非笑的："我问的是他，你急什么？"

"谁急了？"戚百合翻了个白眼，把车窗降下来，脸朝向窗外，"问的什么狗屁问题。"

"我问的狗屁问题？"阮侯泽似乎很不服气，转过身朝向辛其洲，"你说，你谈过恋爱吗？"

戚百合没有转头，但她的眼睛一直注视着窗外的后视镜，那里能看到辛其洲的侧脸。

后视镜里的辛其洲半靠着椅背，领口微微敞着，风从车窗灌进来，将他眉上的刘海吹乱了，眉眼露了出来。路灯的光似乎也在帮忙勾勒他眉骨的锋利线条，然后他笑了一下，眼尾弯出轻巧自然的弧度。戚百合看着看着，脸颊突然热了起来。

阮侯泽还没放弃那个问题，揪着辛其洲询问："你说啊，到底会不会早恋？"

辛其洲沉默了下，仿佛心灵感应般，他看了眼窗外。

在那一扇小小的镜面上，戚百合同样好奇的眼神像受惊的小鹿，与他目光触及的下一秒，她心跳如鼓，随即便仓皇移开。

她开始打量路过的灯盏，然后，她听到辛其洲说——

"我已经成年了，不算早恋了。"

将梁卓送回家以后，阮侯泽又把他们两人送到了落霞山。

他似乎并不意外辛其洲的身份，戚百合也是今天才知道，阮侯泽大约在丁娃良把她领走的时候就调查清楚了，丁娃良攀上的高枝是沅江市无人不知的辛家。

车子停在昌文书店门口，辛其洲先一步下车，关车门前还向阮侯泽道了谢。戚百合也跟阮侯泽打了招呼，下车后却被叫住。

见阮侯泽从中控台拿出钱包，戚百合制止："我现在不缺钱。"

但阮侯泽还是掏出了一沓钱塞进了她书包侧面的网兜里，语气有些硬生生的："这小子确实不错，我不管你怎么想，总之我就一句话，你还小，别做出格的事儿。"

戚百合心口一跳，连忙往外看，辛其洲已经走到了路边，应该是没听到。她回过头，语气有些急："别瞎说，你又不是不知道他是什么身份。"

戚百合本是随口一说，没想到阮侯泽听了这话却不乐意了，他把语调提高了几度，似乎颇为不满："他什么身份，太子吗？你还自卑上了。"

"谁自卑了？"戚百合感到头痛，"就是避嫌，好吗？"

"有什么好避的？你还打算跟你爸在那儿待一辈子吗？"阮侯泽看着她，语气还算郑重，"他这辈子都是这样靠不要脸过来的，你不一样。"

戚百合知道他想说什么。

当初丁魑良来接她的时候，阮侯泽根本就没同意，他说他可以供养戚百合直至她经济独立，是丁魑良拒绝了。

或许自尊于他而言是无关紧要的东西，因此他可以过这种仰人鼻息的生活，并理所应当地以为，戚百合也能接受。

对啊，她能住在这样好的房子里，拥有保姆一日三餐的照顾，不为生计发愁，不必奔波受苦，他认为戚百合能过上这样的生活是不该有任何抱怨的。

只有阮侯泽清楚，那个他看着长大的姑娘拥有着旁人不及的毅力，她可以忍受一切，但她绝不会随波逐流，自轻自贱。

阮侯泽说完就开车走了。

戚百合龟速挪到辛其洲身边，表情十分拘谨。已经是隆冬腊月，晚夜的风刮在脸上像刀子一样，多少能掩盖她两颊不自然的红晕。

戚百合拉了拉书包带，有些歉疚："今天不好意思，他这人是八卦了一点。"

辛其洲垂眼看她："好奇心是所有动物的本能冲动。"

戚百合没想到他居然会给台阶，赶紧附和："对的。"

辛其洲煞有介事地点点头："走吧。"

"走吧走吧。"戚百合忙不迭岔开话题，"我还要回去对答案呢。"

两人许久没有结伴走这条路了，两旁的山林依旧安静，有风刮过树梢的声音，缥缈得像来自很远的地方。

戚百合一直没有说话，辛其洲的脚步也很轻，他们俩就像置身于一间小小的太空舱，将整个世界隔绝在外。这样的沉默一直持续到戚百合打了个喷嚏。

"冷吗？"辛其洲垂眼看她。

戚百合摇了摇头，说了句废话："不冷，就是风有点凉。"

辛其洲没说话，伸出手绕到她肩膀后面，把她书包提了起来。

戚百合不解地看着，辛其洲神色浅淡："帽子戴上。"

戚百合穿的是一件带帽子的斗篷大衣，帽子很大，被书包压了一半，辛其洲帮她把书包提起来，她伸手拽了一下，勉强把帽子戴上了。

辛其洲松开手，站了回去。

戚百合整理好头发，小声说："谢谢啊。"

辛其洲没看她："下次多穿点。"

"嗯。"她点点头，"其实我穿得也不少。"

山路上总是风很大，她前几天晚上都是跑回家的，倒也没觉得冷，只不过辛其洲这样言辞明白地关心她，似乎还是头一回。

戚百合的心情有些微妙，以至于到了23号别墅门口，她还没有停下脚步。

辛其洲停了下来，他看着闷头往前走的戚百合，嘴角一弯："你再不停下，就只能跟我回家了。"

戚百合猛然抬头，辛其洲双手插兜，正站在原地看着她，一双好看的眼在路灯下亮晶晶的。戚百合看见他瞳孔里的自己，悸动像风一样喧嚣着，几乎要击溃她虚张声势的伪装。

最后，她几乎是嗫嚅着说了一句"哦，那我回去了"，然后便掉头跑进了大门。

大约是时间紧张，进入高三以后，老师批改试卷的效率也高了很多，考完试的第二天，各科的成绩和排名就陆陆续续出来了。

戚百合跑到班长座位上看了，虽然她的总分排名还是班级中游，但好歹是进步了，尤其是英语和文综，是她从没有考过的分数。

下午第二节是老戴的课，他点名表扬了几个英语成绩进步比较大的同学，其中就有戚百合，上回她英语考了83分，这回109分，排到了全班第20名。

"我之前就说了，英语这门学科，你就算是个笨蛋，那下了笨功夫也会取得进步的，"老戴藏在镜框下的眼神锐利地扫了眼班级，继续说，"成绩是不会骗人的，你到底有没有用心，之前只有你自己知道，现在成绩出来了，所有人都知道了。"

下课以后，靳卉朝她竖大拇指："牛啊。"

戚百合正在欣赏自己的试卷，谦虚地笑笑："一般一般。"

"这次总分排名你进步那么大，能上那个光荣榜的进步之星吗？"靳卉问。

"不能吧？"戚百合皱着眉，"最好是不要上。"

楼道口那个光荣榜除了会张贴全校前十的照片，还会刊登出每次月考，每个班级进步最大的学生的名字，戚百合这次班级排名进步了16名，确实有可能会上榜。

"为什么不想上？"靳卉不理解，"光荣榜欸。"

戚百合低头想了想，大概是不想让自己的分数出现在那上面吧。虽然她进步不小，可总分依旧上不了台面，她不想被别人看到。

靳卉又开始穷追不舍："不想被谁看到？"

戚百合不想理她："就不告诉你。"

"你不说我也猜得到。"靳卉露出一抹意味深长的笑，"不就是排第一的那个嘛。"

戚百合急了："瞎说什么，他跟我有什么关系？"

靳卉瞥她一眼："前段时间你天天捧着手机在那儿聊，那天晚自习我一问你是不是有喜欢的人了，你就不聊了，而且没过多久就让我帮忙骗校草，说你不坐他的车了……"

戚百合愣住了，她一向知道靳卉的脑洞很大，但没想到她的推理能力也那么强。

靳卉越说越来劲，最后问了一句："你就说，那段时间天天跟你发消息的人是不是他？"

戚百合被打回原形，不争气地沉默了。

靳卉看她这样，安抚地拍了拍她的肩膀："所以，你喜欢上辛其洲了？"

靳卉没称呼他"校草"，大约也知道现在不是开玩笑的时候。

戚百合烦闷了一个月的心事终于被人看见，多少有些一吐为快的冲动，她蹙着眉，长叹一声后轻轻说道："我不知道……"她把头埋在臂弯里，"而且我也不知道，他是怎么想的。"

戚百合一直不敢说自己了解辛其洲。他像顽固不化的寒冰，又像春日覆盖一切的暖阳，时而冷漠，时而温柔，她心中的春水不断向他融化，可却一直无法确定，他的那片海域究竟有没有她的位置。

靳卉翻了个白眼，她是个直来直去的性子，并不理解这种心态："你这张脸跟你真是受委屈了。"

戚百合抬头："什么意思？"

"你去试探啊！"靳卉恨铁不成钢地看着她，"你知道我跟游浩怎么说的吗？"

戚百合又露出那种无知的目光："不知道。"

"有一次聊天，我跟他提了下周要上映的一部电影。"靳卉瞥她一眼，一脸"你学着点"的表情，"但我没直接说想看。"

"然后呢？"

靳卉语调微扬："然后电影上映的时候他就约我出去啦。"

戚百合难以置信："就这么简单？"

"本来就不难啊，男生不喜欢你的话是不会随便浪费时间的。"

最后，靳卉语重心长地叮嘱："你听我的，去试试他。"

第七章
预定你的未来

1

那天下午放学，戚百合按照靳卉的意思给辛其洲发了一条消息，但她不是明目张胆地找话，而是假装发错了。

田中小百合：英语和文综有进步一点，但是数学太难了，我已经尽力了。

两分钟后，辛其洲回了一个问号。

戚百合手心都出汗了，紧张地询问靳卉："怎么说'我发错了'才显得逼真一点？"

靳卉把她手机拿过去，一边帮她打字，一边回答她："这个不重要，最重要的是看他的反应。"

戚百合接回手机看，靳卉发的是：

啊啊啊，我发错了。

戚百合无语了，有些着急地说："他会觉得我像个傻子。"

"傻就傻呗。"靳卉笑得很张扬，"如果校草真上钩了，谁不觉得你牛？"

戚百合："……"

又过了大概两分钟，手机响动了，辛其洲似乎并没看透她的小伎俩，只发来一句话：拍一下数学试卷。

靳卉在旁边怂恿："快给他拍，快！"

戚百合把正反两面都拍了下来，可发过去之后，就再也没有收到回信。

一整节晚自习她都在懊恼，自己这样自曝其短，辛其洲会不会更看不上她？

老戴说过，能够常年保持在年级前三的人都是天赋型选手，或许她和辛其洲的智商真的存在很大差距，像他这样学什么都很轻松的人，大约对平庸的差生都是嗤之以鼻的。

正当戚百合后悔听了靳卉的胡言乱语时，辛其洲给她回消息了。

那会儿离晚自习结束只有不到半个小时的时间了，辛其洲让她放学别走，跟他一起。

戚百合握着手机，心里说不上是什么情绪，有一丝期待，又有几分忐忑。

放学以后，她又去了学校后门。这似乎已经成了她和辛其洲之间约定俗成的秘密。

黑色奔驰又一次映入眼帘，司机黄叔在不远处站着，戚百合刚走过去，他便同她打招呼："小洲在车上。"

戚百合跟他点头示意，然后往车子走去。

辛其洲坐在后排，黑色的冲锋衣扔在副驾，身上只穿了一件灰蓝色的毛衣，宽肩撑出瘦而不柴的好身形，往下看，腿上放着一个摊开的笔记本。

戚百合坐进去后，他打开了顶光照明。

"找我有事吗？"戚百合端着矜持的姿态明知故问。

顶光下，辛其洲的轮廓线条干净得宛如雕塑，睫毛投下阴影，静静地看着一个人的时候，目光像黏稠的夜色将人完全包裹住。

戚百合见他沉默，不由得心虚："我以为你找我是有话要说。"

"是有话要说。"辛其洲将腿上的笔记本合上，递给她，"数学是很难，但你错的那些题不难。"

戚百合愣了两秒，她有些不确定，刚刚辛其洲是不是在鄙视她？

"这是什么？"她翻开看，笔记总共只有两页内容，画了很多几何图形，她有些意外，"你看了我的数学试卷？"

立体几何确实是她错得最多的题型。

辛其洲不置可否地抬了抬下巴，嗓音很淡："你立体几何的基础太差，很多基本的知识点都不清楚，判断题第三题，面面平行的判定定理并不是一个平面内的两条相交直线与另一个平面内的两条相交直线分别平行，这是立体几何在判断题里最常出现的题型，你之前没见过吗？"

他话说得很快，却没有居高临下的俯视感。

戚百合一句也没听懂，她垂下眼睛，故作镇定地翻看笔记："你刚刚说的那些，这里面写了吗？"

辛其洲收回视线："没有。"

戚百合哽住了，尴尬像潮水般将她吞没。

正不知道说什么时，辛其洲又淡声开口："因为书里有。"

她又看了眼，确实，辛其洲在每个题型后面都标了教科书的页码，简单粗暴的"必修二 P45"，多多少少有些让人无地自容了。

黄叔没多久也回到了车上。

戚百合决定再拯救自己一把，露出端庄的笑容："嗯，谢谢你，我会好好看的。"

黄叔发动车子，戚百合还在看笔记，雪白的纸张上突然出现了一只手。

辛其洲微微眯着眼睛，眉骨和鼻梁被光线折叠出更深的阴影，明明是那么锋利的一张脸，可看向她时却好像是带了一层柔和的滤镜。

他关上了后排的顶光，淡声说道："伤眼，回去看。"

戚百合无法抵抗她耳畔喧嚣如鼓点般的心跳。

怕自己露怯，她只是"哦"了一声，把笔记放进书包，然后全身背对着辛其洲，假装欣赏窗外的风景。

车子行驶了二十分钟，抵达落霞山脚下时开始缓缓减速。戚百合原本没有在意，还以为是车出了什么问题，直到黄叔停稳车子后突然开口——

"今天要开上山？"他看着后视镜，显然是在询问辛其洲。

戚百合疑惑地回头，车厢内光线昏暗，只有不远处的一盏路灯，昏黄的光摇晃着停在辛其洲脸上，将他眉眼中一闪即逝的不自然照得无所遁形。

因为实在罕见，戚百合不免好奇："什么意思？之前没有开上山吗？"

辛其洲单手握拳拢在嘴边，轻咳了一声，说道："继续开吧。"

黄叔应了声，重新启动了车子。

没有人回答她，戚百合有些尴尬。她又转过身重新看向窗外，车子继续向前行驶，经过山脚下一处灌木丛，她看见了隐藏在树后的一条长椅。

结合刚刚黄叔说的话，她脑袋里突然冒出了一个不可思议的想法——

所以，在她晚自习放学后独自坐公交车回来的那段时间里，辛其洲一直都在山脚下等她吗？

戚百合觉得自己大概是疯了。

两分钟后，车子停在了23号别墅门口，戚百合一下车就往里冲，一口气跑回自己房间，将书包丢到沙发上后，她立刻掏出了手机。

等不及回消息，她直接给靳卉打了电话。

靳卉接得很快，耳畔风声呼啸，应该是还没到家，可戚百合等不及了，说话都开始前言不搭后语。

"他给我他的笔记，是他亲手写的，他还看了我的试卷，知道我立体几何最差。而且，而且你知道吗？我刚刚发现了一个大秘密，但是我又不确定。你想象不到有多离谱，我自己也想象不到。"

靳卉沉默了下，委婉地提醒她："我还在我爸车上。"

"他听不见吧？你先听我说，"戚百合端起书桌上的水杯喝了一口，稳了稳呼吸继续说，"刚刚我坐他的车回来，司机开到山下时问了他一句话，问今天要不要开上山，你知道这意味着什么吗？"

靳卉问："什么？"

"你可能不知道，他之前就做过这样的事情，他怕我独自走这段山路遇到危险，所以他让司机把车停在山脚下，然后等我从公交车上下来，再悄悄跟着我。"

靳卉沉默了该有半分钟，语气艰涩，似乎怕伤害戚百合一样，小心翼翼地问："你确定吗？"

戚百合隔空摇了摇头："不确定。"

"那你兴奋个什么劲儿？"

"可是……"戚百合还是怀疑。

靳卉"啧"了声："那你就去问啊！"

"怎么问啊？"戚百合犹犹豫豫的，"万一不是呢？显得我太自作多情了。"

靳卉大约是不方便说得太明白，直接挂了电话，给她回了条消息：不要直接问这件事，问别的。

田中小百合：别的什么？

靳卉急了，回道：他不是把笔记给你了吗？问他愿不愿意给你补习。

戚百合不理解：这能问出来什么？

靳卉又回：如果他愿意，那你的怀疑就是对的。

田中小百合：为什么？

靳卉开始高谈阔论：狗的智商是四五十，普通人是一百左右，像辛其洲这样的天才起码要一百五吧，这样的人给你补课那不是相当于你给狗补课吗？你愿意给狗补课吗？

戚百合还没看明白，靳卉又发来了：正常逻辑下，你不会给狗补课，他也不会给你补课，但如果他答应了，你觉得说明什么？

戚百合感觉自己回答不了。

她放下手机，楼上又传来吵架的声音。最近总是如此，辛芳一回来就会跟丁赳良闹脾气，已经快一个月了，但凡他们吵架，没过多久丁赳良就会开车离开。

这次也不例外。

窗外传来汽车发动声，戚百合没有像以往那样探头出去。她面前摊着一本笔记本，辛其洲的字体很漂亮，龙飞凤舞，遒劲有力，而她就像个变态一样趴在桌子上仔细看，甚至还在脑补辛其洲写下这些字时的表情。

其实也不难想的，因为他总是那样，看起来冷冷清清，对什么事都不上心的样子，可接触下来才能发现，他的内心有座小火山，也或许是座死火山吧，但只要隔三岔五喷发一点点火焰，就足够照亮她死气沉沉的生活了。

戚百合不知该如何形容这一刻的心情，她好像身处悬崖边上，前方大雾弥漫，她看不清是坦途还是山涧。

这一刻，她本能地害怕了。

靳卉大概是到家了，又来催促她，问她消息发出去了没。

戚百合打开和辛其洲聊天的对话框，打了一行字，又删除，纠结了一会儿，她退出去给靳卉发了一条消息：我突然觉得现在就挺好的。

靳卉没有回复，戚百合盯着手机屏幕发了会儿呆，刚准备收收心写作业时，辛其洲的头像开始跳动起来。

她手忙脚乱地点开，辛其洲问她：总分多少？

戚百合本来不想说，但瞥见书桌上的笔记本，一字一句，工整认真，就连几何图形都画得极其标准。

她还是翻出成绩条，拍照发给了他，语文98分，数学79分，英语109分，文综213分。

总分499分，戚百合有些懊恼，打字回他：差1分就500分了。

几秒过后，辛其洲发来消息：多考39分在班里能进步几名？

戚百合发了个"19"过去，过会儿反应过来，打了个问号：你怎么知道我比上次多考了39分？

上次月考，她那成绩条就没往家里拿过。

戚百合还疑惑着，辛其洲发来了一张图片——

不算明亮的光线下，熟悉的书桌上贴着一张纸，上面五颜六色的火柴人，以及下面那一句不自量力的宣言，看着就让人脸热。

戚百合羞耻心大爆发，打字飞快：你还拍照片了？

辛其洲回道：第一次看见有人要挑战我，危机感来了，去年级主任办公室的时候就顺便看了眼对手的成绩。

戚百合被气得张牙舞爪，抓了好一会儿空气才平静下来。不知道为什么，辛其洲把她称为"对手"，明明是好话，听起来却那么侮辱人。

她不服气。

田中小百合：你考多少啊？

xqz：明天早上你就知道了。

想起楼道口那个大红榜，她打字回：有什么了不起的，我明天也有可能会上去。

辛其洲回得漫不经心：提前祝贺。

戚百合握着手机，正不知道回什么的时候，他又发了一条消息过来：想不想一直在上面？

戚百合不理解。

田中小百合：什么意思？

xqz：我可以帮你。

戚百合怔怔地看着那一行字，时间一分一秒地过去，她却始终抬不起手打字。

这算是答案吗？她甚至还没来得及去试探。

戚百合纠结着该说什么，手机突然持续地响动起来，辛其洲可能是不耐烦了，直接给她来了电话。

戚百合捂着手机，深呼吸几下，按下接听键。

"喂。"怕被听出来紧张，她声音很轻。

辛其洲大约是在露台，耳畔的风声不紧不慢地喧嚣着，他开口说话："在干什么？"

戚百合慌乱地看了眼桌面："在……看你给我的笔记。"

辛其洲顿了下："有看不懂的吗？"

戚百合摇了摇头，半晌意识到他看不到，咳了一声缓解尴尬，然后说道："没有，你写得很好，通俗易懂。"

"嗯。"辛其洲没再说话。

两人之间短暂地沉默了几秒，安静的空气中似乎能听到对方的呼吸声。戚百合明确感觉到有什么东西正在破土而出，她握着手机的手心出了层密密的汗，欲言又止的情绪像一层网，把她牢牢包裹其中。

过了大约一分钟，辛其洲先开口了。

他嗓音微沉，带着细碎沙砾的质感："明天一起上学？"

戚百合紧张地抠着手指，近乎呢喃地应了声："好。"

挂上电话，她内心无处安放的躁动爆发了，在床上滚了好几圈，把头埋进枕头里，屏住呼吸，直到快要窒息，她睁开眼睛，望向天花板。

雪白的背景下，辛其洲的身影无论如何也挥之不去。

她拼命地想着辛其洲说过的每一句话，每一个字，认真而又专注地解构着过往的回忆，想要从中找出一些能让她小鹿乱撞的蛛丝马迹。

那天晚上，她是抱着手机入睡的。

情绪的大起大落最耗费精力，戚百合看着她和辛其洲的聊天记录看到了凌晨两点，进入昏沉睡眠的下一秒，她感觉自己的手机响动了一下。

她梦见辛其洲给她发了"晚安"。

2

南下的北风来势汹汹，刮了一整夜，早起时外面已是银装素裹。戚百合睡觉前忘记关窗户，一早起来便感觉头重脚轻，她挣扎着洗漱完，摸起手机看了眼，瞬间清醒。

辛其洲给她发了两条消息，一条是昨夜两点半发送的"晚安"，另一条是三分钟前——

我在外面等你。

戚百合饭都来不及吃，随手把要带的书塞进书包，然后坐到了镜子前。她感觉自己应该是感冒了，面部浮肿，唇色苍白，看起来太没精神了，于是她仔仔细细地扎了个高马尾。

推开大门，带着雪粒的北风扑面而来，戚百合紧了紧毛衣的领子，往车子走去。

这本应该是一次隆重的见面，至少不该像现在这样。戚百合揉揉水肿的眼睛，坐进车子以后都不敢看向辛其洲。

辛其洲穿上了高领毛衣，灰白色的宽松款式，却不显臃肿，一双修长的腿大剌剌敞着，骨节分明的手漫不经心地放在置物架上，冷白的皮肤上依稀可见青紫色的血管。

戚百合郁闷了。明明熬着一样的夜，怎么他就能像没事儿人一样。

"你昨晚几点睡的？"她问。

辛其洲掀起眼皮看她，淡声道："两点半。"

戚百合努力睁大双眼，想撑起自己的双眼皮："不困吗？"

辛其洲看着她，沉默了好几秒，蓦地唇边扯出一个笑："你眼睛怎么了？"

戚百合如临大敌，立刻把头转向窗外："没怎么。"

她听见辛其洲笑了一声，于是便懊恼地把卫衣的帽子掏出来，戴到了头上。

车厢内短暂地安静了几秒，辛其洲带着笑意问："为什么晚睡？"

戚百合哽了一下，总不能说她在回味跟他的聊天记录吧。

"学习，"她瓮声瓮气地说，"在看你给我写的笔记。"

辛其洲点了点头，像是挺满意似的，把她帽子揪下来，强迫她避无可避："你躲什么？"

戚百合眨了眨眼："我水肿了。"

辛其洲："早饭吃了吗？"

"没有。"

他从座位旁边变魔术似的拿出一个纸袋："里面有黑咖啡，消肿的。"

戚百合受宠若惊，仰起头："你特意给我带的？"

"不是，"看见她眉头皱了起来，辛其洲掀了掀眼皮，云淡风轻地说，"特意给你带的是豆浆，咖啡是我的，也让给你了。"

戚百合打开纸袋，麦芬面包的甜香味扑鼻而来。她捏着袋子的手指缓缓用力，偏头看向窗外，明明是隆冬时节，她却感觉到春天好像来了。

一种叫作甜蜜的感觉充斥着她的胸腔，戚百合几乎控制不住嘴角的笑意，她一边吃一边笑，没去看辛其洲，也不敢看。

她依然从那家文具店门口下车，只不过这回关门前她看了辛其洲一眼。

辛其洲也在看她："把帽子戴上吧。"

戚百合抿着嘴点了点头，把帽子戴好后，轻手轻脚地关了车门。

那天与往常没有什么不同，唯一不同的是，戚百合的名字登上了光荣榜。

魏一诺和靳卉从厕所跑回来告诉她这个喜讯，戚百合那会儿正按照辛其洲的指示整理数学的错题集，靳卉跑得上气不接下气，停在她的桌前，还没来得及说话，梁讫然从后门溜了进来。

"百合，你上红榜了！"他嚷嚷得恨不得整个班的人都能听见。

戚百合有些不好意思："只是进步之星，又不是年级前十，至于那么激动吗？"

靳卉瞪大眼睛："你不得了了哇，竟然还敢想年级前十了，你怎么不去抢年级第一呢。"

戚百合觉得她意有所指，轻咳了一声："年级第一多少分？"

梁讫然转着笔："管他呢，反正没你进步大。"

靳卉瞥他一眼："你拍马屁也要有个限度好吗？人家那是已经强到没有进步空间了好吧，都提前预定理科状元了！"

梁讫然不屑一顾地说："不就考了717分嘛，满分750分呢，那33分你让他考去啊。"

靳卉白眼几乎翻到了天上："敢问梁少爷这次考了多少分啊？"

"397分。"梁讫然说完，笑嘻嘻地转向戚百合，"我这次也进步了十几分。"

戚百合漫不经心地朝他竖了个大拇指，一抬头，窗户外面经过一个身影，辛其洲拿着一张试卷正往办公室走去，戚百合抬头的瞬间，他也看了过来。

两人四目相对，辛其洲眼神淡漠，看了眼她竖起的手指，又看了眼背对着他的梁讫然。

戚百合感觉自己正在被他的目光凌迟。

她连忙收回大拇指，靳卉注意到她的动作，往窗外看，"咦"了一声："理科状元来我们这层干什么？"

梁讫然探头出去看："估计又是来告密的吧。"

"你少来。"靳卉推了他一把，"赶紧走，别占我座位。"

梁讫然离开以后，戚百合又往外看了一眼，辛其洲从办公室出来后就直接下了楼梯。

靳卉的声音幽幽响起："我都还没问你呢，昨晚到底什么情况？"

戚百合收回视线，莫名心虚："没什么情况啊。"

"你看你这个眼睛肿的，你一熬夜就肿，当我不知道呢。"靳卉笑了笑，"几点睡的啊？不会聊到天亮了吧？"

"没有。"戚百合按住靳卉的胳膊，示意她小声一点，随即把昨晚的对话都口述给她听了。

靳卉听完以后，脸上的表情很是精彩："他真这么说？要帮你一直稳在这个光荣榜上？"

戚百合点了点头。

"他怎么那么主动啊？"靳卉"啧"了一声，"刚刚不会也是来看你的吧？"

戚百合感觉自己的头很重，趴到了桌子上缓缓开口："哪有那么夸张，他刚刚还瞪我呢。"

"瞪你干什么？"

戚百合摇了摇头，没敢说出自己心中的猜想，应该不是因为梁讫然吧？

靳卉歪着头想了会儿："你在这儿浮想联翩，还不如自己去问问他。"

"问他什么？"

"你笨啊。"靳卉一副恨铁不成钢的样子，"闲聊啊，问他来这层干什么。"

戚百合掏出手机打开对话框，想了想，还是放下了，跟辛其洲聊天是一件很耗费精力的事。

"我头有点晕，先睡会儿，上课了叫我。"她有气无力地对靳卉说。

靳卉应了声，她就把头埋进臂弯里，沉沉地闭上了眼。

那一整天，戚百合过得都很恍惚，课没听进去，题也没做几道，晚自习铃声响起，她像行尸走肉般收拾书包，走出校门。

黑色奔驰依旧停在路边，她走过去，只看见黄叔。

黄叔说辛其洲还没出来，戚百合点了点头，坐到座位上就闭上眼，不是困，就是感觉脑袋沉得很，睁眼都费劲儿。

戚百合靠在椅背上，不知过了多久，车门被打开，冷风呼啸而入，她感觉一只温热的手掌贴到了她的额头上。

戚百合睁眼，辛其洲站在车门前，正在脱自己的外套。

"你发烧了。"他眉头微蹙，把脱下来的外套盖到她身上。

戚百合口干舌燥，轻声说了句"谢谢"。

辛其洲一手扶着车门，上半身探进去，另一只手把置物架收了上去。

戚百合眼睛干涩，只模糊地看见了辛其洲的侧脸，他的下颌线条在路灯的光影下像锋芒毕露的匕首，又迷人又危险，可他开口说话，放大的五官却处处透着恰到好处的温柔。

"躺着，我坐前面。"

"哦。"戚百合沦陷了，听话地躺了下去。

辛其洲看她躺下，又帮她把衣服盖好，才拉开副驾的车门，对黄叔说："去市一院。"

戚百合立刻坐了起来："不用了吧，找家诊所开点药就好了。"

辛其洲回头，他背着光，看不清表情，只听声音是有些不耐烦的："躺回去。"

于是，戚百合又躺了回去。

到了市一院，戚百合挣扎起身，拎着辛其洲的外套想还给他，辛其洲把那外套又披在她肩上。

被裹得像个粽子的戚百合跟在他身后去了急诊，接诊的医生给她量了体温，眼神责备："怎么才来医院，都快四十度了！"

戚百合靠在椅子上，虚弱地解释："我以为是感冒。"

他们俩没背书包，市一院旁边又有所大学，医生估计以为两人是从那里过来的小情侣，他看了眼杵在门框下面一脸冷清的辛其洲，不满地问："男朋友也不关心？"

戚百合迟钝地抬头，刚想解释，辛其洲坐了下来。

他眉眼淡漠，并未对这份无端的指控感到不快，只是浅声说了句"刚发现就带来了"。

戚百合后知后觉地看着辛其洲，脑袋像装了糨糊似的，转不动。

刚刚辛其洲是默认了吗？

"先去打点滴。"医生开了张单子递给辛其洲。

辛其洲道了谢，然后来扶戚百合。

她脚步虚得很，从椅子上起身时晃了晃，辛其洲下意识地扶住了她的腰。

戚百合气血急速上涌，感受到辛其洲的手掌紧紧覆在她的腰上时，她几乎呼吸困难。

"走不了？"辛其洲见她没有动作，轻声询问。

戚百合刚想说能走，身后的医生开口了："输液大厅在另一栋楼。"

辛其洲偏头看了她一眼，戚百合故作镇定。

"我没事。"许久没有发过高烧了，她感觉脸烫得能煎蛋了。

辛其洲不动声色地揽了一下她的腰，眼睫微垂，淡声询问："这样可以吗？"

她能说不可以吗？

戚百合咬着唇，艰涩地点了点头。

好不容易走到输液室，护士过来说医生开的药里有青霉素，打点滴前要做一下皮试。

戚百合怕疼，试图商量："我青霉素不过敏，可以不做吗？"

护士小姐姐表情严厉："当然不行。"

她无奈地伸出手，正咬牙时，眼前突然黑了。

辛其洲俯身过来遮住了她的眼睛，他的手很凉，不时能碰到她滚烫的皮肤，她闻到好闻的松木香气，让人心猿意马。

"眼睛闭上。"

戚百合听话地闭上眼，一阵钻心的刺痛感过去，她听见护士叮嘱："托着你女朋友这只手，别让她动，等二十分钟。"

她不是小朋友，有自理能力，可是怕打针这件事似乎让她有口难辩了。

护士走后，辛其洲放下了捂着她眼睛的手。戚百合有些拘谨："你为什么不解释呀？"

辛其洲托着她的手调整到一个比较容易保持的姿势，才掀起眼皮看她，神色浅淡，透着漫不经心："解释什么？"

戚百合不好意思说出口："女……女朋友。"

辛其洲挑眉，似乎是才发现她通红的脸蛋："又不是第一次。"

戚百合愣了愣，好像也是，之前他就拿她当过挡箭牌了，所以她在期待什么呢？

失落的情绪无声蔓延，戚百合感觉自己又失去了某种活力，她瘫在椅子上，没精打采地呼吸着，沮丧又懊恼。

旁边的辛其洲观察了她一会儿，突然问："你生日是什么时候？"

戚百合偏过头看他："问这个干什么？"

"随便问问。"他的表情真的就像是随便问问。

于是戚百合也随便说说了："1月18日。"

"哦。"还有不到一个月，辛其洲转过身，"快了。"

戚百合不解："快什么？"

辛其洲看了眼她的手腕，针口附近只起了一个小包，他抬起头："二十分钟快到了。"

戚百合有气无力地"哦"了一声，随后想起什么，问他："你要不先回去吧，我吊完了自己打车回去。"

辛其洲看了眼手表，已经十点半了。

"我出去打个电话。"他说完这句就起身去叫了护士，然后走出了输液厅。

戚百合实在太无聊，用没有输液的那只手掏出了手机开始玩五子棋，玩着玩着，手机来了一通电话，只有号码，没有备注。

她艰难地接听，刚说了一句"喂"，余光瞥见辛其洲回来了，手里还拿了一盒酸奶。

他这样的人，生得一副完美的皮囊，身上又有着若有若无的清高劲儿，走哪儿都是勾人的，他走一步路，仿佛都能带起一阵春风。

戚百合看见，隔着一扇透明的窗户，办公室里有几个护士小姐姐在偷看他。

真是不安分啊。她在心里感慨了一句。

电话那边的人似乎注意到了她的出神，试探着叫她的名字："戚百合？"

戚百合回过神："是我，请问你哪位？"

周郁野长吁一口气："终于找到你了。"

那天戚百合是给他留了QQ号码，可她忘记自己设置了禁止任何人添加。周郁野联系不上她，辗转找到石悦，终于打听到她的手机号。

"要不你加我吧？我给你报一下号码。"

戚百合本来就感到不好意思，忙不迭答应："嗯嗯，你说。"

她把手机开了免提，示意刚落座的辛其洲帮她一起记，可辛其洲一直没看她。

周郁野报完了号码，问她："记住了吗？"

戚百合一直在心里重复，生怕开口说话就打乱了记忆，只"嗯嗯"了两声。

周郁野笑了声："行，那我挂了。"

戚百合单手操作有些不方便，她把手机递给辛其洲，眨巴眨巴眼看着他："帮我加一下。"

辛其洲撩起眼皮，不轻不重地看了她一眼："你记得住？"

戚百合点点头。

他接过了手机，慢腾腾地划了两下主页，点开小企鹅的图标，又开始划来划去。

"快点儿，一会儿我又忘了。"戚百合催促道。

辛其洲终于找到添加好友的地方，他再抬头，眉眼已覆上了一层浮冰："说吧。"

戚百合自信开口："7906……2……2后面是几来着？"

她有些不确定："6还是8？"

辛其洲眼睫轻垂，摇摇头："忘了。"

戚百合想了想："28，就是28。"

辛其洲头也没抬一下，将号码输入进去，点了"添加好友"的选项。

戚百合伸头过去看，略有疑惑："他怎么不通过啊？"

辛其洲将手机丢还给她，淡声答："可能在忙。"

想起周郁野大学生的身份，戚百合觉得有道理，合上手机就塞进了口袋。

辛其洲把酸奶递给她："顺路买的。"

"谢谢。"戚百合笑了一下，"你怎么知道我渴了？"

辛其洲煞有介事地看着她："因为我比较细心。"

他惯常这样自大，戚百合也习惯了，附和地夸赞："嗯嗯，你那么会照顾人，以后谁做了你女朋友一定很幸福。"

辛其洲勾唇笑了一下："你真这样想？"

戚百合想也没想："当然。"

3

辛其洲回家的时候，宋冉阑还没睡。她在健身房练普拉提，听到开门声就出来看，辛其洲正站在玄关处换鞋。

她随手从沙发上抽出一条羊绒披肩，裹在肩上走过去问："小竹好些了吗？"

辛其洲抬头，眉眼看不出丝毫破绽："退烧了。"

宋冉阑点点头，又问："你是怎么发现的？"

辛其洲往客厅走，神态自若："顺路送丁韪良的女儿回去，她下车时看见的。"

宋冉阑眉头轻拧："你们三个一起去的？"

"我带小竹去的。"辛其洲倒了一杯水，"妈，没事我就回房了，今天的作业还没写完。"

宋冉阑放他走了。

她独自立在原地，想了想，拿起手机打了个电话。

辛其洲回了卧室，先去洗漱，出来后坐在书桌前，拿出化学试卷做了半个小时，效率很低，他也没勉强，干脆走到了露台上。

寒风刺骨，他没穿外套，一只手搭在栏杆上，有一下没一下地敲打着。

那个位置的视角很熟悉，他想起自己过生日那天，戚百合落荒而逃的身影像一只迷路的小兔子，明明很害怕，后来又鼓足勇气提醒他……

他的手指顿了顿。

他不是一个很喜欢规划生活的人，如果非要说有什么驱动着他，那就只能是危机感。

对，他很有危机感。

无论是没脑子的梁讫然，还是所谓的主角张俊生，抑或是刚刚戚百合电话里那个锲而不舍的男人，这一切都令辛其洲感到烦躁。

一觉醒来后，戚百合口渴得厉害。她洗漱完以后下楼喝水，正巧碰上刚起床的辛小竹。

辛小竹睡眼惺忪，一看到戚百合就走过来，用手探了探她的额头，喃喃自语："好像不怎么烫了。"

戚百合对辛小竹这副长辈姿态很不适应，移开了自己的额头："你怎么知道？"

辛小竹打了个哈欠："昨晚我哥打电话跟我说的。"

戚百合神色一顿："他怎么说的？"

"就是说你不会照顾自己，让我多照顾照顾你。"辛小竹说完这句，似乎也没意识到话里有越界的关心，揉了揉眼就转身进了厨房。

戚百合顿在原地，面颊悄然绯红。

吃了早饭，她走出家门，黑色奔驰停在路边。戚百合怕冷，小跑几步坐进了车里。

坐稳后和辛其洲四目相对，他唇色苍白，看着有些没精神，除此之外，和以往也没什么不同，五官精致，眉目冷清。

"温度怎么样？"辛其洲问她，像是在问询课业的老师。

戚百合想起刚刚辛小竹的话，感觉耳朵还是有些红，低着头应："低烧，不碍事了，吃两天药应该能好。"

辛其洲点点头，打量她一眼。戚百合今天罕见地穿上了长款羽绒服，看起来挺保暖，但细白的脖颈依旧裸露在空气中，刚刚出门时她冷得打战，瑟缩着脑袋，就像一只小企鹅。

戚百合注意到他眉头紧锁，问他："你怎么了？不舒服吗？"

"没有。"辛其洲回过神。

"哦。"

戚百合扭过头，几秒过后，一个纸袋子递了过来。

她刚想拒绝："我已经吃过……"话还没说完，她看见了袋子里的东西，一条黑灰双面的羊绒围巾，做了渐变色，是只看一眼就会被吸引的款式。

"哇！"她发出一声极小声的惊呼。

辛其洲没看她，目光平视前方，语气还蛮正经："我的，没戴过，送你了。"

戚百合"哦"了一声，拿起围巾看了眼，标签还在，一个女装品牌，价格不菲。

她心潮顿起，顿了顿，又偷偷瞥了眼辛其洲。

他似乎已经从这场话题中抽身，端坐在那里，长长的睫毛卷翘，仿佛眨一下眼就能掀起一场风暴。

戚百合心跳如鼓，悄悄移开视线朝向窗外，几秒后，嘴角上扬。

那两天的课程，老师们都用来讲解月考试卷了。

戚百合按照辛其洲的指示给自己整理了错题集，一门功课一个本子，再对照知识点反复重温教科书上的例题，好一番功夫费下来，再回头看自己的试卷，从前丢分的类型题确实变简单了。

那段时间，她很是勤奋，连老戴都瞧出来了，在办公室碰见戚百合去向数学老师问题目时还称赞了她几句，要她继续保持。

戚百合心情甚好。课间，她趴在桌子上写试卷，梁讫然又溜进来跟靳卉闲聊，她很少插话，直到靳卉捅了捅她的胳膊，问周末有什么打算。

戚百合头也没抬："在家背书，我这周要背历史必修一。"

"圣诞节欸。"靳卉嘟嘟嘴，"一起出去玩玩啊，我给你准备了礼物哟。"

戚百合笔尖一顿，想起辛其洲送的围巾，她是不是也该回个礼才对？

梁讫然在旁边帮腔："对啊，先吃烧烤，再去唱歌，我有练歌房的会员，不需要提前预订。"

戚百合敷衍了一句："不去不去，我要学习。"

周日，阴沉了许久的天总算晴朗。冬日暖阳让人昏昏欲睡，戚百合吃完午饭本想睡一会儿，可丁陡良和辛芳又在楼上吵了起来。

听辛小竹说，辛芳分管的盛茂酒店部最近出了安全事故，似乎是没解决好，这段日子她出差少，一周基本能在家待上三四天，因此战火蔓延到了家里，还有越烧越旺的趋势。

天花板甚至传来玻璃碎裂的声音，伴随着辛芳凄厉的咒骂声，没过多久，丁甦良便下楼了。

戚百合走到窗边，看见丁甦良开车离开，她发了会儿呆，刚想坐回去，余光中瞥见了一道熟悉的身影。

辛其洲似乎是准备下山，他穿着黑色的冲锋衣，黑色的工装裤，目光投向丁甦良渐渐驶远的车子。

许是察觉到戚百合的视线，他走到门外停了下来，双手插兜，下巴微微上扬，朝她看过来。

戚百合不敢大声叫嚷，拿手机给他发消息：你怎么来了？

辛其洲打字回答：去买本书。

戚百合没精打采地倚在窗前，回道：哦，那你去吧。

辛其洲没走，还停在那里，打字问她：你怎么了？

戚百合叹息一声，才回：没事。

辛其洲仰头看她，她靠在窗边，眉眼失去神采，像春末凋谢的蔷薇。

戚百合看他抬腿走了，就坐了回去，掏出历史书刚翻开，搁在桌子上的手机又响了。

xqz：出来吧，陪我一起去。

戚百合又走到窗前，往外看。辛其洲不知什么时候绕了回来，他站在门外，清落孑然，敛起无边风华，锐利得像一把剑。

xqz：我等你。

虽然已经下了两场雪，但今年算得上暖冬，阳光热烈地铺在身上，仿佛能驱散一切阴霾。

戚百合不好意思让他等太久，随便扎了个丸子头就出去了。她走到大门口，辛其洲刚好抬头。

"你要去哪里买书？"她不明白辛其洲为什么让她陪着。

辛其洲表情很淡，跳过了这个话题："为什么心情不好？"

戚百合被他问得一怔，"啧"了一声，也瞎扯了一句："数学好难，我好笨。"

辛其洲垂眼看她，素白的一张小脸，眉头紧紧地拧着，仿佛真的很困扰似的。

他刚想出声，身后的铁门响了，戚百合神色一变，电光石火间，她拉着辛其洲的手闪身到了别墅旁边。

那儿有一层高高的灌木丛，两个人蹲下，完全挡得住。

辛芳出来了，她走到院子里，发动了车子。

戚百合和辛其洲面对面蹲着，两人膝盖相抵，戚百合食指竖在唇边，提醒辛其洲别出声。

不足十厘米的距离，辛其洲的目光落在她的唇上，未施粉黛的嫣红，他的心脏仿佛突然被拨动了一下，难言的躁动在胸腔内横冲直撞。

戚百合也后知后觉地意识到他们的姿势究竟有多暧昧，辛其洲的眉峰轻拧，睫毛向下压，晦暗的眼神中翻滚着浓烈的情绪，有种风雨欲来，摧枯拉朽的紧迫感。

戚百合突然觉得口干舌燥，掌心的温润触感不知为何变得痒痒的，她强行移开了视线。

跑车的轰鸣声远去，她率先站起身。

辛其洲没松开手，紧随她站了起来。

刺眼的日光下，戚百合不知道该说什么来缓解这份尴尬。

她的手，似乎还在跟辛其洲的手缠在一起，她的拇指指腹按在他的掌心。

"你的手……"戚百合"啧"了一声，没话找话，"挺软的。"

"还行。"辛其洲撤回手，顿了顿，嗓音清正，"没你的软。"

戚百合愣了好久才从震荡中回神。

按道理说这话是她起的头，辛其洲只是顺着她的话客气了一下，可不知为何，她总觉得哪里怪怪的。

暧昧的氛围无声无息，空气却像是要燃烧起来了一样，让身在其中的人都紧张万分。

戚百合率先打破尴尬，干笑两声开口："走吧，陪你买书去。"

谢天谢地，她记得辛其洲下山是要买书。

辛其洲睨了她一眼，这会儿工夫，她那股蔫头耷脑的丧意又消失得无影无踪了，脸颊绯红，就连耳垂都泛着淡淡的粉。

他点头，哑着嗓子应："行，买书。"

两人打车去了市中心的一家书店。圣诞节，又赶上周末，人本来就多，恰好还有位颇有名气的作家在办签售会。戚百合站在店门口，看着里面的人山人海，哭丧着脸看向辛其洲。

"要不我在这儿等你，你自己进去买？"

半年前，靳卉喜欢的一位歌手来沅江市巡演，那天体育馆也是这样，人山人海，戚百合的脚趾被踩了七八下，第二天差点儿路都走不了，自那以后，她便拒绝进入一切人多又封闭的地方。

"人太多了。"她解释道。

辛其洲停了下来："人多你不会挤进去？"

戚百合撇了撇嘴："我可挤不动。"

"是吗？"辛其洲瞥她一眼，"我记得你运动会给人送水的时候，还挺能挤的。"

"……行行行，我挤还不行吗？"戚百合立刻大步流星地往前走去。

签售的队伍在左侧，他们从右侧进去，被人以为是要插队，戚百合走在前面，有个小姑娘一把抓住她的衣领，说话很凶："到后面排队去！"

戚百合愣住了，一时说不出话。

辛其洲从后面走出来，眼神淡漠，语气冰冷："松手。"

那小姑娘本来还气势汹汹，一看到辛其洲的脸，也愣住了。她一个风华正茂的小美女，被这样一个长相俊美的男生当场斥责，任谁都感觉下不来台。

她松开了手，小声嘟囔了一句："插队还有理了……"

辛其洲睨她一眼，嗓音沉郁："这扇门只有你们能进吗？"

戚百合这会儿也反应过来，有人撑腰了，她声量更高："对呀，我进去买书的，不能从这儿走吗？"

保安过来维持秩序，那小姑娘理亏，又看了眼辛其洲，最后垂下了眼睛。

戚百合冷哼一声，拉着辛其洲想走，辛其洲扣住她的手腕，将她带了回来。

"道歉。"他双手插兜，面容冷淡，话说得不轻不重。

旁边有人目睹了全程，见小姑娘眼睛已经红了，就出来打圆场："算了算了，就一件小事，没必要闹大。"

辛其洲偏过头，话说得漫不经心："你是当事人吗？"

路人无话可说，戚百合也怔住了。

在她印象中，辛其洲这人一直就很独来独往，倒不是说他没有朋友，就是他总给人一种不屑于和人打交道的感觉，孤绝清高，目中无人。

这样的一个人，连跟旁人多说一句话都嫌累的人，此刻却在为她力排众议，据理力争。

戚百合说不感动是假的。

那小姑娘颜面尽失，眼圈红红的，掉下来一滴泪，嗓音微颤："我不是故意的……"

"一个常识。"辛其洲看着眼前梨花带雨的女生，心中只有不耐烦，"做错了事，受害者需要的是道歉，而不是眼泪。"

小姑娘见他不为所动，抹了把眼泪："对不起。"

戚百合表情呆呆的，说话也木："行……行吧，下次问清楚了再动手。"

那女生低下头："知道了。"

辛其洲再也没看她一眼，扣着戚百合的手腕，头也没回地走了。

两人脱离了拥挤的人潮，走到图书区，戚百合绷紧的表情才出现一条裂缝，辛其洲终于松开了她的手，神情还是冷冷清清的："自己不会说话？"

"哎呀，主要我没反应过来啊。"她笑了笑，朝他竖起大拇指，"不过你刚刚好帅哦。"

辛其洲挺受用的样子："有多帅？"

戚百合愣了一下："天神下凡的那种帅。"

辛其洲似笑非笑地"哧"了一声，转过身，从旁边的书架上抽出了一套试卷。

戚百合看到他手里的数学试卷，没话找话地感慨："咱俩好像过的不是一个时区，你的一天不会有四十八个小时吧？"

学校发的试卷她都做不完了，这人怎么还自己买试卷做？

辛其洲睨她一眼，淡声道："有没有听过一句话？"

戚百合挑眉："什么？"

"关于时间的名言。"

戚百合想了想："时间就像海绵里的水，挤挤总会有的？"

辛其洲赞许地点了点头。

他们去结账，收银员找好零钱，将试卷装进袋子里递过来，辛其洲没接，朝戚百合扬了扬下巴："给她。"

戚百合傻眼了："什么意思？"

辛其洲双手插兜，神态闲散："我不确定你的真实水平，这套试卷难度适中，题型比较丰富，你拿回去做一下，做完了给我看。"

"啊？"晴天霹雳，戚百合难以接受，"可是我没有时……"

"要我再送你一块海绵吗？"辛其洲直接打断她，"你试试能不能挤出水。"

戚百合无话可说了，她哭丧着脸，将试卷拿出来翻了两页，翻到了后面的答案。

辛其洲的手覆了上来："不许参考。"

"知道了。"她摸了一下鼻子，"我不看。"

辛其洲瞥了她一眼，又把试卷拿了回去，翻到最后两页，把答案撕了下来。

目睹全程的戚百合："……"

现在她是真的确定了，辛其洲的确要帮她补课，不含任何私心的那种。

"这么不相信我？"她有点不服气。

辛其洲眼尾稍挑："你自己不知道？"

戚百合抬头，眼神倔强："什么？"

辛其洲垂眼看她。日暮下，少女脖颈柔软，皮肤雪白，托着一张瘦削的小脸，眸色如春水般潋滟，像一朵亟待开放的花。

他温声道："你心虚的时候，会摸鼻子。"

回家以后，陈姨刚好做完晚饭。

辛芳和丁趑良不在家，辛小竹吃饭又向来不积极，戚百合一个人坐在

174

餐桌前，因为一直在出神，不小心就吃多了，又去帮陈姨洗了碗。

晚上的时间她都规划好了，历史向来是她最薄弱的学科，因此她先背了会儿书，等她准备换个心情再做辛其洲那套试卷时，时间已到凌晨。

洗完澡出来，戚百合坐回书桌前，刚翻开一页试卷，隐约听到院子外面传来的声音。

她以为是丁琏良回来了，走到窗子前往外看。陈姨穿着睡衣站在大门口，面前站着一个中年男人，正拽着陈姨的手腕往山下走。

那人嗓门大，说话也颠三倒四，大约是陈姨的丈夫来索要生活费，陈姨不断哀求他小声一点，对方置若罔闻不说，动作越来越粗鲁，见陈姨不跟他走，还扇了她一耳光。

戚百合迅速换了衣服。

下楼前，她收到辛其洲的消息，他问她在干什么。

戚百合不知道辛芳有没有回来，也怕惊醒辛小竹，蹑手蹑脚地下了楼梯，给辛其洲打字回道：现在没时间做，陈姨的丈夫来了，就在门口，还动了手。

她以为辛其洲在催她做试卷，来不及跟他说更多，便收回手机推开了大门。

陈姨看到戚百合出来，有些惊讶，又有些惶恐，大概是害怕丢了饭碗，不然刚刚也不会那样祈求对方小声一点。

戚百合安抚地看着她："你放心，陈姨，我不会说出去。"

陈姨感激地看向她。

陈姨的丈夫看她这副态度，突然笑了，晃悠悠地走近。戚百合闻到了很重的酒精味，酗酒又打人，的确是她最不齿的那类男人了。

"你就是她伺候的那个女娃娃？"他的表情突然变得凶狠，扯着陈姨的手用力拽了一把，"家里的孩子你不照顾，跑来照顾别人的孩子，你就是这样当妈的？"

陈姨带着哭腔："我不出来上班，孩子连学都上不起了！我告诉你，钱我是一分都不会给你了！"

男人笑得很恶心："你把家里的房子卖了，钱我一分没拿着，那一百万你必须给我，不然你这辈子都别想好过，把老子逼急了，咱们一家三口一起去死！"

"你是不是疯了？！"陈姨满脸带泪，依旧在努力压抑语调，"你赌钱欠了那么多钱，我要是不卖了那房子还债，我们娘俩就算不被你打死，也早被债主逼死了。"

陈姨动了很大的气，整个身体不停地颤抖，几乎要晕厥的时候，戚百合握上了她另一只手。

她冷冷地看着男人："你这属于家暴，我可以报警的。"

"小丫头片子还想报警？"那男人松开手，"来，你现在就报。"

他真的很嚣张，戚百合瞪了他几秒，掏出手机，刚按下"110"三个数字，屏幕上突然出现了一只手。

是陈姨。

陈姨眼眶通红，不停地摇头："没有用的，最多关几天，回来变本加厉。"

戚百合看了眼陈姨，收起手机，还想跟那男人好言商量："你走吧，你在这儿闹，她也拿不出钱来。"

那男人摇摇头："她拿不出钱，你不是有钱吗？你家那么大，拿个十几万轻轻松松吧？"

他摆明了耍无赖，自觉光脚不怕穿鞋的，脸上甚至挂出了胜利的微笑。

戚百合冷静地看着，握紧了拳头，一字一句地说："就算我有，也不会给你这种废物一分钱。"

那男人原本靠在铁门上，听到这话愣了两秒，而后便像疯了一样朝戚百合扑来。

陈姨大惊失色，拉着戚百合想躲，可戚百合脚下就像生了钉子，一动也不动。

拳风临到眼前，戚百合闭上了眼——

戚百合的确打算接下这一拳，可一阵天旋地转之后，她靠进了一个清冷的怀抱，睁开眼，是辛其洲的侧脸，高挺的眉骨像山峦，清晰的下颌线条利落得仿佛可以划破长夜。

那一秒，她感觉自己心中破土而出的小苗长成了参天大树，冬夜晚风拂来，她听见枝叶颤动的声音。

男人痛苦的低吼在夜幕下回荡着，戚百合站好以后低头看，辛其洲那一脚似乎踹到了他的小腿上，此刻他面目狰狞，抱着腿不停地打滚。

陈姨跑到戚百合身边，将她从头到脚看了一遍，嗓音带着哭腔："打到你了吗？有事吗？"

戚百合挤出笑："我没事的，陈姨。"

辛其洲偏过头看她，目光冷淡，带着明显的责备："自作聪明。"

戚百合刚想辩解，他又转过了身。

辛其洲在那男人面前蹲了下来，语气冷冽："别把你不入流的那些手段当成本事，至少在这座山上，没人吃你那套。"

那男人嗓音颤抖，额上冒出了汗："你是谁？"

辛其洲没有回答他的问题，站起来，居高临下地看着他："你现在滚的话，另一条腿我还能给你留着。"

辛其洲那个样子，没有人会怀疑他说的话。

那男人酒醒了大半，愤恨地看了眼陈姨，挣扎着站起来，一瘸一拐地往山下走了。

陈姨惊魂未定，此刻又愧疚起来，戚百合跑过去安慰她，劝她赶紧离婚。

"离过，法院不判。"陈姨苦涩地说。

戚百合想起阮侯泽有当律师的朋友，坚定地看着她："我帮你找律师。"

陈姨应了一声便进去了，这一晚发生的事情太多，她需要冷静。

铁门缓缓关上，戚百合想起辛其洲，转过身，正好撞上他的目光。

她有些心虚："你怎么来了？"

辛其洲掀起眼皮，目光冷淡："我再晚一点过来，帮你打120？"

"没那么严重吧……"

她打算只要那人一碰到她，她就报警。既然夫妻之间的纠纷很难解决，那殴打陌生人总该严肃处理了吧？

戚百合见不得孤儿寡母受委屈，大约是因为以前和戚繁水相依为命，她对独立坚韧的中年单亲母亲总有种天然的怜惜。

辛其洲面无表情地看着她："下午还是个闷葫芦，这会儿胆子又大了？"

"哎呀，他都要动手打陈姨了。"戚百合撒娇似的嘟囔了一句，"事发突然啊。"

"再突然也要等我。"

戚百合愣了几秒，那颗小鹿乱撞了一下午的心又开始蠢蠢欲动："那你也不是每次都能出现呀。"

气氛凝滞了一瞬，辛其洲垂眼看她。小姑娘耷拉着眉眼，一副小心翼翼的样子，仿佛在试探着什么，真诚又生涩。

他吐了口气，像是承诺一般，寡淡的语气也变得郑重："只要你说，我无论如何都会出现。"

这话实在太直接了，戚百合猛然抬头，撞进那一束淡漠中透着温柔的目光里，万籁俱寂的午夜，无人的山路，天时地利人和。

于是她也昏头了，仿佛这段时日所有的欲言又止都是为了积攒这一刻的勇气。

"为什么对我这么好？"

辛其洲顿了两秒，哑声反问："你说呢？"

戚百合沉默了。

直到此刻，她早就从那些小鹿乱撞的暧昧时刻中窥见了自己的真心，已经到了无法视而不见的地步。

夜晚的气温低，月亮也被乌云覆盖，山上的植被失去了色彩，变成了幢幢疏影。

戚百合身在寂静无人的山路，感觉自己的声音也变得空荡——

"那……高考之后，要在一起吗？"

4

戚百合说完那句话以后就屏住了呼吸。

在她鼓起勇气时，周遭的树影都像是在为她摇旗呐喊，可当她真的把心里话说出来了，勇气又像泄了闸的洪水，悄无声息地便流走了。

她眉眼微垂，只能听见辛其洲轻浅的呼吸声，他的安静是在积蓄能量，戚百合几乎要被击溃。

她想放弃了。

"要不……"她呢喃着，想说让他当没听见，可谁的手机突然响了起来。

戚百合总算抬头，循声望去，辛其洲瞳色极浅的目光掠过她，落在手机上。

"梁卓。"他开口，嗓音有些哑。

"你先接。"她倒有些感谢这通电话了。

辛其洲"嗯"了一声，按下了接听键。万籁俱寂的山路上，梁卓的嗓门像是能穿透厚厚的云层似的，嘹亮得很不一般："哥们儿救我！"

朋友玩街球的时候发生矛盾，梁卓去拉架，被人以为是拉偏架，三言两语过后是一片混战，总之现在他人在派出所，经过调解要赔两千元医药费。

"翡翠路派出所，给我送两千元现金，快快！"

挂上电话，戚百合的表情已经平静了："你快去吧。"

辛其洲垂眼看她，眸色闪了闪，嘴唇抿成了一条直线："行。"

辛其洲走了，戚百合在原地站了一会儿，回了房间。

就像做了一场梦似的，戚百合重新坐回到那张书桌前，说不难过是假的，心里密密麻麻的酸楚她无法视而不见。

从辛其洲将她从昏暗的小巷子里拯救出来，他便开始在她心上刻下痕迹，日复一日，一笔一画，最后连成了什么，她也说不清楚。

心动的痕迹像蛛网，将她牢牢包裹其中。

戚百合不后悔说出那句话，但还是也难免遗憾，原来辛其洲对她的那些好，终究只是她一厢情愿的脑补罢了。

翡翠路派出所，梁卓大摇大摆地走出来，一抬眼，看见辛其洲呆坐在路边的一条长椅上。

梁卓走上前，拍了拍他的肩膀："谢了兄弟，最近手头紧，钱我年前还你。"

辛其洲没应声。梁卓又看了他一眼，感动地说："没想到你来得那么快，连衣服都没穿。"

辛其洲有些魂不守舍，没怎么搭理人，梁卓也不在意，约他明天出去吃饭："回头我给小百合发条信息，就在你们学校附近找个餐馆，我们仨聚聚，我请。"

"我跟她说。"辛其洲回过神，嗓音有些淡，"走了。"

梁卓在身后大喊："要不我送你回去？"

辛其洲头也没回，走到路边拦了一辆车。

无论如何，成绩还要抓住。

戚百合窝在书桌前做着数学试卷，虽然心里还是有些难过，但她到底是个能看开的性子，碰到一道不会的题目，甚至还想发消息问问辛其洲。

但想归想，她脸皮还没那么厚。

正当她挑灯夜战，准备化悲愤为学习动力的时候，搁在桌子上的手机震了一下。

xqz：睡了吗？

戚百合想了想，不回显得自己小家子气，毕竟他也不欠她什么，就回了一条：没呢。

辛其洲回得很快：下来。

戚百合看着这行字，后知后觉地起身，走到窗边往外看，铁门外一道清瘦的身影，在夜色下隐隐约约。

她的心又开始跳得很快，打字问：怎么了？

辛其洲依旧言简意赅：有话跟你说。

有话说。戚百合自然而然地以为，他是要为刚刚的行为做出解释，关于他撇下她的问题跑去解救朋友，或者说得再绝情一点，他是怕刚刚的沉默不算很明显的拒绝，于是现在想要彻底断了她的念想？

无论是哪一种，戚百合都觉得挺尴尬的。

她不是拿不起放不下的人，想了想，她拿上了能化解尴尬的数学试卷，下楼时还专门把门柱下的灯打开了。

前后隔了不过一个小时，这一幕重新上演，戚百合穿着睡衣，辛其洲同样单薄，身上只有一件毛衣，光线是比那会儿要明亮些，他微垂着头，侧面线条锋利硬朗，看不出什么表情，就气质而言，还是挺冷漠的。

"刚刚……"他开口说话，戚百合抬眼，看见他的脸，眼睫微垂，心情似乎还行。

她不是一个喜欢勉强别人的人，也害怕给别人带来负担，辛其洲明显经过了一番深思熟虑，再次开口，他自己肯定也做了很多的心理建设。

想清楚以后，戚百合清了清嗓子，打断了他的话。

"刚刚的话，你当我没说过吧。"她语气平顺，仿佛在叙述一件与自己无关的事，"我就是随便问问，你也别有心理负担，咱们现在这个阶段，肯定还是要以学习为主。"

她自觉姿态已经非常落落大方了，可一抬眼，看见辛其洲的表情，她又愣住了。

辛其洲的呼吸仿佛凝滞了一瞬，眼神也变得越发冷淡，嗓音向下压着，又沙又哑："你再说一遍？"

戚百合心里直打鼓，声音也变得犹豫起来："咱们应该……以学习为主？"

辛其洲看着她，目光闪了闪，怒极反笑："还有呢？"

"还有……"戚百合想起自己手中的数学试卷，举起来，手指颤抖着，指了一道解答题，"这道题……辅助线怎么画？"

空气一片死寂。

戚百合咬着唇，不停反省自己究竟哪句话说错了。辛其洲已经沉默很久了，脸色很不好看，眼神晦暗，像是浮了一层冰。

"故意的？"他终于开口说话。

戚百合却听不懂，弱智似的看了他一眼："啊？"

辛其洲一步一步地朝她走近，嗓音越来越危险："因为我刚刚没有回答你？"

"没有啊……"戚百合觉得他生气了，思索了几秒，觉得可能是因为她的表现。

她放下得太快了？让他感觉没面子了？

想了想，她决定把姿态放得再低一点，揉了揉鼻子，喃声说道："我知道有些事是没办法勉强的，你放心，我不是那种纠缠不休的人，我其实——"

"我是。"

她还在絮絮叨叨地说着自己的心路历程，辛其洲蓦地出声，打断了她的思路。

戚百合抬起头："你是什么？"

辛其洲微微俯身："纠缠不休的人。"

两人之间的距离太近了，气息都交织在一起，戚百合看着他略微不悦的眼睛，脑袋直接宕机："什……什么意思？"

"在我这儿，话说出口了——"辛其洲眸色暗沉，"没有收回去的道理。"

戚百合还在发呆，辛其洲直接把横亘在两人之间那份碍事的数学试卷抽走了。

他站直了身体，微微抿了一下唇，目光像水一样在戚百合脸上流淌着，戚百合感觉自己好像被淋湿了，耳畔的风也变得喧嚣。

"那会儿没回答的，我现在回答一遍。"她目光呆滞，看着他缓缓开口。

"求之不得。"

没了？求之不得？戚百合眼睛一眨不眨地望着他，她语调微扬，难以置信地重复了一遍："求之不得？"

她的心开始狂跳："什么意思？"

辛其洲俯下身，目光缱绻又认真，世界在这一秒仿佛静止了，他嘴角虚勾，眼里只有她一人："等到高考结束再跟你说。"

戚百合觉得这个夜晚就像是在海边，潮汐带动她的心情起起伏伏，可当辛其洲说完这句话，最后一片潮水退去，沙滩上裸露的彩色贝壳，那是少年真诚的心。

他们之间不是只有她一厢情愿。

戚百合咧开嘴角，眼神明亮："同意，早恋是不对的，所以……"

辛其洲似笑非笑地看着她："所以什么？"

"所以你的未来被我预定了？"

辛其洲也笑，但他笑得没有她那样张扬，嘴角勾起长长的弧度，眉眼弯弯的，浮冰散去，他眼中都是融化的春水："嗯，预定了。"

再次坐回到书桌前，戚百合的心境已经截然不同。她捧着手机，像是有什么阅读障碍症似的，反复看着她和辛其洲的聊天记录，时不时还会笑出声。

她的心事没有被雨打风吹去，发出去的每一个字都曾被认真对待。戚百合无法消化这巨大的欣喜和无措，思虑了许久，决定找个人一起承担。

她点开打字框，指尖轻点，改改删删，最后发出去一句：到家了吗？

辛其洲回得很快：刚到。

戚百合以为还有后半句，捧着手机满心欢喜地等着。过了该有两分钟，屏幕依旧安安静静，她嘴角的笑容缓缓僵化。

田中小百合：难以置信。

辛其洲回得依旧很快：？

戚百合瞪着他的头像，仿佛能直接瞪到他本人似的，不满地回：你竟然如此冷淡！

xqz：没有。

xqz：我很开心。

辛其洲这次回了两条，戚百合总算恢复了笑意，想起他下午的那句"有多帅"，有样学样地问：有多开心？

她握着手机，笑得一脸甜蜜，还在想辛其洲会怎样回答时，铃声突然响了。

他直接打了电话过来。

安静的通话中，仿佛能听见丝丝划过的电流声，戚百合把脸埋在臂弯里，瓮声瓮气地应着："喂。"

辛其洲嗓音清冽："要不我再回去？"

"什么？"

"你不是想知道我有多开心。"辛其洲语气微沉，透着股欲盖弥彰的暧昧，"刚刚走得匆忙，想起有件事儿没办。"

戚百合顿了顿，脸不争气地红了："那你别回来了。"

辛其洲笑了声："行，那我不回去了，那道题你自己研究吧。"

戚百合捂着手机："啊？"

"你在想什么？"辛其洲带着含糊的笑意，"听你这语气，好像挺遗憾似的。"

"谁遗憾了？"戚百合恼羞成怒，"不跟你说了，我要睡觉了！"

"行。"辛其洲顿了顿，呼吸有些绵长，"晚安。"

戚百合一句话也没说，逃难似的挂了电话。

躺到床上，她出神地看着天花板，心里只剩下了一句话。

这人，挺不正经的。

山上温度低，夜里容易起霜，辛其洲刚走到露台就打了个喷嚏，电话那端的梁卓听到了，酸溜溜地说："刚分开就惦记上了。"

辛其洲拉了张椅子坐下来，话说得漫不经心："是我惦记她。"

梁卓大约是不适应这样的画风，"呕"了一声："听不了这个。"

辛其洲虚虚地看着不远处的亭台，脑海中浮现出戚百合坐在那里逗弄海明威的场景，嘴角勾出浅浅的弧度："听不了也要听。"

梁卓还是有些不服气，按说辛其洲这人原先哪儿哪儿都比他强，只不过就是在人情世故上差点事儿。就靠这一点事儿，梁卓这几年没少在他面前显摆，可没想到才几个月的工夫，这家伙就实现了弯道超车。

梁卓刚刚打电话过来是想问辛其洲有没有安全到家，没想到这一问把自己问自闭了。

"我这通电话不会打扰了你俩吧？"

耳侧的手机突然响动了一下，辛其洲拿下来看，"嗯"了声："挺打扰。"

"得。"梁卓无语了，"那我挂了，明天吃饭，记着啊。"

通话结束，辛其洲点开聊天框，一条新消息横亘在眼前。

田中小百合：晚安。

他嘴角虚勾，极浅地笑了一下。

第二天早晨，戚百合特意提前了二十分钟起床。她利用这段时间给自己扎了一个倍显气色的高马尾，然后仔仔细细地收拾了一下自己。

这是一次很重要的会面，当她走出家门时是这样想的，可等她坐进车里，看见辛其洲以后，莫名其妙的害羞又将她兜头罩住。

她害羞了。

但她觉得挺合理，毕竟昨晚思维处于一个真空期，仿佛什么话都敢说，一觉睡醒就能全忘了。这会儿天色大亮，车上又还有第三个人……

戚百合看了眼驾驶座上的黄叔，抿抿唇，转过了身。

辛其洲也瞧了出来，偏过头去看。戚百合面朝窗外，只留给他一颗浑圆的后脑勺，高高的马尾晃来晃去，发根处还戴着一个紫色的小碎花发圈，侧脸的刘海蓬松轻盈，空气中弥漫着洗发水的馨香。

安静的车厢内有什么情绪在发酵，辛其洲勾勾嘴角，蓦地出声："昨晚那道几何题，辅助线画出来了吗？"

戚百合回头，眼神有些讶异，他竟然还在惦记数学题！

"没有。"

"什么图？"辛其洲看着她，视线下移，落在她的掌心，语气很是漫不经心，"画给我看。"

戚百合几乎无语了。

她哪有什么心情画图，随便在手心描了几下，就嘟囔着说："嗯，就这样，求证两个平面垂直。"

"很难吗？"辛其洲掀了掀眼皮，好像还嫌她不够生气似的，唇边挂着隐约的笑意，臭屁得要死。

"对我来说很难！"戚百合瞪着他，"你以为谁都能跟你比啊？"

"也是。"辛其洲笑了一下，"那我画给你看。"

他伸出手，仿佛已经记下了她刚刚胡乱画的那个图形，竟然真的开始认真地画起来。

戚百合看着看着，觉得哪里不对劲，他这一条辅助线，未免也画太久了吧。

她小心翼翼地垂下眼去看，辛其洲的那个"今"字刚完成最后一笔。

戚百合心跳如鼓，视线偏了偏，落在他脸上。少年垂着眼睛，睫毛很长，也很翘，鼻梁的高度和眉骨完美衔接，是不用仔细观察，只需一瞥便能先声夺人的完美轮廓。

她目光微滞，然后静静地看着他写完了那五个字——今天很漂亮。

嗯，今天很漂亮。

有了约定后的第一天，戚百合就体会到了魂不守舍的感觉。

第一节课是英语，老戴在课上说高考已经进入了倒计时，让大家准备准备两个星期后的第三次联考。全班都是一阵哀号，唯独戚百合，她趴在课桌上，两眼放空，脑袋里都是辛其洲在她手心写下的那句话。

大约是抱怨的声量太大，老戴有些生气了，拿着保温杯重重地磕了一下讲台，厉声道："你们自己考多少分心里没数吗？人家光荣榜上的人还没抱怨呢，你们这群连人家一半分都考不到的人，有脸抱怨考试勤吗？学校组织考试是为了谁啊？为了让那些学霸刷分的吗？还不是为了你们！高考还剩几天啊，还不通过一次一次的考试查缺补漏，毕业了人家去清华北大，你去工厂拧螺丝吗？"

他一口气说了一大堆，气得眼镜都歪了。

戚百合不知道这段恐吓全班有多少人听进去了，反正她算一个。她觉得老戴说得有道理，尤其是那句"人家光荣榜上的人还没抱怨呢"。

辛其洲是光荣榜上的常客，可她不是，他们曾短暂而偶然地出现在同一张列表上，她不想让这变成随机的小概率事件。

考试没什么好怕的，高考也没什么好怕的，她一定要留在光荣榜上，戚百合感觉自己现在充满了干劲。

一堂课结束，老戴走出教室，戚百合紧随其后。

她昨晚没睡好，刚刚凝神一整节课又有些恍惚，下节课是历史，她想去卫生间洗把脸。

靳卉跟她一起，两人从班级后门出去，刚要经过楼梯口，赫然看见站在前面的辛其洲。

他没穿外套，一件纯黑的连帽卫衣，看起来单薄得很，肩胛处突出的骨头衬起利落的身形，笔直地站在过道上，像一把刚出鞘的剑。

靳卉推了推她的胳膊，小声提醒："校草欸。"

辛其洲在跟别人说话，旁边那个男生戴着黑框眼镜，拿着试卷仿佛在跟他据理力争，似乎是关于数学试卷第几道大题的解法，谁用了超纲的知识点，戚百合没听清，也听不懂。

她调整好表情，想要淡定地经过，可辛其洲看到了她。

他的目光不加掩饰地投过来，戚百合感觉自己在被一片乌云笼罩着。她垂下眼睛，快步走过去。

进了卫生间，她还能听到辛其洲不咸不淡的"嗯"，他应付人时，通常是这样不耐烦的。

靳卉还在笑："他在看你耶。"

戚百合还没跟她说昨晚的事，走到洗手池边，也笑了声："也许是看你呢。"

靳卉"咪"了一声："最好是。"

戚百合拧开水龙头，刚掬了一把水，口袋里的手机响动了一下，她连忙把手上的水甩干，点开看。

xqz：为什么不看我？

戚百合满脸绯红，一扭头，靳卉似笑非笑地看着她。

"行行行。"她摊开手，"我坦白，行了吧？"

晚上两人和梁卓吃饭，因为有晚自习，晚饭时间不够，于是就约了顿夜宵，就在落霞山附近的一家大排档。

梁卓先到了，发消息催促他们。

戚百合收到消息时已经走到了学校后门，甬道上的学生已经寥寥无几，她拿出手机看，旁边突然窜出来一道黑色的人影。

一个背着书包，身形高瘦的男生拦在她面前，戚百合吓了一跳，下意识捏紧了书包带。

"同学你好，经常在后门看见你，你也是复读班的吗？"

二中的复读班的确在离后门最近的那栋教学楼，也正因如此，戚百合才会和辛其洲约在这里碰面，因为复读班的人每天都在争分夺秒地学习，没几个人会把时间花在八卦上。

戚百合摇了摇头："不是，我是高三的。"

"哦。"那男生推了推眼镜，看样子文质彬彬，"我没有恶意，就是想跟你交个朋友，方便的话可以留个联系方式吗？当然，如果你不方便，那也……"

"她不方便。"

男生话还没说完，辛其洲不知道从哪儿冒了出来，嗓音冷淡，眼神也好似浮了一层冰。

男生见状，又说了声"抱歉"，然后就悻悻地离开了。

辛其洲目送那人走远了，才低下头，盯了戚百合几秒，眼神有些意味深长："如果我没来，你打算怎么办？"

戚百合愣了愣，语气很坚定："拒绝。"

"什么理由？"

戚百合歪头想了一下："高三了，学习最重要。"

辛其洲的眼神变得晦暗如海，沉默了下："行，走吧。"

戚百合心里直打鼓：他生气了？为啥啊？

两人坐进了车里，谁也没有说话，戚百合是想说的，可一偏头就看见辛其洲望着窗外，只留给她一个近乎雕塑的硬朗轮廓，想说的开场白又咽回了肚子里。

车子开了二十分钟，到了和梁卓约好的大排档。

辛其洲让黄叔先走了。戚百合背着书包亦步亦趋，她心里有事儿，只顾闷头往前走，连辛其洲什么时候停下的都没注意，一头撞了上去。

"唔……"她捂着脑门，抬眼看辛其洲，"到了吗？"

辛其洲的眼神落在她的额头上，大约是见没什么事，又只是"嗯"了一声。

不远处的梁卓看到这一幕，乐呵呵地走出来："来啦。"

辛其洲直接掠过他："你先去点菜。"

梁卓看辛其洲这样，探出头去看他身后的戚百合，用口型问："又怎么了？"

戚百合皱着眉，摇了摇头，伸出手指在唇边做了一个拉拉链的动作。

不能问，惹不起。

梁卓去点菜了，戚百合跟着辛其洲到里屋的方桌前坐下。

两人坐在一排，她双手握拳放在膝盖上，决定在梁卓回来之前问清楚他为什么生气，于是抿了抿唇："你……"

"没错。"辛其洲把她刚挂好的书包拎了出来，看着她，语气漫不经心，"我现在要检查试卷。"

戚百合完全没想到是这个状况："现在啊？"

辛其洲掀了掀眼皮："做了几张？"

她能说她一张都还没做完吗……戚百合慢腾腾地拿出了试卷，第一张，只做了一面。

辛其洲把试卷接过去，翻开看，纯白的纸张像天然的打光板，将他的皮肤照得越发冷白。他垂着眼，眼睫长长的，一扇一扇，几秒后，他抬起了头。

"不是说高三了学习最重要吗？"

"啊？"她什么时候说过这句话。

梁卓点菜回来，看到头对头研究数学题的两个人，还没落座便发出了鬼叫声。

"你俩至于吗？"梁卓拉开凳子，大大咧咧地坐下，"吃个夜宵也不消停，明天要高考吗？"

戚百合握着笔，有些不好意思，没话找话："你点好啦？"

梁卓还没来得及回答，旁边的辛其洲就用笔敲了敲试卷，嗓音很轻："你又忘写求证了。"

直到菜端上来，小课堂才结束。

戚百合把试卷装进书包，拉好拉链，一转身，看到辛其洲在为她烫碗筷，对面的梁卓兴致勃勃地看着，眼底都是揶揄的笑。

她还不太适应，于是把碗筷拿了回来，低声道："我自己来吧。"

辛其洲没说话，垂眸看了她一眼。

那顿饭吃了一个多小时，服务员来结账时，辛其洲和戚百合同时拿出了钱包。

气氛一瞬间尴尬了起来，辛其洲偏头看她，瞳色极浅："这个你也要自己来？"

梁卓在一旁眼观鼻，鼻观心，最后霍然起身："别争了，我来！"

回家的路上，两人一直保持着不远不近的距离，并肩走着，沉默像深海，让戚百合感到了一点点窒息。

她心里打鼓，又不知道该说什么来打破尴尬，好在她看见了正前方一处翘起的井盖，灵机一动，她直勾勾走了过去。

她是这样想的，踩到井盖，装作不小心崴脚，然后话题自然而然就来了。

计划是美好的，可她还没来得及踩到井盖，就被辛其洲拉住了胳膊。

熟悉的橡木苔香将她兜头罩住，戚百合屏着呼吸，感觉自己身处云端，四面八方的光芒都朝她逼挤而来,而她心跳如鼓,却能听见头顶轻浅的呼吸。

辛其洲垂首看着她,嗓音微沉:"故意的?"

"啊?"她强装镇定,瞪着眼睛,做出无辜的样子,"什么?"

辛其洲偏过头,看向不远处的井盖,戚百合顺着他的视线看过去,装作才注意到,"呀"了一声:"都没看到。"

辛其洲看着她,喉结滚了滚,什么话也没说。

两人继续往前走,直到回了家进到房间,戚百合的心跳才渐渐平稳下来。

她掏出数学试卷,搁在桌面上的手机突然响动了一下。

她以为是辛其洲,兴致勃勃地拿起来看,是梁卓。

他先是打了声招呼,戚百合感到莫名其妙,问他怎么了。

梁卓发了个表情过来:哄好了吗?

戚百合奇了怪,打字问他:你怎么知道的?

卓尔独行:呵。

梁卓莫名其妙嘚瑟了起来。

卓尔独行:哥的经验,比你俩做的题加起来都多。

戚百合有些不好意思。

田中小百合:行吧,你厉害。

卓尔独行:知道那小子晚上为什么生气吗?

这戚百合倒真不知道,也许是辛其洲不想计较了?

田中小百合:你知道?

她半信半疑地发消息问梁卓。

卓尔独行:我太知道了。

梁卓显摆起来,一桩桩,一件件,开始分析起来。

辛其洲从浴室出来,看见宋冉阑脸色微沉,坐在他的书桌前。

他用毛巾擦头,若无其事地走过去,端起水杯喝水。

"你最近回来得越来越晚了。"宋冉阑突然开口。

"嗯。"辛其洲应了声,"再过两周又要考试了,学校课程比较重。"

宋冉阑看着他,眼神中的怀疑不加掩饰:"真的只是在学习?"

辛其洲走到床边坐下,语气不轻不重的:"妈,你到底想说什么?"

宋冉阑仔细瞧着他,这个儿子向来是他的骄傲,也是她在这个家唯一能倚重的。虽然辛其洲对她这个妈妈比对辛远盛要亲厚许多,但她总感觉,两人之间有段距离。

尤其是这两年,他变得越来越冷淡了。

"妈不想说什么。"宋冉阑顿了顿,突然叹了口气,"学习就学习吧,自己多注意休息。我让保姆给你炖了补汤,你每天回来得晚,我有时提醒不到,你自己记得喝。"

她说完就走出去了。

房门被关上，辛其洲拿着毛巾的手缓缓下垂，无力地掉到了地上。

寂静、空荡的房间残留着檀香的余韵，少年微低着头，湿漉漉的头发往下滴着水，水流到修长冷白的脖颈上，灰白色的卫衣被打湿了一片，洇开厚重的图案，像一枚软刀子插进心房，连呼吸都变得困难。

辛其洲站起身，走到书桌旁，从最底层的抽屉里摸出了一根项链。

成色不算多好，金色中有些微微的淡绿，像是上了年岁一样，他将项链缠绕在手腕上，蓦地想起认识梁卓的契机。

那天是不寻常的一天。

不寻常到，自那以后的每一天，他都活在无法自洽的阴霾中。

隆冬腊月，背上的衣服几乎湿透，辛其洲低垂着眼，借着月光的清辉，仔细打量着缠绕在他手腕上的项链。

手机响得很突兀，像是把他从回忆中拽了回来。

收起项链，他坐回到书桌前，打开手机消息，戚百合的语气看起来很小心翼翼，她叫他辛老师。

田中小百合：有道题我好像答错了。

少年冷白的脸上总算恢复了一点儿生机。

几百米开外的别墅，戚百合趴在书桌上，亮晶晶的眼一眨不眨地看着屏幕。

xqz：哪道题？

戚百合从本子上撕下一张白纸，拿起笔，飞快地写下了两行字，然后拍照发了过去——

高三了，学习最重要。（×）

抱歉，我已经有喜欢的人了。（√）

距离第三次月考的日子越来越近，学校的课程也越来越重。晚自习近三个小时，每天都会被语数外三门功课的老师要走一半，有时是讲卷子，有时是随堂小测。

作业越来越多，写作业的时间却越来越少，周末是为数不多得以喘息的时间。

周五晚上放学，戚百合坐在车上，几乎快要睡着，迷迷糊糊感觉到有人在挠她的手背，她睁开眼，辛其洲目光温润，看着她："到了。"

她又迷迷糊糊地下车，没走两步听见辛其洲也下来了。

她不知何意，站在门口，看着辛其洲扶着车门和黄叔说话，一分钟后，黄叔开车走了，空荡、寂寥的山路上只剩下他们两人。

许是冷风确实刺骨，戚百合清醒了一些。

"你怎么不回家？"看着辛其洲一步步走近，她紧张地捏住了自己的书包带。

自从她开始上晚自习之后，陈姨每天晚上都会在门柱上留灯，昏黄的灯光似乎能驱散晚夜的清寒，辛其洲停在她面前，优越的轮廓在阴影下折叠得更加锋利。

"白天没看够。"他站定后说道，好看的眉眼染上清隽的笑。

"哦。"戚百合心跳如鼓，脸一红，眼睛一闭，抬起了下巴，"那你看呗。"

头顶传来一声轻笑，戚百合闭着眼，感觉辛其洲的气息慢慢靠近，她的脑海中就像有几十万朵烟花同时炸开，再浓稠的黑夜也亮如白昼。

正当她头脑风暴的时候，辛其洲开口了，状似自言自语："是不是瘦了……"

戚百合睁开眼，变了脸色："瘦了瘦了，每天学校发的试卷都做不完，还要做你给的，能不瘦吗？"

辛其洲也不恼，似笑非笑地瞧着她："怨我了？"

"哪敢？"话是这样说，可她脸上就写着很不服气的样子，"如果没什么事辛老师就回吧，学生还有两张试卷要做。"

辛其洲轻笑一声："行。"

他抬腿要走，没两步又转身。

戚百合还以为他要说什么，辛其洲一抬手，点了一下自己的手表——

"做试卷之前按照高考标准时长定个闹钟，你解题速度太慢了。"

目送着人离开，戚百合转身回了别墅。她蹑手蹑脚地走进玄关，刚坐下换鞋，客厅的灯骤然亮了。

辛小竹坐在沙发上，双手抱胸，气势汹汹地瞪着她。

戚百合心虚地摸了摸鼻子，走过去："你怎么还没睡？"

"睡了。"辛小竹收回视线，脸颊气鼓鼓的，"下来喝水。"

"哦。"戚百合想溜，"那你慢慢喝。"

辛小竹见她要上楼，压着声音："我都看到了！"

戚百合停在楼梯上，走也不是，不走也不是。她缓缓回过头，眉头紧皱："那个……"她实在不知道说什么。

辛小竹从沙发上坐起来，目光锐利，一步步逼近她："说！"

"说什么？"

辛小竹瞥了她一眼，目光闪了闪："说你们是从什么时候开始的。"

"这个……"戚百合叹息一声，"你想多了，我们没有在一起，现阶段还是学习重要……"她说着说着看了眼辛小竹。

辛小竹"哼"了一声："你们俩把我当傻子？我说我哥最近为什么总给我打电话，还让我照顾你，上次明明答应帮我拼拼图，结果来了家里，跟你见了一面就走了！"

戚百合还在惊诧于辛小竹的反射弧，辛小竹又鼓起腮帮子："你们俩都是，见色忘妹！"

"没有啦。"戚百合安抚地拍了一下她的小脑袋，"我们只是有了约定，高考结束后再谈这件事。"

辛小竹狐疑地看着戚百合："真的？"

戚百合："真的。"

"行吧，那我原谅你们。"辛小竹眨眨眼，有些忧心忡忡的，"但你们可千万别让我妈看见了哦。"

戚百合郑重地点了头，对此也是心知肚明。

这件事如果被揭露，在整个辛家都会掀起血雨腥风吧。

那段时间，丁韪良和辛芳的关系似乎也进入了一种微妙又和谐的境况里，两人既没有很亲密，也不像是在冷战，辛芳从北方出差回来，丁韪良还买了一束花，亲自去机场接她。

周六，宋冉阑过生日，他们一家人又要上山。

宋冉阑不喜欢她，戚百合知道。饭桌上，她想和丁韪良提自己就不去了，可一抬眼，看见丁韪良正在殷勤地给辛芳布菜，话又咽下去了。

上山之前，戚百合给辛其洲发了消息，辛小竹过来催促她。她换了身较为低调朴素的衣服，临走前看手机，辛其洲还没回，不知道又在忙什么。

一路上，戚百合和辛小竹走在后面，就听她叽叽喳喳，抱怨自己最不喜欢参加这种场合，要不是为了给舅妈送礼物，压根就不会过来。

戚百合看丁韪良一直捧着一个木盒，无聊地问："你妈妈送的什么礼物啊？"

辛小竹摇了摇头："好像是一块大石头。"

进了辛家别墅，辛小竹立刻就收了声，绕过前庭的石径小路，她左顾右盼，仿佛在寻找什么。

"我哥呢？"她压着声音，"你没跟他说你也来吗？"

戚百合又拿起手机看了眼，辛其洲还是没回。

"可能在写作业吧。"她也没在意。

穿过园林就看见了宋冉阑，她穿着紫红色的旗袍，肩上搭着一条貂绒披肩，耳垂上的紫玛瑙耳环熠熠闪烁，满脸带笑，正站在玄关处招呼客人。

丁韪良迎上去，奉上礼物，辛芳笑着说："上次出差看中的，找个师傅好生雕刻，能做玉石盆景。"

宋冉阑笑得合不拢嘴，招呼他们坐下。戚百合跟在辛小竹身后，低着头走，感觉有道视线落在自己身上，她一抬头，宋冉阑又转了过去。

戚百合紧贴着辛小竹坐下后，发现这房间里的人实在不少，衣香鬓影，觥筹交错，大多是打扮华贵的富家太太。

辛小竹又在催促："我哥哪儿去了？你问问呀。"

戚百合刚准备拿出手机，余光中突然瞥见楼梯上下来两个人。

辛其洲穿着藏蓝色的毛衣，双手插兜，缓缓从楼上下来，旁边跟着的女孩一身粉色的双层长袖绑带纱裙，头发也披肩垂落，看着很乖巧，也很漂亮。

辛小竹也看见了，慌张地瞥了眼戚百合。

宋冉阑迎上去，语气很欢喜："儿子，带珊珊去花园看看。"

罗珊抿着唇，含着羞怯地看了一眼身旁的男生。

辛其洲没应声，他神态懒散，在全场扫了一眼，目光触及坐在沙发上的戚百合时，明显停顿了一下。

"我去喝水。"他说完这句话，便撇下人去了厨房。

戚百合端坐在沙发上，搁在膝盖上的手缓缓握成了拳头。

早知道就装病了，这本来就不是她该来的地方。

辛小竹想安慰她，却被辛芳叫走了。

戚百合觉得闷得很，刚想去外面透透气，旁边的沙发突然陷进去一块。

辛其洲大刺刺地坐下，手里捏着半瓶矿泉水，搁在她面前的大理石茶几上。

熟悉的气息铺天盖地，戚百合却紧张得不敢有半分动作。

宋冉阑招呼完保姆就看到了这一幕。辛其洲在和对面沙发上的丁婕良说话，今天来的人实在太多，因此他和戚百合坐在一起，距离不远不近，但看起来总是怪怪的。

上次辛其洲晚归，宋冉阑就问了司机老黄，但老黄说得滴水不漏，和辛其洲自己说的没什么出入。可她还是有点不相信，似乎是自打顺路捎带丁婕良女儿一起回家之后，辛其洲回来得就越来越晚了……

她牵着罗珊的手走过来，将人按到辛其洲旁边坐下，又招呼保姆送几杯橙汁过来，才笑盈盈地说："珊珊，要是无聊的话就让其洲哥哥陪你说会儿话，他也是理科生，上个月刚考完试，跟你肯定有很多共同话题。"

"对了。"她又想起什么，"全市联考，你们的试卷应该是一样的吧？"

辛其洲漠然垂首，只"嗯"了一声。

"多聊聊。"宋冉阑满意地看了两人一眼，直接无视了一旁的戚百合，翩然离开。

氛围一下尴尬起来，罗珊清了清嗓子，淡声开口："我听宋姨说，你的成绩很好。"

辛其洲在看手机，闻言寡淡道："就一般。"

戚百合想走，口袋里的手机突然响了。

一声鸟叫，让罗珊注意到了她。

罗珊好奇地打量戚百合，四目相对，戚百合朝她扯了扯嘴角。

罗珊虽然好奇，但看戚百合穿着朴素，话也不多，就没有对她过多注意。

罗珊收回视线，又落回辛其洲身上。他还是那副样子，跟第一次见面时差不多，淡漠疏离，不说话的时候神态拒人于千里之外，开口了，冷冰冰的语气又让人望而却步。

她不放弃，又自嘲地笑了一声："我只考了499分。"

听到这个熟悉的数字，辛其洲手指一顿，总算抬头了："还有进步的空间。"

罗珊愣了一下，随即笑着点了点头："嗯嗯，我妈妈给我请了上一届的理科状元补习，希望下次会有进步吧。"

辛其洲又垂下头："嗯。"

戚百合听不下去，捂着手机起身出去了。

寒冬腊月，辛家庭院里的色彩依旧很丰富，名贵的松柏和应季花草翠绿鲜艳，景观池也没有结冰，她顺着清澈水流走到小亭子里，随便找了个石凳坐下。

手机屏幕上是辛其洲刚刚发来的消息：*去我房间*。

她哪有那个胆子，只能装没看见，趴在栏杆上，下下五子棋打发时间。

过了大约五分钟，脚边传来毛茸茸的触感。辛其洲捡到的那只名叫海明威的小猫已经吃成了大胖橘，圆头圆脑，憨态可掬。

"又见面了呀，小胖子。"

戚百合刚想抱起来，搁在石桌上的手机冷不丁响了，她看见屏幕上的备注，又像做贼似的打量了周围，确定没人，才按下接听键。

戚百合一只手举着电话，一只手在逗弄小猫："喂。"

辛其洲冷清的嗓音从听筒里传出来，带着金属的质感，生冷又撩人："不让我碰，让它碰？"

戚百合眼皮一跳，下意识地抬头看向了不远处的露台。

辛其洲倚在栏杆上，身形瘦长，袖口挽了上去，冷白的手腕举着手机，他站得慵懒随意，晦暗的眼神却毫不掩饰地望向她。

戚百合收回视线，淡声道："别说得那么不清不楚的。"

辛其洲顿了顿，语调微扬："生气了？"

戚百合垂着眼："谁生气了。"

辛其洲沉默了下："为什么不来我房间？"

"我敢去吗？"戚百合眨了眨眼，语气低沉，"那么多人盯着你。"

辛其洲许久都没说话，隔着安静的听筒，戚百合几乎能听见他轻浅的呼吸。她不由自主地又抬起头，撞进辛其洲风雨晦暝的目光中。

他蓦地开口："抱歉。"

戚百合握紧了手机，没有说话。

她当然知道，辛其洲没错，错的是他们千丝万缕的关系，本身就带着危机四伏的隐患。

回到大厅，辛小竹在弹钢琴，辛芳端着酒杯站在旁边，正在和人谈笑风生。

戚百合走到角落的沙发坐下，没过多久，楼梯上再度出现那个熟悉的身影，她不敢明目张胆地打量，挪开视线，却看见那个穿公主裙的女生又迎了上去。

辛其洲停在楼梯口，双手插兜，懒懒散散地望着辛小竹的背影，罗珊跟他说话，说三句大概只能得到一句回复。

戚百合不再看向他们，专心致志地欣赏辛小竹的弹奏。

两分钟后，她手机响动，辛其洲发来消息：好听吗？

戚百合抬头，刚好看到辛小竹朝辛其洲招了招手："哥，这琴多久没碰了？音都不准了。"

辛其洲勾着笑，漫步走过去："我看看。"

戚百合收起了手机。

辛小竹起身，将位置让出来，辛其洲不客气地坐下来，修长的手指放在黑白琴键上，随意按了几下，然后抬头跟辛小竹说了什么，辛小竹就朝戚百合走了过来。

"我哥怕你闷，让我陪陪你。"她笑嘻嘻地在戚百合旁边坐下。

戚百合望向不远处的辛其洲，有些意外："你哥也会弹琴吗？"

"当然，我哥上高中后才不弹的，我俩之前是一个老师教的，"辛小竹端起橙汁喝了一口，又继续说，"我一直都说他弹得好。"

话音刚落，一阵柔缓抒情的旋律倾泻而出。

戚百合循声望去，辛其洲冷白修长的手指停在琴键上，脊背挺直笔直，她只能看见他的侧脸，细碎的额发盖住了眉毛，他低垂着眼，嘴角隐隐向下撇着，表情是空泛的，随意的。

可辛小竹捅了捅戚百合的胳膊，小声提醒道："那个女生好像看呆了。"

戚百合往旁边看了眼，罗珊站在辛其洲身侧，端着杯子，手指捏得泛了白，目光落在辛其洲的侧脸，神态有些凝滞。

不知为何，她心里有些不知味。

"帮我个忙。"她凑到辛小竹耳边说。

戚百合没听过那首曲子，问了辛小竹，她也说不知道。辛其洲弹完以后就不见了，旁边那个穿公主裙的女孩也不知去向。

她百无聊赖地坐了一会儿，起身去卫生间。

辛家别墅是新中式装修，处处可见暗红色的雕花木门，角落里随意摆放着各种珍稀盆景。戚百合穿过走廊，人声渐少。

当她经过一扇门的时候，突然听到一声"咔哒"声，好像是门开了，戚百合还没来得及转身，胳膊就被人拉住了。

一阵天旋地转过后，辛其洲将她按在了门上。

他眼神淡漠又剔透，直勾勾地落在戚百合脸上，将她没回的问题又问了一遍："好听吗？"

戚百合想起刚刚的画面，突然有些骄矜："又不是弹给我听的，问我干什么？"

"不是弹给你听的，那是给谁？"

戚百合扭过头，装模作样地抠着手指上的倒刺，开始拿腔拿调："我哪儿知道。"

辛其洲稍愣了几秒，将她的手拿下来，语气很淡："别抠了，回头又流血了。"

戚百合鼓着腮帮子，没应声。

辛其洲盯着她瞧，几秒后眼睫轻垂，突然道："《Do you》。"

"什么？"

"刚刚我弹的曲子。"辛其洲站直身体，抿了抿嘴角。

两人贴得极近，辛其洲看着眼前的女孩，素白的一张小脸未施粉黛，却足够白净透亮，长而卷翘的睫毛根根可数，她瞪着眼睛，漂亮的双眼皮线条越发明显。

"请问，"他歪了一下头，嘴角带笑，慢悠悠地说，"我需要多久才能等到回答？"

戚百合的眼睛眨啊眨，刚想开口，门外突然传来一阵急促的脚步声，由远及近，她下意识地捂住了辛其洲的嘴巴。

这是一间书房，或许称其为储物间更合适，屏住呼吸的那几秒钟里，戚百合打量了周围的环境，一面墙挂满字画，另外两面墙上都嵌着西非花梨木的置物架，上面却没有一本书，放的全是各种玉石，种类繁多，成色极好，辛芳刚送的那块石料，就放在中间那格。

辛其洲大约是被宋冉阑叫来放置礼品的。

她想起自己第一次来辛家别墅，找卫生间时曾无意在这间房外逗留了一会儿，保姆在走廊另一端看到，立刻就小跑着赶到她旁边，好像生怕她推门进去一样。

她在走神，外面的人似乎也停了下来。

隔着一扇木门，戚百合听到他们交谈的声音，是宋冉阑和一个陌生女人的声音。

戚百合紧张得头皮发麻，直到一阵轻笑声响起，脚步声随之缓缓远去。

辛其洲目光清落，似笑非笑地看着她："我们这样，像什么？"

戚百合心口一跳，透亮的眼睛一眨不眨地看着他。

辛其洲也看着她。

和戚百合不同的是，他的眼神很暗，气息有些乱，喉结滚了滚，想开口说话，话到嘴边又抿成了一条直线。

再等等，他想着。

等高考结束，他们会有很多时间。

第八章
她需要他

1

回去时已经是傍晚。丁陡良陪辛芳出去应酬，辛小竹出去上舞蹈课，戚百合一个人在家，没胃口吃饭，让陈姨早早地歇下了。

那段时间，她一直在做辛其洲给她的试卷，做完最后一题，她拍了照片发过去。

辛其洲回复：明天带给我看。

明天是周日，她找阮侯泽帮忙约了一位律师，打算带陈姨去见见，辛其洲是知道的。

戚百合发了一个"疑惑"的表情过去。

田中小百合：明天你也去？

xqz：嗯。

戚百合犹豫了一会儿，又发：是去"停机坪"哦。

阮侯泽有多八卦，辛其洲是见识过的，她倒不是怕，就是担心他会尴尬。

她是好意，可辛其洲似乎并不领情，反问一句：不想带我去？

酸溜溜的语气，好像她多嫌弃他似的。

天地良心，戚百合立刻反驳：怎么可能！！！

辛其洲挺满意地发来一个"嗯"，戚百合还在心里抱怨他又惜字如金，对话框里又跳出了一条新消息：明天见了。

真会啊。

放下手机，戚百合又美滋滋地做了两张英语试卷，她是闭卷做的，速度很慢，把听力补完，已经是凌晨两点。

第二天她醒得晚，吃完午饭就急忙拉着陈姨出了门。

辛其洲给她发消息，说已经到"停机坪"了。

戚百合没想到他去得那么早，坐在出租车里给他发消息：阮侯泽去了吗？他要是跟你说话，你别理他。

还没等来回复，车子就到了。

"停机坪"白天不营业，店里只有打扫卫生的员工。戚百合一进门也没管坐在窗边的辛其洲，就直奔后台去找阮侯泽。

阮侯泽约好的律师姓赵，是一位穿着得体的中年女人，听说最擅长打离婚官司，得知陈姨基本的家庭信息后，就问她手上现有什么证据，以及主要诉求。

戚百合担心陈姨心软，争取不到该得的，咨询的时候全程坐在她旁边："赵律师，她丈夫常年家暴，陈姨报过几次警，手上有报警的回执单。"

赵律师一边记录，一边问："债务方面呢？你有没有证据证明那些是他的个人债务，没有用于家庭支出？"

陈姨皱着眉："我只有他亲口承认赌博的录音，其他就没有了……"

午后的暖阳很明媚，照在脸上让人犯困，辛其洲随便找了一张桌子坐下，仔细听着身后的交谈，以及戚百合不时发出的提问。

没过多久，阮侯泽给他端了一杯啤酒过来。

辛其洲抬眼看阮侯泽："谢谢，我不喝酒。"

阮侯泽在他面前的椅子上坐下，将烟盒往前递："烟呢？"

辛其洲扯起嘴角笑，倒是很坦诚："也不抽。"

"挺自律。"

阮侯泽一只手搁在桌面上，有一下没一下地敲打着。阮侯泽也属于轮廓深刻，天生就能唬人的那种长相，一双细长眼挑着看人时，多少有些不怒自威。

戚百合起身上厕所无意间看到，还以为他在恐吓辛其洲。

"你干什么？"她走过来，瞥了一眼桌面，把辛其洲面前的啤酒推了回去，"你不是说在你店里学生都不能喝酒吗？"

阮侯泽"嘁"了一声："他都成年了，你看那么紧干什么？"

这话说得实在暧昧，戚百合脸色瞬间变了，压着嗓音，生怕陈姨听到："谁要看着他了，你别乱说。"

阮侯泽不悦地瞥她一眼，端起杯子，走了。

戚百合趁机把包里的试卷拿出来，摊在辛其洲面前："你先看，等那边聊完，我就来陪你。"

辛其洲笑着点了点头："你忙。"

看在阮侯泽的面子上，这次咨询赵律师没有收费，谈话结束以后，陈姨就以要回去做饭为由先行离开了。

戚百合送她出去，回来时看见辛其洲还坐在那里，旁边站了一个年轻姑娘，穿的是短裤和长靴，身材很好，应该是店里新来的舞蹈演员。

戚百合调转方向，坐到了吧台边，给自己倒了杯柠檬水。

傍晚时分，华灯初上，店门口的圣诞树还没撤，上面挂满了琳琅满目的小礼盒，粉色的小彩灯炫目无比。

戚百合喝着水，有一下没一下地往座位上看，耳朵支起来，只听到了"处女座"几个字。

跟陌生人聊星座？戚百合隔空瞪了他一眼。

辛其洲似乎是感应到了，隔着那位身段很好的年轻姑娘朝她招了招手："过来。"

戚百合端着杯子走过去，摆出一副"我很忙"的样子："干什么？"

辛其洲没看她，朝那位姑娘扯了下嘴角，嗓音温润："处女座和摩羯座的配对指数呢？"

戚百合就是摩羯座。

那姑娘看了眼戚百合，意识到自己搭讪错了人，心领神会地耸了耸肩，留下一句祝福："喜欢就是百分百。"

辛其洲点头微笑："谢谢。"

姑娘走了，戚百合在他对面坐下来，有点儿不高兴："以前怎么没发现你那么健谈呢？"

辛其洲手里还拿着一支笔，闻言抬头看她，瞳色很浅："她说她很了解星座，我就随便听了两句。"

"哦，"戚百合喝了口水，随口问，"你还相信星座啊？"

"相信。"辛其洲放下笔。

戚百合嗤笑了一声："你不是理科第一吗？你们学霸都这样，不信科学信玄学？"

辛其洲缓缓往后靠，唇边勾出似笑非笑的弧度，在暮色中隐隐约约："吃醋了？"

"吃什么？"她最擅长装傻充愣。

辛其洲饶有兴致地瞧着她，许久，才淡声说道："她说我们百分百合适，为什么不信？"

戚百合愣了愣，不好意思承认自己又害羞了，摸了一下鼻子起身往后台走，边走还边遮掩："我让阮侯泽把灯打开，这样看不清。"

到了晚饭时间，"停机坪"的员工陆陆续续到来，进门前就开始惊讶店内通明的灯光，走进来一看更是无语，靠窗的卡座上坐着一对年轻男女，面前摊着试卷，正在讲题。

辛其洲在画辅助线，戚百合文具没带齐，就拿着色盅帮忙对线，阮侯泽走过来时，两人正头对着头研究这钝角画没画对。

他不耐烦地踢了一下桌腿："我这儿不是辅导班，两位能不能换个地儿学习去？"

"你这里就挺好的，以前怎么没发现。"戚百合咬着笔，抬头指了指天花板上的灯管，"还有这么亮的灯呢。"

之前她过来，能被店里乱七八糟的灯光晃得眼睛疼。

阮侯泽一听这话更来气："赶紧走！马上就要营业了，开个大白灯，谁愿意进来？"

戚百合嘟着嘴，扭头看向辛其洲。

辛其洲把她嘴里的笔拿下来，合上试卷："走吧，吃饭去。"

从"停机坪"出来，已经是晚上七点多了。戚百合刚刚只吃了一盘酱黄瓜，这会儿嘴巴酸酸的不说，肚子还更饿了。

辛其洲将她带出来的斜挎包拎在手上，走到路边打车："想吃什么？"

戚百合想了想："上次那家日料吧，好好吃哦。"

"好。"辛其洲俯身看她，"我刚刚给你批出来的错题，回去重新做一遍。"

戚百合用力掐了一下他："你是不是有毛病？"

辛其洲睨她一眼："你再使点劲儿我就有毛病了，等会儿吃饭你喂我？"

两人打车去了日料店，戚百合拿过菜单，大大方方地开口："上次让你自费，真不好意思，这次我请你吧。"

"上次自费是我自愿，不需要你请回去，"辛其洲不紧不慢地卷起袖子，温声道，"我还没有让女孩子买单的习惯。"

戚百合揶揄地笑了两声："好绅士哦。"

辛其洲扫了她一眼。他们挑了一间小包厢，木质推门一关上，戚百合坐得就没个正形了，大约是穿木屐不舒服，她此刻脱了鞋，双手环抱着膝盖，一脸无辜地看着他。

"还行。"辛其洲垂眼看菜单。

戚百合佯装委屈："想请你吃个饭都不行吗？"

辛其洲合上菜单："为什么想请我吃饭？"

"上次你送我一条围巾，我都还没有还礼。"

这段时间她一直惦记着这事儿，她没有给男生买礼物的习惯，找靳卉问了问，提供的选项左不过就是篮球、手表之类的，可这些辛其洲都不缺，而且就算她真的买了，估计也不好意思拿出手。

辛其洲意味深长地瞧着她："想送我礼物？"

戚百合点点头，而后又不无羞涩地答："太贵的我可送不起哦。"

"行。"辛其洲拿出手机，点开了置顶的对话框，戚百合的头像还是那个火柴小人。

"那就这个。"他把手机推过去之后就缓缓靠回了椅背，冷白的手端起茶杯抿了一口，似笑非笑的眼一直瞧着戚百合。

戚百合伸头过去看了眼，屏幕上是自己的QQ账号资料。

"什么啊？"她没看懂，疑惑开口，"你是要我把这个账号送给你吗？因为我有三个太阳？"

"……头像。"辛其洲点开她的头像大图，语气中多了几分恨铁不成钢，"给我画一张差不多的。"

"哈？"戚百合又把手机夺了回去，仔细看了看，犹疑地开口，"这是我随便画的。"

她那只小人还是秃头。

辛其洲不置可否地看了眼她头顶花苞一样的丸子头，温声道："我那只小人，要有你头上的这颗小丸子。"

戚百合怔怔地看着他，辛其洲眼睫稍抬，朝她挑眉："不愿意？"

"愿意。"她垂下眼，声音小小的，"那我晚上回去就给你画。"

"不急。"辛其洲收起手机，声音很淡，"先把错题做好再说。"

戚百合顿住，这人好像对浪漫过敏。

那顿饭他们吃了很久，辛其洲吃饭时话总是不多，大约是家教使然，食不言寝不语，戚百合还记得和辛远盛同桌吃饭的那次，一群人在他的强压下，全都安安静静的。

她咬着筷子，好奇地问："你爸爸是不是不经常在家吃饭？"

辛其洲的目光微闪，"嗯"了一声："他很少回来住，公司附近有房子。"

"哦。"顿了顿，戚百合又开口，"我爸也不经常回来，也不知道每天在忙什么。"

辛其洲听到这句话，端着杯子的手滞了两秒。

"吃饱了吗？"他问。

戚百合点点头："差不多了。"

"那走吧。"

辛其洲走过来伸出手，戚百合借力起身，那双木屐实在是硌脚，她起身时没站稳，一时趔趄，下意识抱住了辛其洲的腰。

辛其洲的肩膀很宽，腰却是窄的，得天独厚的身材不但能撑起各种衣服，抱起来的体验感也极佳。戚百合双手环抱着他的腰，脑袋还能被他的肩膀挡住，就算是闭着眼睛，也有十足的安全感。

"投怀送抱？"她听见头顶传来轻浅的笑意。

"谁投怀送抱了？"戚百合迅速抽身，然后想起上次辛其洲对阮侯泽说的话，一本正经地看着他，"只是紧急情况下的应急举措。"

辛其洲煞有介事地点了点头："原来如此。"

"你太唐突了！"戚百合一边往外走，一边还在往他身上泼脏水。

拉开推门，她坐在台阶上换鞋，有服务员小姐姐端着菜过来，戚百合把腿往回收了收，给她让路。

小姐姐轻声向她道谢，然后拉开了对面的推门。

戚百合漫不经心地往前看，隔着一尺宽的缝隙，她看见了对面包厢里的人。

丁毺良正在和对面的人说话，旁边坐着一个留着披肩长发的女人，她穿着墨绿色旗袍，半依偎在他肩侧，葱白似的手捏着清酒壶，正在往他面前的杯子里倒。

戚百合揉了揉眼，随即便难以置信地站了起来。

辛其洲注意到她的异样，顺着她的目光往前一看，也僵了一瞬。

2

"先出去。"辛其洲率先打破沉默。

服务员放好菜之后便退了出来，推门被关上，戚百合点了点头。

走出那家日料店，两人没有坐车。

戚百合在街上漫步目的地走，目光呆滞，没精打采。刚刚那一幕给她带来的冲击实在太大，她觉得自己此刻有点儿像孤魂野鬼，在人间飘零。

辛其洲一直没说话，只是陪在她身边。

走了大约十几分钟，戚百合走进了一座小公园。晚风摇曳不了枯枝，只能拨动湖面，路灯的光投下碎裂的星星，随着水流晃动，不停闪烁着。

经过一架长椅时，辛其洲拉住了她。

"坐会儿。"他面容温和，语气里也是前所未有的耐心。

戚百合魂不守舍地"哦"了一声，听话地坐下了。

辛其洲在她旁边坐下，有些出神地望了会儿湖面，嗓音飘忽："很难过？"

戚百合抬睫，她觉得很不堪，声音很低沉："他是不是……"

"出轨"，戚百合觉得自己说不出这两个字。

小时候，她还没见过丁毺良，心里虽然有爸爸这个概念，却一直不知道父爱到底是什么样子。

老师布置寒假作文，让她写"我的爸爸妈妈"，戚百合去问戚繁水，戚繁水认真地帮她解读了这个题目，说老师说的是"我的爸爸或妈妈"，所以她只需要写妈妈即可。

于是戚百合洋洋洒洒地写了很多关于妈妈的事。

戚繁水从不跟她谈论丁毺良，甚至直到戚繁水去世，她才知道她的爸爸姓什么。

阮侯泽是个有江湖义气的人，他不喜欢丁毺良，甚至可以说是厌恶。在丁毺良上门索要监护权的时候，阮侯泽为了阻止戚百合跟丁毺良离开，在她面前说了很多丁毺良的坏话。

说丁毺良是一个既没有担当，也没有良心的人，肚子里或许有过一些才华，可他心思不正，那一点儿天赋迟早会荒废。

戚百合那时还不理解，对于丁韪良，她只有刻板的印象，那些不好的话语听进耳朵里，她的感触还并不深。

　　直到今晚，她亲眼看见那一幕。

　　戚百合抬眼看着辛其洲，苦笑了一声："原来他真的不是一个好人。"

　　她对丁韪良是有过期待的，只可惜现实给了她一个响亮的耳光。

　　辛芳这些年虽然对她和对陌生人没什么两样，但到底是给她提供了容身之所。而且辛芳和丁韪良是半路夫妻，甚至都没有领证，按理说辛芳对她是没有半点义务的，能接纳她完全是看在丁韪良的面子上。

　　可丁韪良却做出了这种事。

　　在辛家待不下去是其次，戚百合是一个很怕辜负旁人的人，如今看来，她借着丁韪良得到的这些庇护，是注定要辜负的了。

　　更重要的是，辛芳还是辛其洲的姑姑，她的确觉得有些没法做人。

　　"抱歉啊。"戚百合苦涩地抬头，想说的话在喉咙里滚了滚，又咽回去了。

　　辛其洲安静地等她说完，借着路灯昏暗的光，他脸上的落寞和疼惜重得有些晃眼，戚百合怔怔地看着他，眼睛里像是进了沙子，酸涩得要命。

　　"爱人和朋友都是我们能选择的，只有血缘无法选择。"辛其洲看了她一眼，长睫轻敛，唇线拉成一条直线，"但好在，个人品性不会通过基因遗传，错是他犯的，跟你没有任何关系。"

　　怎么会无关呢？

　　戚百合垂下眼，声音很轻："我就是觉得挺愧疚的，而且我也没法装不知道。"

　　"没有必要为难自己。"辛其洲顿了顿，似乎思虑了几秒才温声开口，"这件事早晚会有结果，你不是第一个知道的，也不会是最后一个。"

　　"什么意思？"戚百合后知后觉地感到头皮发麻，"你是说……已经有人知道了？"

　　辛其洲点了点头，他不想说得太严肃，但戚百合显然陷入了惆怅中。

　　这事儿他早就知道，也是听宋冉阑和家中保姆闲谈时说的，她们把撞见丁韪良出轨当成一桩趣闻轶事，捂着嘴调笑，他从旁经过，默默地捏紧了杯子。

　　就是那天，他下山时途经23号别墅，先是看见丁韪良驾车离开，又看到戚百合倚在窗前蔫头耷脑，他一下就猜出了原因，所以才硬拉着她去书店散心。

　　"你没有对不起任何人。"辛其洲耐着性子，语气像哄小孩似的，目光镇静，气定神闲地看着她，"也不要觉得自己隐瞒有罪，这件事你不是唯一的知情者，结果也不应该由你来定夺。"

　　戚百合愣愣的，语气艰涩："你姑姑……也知道了吗？"

　　湖边的柳树只剩下枯枝，随风浮动着，像是在撩拨湖面的平静。

辛其洲盯着她，嗓音很轻："你觉得她会不知道吗？"

"这不可能啊。"戚百合还是有些不相信，"他们这段时间明明已经不吵架了，关系很融洽的，而且，而且如果她真的知道了，怎么可能忍……"

辛其洲不动声色地按住她："有件事，你可能不清楚。"

戚百合皱着眉，疑惑地看着他。

"他们之前领过结婚证，但是在你搬过来之前，又领了离婚证。"辛其洲喉咙滚了滚，垂眼看到小姑娘忧虑的神情，沉默了几秒，语气中有些不显山不漏水的艰涩，"所以，大概是有些东西要分割。"

"分割"，听到这个词，戚百合的思绪一下就乱了，原来这段时日的和平共处，都是暴风雨来临前的宁静吗？

她怔愣了许久，最后只说出一声"哦"。

也没什么好说的，她始终像个局外人，处境随着丁彗良而起伏，她也并非舍不得，只是为自己辗转的生活感到惆怅罢了。

"那我是不是快要搬走了？"戚百合抬起头，深思熟虑过后，挤出一个苦涩的干笑，"其实也挺好的。"

辛其洲静静地看着她，蓦地伸出手将她的嘴角拉下来："不想笑可以不笑。在我这儿，没那么多脸色要看。"

戚百合的嘴角被牵着，整张脸变成了一个"囧"字，但她没有反抗，只是安静地回望，胸中有些难以言说的情绪无法宣之于口，但她唯一确定的是，辛其洲是她的慰藉。

她需要他，似乎已经到了一种自己都无法察觉的程度。

辛其洲的目光落在她发红的眼睛上，定格几秒，扯起嘴角笑了："怎么，这就感动哭了？"

"谁哭了，"戚百合扭过头，语气已恢复至下午时的中气十足，半开玩笑地说，"我是在哀叹自己飘零的生活，孤苦无依！"

"你孤苦无依？"辛其洲好笑地看着她，"我在这里坐了大半天，陪你赏月呢？"

戚百合嘟着嘴看他，瞳仁黑亮无比："陪陪我都不行，以后可不一定有机会陪了哦。"

辛其洲怔了几秒："瞎说什么。"

戚百合偏了偏头，细眉拧起，一副不高兴的样子："我们又不在同一个班，以后住得也远了，肯定不能经常见面了，面见得少，感情自然也就淡了。"

辛其洲仿佛被噎到了一样，沉默了下，淡声道："不会。"

"为什么不会？"

经过这一晚，戚百合好像对人性有了更深层次的认知。

或许真心真的只是一瞬间的事情，丁彗良对戚繁水如是，年少相爱，志不同便一拍两散，对辛芳也如是，体贴和隐忍只因别有所图，他的心长在哪儿，谁也不知道。

她很怕她和辛其洲也会是这样的结局。

想到这些，她原本已经平静下来的心再次变得恍惚。

对上辛其洲投来的目光，戚百合眨了眨眼，问出了一个很幼稚的问题："高考结束，我们真的能顺理成章、光明正大地在一起吗？"

辛其洲也不知听清没有，许久没有说话，戚百合不满地看着他："很难回答吗？"

辛其洲神色未变："我说了，能。"

戚百合抬眼看他，得到了回答，她却还是难以安心："以后的事，谁能说得准？"

"我能。"辛其洲转过身，漫不经心地看着湖面，"这世上，多的是人定胜天，只要你想，凭什么不能？"

"只要你想，凭什么不能？"戚百合细细品味着这句话，胸腔中陡然生出一些混沌的感动。

她呆呆地看着辛其洲，那个少年，看似平心静气，可眼尾流露出肆意的光，话说得虽轻狂，可她却听出了几分前所未有的郑重，正因如此，这番话听起来更像是许诺。

一片乌云盖住了月亮，夜幕上只剩下一小块斑驳的光亮，戚百合摸了摸鼻子，垂下眼，眼眶中的热意几乎汹涌。

辛其洲似乎察觉出她敏感的情绪，转过身，瞧着她再度泛红的双眼，软了语气："回去吧。"

戚百合点点头。

"等会儿。"她刚要起身，又被拉了回去。

还没反应过来，辛其洲望着她叹了口气，然后俯下了身。

戚百合这才注意到，她脚上那双帆布鞋，右边的两根鞋带已经在地上拖了很久，白色变成了灰褐色。

辛其洲三两下把鞋带系好了，起身，目光很平静："今晚回去，什么也别想。"

戚百合心情复杂得很，缓缓点了点头。

两人往公园门口走，差几步就要离开这片波光粼粼的湖面时，戚百合回头看了一眼。

她想，这个夜晚，她会一辈子铭记的。

转眼间，第三次模考紧锣密鼓地到来。这一次戚百合就没那么好运了，她的名字从"进步之星"那一栏被撤了下来，但好在，她依然是进步的。

总分 519 分，已经达到了文科二本线标准，尤其是数学，在辛其洲不眠不休的督促之下，她第一次拿到了及格分数。

周五放学，戚百合拿着成绩单在辛其洲眼前不停晃悠，极尽显摆之能事："照我这个进步程度，高考前稳住本科应该不是什么难事吧。"

辛其洲一把将成绩条拿下来，凝神细看几秒，抬眼看她："数学99分？"

戚百合自己挺满意，就以为他也满意，嘚瑟地笑："怎么样，进步是不是很大？我第一次把试卷做完。"

"嗯，厉害。"辛其洲掏出手机，给成绩条拍了张照片，还给她，嗓音很淡，"回头把你试卷拿给我看。"

"啊？"

"我看过你们文科的数学试卷了。"辛其洲收起手机，挑眉看她，语调微扬，"难度比较适中。"

他说得显然是客气了，这次数学的确很简单，班里及格的同学一大堆，戚百合这分数在差班里也就是中游。

被他这么一说，戚百合也不好意思开心了，摸了摸鼻子，温声应："什么时候啊？"

"后天吧，明天我要去凌南。"

"啊？"戚百合想起去年，"你又要去老家祭祖吗？"

"嗯。"辛其洲眼睫稍垂，见她还捏着成绩条，眉尾向上抬了几分，"要拿回家签字吗？"

以前的成绩条，戚百合都是自己签的。

听他突然提到这些，戚百合愣了愣，嘴角僵了几分："不用了。"

"为什么？"

戚百合抬眼看他："又不是很高的分数，再说，他也不一定会看……"

辛其洲抿了抿唇，用力揉了一下她的脑袋："笔给我。"

"干什么？"

"以后都我帮你签。"

"我才不要。"戚百合冷哼一声，"想当我监护人？没门。"

辛其洲斜着眼瞧她，蓦地勾唇笑了一下："戚百合，你有没有良心？"

"我太有了！"戚百合嘬着嘴，"谁也别想占我便宜。"

"是吗？"辛其洲脚步定住。

戚百合还在往前走，听见他停下了，后知后觉地回头。

借着路灯的光，辛其洲瞧得很仔细，戚百合那天没扎丸子头，柔顺乌黑的头发软软地披在肩侧，脖子上围的是他送的围巾，她圈了很多圈，托着一张素白粉嫩的脸，眼睛亮亮的，唇色是天然的嫣红。

辛其洲好像是笑了一声，双手插兜，笑得漫不经心："如果我非要占呢？"

戚百合渐渐听出了一些不对劲，辛其洲的目光晦暗，混着深刻又缱绻的情绪，那种风雨晦暝的紧迫感再次袭来，她很快就败下阵来。

"那你想占……就占呗。"她把手包拿下来，嘟嘟囔囔的，"我给你找笔还不成吗？"

辛其洲歪了一下头，把她刚褪下的书包提了回去："少跟我装傻。"

"什么啊？"她瞪着眼睛，"我又怎么了？"

辛其洲俯身看她，良久，将她的围巾往上拉了拉，抬腿走了。

戚百合顿在原地，小小地舒了口气。

好险，好险。

3

周六，辛小竹和辛其洲一家去了凌南市祭祖，靳卉约戚百合出去买试卷。

这次考试，靳卉的年级排名创下了历史新低，还没来得及开家长会就被老戴喊了家长。

那天过后，靳卉就勤奋起来了，向戚百合讨教学习方法，戚百合也没什么方法，就领着她去买了辛其洲推荐的那套试卷。

两人吃完午饭才分开，戚百合独自回家，才靠近23号别墅门口便注意到了异常。

大门口停着一辆黑色SUV，是丁瑾良常开的那辆，可驾驶座上的人却不是他。

戚百合心中已经有了些预感，捏紧书包带走过去。陈姨看见，从院子里出来，握上她的手，表情焦急，欲言又止。

戚百合往里看了一眼，隔着落地窗，辛芳正坐在客厅沙发上打电话。

她收回视线，回握住陈姨的手，挤出笑："没关系的，陈姨，以后我们经常联系就好了。"

陈姨重重叹了口气："你爸跟你说了？"

戚百合摇摇头。

丁瑾良哪会跟她说呢，他养她，就像养一只宠物，只要提供温饱就好了，至于住在哪儿、跟谁住，她好像从来都不配拥有知情权。

"猜到了。"她表情很平静。

戚百合安抚好陈姨后走进客厅。正在打电话的辛芳看见她，眼神淡漠得像是在看陌生人，只一眼就移开了视线。

戚百合独自上楼，从卧室床底下拉出两只大号行李箱和一个手提包。她行李不多，只有衣服和书，早就收拾好了。

她又走到书桌前，将这几日拿出来的试卷和书塞进书包后，这间房里，就彻底没有她的任何痕迹了。

戚百合不是一个念旧的人，但当她站在窗前，看向大门的时候，心中还是涌出了一些难以言喻的悲伤。

也许人生就是一场接着一场的告别，无论喜不喜欢，结局似乎总是分离。

她拖着行李箱下楼，辛芳已经不在客厅了。陈姨看到她，过来搭把手时还有些意外："你慢慢收拾啊，不急的。"

戚百合没解释，将行李箱塞进车里，才拿出手机给丁韪良发了条信息。

陈姨拿着一副拼图追出来："百合，这个也是你的吧？落在书桌上了。"

辛芳恰好从楼梯上下来，她已经换上了职业装，米色西装外套着一件呢绒大衣，很贵气，也很高不可攀。

戚百合收回视线，看向陈姨："这不是我的。"

陈姨点了点头，刚想把拼图拿回去，辛芳就发话了。她走到餐桌前拿起车钥匙，语气很是漫不经心："一起丢了吧。"

戚百合扶着车门的手顿住，转过身看向辛芳："辛姨，那是小竹的拼图。"

辛芳看都没看她一眼，走进了厨房。

陈姨拿着拼图，为难地看向戚百合。

戚百合也没办法，沉默了下，还是闭嘴了。她分明没有任何立场。

辛芳的身影在厨房的窗口闪过，不知道她有没有在看，戚百合背着书包，朝着她的方向缓缓弯了一下腰。

还是要感谢的，毕竟无亲无故，收留她那么久。

戚百合正式和陈姨告了别，车辆缓缓启动。她坐在副驾驶，看着后视镜里的房子逐渐变小，还来不及唏嘘，口袋里的手机响了。

丁韪良打来电话，他似乎还在忙，背景噪音很大，语气似乎是有些歉意的："百合，房子我找好了，但还没来得及找人打扫，等会儿你到了就去请个保洁阿姨，我这几天在外地，暂时回不去。"

戚百合捏着手机，应了句："知道了。"

她没问去哪儿，车子开了四十分钟，到了一处居民楼。

小区不算新，但也不是很旧，开车的司机帮她把行李搬上楼之后就走了。

戚百合根据丁韪良的信息，从门口的鞋柜中翻出了钥匙。

一套两居室的小房子，格局很好，阳台也很大。

戚百合把行李归置好，就拿着钥匙下了楼。

凌南市地处东南，气候比沅江温暖许多，年关将近，依旧是十几摄氏度的好天气。

自打辛其洲记事以来，祭祖便是每年都要有的仪式，与其说是祭祖，不如说是族系亲戚间联络感情的纽带，烦琐、庄重的流程过后，便是往复如是的寒暄。

礼毕，进馔，家族老人开始读祭文。

辛小竹嫌无聊，拉着辛其洲躲到了老宅屋后，她一脸神秘，笑容贼兮兮的，只说有个惊喜要给他看。

辛其洲随着她过去，然后就看见了屋后的一片花田。

"百合花欸。"辛小竹掏出手机，喜不自胜，"我得拍张照片。"

辛其洲没穿外套，一件宽松的灰白连帽卫衣，站在杂草横生的田埂上，有些格格不入的清冷。

百合花多见，花田却并不寻常，上一次过来，老宅后面还是一片秃黄的草地，这会儿却种上了十余亩粉白色的百合，虽然还不是盛放的季节，但也有长势极好的，已经开花了，看起来确实很美。

"发给谁？"听到快门按下的"咔嚓"声，辛其洲睨了她一眼。

"你说发给谁呀？"辛小竹一边看手机，一边笑，"美景当然发给美人啦。"

她还在兴致勃勃地挑图片，手机却突然被抽走。

辛其洲垂着眼，随便翻了翻她的相册，然后又把手机还给了她："不准发。"

辛小竹不服气："为什么？"

辛其洲也慢条斯理地拿出了手机，轻飘飘地看她一眼："因为我要发。"

辛小竹无语了："这也要争第一？"

辛其洲煞有介事地点头："没错。"

两人拍好了照片，沿着原路返回时，看见身着西装的辛远盛举着手机从偏门走了出来，神情有些细微紧张，走到转角处时，还回头看了眼附近有没有人。

辛其洲脚步顿了顿，几乎是下意识的，他拉住了想要走出去的辛小竹。

果不其然，下一秒，辛远盛刻意压低的声音传了过来——

"爸爸在忙，回去给你带礼物，乐高好不好？"

他站在墙角，以为背后是农田不会有人，所以只注意到了正前方，没有看到身后辛其洲和辛小竹站在田埂上，氛围一时死寂。

好在那通电话没有持续太久，辛远盛只是安抚了两句，便挂上电话走了回去。

辛其洲冷淡地收回视线，再回头，辛小竹仿佛僵硬了一般，满脸的难以置信渐渐转化成了尴尬。

"傻了？"

辛小竹后知后觉地看向他，语气犹疑："舅舅他……"

辛其洲对上她的眼，沉默了下："他什么也没说，你也什么都没听到。"

他不愿意多说，因为这个世界有很多道理是根本说不清楚的。

"可是——"辛小竹皱了眉，"舅妈知道吗？"

辛其洲目光微滞，仅仅一瞬，他抬头揉了揉辛小竹的头，语气充满耐心：“别担心。”

别担心，成年人的世界充满辗转腾挪的权衡与算计，闪闪发亮的真心对于他们来说，反而多余。

戚百合是在收银台结账的时候收到消息的，辛其洲发来了一张照片，是一片很大的百合花田。

她刚想回，后面排队的人就开始催促，于是她又收起了手机。

丁毽良让她请个保洁阿姨，她觉得没必要，自己买了一些常用的生活用品和清洁工具，一个人回了家。

那套房子很显然是二手房，虽然家具都是新的，但也不难看出居住过的痕迹。戚百合收拾了一整个下午，丢完最后一袋垃圾，已经是深夜。

晚饭还没吃，她去便利店买了个饭团，拎着袋子晃晃悠悠往家走的时候，口袋里的手机响动了一下。

xqz：生日快乐。

仿佛有预感一般，戚百合猛然回头。

辛其洲就站在她身后，不足十米的地方，双手插兜，满身的风尘仆仆也掩盖不了他眉宇间的温润笑意。

戚百合的眼眶瞬间就红了，鼻腔泛着汹涌的酸涩。

空荡的街道，安静又寂寥，只剩下不远处的便利店自动感应门响起的"欢迎光临"，声音机械又冰冷。

辛其洲慢慢走了过来，戚百合听见头顶传来轻浅的笑意："真以为我忘了？"

对啊，她真以为他忘了。

他要去祭祖，这是正事，她什么也不敢说，也不敢存有期待，因为很多失望的种子都是在心存希望的那一秒种下的。她习惯了做一个豁达的人，随遇而安，可是今晚，那些她不敢拥有的，辛其洲却给了她。

戚百合陷在感动中，辛其洲垂眼看她，唇边笑意很浅："至于那么感动吗？"

"挺至于的。"戚百合揉了揉眼，"你怎么今天就回来了？"

辛其洲拉下她的手："想回来，自然就有办法。"

戚百合随着他往前走，过会儿就发现不对劲："那你又是怎么知道我搬来这里的？"

辛其洲脚步顿住，揉了揉她的头："我坐了五个多小时的火车，你有什么问题，能不能让我坐下来之后再问？"

"哦哦，走吧。"

戚百合带着辛其洲回了家。门一关上，她就察觉出了不对劲，两人像现在这样孤男寡女共处一室，似乎还是头一回。

她有些尴尬，给辛其洲拿了拖鞋之后，就不知所措地立在了原地。

辛其洲换好鞋，偏过头，看到戚百合木头似的杵着，嘴角虚勾：“干什么？”

“没……没干什么呀。”她后退两步，走到沙发边，挤出客气的笑，“过来坐吧。”

辛其洲没应声，掀了掀眼皮，看到她拎在手里的饭团，扬眉道：“晚上没吃饭？”

戚百合后知后觉地点头：“忘了。”

辛其洲敛起眉眼往客厅走，边走边打量房子的格局。戚百合见状，连忙上前领他参观，像个中介一样，仔仔细细地介绍着：“这个是卫生间，这边是厨房，有点小，但我一个人足够了，我爸应该也不经常在家……”

她还在絮絮叨叨地说着，辛其洲突然出声：“戚百合。”

戚百合抬眼看他：“怎么了？”

“你卖房子呢？”辛其洲挑眉看她。

戚百合抿紧了嘴巴，两只手蜷缩在一起，声如蚊蚋：“给你介绍介绍啊。”

“用不着。”辛其洲走到沙发旁坐下，漫不经心地补充，“再来几次就熟悉了。”

“……你要不要喝水啊？”戚百合想往厨房走，手腕却突然被扣住。

辛其洲靠在沙发上，一双长腿大咧咧敞着，姿态闲适，倒是比她更像是这个家的主人。

“你怕什么？”他唇边勾着意味深长的笑，“我又不会对你怎么样。”

“啊？”戚百合下意识又开始装傻。

辛其洲也懒得拆穿，将人拉到身旁坐下，抬眼瞧她：“老老实实坐会儿，然后陪你出去吃饭。”

戚百合脑袋晕晕的：“你回家那么晚可以吗？”

“可以，”辛其洲也没再看她，靠到沙发上，温声道，“他们都没回来。”

那他是怎么回来的呢？

戚百合想问，但悄悄抬头，看见辛其洲合上了眼睛，呼吸渐渐平稳，又把疑惑咽了回去。

这房子大概许久没有住过人了，客厅的灯很昏暗，电压也不太稳，一闪一闪的，但在这样的氛围中，他们之间没有任何暧昧，只有安心。

一室的寂静中，辛其洲突然问她：“在想什么？”

戚百合没有抬头，只是眨了眨眼，温声道：“在想应该怎么谢你。”

辛其洲似乎是笑了一声：“谢我什么？”

“就谢，除了阮侯泽以外，你是唯一一个对我这么好的人。”她顿了顿，声音变得很轻，“自从我妈妈不在。”

戚繁水去世以后，戚百合便觉得自己是个很独立的人，独立到不需要任何亲密关系的支撑也能过好自己的生活，日子虽不至于精彩，但也有种无悲无喜的安稳。

可遇见辛其洲之后，她才明白，明白人是一枝脆弱的芦苇，需要把另一个人想象成自己的根。

辛其洲虽不至于成为她赖以生存的根，却给了她绝无仅有的安全感。

"辛其洲。"戚百合蓦地出声，眨眨眼，"谢谢你。"

辛其洲顿了顿，语调沙哑："我连个礼物都没给你带，值得这么谢吗？"

"谁说没有礼物？"戚百合掏出手机把照片找出来，凑到他眼前，"这就是礼物，我特别喜欢！"

辛其洲眼睫微垂，扫了眼屏幕上的百合花田："真喜欢？"

戚百合以为他会为仓促赶回来没有准备礼物而愧疚，为了安抚，她连连点头："你知道我妈为什么给我取这个名字吗？"

辛其洲挑了挑眉，做出洗耳恭听的姿势。

"因为她说，我们女孩子不一定非要长成玫瑰，做一朵小百合就挺好。不香没关系，不艳丽也没什么要紧，长在花园里也好，野地里也罢，只要一直保持旺盛的生命力就行。"戚百合顿了顿，"所以我喜欢百合花。"

辛其洲听着她一本正经地说完，抿了抿唇，似笑非笑道："把手伸出来。"

戚百合愣了愣，伸出了手。

辛其洲偏了偏身子，从沙发上坐起来，煞有介事地往她手心里放了什么东西。

戚百合睁开眼，两颗花种躺在她湿漉漉的掌心。

"这是……"

辛其洲嘴角一松，嗓音微哑，浸着湿润的笑意："我的小百合，交给你了。"

4

丁建良是四天之后回来的，说回来也不确切，他只是给戚百合打了个电话，告知她自己回了沅江，至于那个家，他连看都没去看一眼。

他和辛芳究竟是如何走到这一步的，戚百合不知道。但是据辛小竹说，丁建良经营许久的那家画廊现在属于他自己了，加上这处小两居，作为一个负心汉，他的结局似乎还算不错。

阮侯泽得知这件事之后气得跳脚，嚷嚷着要让戚百合搬去他那儿，一个女孩子住着终归是不安全。

戚百合握着电话，打量了一眼正在楼道内换灯泡的辛其洲，抿抿唇："挺安全的，放心吧。"

阮侯泽顿了顿："那小子在？"

戚百合一只手扶着梯子，一只手夹着电话："嗯。"

"把电话给他，"阮侯泽说，"我叮嘱他几句。"

辛其洲刚好从梯子上下来，他腿长，个子也高，站稳以后存在感很强，小小的楼道瞬间拥挤了不少。

两人骤然面对面，不足十厘米的距离，连呼吸都交织在一起。戚百合愣了愣，从她那个角度，视线平直地看过去，恰好能看到辛其洲的喉结，尖尖的，很突出。

她之前从没注意到这些，这会儿看到了，心里下意识有些紧张，举着手机的手就那样悬了半空中。

阮侯泽不知道发生了什么，大嗓门从听筒里传了出来："怎么了？那小子不愿意接电话？"

"给我，"辛其洲垂眼看她，似乎是注意到了戚百合的失神，要笑不笑地睨了她一眼，接过手机往屋里走，想起什么，又回头说，"梯子别动，待会儿我收拾。"

戚百合点点头。

这套房子是老式的居民楼，虽然墙体外观都很新，但离街区较远，之前附近有所实验小学，后来搬迁了，这片小区的入住率也降低了不少，楼道里的感应灯年久失修，辛其洲第二次来，就带来了灯泡。

辛其洲举着手机去了卫生间，戚百合怕梯子放在门口碍事，折叠好之后放在了墙边。

自从搬家过后，虽然家务琐事变多，但戚百合也不觉得累，反而因为独居变得自在了许多。

她接了一杯水去阳台，上次辛其洲送的百合花种子她已经种下了，还专门上网查百合的习性，晚上就把花端到卧室，白天再端出来晒太阳，细心呵护了一个星期，可土壤却依旧是光秃秃的。

戚百合沿着花盆内壁滴了几滴水。

辛其洲打完电话出来，推开门看，梯子已经摆好了，戚百合站在阳台的栏杆旁，藕粉色的针织衫勾勒出曼妙的背影，高高的马尾随着她身体的摆动左摇右晃。她对自己的魅力浑然不觉，嘴里哼着他听不懂的调子。

辛其洲走过去，饶有兴致地看着。

戚百合浇好花，一转身看到他，立刻紧张地凑过去："他跟你说了什么？"

"没说什么。"想起阮侯泽说的那些话，辛其洲不动声色地转移了话题，勾了勾唇，神情有些懒散，"我倒是有个问题想问你。"

戚百合皱眉："什么问题？"

辛其洲又盯着她看了几秒，才拿出手机。

戚百合看着陡然出现在自己眼前的手机屏幕，怔了怔，傻眼了。

她刚换的手机壁纸是一张偷拍的照片，身穿藏蓝色毛衣的辛其洲脊背挺得笔直，冷白修长的手指停在琴键上，姿态随意，却好看得不像话。

是宋冉阑生日那天她托辛小竹帮她拍的，原先还住在落霞山的时候，她只是将照片保存在相册里，搬出来独居以后，她才设置成了壁纸。

"如果没看错的话。"辛其洲晃了晃手机，"这个人好像是我。"

戚百合的脸立刻红了，她感觉自己像个花痴，她皱了皱眉，决定使出自己的拿手技能——装傻。

她端着杯子转身回了阳台，又给花盆滴了几滴水，自言自语："怎么还不发芽呀？"

辛其洲似笑非笑地看着她的背影，嘴角一勾："戚百合。"

戚百合猛地转身："干什么！"

"害羞就说害羞。"辛其洲笑了声，"你撒什么娇？"

戚百合愣了愣，反应过来，恼羞成怒地白了他一眼："谁撒娇了！"

"撒娇也没用。"辛其洲把她的手机放到了茶几上，往卫生间的方向走，"我先洗个手，你去把单词拿出来，待会儿听写。"

……搬家之后倒是让他过足了当老师的瘾。

那段时间，戚百合课间再也没有跟靳卉去操场散过步，黑板上高考倒计时的牌子一天一换，课业压力也越来越重，有时只是上个厕所的工夫，回来后就看见课桌上盖了好几张刚发的试卷。

埋头学海最直接的感受就是时间真的不够用，辛其洲给戚百合制订好了学习计划，每天都要做一张数学和英语试卷，保持手感，早读就用来背诵文科内容。戚百合踏踏实实地践行着，很快就迎来了期末考试。

二月初，街上已经有了些许年味，最后一门科目考完，回班级领了寒假作业，寒假就正式开始了。

大约是因为临近年关，丁甦良回了一趟家。

那天戚百合正在家里收拾行李。戚繁水的忌日要到了，她和阮侯泽商量过，反正她现在也不住辛家了，过年还是过节也没人管，既然春节前一天要回吉淮扫墓，干脆就留那儿过节。

她在卧室，听到大门有钥匙孔转动的声音，刚蹑手蹑脚走过去，门开了。

四目相对，丁甦良看到她有些意外："今天没上学？"

戚百合扯了扯嘴角："放假了。"

丁甦良点了点头，戚百合弯腰给他找拖鞋，刚将拖鞋放到地上，一抬头，丁甦良已经穿着皮鞋走进客厅了。

他似乎也是第一次来，看了看房子的格局，就拿出一个信封放了茶几上："生活费，马上过年了，自己想买点什么就买。"

戚百合站在过道上，平静地等着他的下半句。

"过年我不在沅江，出省办点事情。"丁毽良顿了顿，"要我送你去你姥姥家吗？"

戚百合总算动了动，她走到沙发上坐下，拿起信封，嗓音很轻："我跟阮侯泽回吉淮过。"

不知是因为提了"阮侯泽"还是"吉淮"，丁毽良听了这话，脸色明显僵了一瞬。

"回去也好。"丁毽良沉默了下，"多买点东西。"

戚百合知道他想起来了，心里厌烦得很，只是"嗯"了一声。

丁毽良察觉出她情绪的变化，垂着头，压着嗓音说了句"有事打我电话"，然后又推门出去了。

门关上，戚百合出神地看着木质地板上那一串浅灰的脚印，蓦地勾唇笑了一下。

戚繁水没有跟这样的人一起生活过，其实也不算太糟糕。

出发那天，辛其洲又领着戚百合去买了几套试卷，两人从书店回来，阮侯泽已经等得不耐烦了。

"停机坪"已经歇业，大门紧闭，为了迎合整条街的喜庆氛围，门上还贴了新春对联：事事如意大吉祥，家家顺心永安康。

戚百合读出来，撇了撇嘴："你这对联好没文化的样子。"

阮侯泽坐在车里抽烟："你管我呢，磨叽好了没有？"

戚百合瞪了他一眼，转过身看辛其洲："那我走啦。"

"等会儿。"辛其洲慢条斯理地拿出试卷，照旧把参考答案撕了下来。

目睹全程的戚百合："……"

"至于吗？"她很不服气，"难道这次的成绩还没向你证明我努力学习的决心？"

辛其洲垂眼睨她，见她围巾松松垮垮地挂着，雪白的脖颈露出来一截，他帮她把围巾往上拉了几分，才哂笑道："是谁上次偷看答案，还跟我扯什么'将在外，军令有所不受'的？"

戚百合顿了顿，无话可说。

她就偷看过一次，晚自习的时候，有道填空题她怎么都不会，给辛其洲发消息他也没回，她就悄悄看了一下答案。

结果好巧不巧，晚上辛其洲看试卷时就注意到了那题，问她解题思路，她答不上来，就坦白自己参考了答案，还随口胡诌了一句"将在外，军令有所不受"。

阮侯泽又催了一遍，辛其洲余光中注意到他把烟灭了，才把试卷递给戚百合："上车吧，有事给我发消息。"

"能有什么事儿？"阮侯泽瞥他一眼，"我还能把她卖了？"

戚百合转过身："那可不一定，我这么美，你把我卖掉连俱乐部都不用开了，直接过渡到财务自由。"

"你到底走不走？"阮侯泽听不下去了，作势要发动车子。

她立刻急了："走走走。"

辛其洲站在路边，看着车辆消失在街角，唇边的笑意逐渐变淡。不知为何，戚百合只是回去几天而已，他心里头的失落却像是一个巨大的黑洞，瞬间吞噬掉了他全部的活力和生机。

辛其洲抬腿往回走，没走两步口袋里的手机响动了一下。

田中小百合：不要太想我哦。

结尾是她标志性的表情。

辛其洲眼睫低垂，揉了揉嘴角，笑了。

戚百合有点晕车，上车后就开始睡觉，睡了一个多小时才被叫醒，阮侯泽要停车，让她去找车位。

"到啦？"她揉揉眼看向窗外。

阮侯泽在摸打火机，漫不经心地说："嗯，今晚先住酒店吧，明天上午找个保洁把房子打扫打扫。"

"哦。"戚百合拿起手机下车。

那家酒店靠近步行街，生意很好，门口的车位相当紧张，戚百合绕了一圈没找到空车位，正想原路返回之时，注意到有辆车要开出去。

于是她退到一边，掏出手机给阮侯泽打电话："你往里开，有辆车要开走了，我先给你占……"

她一边说，一边看着那车子启动，当车辆从她身侧缓缓驶出的时候，她愣住了。

驾驶座的车窗没关，她看见开车的男人，浓眉大眼，鼻梁上架着一副黑框眼镜，憨厚朴实。

是熟人。

阮侯泽在电话里催促："哪儿呢？没看见你。"

戚百合声音恍惚："我好像看见饶俊了。"

阮侯泽也静了几秒，随后语气有些冲："看见就看见呗，你还想跟他打招呼啊？"

戚百合看着饶俊的车消失，有些唏嘘："他没看到我。"

阮侯泽看到她了，直接挂了电话，把车开进车位，熄火下车，到后备厢拿东西。看到戚百合还愣在一边，他有些恨铁不成钢："你们娘俩能不能有点出息？"

戚百合回过神，挠了挠鼻子："就是很久没见了。"

"他跟你妈也算领了证了，虽然还不到半年，但也算夫妻吧，你妈出事他连面都没露一下，这样狼心狗肺的人，你见面不呸他一口我都觉得你脑子有问题。"

他那张嘴像机关枪似的，戚百合听着烦，敷衍了一句："知道了知道了，下次见到他往他身上吐口水。"

阮侯泽这才满意，招呼她过去，像使唤丫鬟一样："把东西拿上。"

阮侯泽开了两间大床房，戚百合回了房间，拉开窗帘，看到熟悉的街景，才有了一些重归故土的真情实感。

或许是因为看见这里一切如旧，或许是因为重逢了饶俊，戚百合心头突然涌出一阵难以言喻的悲伤，好像戚繁水的离开没有影响到任何人和任何事，她的意外离世，就像一滴水消失在大海里，过程是无声无息的，结果也无人在意。

戚百合没精打采地躺到了床上，刚掏出手机，辛其洲的头像就跳动起来。

xqz：到了吗？

她立刻坐了起来，打字回他：到了。

xqz：嗯，早点睡。

戚百合刚调整好的心情瞬间又沉到了谷底，她重新躺回去，越看越生气，回了个"多管闲事"。

辛其洲话不多，消息回得倒快，一个简简单单的问号。戚百合没回，把手机丢到了一边，不开心地看着天花板发呆。

半分钟过去，手机又响了一下。

xqz：事必躬亲？

戚百合盯着屏幕看了几秒，没忍住嘟囔了一句"神经病"，然后又把手机丢到了一边。

看着天花板发了会儿呆，她又一次拿起了手机。

田中小百合：亲力亲为！

谁能拒绝成语接龙呢？

她只好用感叹号来表达自己的不满了。

5

翌日，戚百合是被阮侯泽的敲门声吵醒的。昨晚她跟辛其洲玩了半宿的成语接龙，一不小心就睡到了日上三竿。

退房后，两人先是吃了顿饭，到中介公司找了一位保洁阿姨，然后才开车去了戚繁水那套小房子。

金莲花园，一个颇为老土的小区名，戚百合在这儿生活了十五年。

虽然走之前给家具都罩上了防尘布，但一推开门，房间还是落了一层厚厚的灰。戚百合走在最前面，一眼就看到了客厅沙发上挂的照片。那是她十岁时，戚繁水领她到影楼拍的母女照，妆容很俗，服装也土，相框上也落了层灰，但两张笑脸依旧明亮无比。

虽然阮侯泽说过她们母女俩长得很像，但戚百合总觉得，戚繁水比她好看多了。

和戚百合不同，戚繁水的五官很寡淡，属于单看都不突出，但组合在一起别有风情的长相，多年来独自操持的生活没有给戚繁水的外貌带来很大的磋磨。在戚百合的印象中，小学时戚繁水每次去帮她开家长会，都会有女同学过来问她：你妈妈是不是女明星？

小孩子的虚荣心总来自于这些令人啼笑皆非的比较，就连小时候的周玥也以邻居阿姨的美貌为荣。

想起周玥，戚百合下意识地转了身，往对门看去。

暗红色的大门紧闭，应当也是很久没有住过人了，门上的对联还是前几年的。

阮侯泽看出了她的失落，眯着眼看她："去天台看看？"

戚百合点了点头。

金莲花园是老小区，老到没有顶层阁楼，戚百合的家在五楼，再往上一层就是天台。房子户型小，阳台几乎晒不到太阳，低楼层的人懒得上来，这天台就被戚繁水和周玥妈妈秦玉婉分割了，一人一半，每天都是晒不完的被子和晾不完的衣服。

戚百合上了天台，戚繁水搭的那些晾衣服的三脚架已经锈迹斑斑了，她只顾着伤春悲秋，没注意到阮侯泽走到了栏杆边。

他的嗓音有些浑浊："你妈当时到底在想什么，怎么就没站稳呢？"

当初，戚繁水就是从那个位置不慎坠楼的。

戚百合放学后看到家里没人，还不知道那些，以为戚繁水只是还没回家，便拿着零花钱独自去吃晚饭，刚走到小区门口，就被保安室的爷爷一把抓住了手腕，告知她："你怎么还没去医院，你妈出事了！"

等她赶到医院时，戚繁水已经离开了。

戚百合站在医院的走廊上，听着阮侯泽和医生交谈的声音，感觉头顶的灯光刺眼得很，可越刺眼，她偏是越要看，瞳孔内茫茫一片白光，仿佛能帮她过滤掉一切她不想面对的场景。

她还是难以相信。

戚百合不是没有想象过死亡，但她却从没预想过，她的妈妈会以这样一种草率又突然的方式离开她的生活。

甚至连遗言都没有留下一句。

她感觉很滑稽，甚至开始质疑一切，直到保险公司的人上门，向她索要医院出具的死亡证明，她才真真切切地意识到，生命或许本就如此脆弱。

她的妈妈，再也不会回来了。

春节前一天，戚百合八点就起床了，她从行李箱里找出白色毛衣和白色羽绒服，穿戴整齐，和阮侯泽一起出了门。

　　戚繁水喜欢百合，他们开车绕了几条街，总算找到一家还在营业的花店，买了一束百合花。

　　墓园在半山腰，山路有点陡，阮侯泽开得很慢。戚百合百无聊赖地看着窗外，然后，仿佛命中注定般，她又看到了饶俊。

　　他是下山，穿着一身黑衣，依旧没看到她。

　　戚百合有些不解，问阮侯泽："我妈出事的那几天，饶俊真的都没露过面？"

　　那段时间她的精神状态很糟糕，丧事是阮侯泽一手操办的，据说那几天饶俊一直都没出现过。阮侯泽觉得他狼心狗肺，戚百合也以为他早就开始了新生活，没想到他居然还会来祭奠。

　　阮侯泽冷哼一声，语气很不好："可不，不知道的还以为他也死了。"

　　戚百合又看了眼后视镜，心中有些唏嘘。

　　她和饶俊相处的时间不长，确切来说都没怎么相处过。饶俊和戚繁水相识几个月就结婚了，戚繁水似乎对他挺有好感，但还是询问了戚百合的意见。

　　戚百合虽然不明白戚繁水为什么突然有了结婚的想法，但也没反对，而且她和饶俊吃过两顿饭，模糊中觉得他是个挺和善的人，于是就让戚繁水自己决定了。

　　他们领了证以后，戚百合才知道饶俊的家庭条件不太好，之前有过一段婚史，但是没有孩子，工资三千多，没有车，只有一套跟他们家差不多大小的房子，贷款还没还完。

　　但戚繁水不在意那些，她就是看中他人好，踏实稳重。可两人领证三四个月，还没搬到一起住，甚至连酒席都没来得及办，戚繁水就出事了。

　　"你妈看男人的眼光真的不行。"正在开车的阮侯泽感慨了一句，"都是孬种。"

　　戚百合沉默了下："她为什么突然想结婚了？"

　　戚繁水不是一个很渴望婚姻的人，她要是想结婚，大可趁年轻的时候就找，不必等到四十岁，只找了个条件平平的普通男人。

　　这个问题困扰戚百合很久了，她到现在也想不明白，戚繁水为什么突然就改变了想法？

　　"我读高一的那年，"她看着阮侯泽，小心翼翼地问，"是不是发生了什么事？"

　　阮侯泽双手把着方向盘，目光平视前方，顿了顿，哑着声音说道："之前合唱团的一个朋友去世了，肝癌。"

戚繁水从没跟任何人说过自己的真实想法，阮侯泽那时也看不懂她，得知她再婚后，他气得几乎口不择言，问她是不是瞎了眼，找这么个男人还不如不找。

戚繁水当时什么也没说，就是从他烟盒里抽了一根烟出来，也没点燃，只是夹在手里闻了一下，然后缓缓开口："真不敢相信，我们已经到了会死的年纪了。"

"你妈她……应该就是不想以后拖累你。"他把车子停好，熄火，没急着下车，笑了声，"以为找个老实男人让她晚年有个依靠，就不会让你担心了，结果白忙活一场。"

戚百合沉默了下，眼泪"吧嗒"掉了下来。

其实这个答案并不难猜的，难的是她自己不敢去想，极度悲伤的时候，人会下意识回避一切。戚百合算是个坚强的人，但这天她哭了许久，眼泪像断了线的珠子，无论如何也止不住。

阮侯泽也没催，独自先下了车，等了一会儿，小姑娘才捧着百合花下来。

"走吧。"戚百合抹了把眼睛。

阮侯泽点了点头。

两人一路沉默，到了戚繁水的墓地，碑前放着一束新鲜的花，黄玫瑰。

阮侯泽"啧"了一声，把玫瑰拿起来丢了："谁送的，这么俗。"

戚百合没说刚刚看见了饶俊，她一声不吭地弯下腰，把百合放在了碑前。

从墓园回来，阮侯泽要去拜访故友，将戚百合送到小区门口就走了。她一个人回家，刚走进楼道，就听到了一阵熟悉的叫喊声。

是住在她家楼下的奶奶，从前戚繁水做服装店忙不过来的那段时间，她也经常去楼下的奶奶家蹭饭。

"你这孩子……"奶奶年纪大了，凑得很近才确认是她，声音颤颤巍巍的，"什么时候回来的？跟谁一起的？"

戚百合强打精神，握着奶奶的手说："昨天才回来，跟我妈的一位朋友。"

奶奶点了点头，顺着楼道往上看了眼："房子打扫了吗？明天就是除夕了，怎么过呀？要不要到奶奶家来？"

"不用了奶奶。"戚百合鼻腔泛起酸意，眨了眨眼，"已经打扫好了，我也从超市买了一些菜，就过几天，够吃了。"

奶奶揉了揉她的手："你这次回来，也是要把房子卖了吗？"

"不是的。"戚百合顿了顿，"还有谁要卖房子吗？"

"玥玥家啊，也就是上个月回来的，听说找了中介，把房子挂出去了，"奶奶说，"怎么了，你们俩都没联系过吗？"

戚百合苦笑一声："有的，就是比较少。"

奶奶叹了口气："不过我们小区太旧了，房子不好卖。两年前玥玥爸就想卖房了，买家都来看房了，最后也不知因为什么没卖掉。"

"两年前？"戚百合有些意外。

两年前她还没去沅江，和周玥也不像现在这样形同陌路，对门要卖房，她竟然都不知道。

"你秦姨当时病情不是恶化了吗？他们应该也是急着用钱。"奶奶说着，唏嘘地叹了口气，"后来房子没卖，他们一家也不知道搬去哪儿了，小秦的病……唉。"

秦姨的病是在戚繁水出事的前一个月左右查出来的，病情来势汹汹，几乎是确诊的第二天，周家一家三口便都住到了医院里。

那段时间戚百合很难见到周玥，更不知道他们家曾经困难到了卖房这一步。

不知道最后他们是如何筹到医药费的，但戚百合想起在医院探望秦姨时，她的状态看起来还可以，生活也不像是很拮据的样子。

"奶奶。"戚百合想安慰她，挤出一个笑，"秦姨已经做过手术了，我两个月前才见过她。"

"那就好……"

最后奶奶强行拉着戚百合去家里拎着一箱酸奶，才放她回去。

午饭还没吃，戚百合去冰箱里拿了一盒速冻饺子。冰箱长久未用，制冷效果已不太好，饺子没冻上，下锅时皮几乎都烂了。

十分钟后，她看着碗里的面皮汤，也没什么胃口了，倒进了垃圾桶之后便回了卧室。

戚百合向来都有这么个毛病，但凡流过眼泪，一天的精神都会萎靡不振。她躺在床上，看着空荡荡的家，脑袋里像是装了铅，沉得几乎抬不起来。

接到辛其洲的电话时，她以为自己已经睡了很久，拿起手机看了眼，才知道时间仅仅过去了半小时。

戚百合裹着被子，瓮声瓮气地"喂"了一声。

辛其洲顿了顿，声音很低："怎么了？"

"没怎么。"戚百合闭上眼，想起自己刚刚的梦，嗓音有些哑，"在睡觉。"

辛其洲似乎察觉到她情绪不太好，说话也放缓了几分："睡多久了？"

"半个小时吧。"戚百合想了想，"但我做了个梦，想续上。"

电话那端静了几秒，辛其洲声音温润："做了什么梦？"

戚百合沉默了下，蓦地轻笑一声："我妈领着我在小区里放烟花。"

她正处于半梦半醒状态，意识有些游离，也不知道自己到底说了什么，只记得辛其洲"嗯"了一声，叫她继续睡，然后就挂上了电话。

那个梦到底还是没有续上，戚百合醒来时已经是傍晚，天色完全暗了下来，她睁开眼，看着黑黢黢的天花板愣了许久，才反应过来自己躺在哪里。

窗户外面传来摩托车的声音，楼下的住户开始做饭，抽油烟机轰轰直响，有小孩在楼道里打闹，不远处家长大声呼喊回家吃饭。

戚百合睁着眼睛，贪婪地捕捉着周遭的一切声音。

忽地，一声烟花炸开，室内瞬间亮如白昼。

想起自己那段没有结局的梦，戚百合掀开被子，穿上拖鞋走到窗边。

几个小孩子在楼下的健身区域闹着玩，一人一根仙女棒，不远处有两桶烟花，粉紫色的，炸一朵便能引来一阵欢呼声。

明晚才是除夕，不知道是谁家现在就放起了烟花。

她托着腮靠在窗边，看得专心，忽然听到身后的来电铃声。

她转身拿了手机，又回到窗边，眼睛盯着夜空，漫不经心地点了接听键——

"好看吗？"

她愣了一瞬，眼角的余光突然捕捉到了一丝光亮。

正对着她家窗户的一棵老槐树下面，一支仙女棒刚好点燃，跳跃的白光闪烁着，照亮少年清冷的下半张脸。

辛其洲一只手举着手机，另一只拿着烟花，懒懒散散地站在树下，头微微扬着，嗓音淡淡的，又有些沙哑，仿佛能将这个夜晚的喧嚣隔绝在外。

"以后你想看，我就放给你看。"

戚百合怔怔地看着他，几秒后，她捂着手机冲出了大门。

她跑得飞快，恨不得一步三个阶梯，头发被楼道的风刮起来，外面的烟花声一道接着一道，可她几乎听不见，心脏像是要跳出胸腔，如鼓点般敲打着她的耳膜。

辛其洲还在那里站着，嘴角勾出浅笑，表情温柔。

戚百合感觉自己像被置身于阳光下，心底潮湿的青苔顷刻间便化为乌有。

在刚醒来的那个时刻，她为什么会觉得自己一无所有呢？

她明明已经拥有了这个世界上最珍贵的东西。

"你怎么突然来了？"她的声音带上了一点哭腔。

辛其洲沉默了几秒，借着烟花的光亮，他看见了戚百合红肿的眼睛。虽然早有预期她此行会伤心，可下午在电话里听到她的声音时，他心里还是涌出了一阵说不清的烦躁。

"想来就来了。"辛其洲嗓音很轻，听着有些倦怠，"打断了你的梦，怕你没续上。"

所以先还她一场烟花。

戚百合几乎要流下泪来："我是问你怎么来的。"

辛其洲胸腔微震，似是笑了声："我还能是走过来的吗？"

"可是现在很晚了。"戚百合有些担心，"你怎么回去？"

明天就是除夕了，她知道辛家的风俗，中午是有家宴的。

"待会儿打车回去。"辛其洲尽量说得随意，"已经找好车了。"

戚百合还是很内疚："太匆忙了。"

辛其洲许久没说话，她抬头，撞见他轻佻的目光："觉得不好意思的话，可以适当补偿一下的。"

"你想要……"戚百合意识到什么，越说越小声，"什么补偿？"

辛其洲有意要转移她的注意力，要笑不笑地看着她："你说呢？"

戚百合脸红了，扭扭捏捏地开口："可是这里很多人……"

还都是熟人。

辛其洲不说话，就是笑，过了很久才说："怎么，很多人会影响你放烟花吗？"

戚百合愣了一下："啊？"

"我说你要是觉得不好意思，就把我买的烟花放完，别让我白跑一趟。"辛其洲说着，露出一副讶异的表情，"你想的是什么？"

戚百合后知后觉地发现自己又被他带到坑里去了，她又羞又气："我想什么你不知道吗？"

辛其洲双手插兜，煞有介事地"啧"了声："不懂那些。"

戚百合瞪了他几秒："不懂拉倒！我要去放烟花了！"

辛其洲买了整整一大盒仙女棒，没多久工夫，几乎整个小区的孩子都跑了过来，都想多分点儿，生怕讨好得慢了，跟在戚百合屁股后面一口一个"姐姐"，几十分钟过去，她便成了这堆孩子里的头头。

辛其洲一直坐在不远处的石凳上，目光不疾不徐地跟着她，时间一分一秒流逝，差不多到他该走的时间了，他感觉嗓子痒痒的，他后悔了。

辛其洲一把拽住了正从他面前疯跑过去的人。

戚百合手里还捏着烟花，意识到什么，情绪立刻低了下来，问："你要走了？"

辛其洲点了点头。

"那我送你。"她将烟花熄灭，扔到旁边的垃圾桶里。

辛其洲也站起来，垂眼看了一下她的手："不先回家洗个手？"

戚百合顿了顿："也行。"

分别是沉重的，她的脚步也是。

两人穿过热闹的广场，走到昏暗的楼道里，戚百合垂着头，没精打采。

她心情不好，又怕表现得太明显影响到辛其洲的情绪，于是又提着精神佯装轻松，叮嘱他："吉淮有很多黑车，你回去的时候注意不要坐他们的车，他们为了省钱不走高速的，小路要开很久，又很颠……"

她还在絮絮叨叨地说着，丝毫没注意到身后，辛其洲在踏进楼道的下一秒，便抬头看了眼天花板，一楼的声控灯是坏的。

戚百合说到"回去早点休息，到了跟我说一声"的时候，蓦地感觉自己的手腕被扣住了。

她还没反应过来，整个人就被往后拉去。

伸手不见五指的黑暗中，两人的呼吸渐渐变得急促。

戚百合紧张得心脏就像是要从喉咙里跳出来，她不敢呼吸，颤着声音开口："你想……干什么？"

辛其洲静了几秒，戚百合看不清他的表情。

几秒后，他压着嗓子，声音里有不加掩饰的渴望："你说我想干什么？"

戚百合感觉自己像是一尾鱼，在沙滩上搁浅了。

"可是……"她说不出拒绝的话。

与此同时，辛其洲又朝她靠近了几分，抵在她耳侧："可是我不能。"

下一秒，二楼的声控灯亮了起来，戚百合看见了辛其洲的脸。

他眉眼浓烈，盯着她看了几秒，缓缓后退，然后像从前那样揉了揉她的刘海，哑声道："快点长大。"

第九章
无能为力的十八岁，像个笑话

1

回了家，戚百合靠在门上，心跳得很快。

走到卫生间，她看着镜子里的自己，面颊红得像是要烧起来，不知是激动还是紧张，眼睛也是红红的。

口袋里的手机适时响起，她看了眼屏幕，感觉周遭的气息都紧了一些。

辛其洲坐上车，和司机说了目的地。他降下车窗，一边看着窗外倒退的夜景，一边举着手机，空气一静下来，他身上便散发出浪荡不羁的气息。

电话那端无声无息，像是有人刻意屏住了呼吸，辛其洲笑了声："我走了？"

"嗯。"戚百合垂着眼，生怕声音再大点儿就暴露了自己的情绪。

听筒里安静了几秒，只剩下马路热闹的喧哗声。

"戚百合。"辛其洲突然叫她的名字。

"怎么了？"

"好好学习。"

戚百合捂着手机，有些莫名，不知道他为什么突然提起这个话题，但还是应了句："我会的。"

"只有半年了，"辛其洲将手搭在降下来的车窗上，有一下没一下地看着窗外，顿了顿，又继续说，"高考。"

半年，高考。

戚百合心中忽然生出了一些混沌的感动。

在她还未踏足的未来里，辛其洲早她一步便设想好了。

"这只是我们的第一年。"辛其洲缓缓说着，像是承诺一般郑重。

多年以后的戚百合想起那段对话，依然觉得很唏嘘。

彼时他们不过才十八岁，一穷二白的年纪，唯有一腔孤勇，以为凭着这份为爱肝脑涂地的决心，就真的能通往某一个完美的世界。

春节结束以后，寒假也很快便告急了。

进入新学期，离高考还剩几个月，考试越来越频繁，所有人不管是主动还是被迫，投入到学习中的时间都大大增加。

第五次和第六次考试相继过去，戚百合的成绩已经能稳定在班级前二十名了，虽然年级排名依然在两百名开外，但是按照她现有的水平来看，过本科线已经不是问题。

四月底，一场春雨落完，料峭的寒意彻底过去，雨过天晴，气温回升，初夏的影子也掩藏在青翠的树荫下，缓缓到来。

梁卓过生日，约了戚百合和辛其洲出去吃饭。

出门前，戚百合去阳台上感受了一下，傍晚的风很和煦，天际上的晚霞热烈得仿佛要烧起来，天晴地阔，看着就很暖和。

辛其洲订了个蛋糕，就在她家附近，他先一步去取了，戚百合从阳台回去，在衣柜前徘徊了几分钟，最后拿出了一条裙子。

两人在公交车站碰面，辛其洲一看见她，目光凝滞一瞬，拎着蛋糕走过来，眉眼有说不上的冷清："你倒是给他面子。"

戚百合有些不好意思，她并非有意想在梁卓生日这天装扮。

"他是你朋友。"戚百合按了按裙摆，不太了解男生莫名的情绪，但还是下意识地哄着他，"我是给你面子。"

辛其洲又扫了她一眼。

戚百合没扎头发，化了一点淡妆，身上的针织连衣裙不算薄，但是挺短，上身勾勒出曲线，下半身还能露出两条纤长的腿，肤色雪白，光他走过来这会儿工夫，已经路过两三个回头看的男生了。

"行。"他抿抿唇，上前不动声色地将人挡在自己身后，"今年我生日，麻烦你按照这个规格来。"

戚百合笑了声："等你生日，你让我穿什么我就穿什么，行了吧？"

这话说完，两人俱是一愣。

戚百合耳根发烫，率先反应过来，开始找补："我不是那个意思，我是想说……"

"不用解释。"辛其洲走到路边，回过头，要笑不笑地看了她一眼。

"就算我当真了，又能怎样？"一辆出租车缓缓停下，上车前，他压着声音，极浅地在她耳畔说了句。

戚百合怔了几秒，暗暗掐了一下他。

约的地方是一家粤菜馆，离步行街很近。时值周末，店门口的街道人来人往，戚百合和辛其洲从出租车上下来，刚走到店门口，就吸引了不少目光。

梁卓也看到了他们，他坐在二楼靠栏杆的桌子上，满脸带笑打招呼，嗓门很大："哟，这是哪位女明星和她的小保镖啊？"

辛其洲不冷不热地睨了他一眼，带着戚百合上楼。

两人刚迈上一级台阶，辛其洲脚步又顿住了，他绕到戚百合左侧，声音很轻："靠墙走。"

戚百合愣了一瞬，下意识往旁边看，靠近楼梯有一桌客人，其中有个男人一直盯着她。

戚百合立即点点头，听话地站到了墙边。

到了二楼，梁卓刚想站起来迎接，辛其洲就看了他一眼："换张桌子。"

"为什么？"梁卓回头看了眼，"茶水都上了。"

"让你换换换。"辛其洲直接带着戚百合在过道右侧的桌子前坐下了。

梁卓抱怨了两句，开始运茶具，戚百合看了眼他原本坐着的那张桌子，在栏杆边上，一楼刚好能看到。

她有些感动，极小声地对辛其洲说了句："为什么要换啊？你坐里面不就行了。"

辛其洲将蛋糕放在桌子上，偏过头，看她一眼，眼神淡漠："不行。"

"小气。"戚百合不再说话。

辛其洲给她烫杯子，声音很轻："下次要穿裙子，提前跟我说一声。"

"干什么啊？"戚百合皱了皱眉，表达不满，"穿什么是我的自由。"

"没人要限制你的自由。"辛其洲看着她，眼睫突然垂了几分，目光落在她的腿上。

戚百合顺着他的视线往下看，因为裙子太短，所以她坐下时大腿也露了出来。她知道自己穿了安全裤，所以不会担心，但只是这样看着，的确有些要走光的风险。

辛其洲敛起目光，才缓缓开口："你早说，我就穿外套了。"

他今天只穿了一件黑色卫衣。

戚百合又好气又好笑，起了逗弄的心思："那你说，我穿这个好不好看？"

辛其洲瞥她一眼，不咸不淡地应："好看。"

戚百合还想再问，手里被塞进了一杯水。

"喝水。"辛其洲说完这句，便扭过了头。

戚百合笑了一下，抿了口水，然后便笑得更开了。

今天是有两件喜事，一是梁卓生日，二是他获得了省篮球队的试训机会。

梁卓是真的开心，嚷嚷着他买单，光是加菜就加了三回，但为了试训他要保养身体，所以以果茶代酒，拉着辛其洲陪他喝。

辛其洲不理他，他又缠上戚百合。

戚百合不想扫他的兴，陪着喝了一大壶果茶，最后实在忍不住了，小声跟辛其洲说："我去趟卫生间。"

辛其洲作势起身："我陪你。"

"不用不用。"戚百合将他按下来，"你陪寿星说话。"

对面的梁卓"欸"了一声："还是小百合懂事。"

…………

从卫生间出来，许是被梁卓的情绪感染，戚百合的心情也还算不错，经过走廊时看到有服务员步履匆匆地奔向某个包厢，她还好奇地上前看了一眼。

似乎是有人打起来了，服务员大声嚷嚷着报警，两个中年男人扭打在一起，嘴里不停地骂着各种难听的话，身旁酒瓶子碎了一地。

原以为只是醉鬼闹事，可就当戚百合漫不经心地收回视线时，听到了一道熟悉的声音。

她浑身僵住，再转身，其中一个醉醺醺的男人回过了头。

几分钟后，包厢里的人已经走光了，戚百合站在门口，手握成拳头，一言不发。

"爸。"她还是叫了一声。

丁甦良自从看见她的那一秒开始，便好似恢复了神智。往日他总是衣着光鲜，风度翩翩，和现在这样面色灰败、浑身酒气的落拓样完全不同。大约他也觉得无法面对，便一直背对着她，沉默不语地坐着。

刚刚戚百合已经从被打的那个男人口中得知，丁甦良年前听从朋友建议，掏空全部身家投资了数字货币，原以为能赚得一生的荣华富贵，谁料竹篮打水一场空不说，还落了一笔不小的债务。

戚百合走到他身边，尽量压抑着语气："到底被骗了多少钱？"

丁甦良依旧没抬头，像一坨烂泥般瘫在椅子上，开口说话时，嗓音是浑浊的沙哑："只剩下……你住的那套房子了。"

戚百合怔了怔，捏紧了手心。

"我很快就会搬走。"沉默了几秒，她缓慢地开口，"那套房子，你想怎么处置就怎么处置吧。"

戚百合说完要走，丁甦良突然叫住了她。

"你住着吧。"他抬头，眼睛红得像充满了血，声音也苍老了许多，"不是快高考了吗？"

"不用了。"

戚百合推门离开，刚站到走廊上，一抬眼，撞进辛其洲的视线里。

他站在古典木纹的墙面前，像是海报上的画面一样，轮廓精致，姿态闲散，若非眼底浮冰般的凉意，都让人怀疑是不是一尊雕像。

"你……"戚百合有些犹豫，"在那里站多久了？"

辛其洲不置可否地看了她一眼："先走再说。"

227

两人出了餐厅，站在人来人往的街道，晚来风急，戚百合感觉自己的心也凉透了。

梁卓买完单出来，看见这两人气场不对，随口问道："怎么了二位？"

没有人回应，梁卓叹了口气："那我先走了？"

"等会儿。"一直沉默的辛其洲突然开口，走过去把他身上那件牛仔外套扒了下来，睨了他一眼，"生日快乐，慢走。"

梁卓骂骂咧咧地走了。

辛其洲偏过头，将那件外套披在了戚百合肩上，声音很轻："我听见了。"

戚百合抬头，眼睛一眨不眨地看着他："哦。"

别人都说家丑不可外扬，可她的家丑每回都能让辛其洲撞个正着。

"我帮你联系了你干爸。"辛其洲逆着店门口的光柱站在她眼前，揉了揉她的头发，语气微沉，"离高考还有一个月，你先去他那里住着。"

戚百合有些意外："你什么时候联系的？"

"在你还没出来的时候。"

辛其洲帮她把外套往上拉了几分，忽地说了声："抱歉。"

戚百合不解地抬头，又听到他说："我现在……还没办法。"

辛其洲逆着店门的光柱站着，她看不清他的表情。少年的淡漠气质像深海，将她包裹在漩涡中央，她无法忽视心中的酸楚和感动。

"你明明已经为我考虑很多了，不需要向我道歉，"她鼻腔泛酸，瓮声瓮气地说，"你知道吗？在你开口之前，我觉得自己像个笑话。"

最亲的人三番五次让她陷于无家可归的境地。

但是何其有幸，她还能像此刻这样，有个怀抱能遮风挡雨。

辛其洲耐心地看着她，声音很平淡，也很厚重："你不是笑话。"

是无能为力的十八岁，像个笑话。

搬家定在第二天，周日。

辛其洲过来帮忙收拾，辛小竹也跟来了。

戚百合在这儿生活的时间不长，短短三个月，东西基本还是她从辛家带出来的那些，只多出来厚厚一沓试卷，以及她上次回吉淮从家里带回来的一些照片。

她只用了一个小时便收拾好了。辛小竹叫了车，停在路口，辛其洲把行李一件件拿出去。

车子后备厢空间有限，最后剩个包放不下，戚百合想抱在怀里，辛其洲拎走之后，把种着百合的花盆塞到了她手中。

"拿这个就行了。"他说。

戚百合垂头看了眼，褐色的土壤上，一株嫩苗在风中羸弱地摇晃着。

辛小竹坐在副驾驶看热闹，朝辛其洲伸了伸手："给我吧哥，你俩坐后排。"

辛其洲也没客气，把包从车窗塞了进去，再一转身，看到戚百合还在对着花盆发呆。

"想什么呢？"他眼神很淡，"上车吧。"

戚百合点了点头。

去阮侯泽家的路上，她心情不算太好，一直都没说话。辛小竹大约是察觉出她的情绪不对劲，一直在没话找话："姐，你干爸真的是开俱乐部的吗？能不能带我去玩玩，我还没去过。"

戚百合挤出一抹笑："等你放暑假。"

"为什么要等我放暑假啊？"辛小竹笑了声，"我今晚就有时间哦。"

"行。"戚百合刚想应下，想起辛其洲，转过身去看，寻求他的意见。

辛其洲朝她挑了挑眉："你是她姐。"

意思是你拿主意就行。

戚百合定了神，再回头，朝辛小竹笑了声："但是只能喝饮料。"

"好耶！"辛小竹开心得手舞足蹈，一不小心没抓稳，怀里的包掉到了地上。

戚百合听到玻璃碎裂的声音。

辛小竹像做了错事一般，拿出一个相框，声音很小："对不起啊。"

"别割着手。"戚百合扶着座椅探头去看，是戚繁水的结婚照，她放下心来，"这张没事。"

原本她是不想带这张照片过来的，因为合照里有饶俊。可是上次回去，戚百合发现这张照片里的戚繁水笑得格外漂亮，她也没多想，就装进相框里带了回来。

辛小竹又向出租车司机道歉，拿出自己的书包，将玻璃碎片小心翼翼地放进去，放着放着，她注意到了那张照片上的人。

"姐，这是你妈妈吗？"她蓦地回头。

戚百合点点头："好看吧？"

"好看。"辛小竹明显心不在焉，拿着那张照片，指了指饶俊，"那这个呢？这个人是谁？"

戚百合怔了几秒，还没来得及开口，坐在辛小竹正后方的辛其洲抬手敲了一下辛小竹的后脑勺。

他表情寡淡，压着声音："再问待会儿送你回家。"

辛小竹不满地嘟囔了一句："我就是觉得有点眼熟……"

饶俊是吉淮人，跟辛小竹又差着辈分，因此戚百合并没有注意到这句话。

到阮侯泽家里安顿下来以后，戚百合照例听了一顿辱骂。

关于丁韪良如何如何，眼下她已经听得麻木了。

大约是她恍惚的样子有些可怜，阮侯泽终于住了嘴，将备用钥匙扔给她，语气严肃，又透着一股心疼："早就说不该跟他接触。"

戚百合没说话，默默收拾房间。

阮侯泽叹息一声："还有多久高考？"

她站了起来，表情空洞："一个多月。"

"那这一个多月给我好好学习，什么也别想。"他撂下这句话就要走，戚百合叫住了他。

这句话早就该说了。

"谢谢你。"她揉了揉眼，心底有些酸涩。

阮侯泽的表情顿了顿，开口有些不自然："真要谢谢我，就拿重点大学的录取通知书来谢。"

戚百合哑然失笑："我现在这个水平，怕是有些难。"

"难也要给我学。"他拿起车钥匙，笑了声，"那句话怎么说来着？

"——只要学不死，给我往死学！"

戚百合："……"

2

阮侯泽每日昼伏夜出，家里安静得很，戚百合住在那里，倒是跟独居也没什么区别。

那一个多月，她下了发狠的劲儿学习，每晚都要熬到凌晨两三点才睡，早晨六点半起床，坐公交车去学校，手里捧着单词本，在食堂吃饭的时候，耳朵里还塞着随身听的耳机练听力。

靳卉受她影响，也开始临阵磨枪，课间没有再出去瞎溜达过。所有人都被高考的愁云笼罩着，唯有梁讫然，还像是退休大爷似的游手好闲。

那段时间，他倒是没有像以前那样，时不时就从教室后门溜进来找靳卉聊天。但戚百合有一次回家，在附近的一家奶茶店里撞见他和辛小竹在一起，两人一人捧着一杯奶茶，坐在靠窗的位置上，头抵头在看手机。

戚百合立在原地看了会儿，最后又走了。

收到丁韪良消息时，是在校的最后一天。

沅江二中每年的惯例，高考前放假三天，让考生调整状态。

老师们不再讲解试卷，将时间都用在了疏导学生心理上，班里到处都是期待和紧张的交谈声，戚百合和靳卉在聊志愿，桌洞里的手机突然响了一下。

丁韪良发来消息，说房子已经卖掉了。

戚百合只回了一个"好"。

丁韪良又问：明天有空吗？

戚百合回道：什么事？

丁毽良：把卖房的钱给你。

戚百合顿了顿，没有立刻回复。

情感上，她对自己这位名义上的父亲失望至极，完全不想接触，可理智上，她又清楚自己很需要这笔钱。

戚繁水生前留下的积蓄不多，阮侯泽从吉淮将她接来沅江的时候，就把那笔钱留给老人了，他说他能抚养戚百合直至大学毕业，这对他来说不是什么大问题。

可近一年来接二连三的变故让戚百合没法再安心接受了。

想了会儿，她打字回复丁毽良：卖了多少钱？

丁毽良：八十九万。

戚百合：我只要十万。

够上大学就行。

丁毽良过了几分钟才回：给你二十万。

戚百合没再辩驳，约了时间地点就放下了手机。

没了晚自习，最后一堂课结束，众人就能收拾书包回家了。

戚百合的心情还算平静，周围有人在扔笔记，嘶吼着"解放了"，就连靳卉也离开了座位，在班里四处流窜要人手机号。

戚百合老老实实地坐在板凳上，慢条斯理地整理着试卷，随手翻开一张，就看到了辛其洲的批注。

他的字很好看，笔锋凌厉，散而不乱，看多少遍都不会腻。

戚百合心中有些怅然，就当她准备拿出手机拍张照片发给辛其洲的时候，肩膀突然被人轻轻拍了一下。

回过头，张俊生站在她面前，手里拿着一个方方正正的笔记本，表情有些拘谨："那个……戚同学，方便留一下手机号吗？"

戚百合没在意，点点头："可以啊。"

张俊生把本子递过去，害羞地挠了挠头："不好意思啊，手机上次月考被我妈没收了，只能让你们记在本子上。"

"没关系。"戚百合拧开笔帽，翻开日记本，看到空白的纸张时，愣了一下。

张俊生看到她指尖停顿，懊恼地捏紧了拳头，紧张地解释："我看就……就你还在座位上老老实实坐着，所以就先找你要了，待会儿你写完，我再去找他们写。"

戚百合"嗯"了声，抬手写下了一串号码，把笔记本还给他，嘴角勾了几分："考试加油。"

张俊生腼腆地笑笑，刚想说"你也是"，余光突然瞥到一个人，要说的话溜到嘴边，又忘了。

戚百合看着他奇怪的反应，顺着他的视线转身，一抬眼，看到了教室后门的辛其洲。

辛其洲穿着黑衣黑裤，身形挺拔，瘦削利落，就那样大剌剌地站在门框下面，表情淡漠，冷清的目光不加掩饰地落在两人身上，招来了走廊上不少人的注意力。

戚百合一个头两个大，压着声音："你来干什么？"

辛其洲睨了张俊生一眼，抬腿走了进来，经过张俊生时还低声说了句"劳驾让一下"。

张俊生人都傻了，班里有人注意到，全都下意识地屏住了呼吸。

戚百合眼睁睁看着辛其洲走到自己面前，垂眼看她："往里坐。"

里面是靳卉的座位，现在空着，纵然戚百合百般不愿意，也只能硬着头皮挪了过去。

辛其洲迎着众多惊异的目光，旁若无人地坐了下来。

戚百合几乎听到了周遭倒吸凉气的声音。

"你来干什么？"她几乎咬牙切齿地问。

明明已经是最后一天了，为什么非要在这时候搞一个大新闻？

辛其洲没应声，余光中注意到张俊生回去了，才偏过头，直勾勾地瞧着戚百合，淡声道："怎么了？我来帮你收拾书桌也错了？"

戚百合无语凝噎："我自己有手。"

辛其洲垂眼，看到她捏着笔泛白的指尖，笑了一下："怕你累着。"

戚百合："……"

靳卉回来的时候，身后还跟着梁讫然。这两人一看到座位上的辛其洲，目瞪口呆的表情相当同步。

戚百合闭了闭眼睛，不知该如何面对这一张张八卦又激动的脸，她手忙脚乱地将所有试卷塞进书包，塞不完的就塞到辛其洲的书包里。

班里的女生震惊地看着戚百合粗鲁地拉开辛其洲书包的拉链将东西一股脑地塞进去，而辛其洲却面无表情时，她们哪还有心情庆祝解放，恨不得现在就去贴吧发一百条帖子。

"走吧。"她总算把书桌收拾干净了，忙不迭拉着辛其洲离开，"吃饭去！"

辛其洲站起来，两人刚想走，一旁的靳卉突然举手："那个……我也没吃呢。"她憨厚地笑笑，"不如一起吃？"

戚百合瞪了她一眼。

靳卉置若罔闻，朝辛其洲抬了抬下巴："校……辛同学介意吗？"

辛其洲略一扬眉，语气慵懒："不介意。"

靳卉开始欢天喜地收拾书桌，刚拿起包，想起旁边的梁讫然，捅了捅他的胳膊："喂，你去不去？"

梁讫然自打看见辛其洲的那一秒便开始吹胡子瞪眼。他心中始终有些不服气，这种不服气并非出于他贼心不死，而是因为他还没忘记去年在辛其洲手里吃的那次亏。

奇耻大辱，历久弥新。

梁讫然冷哼一声，耸了耸肩："去啊，为什么不去？"

戚百合此刻已经麻木了，完全破罐子破摔："去吧，都去。"

这话说完，辛其洲微微偏了偏身子，不紧不慢地瞪了她一眼。

戚百合不甘示弱地瞪了回去。

四个人浩浩荡荡地走出校门，因为靳卉说要放松一下，众人就打车去了"停机坪"。出租车刚一停稳，辛小竹就背着书包迎了上来，满脸笑容："你们来啦？"

戚百合惊惧交加，回头看"肇事者"，靳卉摊了摊手："我叫来的，人多才热闹啊。"

辛小竹和梁讫然越走越近这事儿，靳卉也有所耳闻，并且乐见其成。

戚百合很无语，然而更无语的是辛其洲。

他眼睁睁看着辛小竹跟在梁讫然身后进了店里，顿了顿，他垂头看戚百合，嗓音沉沉的："为什么不跟我说？"

戚百合心里还气着，也没什么好语气："我连你都拦不住，还能拦得住她？"

她说完便往里走，走两步想起什么，又回头："你妹不想让梁讫然知道你和她的关系，待会儿你就装不认识。"

辛其洲走过来，挑了挑眉："怎么，我还能丢她的脸了？"

戚百合用力地点头："那可不。"

阮侯泽不在店里，但是叮嘱了服务生不要阻拦。此刻还不到营业时间，后厨还没上班，靳卉打电话叫了一大堆烧烤送到店里吃。

傍晚时分，华灯初上，"停机坪"的员工陆陆续续到来，众人都惊讶地打量，靠近舞台最宽敞的那张桌子上，坐满了背着书包、面容青涩的男孩女孩。

辛其洲全程没怎么动过，烧烤只吃了几口便放下了，他懒懒散散地靠在沙发上，除了靳卉偶尔找他问几句闲话之外，他的目光就没离开过身边的人。

戚百合那晚也挺开心，头发随手绾成一个低低的发髻，鬓边的刘海凌乱，托着一张绯红小脸，额上汗涔涔的："我去上厕所。"

她刚起身，对面的辛小竹想起什么，也站了起来："姐，我也要去。"

两人结伴去了卫生间，快到营业时间了，保洁刚打扫过店里，卫生间里的檀香刚点上，闻起来有些熏脑袋。

戚百合站到洗手池边，刚想洗把脸，就在镜子里看到辛小竹凑了过来。

"姐。"她的表情有些认真，"你还记得我之前看过的你妈妈的那张合照吗？"

戚百合"嗯"了声，拧开水龙头，掬了一把水。

"那个男的，我是真的眼熟，"辛小竹眉头拧着，继续说，"上次回去我想了一晚上也没想出来，前两天突然就想起来了。"

水流声哗哗作响，戚百合指尖顿了顿，掌心的水尽数流走。

"就是站在你妈妈旁边的那个男人，他之前来找过我妈，我记得很清楚，在一家咖啡店。"辛小竹眼睛瞪得大大的，试图获取她的信任，"真的，当时舅妈也在，他们三个人一起见的面。"

戚百合关上水龙头，面无表情地看着她："他们说了什么？"

辛小竹摇摇头："说什么我没听清，当时我是跟朋友偷溜出去玩的，怕被我妈看到，一直躲在他们后面。"

想了想，她又伸出手指头，有些激动似的："但是我妈给了他一张卡，隔得远我也没看清，应该是银行卡。"

⋯⋯⋯⋯⋯

辛其洲等了近十分钟，没看到戚百合回来，只看到辛小竹。

"你姐呢？"他没深想，随口问了句。

辛小竹有些恍神："哦，她说她肚子疼。"

辛其洲没再说话，看了眼时间。

辛小竹心事重重地坐下了。她有点后悔，刚刚说完那些话之后，戚百合的脸色就不对劲了，好像是受了什么打击似的，面容恍惚，唇色惨白，说话也有气无力。

她想告诉辛其洲，但又不敢，她隐约间觉得，自己似乎捅了个很大的娄子。

辛其洲一直有些心神不定，他再次看了眼手机，戚百合已经去了近二十分钟了。

他站起身，刚往卫生间的方向走了几步，就看见了戚百合的身影。

她低着头，走得很慢，脸蛋红扑扑的，下巴还有水滴。

辛其洲大步走过去，扶着她的胳膊："怎么了？"

戚百合仿佛才回过神，抬眼看他，挤出一个笑："没事，肚子有点胀，烧烤可能不干净。"

"去医院看看。"他不由分说牵住了她的手。

"不用了。"戚百合按住他的胳膊，"真没事，我想回家了。"

辛其洲顿了几秒，垂眼看她，良久，才应了句："好。"

聚会就这么散了。

靳卉虽然还是没看成表演，但也觉得现阶段身体最重要，道别后就坐公交车回家了。梁讫然打车送辛小竹回家，辛小竹临走前看了戚百合一眼，目光中有些担忧，还有些自责。

只可惜戚百合低着头，一直没有朝她投去眼神。

"停机坪"门口只剩下他们两人，辛其洲转过身，看向戚百合，语气温润："现在没人了，说吧。"

戚百合抬起头："说什么？"

辛其洲盯着她瞧了几秒，蓦地伸手，掐了一下她的脸："到底怎么了？"

戚百合怔了怔，皱起眉头："我刚刚在卫生间吐了，太丢人了。"

辛其洲没说话，静静地看着她，似乎在衡量她话里的真假。

戚百合回看着他，眼睛亮晶晶的，伸出手："背我回去。"

"行。"辛其洲也没忸怩，站到她面前，弯下腰，"上来。"

阮侯泽家离俱乐部不远，步行十来分钟的路程，辛其洲走得很稳。

戚百合趴在他的肩头，终于不用再假装开心。她将脸埋在少年肩侧，新鲜的汗味混合着绿化带里的青草香灌进她的鼻腔，她感觉脑袋很闷，于是闷闷地说了句："辛其洲，你怎么那么瘦啊？"

辛其洲笑了声："瘦吗？那你以后给我喂胖一点。"

"以后？"戚百合眨眨眼，"以后你想考哪里的大学啊？"

还没等到回答，她又自言自语："你成绩那么好，肯定要考首都吧？可是那里的学校分都很高，我考不上怎么办？我们分开了怎么办？"

"不会分开。"辛其洲耐着语气，"我说过，人定胜天。"

戚百合笑笑："只有你这样的天之骄子才相信这句话。"

辛其洲顿了顿，没有理会她的话："你想考哪里？"

"分数够哪里就考哪里咯，"戚百合瓮声瓮气地说，"我又不像你。"

辛其洲偏头想看她，只看到从他肩侧垂下来的一缕头发，柔软无力，轻易就能被风吹起来。沉默了下，他温声道："你去哪里，我就去哪里。"

戚百合仿佛被逗笑："那你可真够傻的。"

到了家门口，背上的人呼吸均匀，像是已经睡着了。辛其洲唤了几声，没得到回应，刚要抬手敲门，门就开了。

阮侯泽手里拎着车钥匙正准备出门，看到戚百合不省人事，撇了撇嘴："这才几点？困成这样？"

辛其洲没有被质问的不悦，抿抿唇，淡声解释："玩累了。"

阮侯泽"啧"了声，转身回屋将戚百合卧室的门打开。辛其洲把人背过去，掀开被子，小心翼翼地将她放到了床上。

戚百合皱了皱眉，似乎是不舒服，换了个姿势，转身朝里。

辛其洲掖了一下被子，拿起床头柜上的空杯，问阮侯泽厨房在哪儿。

阮侯泽闻言，朝一个方向努了努下巴。

辛其洲接了温水放到戚百合的床前，临走前看了一眼，戚百合还背对着他，只露出半张侧脸，双眼紧闭，睫毛根根分明。

他向阮侯泽告辞。

阮侯泽见辛其洲离开，重新抓起车钥匙，刚想出门，看到了站在卧室门口的戚百合。

她眉眼清明，神情冷淡，哪还有半分困倦的模样？

3

翌日清晨，戚百合六点起床，做了两张试卷找了找手感，然后就收到了辛小竹的消息。

意料之中，辛小竹说她要过来。

戚百合厨艺一般，之前独居的时候也只会下下面，搬来阮侯泽家里后，他不爱开火，厨房基本是摆设，戚百合常常去外面吃，偶然赶时间，会从超市买一些速冻食品回来囤在冰箱里。

辛小竹过来时，她刚煮了一碗小馄饨。

小姑娘捧着一束新鲜的黄玫瑰，表情有些拘谨，吃饭时心不在焉，数次欲言又止。

戚百合放下勺子，无奈地看着她："不好吃就别吃了，我也是第一次做，汤底可能没调好。"

辛小竹连忙往嘴里塞了一大口，含混不清地应："不是不是，很好吃。"

戚百合漫不经心地"嗯"了一声："你慢慢吃，我先把锅洗了。"

她起身进了厨房，没两分钟，听到辛小竹也跟了进来。

"姐……"小姑娘皱着眉，很难开口的样子，"昨天我跟你说的那件事，是不是跟你妈妈有什么关系？"

戚百合洗碗的手顿了顿，看着透明的泡沫，她扯出笑容："你想多了。"

辛小竹显然也是没信，她靠在墙上，声音低低的，有些自责："我也不知道到底是什么事，但是我觉得，就算她们真的有什么错，那也是长辈之间的事，我不是让你不要怪她们，我就是不想……我很怕这件事会影响到你跟我哥。"

见戚百合没接话，辛小竹渐渐开始急躁起来，过来拉她的胳膊，真诚地看着她："姐，我哥真的很在意你。"

戚百合点了点头："我知道。"

"你不知道。"辛小竹倔强地拉着她，嗓音充满稚气，"你从我家搬走的那天，陈姨给我打电话我才知道这件事。我告诉了我哥，他本来什么也没说，后来看你一直没回他消息，他才开始着急，让我打电话给丁叔问你的新家地址。"

"临走前舅妈问他要回去做什么，他也不肯说，吵了一架后，他连夜打了车回去。"辛小竹说着，眼圈已经开始泛红，"第二天舅舅从凌南市回来，还……打了他一巴掌。"

戚百合沾满泡沫的手凝滞在水槽上方。

她怔怔地看着辛小竹，又问了一遍："打了……一巴掌？"

辛小竹缓缓点头："舅舅性格不好，我哥小时候经常被打，也是上了初中以后，舅舅才不怎么发火了，但也很少回家，不怎么管他。"

辛小竹抿了抿唇："姐……我不知道该怎么劝你，但是我想求求你，不要记恨我哥，行吗？我哥他长这么大……真的很少开心过。"

辛小竹之后也说了许多，但戚百合什么都听不进去了。她脑袋里装的都是半年前的事，搬家第二天，辛其洲去看她，将房间里里外外检查了一遍，检查电路是否有风险，检查煤气管有没有损坏，检查大门，检查窗户，注意到楼道的声控灯坏了，还帮她换了个灯泡。

那时候，为什么他一点儿都没表现出来呢？

因为她而挨下那一巴掌的时候，他心里又在想些什么？

辛小竹见戚百合沉浸在自己的思绪中，也不再多说。临走前经过阳台，看到花盆里结了花苞的百合，她叹息一声，看向餐桌上的黄玫瑰，她温声道："花店百合卖完了，只有黄玫瑰了。"

戚百合坐在椅子上，似乎魂魄都丢了一块，听到她提起黄玫瑰，脑袋中的某根弦突然被扯了一下。

"你知道黄玫瑰的花语是什么吗？"

辛小竹有些讶异，但还是回答了："花店老板说是道歉。"当时她觉得倒也应景，没多想就买下了。

辛小竹说完要走，手刚放在门把手上，又被戚百合叫住了。

"小竹。"戚百合面无表情，语气倦怠至极，"方便把你妈妈的手机号给我吗？"

辛小竹沉默了几秒，报出了一串数字。

"谢谢。"戚百合艰涩地提起嘴角，"不要告诉她，可以吗？"

辛小竹看了戚百合一眼，点了点头。

关门声落下，主卧的门下一秒就打开了。阮侯泽站在门框下，还穿着睡衣，手里拿着手机，神情怔忪，看向戚百合的目光略带几分不忍。

"号码记下了吗？"戚百合起身，面色凝重地走向他，"待会儿我跟丁瑆良见面的时候，你就发消息给辛芳。"

阮侯泽见她要回房，下意识叫住了她。

"如果饶俊真的跟他们有关系。"阮侯泽静了几秒，嗓音低哑，"你打算怎么办？"

戚百合推门的手顿了顿，她回头，目光如寒潭般平静："那束黄玫瑰是饶俊送的。"

阮侯泽动作凝滞了一瞬："你是说上次回去看你妈的时候，墓前放的那束黄玫瑰？"

戚百合点点头，眉尾微扬，语调是前所未有的平静："或许我妈的死不是意外。"

"你是不是想多了？"阮侯泽皱了皱眉，"就算证明饶俊真的和你爸有联系，他们也不至于会害死她吧？"

"为什么不会？"戚百合倔强地看着他，"丁韪良是什么人，你不是比我更清楚吗？"

阮侯泽沉默了下，走过来扶住了她的肩膀，眼神里都是担忧："百合……"

"两年前，我妈跟饶俊刚结婚那会儿，"戚百合满心的疑惑，根本听不进去他的劝慰，反问道，"她有没有跟你提起过丁韪良？"

阮侯泽见她如此执拗，叹息一声，松开手，缓缓说道："有过一次，她说跟饶俊在街上碰见丁韪良了。"

戚百合垂下眼，良久，转身进了房间。

她的脑海中有一万条思绪，乱七八糟的，可她一条也抓不住。只要想想戚繁水的死有可能不是意外，只要有万分之一的疑惑高悬于她的头顶，那她无论如何也无法装作视而不见。

戚百合趴在桌子上，出神地看着相框里的照片。

戚繁水的笑容总是那么明亮，不像她，瞻前顾后，畏首畏尾。戚百合忍不住想着，如果她的妈妈没有死，她在吉淮安然地生活至今，长大以后应该也会是这个样子吧。

不困过去，不畏将来，爱要爱得坦荡，恨也大大方方。

即便，可能再也不会遇见辛其洲。

辛其洲。

等她反应过来，这三个字已经出现在空白的稿纸上了。

戚百合坐在椅子上，窗外是初夏正午的阳光，明亮，热烈，温暖得仿佛能融化一切寒冰，让所有于暗处滋生的恶念瞬间消失。

想起那个总是一身黑衣的少年，她拿出了手机。

置顶的对话框，辛其洲的头像已经换成了跟她一样的火柴人，最后一条消息是今早七点发来的，他问她：醒了吗？

戚百合放下了手机。

和丁韪良约定好的时间终于到了。下午两点，戚百合换衣服出门，前往银行。

丁韪良信守承诺，说她已经成年，要为她办理一张银行卡，直接把二十万存进卡里。

戚百合打着一把遮阳伞，还没走进银行，就看到了坐在等候区的丁碟良。他还是一身得体的西装，头发梳得油光锃亮，光彩照人，丝毫没有那晚落魄绝望的样子。

她收起伞，走进去。

父女俩没有过多寒暄，不是丁碟良不想，是戚百合不回应。她根据大堂经理的指引，在自助机器前操作了一番，成功办理了她人生第一张银行卡。

去柜台办理转账业务的时候，戚百合口袋里的手机响了一下。她拿起来看了眼，是阮侯泽发来的，说消息已经发给辛芳了。

她背着丁碟良打字问他：辛芳怎么说？

阮侯泽回道：很生气，应该是相信我就是饶俊了，质问我凭什么找她，说她已经和丁碟良离婚了，要敲诈去找丁碟良。

接着又是一条：他俩结过婚吗？你不是说没领证吗？

戚百合没回，她收起手机，看了眼丁碟良。他就坐在不远处，正在根据工作人员的指示进行人脸识别。

敲诈……戚百合在心中默默念了一遍。

丁碟良的手机果然响了起来，戚百合坐着没动，但余光瞥见他神色紧了几分，他道了声抱歉，便拿着手机起身去了外面。

戚百合朝工作人员不好意思地笑了笑："请问你们这里有卫生间吗？"

"没有，出门左转有家肯德基。"

"谢谢。"她拿着包出去。

丁碟良已经走到台阶下面，说话声音很低。戚百合装作撑伞，站在门口，也只能隐约听到几句。

"号码不是我给的，我怎么可能会让他去找你要钱？"

"我就见过他两次，一次是……另一次就是两年前他威胁要钱。"

"你要我说几遍？跟我没关系！"

"等会儿我去公司找你，当面聊。"

戚百合终于撑开了伞，丁碟良一回头，看见她，脸上的烦躁还未得及收敛，就转变成了惊慌。

"你怎么出来了？"他不自然地咳了一声。

戚百合撑着伞往肯德基走："去上个厕所。你快进去吧，工作人员还在等你。"

丁碟良看了戚百合一眼，见戚百合把遮阳伞压低，生怕被晒到的样子，没深想便进去了。

等戚百合回来的时候，丁碟良已经办好了。

他把银行卡递给她，犹疑几秒，还是忍不住开口了："过几天就高考了吧？"

戚百合把银行卡装进钱包，敷衍地应了个"嗯"。

"好好考。"

"知道了。"戚百合撑伞离开。

丁彗良也没阻拦，看着她的身影消失，他走到路边，打了一辆车。

车子起步，戚百合从粗壮的梧桐树后走了出来。

她也打了一辆车，上车后就跟司机说跟上去。司机是个大叔，觉得挺逗，跟她开玩笑："姑娘，看你年纪也不大啊，学着那些大妈来这一出？"

戚百合眼睛紧盯着前车，漫不经心地笑了笑："前面是我爸，我替我妈看看。"

大叔又笑："那你可真是你妈的贴心小棉袄。"

戚百合抿了抿唇，没再接话，从包里掏出外套、帽子和眼镜。

十几分钟过去，丁彗良的车停在了盛茂大厦门口，戚百合付了车费，紧跟着他下去。

这是她第一次来沅江市的 CBD 商圈，也是她第一次亲眼看到辛家的产业究竟有多庞大。高高的大楼耸立云端，玻璃幕墙折射出日光，看着都晃眼。

丁彗良走进了大楼旁边的一间咖啡店，戚百合保持着不远不近的距离，戴上墨镜，也跟了进去。

她很紧张，进去以后没急着去看丁彗良的位置，而是走到吧台边装作在点单的样子，磨蹭了几分钟，便听到了一阵高跟鞋的"嗒嗒"声。

辛芳穿着一条红色连衣裙，满脸的不耐烦，踏进店门的下一秒，便转身朝某个方向走去。

趁他们的注意力都集中在彼此身上的时候，戚百合低着头，上了二楼。

那家咖啡店生意不错，人流量很多，店面也很大，辛芳他们坐在最角落的餐桌旁，旁边没有人，只有上面，戚百合恰好坐在他们正上方。

辛芳摔包的声音不小，一坐下就开始质问，她的电话号码是不是丁彗良告诉饶俊的。

丁彗良比她谨慎，声音压得很低："我说了，不是我给的。"

"不是你给的还能是谁？他是什么人，赌鬼一个，哪里有办法弄到我的手机号？再说了，哪有那么巧的事，前天你才来找我哭穷，今天他就给我发消息要钱了。"

丁彗良沉默了一会儿，不知道说了什么。戚百合伸长了脖子去听，也只零星听到了几个字，他似乎并不是很在意饶俊的消息，还在找辛芳要钱。

辛芳大约也听出来了，顿时勃然大怒。

"早该看出来你是没心肝的东西，要不是两年前公司拟上市，不能有一点儿负面新闻，你以为我会在乎你抛妻弃女的那点把柄？你抛妻弃女跟我有什么关系？那个姓饶的拿这件事来威胁我，一次就算了，现在我们俩都分开了，他要真的旧事重提——"

说到这里，辛芳顿了顿，语气压低了几分："我一定报警。"

"不能报警！"丁韪良似乎也急了，看了眼周围，才哑着声音说道，"两年前我就问过律师了，他是罪犯，我们知情不报还为他提供收买目击证人的钱，这是包庇罪。"

戚百合坐在栏杆旁，抓着椅子的手已经泛白。

丁韪良的声音很轻，盘旋在耳边，却像一柄利剑，将她五脏六腑都贯穿。

——他是罪犯。

——我们知情不报还为他提供收买目击证人的钱。

…………

一阵阵耳鸣撞击着她全部的理智，戚百合用力地咬着下唇，苍白的唇瓣上已经流出了血，额上豆大的汗珠流下来，可她就像浑然不觉，拳头紧紧地握着，指甲几乎嵌到皮肉里。

服务员过来送咖啡，看到她的样子很害怕，紧张地询问："小姐你没事儿吧？"

戚百合终于从灭顶的愤怒中抽身，她松开手，朝服务员挤出一个比哭还难看的笑："没事。"

她还有很多事要做。

楼下的两人似乎达成了协议，只要丁韪良搞定了饶俊，辛芳就会把他已经出手的画廊买回来。

高跟鞋的声音再度响起，辛芳走了。

丁韪良正在记她留下来的"饶俊"的电话，大约是峰回路转，又看见了富贵傍身的希望，他的心情看起来还挺不错。

戚百合坐到了他对面。

丁韪良端起咖啡刚准备喝，一抬眼看见戚百合，勾起的嘴角瞬间僵成了一条直线。

"你……你怎么在这儿？"他眼神中的慌乱不是假的。

"跟着你来的。"戚百合强忍着内心的冲动，平静地看着他，"前几天，我碰到饶俊了。"

丁韪良眼神微闪："辛芳的号码是你给他的？"

"是我给的。"戚百合面不改色地撒着谎，"他找我要，我觉得奇怪，就跟踪了你。"

丁韪良不知道刚才的话她听到了多少，这会儿有点试探的意思，他犹疑地问："你想知道什么？"

"我妈的死不是意外。"戚百合手握成拳头，直直地看向丁韪良，"她是被饶俊推下去的，对吗？"

听到她直奔主题，丁韪良的心重重一沉："你妈她……"

"刚刚的对话，我全都听到了。"戚百合直接打断他，"我现在只想问，饶俊为什么会认识你？"

丁疌良沉默了下，语气艰涩："两年前，我去吉淮办事的时候碰见了你妈，当时饶俊就在她旁边，一开始我对他没有印象，直到后来，他拿着我的把柄来敲诈，我才知道，几年前他在地下赌场见过我，知道我是谁，我和你妈在吉淮街头偶遇，他当时就认出我了。"

戚百合有些恍然："然后呢？"

"那次见面后不久，饶俊就来找我要钱了，我很生气，想联系你妈，结果得知她已经失足坠楼了。"丁疌良的眉心皱得很深，"我当时就怀疑了，问了饶俊，他说因为你妈那天发现他欠了高利贷，两人在天台上起了争执……"

戚百合听得浑身冰冷，但还是察觉出了漏洞："他为什么要跟你说这件事？"

就算饶俊真有他的什么把柄，敲诈也只是为了要钱，大可不必将自己失手杀人的事抖搂出来。

丁疌良面如土色，缓了缓才说："因为他一开始要的是三十万。"

丁疌良想起那天的事，饶俊不知道从哪儿冒出来，自称是戚繁水的现任丈夫，拿着一段录音找到他，张嘴就要三十万，丁疌良没同意，怒气冲冲地去质问戚繁水，得知她已坠楼。

那时他就隐约怀疑了，直到第二天，饶俊把数字加到了八十万。

"他说……有邻居看到了他失手推人，借此威胁他拿出五十万，不然就报警。"丁疌良说着，吐出一口浊气，"所以他又多要了五十万。"

戚百合放在桌子下面的手已经掐出了血痕，但她还是努力控制了语气："最后一个问题，饶俊拿什么威胁你的？"

丁疌良见她没有再提起戚繁水的死，定了定心："你妈出事前一个月，我在吉淮撞见她，提出想见见你，她没同意，我们就吵了一架，后来我才知道，饶俊在那天录了音。"

戚百合皱了皱眉："所谓的把柄，就是你们吵架的一段录音？"

"那时盛茂集团是拟上市的公司，高层不能出现任何一点负面新闻，饶俊在税务机关工作，很清楚这一点，所以他直接拿了录音去找辛芳，"丁疌良顿了顿，看了她一眼，缓缓说道，"当时我们俩是合法夫妻，持股人配偶都进行了公示，而且他只要了八十万，所以就给了。"

只要了八十万，对于辛家来说无关紧要的八十万。

至此，戚百合拼凑出了所有的真相。

身上的痛不是痛，心里的恨无法纾解才是穿肠的苦楚。

为什么？

为什么她的妈妈要遇到这样的事？

为什么这些人可以这么恶心？

一段不清不楚的录音，一桩小小的负面新闻，便可以让他们拿出八十万，并且心甘情愿地包庇了杀人凶手。

"如果我今天没有过来……"戚百合闭上眼，声音如尘埃般细微，"你是不是打算瞒我一辈子？"

丁甡良看着她面色惨白，心中又慌乱又不忍："百合，我知道这件事的时候，你妈妈已经不在了，人死不能复生，我能做的，只有替她好好照顾你。"

这就是了。

为什么他会在戚繁水死后凭空出现，突然想起自己未尽的抚养职责，将戚百合接到辛家过活？

八十万对于他们来说无关紧要，跟公司可能要面临的小小麻烦相比，一个可怜女人死亡的真相更是不值一提。

戚百合坐在椅子上，明明能晒到阳光，却感觉自己被困在湖底。

在这个故事里出现的所有人都令她感到恶心。

尤其是眼前这个，她称之为父亲的男人。

4

戚百合回到家的时候，已经是凌晨一点。

三楼的窗户灯火通明，可她没有抬头看，到了家门口，照常掏出了钥匙，几声金属撞击的丁零声响起，门突然开了。

阮侯泽站在门内，面色仓皇："你去哪儿了？手机怎么也关机了？"

戚百合木然地看着他："没电了。"

阮侯泽还想说些什么，可戚百合太累了，她绕开他，想回自己的房间，刚走到客厅，余光就瞥见了沙发旁一道清瘦的身影。

辛其洲站在阳台边上，直直望向她的目光幽静得像海，顶光下冷硬的轮廓锋利得像刀，轻易便能划破她全部的心事。

阮侯泽走过来解释："他联系不上你，上我这儿来找了。"

戚百合和他对视，平静地将刚刚的理由复述了一遍："手机没电了。"

辛其洲走过来，看了她一眼，没说话，从餐桌旁拉了一张椅子到她身边，嗓音很轻："先坐。"

戚百合没有问为什么，听话地坐下了。

他又转向阮侯泽："家里有云南白药吗？"

阮侯泽这才后知后觉地看到戚百合膝盖上的擦伤，两条腿都有，掌心那么大的伤口，红肉都露在外面，一圈都泛出了深紫色的淤青。

"怎么摔那么狠？"他连忙去了卧室找药。

客厅就剩下他们两人。戚百合低着头，看不到辛其洲的脸，却能感觉到专属于他的那种强烈又熟悉的气息，橡木苔香中又带着点凛冽，闻起来有些久违的苦涩。

他不开心的时候，通常都会有些不耐烦的。

戚百合抬起眼睫，跟他解释道："过马路的时候跟别人撞到了，摔了一跤。"

辛其洲依旧只是盯着她的伤口瞧，声音很轻："疼吗？"

"不疼。"戚百合摇了摇头，"就是擦破了皮。"

辛其洲没说话，垂眼看，她下唇上也有一粒黄豆大小的伤口，不知是什么时候破的，已经结了血痂。

"以后想去什么地方，跟我说。"辛其洲将她的裙子往上撩了一寸，露出完整的伤口，触目惊心。

他抬眼，四目相对，戚百合眼底的慌张一闪而过。

辛其洲收回视线，哑着嗓子："我陪你去。"

"我是去见丁匙良。"戚百合提起嘴角，露出一抹故意为之的苦笑，"他把房子卖了，我以后不打算再跟他来往，所以就想把大学四年的学费一起要来。"

"要到了吗？"

戚百合嗤笑一声，指着自己的膝盖："我都这样了，你说要没要到？"

她把银行卡掏出来，拍在了餐桌上，笑得很豪气："从此以后，我就跟他没有任何关系啦。"

说完以后，许久没听到动静，戚百合抬头去瞧。辛其洲没说话，只是沉默又专注地看着她。别人的欲言又止里仿佛有着千言万语，而他的眼神冰冷细腻，却藏着她不敢多看的深情。

他是疑惑的、担心的，可最后，他什么都没有问。那些话真假参半，他不是听不出来，可戚百合既然想让他觉得是因为这些，那他也不会追问。

毕竟，每个人的心中都有秘密。

阮侯泽拿了药出来，手忙脚乱地念叨着："马上就高考了，我今天就不应该让你出去！"

"给我吧。"辛其洲朝他伸出手。

阮侯泽愣了几秒，看他一脸镇静的样子，把药递了过去。

辛其洲自然而然地把戚百合的腿放到了自己的腿上，拧开喷剂的瓶盖，他哑声叮嘱："可能会有点疼。"

戚百合点点头。

辛其洲俯身，喷药的时候突然说了一句话：

"你还有我。"

戚百合是一个很能忍痛的人，可那天，她疼得流出了眼泪。

从那之后整整两天，戚百合没有给辛其洲发过一条消息。

她似乎陷入了某种不见天日的牢笼中，连带着将他们的关系也一起沉入了泥沼。

辛其洲似乎也清楚她需要冷静，那天从阮侯泽家里离开，他也没再出现。

在高考前两天，戚百合按部就班地备考，生活也并非全无出路，她将全部希望寄托于一段录音上。

是的，在那个兵荒马乱的下午，她还没有完全失去理智，她把她和丁韪良的全部对话都用手机录了下来，丁韪良没想到，阮侯泽更是没想到。

听了录音后，他坐在阳台抽了半包烟，戚百合还没说话，他就哑着声音开口了，说会带着录音回一趟吉淮。

阮侯泽走了，高考如期到来。

那天早上，戚百合天还没亮就起床了，将必带物品检查了三遍，临出门前途经走廊，只是不经意地一瞥，她看见了阳台上一抹粉白的色彩。

那株摇曳了半个月之久的花苞终于盛开了。

三棵，六朵，白色花心，粉色卷边，绽放得生动又可爱，在日光下亭亭玉立，仿佛在热烈地着期待着整个夏天。

戚百合站在阳光下，默默地看了几分钟，转身离开。

高考结束的那天下午，阮侯泽刚好从吉淮回来。

戚百合从考场出来，一眼就看到了他的车。

一上车他就问："考得怎么样？"

"还行。"戚百合敛了目光，嗓音有些发颤，"你那边怎么样？"

阮侯泽变了脸色，叹息一声："不行。"

"为什么？"

"跟律师说的一样。"阮侯泽的嗓音有些浑浊，"你妈的死当年被警方认定为意外，时隔两年多，想要重新立案需要很确切的证据，你那段录音本身就不太清晰，还不是在合法的情况下录制的，作为申请重新立案的证据是远远不够的。"

戚百合怔了怔，没说话。

阮侯泽偏头看了她一眼，斟酌了语气才说："律师说了，要想重新立案，至少要找到一个人证。"

人证。

戚百合苦笑了一声，她是该找丁韪良、辛芳，还是宋冉阑呢？

他们全都知道当年的事，却全都没有将戚繁水的死当成一回事。

"不是还有个邻居吗？"阮侯泽想起来，"威胁饶俊，要了五十万的那个？"

戚百合没应声，降下车窗，恍惚地看向窗外。

她被分到的考场在市区，最繁华的地段，校门口挤满了接孩子的家长，以及拿着笔袋从校园里走出来的学生，有的是志得意满，有的是垂头丧气。

水泄不通的路口，他们的车都被堵得停滞不前。

上午刚下过一场小雨，湿滑地面上有小小的水坑，一阵风吹过，带起小小涟漪。

戚百合发呆似的看着，蓦地想起她曾经的朋友。

不知道周玥考得怎么样。

阮侯泽又问了一遍："你有办法找到那个人吗？"

戚百合背对着他，摇了摇头，想要找到谈何容易！

半年前，戚百合去医院探望过一次秦玉婉，也只那一次，她几天后再去的时候，便被护士告知秦玉婉已经出院了。

那时她还不知道，也不理解，周玥对她避之不及的态度是因何而起，直到丁韪良提起了那个敲诈了饶俊五十万的邻居。

秦姨的病在戚繁水出事前一个月确诊，病情来势汹汹，不得已走到卖房的地步，可就在戚繁水出事以后，他们家的房子又不卖了。秦姨做了手术，他们一家也搬出了住了十几年的小区。之后在沅江相遇，周玥的话掷地有声，说她不想再见到戚百合……

所有秘密都会留下痕迹，草蛇灰线，绵延千里。

而等到戚百合终于看清这一切的时候，已经为时太晚。

她没法回头了。

六月初，一场雨落完，夏天便正式到来了。

周末，市一院人很多，电梯口挤满了神情焦虑的人，辛其洲站在最外侧，眼神有些漠然。

他等了两趟电梯才总算挤上去，按下了顶层的数字。

那栋楼是住院部，顶层的病房是套间，其中一间住着宋冉阑。

从电梯出来，途经护士站，有年轻的女孩偷看他，然后窃窃私语。辛其洲拎着一袋水果，面不改色地走过去。

宋冉阑坐在床上发呆，面前的电视上放着叽叽喳喳的综艺节目，她没看，目光空洞，不知落在何方。

辛其洲走进去，拿起遥控器把电视关了，然后拎着水果走进卫生间。

拧开水龙头，他听见宋冉阑的声音："我说了，我什么都不想吃。"

辛其洲没有停下手中的动作，将水果洗好端到了床头柜上，嗓音很轻："你就算把自己饿死，他也不会来看你。"

高考前一天，宋冉阑不知从哪儿得知辛远盛带着私生子去了公司，在家里跟他吵架，不慎从楼梯上摔下来，右腿两段骨折，住院近一周，辛远盛连面都没露过。

"就算他心里没有我。"宋冉阑皱着眉，声音凄厉，"但也不能把那个小杂种带到公司！"

辛其洲掀了掀眼皮，看她一眼，没说话。

他早就清楚了，宋冉阑对于辛远盛的事心知肚明。

成年人的世界充满辗转腾挪的衡量与算计，她从前不说，是因为觉得翻脸无益，她是辛远盛的妻子，还有个样样都好的儿子，这些都是别人拿不走的。

直到辛远盛带着那个小杂种登堂入室，她心中坚持了许久的平衡终于被打破了。

宋冉阑放在被子上的手握成了拳头，她恨得咬牙切齿，只是不知道到底在恨谁。

辛其洲从椅子上起身，将病床上的就餐板拉出来，把水果放上去："吃点东西。"

宋冉阑眼睛通红，将盘子扫落到地上，依旧难消愤恨，嗓音沙哑："他们凭什么？那个小杂种凭什么？"

辛其洲的手滞在半空，低头看，刚刚洗好的车厘子在地上滚了很远，有的甚至撞到了墙角，流出鲜红的汁水。

他就那样站着，笔直得像一道影子。

"就凭他是辛远盛亲生的孩子。"辛其洲抬头，眼神中的倦怠和讥诮一闪而过。

宋冉阑浑身一震，缓缓抬头看他："你说什么？"

辛其洲沉默了几秒："难道不是吗？"

宋冉阑死死地盯着他，吐出的气息微颤："你什么意思？"

"没什么意思。"辛其洲后退几步，回避了她的视线。

这里的一切，都没意思透了。

他走到墙边，按了一下护士铃，然后转头看宋冉阑："我会让人送一份清淡的饭菜过来，如果你还是不吃，那我下午会去公司找他。"

"找他干什么？"宋冉阑终于有些着急，"你别去，他不喜欢……"

她说着说着，便意识到了什么，把话咽了回去。

辛其洲面无表情地看着宋冉阑，她未说出口的话，他全都知道。

辛远盛不喜欢他去公司。

"他会迁怒你。"宋冉阑换了个说法。

辛其洲轻笑一声："你觉得我会在意？"

"你必须在意。"宋冉阑死死地抓着被子，盯着他，重复了一遍，"你必须在意。"

两人对视了几秒，安静的空气中充满了火药味。

最后是护士来敲门才打破了这份一触即发的紧迫。

辛其洲走出了房间。医院前门的花坛边，他的脚才踏上台阶，就看见了坐在正前方的人。

戚百合一看见他就站了起来，表情有些拘谨，也有些意外："我……我听小竹说，你在医院。"

一周没见，辛其洲似乎消瘦了不少，原本就锋利的轮廓线条变得越发冷硬，眼神是疏离的空，下颌上有蟹青色的胡须，只是站在那里，就锐利得像一把剑。

她原本只是想远远地，再看一眼的。

可戚百合还是没忍住，朝他走近几步："你妈妈，还好吗？"

话音刚落，辛其洲就伸出手拉住她，稍稍抬手，就将她抱进了怀里。

一个紧密的、没有任何空隙的拥抱。

戚百合被他抱得肋骨都疼了，但她憋着气息，仿佛在强忍着什么，抬起手反抱住了少年清落的身体。

"你知道吗？"她把脸埋在他宽厚的肩膀上，声音闷闷的，却带着脆生生的欢喜，"你送我的百合花开了。"

"嗯。"辛其洲应了声。

"开得很好，我拍了照片，你要看吗？"

辛其洲终于松开她，眼睫颤了颤，垂眼看。戚百合似乎有些慌乱，她笨手笨脚地拿出手机，有些着急似的，把照片翻了出来。

"总共是三棵，开了六朵，白色花心，粉色卷边……"

她把手机递到他面前，几秒后，后知后觉地注意到辛其洲的视线。

他在盯着她的下唇看，那儿原来有一块小小的伤口，如今已经愈合，血痂也脱落了，新生的皮肤带着浅浅暗红。

戚百合还没反应过来，腰后就覆上了一只温热的手。

理智失守只需要一秒，将她拉近的同时，辛其洲蓦地俯身。

与其说是吻，不如说是撞。戚百合被撞得嘴唇发麻，呜咽了两声，双手抵在他胸前，用力地推他也推不开。

辛其洲觉得自己或许真的就是个浑蛋，无师自通，他辗转流连，像是发泄，又像是挽留，怎么索取都不够。

他何尝不知道这段时日以来戚百合不寻常的心事。

可即便是他，也有被无法言说的秘密挤压得无法呼吸的时刻，他没有资格，也没有勇气问戚百合，他是否能与她共同承担。

辛其洲至今还记得第一次见戚百合的样子。

客厅里没几个人真正看得起她，辛芳不把她放在心上，宋冉阑对她更是不屑一顾，她们像听什么新鲜事一样，听戚百合自我介绍完毕，宛如逗弄一只小狗般，跟她开玩笑，要给她改个姓。

辛其洲从楼梯上下来，还没出现在众人面前，就听到了戚百合倔强又充满稚气的声音："古书上说尚可移名，不可改姓，我觉得我的名和姓都挺好听，暂时还不想改。"

然后他踏下楼梯，看见了那道声音的主人。

和他想象中的不同，一张巴掌大的小脸，黑睫忽颤，黑曜石般的瞳仁黑亮，像从山林中逃出来误闯进城市的小狐狸，狡黠、勇敢，也不失诚恳。

他爱的她从来都没变过，就连敷衍都很真诚。

唇上的触感越来越温润，戚百合小心翼翼地回应着他。

良久，两人才分开。

下唇上的伤口再次流出鲜血，淡淡的腥气在口腔中蔓延，戚百合低着头，她能听见自己的心跳，也能听见自己恍惚的声音——

"辛其洲，我不想跟你在一起了。"

第十章
八年

1

高考成绩出来的那天，辛其洲去了趟"停机坪"。

自从戚百合离开以后，那是他第二次去。

第一次是在一刀两断的第二天，辛其洲和梁卓一起，他们喝了很多酒，梁卓出了店门口便扶着路边的树干吐了起来，辛其洲站在不远处的台阶上，望向夜空的目光有些怔忪。

阮侯泽似乎是有些不忍心，走过去，同他说了一些事——

一些他只会在醉酒状态下，才能相信的荒唐事。

那天的最后，阮侯泽默默地抽着烟，上升的烟雾在眼前缭绕，辛其洲看得不甚分明，阮侯泽的面容有些落寞，声音也充满寂寥的无奈。

"这个味淡，对身体好。"

他说："年轻时都只顾着贪恋浓烈，忘记为以后打算。"

辛其洲觉得他说得很有道理。

成绩出来以后，辛其洲又去了趟"停机坪"，阮侯泽那段时间整天泡在店里，无所事事，又没精打采。

辛其洲刚坐下，阮侯泽就知道了他的来意。

阮侯泽"啧"了一声："546分。"

辛其洲怔了几秒，点了点头："很好。"

大约够得上一本的分数线了。

总算，她还有一项没落空的东西。

阮侯泽又看他："你呢？多少分？"

辛其洲靠到了沙发上，声音很轻："721分。"

"嚯！"阮侯泽一下子坐起来，"这分可以上清北了吧？"

辛其洲目光有些涣散："也许吧。"

一声吉他声响，"停机坪"每晚的演出开始了。

辛其洲循声看向背后，不大的一方舞台上，一束追光落在中央。

那天表演的是一支民谣乐队，主唱是女生，留着齐耳短发，穿着一条藏蓝色的棉麻连衣裙，嗓音清冽又自然，台下欢呼的人大部分都是男生。

一些久远的回忆像潮水倒灌，将他空洞的思绪填满。

辛其洲转过身，视线收回来，又撞上了吧台上的一抹粉白色彩。

那盆百合现在就放在柜子上，和一排盆景搁在一起，颜色鲜亮得有些格格不入。

阮侯泽注意到他的目光，看过去，不甚在意地说："在家也没人浇水，我就搬到店里了。"

辛其洲缓慢地点了点头，然后看向他："我能带走吗？"

阮侯泽不置可否地抬起下巴："随你。"

"谢谢。"他起身去抱花，冷不防听到身后的声音。

"为什么不问我她现在在哪儿？"

辛其洲脚步顿了顿，他穿着一件黑色的T恤，隐在暗处，只能让人瞧见宽肩长腿的大致身形，在声色犬马的场合里，安静得像一道影子。

阮侯泽还在盯着他。

辛其洲喉结滑动，眼尾溢出涩意："我应该没资格知道。"

戚百合换了手机号，离开了沅江，再也没有回来过。

填报志愿的那天，梁卓试训的结果正好也出来了。他去网吧找辛其洲，高兴地说他被省队录取了。

辛其洲正在填报院校代码和专业代码，闻言只是点点头："恭喜。"

梁卓对他的反应很是不满，凑过头去看，发出了一声惊天动地的惊呼。

半个网吧的人都看了过来，辛其洲也摘下了耳机。

"你那分数，去这些学校？"梁卓难以置信地指着电脑，"你别以为我不知道，你的分数首都的学校随便挑啊。"

辛其洲静静地看着梁卓，眉眼间尽是硝烟散尽后的倦怠。

他说："你知道我想做什么。"

梁卓意识到什么，愣愣地看着他："是不是太突然了？"

"不突然。"

梁卓眉心轻拧，语气仍是犹疑："就为了小百合？"

辛其洲的手指在键盘上方凝滞了一瞬，他面无表情时，身上总有种冷冽的疏离感，叫人不敢靠近。

梁卓叹息一声："我这好不容易有了个着落，你又放着大好前程不要了……"

"没关系。"键盘敲击声重新响起，辛其洲核对了志愿无误后，点下了"保存"按钮。

梁卓还在一旁唉声叹气。

辛其洲从椅子上起身，伸出手拍了拍梁卓的肩，好看的眉眼压下来，嗓音有些沙："人生南北多歧路。"

梁卓那时并不理解这句话，直到很久以后，他听到了下半句：

人生南北多歧路，君向潇湘我向秦。

戚百合的分数达到了一本线，但因为过线不多，最后她听了老戴的建议，去了北方的一所二本高校，读了还算热门的专业。

大学四年，只有刚开始的时候难一些，她没在北方生活过，对气候很不适应。秋天的时候手沾水会起小水泡，冬天天气干，她经常流鼻血，有一次半夜睡着睡着感觉枕头一片濡湿，她晕晕乎乎地摸到手机，照见一片血红。

好在室友性格都很好，她们都是本地人，对戚百合多有照顾，得知她过年过节没地方去，经常邀请她去家里小住。

四年，戚百合一次也没回过沅江。她和阮侯泽一年大约能见上两次，一次是春节，一次是暑假，都是在吉淮市，戚繁水的那套小房子里。

兜兜转转，那是她唯一能去的地方。

这几年，戚百合一直没有放弃寻找周玥一家，大二那年得知她们的房子已经卖掉了，她还辗转找到了中介公司，试图打听周家的联系方式，可惜一无所获。

日子无波无澜地继续着，若说有什么值得一提的，那就是她在大三那年成为一名网络歌手。

这事说来也巧，戚百合某次在酒吧给室友过生日，在招摇的灯光里看见了一个人，姑且称得上是熟人吧。周郁野那时已经是小有名气的乐队主唱了，他在刚开业的酒吧演出，远远看见了戚百合，便从舞台上跳了下来。

戚百合看见他，才想起那个始终没有通过的QQ号。两人简单聊了几句才发现，她当时加的那个号码是错的，而周郁野那晚等了许久，没等来好友申请，便以为她是在变相拒绝，没有再打扰了。

他乡遇故知，算得上一件幸事。

那几年微信开始广泛流行，戚百合的QQ也闲置了，周郁野加上她的微信，第一件事就是问她，当初的约定还算不算数。

他签了一家娱乐公司，正在着手创作乐队的第一张专辑，作为专辑主打曲的一首小情歌，副歌部分需男女对唱。

戚百合还在犹豫的时候，对方抛来橄榄枝："有报酬的哦。"

她立马答应下来。

后面的事情发展得出人意料，专辑一面世就受到了热捧，那家唱片公司的营销手段很强，几乎算得上"病毒式"营销，戚百合参与的那首主打曲仅仅用了两周，便攀上了各大音乐软件热度排行榜。

小鱼乐队一炮而红，周郁野凭着一张足够能走偶像路线的脸，更是红得发紫，各种通告跑到腿软，又因为他总是在各大综艺里反复讲述主打曲的制作过程，并提到和声的女歌手，所以连带着戚百合也成了一个小有名气的歌手，之后，她也顺利签约了那家公司。

戚百合没有规划过自己的生活，也对人生的际遇和拐点全盘接收，原因无他，丁韪良给的那二十万，她只留了十万，剩下的全都付给了私家侦探。

也许人活着真的只需要一口气，她的那口气就是满腔的恨意和不甘。

她恨那座城市里的所有人，也对拮据的现实感到不甘。

无论如何，她都要找到周玥，当公众人物既能站在高处，又能赚取丰厚的报酬，她无法拒绝。

大四毕业，室友们都按部就班地找到了自己的生活，结婚的结婚，考公的考公，还有心怀梦想的，北上首展现抱负。

那一年，她二十三岁，被经纪公司送上一档音乐选秀类节目，拿了亚军，算是在娱乐圈正式出道。

背井离乡，孤身一人。除了工作以外，戚百合也没有结交什么可以谈心的朋友，这么多年来她始终都是一个人，除了逢年过节会跟阮侯泽见上一面外，就只剩下跟周郁野偶尔来往了。

私家侦探一直没有传来确切的消息，唯一的收获，便是查到了秦玉婉的墓地。

戚百合唏嘘过后，并没有放弃寻找，每年都要拿出十万二十万的钱往里砸，公司里同类型的艺人多少都有了自己的积蓄，只有她床头金尽，在娱乐圈边缘摸爬滚打了四五年，连套房子都买不起。

她在自己的生活中挣扎，旁人也是如此。

那几年阮侯泽的生意也不太好做，翡翠路拆迁，自从他换了个店址以后，"停机坪"的客流量就大不如前了。

于是2018年夏天，阮侯泽把店面盘了出去，买了一辆房车，从此做上了潇洒闲人，环绕着地图跑了一圈，等到凌南的时候，已经是他周游全国的第二年。

那一年，戚百合二十六岁，距离她和辛其洲分开，已经八年。

自打不用再盘算生意之后，阮侯泽看起来容光焕发了许多，甚至还开始健身，戚百合开车去房车营地接他，一见面吓了一跳。

阮侯泽向她炫耀自己的肱二头肌，显摆道："我这体格，说三十岁也有人信啊。"

戚百合一边开车一边笑："你再吹狠一点，干脆叫我姐算了。"

"去。"阮侯泽"哧"了一声，"管你妈都没叫过姐。"

安静的车厢内有什么情绪在缓缓发酵，戚百合沉默着，然后听到阮侯泽叹息了一声："还是没消息吗？"

其实是有一些的。前不久，她终于查到了周玥的下落，确切来说，是周玥女儿就读的幼儿园。周玥早在5年前便结婚生子了，这令戚百合感到诧异。

戚百合扶着方向盘，神思有些倦怠："应该快了。"

阮侯泽点了点头，百无聊赖地打量着车厢内部的装饰："这就是你去年买的那个二手车？"

"嗯。朋友换车了，这个低价卖给我了。"

阮侯泽偏头看她："是那个带你入行的大明星，叫周什么野的？"

"嗯。"戚百合漫不经心地应了声。

阮侯泽没说话，过会儿车子停在了路口。

等绿灯的间隙，他突然降下了车窗，声音混在晚风里，有些遥远："这么多年都没想过再谈一次恋爱吗？"

戚百合怔了几秒，余光瞥见指示灯亮了，踩下油门，开了许久才应声："没遇到合适的。"

这是个万能的回答。

可阮侯泽知道，他若是再追问什么是合适的，戚百合定然是答不出来的。

有些人的"合适"是因为符合标准，而有些人的"合适"，是能够重新定义标准的。在她心里，那个"合适"的框架下站着谁，阮侯泽不问也知道。

开了一个小时，两人终于抵达一家餐厅门口。戚百合拿驾照不过一年半，车技很一般，倒车入库时阮侯泽看不下去，把她赶下了车，让她先去点菜。

戚百合无奈地笑笑，走上台阶，服务生迎上来问有没有预订，她说了名字，正要被领着去往包间的时候，突然听到背后的声音。

梁卓趁着休假的半个月赶来凌南市拜访女友父母，酒过三巡，出来上卫生间，随手抓了个服务生问路，再一抬头，看见戚百合站在正前方，眼睛一眨不眨地盯着他。

"好久不见。"她说。

那顿饭的前半场，戚百合一直都吃得心不在焉，阮侯泽看在眼里，也没多问，直到梁卓送走了女友的家人，敲响了他们包间的门。

多年不见，梁卓也成熟不少，穿上了西装。他的身材一直不错，也能衬得起来，安静地坐在椅子上时，真有了几分青年才俊的风度。

戚百合强撑着笑意寒暄："什么时候结婚？"

梁卓坐在阮侯泽旁边，笑了笑："国庆。"

"提前恭喜了。"她举起酒杯。

梁卓也端起杯子和她碰了一下："别说这些，到时候你得来。"

戚百合愣了几秒，笑了一下："行。"

梁卓和阮侯泽之间也互相认识，高考结束的那个暑假，辛其洲整天拉着他去"停机坪"喝酒，隔三岔五就能见到的人，阮侯泽也愣是把那句"阮叔"给听顺耳了。

三人同坐一桌，闲聊着近年来的变化。梁卓前年从省队退了下来，回老家沅江开了家篮球训练馆，既担任老板，又兼任教练，生意不温不火，倒也能维持生计。

他笑着说完，又看向戚百合。

不必多说，她近些年的变化也很大，身材仍是纤细的，五官长开了，不像小时候那样生动艳丽，大约心气变了，性格内敛坚定，连带着外貌也变得俏丽清淡几分。

"前年在电视上看到你，差点儿没敢认，"梁卓笑道，"没想到我还能有个当明星的朋友。"

戚百合连忙摆手："别抬举我了，一年能出三四次通告就不错了。"

"大小也是个公众人物了。"梁卓沉默了下，"在凌南定居了吗？"

"不算吧，"戚百合抿了一口酒，淡声道，"我现在租房住，哪儿有工作就去哪儿，也是才刚搬来不久。"

想起什么，她又问："你打算在这儿待多久？"

"明天去我女朋友家里送礼，然后……"梁卓说到这里，顿了顿，"再见个朋友，就回去上班了。"

他说："暑假，忙一些。"

那顿饭吃得很别扭，但究竟别扭在哪里，每个人都心知肚明。

结账出来，戚百合喝了酒没法开车，而阮侯泽这几年健身，烟酒都戒了，于是他先行一步去了停车场开车。

剩下戚百合和梁卓，两人站在餐厅门口的台阶上各有所思，一时陷入了心照不宣的沉默中。

初夏的晚风和煦，混着路边小吃的烟火气，让熙熙攘攘的街头都生动了几分。

梁卓蓦地开了口："他也在凌南。"

这个"他"是谁，不用问也知道。

戚百合看了梁卓一眼，不知道说什么，就"哦"了一声。

梁卓淡声道："有件事你可能不知道。"

戚百合看着马路上来往的车辆，声音有些恍惚："什么？"

"他跟辛家断绝关系了。"车来车往中，梁卓的声音像有些遥远似的，"就在你离开的那年夏天。"

路灯突然在戚百合眼中发散了，变成一片片渺小的光晕，她心头一紧，转过头看梁卓，吐出的气息微颤："什么意思？"

"他本来就不是辛家人。"梁卓偏头看她，想起一些久远的事，"还记得我之前跟你提过的，我和他是怎么认识的吗？"

那是很多年前的事了。

在那座小公园的篮球场，两人为什么会打那一架。梁卓是因为他母亲的执迷不悟，而辛其洲呢，他那样冷淡、克制的人会失去理智，是因为在那一天，他得知了自己的真实身世。

他不是辛远盛和宋冉阑的亲生孩子，他们的孩子被拐了，至今下落不明，而他是他们从福利院抱养的孤儿。

原本辛其洲是不会知道这件事的，是因为那天宋冉阑发现了辛远盛在外的私生子，两人在家里的书房爆发争吵，辛其洲无意间听见，原来他只是一个寄人篱下的孤儿，跟辛远盛没关系，跟宋冉阑更是无关，他们将他抱回家的时候，他全身上下只有一条断了的金项链，除此之外，再无其他。

"不过你也不用多想，"梁卓顿了一下，不疾不徐地说，"他也不只是因为你。他在辛家生活的那十几年，本来也没多开心。"

2

阮侯泽开车过来的时候，梁卓已经打车离开了。戚百合像是有些怕冷，裹紧了身上的外套才钻进车里。

"你开到房车营地就行，先送你，我找代驾回去。"她靠在座椅上说。

"我打车回。"阮侯泽偏头看了她一眼，"说你地址。"

戚百合也没力气争，报了小区名："金域府。"

阮侯泽找了导航出来，问她："是这个吗？"

戚百合连看都没看一眼，就"嗯"了一声。

阮侯泽看她情绪不太对，想也知道梁卓肯定是说了什么。车子开了五六分钟，他降下了车窗，出声询问："怎么了？"

柔软的风扑在脸上，戚百合恍神地看向窗外："那年我走以后，你跟他……说了吗？"

其实她早该猜到的，那句分手她说得不明不白，辛其洲这么多年都没联系过她，想来也是知情了，才能接受她消失得如此干干净净。

阮侯泽应得很干脆，语调稍稍抬高几分："不说能行？"

他转过头，看向前方，声音又变轻了："还不如给人一个痛快。"

车子开进小区后阮侯泽就走了，戚百合从地下停车场进电梯，独自站在角落。

电梯在一楼停下，周郁野带着一个女生进来。四目相对，戚百合面无表情地跟他打完招呼，眼神随意地划过，经过他身旁的那个女生脸上的时候，突然顿了几秒。

很眼熟，但她没想起来。

袁织雨也是如此，她立在墙边，又看了戚百合一眼。

周郁野倒是没注意到这些，按了楼层后，他站到了戚百合旁边。

三个人身上都带着酒气，气氛有些诡异的宁静，但戚百合陷入自己的思虑中，并未察觉。

她住十六层，周郁野在十九层，公司统一安排的住所，两人经常在电梯里遇见，也不算什么稀奇事。

电梯即将抵达十六层的时候，周郁野清了清嗓子，蓦地开口："跟谁喝的，也不送你回来？"

戚百合没精打采地走到电梯门旁边，懒散地应："送到停车场了。"

门开了，她刚要出去，又被叫住。周郁野落拓地站在她刚刚站的地方，表情很随意："晚点去找你，谈点事。"

"电话说吧。"她今天很累。

总算回了家，戚百合躺在客厅的沙发上，望着天花板发了许久的呆。

想起什么，她起身去了厨房，从冰箱里拿出了一打精酿。

毕业以后，因着工作的原因，她喝酒的场合变多了，染上了喝酒的恶习。但说是恶习也不确切，她只有在家里才会敞开怀喝，喝醉了就睡觉，也没多少人知道她的真实酒量。

把茶几拉到落地窗前，戚百合席地而坐。

窗外夜色斑斓，橘色的道路上车流如织，她把下巴搁在膝盖上，怔怔地看着外面，感觉脑袋已经有些不清醒了，她从地毯上捞起了手机。

在她的微信好友列表里，有一个账号，是她只敢在喝醉以后才去看的。

在分开的八年时光里，戚百合并非毫不在意。

刚毕业的时候，人人网是最热门的社交软件，那会儿还叫校内网，想要找人只需要输入学校的名称。校友关系纵横交错，但凡你想找的人注册过这个软件，总能寻到他的蛛丝马迹。

戚百合找过，输入那三个字以后，出来的账号却没一个是他。

她只能从旁人一些只言片语的动态中获取他的消息。她只知道，辛其洲那年的分数足够录取清北，但不知为何，他拒绝了招生办打来的电话。

这一行迹被二中的学弟学妹们口口相传，辛其洲这个名字逐渐成为一个符号，被隐藏在一个天之骄子最后却走向离经叛道的故事里。

再传奇的人物都会落幕，渐渐地，没有人再提起他了，那个火爆一时的软件也慢慢退出了市场。在独自一人的角落，戚百合再无隐秘窥探的途径。

没有人知道他为什么放弃大好前程，也没有人知道，塞上秋风鼓角，城头落日旌旗，那个少年也曾鲜衣怒马，有多意气风发。

⋯⋯⋯⋯⋯

敛起愁绪，戚百合点开了微信，好友列表第一位，纯白的头像，昵称是一串看起来像随手打出来的字母，被她备注成了"A"。

点开对话框，聊天记录停在三年前——

你们已经成为好友，快来聊天吧。

这个微信，她加了三年，个人资料看了几千遍，关联的手机号已经倒背如流。

安静的晚夜中，戚百合想起那通不明不白的电话。

那是在她毕业后的第一年，她刚签约不久，公司对她的发展还没有规划，随手把她塞进一档美妆综艺里当模特，出镜就是一张素颜，然后让明星嘉宾在她脸上尝试各种妆容。

戚百合没有过敏史，也不知道自己会对一种叫"香叶醇"的成分过敏。那天录制结束，她回到后台就开始浑身起红疹，周郁野率先发现她的不对劲，打车把她送进了医院。

她在病床上昏睡了不知道多久，感觉到冰冷的药水正在注入血管，她终于清醒过来，刚看清墙上的钟表，凌晨两点，枕头旁的手机就响了起来。

是一串陌生的号码，戚百合没在意，接听后说了一声"哪位"，可是却什么回应都没得到。

安静的通话仿佛能听到电流划过的声音，对方一开始还算有耐心，但渐渐地，戚百合听见了他逐渐凌乱的呼吸。

就在戚百合想要挂上电话时，某个瞬间，窗外突然亮如白昼，几秒后，一阵天崩地坼般的雷声响起，戚百合捏着手机的手渐渐泛白。

她重新将手机贴近耳边，近乎贪婪地捕捉着所有动静，直到几分钟后她的手机没电，自动关机。

许是病后情绪脆弱，许是那道惊雷来得恰如其分，总之，当戚百合再次打开手机时，就把那串号码输入了微信好友添加的界面。

那个号码再也没有打过来，对应的账号上也没有发过一条动态。戚百合心里有隐约的预感，但也没有去求证，就在这是与不是之间，她多了一个发泄情绪的出口。

三年多以来，每当她想起辛其洲，总会打开"A"的个人资料，即便什么也看不着，手上重复的动作已经成了肌肉记忆。

在她心里，辛其洲是个很有主见的人，即便他没有去读一流的大学，没有学到热门的专业，他依旧不会生活得很差。他是那样优秀，足以站在云端睥睨芸芸众生的天之骄子，怎么可能会流于平庸？

这个想法支撑她度过了每一个辗转难眠的夜晚，直到今天，她遇见梁卓。

戚百合终于知道辛其洲为什么那么轻易就答应了她提出的分手。她丝毫不怀疑他的真心，也知道自己的离开有多不明不白，可在阮侯泽告诉他真相之前，辛其洲从来没有开口问过。

她从前想不通的，如今全懂了。

大约是因为他也习惯退藏于密，所以知道，无论再靠近的彼此，都有无法宣之于口的秘密。

．．．．．．．．．．．

最后一罐精酿喝完，门铃响了。

戚百合踉跄着走过去，拧开把手，周郁野站在门外。

"不是说了电话说？"她醉酒时不愿意见人。

周郁野还是刚刚那身衣服，站在门框下，皱着眉打量她："又喝了多少？"

"一打。"

周郁野瞥了戚百合一眼，戚百合已经赤着脚回到窗前坐下，她盘着腿看向窗外，背对着他，头发松松垮垮地绾成了一个低马尾，身上一件纯白的素T，面料轻薄，弯腰时能看见颗颗分明的脊珠。

"听说你拒了玮姐给你找的活儿？"周郁野走到厨房，问了一句。

戚百合也没转身："没拒，就说再考虑两天。"

周郁野从餐台上抽出杯子，闻言抬头："考虑什么？"

"暂时不想工作。"

玮姐是戚百合的经纪人，但也不是专属的经纪人。玮姐手里带着六七个像她这样的十八线艺人，她曝光不够，也没什么代表作，不能给公司带来多大的利润，平时只能靠跑跑商演、串个综艺来谋生。

戚百合倒没什么怨言，有多大本事就赚多大的钱，她没有创作能力，公司给什么歌她就唱什么歌，虽不至于大红大紫，但吃穿不愁，小富即安。

但玮姐不这样觉得，她始终认为戚百合长着一张能红的脸。所以这么多年来，玮姐一直都没有放弃戚百合，只要一有机会就把戚百合送上各种节目刷脸，有时是在网剧里出演只活了两三集的路人甲，有时是在一些不温不火的综艺做串场主持人。

公司甚至还逼着戚百合考了个主持人证。

这次玮姐给戚百合找的活儿依旧如此，在一档旅游综艺里当一站的导游，就在凌南市。

周郁野把一杯热水放在她面前，声音很轻："不想去就不去了，明天我跟玮姐说。"

"不用。"戚百合抱着膝盖，"我自己跟她说。"

周郁野"嗯"了声，没有再说话。她后知后觉地抬头，看到他似乎在发呆，于是开口："还有事吗？"

"没了。"他双手插兜，耸了耸肩，语气自然，"电梯里那个是我表妹，博士毕业，刚来凌南市工作，还没找到房子。"

戚百合好笑地看着他："跟我说这些干什么，我还能去找狗仔投稿？"

周郁野漫不经心地抬了抬下巴，指着那堆空酒瓶："要我帮你带走吗？"

"不用。"戚百合背对着他摆手，"赶紧走吧。"

周郁野走了，大门关上以后，他照常按了下把手，检查门锁。

戚百合头脑昏沉，听着声音消失，从窗前站了起来。

洗完澡出来，躺到床上，枕头下面的手机响了一下，戚百合拿出来看，是梁卓发来的微信，他的电子请帖。

戚百合打开看了一遍，婚纱照上，新娘笑得很甜。

她发消息过去调侃：太漂亮啦，郎才女貌。

这一年，梁卓的昵称不再是中二的成语，一个简单的"卓"字，头像是他开的那家篮球训练馆的门头照片。

他回：我这算什么郎才女貌。

戚百合捧着手机，一时不知道该回什么。

梁卓似乎意识到什么，又发了一条过来：我下周二回去，这几天有空的话带我女朋友跟你吃顿饭。

戚百合回了个"好"。

那天晚上，戚百合辗转了大半夜，做了一个光怪陆离的梦。

梦里她在湖边散步，不小心跌进湖里，呛水的滋味很不好受，她大声呼救，辛其洲赶过来，朝她伸出了手。她努力去够他的手，几乎快要够到了，辛其洲突然撤回手。

他跳进湖里，游到了她身边。冰冷的湖水中，她听见辛其洲说："我陪你一起死。"

在梦里她明明哭得上气不接下气了，可当她被一阵电话铃声吵醒，睁开眼说了一声"喂"以后，突然就笑了出来。

这什么乱七八糟的梦。

玮姐听到她的笑，"啧"了声："怎么你还未卜先知了？"

戚百合穿上拖鞋，走到厨房倒水："什么意思？"

"有个活儿。"玮姐顿了顿，"你先把午饭吃了，然后好好打扮打扮，把你最好看的衣服穿上，过来公司一趟。"

戚百合喝了口水，斟酌的语气："玮姐，你上次说的那个综艺……"

她话还没说完就被打断，玮姐将语气提高几度："不是那个，另外一个。别说那么多了，你先忙起来，记住我的话啊，好好打扮，要那种端庄大方，一看就能镇得住场子的。"

戚百合挂上电话，安静地喝完了一杯水，然后又给阮侯泽打了个电话。

他这次不知道要在凌南市停留几天，人老了老了，反倒变得任性起来，说走就走，有时连个招呼都不打一声。

戚百合解释了自己今天有工作，尽量早点回来，晚上在家做饭给他吃。阮侯泽的声音很不耐烦："忙你的去，别管我。"

她又无奈地挂上了电话。

简单做了顿午饭，戚百合按照玮姐的意思挑了件奶油白蕾丝旗袍，尖胸掐腰，符合端庄优雅的要求。妆容上倒是没花多大心思，这些年许是因为工作，她全然没了小时候对于化妆打扮的热情，没有通告要跑的时候，通常都是素面朝天。

赶到公司时，已经是下午四点。玮姐在大厅等她，一见面就拉住了她的手，表情很激动："你的机会来了！"

"什么意思？"戚百合诧异地看着玮姐。

玮姐一边拉着她往会议室走，一边解释："蓝鲸平台要开一档新综艺，宣传投资很高，赞助商来头也不小。上个月他们不是找郁野约了首主题曲吗？反正就是《速度与激情》那种风格的，然后今天他们宣传组过来试听，谁知道副导演也来了，他们那节目缺个女主持人，在我们公司艺人资料墙上看到了你的照片，一眼就相中了。"

说到这里，玮姐唏嘘地叹了口气："还好让你考了个主持人证，技多不压身，我真是有先见之明。"

戚百合忍不住打断她："作为娱乐圈的边缘人，我那些履历有什么值得被一眼相中的？"

"人家就是要生面孔，"玮姐不满地拍了一下她的手，领着她走到会议室门口，压着声音说，"副导演就在里面，待会儿会让导演跟你视频一下，如果合适，估计就会让你去节目组试镜。"

玮姐帮她理了理旗袍襟处，细声叮嘱："别紧张，放轻松哈。"

戚百合本来是不紧张的，被她这么一说，坐在椅子上时多少有了些拘谨。

副导演姓李，看着年纪不大，随便问了她几个问题，然后就打开了面前的笔记本电脑。

"抱歉，我们陈导现在正从外地赶回来，为了节省时间，他想视频面试一下。"李副导将摄像头对准她以后才问，"戚小姐不介意吧？"

一旁的玮姐连连摆手："不介意，不介意。"

戚百合："……"

其实她还挺介意的。

因为她从来没参加过哪次线上面试，是对方能看见她，而她却只能看着摄像头。

李副导戴着耳机，似乎在跟导演说话。几秒过后，他抬头："戚小姐，可以做个简单的自我介绍吗？"

"哦，可以。"

戚百合虽然觉得奇怪，但还是不自觉端正了身体。她稳了稳气息，嘴角勾出标准的笑，不疾不徐地开口："陈导您好，我叫戚百合，今年二十六岁，入行五年，现拥有播音员主持人证和全国普通话一级甲等证书，曾参与主持的节目有《我是大美女》《音源小子》《麻辣鲜食》……"

这些综艺都有一个共同点，那就是"糊"，想把乏善可陈的履历说得丰富多彩不是一件简单的事，戚百合也说不出什么新鲜的，她一本正经地介绍完，心里就开始打鼓。

李副导开始跟导演沟通，一个字两个字地往外蹦，一会儿一个"嗯"，一会儿一个"好的"，就连一旁的玮姐也有些紧张了。

时间过去了大约两分钟，终于，李副导摘下耳机，抬头了。

他说导演对戚百合的履历很是满意，戚百合几乎怀疑自己听错了。

玮姐喜笑颜开地问："真的吗？"

李副导又点了点头："我们的节目跟其他节目不同，是一档新兴的竞技类项目，之前国内只举办过职业联赛。娱乐性质的竞赛，形式和赛程都需要摸索，戚小姐参与主持过的节目范围涵盖很广，形象也好，导演初步判断还是很适合我们节目的。"

戚百合感觉自己还没睡醒，有些不敢相信。直到玮姐将李副导送出门，回来兴高采烈地跟她说晚上要应酬，她才略微清醒一点。

戚百合回神："我晚上约了人。"

"推掉，"玮姐一边划拉手机一边说，"不管约了谁。"

戚百合皱眉，拿出手机给阮侯泽发消息，漫不经心地问："跟谁吃饭？"

"刚刚那节目的导演，还有蓝鲸平台的高层。"玮姐说完，又心满意足地叹了一声，"这可是 S 级的大综艺啊，得趁着他们还没找到更满意的人之前赶紧敲定下来，你今晚好好表现啊，最好明天就能签合同。"

戚百合低头打字，没应声，玮姐又理了理她的头发："你这妆太淡了，待会儿我叫个化妆师过来，重新化一下。"

3

傍晚六点，戚百合和玮姐从公司出来，上了路边停放的一辆黑色商务车。

凌南市晚高峰堵车非常严重，玮姐上车后便开始在她耳边反复强调这次应酬的重要性，让她记清楚来的都是些什么人。平台那方来的人是肖总，蓝鲸视频的内容总监，节目组来的人是总导演陈祁山，曾经做出过多部现象级大爆综艺。

"就算这个活儿没拿下来，跟他们结识对你来说也有利无弊。"

戚百合数次欲言又止，但还是点了点头："知道了。"

过了大约半个小时，车子停在了一处酒店门口。包间在二楼，两人等电梯的时候，玮姐给戚百合整理头发，从电梯门镜面上看到有人走了过来，不动声色地掐了一下她的胳膊，低声暗示："陈导来了。"

转过头，玮姐就和陈祁山热情地打起了招呼。寒暄几句后，她把戚百合推出来："陈导，您看看真人怎么样？"

这是戚百合第一次见陈祁山，之前她一直以为他是个上了年纪的中年人，如今一看才知道，他只是名字听着老了一些，真人看起来还不到四十。

她伸出手，勾唇微笑："陈导您好，我是戚百合。"

陈祁山握住她的手，表情有些意料之外的惊艳："冒昧问一句，戚小姐今年多大？"

戚百合抿抿唇，不明白是自己太没印象点，还是这位陈导记性太差，笑着应："二十六。"

"哦。"陈祁山意味深长地笑着，"不像。"

电梯来了，玮姐摸不准他的用意，进电梯后站在他旁边，殷切地问："您的意思是？"

"我什么意思不重要。"陈祁山按了楼层，转向戚百合，"戚小姐的形象很适合我们节目。"

戚百合愣住了，玮姐连忙捅了捅她的胳膊："还不谢谢陈导赏识？"

不过几秒钟的时间，电梯抵达二楼，门开了，陈祁山率先走出去，笑声洪亮："不必谢我了，今晚平台和赞助方都会来人，我可不是主角。"

赞助商也会来？

玮姐也有些意外："项目刚启动，哪家金主老板那么上心？"

"对了玮姐。"戚百合想起别的事，"你还没跟我说是什么综艺。"

"我也不知道啊。"玮姐拉着她走进包厢，"就是什么无人机比赛，估计就是比谁飞得快吧。"

无人机……

这几年网络发展得很快，戚百合偶尔在午夜梦回之时想起过辛其洲的这个爱好，还用百度查过。这几年正是无人机产业飞速发展的阶段，不同型号、不同功能的无人机相继面世，戚百合查完第二天就下单了，但因为当时没钱，她买的是一家初创公司的一代产品，质量是没什么问题，但她没有用得上的场合，飞过几次便收了起来。

如今在工作场合听到这几个字，她的思绪出现了一瞬间的恍神儿。

今天来得多是有头有脸的人物，玮姐也自知身份不够，拉着戚百合坐在门口，正好是服务员上菜的位置，按酒桌礼仪来说是下位。

包厢里人不少，但谁的地位较高却是一目了然。陈祁山在右侧副座，正与陈祁山热络攀谈的是左侧副座的中年男人，大腹便便，说话嗓门很大，动辄便有身侧的人凑过去听他吩咐，端茶递水。看情形，他便是蓝鲸平台的内容总监了。

玮姐一直察言观色，在寻找合适的说话契机。戚百合百无聊赖地坐着，看着空空如也的主位，无聊地猜测着会是一位怎样的人物。

服务员来来往往，只上了一些凉菜。说话的间隙，陈祁山突然看了眼手表，温声询问："跃世集团的人还没来？"

跃世。

戚百合在心中默念了两遍，只觉得熟悉，却并未想起在哪儿听过。

但玮姐的职业素养不一般，她当即就拿出手机想要百度，可她才按亮屏幕，就听见身后的门开了。

"我来晚了。"

清隽冷冽的声音响起，仿佛一道雷声从头顶贯彻而下，戚百合蓦地转身，抬眼，和那人四目相对。

她曾无数次设想过，有生之年若和辛其洲重逢，会是一番什么样的场景。她将所有的表情和动作演练了上百遍，可当这一切真真切切地出现在她眼前的时候，她又觉得像是在做梦，忘记了自己身处何地。

那副在她心里刻画了无数次的轮廓依然深刻，高挑的身形撑得起裁剪精致的白衬衣，依旧是宽肩窄臀的好身材，可包厢内的暖光沿着水晶吊灯倾泻而下，落在辛其洲的眉眼，记忆中冷淡的目光却不复清寒的疏离。

戚百合不知道究竟是谁变了，但辛其洲在她眼前，又确确实实和以前大不相同了。

安静了片刻的包厢瞬间热络起来，两人四目相对，仅仅一瞬，戚百合就移开了视线。

"辛总，怎么是您来啊？"肖毅作势要站起身来去迎他，"我还以为是宣传部的魏总。"

辛其洲敛起神色，语气漫不经心："公司临时有个会需要魏然参与，我就替他来了。"

眼明心亮的服务生已经拉开主位的椅子，肖毅连忙招呼："辛总快落座吧。"

辛其洲将臂弯上搭的外套递给门后的服务生，笑得云淡风轻："不用那么麻烦，我坐这儿就行了。"

说罢，他拉开了面前的椅子坐了下去。

一时间包厢内面面相觑，唯有戚百合低头不语。熟悉的气味再次兜头袭来，她微垂着眼，搁在膝盖上的手早已握成了拳头。

辛其洲就坐在她左侧，两人之间的距离不足二十厘米，她只要稍稍侧身，便能看见他骨节修长的手指搭在桌面上，在暖光下也泛着一种病态的冷白。

旁人搞不懂这位辛总的用意，也不敢出声询问。尴尬了几分钟后，陈祁山率先起了话头，聊起了公事。

辛其洲的态度说不上好，也说不上敷衍，聊天都有来有往，但对方一提到什么问题，他就把话丢了回去，说合同敲定以后会有专门的团队过来对接。

往来几番，肖毅和陈祁山都回过味儿了。

跃世这位辛总，怕不是来谈公事的。

戚百合一直没说话，甚至连菜都没吃上几口，玮姐一直在旁边不停地暗示要她起来敬酒，可她感觉自己就像被施了定身咒，别说敬酒了，现在让她站起来自我介绍，怕是连普通话都说不好了。

辛其洲坐到了她旁边，却连看都没看过她一眼。整场饭局，唯戚百合安静得像一抹影子。

这样的场合美女都是点缀，肖毅一开始并没注意到戚百合，也是在辛其洲落座以后，他看了过去，才注意到辛其洲旁边的人。

戚百合打扮得还算隆重，玮姐专门找来造型师给她盘了头发，大约是要应着陈导端庄大方的要求，她的妆容也是柔和的大地色系，温柔持重，配上她不声不响的态度，倒是于无声处拿人心肠。

肖毅看向陈祁山，指了指戚百合："这位是……"

陈祁山看过去，第一眼看到面容冷淡的戚百合，再往旁边看，辛其洲握着杯子，表情说不上热络，缓缓靠在椅背上时，还叫来身后的秘书耳语了几句。

陈祁山收回视线："肖总，这位是绕指娱乐的戚小姐，节目敲定的主持人之一，今天下午刚面试完，您也顺便看看，合不合适？"

"合适合适。"肖毅赤裸的目光在戚百合身上环绕一圈，然后伸出手，"戚小姐，你离辛总近，快给辛总斟上一杯。"

玮姐也在桌子下面疯狂暗示。

这样的酒局戚百合入行那年便参加过不少，虽然她话总是不多，也不会长袖善舞为自己笼络人脉资源，可放在以前，敬酒这样的小事只要玮姐一暗示，她还是会做的。

戚百合怔怔地看了玮姐一眼，目光停留在面前的红酒上，思虑再三，艰涩地抬起了手。

她不知道该如何说开场白，这并不是她理想的重逢场合。

可就在她的手慢腾腾地伸出去，刚要碰到酒瓶的时候，身侧的辛其洲突然有了动作。

他也伸出手，按住了那瓶红酒，温热的指腹若有若无地在戚百合手背划过，他的嗓音清冽，端着八风不动的笑意："不用了。"

戚百合看了他一眼。

辛其洲站起身，不无歉疚的语气："各位，公司突然有些事，我得先走一步了。"

说罢，他就拉开了椅子。

戚百合看见那道利落的身形消失在门口，仿佛来时那样突然，她紧掐着的手心出了层密密的汗。

包厢内的氛围凝滞了几秒，直到服务员端着一瓶年份极好的酒进来，说是刚刚那位客人吩咐拿上来的，已经结好账了，肖毅的脸上才重新绽放出笑容。

他看向陈祁山："来来来，继续喝。"

陈祁山笑了一下，没应声，端起了酒杯。

室内气氛重新热烈起来，戚百合松开捏得发紧的指缝。

那儿有一团餐巾纸，应该是辛其洲吩咐秘书去写的，刚刚短暂的触碰过后，辛其洲塞进她手里。

皱皱巴巴的纹路上有两个字，已经快被她的汗水打湿——

出来。

戚百合从酒店里出来的时候，已经是晚上八点左右。初夏的天阴晴不定，来时还是晚霞万丈的晴朗天气，仅仅过了一个多小时，夜空就飘起了小雨。

她穿得不多，站在酒店廊前抱着胳膊，心跳如鼓，四处观望。

辛其洲只说要她出来，没说在哪里等她。

身旁突然走过去一个年轻男人，戚百合认出来，是刚刚随辛其洲离席的人，应当是他秘书。

"戚小姐。"李琰撑开一柄黑伞，淡声，"辛总在那边等您。"

戚百合朝他点了点头，然后随着他的指引往前走，绕过酒店门口的花坛，她看见了立在车旁的男人，身上只有黑白两种颜色，隐在夜色中，指尖夹着的半点猩红像醒目的标记。

越走近，她越控制不住自己的心跳。

李琰脚步顿住："辛总，戚小姐来了。"

辛其洲转过身，目光落在她身上。

戚百合从没觉得这么难熬过，沉默了下，她放下胳膊，唇边勾起浅笑："好久不见。"

是真的好久不见了。

辛其洲早已不是记忆中的黑衣少年，他只是安安静静地立在那里，即便依然如前，身形利落得像一把刚出鞘的剑，可周身的气度已经不复少年时的青涩和意气。

"你先走吧。"他没应声，只是接过了李琰手中的伞。

李琰离开了。

幽暗的夜幕中只剩下对峙的两人。雨滴打在伞面上，发出沉闷又急切的声音，戚百合微垂着头，不知道该如何把话题进行下去。

"先上车。"辛其洲拉开了副驾的车门。

戚百合看了他一眼，听话地坐了上去。

辛其洲从驾驶室上车，车门关上，将整个世界隔绝在外，他慢条斯理地系着安全带，偏过头看她。昏暗的车顶光下，戚百合第二次看清他的脸。

八年的光景并没有在他的脸上刻下什么痕迹，他的五官依旧深邃立体，轮廓线条冷硬，仿若雕塑，冷清的眼神没什么温度，却能在淡漠疏离中瞧见些别样的情绪。

他应当也是意外的吧，在这样的场合重逢。

戚百合还在出神，听见辛其洲压着声音的询问："可以走？"

她握着手机，面不改色地撒谎："嗯，去哪儿？"

辛其洲启动了车子，目光平视前方："想吃什么？"

"都行。"

最后，辛其洲开车带她去了一家私房菜馆。那几乎是凌南市的城郊了，一座装修古朴的中式建筑就矗立在国道不远处的一片农庄里。

戚百合要推门下车，被辛其洲喊住。

"等会儿。"辛其洲从后排座位上捞起西装外套递到她手上，眉眼轻敛，"披着。"

戚百合拿着衣服，下了车。

进了菜馆，服务员便领着他们进了一间包厢。路上，辛其洲偏头看她，莫名其妙地问："来过吗？"

戚百合老实回答："来过一次。"

服务员刚好推开门，辛其洲立在一旁，让她先进去，又状似无意地问："跟谁？"

戚百合想起上回过来的光景，是公司给周郁野过生日。

她低声回答："同事。"

辛其洲不再说话，两人落了座。

一方不大的餐桌，两人各居一侧，服务员送来菜单，他抬了抬手，示意拿给戚百合。

戚百合正在给手机关机，闻言抬头："我随便都行。"

辛其洲没勉强，接过菜单，也没看，对着服务员说了几道清淡小菜。

他似乎对这里很熟悉，戚百合放下手机，吐了口气："你，经常来吗？"

"嗯。"辛其洲看着她的眼睛，"就这半年。"

戚百合"哦"了一声，不知道该说什么，又陷入了沉默。

"今晚的饭局。"辛其洲倒是给她找了个话题，"你是为那档综艺来的？"

戚百合有些意外地抬眼，随后想起什么，又敛起了神色。

这些年她的工作虽不多，但大小算个公众人物，刚刚席间看那些人的态度，辛其洲如今的身份地位应该不差，真想要知道她这些年从事了什么，动动小指头就能查清楚。

"公司安排的。"戚百合端起杯子，喝了口茶才缓缓开口，"我不知道你会去。"

"知道我去会怎么样？"辛其洲蓦地抬眼，望向她的目光变得有些讥诮，"你就不去了？"

戚百合怔了怔，不明白他突如其来的诘问是为何。

"我只是……"她还在绞尽脑汁地想着解释的话，服务员突然敲门了。

话题戛然而止，卖相精致的菜陆陆续续送了上来。辛其洲还是原来的习惯，食不言寝不语。他不说话，戚百合也保持沉默，但她实在没什么胃口，吃了几口就放下了筷子。

"不合胃口？"辛其洲抬眼看她。

戚百合摇摇头："不是。"

辛其洲没再追问，也放下了筷子："听梁卓说，你见过他了？"

"对。"戚百合顿了顿，"时间过得真快，他都快结婚。"

辛其洲听到这话，掀了掀眼皮："快吗？他恋爱都谈五年了。"

五年谈婚论嫁，确实不算快，只不过是因为她没参与过他们的生活，才会觉得突兀罢了。

戚百合抿了抿唇，"哦"了一声。

辛其洲这会儿接二连三的暗讽，倒让她有了几分熟悉的感觉。从前两人针锋相对的时候，他似乎也是如此，好像不惹她生气就不会好好说话。

"你呢？"

戚百合突然听到这句问话，抬头，看见辛其洲举着杯子，睫毛压下来，看向她的目光有不轻不重的情绪："年纪也不小了，有没有考虑过呢？"

"……没有。"

久别重逢，她死也想不到会是这样一种展开方式。

戚百合托着腮坐在那里，情绪已不复刚进来时的拘谨。她偏着头一会儿看看屏风，一会儿看看窗台，服务员不时进来，她那双眼就黏在对方身上滴溜溜地看。

反正就是不看对面。

辛其洲望在眼底，掩在瓷杯背后的嘴角不动声色地勾起几分。

"加个微信。"他把手机推了过来。

戚百合浮躁的情绪总算定住了，她稳了稳心神，想起那个好友列表顶端的空白账号，拿出手机时蓦地开始紧张起来。

按下开机键，她装作云淡风轻的样子，扫了二维码，屏幕上跳出个人资料，跟她预想中的不同。

戚百合看着手机，愣住了。

不是因为辛其洲的微信并不是那个"A"，而是因为，他好友名片上显示的头像。

一个干瘪的火柴人，头顶着粉色花苞头，手里捏着几个气球，幼稚又随意的画风，却熟悉得仿佛刻进了她的血液中。

戚百合感觉胸腔内的某种东西正在急速发酵，她忍了一晚上的情绪，那些藏在云淡风轻对话中的叹惋，那些用力粉饰过的悲伤，仿佛终于找到了一个缺口。

她几乎抑制不住喉间的酸涩。

"你怎么……"顿了顿，她舒出一口气，哑声道，"这个过时了。"

"是吗？"辛其洲拿起手机瞥了眼屏幕，语气慵懒，"或许吧。"

4

回去的路上，车里一直都很安静。

能说的话，刚刚吃饭的时候已经说得差不多了，剩下那些不能说的，例如辛其洲当初填志愿的时候在想什么，这些年过得又如何……戚百合暂时还没勇气开口去问。

今天的重逢是一场意外，她暂时还没有调剂好心情面对那一切。

车子开了二十多分钟，一直沉寂的车厢终于有了声音。玮姐打了电话过来，戚百合低头看了一眼，再次把手机关机。

她都能想象得到，如果她真的按下接听键，玮姐将如何骂她。她并非是听不了那些难听的话，只不过在眼下，她不想让辛其洲也听见。

车子驶入离家不远的街道，经过一处路口遇上了红灯。

辛其洲把手从方向盘上拿了下来，稍稍偏头，戚百合正握着黑屏的手机，眼睫低垂，不知在想些什么。

她这些年变化很大，艳丽的五官依旧亮眼，但那张脸上却多了几分温婉的平静感，从前她总是张扬的、热烈的，可如今这样低眉不语的样子倒有一种出世的距离感。

收回视线，辛其洲目光落在前处："用什么理由离席的？"

"啊？"戚百合顿了几秒，意识到他在说什么，低下头，"上厕所。"

这个综艺是她从业以来接触过最好的一个工作，那个光景，无论她扯出什么理由，玮姐都不可能让她中途退场。

辛其洲沉默了几秒："需要我帮忙吗？"

戚百合抬眼看他："不需要。"

"不用客气。"绿灯亮了，辛其洲踩下油门，嗓音很轻，"好歹你也是我的初恋。"

仿佛一根针扎进了心窝，耳畔的空气也停止了流动。

辛其洲说得也没错，他们全部的关系只在这一句话里了，隔阂虽不是天生的，却是眼下明明白白存在着的。

关于辛其洲的人生，她拥有过的那段，已经是过去式了。

戚百合感受着胸腔内的刺痛，闭上了眼睛假装困倦："没跟你客气，本来也不怎么想接。"

辛其洲没再说话，又过了五分钟，车子停在了小区门口。

"雨停了。"他降下车窗，将目光从窗外收回，偏头看她，语气寡淡，

"我就不送你进去了。"

戚百合"嗯"了声，慢慢解开安全带，推门下车："谢谢你送我回来。"

辛其洲没应声，戚百合也没再等，轻轻地合上车门，然后便转身进了小区。

她太累了，一进家门便倒在沙发上。她不敢开机，捞起茶几上的平板抱在怀里，望着天花板发了会儿呆，才鼓起勇气点亮屏幕。

戚百合搜索了跃世集团，还有创始人资料，将所有与辛其洲有关的内容都看了一遍，终于安心下来。

除了八年前的那个暑假，这些年来的每一天，辛其洲都走得又稳又好，超出她的预料——

2015 年创立科技公司，那时还只是专门针对航模爱好者研究生产遥控飞机，注册资金不高，合伙人年纪也都很小，可仅仅通过一年的时间，飞行器的研发和生产技术便跃升到了行业前十。

2016 年推出第一代消费级产品，虽然起步较晚，但还是凭借着超高的性价比和过硬的质量在市场份额占据了一席之地。

2017 年，仅仅用了两年时间，便进入了 A 轮融资。

2018 年公司商业模式越发成熟的同时，技术也在逐步发展，原本就客户稳定，拥有多项专利的跃世科技，估值从千万上升到了十亿。

....

戚百合将百科划到最下面，看到了跃世科技的 LOGO，蓦地愣了几秒，一股强烈的直觉牵动着她起身。

她跑进卧室的衣帽间，从储物柜里翻出了落灰的无人机，手忙脚乱地擦干净之后，她蹲在原地，没什么意义地扯了扯嘴角。

她买了他的第一代产品。

辛其洲回家的时候，还没进车库就看见书房亮着灯。

他把车停好，上楼，一推开门就看见了梁卓。

梁卓坐在书桌前正在玩手游，面前搁着笔记本电脑，屏幕发出幽微的蓝光，安静的书房内，正在播放着一段视频——

"陈导您好，我叫戚百合，今年二十六岁，入行五年，现拥有播音员主持人证和……"

辛其洲面无表情地走过去将笔记本合上，声音戛然而止。

梁卓放下手机，嘴角勾着笑，一脸"我看你还怎么装"的样子，调侃道："不是说还没到时候吗？"

辛其洲走到窗边，把纱帘拉起来，嗓音喑哑："现在到了。"

梁卓怔了几秒："什么意思？"

"那边已经一家团圆了。"

"什么时候的事儿？"梁卓下意识地坐直了身体，"真的找到了？"

"嗯。"辛其洲转过身看他，"上个月，已经见到了。"

梁卓震惊过后，有些叹惋似的："那你妈……不是，他们一定很开心吧？"

"辛远盛我不知道。"毕竟那人不止一个孩子，辛其洲顿了几秒，望向窗外，"但宋冉阑很开心，前几天疗养院给我打电话，说是出院了。"

梁卓沉默了几秒，叹了口气，声音有些缥缈："终于结束了。"

他从椅子上起身，从后面拍了拍辛其洲的肩："想点开心的事儿。"

辛其洲侧身看他，眉眼冷清："比如？"

"我住你这儿这么多天，也不是白吃白喝的。"梁卓得意地拍了拍自己的手机，"明天帮你约出来吃饭？"他笑了笑，"我这点面子，小百合还是会给的。"

辛其洲没应声，走到书桌前坐下后，才似笑非笑地开口："能约出来再说。"

翌日中午，戚百合是被敲门声吵醒的。

玮姐一晚上没联系到她，便让周郁野亲自上门，押送她去公司。

在路上戚百合就做好了要被骂得狗血淋头的准备，谁承想到了公司，玮姐却出人意料地淡定，只是讽刺了一句："我还以为你翅膀硬了，要解约了呢。"

"哪能啊，玮姐。"戚百合坐到玮姐的旁边，讨好地笑，"离开你，我喝西北风去吗？"

"知道就好。"玮姐冷哼一声，"还好昨天陈导没在意，还在肖总面前替你说好话了。"

戚百合怔了几秒："陈导替我说话？"

"对啊，我正想问问你呢。"玮姐想起什么，转过身面朝她，"你是不是认识陈祁山啊？"

"不认识啊。"戚百合也很莫名其妙，就昨天短暂的接触而言，她没看出陈祁山对她有什么好感，以至于对她如此包容。

"那就奇怪了。"玮姐也很疑惑，"今天那个李副导还特意打电话过来，说下周一签合同。"

"啊？"

"啊什么？"玮姐不满地看着戚百合，"你别告诉我你不想接，过了这村儿就没这店儿了，你知道这个机会对你这种级别的艺人来说，有多重要吗？"

"我知道……"

"知道就别说废话。"玮姐收拾了资料，起身时想起什么，"对了，《先声夺人》的总决赛马上就开始录制了，郁野说想请你当帮唱嘉宾，已经跟老板提了。"

"啊？"

戚百合头都大了，之前她缺钱的时候一个活儿都接不到，眼下私家侦探那边传来消息很快就能找到周玥了，她想腾出些私人时间，机会又接二连三找上了门。

"又啊什么？"玮姐怒其不争地戳了一下戚百合的脑门，"我从业那么多年，就没带过你这么佛系的，别人要是有你这张脸这副嗓子，野心都冲到天上去了好吗？"

戚百合怏怏的，刚想说话，包里的手机就响了，是语音通话。

她看到玮姐离开以后才按下接听键。

梁卓的声音很洪亮："喂，大明星。"

"停！"刚被骂了一通的戚百合听不了这话，"别抬举我了，什么事？"

"还能有什么事，吃饭呗。"梁卓憨厚地笑，"我女朋友爸妈开的火锅店，今天分店开业第一天，过来捧个场？"

"今晚吗？"

"对，你有时间的话提前过来也行，反正我一直在店里。"

"哦。"戚百合看了眼时间，嗓音有些犹疑，"那我七点过去吧。"

"行，那我把地址发你。"梁卓说着，顿了几秒，"那个，辛其洲也来哈，虽然听说你俩已经见过面了，但还是提前说一声，你应该不介意吧？"

戚百合握着手机，气息微颤："不介意。"

"得，那你忙吧，我挂了。"

"嘟"声过后，戚百合看着暗掉的手机屏幕发呆。

怎么会不介意呢？

她介意得要死。

重逢以后，辛其洲说的每一句话、看向她的每一个眼神，似乎都在提醒着她，他们之间的故事已经成为过去，任凭她如何缅怀，时光都不可能再重来。

戚百合叹息一声，拿着手机走出了会议室。

周郁野在录音棚直播，她在外面等着，隔着一扇玻璃窗，托腮看着他和弹幕上的粉丝互动，粉丝点什么歌，他就唱什么歌。

曾几何时，她是羡慕过周郁野的。

不是羡慕他如今的声名大噪，而是羡慕他一直都很清楚自己喜欢什么，并且能够全身心奉献进去。这不是一件简单的事。

戚百合是一个没有理想的人，或者说，她的理想从来都不在娱乐圈。

她对抛头露面不感兴趣，也对唱歌这件事兴致缺缺，戚繁水遗传给她的天赋，在二十岁之前，她从没想过以此谋生。

戚百合认真地想了想，她似乎只在十几岁的年纪预设过自己将来会成为什么样的人。那时她又天真又冲动，对未来充满向往，凭着自以为出色的审美，认为自己以后可能会成为一位美妆达人。

　　可惜，当她成年以后就不再欣赏自己，在让自己变得更美的这件事上，也早没了当初的热情。

　　就在戚百合托腮出神的时刻，周郁野结束了直播。

　　打开录音室大门，他有些好笑地看着戚百合："我知道我最近又变帅了，但你也不用这么花痴地看着我吧，兔子还不吃窝边草呢。"

　　"谁要吃你这窝边草了？"戚百合回过神，"我来是想跟你说帮唱嘉宾的事儿。"

　　"你不愿意？"周郁野略略挑眉，"录制在下个月了，不妨碍你这段时间不想工作的安排。"

　　戚百合皱了皱眉："玮姐说了，总决赛很重要，公司本来打算帮你请刘毅伟老师的。"

　　"刘老师有的是机会合作。"

　　戚百合忍不住翻白眼："那我们俩机会更多，在KTV就能合作！"

　　周郁野直勾勾地盯着她瞧，蓦地勾唇笑了一下："行，我就当你是担心我了。"

　　"我是担心我自己。"戚百合从椅子上起身，临走前没精打采地叮嘱，"你自己跟老板说，别提我，刚被玮姐骂过。"

　　周郁野也收拾东西要走："你回家？一起。"

　　"不顺路，我去找朋友。"

　　周郁野拿起车钥匙："行了，去哪儿都送。你是我开车带来挨训的，就当我赔罪了，走吧。"

　　梁卓给的地址离他们不远，开车十几分钟就到了。正是晚高峰，那家火锅店又开在路口，戚百合还没下车就看到了梁卓。新店开业，门口放满了花篮，他站在店门口迎来送往，旁边站着一位长相甜美的姑娘。

　　戚百合和周郁野道别，拉开车门的瞬间，梁卓也看到了她，目光凝滞了一瞬。

　　"来这么早？"他走过来迎接。

　　戚百合笑说："没什么事就提前来了，不会不欢迎我吧？"

　　"哪能啊。"梁卓把女朋友牵过来，"介绍一下，我未婚妻，洛雪。"

　　"你好。"戚百合伸出手，"我叫戚百合，梁卓的……朋友。"

　　"你好。"洛雪握住她的手，表情有一瞬间的拘谨，"我在电视上见过你，没想到真人更漂亮。"

　　戚百合有些不好意思："你也比照片上更好看。"

"行啦，别商业互吹啦。"梁卓往旁边让了让，"给你留了包间，里面请吧，大明星。"

戚百合笑了声，跟着他们往店里走。

戚百合和梁卓走在后面，他压着声音八卦地问："送你来的那个，是你男朋友？"

"同事而已。"戚百合没在意，无奈地笑了声，"什么男朋友。"

"男朋友？"走在前面的洛雪一边推包间的门，一边转过身，有些好奇似的问，"周郁野是你男朋友？"

戚百合扬起了手，刚想做出一个"打住"的动作，一抬头看见了包间里的人。

辛其洲似乎刚打完电话，他站在窗边，听到众人的声音才转身，手里还抓着手机，上身依然是纯白的衬衫，面料笔挺，衬得他身形越发挺拔瘦削。

他显然是听到了那段似是而非的对话，此刻，他的眉尾稍稍上挑，看向戚百合的眼神有些淡漠："男朋友？"

戚百合愣了几秒，下意识地否认："不是。"

洛雪将椅子拉开，招呼他们坐下之后，才唏嘘地说了句："不过他真人看起来也比电视上更帅一点欸，你俩其实还挺般配的。"

戚百合余光中瞥见辛其洲坐下了，她也跟着坐下，挤出一抹尴尬的笑："我跟他就是朋友。"

这话说完，她没忍住偏头看了眼辛其洲。一扇不大的圆桌，他们虽然是挨着坐的，可距离不算多近，辛其洲正低着头看手机，状似漠不关心。

"对啊，别瞎问，都说了是朋友了。"一旁的梁卓出来打圆场，调侃似的看了辛其洲一眼，"在座的不都是朋友吗？"

"对对，都是朋友。"洛雪说完，又看向戚百合，"百合姐，我叫你姐可以吗？"

戚百合挺直身体，有些疲倦地笑笑："我比你大，当然可以。"

一场话题就此揭过。

服务员陆陆续续送菜进来，众人开始吃饭，眼见着气氛正常了，戚百合松了一口气，和洛雪聊起了婚礼细节。

梁卓找了一个这样开朗的女友，她一点儿都不意外。这两个人话都很多，一顿饭吃了一个多小时，听他们说装修说了半个小时，讨论蜜月去哪儿说了半个小时，剩下半个小时用来吵架，关于鸳鸯锅里辣汤好吃还是番茄锅好吃。

戚百合偶尔会附和，只要有人找她说话，她都会应，四个人里只有辛其洲始终沉默。这点他倒是和以前一样，惜字如金，但梁卓和梁卓的女友应当也是习惯了，除非必要，也不会找他聊天。

一顿饭吃完，梁卓还嫌不尽兴，拉着洛雪的胳膊嘀嘀咕咕了几句，然后再抬头："吃饱了吧各位？"

戚百合拿起包，点了点头。

梁卓挑眉："那我们接着去第二轮？"

"我就不去了吧……"戚百合下意识地拒绝，虽然她坐在辛其洲身旁可以忍得住情绪，但多少是忍得有些辛苦的。

梁卓也没勉强，一行人就此起身。走出店门，洛雪想起什么，说是要去拿几张优惠券给戚百合，拉着梁卓又转身进去了。

戚百合和辛其洲站在路边，表情有些怔忪。

这家火锅店选址很好，就在步行街附近的小吃街上，来往的都是附近的大学生，晚上八九点，裹挟着烧烤味儿的晚风里回荡着年轻的笑声。

戚百合捏了捏自己的包带，转过身："那我先回去了。"

辛其洲臂弯上搭着外套，目光落在她脸上，有种不疾不徐的平静："一起吧。"

戚百合眼睫颤了几分，没应声。

辛其洲收回视线，店门口斑斓的灯光落在他脸上，有种攻击性十足的冷淡："梁卓下周就走了，以后恐怕也没机会了。"

这话说得也有道理，配合着他冷清的语气，戚百合丝毫不怀疑。

梁卓离开以后，他们怕是也没什么机会再见面了。

戚百合愣神儿的瞬间，一道尖锐的轮胎摩擦声在耳畔响起，与此同时，她被一股外力往后拉了几步。辛其洲的手停在她的手腕上，掌心传来的温热触感仿佛能灼伤皮肤。

戚百合垂眼往下看，辛其洲缓缓松开手，嗓音沙哑："结束以后，我送你回去。"

5

最后，梁卓和洛雪开一辆车，戚百合坐上了辛其洲的副驾。

辛其洲跟她一样，开车时不喜欢放音乐，晚夜星光点点，车厢内风声鼓噪，两人安静地坐着，像是置身于小小的太空舱。

戚百合不知道说什么，又对这份沉默感到坐立难安。

经过一处红绿灯路口时，辛其洲降下了车窗，往外看了几秒，收回视线偏头。戚百合托着腮望着窗外，侧颜恬淡，长而卷翘的睫毛忽闪，像是藏了很重的心事。

"还没来得及问你。"他蓦地出声，语气随意，"这几年过得怎么样？"

戚百合转过头，撞见他无波无澜的眼神，稳了稳音调，淡声回答："还行，你呢？"

"我也还行。"辛其洲收回目光，手放到方向盘上，嗓音有些飘忽，"谈过恋爱吗？"

戚百合怔了几秒，捏紧了手指，努力表现出云淡风轻："没遇到合适的。"

"哦。"

绿灯亮了，辛其洲启动了车子，风从半降的车窗吹进来，带着温暖的烟火气，从耳畔吹过带起发丝，有些恼人的躁意，戚百合伸手拨了拨，突然又听到辛其洲开口。

"什么样的才是合适的？"

戚百合抬起的手滞在耳边，她扭头看向窗外，嗓音温润："不知道。"

戚百合搬来凌南市半年，对这儿算不上熟悉，偶尔来夜店也是公司团建，酒吧出入得少，炫目的灯光在头顶来而往复，她坐下没几分钟就感觉到了头晕目眩。

梁卓叫来了整整一桌的酒，在刺耳的 DJ 舞曲中扯着嗓子大喊："辛总请客，放开了喝！"

戚百合依旧有些拘谨："你们喝吧。"

"怕什么？"梁卓把一杯加了冰块的洋酒推到她面前，意有所指地说，"现在又没人管你了。"

戚百合后知后觉地想起从前，扯起嘴角笑了一下，没接话。

"这样干喝没意思啊。"洛雪突然坐直了身体，眼睛发光，"我们来玩抓手指吧。"

戚百合这回真不是客气，直接说："我不会。"

"很简单的。"洛雪坐到她旁边，开始兴致勃勃地讲解起来。

抓手指，意如其名，就是一个考验反应力的游戏，一人当抓方，伸出一只手掌心向下，其余人都要伸出一根食指顶在他的掌心，"三二一"过后，抓方如果选择抓人，那么谁的食指被抓谁就要喝酒，如果抓方选择做动作，那么其余所有人都要跟着他做出这个动作，否则也要喝酒。

他们两口子解释得特别起劲儿，戚百合骑虎难下，想向辛其洲求助，可刚一偏头就愣住了。

辛其洲斜靠在沙发上，衬衫领口微微敞着，在昏暗的光线下，隐约可见精致利落的锁骨线条，配上他雾凇般冷淡的目光，在灯红酒绿的夜晚，有种极致的性张力。

戚百合猛然转过身，眨了眨眼，莫名地咽了下口水。

梁卓还在催促："怎么说，到底玩不玩啊？"

"玩，玩！"她连忙应声。

洛雪开始兴奋地张罗起来，蓦地想起什么："洲哥也来吧，人多热闹。"

梁卓也挑眉看他："来不来？"

戚百合没转身，但听见他散漫的调子："你们玩，我看着就行。"

算是意料之中了。

他从前也这样，对一切热络的事情都不甚热衷。

"不来拉倒。"梁卓伸出手，"我们仁玩。"

洛雪示范了一次之后，游戏就正式开始了。

戚百合玩得三心二意，没多久工夫就喝完了半瓶芝华士。酒水里加了冰块，喝起来没什么感觉，她不是输不起的人，但还是后知后觉地意识到了问题在哪儿。

在洛雪又一次说完"三二一"就往梁卓嘴里喂了一瓣橘子之后，她终于忍不住了，靠在沙发上，无语地看着他们两人："不玩了。"

"别啊。"梁卓揽着洛雪凑过来，"你旁边不是有人吗？喂他呗。"

戚百合瞪了他一下，微微偏了偏头看了眼辛其洲。

辛其洲独自端着一杯酒，目光像没有落点似的，百无聊赖地看向舞台，似乎是在看台上的表演，侧脸的轮廓越发冷硬，可也显得无情，总而言之，是对他们之间的谈话漠不关心的。

梁卓鼓励地朝她挑了挑眉，戚百合刚想端起酒杯认输，旁边突然传来一道冷清的声音："你们喝。"

辛其洲直接从沙发上起身，像是在躲避什么似的："我出去回个电话。"

戚百合感受着身边沙发弹了起来，感觉心尖上也缺了一块，空落落的情绪难以表达，她又往酒杯里夹了几块冰，笑着转移了话题："行了，我今天就算喝死，也陪你俩玩过瘾。"

酒吧门口，辛其洲在台阶上站着。

这家酒吧生意很好，不到晚上十点，店门口聚集了不少等待翻台的顾客，大都是年轻人，像辛其洲这样穿着一身西装，容貌又出挑的男人，在阑珊夜色中最是勾人视线。

梁卓走过去的时候，便看到不远处窃窃私语的姑娘，看着年纪不大的样子，脸上是稚嫩的好奇和蠢蠢欲动。

"躲这儿干什么？"他走过去。

辛其洲的声音很轻："里面很闷。"

"哦。"梁卓笑了声，"你不说我还以为你是害怕呢。"

辛其洲偏头看他，兴致缺缺的样子："害怕什么？"

梁卓收回视线："害怕自己装不下去了呗。"

辛其洲没应声，目光懒散地落在远处。那儿有一群十八九岁的姑娘，穿着清凉的吊带裙和短裤，妆容精致又妥帖，是一颦一笑都生动可爱的年纪，看着十分眼熟。

辛其洲怔了几秒，转过身往酒吧看。隔着人山人海，他没瞧见那一抹纤细的背影，他敛起神色，又漠然地转过了头。

他低着头，声音也黯淡："或许吧。"

"打算装到什么时候？"梁卓笑了一声，"小百合今天可是喝了不少，要不要我再帮你加把火？"

"不用。"他抬起眼，眸色幽暗，"你别灌她了。"

梁卓转过头，拖着长长的调子："行——"

两人在外面待了十几分钟，晚风轻柔，吹散了不少酒气。

辛其洲想回去，又被梁卓拉着去了趟卫生间，好不容易出来，还没走到座位，远远就看见两个女孩抱到了一起。

梁卓惊惧交加地跑过去，低头看，桌上的三瓶芝华士全都空了。

洛雪醉得狠一些，她伏在戚百合的肩头，絮絮叨叨地说："百合姐，我挺喜欢你的，要不你做我嫂子吧？"

戚百合看样子也不太清醒了，瓮声瓮气地回道："啊？可是我还不想交男朋友。"

"为什么啊？你长得那么好看，不谈恋爱多浪费！"洛雪挣扎着要把手机拿出来，还在念叨着，"我表哥是在国外读博士的，年初刚回来，现在在一家投资公司工作，前途很好的，而且还是暖男那一款的哦，你要不要……"

梁卓心惊胆战地去抱洛雪，暂时将人控制住了，一抬头，辛其洲的脸已经黑了。

戚百合浑然不知身后站着人，她靠在沙发上，一边揉眼睛一边笑："你还没说最重要的信息，他帅不帅啊……"

完了。

这句话一说出来，梁卓心里只剩下这两个字了。

辛其洲往前走了几步，坐在了戚百合旁边，自然而然地把她的脑袋扶向自己的肩膀，然后抬头，颈线拉得修长，喉结滚了两下，漠然开口："先去结账。"

梁卓领了旨："我现在就去。"

从酒吧出来，被风这么一吹，戚百合短暂地清醒了几秒。

辛其洲把她抱到副驾上，弯腰给她系安全带的时候，她闻到了强烈又熟悉的气息，睁开眼，那张好看的脸在眼前放大，她努力表现出镇定，一板一眼地说："你送我回家吗？"

辛其洲垂眼看她，微微挑眉："你没醉？"

"当然没醉。"她得意地笑了一下，"虽然我酒量很好，但你不要酒驾哦。"

这句前言不搭后语的话说完，辛其洲沉默了几秒，点了点头，煞有介事地看着她："我不酒驾。"

"好，我住在金域府20号楼1601，你送我回去吧。"戚百合闭着眼，双手交叉抱在胸前，一副老老实实的样子，嘴里嘟囔着，"你是前男友，很安全的前男友。"

辛其洲胸口的滞郁一闪即逝，他有些好笑地看了戚百合几秒，她一直没再睁开眼。

她迷迷糊糊地做了个梦，梦醒之后，辛其洲站在她旁边，问她想不想喝水，她闭着眼睛笑了一下，反正都是梦，她伸出手："我要你抱我。"

寂静的卧室，辛其洲的呼吸颤了几分："好，抱你。"

他放下水杯，坐在床头，垂眼看着戚百合像小猫一样伏在了他的腿上，双臂环住他的腰，夏夜闷热，他感觉周身的酒气又重了些。

戚百合侧躺着，头发遮住了半张脸，露出的鼻尖红红的，脸上却没什么血色，一双眼紧紧闭着，像是满足，又像是难过。

静默的一瞬，辛其洲伸出手，小心翼翼地蹭了一下她的脸。

戚百合皱了皱眉，不满地嘟囔着痒，脸颊上绵密的触感又奇异地消失了。

她只觉得这个梦真好，比之前那个辛其洲说要陪她一起死的梦好多了。这样想着，她又忍不住笑了一声，抱得更紧些，才自言自语道："每天都来我的梦里吧。"

怀抱里的人僵硬了几秒，戚百合听见头顶传来落寞又克制的声音："可我不想只在梦里看到你。"

戚百合眼皮颤了一下，声音很轻："那你为什么不来找我？"

就算在梦里她都知道，辛其洲已经不属于她了。

"你知道我介意的是什么，既然你有和他们一刀两断的决心，为什么不来找我呢？"冰凉的泪水滑到鼻尖，戚百合闭着眼，哽咽着，"你在怨我吗？"

沉默了下，她又自暴自弃地说："怨我也是应该的。"

当初是她碍于辛其洲和辛家千丝万缕的联系，不说一声便远走高飞，如今这些钻心的苦楚，似乎都是她应当承受的报应。

室内光线暗淡，只有窗外投来隐约的橘光，被薄薄的白纱过滤了一遍后，变成了柔和又黏稠的夜色，却莫名让人心安。

辛其洲神色沉沉，将腿上的人扶在自己胸前靠着，音色沙哑，带着空淡的寂寥："我从来没有怪过你。"

戚百合睁开眼，眸色恍惚，带着水蒙蒙的雾气。

暧昧又朦胧的光线里，两人对视了几秒，气息纠缠在一起，有种灵魂震颤的惊心动魄。

辛其洲挑着眼，瞳仁漆黑如墨，语气淡淡："我可以不做安全的前男友吗？"

藏在乌发后面的眼神出现了一瞬间的怔忪，辛其洲再也不想等，托着戚百合的后脑，下一秒便俯身上前。

像是被什么吞噬，他失去了全部的理智。

等？

为什么要等？

他已经等了足足八年。

等戚百合的恨意变淡，等宋冉阑接回她的亲生儿子，等他将辛家的恩情还清，等他把枷锁卸下。

就为了等一个清清白白相爱的机会，他一生最极致的痛苦都交付在这八年里。

暴烈和焦灼融化在这个攻城略地的深吻中，感受到戚百合的后退和呜咽，酒精和她发间淡淡的香味静静地缠绕着，辛其洲终于感觉整个心脏重新跳动起来。

第十一章
非她莫属的执着

1

戚百合醒来的时候，天光已经大亮。

宿醉的代价是她睁开眼睛，反应了许久才认出了这是自己家。

窗帘没拉，光照刺眼，她翻了个身，想起昨晚的梦。

辛其洲将她抱在怀里，按着她的后背，挤得她肋骨都发疼。那个深入又绵长的吻实在过于逼真，她用胳膊撑着枕头坐起来，看着安静的大门，才隐隐放心下来。

还好，只是个梦。

戚百合揉了揉脑袋，掀开被子下床，睡眼惺忪地往卫生间走，刚一推开门，淅淅沥沥的水声便传进了耳朵里。

她尖叫一声，瞬间清醒。

卫生间是干湿分离的，浴室在里面，跟洗漱台只隔了一层磨砂玻璃，明亮的光线透进去，健硕利落的肌肉线条藏在氤氲的雾气中，隐约能分辨出是一个成熟男人。

戚百合愣了几秒，下意识就想跑，可她刚迈出一步，水声就停了。

"跑什么？"熟悉的声音一响，她立马停住了。

辛其洲扶着把手，下半身裹着浴巾，湿漉漉的头发还往下滴着水。水珠停在他坚实的胸膛上，光是看上一眼就够让人想入非非了。

戚百合神色大变："你怎么在我家？"

辛其洲见她停下，不疾不徐地走到毛巾旁边，有一下没一下地擦着头发，望向她的目光皆是戏谑："昨晚的事，你全都忘了？"

"昨晚什么事？"戚百合惊惶地看着他，"就算我喝多了，你送我回来，那你怎么不走啊？"

"我为什么不走？"辛其洲好笑地勾了勾唇，眉眼带着雾蒙蒙的情绪，"你还真会恶人先告状。"

"我？"戚百合无语了，"你突然出现在我家，我还成恶人了？"

辛其洲擦干头发，随手将毛巾丢进脏衣篓，垂眼看她，语气淡淡："你想知道发生了什么？"

他忽然靠近，带着热腾腾的水汽，狭小的卫生间突然变得局促起来。

戚百合眼都不知道往哪儿看，她垂下头，语气跟着有些着急："想……想啊，当然想！"

"行。"辛其洲收起视线，似乎是笑了声，"那你先出去吧，我换身衣服。"

"你在我家换衣服？"她皱着眉，"我家没有男人的衣服。"

"有人给我送过衣服了。"辛其洲挑了挑眉，"你要是不想出去，我也不介意。"

"神经病。"戚百合低着头跑了。

卫生间门被关上，戚百合靠在餐桌上久久回不过神，辛其洲裸着的上半身在她眼前一直晃啊晃，有生之年她哪会想到还能看到这一幕，尤其是昨晚刚做过那样的梦……

梦？

戚百合想着想着，脸色又变了，她后知后觉地意识到了一个问题——

如果辛其洲在她家过夜了，那是不是说明，昨晚发生的一切，可能不是梦？

她还在为这个想法感到难以置信的时候，门铃突然响了。

戚百合刚要走过去开门，卫生间的门就开了。

辛其洲正在扣袖口上的扣子，身上笔挺的西装没有一丝褶皱，一看就是刚洗好熨好送过来的。

感觉到戚百合的目光，辛其洲朝她扬了扬眉："去洗漱，待会儿吃饭。"

"哦。"

戚百合钻进了卫生间，都关上了门，却还是听见了门口的对话声，是他的秘书过来送早餐了。

洗漱完毕，辛其洲已经将早餐摆放好了。

戚百合后脑勺上夹着一个巨大的抓夹，可额前还是有碎发落了下来，她烦躁地拨到耳后，一屁股坐在椅子上，也没碰吃的，而是虚张声势地抱着手臂，表情有些不自然的紧张："现在可以说了吧？"

辛其洲神色淡定，甚至都没看她一眼，先递了副筷子过去："先吃饭。"

"干什么？"戚百合接过筷子，有些不满，"不能先说？"

辛其洲动作顿了几秒，温和地看着她，语气微扬："你在担心什么？"

"我……"戚百合说不出来。

她总不能说"我昨晚做了一个关于你的梦，现在迫切想知道那是不是真的"吧？

辛其洲瞧着她，勾唇笑了一下："你觉得我会对你做什么？"

戚百合努力正了神色，跟他对峙了几秒。

可辛其洲的定力她从前就比不上，如今人为刀俎，更是没有底气。

"不说拉倒。"她拿起了筷子。

辛其洲好笑地看着她将灌汤小笼包一个个戳破，有些无奈："不是我不想说，是没必要。"

"什么意思？"

辛其洲放下筷子，缓缓向后靠："你的手机呢？"

戚百合愣了会儿，无意识地跟着重复了一遍："我的手机呢？"

辛其洲沉默了下，像是有些无语似的："卧室床头柜。"

戚百合从椅子上站起来的时候，心里就隐约有了些不好的预感。等她跑进卧室，看到电量只剩下2%的手机时，不安达到了高潮。

她颤抖着手指解锁，入眼屏幕就是一段视频，她点下播放键，一段肆意的笑声瞬间充满整间卧室。

视频是她拍的，确切来说，是她举着手机进行的自拍。

戚百合从没见过这么丑的自己，头发乱糟糟的，脸色还煞白，躺在床沿边上，左手拿着一只拖鞋放在耳侧，嘟囔着说要打电话，镜头晃了几秒，辛其洲的脸一闪而过。

自拍变成他拍。戚百合看着屏幕里女鬼一样的自己，几乎要"社死"当场，可下一秒，她又看见那个女鬼对着一只拖鞋，扯着嗓子大喊："喂，是辛其洲吗？"

视频在她哇哇乱叫声中结束。

戚百合久久没有回过神，屏幕变黑，倒映出她心如死灰的脸，有那么一个瞬间，她觉得还不如真的死了算了。

她在床上坐了将近五分钟，做足了心理建设才走出卧室，回到了餐桌前。

辛其洲挑眉睨她，眼神裹着淡淡的笑意："怎么不看了？还有一段你抱着我的腿不让我走的呢，那段我开了台灯，光线比较好，能看得清楚些。"

戚百合一言不发地拿起筷子，慢腾腾地夹了一颗小笼包塞进嘴里，心里想着，如果能回到昨天晚上，她一定在走进那家酒吧前就把手机砸了。

被重逢后一直在暗暗较劲儿的前男友看到这些，她的羞耻心也散得差不多了。她把包子咽下去，低着头，声音很平："所以，昨晚我强吻你了吗？"

没有别的解释了。

如果那个梦真实发生了的话，按照视频里的她的疯态，耍流氓的那个一定是她——

辛其洲总不可能会对一个女鬼有想法吧。

她说完那句话便抬头，撞进对面乌云一般的目光里。

辛其洲的神色凝滞了一瞬，眼睫颤了颤。他嘴角虚勾，噙着意味不明的笑意："如果我说是，你是不是还要借机提出对我负责？"

借机？负责？

戚百合觉得他在看不起她，但显然，她也无话可说。

她戳了戳碗里的白米粥，温声道："如果你说是，那我就说一声抱歉呗。"

"我要是不接受。"辛其洲靠向椅背，直勾勾地盯着她瞧，"非要你对我负责呢？"

戚百合动作顿住，抬起头，语气艰涩："怎么负责？"

她不是十八岁的小姑娘了，完全不期许什么爱情童话，也不相信过了这么久，辛其洲还会对她有什么非她莫属的执着。

"不知道。"辛其洲放下餐具，从椅子上起身，"或许我只是想看看遗憾被弥补之后的样子。"

这就是了。

与其说辛其洲是放不下她，不如说他是放不下那一段无疾而终的感情。

戚百合皱着眉："有必要吗？"

辛其洲从沙发靠背上捞起外套，随手抽了张纸巾。走到戚百合面前，他蓦地俯身帮她擦了擦嘴角，嗓音很是漫不经心："有必要。"

戚百合看着他骤然放大的脸，气息都乱了几秒。她定了定神，"哦"了一声，自己接过那张纸巾胡乱擦了擦嘴，开始转移话题："你要走了？"

辛其洲站起身："嗯，你去换衣服吧。"

"啊？"戚百合无法理解他的脑回路，"我换衣服干什么？"

"阮叔昨天晚上给你打电话了。"他顿了顿，睨她一眼，"我接的。"

戚百合陡然站起来："你接的？说了什么？"

"没说什么，"辛其洲顺手将她坐过的椅子也推到了餐桌下面，才淡声道，"晚上他要去我家里吃饭。"

戚百合："……这叫没说什么？"

宿醉一夜，戚百合的脸都是肿的。

等电梯时，她看到电梯门镜面上的自己，目光涣散，脸色蜡黄，一个几乎把"宿醉"写到了脸上的女人，旁边却站着一个西装革履的英俊男人。

在辛其洲的衬托下，她实在过分灰头土脸了。

"那个……"她后悔自己没有打扮一下就出门，试图商量，"我可以回去一下吗？"

话音刚落，电梯"叮"的一声，门开了。

周郁野往外迈的步子在看到眼前的两人时顿住了。

戚百合也看见了他，下意识地打招呼："你干什么去？"

周郁野怔了几秒，视线落在她的脸上，又恢复了他惯常的吊儿郎当："昨晚给你打了好几个电话你都没接，想来看看你是不是活着。"

"你在讲什么屁——"戚百合话还没说完，就感觉垂在腿侧的手腕被人扣住了。

一抬头，辛其洲不知什么时候贴到了她身侧，低着头，眉眼淡漠，牵她的动作十分随意，自然而然地拉着她走进了电梯，直到门关上，他的手也没放开。

戚百合半边身子僵着，只动了动手指。

周郁野靠在左侧，逼仄的空间安静了几秒，他突然侧身，开玩笑似的开口："男朋友？"

"啊？"戚百合愣了愣，"这个……"

她下意识地抬头，想去看辛其洲的表情，却只看到他冷漠的侧脸，纤长的睫毛向下压着，目光没有落点似的望向地面。

他不说话，又露出这样的表情时，通常是有些不耐烦的。

戚百合不想惹他生气，又怕周郁野问起来没完没了，于是胡乱点头应了声："算是吧。"

手腕上的力度松了几分，电梯里也没有人再开口。

到了地下车库，周郁野手里晃着车钥匙，朝戚百合抬了抬下巴："那我先走了？"

戚百合心不在焉地点了点头，跟着辛其洲走到了他的车旁，她下意识去拉后车门，还没坐进去，辛其洲瞥了她一眼，嗓音冷清："让我给你当司机？"

戚百合摸了摸鼻子，坐上副驾驶。

赶上周末，超市人满为患。戚百合本来还推着小推车，可因为三番五次不是撞到货架，就是撞上别人的车，车就被辛其洲接手了。

她乐得自在，背着小包在货架前四处游荡。

辛其洲正在生鲜区，刚把几包蔬菜放进车里，一抬头，戚百合正在不远处的酒柜前流连，眼睛微微眯着，似乎在研究年份。

他刚想走过去，戚百合旁边突然冒出了一个女孩，满脸兴奋地说要找她合照。

辛其洲看见戚百合为难的神情，想过去替她解围，还没靠近，就听见她低头朝女孩说了一句："可以用美颜相机吗？"

2

从超市出来，辛其洲提了满满两大袋食材，步履生风地走在前头。

戚百合在后面跟着，有些不好意思，凑过去："我帮你拎一袋吧。"

辛其洲睨了她一眼："不用。"

走到车子旁，他把东西放进后备厢，一偏头，看见戚百合老老实实地站在旁边，似乎在等他一起上车。

辛其洲勾了勾唇，刚想说话，身后突然响起一道声音——

"辛其洲？"

试探的语气过后，高跟鞋的"嗒嗒"声在耳畔响起。

戚百合疑惑地扭过头，看见不远处跑过来的一个女生，穿着粉白色衬衫裙，长鬈发披肩，笑容温婉大气。

仿佛一道闪电劈过脑袋，戚百合瞬间神思清明。

这个女生是周郁野的表妹，也是高三运动会给辛其洲送水的校花。

袁织雨小跑着停到辛其洲面前，表情很惊喜："刚刚在超市看到背影就感觉像，真的是你啊？"

辛其洲神色说不上多淡漠，照本宣科地寒暄："你来凌南了？"

袁织雨撩了一下头发："上个月来的，刚入职没多久。"

"哪家公司？"

"汇技。"她笑了笑，有些遗憾的样子，"之前还考虑过你们跃世，但是没有熟人，拿不到内推，就去了汇技。"

辛其洲若有所思地点点头："汇技也不错，恭喜你。"

袁织雨闪亮亮的眼睛怔了几秒，随即一弯："方便加个微信吗？你之前的联系方式全换了，几年前我就想找你，没找到。"

辛其洲听到这里，脸上的神色总算有了些变化。他看了一眼戚百合，她不知什么时候挤到了副驾驶的门边，背对着他们，仿佛怕打扰似的。

收回视线，辛其洲淡淡勾唇："手机没电了，下次吧。"

袁织雨愣了愣，下意识看向他刚刚看的方向，只看到一个女生的背影。

意识到什么，她唇边的笑容僵了几秒，尴尬转瞬即逝："也行，反正以后是同行了，总会有见面的机会。"

戚百合一直默不作声地听着，直到那阵高跟鞋踩地的声音远去，她也没转身，直接拉开车门坐了进去。

辛其洲上车的时候，她刚把安全带扣上，从包里掏出一枚琥珀色的抓夹，正在整理自己有些凌乱的头发，想要固定在后脑勺上。可不知是有些着急还是手笨，捋了好几次，总会掉下来一缕头发在颈侧。

"要我帮忙吗？"辛其洲淡声询问。

"不用。"戚百合垂着眼，胡乱把头发卷成了一个卷扣在脑后。

辛其洲关上车门，"嗯"了一声："现在的发量的确不需要。"

戚百合反应了几秒，瞪了他一眼："工作需要经常染烫，所以脱发了，不行吗？"

"没说不行。"辛其洲启动了车子，才哑着声音开口，"掉光了也好看。"

车子开出地库，天边霞光万丈，角度正与他们平行，戚百合下意识伸出手掌挡住了眼，蓦地又觉得自己实在小题大做。

她放下手，眯了眯眼，声如呢喃："你也是。"

辛其洲正在收费杆前扫码付停车费，闻言偏头看她，语气随意："我也是什么？"

戚百合沉默了下："掉光了也好看。"

辛其洲沉默一瞬："谢谢你。"

出了地库，车子又开了十来分钟，停在了一个小区门口。

戚百合好奇地往窗外看，总觉得有些眼熟。直到下车她才想起来，心里有些微妙的惊喜，跑到正在后备厢拿菜的辛其洲旁边，温声道："我来这儿拍过戏。"

两个多月前玮姐替她找的活儿，在一部霸道总裁式的言情网剧里客串一下派对上的路人甲，那位总裁就住在这儿的某栋别墅里。

戚百合伸头往外看了眼，三层的独栋别墅："确实很适合金屋藏娇。"

辛其洲去按电梯，闻言瞥她一眼，一脸"大可不必如此暗示"的样子，略略挑眉："要我给你把钥匙吗？"

戚百合没搭理他，率先钻进了电梯。

到了一楼，门一打开就是客厅，戚百合还在震惊于这栋房子的豪华装修时，蓦地瞥见了客厅中央沙发上的人。

梁卓和阮侯泽各据一侧，懒懒散散地靠在那里聊天。

戚百合这会儿想起昨晚那个没接到的电话，看向阮侯泽的目光有些心虚，好像她前不久才表达过往事随风的态度，昨天就被逮到和前任酒后过夜。

辛其洲拎着东西往厨房走，走几步发现人没跟上来："发什么呆？"

戚百合低着头跑到阮侯泽身边："你怎么来这么早？"

梁卓在一旁举手："我接的。"

阮侯泽也瞧着她笑："怎么，还没成女主人，就开始不欢迎我了？"

"你瞎说什么。"戚百合看了眼厨房，压低声音，"我昨晚喝多了，他送我回去，就是单纯地过了一夜，没……"

她话还没说完，梁卓捂着耳朵吱哇乱叫："别说了，我的年纪还不适合听这些。"

戚百合没忍住敲了一下他的脑袋："闭嘴吧你。"

"开始了，"阮侯泽的目光投向电视上的球赛，头也没回地往厨房指了指，支使她说，"赶紧帮忙去，别跟我俩比，我俩是废人。"

梁卓丝毫没有被称为"废人"的不悦，忙不迭点头，看向戚百合的眼睛里满是真诚："快去吧，我们家洲洲一个人可忙不过来。"

戚百合："……"

开放式的厨房，橱柜和灶台全都是纯白的大理石砖，辛其洲不知什么时候脱下了外套，衬衫领口的扣子解了几口，站在洗菜池旁，宽肩窄臀的好身材和明亮洁净的厨房完全适配，一副三好男人的样子。

戚百合走过去，辛其洲正好端着菜篮转身。

窗外的夜色渐渐沉下来，方格窗户透过蟹青色的天光。

"来得正好。"辛其洲将手中的东西放下，朝她伸出手臂，"帮我把袖子挽起来。"

"啊？哦。"戚百合伸出了手。

借着不算明晰的光线，她低下头，看着近在眼前的手。辛其洲的手还是那么好看，血管微微凸起，淡淡的青紫色，不是盘根错节的粗狂，附在冷白修长的手背上，有种莫名其妙的性感。

戚百合伸出手指，将他衬衫的袖口翻了出来，没话找话："我以前就觉得你的手很好看。"

辛其洲微垂着头，看着她后脑勺上的抓夹，不知道这蓬松又散乱的头发是不是她的精心设计，但他仅仅是瞧着，就觉得格外好看。

戚百合见他没有应声，又啰唆了几句："你可能不知道，在我们俩还没在一起的时候，我就经常偷看你的手了。"

"我知道。"辛其洲说完这句话，嘴唇抿成了一条直线。

戚百合将他第二只袖口挽好，嗤笑了一声："你知道什么？"

辛其洲收回手，垂眼看她，眼神有些沉静："很多次都是我故意让你看到的。"

戚百合沉默了几秒，一时有些没理解："故意？"

"雄鸟为了求偶可以冒极大风险在空中跳舞。"辛其洲看着她亮晶晶的眼，弯唇笑了笑，淡声继续，"而我只需要时不时把手伸出来在你眼前晃一下。"

还有没说出口的后半句话。

何乐而不为？

戚百合保持着目瞪口呆的表情，跟他对视了整整半分钟，直到身后水池的水溢了出来，她转过身去关水龙头，不知是害羞还是气愤，嘟囔了一句："厚颜无耻。"

说是做菜，其实戚百合也只是洗了菜而已。十几分钟后，一个锅子支了起来，戚百合才知道他们晚上吃的是打边炉。

饭桌上，梁卓的话最多，他听说阮侯泽关了俱乐部后就去环游世界了，兴致勃勃地追问各种细节，问阮侯泽去了哪些地方、买一辆房车要多少钱，诸如此类，让人怀疑他是不是也有此想法。

戚百合昨晚才跟洛雪加上微信，自觉代入娘家人身份敲打他："人家是退休了无事一身轻，你都快结婚了，就别想这些事了。"

梁卓不满地看她："我怎么不能想啊，年底我还要出去度蜜月呢。"

"你开房车出去？"

"房不房车不重要，最重要的是人多才好玩。"梁卓说着，拿筷子敲了一下碗沿，朝辛其洲努了努下巴，"要不到时候咱一块儿去？"

辛其洲还没来得及说话，戚百合就忍不住吐槽了："你老婆要打死你，蜜月哪有带朋友的？"

梁卓"啧"了声："到时候你俩也赶着时间把证儿领了呗，咱搞个蜜月团建。"

戚百合正在吃虾，不知是不是被梁卓的话吓的，一小片虾皮卡在了她的嗓子眼，她越咳越急，咳出了眼泪，两只手张牙舞爪的。正着急的时候，辛其洲伸手覆上了她的后背，不轻不重地拍了两下。

饭桌上安静了几秒，梁卓忍不住笑："我说你至于吗？我们小辛总那么帅气多金，跟他结婚至于怕成这样？"

戚百合眼眶里的泪顺势流了下来，她缓了口气，还没来得及开口说话，旁边的辛其洲就不疾不徐地开口了，话是冲着梁卓说的，语气很淡："吃不吃？不吃去沙发。"

"吃吃吃。"梁卓立马垂下头往嘴里塞了一大块鱼片，然后就去跟阮侯泽探讨是南边的海好看还是北边的海好看去了。

话题就此揭过，戚百合也没有再应声。

只不过饭局的后半段，她的餐碗里总是会出现剥好的虾。

放下筷子的时候，辛其洲也停下了剥虾的手，他侧眼看她，微微挑眉："吃饱了？"

她双手放在膝盖上，局促地点头："嗯。"

戚百合去了客厅，坐在沙发上看电视，无聊的综艺节目让她想找个笑点都很勉强，她揣了一个抱枕抱在怀里，眼神时不时就往别墅花园瞭去。

三个男人吃完饭之后就去了院子里聊天，都过了快半小时还没回来。

也许是昨晚没休息好，戚百合总有种莫名的倦怠，坐的姿势也越来越随意。没过多久，她几乎是斜靠在沙发背上了。

辛其洲家的沙发又大又柔软，她只靠了一会儿，原想休息几分钟，可一合上眼皮就像被施了咒术似的，不知不觉又睡着了。

等她醒来的时候，电视已经关了。

就像人困了就要打哈欠一样，睡醒了也要照常伸个懒腰。戚百合抬起脖子，两只手张开，刚要舒展一下，肩上盖着的毯子掉到了地上。

她转过头，撞见辛其洲的目光。

他就坐在沙发另一端，手里捧着一个 iPad，屏幕上密密麻麻的字，看样子是在工作。

戚百合以为自己只睡了几十分钟，"嗯"了声往外看："他们俩呢？"

"走了。"辛其洲淡淡地说道。

戚百合有些没反应过来："走了是什么意思？"

"梁卓说要体验一下房车，今晚不回来住了。"辛其洲说着，仿佛看透了她的疑惑似的，又补充，"你睡了五个半小时。"

他抬手看了一下手表，声音很轻："现在是凌晨三点。"

戚百合伸出去的手立马收了回来，一边翻手机，一边难以置信地问："我睡了那么久？"

辛其洲没应声，朝茶几上的手机努了努下巴，让她自己看。

戚百合半信半疑地拿起来，看了眼时间，终于相信了。

3：09，四舍五入可不就是凌晨三点。

她不好意思地摸了摸鼻子，解释："昨晚没睡好。"

"昨晚确实消耗了很大体力。"辛其洲煞有介事地说完，"怎么说，要我现在送你回去，还是你接着——"

戚百合连忙打断："我回去。"

她还没有做好准备在清醒的状态下和他过夜。

"行。"辛其洲从沙发上起身。

戚百合跟着站起来："我自己叫个网约车回去就行了，你昨晚不是也没休息好吗？到现在还没睡，你不……"

"困吗"还没说出来，偌大又寂静的客厅里响起了两道声音。

戚百合捂着肚子，若无其事地往电梯的方向走。

"等会儿。"辛其洲挑眉看她，"又饿了？"

戚百合扯出笑："生理反应，刚睡醒就会这样，其实不饿。"

辛其洲没再说话，走过来按了电梯。

出了小区，戚百合总算彻底醒了。她降下车窗，托腮看着窗外。盛夏的晚夜总是宁静的，燥热了一整个白昼的世界似乎都冷淡下来，温度适宜的晚风轻柔地拂过面颊，让人心旷神怡。

车子开了十几分钟，停在了一处陌生的街道。

戚百合犹疑地看着辛其洲解开安全带："这么晚了，你要买什么吗？"

辛其洲看了她一眼，顺手将她的安全扣也按了下去："下车。"

她跟着下了车，才发现旁边有一条小巷子，隔着十几米的距离，有一家馄饨店还在营业。

辛其洲率先走进去，回头叮嘱戚百合随便找个位置坐下，然后就自己钻进了后厨。

戚百合坐下后忍不住打量，这家店除了卖馄饨还卖一些盖浇饭、炒饭一类的快餐，不到二十平方米的小店面摆着六张桌子，除了她这一桌，店里还有两桌食客，看样子比较年轻，面容都带着倦色。

两分钟后，辛其洲从后厨出来，坐到她对面。

戚百合好奇地问："你怎么发现这家店的？"

辛其洲目光绕过她，往外看："后面有个小区，几年前我在那儿租房子，公司就是在那里成立的。"

戚百合有些意外，转过头往外看，只看到一片黑黢黢的高楼，不算新的小区，有些破旧，房租应该很低。

她沉默了几秒："你经常来这儿吃饭？"

"公司的二食堂。"辛其洲笑了声，"因为附近没有开得那么晚的快餐店。"

戚百合不知道还能说什么，喉咙处似乎哽了一根鱼刺，上不来也下不去的，让她好生酸涩。

后厨的门帘掀起来，一位面容和善的大妈端了餐盘出来，目光在店内略略一扫，就笑着朝他们这桌走了过来。

"你的，不加紫菜的，"将辛其洲的那碗馄饨放下以后，她端了另外一碗放在戚百合面前，笑盈盈地问，"女朋友？"

辛其洲看了戚百合一眼，不知是不是想起她白天在电梯里的回答，温声笑道："算是吧。"

"好。"那位大妈又看了眼两人，"好得很。"

戚百合拿起勺子，安安静静地吃着馄饨。

她有很多想说的话，却不知从何说起。

想问辛其洲这些年过得如何，又觉得自己没有资格。她没有陪伴他走过那些艰难的岁月，如今他功成名就，光风霁月，她再问起来，多少有些不合时宜的越界。

吃完那碗小馄饨，天色已经隐约有些发亮，东方的鱼肚白泛起青灰，辛其洲看了眼时间，已经是早上五点半了。

"明天有什么安排？"他蓦地出声。

戚百合抬头，有些心事重重的样子："可能要去一趟公司。"

辛其洲点了点头，似乎是刚想起来："为了上次那个工作？"

"对……"戚百合叹了口气，又不再说话。

这件事和谁说都不会得到理解。

她这样一个徘徊在娱乐圈边缘的艺人，竟然想放弃那么好的机会。

辛其洲盯着她瞧了一会儿："吃饱了我送你回去。"

3

周一是签合同的日子，戚百合回了家以后，只是换了身衣服便又出门了。

几天以来的紊乱作息让她的黑眼圈很明显，经过公司门口的咖啡店时，她打包了两份冰美式，一份给自己，另一份准备给玮姐。

她去得早，公司还没什么人。她想去休息室等会儿，可刚一推开门，就看见沙发上躺着一个人。

戚百合走过去才看清，是周郁野，他把外套搭在脸上，睡得正酣。

她踢了一脚沙发腿，有些莫名："醒醒。"

周郁野皱了皱眉，睁开眼，似乎是不适应光线，把手挡在眼睛上，嗓音略低："几点了？"

"九点。"戚百合在他旁边找了张椅子坐下，"你又不急着发歌，在公司睡干什么？"

周郁野没说话，坐起来，发了会儿愣，然后看见了戚百合放在化妆台上的冰美式。

"谢谢。"他也没客气，拿过去就把吸管插了进去。

戚百合有些心疼："那是我孝敬玮姐的。"

周郁野胡乱拨了拨头发："孝敬她干什么？"

"今天要签约。"戚百合顿了顿，"我不打算接。"

"哦。"周郁野头也没抬地应了声，"那你完了。"

戚百合郁闷地"啧"了声："给她买了杯降火的，还被你喝了。"

周郁野没接话，从沙发上起身，走到窗边把窗帘拉开了，才回头看她："为什么不接？"

"我不是跟你说了。"戚百合低着头，"这段时间可能会忙一些，不想接工作。"

"哦。"周郁野喝了几口咖啡，将空杯子丢进垃圾桶，蓦地开口，"忙着谈恋爱？"

这话说得没头没尾，戚百合刚反应过来，就紧张地看了眼走廊，再回头，她不满地挑眉："能不能小点声？你之前谈恋爱我是怎么帮你瞒的？"

"我什么时候谈过恋爱？"周郁野靠在窗边，从口袋里摸出一根烟，继续说，"还要你帮我瞒着了？"

戚百合对他过河拆桥的行径很是不满："之前你跟人网恋，手机放在化妆台一直响，要不是我看到备注是'女朋友'，帮你把手机藏了起来，你早就被玮姐发现了好吗？"

周郁野点上烟，眼神在青烟里有些雾蒙蒙的。他似乎也是刚想起来，自嘲地勾了勾嘴角："是有那么回事儿。"

他顿了顿："但你说——"突然望向她，"什么人会把自己的女朋友备注成'女朋友'？"

戚百合没听懂，刚想问他什么意思，包里的手机响了一下。

她一边掏手机，一边头也没抬地问："什么什么人？"

周郁野倚在窗边，手里夹着烟，隔着袅袅的烟雾。他看见戚百合低着头，鼻尖小巧精致，长而卷翘的睫毛遮住了眼眸。他看不清她的情绪，但就她手指飞快，打了几行字又删除重新打的动作来看，这则消息不是普通人发来的。

"没什么。"他收回视线，随便说了声。

等戚百合回完辛其洲的微信，再一抬头，周郁野已经离开了，她也没在意，又低头看了眼屏幕，辛其洲问她晚上有没有时间。

她回的是：不一定。

的确不一定。

她待会儿打算跟玮姐摊牌，到时候要面临怎样的暴风骤雨，其实她也不能确定。

当初她跟公司签的合同是五年，眼下还有两个月就要到期了，也许公司会就此跟她一拍两散，不再续约也未可知。

戚百合对此有一些心理准备，也没什么好惋惜的，在娱乐圈当透明人不是她的人生理想。换句话说，在她二十岁出头的年纪，这份工作是最适合她的选择。来钱快，时间自由，这两点对于当时的她来说实在无法拒绝。

如今周玥那边有了消息，她身上又有了一点积蓄，人没了后顾之忧以后就会肖想更多，在二十六岁的年纪还勉强做一份随时可能会做到头的工作，她确实提不起什么兴致。

正在她胡思乱想的时候，辛其洲又发来消息：为什么不一定？

戚百合皱眉思索了两秒，也不想跟他说得太多，言简意赅地打了一行字：我今天可能会被公司开除。

辛其洲没有再回她。

戚百合抱着手机发了会儿呆，听到外面有人谈话，知道玮姐来了。

她走出门，玮姐也看她，满面春风的样子："哟，来那么早。"

待玮姐走近几步，又变了脸色："怎么连妆都不化？"

"玮姐……"戚百合刚想说话，玮姐手机就响了。

玮姐朝戚百合挥了挥手："你现在去化妆室补点妆，我接完这个电话咱们就出发。"

玮姐走了，戚百合在原地站了会儿，叹息一声，又转身进了休息室。

那通电话玮姐接了二十分钟，等她推门进来的时候，戚百合已经把心里打好的草稿背得滚瓜烂熟了。

一看见她，戚百合就站了起来："玮姐，关于那个活儿，我现在其实——"

"你不用想这个事了。"玮姐直接打断，"刚刚陈导给我打来了电话，说合同不签了。"

"……啊？"

玮姐似乎怕戚百合受打击，走过来拍了一下她的肩膀，语气很沉："虽然这次没选你，但他说了，下次有机会一定推荐你上更合适的节目。别灰心。"

戚百合愣了几秒，努力克制住自己的嘴角，配合地做出了痛心疾首的表情，然后点点头："我知道了，玮姐。"

玮姐叹了口气，走了。

休息室的门关上，戚百合松了一口气，坐到沙发上欣喜了几分钟过后，她渐渐平静下来，又觉得这样的结果其实也在情理之中。

天上掉馅饼的事少见，砸在她头上的就更少了。

不过无论如何，眼前的矛盾算是解决了。戚百合又在公司待了会儿，无事可做，她又回了家。

想想因为辛其洲的出现，她有几天没跟阮侯泽好好聊聊天了，在车子开进小区大门之前，她给阮侯泽打了个电话。

阮侯泽说他还在房车营地，让她开车去找他。

戚百合到的时候，已经快到中午。

房车营地在接近郊区的地方，旁边是一座小公园，她过去的时候顺道从便利店买了一些速食，下车后拎着购物袋往营地走的时候，隔着老远就看见了阮侯泽的车牌。

遮阳棚被打开了，阮侯泽和梁卓一人一把小马扎，正坐在车外的草地上，姿态好不悠闲。

她走过去，看向梁卓："你还没回去啊？"

梁卓"啧"了声："这不是不知道你走没走吗？"

"关我什么事？"

梁卓拿了把椅子给她："怕打扰你们二人世界，寄人篱下这点自觉我还是有的。"

戚百合一副无语的样子，她在椅子上坐下来，将购物袋递给阮侯泽。

阮侯泽接过来看了眼，嫌弃地撇嘴："你以为我天天风餐露宿吃泡面？"

"不然呢？"她挑了挑眉，"之前你还住房子里的时候就不开火。"

阮侯泽没应声，从椅子上起身，转身进了房车，一分钟后抱了一个小炉子出来，左手上挂着一个袋子，是两块战斧牛排。

"感受生活，不得从方方面面一起感受。"

戚百合："……"

梁卓显然是对房车生活感兴趣极了，阮侯泽做饭的时候，他就四处走走看看，跟营地里其他房车车主聊天，问他们都去过哪些地方，好不好玩。

戚百合实在无聊，就把他揪了回来聊天。

梁卓干脆也不坐在椅子上了，他赤脚盘腿坐在草地上，眯着眼看她："说吧，想问什么？"

戚百合对他心思灵巧的程度还是有些诧异的，顿了顿，她歪着脑袋反问："你说我想问什么？"

"除了辛其洲，你还有什么可问我的。"梁卓撇撇嘴，折了一根狗尾巴草别在耳朵上，散漫地说，"但是呢，这八年我也有几年的时间联系不上他，所以他的事情，我未必全知道。"

戚百合皱了皱眉："哪几年？"

"刚上大学那两三年吧。"梁卓随口说着，陷入了回忆，"他那个大学免学费，但生活费需要自己挣。"

戚百合握着手机的手指渐渐发紧："辛家……再也没管过他吗？"

"怎么管啊？他铁了心要跟人家断绝关系。"梁卓沉默了下，"反正那两年他干了不少兼职，我也是后来才知道的，一天就睡四五个小时，直到后来大三他开始创业，一开始是难了点儿，不过他那个导师挺好，帮了他很多。资金问题解决了，他专心搞科研的时候，我才辗转联系上他，见面时差点儿没认出来。"

梁卓絮絮叨叨地说了许多，戚百合听不出他的情绪，但就他时不时的停顿来说，他是挺心疼自己这个兄弟的。

"你都不知道他那时候瘦成什么样子了，又剃了个寸头，虽然脸还是那张脸，但整个人精气神都跟以前不一样了，我要不是去他们学校找的他，在大街上碰到，我铁定以为他刚从哪个牢里放出来。"

梁卓叹了口气，也不知该如何总结，就说了句："反正他挺不容易的。"

戚百合从没想过，辛其洲的大学生活会是这样度过的。

之前她不知道辛其洲的身世，以为即便自己离开了，辛其洲的生活也不会有什么变化。作为天之骄子一般的人物，他实在过于完美，优渥的家境、上好的样貌，以及勤恳聪慧的脑袋，她从没怀疑过辛其洲可能会从云端上掉下来。

即便后来得知了他的身世，可辛其洲再次出现在她眼前时，依旧是出类拔萃、光风霁月的样子，她那会儿以为，这个男人就是有这样的能力，有永远站在高处睥睨旁人的能力。

而那些她不敢去想的事情，如今亲耳听见，她心里就像扎进了一根针，尖锐的撕扯感过去之后，就是逐渐蔓延的钝痛，让她呼吸困难，百骸无力。

阮侯泽过来招呼："吃饭了。"

梁卓咬着那根狗尾巴草站起来，看了眼戚百合，声音很轻："他中午一般就是在公司楼下的咖啡店吃顿简餐，随便对付几口。"

戚百合怔了几秒，慢腾腾地点头。梁卓逆着光站着，她伸手遮在眉上，眼睛眯了眯，嗓音低哑："谢谢你。"

梁卓笑了声："客气。"

戚百合到底还是没尝到阮侯泽的手艺，她从房车营地出来就在导航上输入了跃世的公司地址——新源国际大厦。

她鼓捣了几分钟，车载导航不知道是不是出了问题，一直都没有反应。

她怕辛其洲去吃饭了，把导航放在一边，先给他打了个语音电话。

辛其洲接得很快，嗓音有些漫不经心："怎么了？"

戚百合抿了抿唇："你吃午饭了吗？"

电话那端安静了几秒，辛其洲淡声道："没有。"

"那……"戚百合顿了顿，"我请你吃饭吧。"

辛其洲似乎是笑了声，气息颤了颤："为什么要请我吃饭？"

"你昨天晚上不是也请我吃饭吗？而且还送我回家了。"戚百合怕再说下去自己就要露馅了，"啧"了声，换了种语气，"有没有空啊你？没有就……"

她话还没说完，安静的车厢突然响起一道机械冰冷的女声——

"准备出发新源国际大厦，全程 13.7 公里，大约需要三十分钟，前方直行。"

戚百合："……"

电话那端笑声很明显，语气懒洋洋的："你都要来了还问我有没有空，怎么，刚学的欲擒故纵？"

4

戚百合走了高架，车速又很快，三十分钟的路程，她差不多二十分钟就到了。把车停好以后，她拿出手机给辛其洲发了条消息，就打开软件开始搜索附近有什么好吃的。

她进了跃世楼下的一家咖啡店，在吧台点了杯提神醒脑的冰美式，付钱时看到展示柜里的水杯，款式都很精巧可爱，她挑了半分钟，选了款墨绿色小熊水杯，和咖啡一起付了钱。

在靠窗的位置上坐着等了几分钟，戚百合就看见不远处走来的辛其洲，依旧是白衬衫和黑西裤的经典搭配，穿别人身上是不会出错的中规中矩，可穿在他身上就像特意搭配过似的，浑身上下都充满了矜贵名流的精英味儿。

戚百合伸手和他打招呼，搁在桌面上的手机突然响了。

她没在意，还以为是阮侯泽打来的，接起来就说"我已经到了"。

电话那端静了几秒："戚小姐？"

戚百合怔了怔，立刻紧张了几分："是我。"

"是这样，我们已经查到周玥女士的工作单位了，她从去年开始就在龙岩区海鲜市场的后勤管理部门做文员，工作电话和私人号码都查到了，需要现在发给你吗？"

戚百合垂着头，静了几秒："号码和地址都发给我吧。"

挂上电话的同时，辛其洲推门进来，戚百合把手机调成静音，从椅子上站起来，起身要去迎他。

辛其洲停在她面前，眼神绕过她的肩膀，朝后面看了一眼，眸色中有些晦暗不明的情绪。

"你中午可以出来多久啊？"戚百合笑着问。

辛其洲淡声回答："想什么时候回去就什么时候回去。"

"那走吧，我都订好位置了。"戚百合说完要走，看他还停在原地一动不动，有些莫名，"怎么了？"

辛其洲没回答她的问题，走到她刚刚坐过的沙发边上，弯腰捞起了什么东西。戚百合探头看了眼，是她的包和她刚买的杯子。

"忘了。"她连忙走上去要接过来。

辛其洲没松手，目光浅浅地落在她的眼睛上，没有质问，只是恰到好处的关心："怎么了？"

戚百合愣了一下："什么怎么了？"

辛其洲眼睫低垂，静了几秒。

戚百合装傻的功力没有倒退，睁着一双眼睛，黑漆漆的瞳仁泛着水光，明明天生长着一张能蛊惑人心的妖艳脸蛋，却也能将无辜又天真的表情做到极致。

这是她的天赋，但对于辛其洲而言，是棘手的麻烦。

"刚刚你接了一个电话。"他下巴微微抬着，修长的脖颈线显得有些冷欲，嗓音略低，"然后脸色就变了。"

戚百合心里有些无语，好歹她这几年也客串过不少小角色，演技怎么不进反退了。

"确实不是一个普通的电话。"沉默了下，她老实交代。

辛其洲看她眼睫轻颤，语气也松了不少："又是不能让我知道的秘密？"

"不是不想让你知道，也没有什么不能让你知道的。"戚百合抬起头，"是我雇的私家侦探。"

她说完，又下意识去捕捉辛其洲眼神里的情绪。看他目光平静，没有丝毫意外的样子，她又低下了头。

"我不知道当初的事你知道多少，但这么多年来我一直没有放弃。"顿了顿，她语气沉了几分，"我一直在找当初的目击证人，就是小时候住在我家对门的邻居。"

戚百合说着，抬起头看他："之前你在医院见过的，说要我离她远点的那个。"

"所以呢？"辛其洲听她说完，喉咙滚了滚，压着声音，"那通电话告诉了你什么？"

戚百合捏紧了手机："找到了。"

辛其洲松开手，把包和装着新杯子的纸袋还给了她，才淡声开口："所以，这有什么不能让我知道的？"

"不是不想让你知道。"戚百合摸了摸鼻子，"我就是想先陪你吃饭。"

她的想法很简单，如果辛其洲知道了这件事，肯定会觉得她迫不及待地想要去见周玥，那他可能会把这顿临时的午餐取消，就算不取消，吃的时候大约也会心不在焉。

梁卓说他午餐经常是对付着吃一口的，戚百合订的那家餐厅是养生砂锅粥，她还计划着如果尝了以后味道不错，就经常带辛其洲去那里吃。

"你别总觉得我有什么秘密瞒着你行吗？"她扯了扯嘴角，"我又不是特工，跟你演《史密斯夫妇》呢？"

"有前科的人被怀疑是应该的。"辛其洲牵住了戚百合的手，看着她低头郁闷的样子，若有若无地勾了下嘴角，"走吧。"

最后的结果还是如戚百合所料，辛其洲说不想勉强她急不可耐的心情。

于是戚百合又把车从地库里开了出来，她有些心不在焉，出收费站时车头碰到了升降杆，一声钝响过后，保险杠被擦掉了一小片漆。

辛其洲付完停车费以后就跟她换了位置，他看着戚百合心事重重的侧脸，顿了几秒，淡声询问："要不要先打个电话？"

戚百合降下车窗，声音有些怅惘："不用。"

周玥不想见她，这是一定的。

与其在电话里浪费时间，不如当面把话说清楚。

车子开了半个多小时，停在了一处城中村附近，戚百合推门下车。

晌午日光强烈，她抬手挡在眉上，往前看，巨大的拱门上刻着"龙岩区海鲜市场"七个大字，正值午餐时间，里面两排走廊都没什么客人，各个小摊贩老板都在捧着饭盒吃饭，神情快快。

辛其洲将车熄火，隔着车窗看她："要我陪你进去吗？"

戚百合摇了摇头："我自己就行。"

她等了那么久，执着了那么久的事终于有了点儿曙光，如今反倒有种类似于近乡情怯的局促感。她一路问了过去，走到那栋两层小楼前，犹豫了几分钟。

她本来还想准备一些话，可脑袋里就像有一团乱麻，怎么理也理不清楚。

正当戚百合原地踯躅的时候，锈红色的大铁门里走出来一个人。

周玥端着空饭盒，看模样是要到旁边的自来水池清洗一下。两人四目相对时，她表情是有些意外的，可那意外也只持续了几秒。

戚百合目光平静地望着周玥，周玥往里走了几步："进来说吧。"

戚百合跟着她走到一楼左侧的一间小办公室，里面没人，稀稀疏疏地放着几张椅子和一张掉了漆的红木茶几。

周玥把饭盒放在茶几上，从口袋里拿出一张皱皱巴巴的纸巾，擦了擦手，在椅子上坐下："找我什么事？"

戚百合没应声，只是看着她。

这么多年过去，周玥变了很多，身上穿着暗红色的罩衫，头发松松垮垮地扎成低马尾，原先白皙的脸蛋变成了健康的小麦色，鼻翼两侧还有一些细小的斑点。

她过得不太好，这一点戚百合已经从电话里知道了，可如今亲眼看见，心中还是不免唏嘘。

那五十万没能救得了秦姨，也没救得了她。

戚百合敛起思绪，淡声开口："这些年我一直在找你，你应该知道原因吧？"

周玥也没看戚百合："我不知道。"

"不知道？"戚百合有些想笑，"八年前在沅江医院，我才去看了一次秦姨，你们就带着她出院了，为什么这么怕我，还要我说得更清楚吗？"

周玥低着头，沉默了几秒："你到底想说什么？"

"周玥，"戚百合强迫自己压制住火气，稳了稳心神，沉声道，"我就问你一句，当初亲眼看到那一幕的到底是谁？是你，还是周叔？"

这句话说完，周玥的身体总算动了。她抬起头，眼神却让戚百合感到陌生："我听不懂你在说什么，如果你没有其他事，我要回去工作了，请你以后不要来打扰我。"

周玥说罢起身要走，戚百合几乎将手心抠破。

"你到底在想什么？"戚百合忍无可忍，从椅子上站起来，嗓音颤抖着，"那是我妈妈啊！她就那样死了，你们瞒了那么多年，秦姨都不在了，为什么还是不愿意说出来？"

戚百合走过去，死死地抓着周玥的袖口，声音隐忍又低哑："周玥，是我哪儿对不起你吗？是我妈哪里对不起你们家吗？你们凭什么这样对我……"

她终于忍不住，眼泪流了出来："我求求你好吗？我求你了，你说出来吧。周玥，我们从小一起长大，你能不能……我求你了，你知道我找你找了多久吗……"

戚百合都忘记她说了多少个"求"字了，语无伦次的声音引来了旁边房间的人，她只记得有人来拉她，有人嚷嚷着要报警，周玥在一片混乱中想要抽身，可衣角却被她死死地拉着。

戚百合不松手，就有穿着保安服装的大叔过来掰她的手指，他们把她的手都掰红了，可她依旧不松。

就在保安大叔拿出手机，威胁她真的要报警的时候，辛其洲的身影蓦地在门口出现。

一向冷清的目光浮了层焦灼的情绪，他大步走过来停在保安和周玥的面前，声音很冷，像冬日里的雾凇，冷漠又清冽："松手。"

保安犹疑地看着这个突然冒出来的人，目光触及他不耐烦的眉眼时，缓缓松开了手。

戚百合来不及擦眼泪，抓着周玥的衣服，对辛其洲说："让他们报警吧，她不愿意。"

辛其洲垂下眼，视线落在她的手背上，那里有几道新鲜的红痕印，是刚刚被掐出来的，而戚百合就像浑然不觉，拽着衣角的手已经用力到泛白。

他伸出手握上去："我们先走。"

戚百合目光有些怔忪，看了他几秒："她又消失了怎么办？我还要再找她八年吗？"

"不会。"辛其洲旁若无人地伸出手，指腹轻轻刮过她的脸颊，擦干了眼泪，他不疾不徐地扫了周玥一眼，再一转身，目光已经变得郑重，"我跟你保证。"

临走前，戚百合又回头看了眼。

狭小的房间挤满了人，窗外还有赶过来看热闹的摊贩老板，在一张张好奇又惊异的脸上，她看见周玥顿在原地低头不语，露出来的半张脸已经惨白一片。

那顿午饭到底还是没有吃成，戚百合被辛其洲送回了家。

她一回家就躺到了卧室的床上，就像是经历了一场冲锋陷阵的战争，筋疲力尽以后，眼泪也像流干了似的，她连说话的力气都没有了。她怔怔地望着天花板，仿佛要从雪白的墙面上看出答案。

在这八年的寻找里，她不止一次地想过，周玥得知她知道真相以后会是什么反应。她想得最多的场景是，周玥或许会道歉，然后在她提出出庭做证的请求时出言拒绝。

小时候的周玥是腼腆的、内向的、善良的，所以这八年她一定也在承受着内心的折磨，但出庭做证需要勇气，还有可能面临刑事责任，所以她会害怕，会退却，会拒绝。

戚百合以为这才是正确答案，可她却忽略了最重要的一件事，在分开的这么多年时光里，她们走着各自的路，已经完全变成了不同的两个人。

她看不懂周玥的绝情，也不理解周玥为什么可以心安理得地过自己的生活，甚至连一句道歉都没有。

客厅传来碗碟的碰撞声，戚百合揉了揉眼睛，终于从床上坐了起来。

走出卧室时，辛其洲刚把两碗面端到餐桌上。戚百合像是在梦游，T恤皱皱巴巴挂在身上，头发有些乱，眼神没有落点似的定在空中，声音也很哑："怎么做了饭？不是说好出去吃吗？"

辛其洲将她身后的椅子拉出来："在哪儿吃不重要。"

戚百合头脑昏沉，被他按到了椅子上坐下，一低头，看见两碗面，她的那碗有很多配料，一小堆虾仁和一片煎蛋，而辛其洲面前那碗则是清清淡淡的素面，乍一看就像跟她那碗不是一锅出来的。

"你的冰箱太空了。"辛其洲把筷子塞进她手里，"晚点我陪你去趟超市。"

许是热气熏的，戚百合眨了眨眼，感觉鼻腔又开始酸了。

她拿起筷子，将堆成小山的配料夹了一点给辛其洲，声音闷闷的："我没胃口，吃不了这么多。"

辛其洲拿筷子的手顿了顿，良久，他看着面前把脸几乎低到面碗里的戚百合，她面色苍白，神情彷徨，仿佛受了什么巨大的打击一样，迟钝又抑郁。

"为了那种人影响自己的身体，"他温声道，"很不值得。"

戚百合没抬头，餐桌上静了几秒："她以前不是这样的人。"

"廉耻只存在于道德层面，在生活不如意的时候，做好人的成本太高，顺从内心的私欲会让他们自己好过一些。"

辛其洲说完，戚百合抬起了头，她眸色浅淡，裹挟着隐约的疑惑："你的意思是如果她现在过得很好，可能就不会这样对我了？"

辛其洲微微挑眉："是有这个可能。"

"那我应该怎么办？"

"你应该先吃饭。"辛其洲把她夹来的那片煎蛋夹回她的碗里，嗓音温润，"私欲重的人最容易动摇，这件事急不来，你要做好心理准备。"

戚百合怔怔地看着他。不知为何，过了这么久的时间，辛其洲在她这里的信任额度依旧是满的，她对他说过的每一句话都深信不疑，这可能是他独有的、只针对她的天然属性。

思虑了半分钟，戚百合拿起了筷子。

她吃完了那碗面，又听辛其洲的话，下午跟他一起去了趟超市，买了很多东西。她的冰箱放不下，辛其洲就把她码成两列的精酿全都拿了出来，腾出空间把菜塞了进去。

戚百合数次欲言又止，辛其洲也瞧了出来，他把酒塞进包装袋里挂在门口，淡声说道："我的冰箱大，可以帮你存着，下次想喝酒去我家。"

戚百合抿了抿唇，想起那个晕头转向的夜晚。

"其实也没那么想喝。"

辛其洲睨她一眼："那最好。"

又过了一天，阮侯泽要走了，梁卓和他顺路，说要带着洛雪蹭他的车一起去沅江。

戚百合和辛其洲一起去送行。这是她第三次去房车营地，这天的天气很不好，阴云密布。盛夏的闷热是无声无息的，戚百合站在草地上，感觉自己脖子上都出了一层密密的汗。

阮侯泽坐在一把小椅子上，眉头紧锁地问她："那你打算怎么办？"

"我叫人继续盯着她了，"戚百合喝了口水，继续说，"想找到她爸试试看。"

阮侯泽点了点头，安慰她："不管怎么说总算是有了希望，你也别灰心，她拒绝你是正常的，他们家当年那个行为应该属于包庇和敲诈，真翻出来说不好也是要坐牢的。"

戚百合没应声，看向不远处。辛其洲和梁卓、洛雪在一边说话，大约是聊婚礼的事，三个人站在垃圾桶旁边，辛其洲没穿西装，上身是灰白色的纯色T恤，搭配宽松卫裤，背对着她，修长的颈线冷白，手里夹着一根烟，浑身的少年气。

自打早上看见他这一身穿着，戚百合的脑袋就时常出现片刻的空白，类似于某种分不清时间的怔忪，她总是将现在和过去的某部分记忆重叠。

阮侯泽注意到她的视线，也看了过去，突然有些唏嘘："我这次走了，不知道什么时候才能再见你。"

戚百合回过神，抱怨了一句："干什么说得这么煽情，我想你了就去找你呗。"

"我是想说。"阮侯泽看着她，语气变得郑重，"能有个人在你身边照顾你，我很放心。"

回去的车上，辛其洲罕见地放了音乐，是一首戚百合没听过的迷幻电子摇滚乐，她兴致不高，托着腮面向窗外。

阴郁了半日的天又变暗了些，两旁的树梢被风刮得摇晃，路上有沙砾被风裹起来，扑向车窗的撞击声。

在某个歌曲空白的间隔，辛其洲偏头看了她一眼，蓦地出声："想吃什么？"

"都行。"戚百合顿了几秒，"你想吃什么，我们就去吃什么。"

轮胎压过小石子，沉闷的车厢发出尖锐的摩擦声，辛其洲安静了一瞬："这算什么？"

戚百合转过头："什么算什么？"

他目光平视前方，把她刚刚的话重复了一遍："我想吃什么，我们就吃什么。"

戚百合愣了会儿，没应声。

她和辛其洲的复合说起来有些莫名其妙，甚至都没有一个像模像样的契机，只是他提起了，以遗憾的名义要求，而她都没正儿八经回应过，两人就这样重新走到了一起。看起来顺理成章，又透着一股名不正言不顺的别扭。

那股别扭也很好解释，重逢后，两人的交往流于表面，谁也没有提及喜欢，按部就班地见面、吃饭、约会，仿佛只是在弥补什么。

这种弥补落在实处，便是她自愿放低姿态的迁就。

车厢里安静了几分钟，辛其洲将车开进慢车道，他沉默了下，从方向盘上分出了一只手握在了戚百合手上，嗓音清冽："既然你这么有诚意，那以后每天都陪我一起吃饭吧。"

外面突然狂风大作，豆大的雨滴拍打在窗户上，沉闷又响亮。

戚百合垂眼看着辛其洲的手，内心的思绪翻涌着，刚想开口说话，又听见耳畔传来的声音——

"或者，你搬来跟我一起住。"

第十二章
他的每一步，都朝着他们的未来

1

戚百合拒绝辛其洲的理由很完美。

在她纠结着不知道该如何回复的时候，玮姐的电话打了过来，兴高采烈的声音回荡在车厢里，说陈导为了弥补她，给她推了个活儿，上一档选秀综艺当两期音乐指导老师。

戚百合挂上电话，再看向辛其洲，话就不假思索地说了出来："上升期的女艺人不适合和男人同居。"

辛其洲无话可说，喉咙滚了滚，寡声道："行，那我等着你大红大紫了。"

话是这样说着，戚百合可不敢真的这样想。

她是一个有自知之明的人，前几年公司就给她出过单曲，但播放量一直不高。所以对于走红这件事，戚百合既没向往，也没自信。

相较于戚百合的淡定，玮姐倒是高兴得不得了，那档综艺热度很高，刚播了两期，各种节目相关话题便攀上了微博热搜榜，虽然只是飞行嘉宾，但也是戚百合从没接过的好工作了。

她对戚百合的感情很复杂，除了怒其不争、哀其不幸以外，她总觉得戚百合不是池中之物，总有一天会一飞冲天。

玮姐下定决心要抓住这次机会，等待录制节目的大半个月，她除了催促戚百合去健身以外，还在饮食上全方位监管，禁止戚百合喝酒，以及一切重油重辣的食物。

戚百合闲散了小半年，陡然忙碌起来，手忙脚乱到连约会都顾不上，在放了辛其洲两次鸽子以后，他打了电话过来，说直接来公司接她。

他说还有一个小时才能到，戚百合一时闲着无事，便去了趟化妆间。她许久没有化过妆了，今天莫名地有兴致，坐在镜子前仔仔细细给自己化了副全妆，还卷了头发，连睫毛粘的都是单簇的。

收到消息之后，戚百合最后照了一下镜子，美美地从电梯里出来，却没想到撞见了玮姐。

"干什么去？晚上给你约了瑜伽老师。"

戚百合摆出哭相："玮姐，我高中同学来旅游，约了我三天了，我今天再不去，人明天就要走了。"

玮姐半信半疑地看着她，见她精致妆面，容光焕发，忍不住询问："男的女的？"

戚百合眼珠乱转的时候看见了大厅外面辛其洲的黑色卡宴，顿了顿，坚定地说道："女的，国庆就要结婚了，想商量着让我给她当伴娘呢。"

她说得言真意切，玮姐也没为难，照旧叮嘱了一遍饮食后便放她走了。

戚百合总算脱身，小跑着几步走到车旁，看也没看就拉开车门坐了上去，一边扯安全带一边叹气："你都不知道我现在日子过得有多难，整天……"

她话还没说完，一转头，对上驾驶座上陌生的男人，人都傻了。

"不……不好意思。"她又连忙把安全带松了回去，支支吾吾地道歉，"我上错车了。"

她想下车，右手还没碰到车门，左手就被人拉住了。

驾驶座上的男人笑了笑："真上错还是假上错啊？有什么难处可以说出来，哥哥帮你。"

戚百合挣脱了几次没松开，刚想说"光天化日之下"，右侧的车门突然开了。

辛其洲站在车旁，看了一眼驾驶座上大腹便便的陌生男人，目光落在他的手上，声音不大："松手。"

辛其洲表情冷淡，瞳仁像是覆了一层浮冰，锋利的轮廓线条先声夺人，光是在那儿站着，淡淡地说上一句话，便有些盛气凌人的威慑力。

戚百合反应过来，也附和了一句："我男朋友练散打的，能一打四。"

男人权衡了几秒钟，大约是不想惹事，松开手，低声骂了一句。

戚百合上错车在先，也不好意思回嘴，她赶紧下车，关门，跑远了。

站在路边，辛其洲拉着她的手，眼神晦暗："车都能上错？"

戚百合这才看清楚他的车停在马路对面，但没理也要辩三分："谁让你接人还不把车停在大门口的？"

辛其洲似乎猜到她要这样说，不轻不重地睨她一眼，淡声道："上升期的女艺人要回避不必要的绯闻，不是你说的？"

戚百合说不过他，嘟囔了句："还上升期女艺人，我就一坠机女艺人。"

辛其洲系上安全带，调侃道："这么没事业心？"

"当女明星本来也不是我的理想，"戚百合把车窗降下，懒懒地说，"更何况还是查无此人的女明星。"

辛其洲启动了车子，随口说道："你微博不是有十几万粉丝吗？也不算查无此人了。"

戚百合勾起笑，像是发现了什么大秘密："你还关注我的微博啊？"

她立马拿出手机，打开自己的账号开始翻粉丝列表："哪个是你啊？你昵称叫什么？我看你什么时候关注我的。"

经过一个路口时，辛其洲停下车子等绿灯，大约是看她心情还不错，抿了抿唇，淡声道："你要翻到明天。"

戚百合没听懂，睁大眼睛看他："什么意思？"

绿灯亮了，辛其洲踩下油门，不疾不徐地瞥了她一眼："你出道第二年注册微博的时候，我就关注了。"

那时候，她才不到一千个粉丝。

戚百合怔了怔，仿佛花了很久的时间才意识到他在说什么，而后，绯红悄悄爬上脸颊。她连耳垂都是烫的，整个人头脑昏沉，像是陷入了什么沼泽里，几乎无法呼吸般，心跳加速得很明显。

安静的车厢里，辛其洲随手点了一下显示屏，柔和的音乐倾泻而出，戚百合只听了两秒就认了出来。

是公司前几年给她出的单曲，套路式的和弦连接前奏以及同质化的曲风，没什么创作亮点的一首歌，只胜在旋律感强，换句话说就是洗脑，她自己都懒得听了。

戚百合有些害羞，又不知该说什么，手机抓在手里，顿了顿，她点开了相机。

总算撞上了一次火烧云，丹霞万丈，她靠在车窗上，调整好角度自拍了两张，巧妙地把火烧云和辛其洲伸出的手框了进去，然后点开微博，发送了一条日常。

八月底，戚百合开始录节目，为期两天的出差，玮姐跟她一起去了邻市。

那档综艺是女团选秀，除了舞台公演以外，也算得上是一档青春成长类节目，戚百合的任务就是陪她们训练，跟她们同吃同住两天。跟戚百合一起参加的嘉宾还有一位，说起来那位女歌手戚百合也认识，叫瞿柠，跟周郁野合作过很多次，前两年周郁野过生日，她们还在 KTV 见过一面。

录制前一天，戚百合正在酒店敷面膜，玮姐临睡前来敲了她的门。

玮姐不知道在哪儿受了气，一进来就坐在沙发上开始破口大骂，戚百合听了会儿，大约听见她是在骂导演和瞿柠的经纪人。

"怎么了这是？"戚百合递了一瓶水给玮姐，走到卫生间把面膜揭下来。

玮姐拿着手机站在卫生间门口，唉声叹气地看着她，就是不说话。

戚百合洗完脸，抽了一张洁面巾出来，一回头，玮姐还是愤恨难消的样子："到底怎么了？"

玮姐看了戚百合一眼。暖光下，戚百合的脸蛋就像剥了壳的鸡蛋，白嫩中透着淡淡的粉，冷白皮配上精致、艳丽的五官，要脸蛋有脸蛋，要实力有实力，又是个不喜欢作妖的性格，她实在不理解，怎么就火不起来呢？

玮姐重重地叹息一声，把刚刚的事说了出来。

简而言之，就是她刚到酒店，瞿柠的经纪人就带着导演去敲了她的房门，说了一大通的废话，中心思想就是要戚百合在这两天的录制中配合好瞿柠。

戚百合坐在沙发上，拧开水瓶喝了一口，漫不经心地问："怎么配合？"

"让你对那些小姑娘严厉一点，多训斥，多挑刺儿，然后让瞿柠扮演知心大姐姐来开解。"

戚百合听懂了："就是让我唱红脸，她唱白脸呗？"

玮姐翻了个白眼："这不是害人吗？你本来就没什么名气和作品，让你在瞿柠面前托大，扮演这么讨嫌的人设，到时候播出了肯定被人骂死。"

综艺大多有剧本，戚百合也是知情的，只不过她有些意外，这些人明明可以在后期剪辑上发力，却偏偏这样明目张胆地把话说出来，直接挑明，难道就不怕她拒绝吗？

她这样问，玮姐就更气了，解释道："还不是觉得你咖位小不敢拒绝，再说虽然那样不讨喜，但话题度却多啊，他们就是觉得你能接受，毕竟黑红也是红。"

戚百合又喝了口水，点点头："你说得有道理。"

玮姐看她不怎么在意的样子，有些着急："你怎么想啊？"

"你还不了解我吗？"戚百合抬眼看玮姐，勾唇笑了一下，"我心理素质很差的，受不了被人骂。"

这样的答案，也在情理之中。

玮姐也猜到了，带了戚百合三年，亲眼看她放走了不少机会。娱乐圈是纸醉金迷的名利场，美貌是资源，也是一种商品，戚百合从业以来没少吸引阔绰豪气的投资商和老板，她原本是有很多机会摆脱现状的，但她都拒绝了。

玮姐一直觉得戚百合不是池中物，最重要的论据就是她的品性，坚定自持是一种天赋，不是谁都能拥有的。

录制开始当天，戚百合也没怎么化妆，她甚至都没用节目组的化妆师，自己化了个淡妆，扎了个马尾辫就去了。

昨天晚上玮姐跟她谈完以后就去回绝了瞿柠的经纪人。大约是被拒绝了不爽，戚百合在活动室看到瞿柠时，扬手和她打招呼，而对方只是看了一眼随即就移开了视线，和摄像闲聊去了。

戚百合也没在意。

这档节目本来就是意外收获，她既不指望能有什么出彩的表现，也不期待播出后会有很多观众突然喜欢上她。

人在不在乎的状态下几乎是无敌的，戚百合坚信这一点。在那两天的录制里,她进退有度、不卑不亢,相较于瞿柠甜得发腻的热情而言,她冷淡得有些格格不入。

第一天的训练结束,戚百合去食堂吃饭,看着满房间的摄像机,她独自挑了张没人的桌子坐了过去。

不远处瞿柠还在跟一群小姑娘讨论什么食物卡路里低,旁边两三个摄像机架着,镜头里她们亲密得就像亲姐妹。

戚百合默默地吃着自己的沙拉,没多久,面前的椅子上坐了一位小姑娘,戚百合对她印象很深,不为别的,她叫戚露,也姓戚,而且跟自己一样话很少,总是一个人待着。

小姑娘有些拘谨似的,小声叫她:"戚老师。"

"别这么叫我。"戚百合自觉承担不起,笑了笑,"我比你大,你要不介意的话,叫我百合姐就行。"

戚露懵懂地点点头:"百合姐,我有个问题想请教你。"

戚百合往嘴里塞了一口生菜:"嗯嗯,你说。"

"有没有什么技巧可以让我的唱歌水平迅速提升啊?"

戚百合看着她:"你唱得挺好的啊。"

戚露苦恼地摇了摇头:"我不行,我只会跳舞,唱歌就是 KTV 水平。"

今天的训练主要是声乐,这群小姑娘水平参差不齐,教起来不需要太专业的技巧,能把音准就差不多了。因此当戚露提出这个问题的时候,戚百合还是有些意外的。

她对好学的人有种天然的崇敬。顿了顿,她问:"录节目前,你公司没给你请过声乐老师吗?"

戚露看了眼周围,然后才摇了摇头,压低声音:"我们公司很穷的,老板都没想到我能进前三十。"

戚百合哑然失笑:"那你很厉害哟。"

戚露不好意思地挠挠耳垂:"我其实也不想来参加的,是公司让我来的,我唱歌水平太差了,一开口就感觉有人在笑我。"

戚百合歪着头回忆了一下她白天的表现,放下筷子,简单跟她说了几句:"你中低音唱得挺好的,音色饱满,气息也算稳,嗓音结构挺宽,这个先天性其实是不差的,就是高音部分缺了点儿基础。"

戚露忙不迭点头,乖巧地看着她:"对对对,我高音一直唱不上去,我也不知道为什么,我感觉我嗓门挺大的呀。"

戚百合笑了笑:"想要唱好高音不是要靠嗓门的,我举个例子。"

戚百合把吃饭的筷子拿起来,在戚露面前比画着:"高音跟低音不同,想要唱好得把气压压成一条细线,冲击声带,当横膈膜的力量冲到顶点,哦,横膈膜在胸腔和腹腔之间,当横膈膜部位无法再加压的时候,就得用腰力……"

虽然这必须要通过大量的练习才能达到，但戚百合本着尽职尽责的态度，还是想尽量把技巧说得通俗易懂，让戚露能完全理解。

　　说完以后，她端起水杯喝了一口水，顿了几秒，总结了一句："没有速成的办法，只能慢慢练习。"

　　戚露似懂非懂地看着她："百合姐，我晚上能不能去你宿舍找你？"

　　戚百合放下水杯，有些不好意思："其实我高音也一般。"

　　"没有啊，"戚露说，"虽然我没太听懂，但你说得很专业的样子。"

　　"我也就会纸上谈兵。"戚百合笑了笑，"这些都是我妈妈教我的，她是花腔女高音，小时候就教我怎么唱歌了，但我懒得学，高音只能唱上去，不能保证好听。"

　　"哦哦。"戚露双手握拳，"百合姐，我觉得你人好好，如果你能多留几期就好了。"

　　戚百合摆摆手开玩笑："那你们这节目就没人看了。"

　　"怎么会？"戚露也笑，"你性格好，长得又好看，要是年轻几岁，参加这个节目肯定……"

　　她说着说着，捂住了嘴巴，眨了眨眼，声音从指缝里挤出来："对不起百合姐，我不是那个意思。"

　　戚百合被她可爱到了，笑得很开心："没事儿，年纪大又不是什么缺点，这有什么好生气的。"

　　戚露吐了一下舌头，又道了一次歉。

　　回去之后，戚百合就加上了戚露的微信。第二天录制，戚露有事没事就来找她，两人都属于不活跃的那类人，课余时间就坐在角落闲聊。戚百合得知戚露家境不好，但从小就热爱舞蹈自学成才，还由衷地夸奖了戚露。两天节目录制结束，临走前，戚露还追出来送她。

　　玮姐在车上等着，看她送走了依依不舍的小姑娘，忍不住开玩笑："还好是个女团选秀，要是男团遇到这样的，你还不得被骂死。"

　　戚百合关上车门，漫不经心地笑了声："可爱的女生谁不喜欢？"

　　玮姐赞许地点了点头，然后把手机递给她看："你这两天是不是没看微博？"

　　"怎么了？"

　　戚百合接过手机，垂眼看。是她前几天发的那两张自拍，原本她的十几万粉丝活跃度都不高，平常一条动态下面就两百条评论，可那条自拍日常下面的评论却达到了四千。

　　玮姐解释："都在夸你的妆好看，让你出个妆教。"

　　戚百合有些不能理解："你给我买热点了？"

　　"谁给你买了？"玮姐把手机拿过去，又划拉了两下递给她，"郁野前几天给你点了个赞，算是给你增加了一点曝光吧，不过也是你脸长得好，你看这热评前五条都是在夸你的。"

玮姐催促："你快给粉丝们回复一下，就说过几天出。"

"知道了。"戚百合慢腾腾地拿出自己的手机，刚想打开微博，微信突然跳出了一条新消息。

她感觉就是辛其洲发来的。录制的这两天，他大约是怕打扰她，一直都没有给她发过消息。

她点开看，果然是他：什么时候回来？

戚百合勾唇笑了一下，回道：怎么办？录制延迟了几个小时，我可能要半夜才能回去了。

辛其洲停了许久才给她回：知道了。

戚百合没有再回消息，她点开外卖软件下了个单，又美滋滋地看了一会儿屏幕，再转头看向玮姐："待会儿我就不回公司了，给我送到承延路就行。"

玮姐看着她脸上明晃晃的笑意："干什么？"

戚百合点开前置摄像头，推了推自己的睫毛，随口说道："跟朋友约好了。"

"你最近的约会有点多啊。"玮姐有些犹疑，"谈恋爱了吗？"

戚百合的手顿了一瞬，想了想，还是不要多生是非了，她摇头道："哪儿啊，朋友今天过生日，我去取蛋糕。"

玮姐又观察了戚百合几分钟，想想这几年戚百合身边一直都没什么异性出现过，叹息一声，换了副语气："其实我一直想问你来着。"

戚百合扬眉看她："什么？"

"一直没见你跟哪个异性朋友来往过，怎么，是不喜欢男人，还是被男人伤过？"

玮姐一本正经的语气逗笑了戚百合，戚百合收起手机，无奈地叹气，开始装深沉："其实是因为……我心里有个忘不掉的人。"

玮姐讶异："初恋啊？"

"对。"

"你那初恋估计早把你忘了。"玮姐"啧"了声，"那些男人见一个爱一个，他们才不像咱们女人这么长情。"

戚百合笑了一下，没再说话。

如果在这个快餐恋爱盛行的年代里，拿得起放得下才是基本素质，那就算是格格不入，辛其洲也为她坚持了那么多年，执着得让她震惊到肃然起敬。

一个半小时后，车子抵达承延路。

戚百合下车取蛋糕，然后打车去新源国际大厦。到了跃世公司楼下，她拿出手机给辛其洲发了条消息，问他在忙什么。

得到"在工作"的回复之后，她拎着蛋糕进了一楼大厅。前台需要登记，她想了想，填写的事由是面试。

前台小姐姐狐疑地看了眼她手中的蛋糕，没有说话。

保安给戚百合刷了门禁卡，戚百合顺利通过闸机，按了一下电梯，心情已经开始激动起来。

从某种意义上来说，这算是她陪辛其洲过的第一个生日。

之前还住在落霞山的时候，辛其洲过生日，她是最没存在感的那个，两人甚至连话都没有说过。

戚百合紧张地盯着电梯门，好不容易等到数字变成"1"，门开了，她刚想抬腿进去，看见电梯里的人，瞬间怔住了。

电梯里有三个人，左边是辛其洲和他那位叫李琰的秘书，右边是一个女生，粉蓝色连衣裙，波浪式长鬈发，手里捧着一个文件夹，上半身往辛其洲身上凑着，两人低着头，虽然中间还有段距离，可那姿态乍一看还是挺亲密的。

是袁织雨，戚百合记得她上次在停车场说过的话，他们是同行，以后抬头不见低头见……

只是没想到那么快就见到了。

辛其洲率先看到戚百合，他怔了怔，刚刚还清冷的眼神瞬间覆上几分不易察觉的惊喜。他走出电梯，声音轻快："不是说还没结束？"

戚百合大起大落的心情还没调整过来，也不知在当下这个情况里该怎么把"我想给你一个惊喜"说出来。

她扯了扯嘴角，温声道："跟你开玩笑的。"

辛其洲似乎是才注意到她神色的变化，顿了顿，视线下垂，又看到了她拎着的蛋糕。他勾唇笑了一下，转过身，朝向李琰："把袁小姐送回汇技，再给她留个电话，合同再有什么问题，你们沟通。"

李琰应声点头，倒是袁织雨，意外过后她也反应了过来，自来熟地走近："其洲，今天是你生日？"

"我向来不过生日的。"辛其洲朝她礼貌地笑了一下。

"这么巧，不如一起吃个饭吧，我请客。"袁织雨也笑了，笑着笑着她轻飘飘地扫了戚百合一眼，转而又看向辛其洲，"就当我代表公司答谢跃世了，这次合作从众多公司中选择了我们汇技。"

戚百合觉得自己有点多余，垂在腿侧的手指不自然地动了动。

辛其洲似乎注意到了戚百合的情绪，他左手落下，自然而然地牵住了她的手腕，再抬头看向袁织雨，嗓音温润又客气："抱歉了，我女朋友怕生，下次有机会再请汇技陈总，我做东，烦请袁小姐代为转达。"

这句话乍听平平无奇，可细究之下却意味深长。

袁织雨大约也听出来了，辛其洲委婉拒绝之余，还不动声色地敲打了她一下，以她的资质，是不配代表汇技的。

尴尬一闪而过，袁织雨挤出笑："是我唐突了，我会跟陈总转达的。"

"李琰，送袁小姐出去。"

2

袁织雨的身影消失在大厅外，戚百合回过神，一把将蛋糕塞进了旁边人的怀里，语气平淡："自己拿着吧，我累了。"

她说罢转身就走。

辛其洲追上去，再一次抓住了她的手，垂眼看她，嗓音带着笑："干什么？"

"什么干什么？"戚百合想把他的手甩开，甩了两下没甩脱，于是压着声音说，"前台在看你。"

辛其洲偏过头往前台看了眼，刚刚给戚百合办理登记的那个小姐姐极快地移开了目光，拿出手机飞快地打字。

"完了，"戚百合说，"你的单身钻石王老五人设不保了。"

辛其洲收回视线，有些好笑地看着她："戚百合，你吃的哪门子飞醋？"

"谁吃醋了？"戚百合一边往外走，一边装模作样地拿出手机，"唉，饿死了，赶紧吃饭去。"

她回来的路上就预订了一家港式餐厅，和辛其洲开车过去的时候，这会儿刚好到了饭点。店里生意很好，基本座无虚席，报了姓名以后，服务员领着他们进了一间小包厢。

辛其洲将蛋糕放在一旁，看着戚百合还是不拿正眼瞧他，清了清嗓子："我还以为你不记得。"

"怎么会不记得？"戚百合回完玮姐的短信，抬眼朝他笑，"毕竟你是我的亲亲男朋友啊。"

辛其洲抬眸打量她："那你给亲亲男朋友准备了什么生日礼物？"

戚百合倒水的手顿了顿，完全一副被问倒的样子。

"不会没有准备吧？"辛其洲虚勾嘴角，"既然是亲亲男朋友，不如就送……"

他话还没说完，戚百合咧嘴大笑："我就知道！"

"真以为我没准备啊？"她扭过头，手伸进身侧的托特包里翻了翻，拿出一个圆柱形的包装盒，在辛其洲眼前晃了晃，"千里送鹅毛，礼轻情意重，我帮你先说了。"

辛其洲怔了两秒，接过礼物，垂眸打量："这是……水杯？"

戚百合忙不迭点头："上次在你们公司楼下咖啡店买的。"

辛其洲静了几秒："为什么给我买这个？"

他问出这句话的时候，脑袋里是有一个答案的。之前梁卓大学谈恋爱的时候，每逢过节都要发愁给女朋友送什么礼物，黔驴技穷之时还请教了辛其洲一次，辛其洲嫌烦，没有搭理他，第二天他又发了消息过来，说是已经买好了。

辛其洲随口问他最后送了什么，梁卓一副得意的样子，说他送了一个水晶杯子。辛其洲至今还记得梁卓当时发来的语音，又甜蜜又恶心："一个杯子，就是一辈子，我把自己的一辈子送给她，你说她喜不喜欢？"

虽然这个谐音很土，但辛其洲蓦地想起来，心里又有了几分说不上来的紧张。戚百合如果真是这样想的，那不言而喻的是，她最起码想要跟他有一个长长久久的未来。

这样想着，辛其洲拿起了那个杯子，还没开口，杯子就被戚百合抢了过去。

她瞪着大大的眼睛，一本正经地解释："因为想让你多喝水啊，我之前主持过一档养生节目，里面的老中医说了，水乃生命之源，多喝水不仅可以促进新陈代谢，预防心脑血管疾病，促进肠胃蠕动，还可以美容养颜的哟。"

戚百合说完，把杯子放在灯光下面晃了晃，细碎的光从杯壁的花纹折射下来。她一脸欣喜："看，漂不漂亮？"

"……漂亮。"辛其洲嘴唇抿成一条直线，喉咙滚了滚，"谢谢你。"

"太客气啦。"戚百合咧开嘴角，大方地笑，"毕竟你是我的亲亲男朋友啊。"

辛其洲夹起一块西多士塞进她嘴里，头疼地皱眉："别说了，吃饭吧。"

吃完饭，戚百合找服务员要了打火机。将蛋糕的蜡烛点上以后，她又兴致勃勃地拿出生日帽，从椅子上站起来，走到了辛其洲面前。

辛其洲往后偏了两分，用商量的语气："这个就不用戴了吧？"

"为什么不用？"戚百合把帽子卡在他头上，"不戴帽子许愿是不灵的。"

辛其洲过生日，她兴奋得像是自己过一样，起身把包厢内的灯光全都关上了。室内只剩下摇曳的烛光，落在辛其洲的眉眼上，将他向来冷清的神情勾画得柔和、温驯。

戚百合坐回到自己的椅子上："《生日快乐歌》，你是想听中文版的还是英文版？"

辛其洲已经拿出手机打开了相机，戚百合开口唱歌，黑亮的瞳仁里跳跃着烛光，看他举着手机对着她，还咧开嘴角，朝镜头比了个"耶"。

"你过生日，拍我干什么？"她唱完以后，把他的手机按了下去，"来来来，许愿了，三个愿望，好好想啊。"

"行。"辛其洲看她半点闲不下来的样子，"我第一个愿望就是让你老实会儿，坐到我旁边。"

戚百合愣了几秒，而后有些不情不愿地起身，坐到他旁边以后，嘴里还嘟囔着："一年就一次的生日愿望，别那么草率行吗？"

辛其洲抬起左手，自然而然地落在她的胳膊上，牵住了她的手腕："那第二个愿望送你了，你帮我许吧。"

戚百合不满地瞪了他一眼："行吧，那我勉强帮你想一想。"

她闭上眼睛，双手抱拳，摇晃的黄光下，长而卷翘的睫毛微颤，像振翅的蝴蝶，可爱又生动。

辛其洲垂眼看着，喉咙滚了滚："许好了吗？可以吹蜡烛了。"

戚百合睁开眼："还有一个呢？"

辛其洲左手臂虚虚搭在她的椅背上，声音很轻："许完了。"

他说完便低头吹了蜡烛。

一室漆黑中，旁边有窸窸窣窣的声音，戚百合似乎是想要站起来把灯打开，可她的手刚放到桌面上，后腰突然覆上来一只温热的手掌。

辛其洲等候良久，稍一收力，便将人带到了自己怀里，他微微俯身，寻到了那一处柔软。

戚百合还没反应过来就失守了，唇舌交替之时，闻到彼此的气息，一股淡淡的酒精味混着烟草的清香，在越发急促的呼吸声中渐浓。

她几乎呼吸不过来，刚刚小酌两杯原本是不要紧的，这会儿不知道是缺氧还是怎样，她感觉头脑昏沉，上身无力，一双手扒在辛其洲的胸口，挣了挣。对方大约是理解了她的意思，稍微撤了几分，她终于得了自由，大口呼吸了几下，刚要起身去开灯，腰后的手卷土重来。

伸手不见五指的暗处，这个吻到底持续了多久，戚百合已经记不清了，她只记得那天的末尾，辛其洲送她回家，车停下以后她的脸还是滚烫的。

辛其洲抬眸看她："是想让我送你上去？"

戚百合方才回过神："不用了，我自己回去就行。"

她手脚麻利地解开安全带，推开车门，站在车旁，很标准的答谢："谢谢你送我回来。"

辛其洲一本正经的样子："这都是亲亲男朋友该做的。"

戚百合："……"

目送着脚步虚晃的人消失在电梯外面，辛其洲重新启动车子，开出小区大门时，中控台上的手机响了。

李琰的声音很沉："辛总，那个叫周玥的刚刚联系我了。"

辛其洲神色没有意外，降下了车窗才问："她怎么说？"

"挺急的。"李琰顿了顿，"说最好今晚就能见面。"

"你去接她，到公司楼下的咖啡店等我，我马上就到。"

李琰应了声"好"之后就挂了电话，夏日晚风从车窗灌进来，车厢内残留的一丁点儿酒精气味消失。

那是戚百合的味道，辛其洲偏头看了眼副驾，眸色沉沉。

半小时后，辛其洲抵达新源国际大厦。晚上九点多，咖啡店的生意冷清了许多，灯光通明的店里只坐了一桌客人，李琰候在门口，一看见辛其洲就迎了上去。

辛其洲把车钥匙拿给他，推开店门走了进去。

走到周玥对面坐下，辛其洲直奔主题："周小姐想清楚了？"

周玥刚刚还在出神，这会儿看见他来了，强打精神："对。"

"拖了这么久。"辛其洲睨她一眼，"何苦呢？"

周玥脸色铁青，哑声道："你让你秘书跟我说的话，还算数吗？"

辛其洲不疾不徐地扬手，把服务员喊了过来，点了杯热美式，才应声："算的。"

"我爸答应出庭做证了。"周玥顿了顿，"除了我儿子的医药费之外，我还想要求一件事。"

"你不用想。"辛其洲靠在椅子上，声音是不轻不重的警告，"他犯了什么罪，这几年你应该也找律师问过了，我没那个本事保他全身而退，就算有，我也不会这么做。"

周玥皱紧眉头："你不怕我反悔吗？"

辛其洲端起咖啡喝了一口，狭长的眸子投向她："你觉得我怕吗？"

他不动声色地扯了扯嘴角，脸上皆是胸有成竹的镇定："周小姐，我劝你别再想着跟我讨价还价了，这件事让我接手，有的是其他突破口，我是等得起，想想你儿子的病，到底是谁等不起？"

这番话掷地有声，一字一句都戳在了周玥的死穴上。半晌，她像被抽走了全身的精气，挺直的脊背垮了下来，眼眶红红的："我爸已经快六十岁了。"

"这跟我无关。"辛其洲抬了抬眉，"如果你儿子没有得白血病，你会改变主意让你父亲出庭做证吗？"

周玥怔了怔，即将掉下的眼泪蓄在眼眶里，一张嘴动了动，最终还是什么都没有说。

辛其洲一副意料之中的样子，放下咖啡，垂眼睨她："所以，这是你的报应。"

从咖啡店出来以后，辛其洲的手机就一直响个没完，叮嘱李琰处理好后续的事情，他拿上钥匙回到了车里，点开微信，戚百合发了三十几条消息过来。

最后一条是：我要杀了你！！！

辛其洲嘴角虚勾，发了条语音过去。

戚百合还在沙发上痛苦地翻滚，手机一响就点开了，辛其洲略带笑意的声音在客厅回荡着："为什么要杀你的亲亲男朋友？"

她一骨碌坐起来，点进他的朋友圈。

半小时之前，辛其洲发了一条动态，没有文案，只有一张照片，是戚百合对着镜头比"耶"的那张。摇晃的烛火下，她长长的睫毛在眉上投出了两片阴影，像两根扫把，配上她瞳仁中倒映的火光，在黑漆漆的背景中诡异得像什么恐怖片实录。

梁卓和洛雪都点了赞，还评论了——

梁卓：这种水平的照片发出来是会被女朋友削的！

洛雪：原来百合姐这样的大美女也扛不住男友的死亡视角……

3

辛其洲的生日过完，凌南市的夏天也进入了尾声。

九月初，戚百合的生活没有发生什么变化，选秀综艺那个活儿结束，玮姐也没再找过她，她乐得自在，几乎每天中午都会去辛其洲的公司楼下陪他吃午饭。

某天中午，她刚吃完饭就收到了玮姐的消息，提醒她去看热搜。

戚百合点开看，热搜前三都是同一个人——

戚露　舞台

戚露　反差感

戚露的腰

她随机打开几个视频看了一下。

大约是今天更新的综艺里，戚露的三公舞台十分出彩，生活片段里她是个没什么存在感的人，说话小声，长相也属于又甜又软的那种，可三公的舞台上她直接化身性感小野猫，丝毫不见平日里唯唯诺诺的样子，自信又张扬，完全把甜辣和帅气演绎得淋漓尽致。

"我的天啊，舞台上真的好有魅力，啊啊啊！"

"台下软萌萝莉，台上性感辣妹，这反差感绝了。"

"妹妹的舞蹈功底太强了吧，身材管理也很棒，感觉那个腰还没我大腿粗！"

"给新来的姐妹科普一下，我们小七舞龄十一年，全是自学的，也就是前两年签了公司才有老师教。"

"姐妹们快去投票，妹妹现在位置很危险！救救妹妹！"

戚百合看完评论，玮姐的语音发了过来。

她似乎挺感慨，唏嘘道："能不能走红真的看命，才一天的时间，这小姑娘的票数排名已经进前三了，如果后期节目组不搞事，出道位是妥妥的了。"

戚百合外放了这段语音，刚听完，看见辛其洲放下筷子抽出了一张纸巾擦手，动作慢条斯理的，眸子打量她，嗓音很轻："认识？"

她收起手机："我不是跟你说过吗？之前录节目的时候认识了一个跟我同姓的小姑娘，挺可爱的。"

辛其洲若有所思地点头："你想不想红？"

这突如其来的问话让戚百合怔了一瞬，她有些好笑地说："怎么，你要当我金主捧我啊？"

"金主？"辛其洲抬了抬眉，煞有介事地问，"具体的工作内容是什么？"

戚百合伸出手指头，一根一根掰着数："给我花钱，给我介绍资源，如果再厉害一点，还能直接买个奖给我……反正就是砸钱，不讲道理地砸。"

辛其洲刚理了头发，少年气少了些，矜贵清冷的精英味儿十足："投入那么多，回报率呢？"

戚百合也没多想，脱口而出："陪吃陪喝陪睡咯。"

辛其洲伸出手，在她还没来得及缩回去的手掌上拍了一下："成交。"

"谁跟你成交！"戚百合反应过来，"那都是旧社会的歪风邪气了，我们新时代的独立女性都是很聪明的，靠山山会倒，靠男人男人会跑。不就是挣钱吗？谁不会啊，努力工作谁还养活不了自己了？"

她一张小嘴说起话来没完没了，辛其洲无奈扶额："如果是能养活自己的前提下，你想做什么工作？"

戚百合歪着脑袋，下意识地推了推自己已经有些塌的睫毛："你觉得我适合做什么？"

辛其洲端起水杯抿了口，一本正经地点评："你适合教别人化妆。"

顿了顿，他又补充："毕竟这是你从高中就开始耕耘的事业。"

听出了他的揶揄，但戚百合也没在意。她认真地想了想，觉得这是个可以考虑的好建议。

当天下午回去，她就开始录制微博上欠了许久的妆教。

她把出门时化好的妆卸掉，又洗了头发，在房间走了一圈，找好适合的光线后，她支起了手机，先拍了一条自我介绍看看效果，发现手机镜头太吃妆，不适合拍妆教。她想了想，给周郁野发了条消息，问他在家吗。

她记得周郁野这个有钱人去年爱上摄影之后买了一套很不错的装备，如果他在家，那她就上楼借用一下。

等回复的工夫，戚百合把家里简单收拾了一下，以确保入镜的卧室看起来不会太凌乱。

大约五分钟后，周郁野回了消息：在。

戚百合拿起手机往门口走，边走边回：我去找你。

乘坐电梯上到十九楼，她往左边拐了几步。周郁野虽然和她住同一个单元，但户型完全不同。他是三居的大平层，自己买的。而戚百合住的是公司提供的房子，房租减半，户型也是小两居。

戚百合敲了敲门，半分钟过后听到屋里传来什么东西摔倒的声音，门开以后，周郁野扶着门把手，上半身摇摇晃晃的，睡眼惺忪地看着她："干什么？"

戚百合闻到了浓重的酒精气味，皱了皱眉："你又宿醉了？"

周郁野随手挠了挠头，把一双粉色拖鞋踢过来，自顾自往客厅走："昨天晚上小照来凌南了，就跟他喝了几杯。"

小照是他大学时组建的乐队里的键盘手，当时签约公司的时候，因为家里不缺钱，父母也不同意，小照就自动退出了乐队。

"他怎么来了？"戚百合跟着他进去，看到一把椅子倒在玄关处，顺手扶了起来，"你下个星期不是要总决赛了吗？这么喝，想罢工啊？"

周郁野走到客厅的沙发上躺下，揣起一个抱枕盖在脸上："他要结婚了。"

"这不是好事吗？你为什么一副失恋的样子？"戚百合嫌这屋里暗，走到阳台把遮阳帘拉开了，随口开玩笑，"不知道的人还以为你暗恋他呢。"

周郁野许久没有应声，顿了顿，才开口："你不知道的事多了。"

"我也没兴趣知道。"

周郁野有些生闷气似的，把抱枕丢开，从沙发上坐了起来，摸到茶几上的烟盒，抬眼看她："找我干什么？奉旨捉拿？"

"不是。"戚百合似乎看了看，"你去年不是买过一架挺贵的相机嘛，借我用一下。"

周郁野点上了烟，眯了眯眼，从沙发上起身："等着。"

几分钟后，戚百合拿到了相机，简单问了几句怎么使用，就打算回去了。

周郁野把她送到家门口，像是有话要说似的，嘴唇动了动，最后喊了一声她的名字。

戚百合回过头："怎么了？"

周郁野看着她的眼睛，感觉喉咙上像是哽着一根刺。沉默了几秒，他散漫地笑了笑："你借相机干什么？别给我用坏了，这很贵。"

"小气，"戚百合一边换鞋，一边说，"我录个妆教，就是化妆教程，手机不好用，所以上来找你借相机。"

周郁野吐了口烟："录那个干什么？"

"看看我有没有当美妆博主的天分啊。"

隔着寥寥升腾的青烟，周郁野目光微有凝滞，问："你不打算跟公司续约了？"

还有一个月，戚百合的合同就到期了。

现在她身上还有大几十万的积蓄，一直花钱在找的周玥也找到了，长久以来围绕在她心头的紧绷感似乎得到了释放，她的确考虑过退圈，过正常的生活。

戚百合如实相告。

听完后，周郁野沉默了，他的嗓音很轻："退圈结婚？"

"啊？"戚百合眉心轻拧，"这都哪儿跟哪儿，太远了，没想那个。"

从周郁野家出来，电梯已经下去了。

戚百合捧着相机站着，看着电梯门镜面上的自己，她的神情有些凝滞。结婚是遥遥无期的事情，至少对于目前的她来说，是不敢去想的。

一分钟过后，电梯到了，戚百合走了进去，脑海中又冷不丁冒出了一个想法：如果是辛其洲提出来要结婚呢？

她对爱情没有向往，对婚姻也如是，与其说她渴望从婚姻生活中得到什么，不如说她只想跟辛其洲朝夕相处，这样的陪伴究竟要以什么形式延续，恋爱也好，婚姻也罢，对她来说并不是多么重要。

到了九月底，夏秋交替之际，戚百合意料之外地迎来了事业的一波小高潮。

这事儿说来也简单，还是沾了戚露的光。

自从上次戚露三公舞台出圈以后，人气便一路飙升，节目组见她势头大好，后期她的镜头也多了起来。这周五戚百合参与录制的那期播放以后，因为和戚露走得近，镜头多不说，还显得特别讨喜。

玮姐凌晨一点打电话把戚百合叫起来，说她微博涨了二十多万的粉丝。戚百合以为自己做梦还没醒，揉了揉眼睛看手机，反复看了好几眼，才确定自己的名字真的上了热搜，跟戚露并排。

已经那么晚了，话题下的评论依旧在不断刷新。

"这个姐姐看起来也不大啊，长得好看，音色也蛮好听的，为啥不直接来参赛？"

"这题我知道！我之前看过她主持的一档美妆综艺，在地方台播出的，没什么热度，但真的好好看啊，经常在节目上素颜，皮肤巨巨巨巨好。"

"我真的很吃这种长相，英气和艳丽并存，骨相绝佳，感觉能美到五十岁。"

"刚从这位美女的微博回来，又美又低调，前段时间刚发了一条妆教，都是干货，高清美颜暴击，姐妹们快去看，现在入股就是十年老粉！"

戚百合被这一条条彩虹屁吹得飘飘然了，玮姐在电话里喊了她好几声才把她叫回神："真是没想到啊，无心插柳柳成荫了，瞿柠那边看到这个热搜估计要气死了。"

"跟她有什么关系吗？"戚百合没看到有人提她。

玮姐喜滋滋的声音从听筒里传出来，颇有些大仇得报的痛快："你不知道，底下还有她的热搜，但都是说她势利的，因为节目录制的时候戚露还没出圈呢，所以瞿柠压根没拿正眼瞧她，光忙着巴结之前的前几名去了。"

戚百合又往下翻了翻，果真有一个瞿柠的话题，后面依旧跟着戚露的名字。

点进去看是一段视频，大致就是戚露在课间休息时去跟瞿柠示好，说很喜欢她的某首歌，每次去 KTV 都会唱，但瞿柠当时在和旁边的人聊天，所以只是瞥了她一眼，说了句"谢谢"，便把头扭了回去。

那段视频是戚露的一个粉丝发的，后面还剪辑拼接上了戚露和戚百合一起吃饭的片段，当时两人根本没看到有摄像在跟拍，那个角度很像固定的摄像，从头顶拍摄的，但把两人的对话都清楚地录制了下来。

"冷面御姐和反差感萝莉……谁懂？"

"两人对话好可爱啊，都是被公司逼着参加节目的，笑得我。"

"而且这位姐姐真的有在认真回答小七的问题啊，比某位人气女歌手负责多了吧。"

…………

玮姐叹息一声："说实话，上半年公司都考虑不跟你续约了，但这期节目播出来，老板刚刚就给我打了电话，让我好好表扬表扬你。"

戚百合怔了几秒，像是一下被拉回到现实世界，声音很轻："玮姐，我……不打算再续约了。"

这次能有话题度是托了戚露的福，在她兢兢业业工作的几年里，事业没有一点水花，就算不是出于其他考量，单就个人性格而言，戚百合感觉自己或许就不是吃这碗饭的料。

她是一个有自知之明的人，对财富也没多大的野心。换句话说，她原本的人生规划里就没有功成名就这一栏。

4

梁卓的婚礼赶在国庆节第二天，在洛雪的连环夺命 CALL 之下，戚百合提前一天便和辛其洲踏上了旅途。

节假日高速堵车严重，平日里两个小时的路程，辛其洲开了四个小时还堵在高速上，车子以龟速行驶，戚百合嫌闷，降下车窗玩手机。

昨天晚上洛雪便建了个群，所有伴娘和伴郎都被拉了进去，戚百合和她认识的时候伴娘已经定好了，但还是被拉进了群里。

聊天记录不断刷新，戚百合闲着无聊，便在群里潜水窥屏。

辛其洲偏头看她的时候，她正划屏幕划得起劲儿。

洛雪性格开朗，朋友也多，伴娘也是开朗型的，几人你一言我一语，当着梁卓和伴郎们的面讨论明天该怎么堵门。戚百合看着乐得不行的时候，手一空，手机被抽走了。

辛其洲把她的手机放在中控台的盒子里，跟他的手机叠在一起："晕车还敢玩手机，一会儿车开起来有你受的。"

"哪年哪月才能开起来？"戚百合往前看了眼，车流依然纹丝不动，她想拿回手机，试图吸引他一起，"群里可热闹了，你要不也去看看伴郎服是什么样的？"

辛其洲目光平视前方："不用看都知道。"

戚百合："你知道什么了？"

"梁卓不会准备太好看的衣服，"车流动了一点，辛其洲踩了脚油门，淡声道，"怕自己的风头被抢。"

戚百合有些想笑，不过按理来说，这的确也是梁卓的脑回路。

"我没看伴郎服，但是伴娘服挺好看的。"戚百合抠了抠手，看了眼又停滞下来的车，假装自然地伸出手，"我替你看看。"

还没碰到中控台，辛其洲就拍了她手背一下，垂眼睨她："人家结婚，你这么激动干什么？"

戚百合捂着手："谁激动了？"

辛其洲又看了她一眼，嘴巴动了动，没有再说话。

堵车是因为前方出了事故，事故处理完了，车子重新提速，半个多小时以后，他们就顺利抵达了梁卓安排好的酒店。

洛雪的家人都住在那家酒店，戚百合到的时候，新婚小夫妻正坐在酒店大堂和经理讨论明天的婚礼细节。

辛其洲去停车了，戚百合率先进去。洛雪一看到她就跑了过来，拉着她的手热络地问："怎么堵那么久，饿坏了吧？待会儿我让人送点吃的到你房间。"

"你们今天忙，不用管我们。"戚百合看了眼不远处的梁卓，又转向洛雪，"婚房布置好了吗？"

"都弄好了。"洛雪扶额叹了口气，"百合姐，你都不知道结婚有多难，要操心的太多了。以后你们结婚可别这么费劲儿，我都后悔当时没听梁卓的旅行结婚了，不用招呼亲戚、检查流程，只要玩就行，想想都爽。"

戚百合不知道该说什么，干笑了两声："这个……以后再说。"

梁卓和酒店经理沟通好之后走了过来，看见戚百合一个人，抬眉问：

"那霸道总裁呢？"

戚百合常常对他多变的称呼反应不过来，顿了几秒才说："停车去了。"

"行。"梁卓从口袋里掏出一张房卡，"给，七楼，709。"

戚百合接下来，意识到不对劲："就……就一张啊？"

梁卓笑了："你俩份子钱就给一份，我还得倒赔两间房钱吗？"

"谁说就给一份的？"她抱住洛雪的肩膀，"我的份子钱是给你老婆的，不是给你的。"

"你给我老婆她也不会要。"梁卓说着，朝洛雪抬了抬下巴。

洛雪立马心领神会地点了点头："对啊，百合姐，你跟洲哥不是已经复合了吗？"

戚百合看着这两人一唱一和的，知道也说不出什么，就收了房卡，打算待会儿让辛其洲再开一间房。

两口子跟她简单聊了几句就去找伴娘了，戚百合在沙发上坐了会儿，辛其洲从电梯上来了。

"他们人呢？"辛其洲往她身后看了眼。

"忙去了。"戚百合拉着他往前台走，"先开房吧。"

辛其洲顺势将她肩上的包拿下来，自己拎着："梁卓不是说开好了吗？"

戚百合从口袋里掏出房卡，神色有些尴尬："就开了一间……"

辛其洲垂眼看了那房卡一眼，眸色微闪了闪，嗓音冷淡："行，那回头份子钱也只给一份。"

戚百合："……"

两人走到前台，明显戚百合更着急一些，辛其洲翻钱包找身份证的工夫，她就急吼吼地开口，朝着笑容标准的前台小姐姐说："你好，我们想开一间大床房。"

"抱歉，今天已经没房了。"

戚百合愣了两秒，完全没想到还有这个可能："其他房间也行，套间、标间都可以。"

"节假日房源紧张，我们酒店又承办了婚宴，非常理解您急切的心情，但是抱歉，我们酒店现在真的没有空房。"

前台小姐姐说罢微微颔首，再抬头，目光有意无意地在辛其洲脸上扫了一圈，又打量了眼戚百合，眸色变得有些意味深长。

戚百合也是后知后觉，看到对方八卦的眼神，才意识到自己的态度有多容易让人误会，当即脸有些红，为自己辩解道："我……我不着急，我在你们酒店已经订——"

还没为自己洗清冤屈，戚百合就被拉走了。

走到电梯旁，辛其洲垂眼睨她，没说话。

戚百合觉得自己笨死了，摸了摸耳朵，也不知道该说什么，随便支吾了一句："怎么把今天是节假日忘了……"

电梯门开了，辛其洲拉着她走进去，淡声开口："先看看房间。"

戚百合觉得这话很危险，如果房间大，那他难不成还要跟她一起住？

抱着忐忑的心情，电梯到了七楼，找到709，戚百合刷了房卡，门刚推开，她就傻眼了。

她退出去，又看了眼门牌；是709，没错啊。

辛其洲在后面问怎么了，戚百合站到一旁，让他自己进去看。

辛其洲往里走了几步，看到一个摆满玫瑰花瓣的巨大双人床，目光也凝滞了一瞬。

戚百合走进来嘀咕："这不会是洛雪和梁卓的房间吧？"

她从口袋里拿出房卡，又看了眼，正疑惑着，辛其洲把门关上了。

他站在玄关处，瞳色浅淡："不用看了。"

戚百合怔了几秒，也反应过来了。

梁卓这哪是小气啊，他是花了大心思。

戚百合无措地捋了捋头发："那……怎么办啊？"

估计这会儿外面的酒店都没房了，她也不好意思让辛其洲去睡大街，和梁卓挤挤是个办法，但梁卓既然安排了这些，估计也不会让辛其洲进门。

空气中沉默了几秒，戚百合走到沙发边，把包放下："要不，就凑合一夜？"

辛其洲不动声色地看了眼床，几乎两米五的宽度，挤下三个人都足够。

顿了顿，他喉结滚了一下，寡声应："你同意就行。"

两人在房间里大眼瞪小眼，空气干得像是要着火似的，戚百合受不了了，从沙发上坐起来："你开了一路车肯定累了，休息一会儿吧，我先把这些花瓣收拾一下。"

辛其洲拉住她的手："待会儿让保洁过来打扫。"

唯一能转移注意力、排解尴尬的活儿被抢走了，戚百合有些着急："这些小事我们自己来就行了。"

辛其洲垂眼，像是看出了她的小心思，微不可闻地叹息一声，软了声音："你不饿？"

"……啊？"戚百合慌忙点头，"饿，饿死了。"

辛其洲将她放在桌面上的手机拿起来，塞进她手里："出去吃饭。"

终于走出那个令人窒息的房间，戚百合感觉外面的氧气都清新了许多。走到酒店大堂，正巧碰上梁卓两口子，隔着老远，她眼刀子就甩了出去。

洛雪也看到他们，扬起手臂招呼："百合姐，正想给你发消息呢。"

梁卓也走过来："走吧，出去吃烧烤。"

戚百合这才看见酒店门口聚集着一堆年轻人，都是生面孔，但一开口戚百合就听出来了，就是在群里发语音聊天的伴郎和伴娘。

辛其洲倒是没注意到那些，但他也没搭理梁卓。他垂眼看向戚百合，低声问："你想吃什么？"

戚百合几乎想都没想："烧烤！"

她太需要这种欢乐又混乱的氛围了，说不定晚上闹得太疯太累，她和辛其洲一回去就睡着了，让这个夜晚静悄悄地过去，那一切就迎刃而解了。

梁卓听到她这样说，得意地朝辛其洲抬了抬下巴："能不能行啊？怎么那么不合群？你要实在不想吃就把小百合给我们，你自己爱吃什么吃什么去！"

辛其洲像没听到似的，直接看向洛雪："地址在哪儿？我去开车。"

"不用开车，"洛雪笑着说，"就在这附近，走路十几分钟就到了。"

梁卓附和："就是，谁也不能开车，少喝一杯我都跟你急。"

到了烧烤店，梁卓要了三箱啤酒，男人那边一人分了五瓶，原本女孩子可以不用参赛的，可洛雪有个叫沫沫的大学同学据说也是千杯不倒，嚷嚷着女生也要喝，于是梁卓喊来服务员又抱上来两箱。

能容纳十二人的大圆桌满满当当坐了一圈人，戚百合右边是辛其洲，坐在左边的洛雪给戚百合递酒的时候，辛其洲挡了一下，低声问她："你想喝吗？"

戚百合想起上回和洛雪喝酒。这姑娘喝酒没有章法，也不讲究来回，喝开心就没有量了，拿酒当水似的，喝一杯说一句"我干了你随意"，戚百合是老实人，上次在酒吧喝多，就是这样一杯一杯陪出来的。

想到往事，她把酒推了回去，压着声音："我不能喝，例假来了，今天第一天。"

"啊？"洛雪把酒拿回去，看了一下辛其洲，意味深长地说，"真可惜。"

"……"

戚百合抬眼去看辛其洲，他朝她压了压眉眼，脸上的表情写着"习惯就好"。

她是很想揪着这口子问问那房间是怎么回事儿，但单身夜的氛围过于热烈，她也不想扫兴，装模作样地给自己的杯子里倒上热水，就投入到梁卓的游戏中去了。

不得不说，这两人就是天造地设的一对儿，梁卓是桌游小王子，那洛雪必然就是捧场大师，不管她老公提出玩什么，她永远都是第一个拍手叫好并积极参与的。

一顿饭吃了快两个小时，酒过都不止三巡了，席上除了辛其洲和戚百合，其余人都有了些微醺的状态，集中表现在话多、嗓门大、精神极度亢奋上，如果不是明天还有正事要做，戚百合怀疑他们能嗨到天亮。

酒不能再喝了，聊天还得继续。

戚百合虽然没喝酒，但坐了一下午的车，她已经有些倦意了，原本还能端端正正地坐着，可辛其洲搭在她椅背上的手不知什么时候往下滑，出于一种本能，她慢慢地倒在了他肩侧。

一室的欢声笑语中，他们两人安静得有些格格不入。

梁卓注意到这里，给辛其洲丢了一根烟过来，辛其洲接住了，却没点，大约是顾及肩上的戚百合，他把烟放到了桌面上。

戚百合目光已经有些涣散："你困不困？"

辛其洲垂眼看她："你困了？"

她打了个哈欠，眼泪都要出来了，还没来得及说话，包里的手机响了。

看了眼屏幕，是玮姐打来的，戚百合立刻坐直了身体。

上次她说不想续约，玮姐沉默了许久，只说让她再考虑考虑就挂上了电话，两人近一周没有联系过，眼下打电话，估计还是要聊合同的事。

戚百合和辛其洲低声说了一句，便拿着手机出了包间。

玮姐果然还是想劝她，说这几天跟老板沟通了一下，可以在续约合同上做出一些让步，希望她不要放弃这份事业。

戚百合还是有些为难的，倒不是因为她心志不坚定，主要还是玮姐。这些年她在圈里几乎没认识什么朋友，同事关系也处得一般，一个周郁野，一个玮姐，算是跟她来往比较多的了，她私心是把玮姐当朋友的。

拒绝朋友需要勇气，但她还是说出口了。

玮姐那边沉默了几秒，突然开口："你是不是谈恋爱了？"

"啊？"戚百合有些意外，"你怎么知道？"

"你都不看自己微博的吗？"玮姐的声音远了一些，应该是把手机从耳边拿下来，"8月3号发的那两张自拍，你坐在副驾驶，开车的是个男人，露了一只手，这几天你新增的粉丝发现了，热评第一就是问旁边是不是你男朋友。"

戚百合无话可说。

玮姐叹息一声，说："你要是跟我说，你是单纯不想在娱乐圈混了，所以要走，我还能理解你。但你要是为了男人，那你就是傻透了。"

"我没有，我……"戚百合不知道该怎么解释，"不是因为他。"

"车挺好的，是个富二代吧？"玮姐的声音有些恨铁不成钢，"这些年你也见识过不少公子哥了，他们的承诺到底有多真，变心速度有多快，你心里没数吗？"

戚百合有些无奈："玮姐，我真不是因为谈恋爱才……"

"你别说这些，我就问你，"玮姐语气很着急，"这个人有没有说要娶你？"

戚百合愣了一下："没有。"

"你俩认识多久了？"

"很久了。"戚百合补充，"他就是我的初恋，我们今年夏天重新碰见，就在一起了。"

玮姐似乎也没想到还有这份隐情，她顿了好久，语气也软了几分："那他对你好吗？"

"好。"戚百合声音坚定，"特别好。"

"但你们分开七八年了吧。"玮姐说着，嗤笑了一声，"你问过分开的这些年他有没有对其他人动过心吗？他要是真对你这么一心一意、忠贞不渝，为什么这八年都不来找你？"

戚百合被她问住了，静了许久才回答："当年分手，闹得挺不好看的。"

玮姐又劝了戚百合几句，虽然话说得疾言厉色，但戚百合能听懂她的意思。

玮姐是未婚妈妈，二十出头就怀了孕，孩子爸爸不想结婚那么早，提出把孩子打了，玮姐没同意。她是独生女，父母条件还不错，完全养得起一个孩子，也许是为了赌气，她一个人把孩子生了下来，独自抚养至今，再也没有结婚的打算。

这些年戚百合听她提起两性话题，最常听到的话就是，女人永远都不要把自己的命运寄托在男人身上，那样不仅被动，而且可悲。

戚百合跟玮姐聊了几句，没详细说原因，只说是因为家里的事才考虑退圈。玮姐见她心意已决，唏嘘了几句后就挂上了电话。

街道上人流如织，戚百合站在烧烤店门口发了会儿呆，转身进了店里。

她刚走上台阶就看见了洛雪，洛雪一看到戚百合就拉着她往厕所走，边走边说："梁卓喝多了，拉洲哥去厕所了，我不放心。"

戚百合被她拉着，还没走到卫生间大门就看见了倚在水池旁的两人。梁卓一张脸红彤彤的，连眼皮都是红的，正对着辛其洲手舞足蹈地说着什么，他嗓门大，零星能听见"丈母娘""吓人"这样的字眼。

戚百合心里已经察觉出不妙，刚想快步走上去，胳膊就被洛雪拉住了。

她拉着戚百合往后撤了两步，躲进了墙角巨大的琴叶榕旁边。完美隐藏过后，洛雪咬牙切齿地说："我听听他在说什么。"

戚百合一个头两个大，心想这都什么事儿，新婚前夜要是真闹出矛盾，那她和辛其洲就成罪人了。

她靠在墙后，死死地盯着辛其洲的背影，企图通过心灵感应让他回头。

可辛其洲只是落拓不羁地站着，侧脸有些冷淡，有一下没一下地听着梁卓诉说岳父岳母的眼神有多可怕。

感觉洛雪的怒气值在不断飙升，戚百合刚想假装咳嗽，辛其洲的手机响了起来。

还好，岳父岳母的话题应该要结束了。她想。

戚百合想拉着洛雪走出去，可这姑娘还是像根钉子似的杵在墙角，死死拉住她的胳膊："先别出去，我再听听。"

戚百合也无可奈何，只能继续趴墙角。

辛其洲手机响了三四声的样子，他从口袋拿出来，看了眼屏幕，又挂了。

梁卓凑过脑袋去看："你——"

那个"妈"字他及时咽了回去，想了想，换了个陌生又客气的称呼："宋冉阑女士找你干什么？"

戚百合听到这里，紧皱的眉头不自觉展开了。

她没想到会在眼下的场合再次听到这个名字，更没想到，在回到沅江市的第二天，往事便以这样突兀的方式回到她的脑海中。

洛雪似乎注意到了她僵直的上半身，小声问："百合姐，你怎么了？"

戚百合摇了摇头，没说话。

不远处的两人还是没发现墙角的状况，梁卓漫不经心地说："你都帮她找到亲儿子了，她还不赶紧去争财产，来骚扰你干什么？"

辛其洲淡声开口："盛茂最近不怎么太平，东山的滑雪场出了场重大事故。"

"啊？"梁卓瞪大眼，"前几天新闻上放的那个东山滑雪场，是辛家的？"

辛其洲点了点头："几年前公司重心就转移到酒店和旅游业上了。"

"啧。"梁卓叹息一声，"那这跟你又有什么关系呢？这几年你帮他们找亲生儿子花了那么大精力，浪费了那么多时间，还不能跟小百合和好，几个月前好不容易找到了，怎么着，现在公司出问题还想找你帮忙？真当你是便宜儿子，不用白不用了。"

辛其洲拧开水龙头，持续的水流声掩盖了他本就低哑的声音，戚百合没听清他说了什么。

倒是梁卓，嗓门一如既往地大："也是，接下来你要帮小百合处理她妈妈的事，到时候免不了要跟辛家的人有牵扯，不过反正你恩情也还清了，就算因为小百合跟他们撕破脸皮，也不用愧疚了。"

戚百合不记得自己是怎么拉住想要走出去的洛雪的，也不记得自己是怎么走回包间的，但当她坐回自己的位置上时，心里已经掀起了一场海啸。

房间里依旧充满欢声笑语，唯有她安安静静地坐着，目光凝滞，脑海中反复浮现的，都是刚刚梁卓说的话。

——"你都帮她找到亲儿子了……"

——"这几年你帮他们找亲生儿子花了那么大的精力，浪费了那么多时间，还不能跟小百合和好……"

——"反正你恩情也还清了，就算因为小百合跟他们撕破脸皮，也不用愧疚了……"

从这一刻开始，她原先耿耿于怀的一切都变成了笑话。

当玮姐质问辛其洲为什么八年里都不来找她的时候，她其实并不知道该怎么回答。

分开的时光里，她汲汲营营想为母亲揭开真相，为此她可以放弃正常的生活，放弃可有可无的父亲，甚至是放弃跟辛家有着千丝万缕关系的辛其洲。

关于辛其洲的身世，她知道得太晚太迟，重逢后她也不止一次地想过，既然阮侯泽和辛其洲说过她离开的原因，既然辛其洲和辛家断绝关系了，那他为什么不来找她，为什么不跟她说。

他们之间明明可以不用错过这么久。

这些问题一直都盘旋在戚百合的脑袋里，但她却从来不敢问出口。她自以为是地想着，一定是因为她当初走得太绝情，辛其洲或许真的想过放下她，才选择分手之后，跟她走向完全相反的地方。

直到今晚，戚百合才知道，原来那句"人定胜天"并非只是说说而已。

她的八年都在为自己考虑，为戚繁水考虑，而辛其洲呢？

自从她离开后，他走的每一步，都是在朝着他们当初设想的未来。

第十三章
我奔向你

1

辛其洲从卫生间回来，刚进包厢就注意到了椅子上的戚百合。

她坐得极其松散，背微微弯曲着，眼睛无神地落在某处，脸上的表情很空，似乎受了什么打击似的。

辛其洲走过去的间隙，梁卓跟意犹未尽的众人说："解散吧，明天办完事儿，晚上再继续。"

众人哄闹一声过后，戚百合感觉辛其洲坐到了她身边。

他伸出手，应该是刚洗完，指尖还有微凉的湿意，覆在她手背上，嗓音很轻："累了？"

戚百合抬眼，附和地笑了笑："有点儿。"

"走吧。"辛其洲把她挂在椅背上的包拎起来，顺势牵住了她的手。

梁卓的伴郎大多是本地的，在门口打车就走了，洛雪的伴娘是从外地过来的，包括洛雪家的亲戚，全都被安排在这家酒店里。

一群人挤在电梯里，讨论明天几点起床，怎么堵门，戚百合始终神情怏怏，默不作声地缩在角落，辛其洲就在她旁边，长身玉立，不时看她一眼，眸色中隐有担忧。

众人到了四五层差不多都下光了，到第七层时，电梯里只剩他们两人。

辛其洲牵着她回房间，刷了房卡，按开灯光，床上的花瓣已经被收拾干净，墙头上挂的亲密画像也被收走了。

把包挂在衣柜上，辛其洲开口："肚子疼？"

戚百合愣了会儿："不是，我没来。"

辛其洲偏头看她，嗓音微挑："真累了？"

戚百合抿抿唇，点了点头。

"行。"辛其洲说完这句，突然转身把墙上的开关关上了。

刚刚还明亮的房间瞬间陷入黑暗，戚百合怔了几秒，心跳难以抑制地加快，她按着衣角，努力睁大眼睛，想在一片黏稠的夜色中辨认出辛其洲的位置。

"还没洗……"她话说了半截，眼前突然闪过一道白光。

辛其洲拿出了手机，点开摄像头，往上扬了扬，漫不经心地问："还没什么？"

戚百合尴尬不已，好在对方也没看见。她稳了稳呼吸，淡声道："还没拉窗帘，检查偷拍设备要保证一点光都透不进来才行。"

"你很有安全意识。"辛其洲绕房间走了一圈，"这样很好。"

他把灯重新打开，却依旧停留在门口，戚百合站在玄关处，感觉走也不是，留也不是。沉默了下，她小声问："你不累吗？"

"你累了就早点休息。"辛其洲收起手机，光芒落在眉眼，照出些许倦意，"有什么事给我打电话，我就在斜对面的酒店。"

"嗯……啊？"戚百合有些意外，"你不住这儿？"

辛其洲闻言笑了，扯了扯嘴角，语气散漫："你安全意识那么强，放心我睡你旁边？"

戚百合说不出话来。她脸皮薄，不知道这种事该怎么表达才显得不那么轻浮，想了会儿，还没想出答案，辛其洲抬手拍了一下她的脸。

"行了，你早点睡，明天还要早起。"

仿佛是下意识，在那只温热的手掌抽离之前，戚百合伸出手，握了上去，嗓音微颤："要不……你别走了。"

戚百合按着辛其洲的手，感觉自己脸颊的皮肤在他的掌心下已经开始发烫。她呼吸困难，心跳也不受控制。在一片要命的寂静中，她抬起眼，看见辛其洲的目光。

仿佛风雨晦暝一般，他眉眼轻轻向下压着，喉咙滚了滚："你知道自己在做什么吗？"

戚百合眨了眨眼，胸腔内突然涌出一阵巨大的悲怆。沉默了几秒，她的眼睫已经湿润，嗓音也充满了脆生生的决心："知道。"

两人安静地对视了半分钟，戚百合的脸已经烧得滚烫，而后的一瞬间，辛其洲将手移向她的颈后，戚百合同时也闭上了眼睛。

他们接过几次吻，年少时的蜻蜓点水，成年后的浅尝辄止，虽然每一次都很惊心动魄，但这次跟以往都不同，戚百合不是个好学的人，她笨拙地迎合着，感觉在经历一场逃生的冒险。

急促的气息交缠中，理智开始失守，戚百合寻得某个间隙，将下巴搁在他的肩头，感受着辛其洲在强烈压制着自己的欲望，她稳了稳呼吸，嗓音变哑，拖着细细的尾音："可以去……床上吗？"

辛其洲沉默了几秒："为什么？"

这是个并不好回答的问题，但戚百合对答案从没有如此坚定过。

"因为我爱你。"她抬起头，双臂合拢圈在他的脖子上，眸色带着淡淡的水光，"辛其洲，我们也结婚吧。"

灯光下，辛其洲狭长的眼睛微微眯着，或许他也在思考戚百合今夜的反常是不是受了梁卓和洛雪的刺激，但他的理智原本就在刚刚的攻城略地中残余不多了，戚百合又柔软无骨地攀在他的肩头，像是一条蛇，抱着将他吃干抹净的决心，明晃晃地向他抛出勾引。

辛其洲敛起神色，想起过去八年里自己洗过的无数冷水澡，双手一托，便抱着怀中的人起了身。

将大灯关上，把人抱到床上，他又点亮了床头灯。

昏黄的灯光下，辛其洲俯首看着戚百合，嗓音喑哑："好。"

戚百合躺到纯白的被单上，头发散得像海藻，好看的眼睛里有淡淡的疑惑："好什么？"

辛其洲将她的手抬起，按在头顶，俯身亲吻的瞬间，一句沙哑至极的话飘进戚百合的耳朵里——

"回去就结婚。"

戚百合从没有那么难受过，感觉自己像一叶孤舟漂在茫茫无际的大海之上，心头没着没落，对未知感到恐惧。

但辛其洲是个极有耐心的人，他柔软的气息吐在她的耳侧，像是在哄她入睡那样温柔，不疾不徐，又有条不紊，渐渐地，她也不再害怕。

迷迷糊糊地睡去之际，她感觉到辛其洲在她脸颊上落下了一个吻。

醒来时天光已经大亮，戚百合反应了好久，突然弹坐起身。

酸楚的感觉过后，她从床头柜上摸出手机，按亮屏幕，是辛其洲在她备忘录留下的便笺：

你睡你的，醒了给我打电话。

新娘五点就要起床化妆，接亲的车子八点就要过来，而她这一觉几乎睡到了十一点。

戚百合有些无语，点开闹钟看，果然是被辛其洲关上了。

她掀开被子下床，走到卫生间洗漱，刚挤上牙膏，就看见了镜子里的自己，从锁骨处一直蔓延到肩侧，布满了大小不一的红痕。

她顶着极其后悔的心情，快速完成了洗漱过程，在包里翻了翻，没带高领衣服。思考了几秒，她又穿上了昨天那身衬衫裙，脏是脏了点儿，但总好过被人当众取笑。

从房间里出来，戚百合就去了洛雪居住的楼层。

房间里此时只剩下几位长辈，都很陌生，应该是娘家的亲戚。他们看到戚百合慌忙的样子，还以为是洛雪有什么东西落下了，听到戚百合解释以后才对她说，洛雪在休息室换衣服呢。

迎亲时洛雪穿的是秀禾，戚百合还没来得及看见，洛雪就换上了婚纱。

戚百合赶到酒店大厅的时候，新婚夫妻正站在旋转门旁迎宾。

她愧疚不已地跑过去拉住洛雪的手，刚想说话，洛雪就先开口了："百合姐，一会儿捧花我扔给你吧。"

戚百合愣了愣，点头："好。"

婚宴开始了，辛其洲却不知去哪儿了，戚百合都落座了，也依旧没看到他的身影。仪式即将开始，她给辛其洲发了条消息，还没等到回复，然后就从侧门看见了他。

辛其洲穿着灰色西装伴郎服，正在往大厅走，忽然被一位阿姨拉住。

那位阿姨笑容满面，仰着头跟他说着什么。戚百合伸长脖子看，却见辛其洲突然转头，在熙熙攘攘的婚宴大厅里，目光直接锁定了她，并伸手指了一下。

在那位阿姨看过来之前，戚百合移开了视线。

她不自然地理了理裙摆，不多时，旁边的空位置上坐下一个人。

辛其洲偏头看她，眉眼温润带笑："刚醒？"

"醒半小时了。"戚百合想起自己睡过头，"你干什么关我闹钟？"

辛其洲扯了扯嘴角，理了一下领结，不动声色地凑近她："怕你睡不好，今天没精神。"

"没精神也比迟到好……"戚百合有些恼怒，在桌子下面砸了一下他的腿，"都怪你。"

"怪我。"辛其洲云淡风轻地应了声，"吃饭没？"

戚百合摇摇头："没有。"

辛其洲抽出一张纸巾擦了擦筷子，然后递到她手里："你先吃。"

"这样不太好吧。"她环顾一下周围，才刚上了五六道菜，还没开席呢。

"你吃你的。"辛其洲直接夹了一块口水鸡到她的餐碗里，"知道我给他包了多大的红包吗？"

戚百合虽然还是有些为难，但耐不住肚子的抗议。她看了眼周围，没人注意到，才像是上课时偷吃零食那样，低着头快速把菜塞到自己嘴里，然后含混地问："多少啊？"

辛其洲旁若无人地又给她夹下一筷子："挺多。"

戚百合艰难地把食物咽下去，面露难色："你不早说，早说我就不给了。"

辛其洲听到这话，有些好笑地看着她："怎么，还没结婚就想着勤俭持家了？"

戚百合趁没人注意，又往嘴里夹了一块糖醋里脊，呜咽着说："不是，我就是觉得，我的两千太拿不出手了。"

辛其洲神情一滞，把筷子放了下来："自己夹吧。"

十几分钟过去，菜差不多上齐了，与此同时，司仪登场，仪式正式开始。

洛雪和梁卓都是活泼的性子，大约是沟通过，场面没有很煽情，走的是温情搞笑的路线，还请了几位伴郎和伴娘上台做游戏。戚百合吃饱喝足，正笑呵呵地看着时，旁边突然走过来一个人。

小姑娘年纪不大，看着十五六岁的样子，拿着手机停在她面前，有些害羞地说："你……你好，请问我可以跟你合张影吗？"

戚百合作为一个三无艺人，出道五年被人要合影的次数屈指可数，如今要退圈了，反倒有了这种待遇。她心里又惊又喜，立马绽开笑："当然可以。"

她拿着手机，让小姑娘躲在自己后面，说这样显脸小，然后一口气拍了四五张。看着人心满意足地离开了，她回到座位，刚坐下就看见辛其洲若有所思地瞧着她。

"干什么？"

辛其洲手臂搭在她的椅背上，视线看向她的领口："你怎么没换衣服？"

"你还好意思问？"戚百合瞪他一眼，"有人属狗，喜欢咬人。"

辛其洲勾唇笑了一下，面部轮廓都柔和了许多，抬了抬下巴："嗯，我属狗。"

戚百合刚想怼他，台上司仪突然说话："新娘扔捧花，接下来有请在场未婚的女生上台，迎接这个好运。"

戚百合刚想站起来，又听见司仪说："当然了，男生也可以。"

于是她又坐了回去，拍了拍辛其洲，语气很想当然："你去。"

辛其洲朝她挑眉："我去？"

戚百合指了指自己的领口，说："抢捧花动作太大，万一被人看到了怎么办？"

辛其洲默默地盯着她，片刻后叹息一声，从椅子上站了起来。

长长的T形舞台，大约站了十几个女生，众人都难掩喜色，跃跃欲试。辛其洲清风玉立地走过去，舞台上的人似乎都有些意外，不动声色地给他让了个位置。辛其洲姿态懒散，竟也莫名其妙地站在了最中间，被一群年轻姑娘围着，清俊的眉眼上有若有若无的无奈。

洛雪看到他过来，拿起话筒，笑呵呵地朝众人说了句"不好意思了，姐妹们"，然后便不等旁人反应过来，往前小跑几步，把捧花亲自送到了辛其洲手里。

司仪拿回话筒："新娘选择把捧花亲手交给这位帅哥伴郎，是有什么原因吗？难道说这位帅哥……"

"别瞎说，不能瞎说。"洛雪把话筒抢过来，笑得很开心，"这位帅哥很快也要结婚了，而且，这位帅哥给我老公包了个二十万的大红包哦！"

伴随着全场的惊呼声，洛雪大声说："所以朋友们，你们说这个捧花我应不应该送给他？"

旁边的梁卓把脑袋凑过来："特别应该！"

台下笑声此起彼伏。辛其洲也勾唇笑了一下，好看的眉眼在灯光下格外温润，伴随着不计其数的目光，他挥手婉拒了梁卓让他上台的手势，拿着那束花不疾不徐地走回了戚百合旁边。

戚百合已经笑傻了，捂着嘴看他，眼睛都弯成了月牙。

"高兴了？"辛其洲将花放进她怀里，嗓音带着宠溺，"所以，打算什么时候跟我结婚？"

戚百合接起捧花，开始拿乔："此事还需从长计议。"

"行。"辛其洲拖长了尾音，眼神在她颈部若有若无地扫了一圈，虚勾嘴角，"那就晚上再议。"

2

婚礼结束已经是下午两点半，梁卓和洛雪在酒店大厅送客，辛其洲作为伴郎团帮忙开车送人。戚百合落了单，一个人坐在休息区的沙发上玩手机。

她给梁卓和洛雪拍了很多照片，挨个儿看过去，也不得不感慨这两人长得真的很有夫妻相。梁卓五官英气，轮廓冷肃，而洛雪则是那种窄长的小方脸，两人都有着一双大而灵动的眼，双眼皮线条明显，乍一看就像亲兄妹似的。

戚百合挑了张照片发给辛其洲，在那张照片里，新婚夫妻双眼皮的褶皱线条一致，就连嘴角弯曲的弧度都一模一样。

她兴致勃勃地把这个发现告诉辛其洲：原来夫妻相的尽头是长得像兄妹。

辛其洲大约是在开车，过会儿才回：那以后你就叫我哥哥。

戚百合不理解他的脑回路。

辛其洲发了段语音过来，嗓音低沉，裹着微不可察的笑意："多叫几次，说不定就往一起长了。"

戚百合："……"

她刚想打个电话过去，头顶突然覆上了一层阴影。

梁卓不知什么时候走到她面前，西装外套已经不知道脱到哪里去了，白衬衫扎在黑裤里，模样又闲散又惬意："有个人，你是不是还没见呢？"

戚百合不解地抬眉，伸长了脖子往他身后看——

梁讫然好像又长高了一截，头发不再是乱七八糟的碎发，简单的板寸搭配一件纯黑的半长风衣，整个人又瘦又利落。

戚百合完全没反应过来，她保持着上身往前探的姿势，瞪大眼睛。

"你……"

"我什么，是不是青蛙变王子了？"

梁讫然一开口，戚百合就找回了原来的感觉，她抿上唇坐了回去，似笑非笑地盯着他："那倒也不至于。"

"行，不至于就不至于吧。"梁讫然在她对面的沙发上坐下，"大明星说什么就是什么。"

"什么大明星，少抬举我了。"戚百合看到梁卓在梁讫然的旁边坐了下来，兄弟俩并肩，两张脸就像复制粘贴似的，心头顿时涌起一阵唏嘘，"你们俩……"

"我们俩没啥关系，我就是随便来看看，吃顿饭。"梁讫然往旁边挪了挪，一副依然有些嫌弃的样子。

梁卓倒是没心没肺地笑着："对，没啥关系，就是给我包了个大红包。"

梁讫然撇撇嘴："以后要还的。"

"肯定还你。"梁卓笑，"但起码你得先带我见见吧。"

戚百合看他俩一唱一和，怔了会儿，看向梁讫然："你也要结婚啦？"

"早着呢。"梁讫然揉了揉脑袋，"家长都还不知道，没见过。"

想起过去的事儿，戚百合有些感慨地"哦"了一声，沉默了下："跟小竹还联系吗？"

梁讫然的眼神滞了一瞬，随即扯了扯嘴角："你猜。"

"我猜你个头。"戚百合无语了几秒，随后意识到什么，缓缓瞪大眼睛，"你女朋友……你们俩？"

"所以啊……"梁讫然拿出手机，翻出自己的微信二维码，放在两人之间的茶几上，叹了长长一声，"我今天是奉旨来要联系方式的。"

戚百合反应了许久，握在手里的手机突然变得滚烫。

她有些掩饰不住的愧疚，低着头划亮屏幕，轻声说："不好意思啊，这些年没联系你们，其实……"

"不用解释，没人生气。"

戚百合以为他要说"我们理解你有苦衷"之类的话，可梁讫然看她扫完，拿起手机点了"添加"按钮，然后"啧"了一声："当明星了嘛，跟老朋友断交是应该的。"

"……"

戚百合高中毕业以后，原先还联系的朋友便只有靳卉一个人了。靳卉那年高考稳定发挥，差几分过本科线，最后去了南方的一所三本大学，学的是学前教育，一毕业就考上了当地的幼儿园，一年后跟园长介绍的相亲对象结了婚，生活稳定又安逸。

两人原先联系还不少，前两年靳卉生了孩子，日常的聊天就变少了。她属于全面迁徙，跟高中的朋友意料之中地疏远了，梁讫然的近况她也不清楚，因此，戚百合也没想到他真的能跟辛小竹走到一起。

三个人坐在酒店大堂随便聊了会儿，梁讫然说他还要见个客户就走了。

梁卓好不容易得了闲，见人都送得差不多了，把戚百合也招呼着来坐了。

戚百合坐在沙发上，看着对面穿着礼服的夫妻俩一人捧着一袋干脆面，吃得极其满足的样子，有些无语："你俩中午没吃吗？"

洛雪含混不清地说："我就扒拉了两口，太忙了。"

梁卓率先吃完，将包装袋揉成小球，扔进脚边的垃圾桶："你俩什么时候结婚啊？"

戚百合看了眼手机："不知道。"

"什么意思？"梁卓看她，"捧花都给你了，想悔婚啊？"

戚百合有些好笑地抬头，刚想说话，身后传来清冽的声音——

"你俩离婚了我们都不会悔婚。"

辛其洲将外套搭在手臂上，滑稽的领结不见了，领口处的衬衫扣子解了三颗，颈线性感，轮廓利落，明明昨晚没睡多久，可这人看起来就是无时无刻都状态满分。

"大喜的日子，能不能说点好听的？"梁卓想要踢辛其洲。辛其洲不动声色地绕到茶几后面挡住了攻击后，在戚百合旁边坐了下来。

"听说我三姨看上你了？"梁卓问，"想把我表妹介绍给你？"

戚百合想起婚礼开始前辛其洲被一位阿姨拦住的情况，勾了勾嘴角："原来那会儿是有人想找你当女婿啊？"

"是有这么回事。"辛其洲睨了梁卓一眼，又转向戚百合，"他三姨跟你一样，挺有眼光。"

"受不了了。"梁卓拉着洛雪，"走吧媳妇儿，换衣服去。"

洛雪起身时想起什么，又转过头："对了，晚上继续啊。先吃火锅，再去KTV，我可是安排了很多活动，你俩都要来。"

戚百合刚想应一句"好"，旁边的辛其洲揽上了她的肩膀，寡声道："再说吧，不一定有时间。"

洛雪还想说话，被梁卓拉走了，两人都走到电梯了，还能听见他说话，是并不"悄悄"的悄悄话："人家春宵一刻值千金，不比你安排的那些活动好玩？"

戚百合怨念极深地转头："……就是因为我睡到了十一点才起。"

辛其洲掐了一下她的脸："能睡是福。"

戚百合照着他的膝盖不轻不重地捶了一下："你是狗吧？"

辛其洲掀了掀眼皮，云淡风轻道："我是你哥哥。"

戚百合做出呕吐的表情，从沙发上起身："不管了，我现在就要回房间休息，晚上我要去吃火锅，我要去唱歌！"

她刚走出没两步，房卡都翻出来了，手腕被辛其洲扣住了。

他眼睫微垂，看了眼房卡，喉咙滚了滚，促狭地笑："知道你着急，但现在不行。"

戚百合作势要再捶他一下，他直接握住了她的拳头，温声道："今天下午要出去办件事。"

"什么事儿？"

"去了你就知道了。"

到了沅江以后，这还是戚百合第一次外出。

八年的时间，这座城市并没有发生太大的变化，也许是修建了几座高架桥，或者拆了几片旧城区，但繁华的中心依然还是那些地方，巍峨耸立的大楼，川流不息的车辆，高不可攀的人心……种种一切，都叫戚百合心生叹惋。曾几何时，她还以为这里会是她的第二故乡。

戚百合托着腮凝视窗外，飞逝的街景就像是倒带，将过往的回忆重新在脑海中翻新。

沉默了一段时间后，她想起梁讫然的话，偏过头去看辛其洲。车子停在路口等绿灯，而他正在手机上回消息。

"这几年，"她话说得小心翼翼，"你和小竹联系过吗？"

辛其洲刚好回完微信，收起手机，他看了眼指示灯才说："一年联系两次。"

"逢年过节？"

"不是。"绿灯亮了，辛其洲踩下油门，"她生日，我生日，互相发句问候。"

戚百合皱了皱眉："没有其他的？"

"没了。"辛其洲绷紧的下颌线条像条刀子，将他克制的语气具象化了，"她有自己的亲哥哥了。"

戚百合还想再说些什么，可喉咙像是哽了一根鱼刺，尖锐的疼痛从上到下蔓延，脑海中的回忆像是催化剂，翻涌一次，这份疼痛便加深一分。

"如果是为了我……"

"不全是为了你。"辛其洲把手从方向盘上挪下来，在她脸颊上蹭了蹭，"不是每个人都有机会选择家庭，我算是幸运的，有个理由能摆脱我不愿意接受的人生，并且干干净净地抽离，恩怨互清。"

辛其洲说着，偏头看了她一眼："你的离开只是导火索。"

戚百合垂着头，沉默了几秒，蓦地笑了："你现在很会哄人。"

"你也多学学。"辛其洲扶着方向盘，勾了勾唇。

车子开了十几分钟，停在一栋大楼门口。辛其洲打了个电话，应了几声"到了"，然后戚百合便看见不远处一位西装革履的中年男人朝车子跑了过来。

"谁啊？"

辛其洲将手搭在她座椅的头枕上，神色是少有的郑重："待会儿我们要去一趟吉淮。"

戚百合没听懂："去吉淮干什么？"

辛其洲还没来得及解释，那位中年男人便上车坐进后排，对上戚百合疑惑的目光，他主动伸出手："戚小姐你好，我是你母亲戚繁水被害一案的代理律师。"

两个小时后，已经是傍晚时分，暮色四合中，车子抵达了吉淮市沿水区公安分局。

辛其洲停好车，拉开了副驾的门，俯身看着还在出神的戚百合，嗓音低哑："准备好了吗？"

戚百合抬眼看他，沉默了下："嗯。"

辛其洲牵着她下车，即将走进分局大门时，戚百合拉住了他的手："我能问你一个问题吗？"

"周玥？"

戚百合点了点头："她为什么会答应？"

辛其洲看着她，目光有些晦暗："我很想跟你说，她是自己想通了，但生活不是童话，我也不想让你再对不值得的人心存希望。"

他这样讲，戚百合心里便有数了，她艰涩开口："你跟她达成了什么协议？"

"说协议会有些麻烦。"辛其洲垂眼看她，声音很轻，"她儿子半年前查出急性髓细胞性白血病。"

戚百合揪着包带的手瞬间发白，良久之后，才慢慢垂了下去。

再抬头，她像是坚定了某种信念，对着辛其洲说："谢谢你。"

"刚刚车上文律师跟你说的话，还记得吗？"

戚百合点了一下头。

"好，待会儿你就按他的话说。"辛其洲抬手按上她的肩膀，眸色深深地看了几秒，随即把她圈入怀中，声音很低，"一切都会过去的。"

3

从公安局出来的时候，夜色已经是完全浓稠的黑了。戚百合像是刚打完一场硬仗，紧绷的心情缓缓松懈，从踏出大门的那一刻开始，她就开始魂不守舍了。

辛其洲牵着她的手，偏头看她一眼，敛起神色，问文律师要多久才能得知是否立案。

文律师推了推眼镜，说："今天把文件交上去，按程序他们要先接收，再审查，证人那边的联系方式我也提交了，按流程来说应该就是个把月的事儿。"

几人走到车旁，辛其洲捏了一下戚百合的手背："要不今天住这儿？"

戚百合回过神："都行。"

辛其洲抬头，面容稍有歉意："抱歉了文律师，今天可能要您自己回沅江了，我帮您叫辆车吧。"

"不用，这本来也是我的工作，律师就是要经常出差的。"文律师摆摆手，临走前看了戚百合一眼，"戚小姐不必过于担心，我们提交上去的资料很充分，现在只等立案后，警方或者检方传唤证人，去银行调取之前的转账记录，这条证据链非常完整，接下来只是时间问题。"

戚百合掀了掀眼皮，弯起嘴角："知道了，谢谢文律师。"

"客气了。"

文律师拦了辆出租车去了高铁站，路边只剩下他们两个，辛其洲将戚百合被风吹得折起来的风衣领口捋平，嗓音轻快："说吧，今晚是住酒店，还是回家？"

"都行。"戚百合应了一句，两秒后又补充，"回家吧，我想回家了。"

家里的房子很久没人住过了，两人从外面吃完饭回去，从八点打扫到了十点，辛其洲负责拖地，并且去小区门口超市买必需的生活用品，戚百合则端着一盆水，拿着抹布把堆满灰尘的家具擦干净。

整理主卧床头柜的时候，戚百合发现了一张合照，是戚繁水和饶俊的婚纱照，新中式的风格，戚繁水穿着红色婚服，笑得很美。

戚百合拿着那个相框缓缓坐到了床上，仿佛终于为自己的情绪找到了一个出口，她内心的滞郁和不甘在这一刻都化成了动力。

她抚摸着照片上妈妈的脸，找来剪刀将戚繁水单独剪了下来，翻出钱包，把不足两寸的照片塞进了夹层。

辛其洲拎着购物袋回来的时候，在楼道门口的垃圾桶旁看见戚百合。

她蹲在地上，面前不知道是从哪儿找来的油漆桶，桶里火焰不高，走近能闻到布料燃烧的焦煳味儿。

他快步走过去，一把将蹲在地上的人拉起来，瞥了眼铁桶："烧什么呢？一会儿保安要过来了。"

戚百合拍拍手，漫不经心地说："发现衣柜里还有一件畜生的衣服，可能是我妈买的，还没来得及给他。"

"畜生？"辛其洲垂眼，看着即将熄灭的火焰，"骂轻了。"

戚百合扯了扯嘴角："我还以为你要批评我不文明。"

看着火焰熄灭，辛其洲从购物袋里拿出刚买的矿泉水倒进了铁桶，确保不会再起火之后，才抬眼看戚百合："这些年你查过他吗？"

"头几年查过。"

那时候的戚百合就像一只无头苍蝇，周玥一家杳无音信，丁韪良又避她不见，她无法从他们那里得到线索和支持，只能从饶俊下手。

在她刚入行的那两年，钱虽然不多，但挣钱还是挺容易的。她几乎把网上小有名气的侦探组织都找了一遍，但只能查到饶俊的信息，他还在原来的单位，原来的家，生活似乎并没有发生什么变化，甚至还隔三岔五就去相亲。

戚百合咽不下这口气，花了大价钱找人偷拍了他去赌场的照片，然后匿名向他的单位提出举报。被开除以后，饶俊就接手了其父母的水果店，从朝九晚五变成自体经营，变故似乎依旧没有对他造成什么毁灭性的打击。

戚百合迷茫了一阵子，后来醒悟了，光靠这样的小把戏是无法真正让饶俊付出代价的，所以她又把目标重新放到了周玥身上。那时她还觉得，只要她找到周玥，不用花多长时间就能说服周玥，真相也很快能大白于天下。

后事种种，都是她当时未曾料想到的。

"他现在过得很不好，"辛其洲换了个手提购物袋，腾出左手牵住她，不疾不徐地说，"欠了几百万，父母的房子都卖了，工作也没了，现在在乡下老家躲债。"

戚百合反应了几秒："饶俊？"

辛其洲点头："赌徒是没有未来的。"

戚百合感觉自己稍稍舒了一口气，片刻后反应过来："你查他了？什么时候查的？"

"遇见你的前一个月。"走进楼道，辛其洲跺了一下地面，声控灯亮起来，他才看了戚百合一眼，目光清冽，"找到辛远盛亲生儿子之后。"

戚百合沉默了几秒，低着头踩上台阶，声音有些闷："谢谢你。"

不止为饶俊和周玥，还为他当初的义无反顾，戚百合甚至反思自己何德何能，年少时的一段倾心，能让辛其洲为她付出至此。

"有句话，我一直没跟你说过。"走到楼梯拐角处，戚百合停下了脚步，抬头看辛其洲，目光郑重，"遇见你，是我觉得这辈子第二幸运的事。"

辛其洲勾唇笑了笑："那我是不是该问一下，第一幸运的是什么？"

"当然是做我妈的女儿啦。"戚百合也笑，"虽然你很好，但她可是我妈妈欸。"

"行，羡慕你。"辛其洲眼睫颤了颤，"有个这么好的妈妈。"

戚百合后知后觉地意识到自己说错话了："我不是……我没有想要说你，哎呀，其实……"

她支支吾吾地说了几句，什么也没说出来。

辛其洲是孤儿这件事，梁卓一早便告诉她了。重逢的这段时间里，她一直也在想，辛其洲为什么没有考虑过找自己的亲生父母，见他从没有提过，她还悄悄发消息问过梁卓。梁卓说辛其洲找过，但是被告知父母是意外去世的，而他无亲无故，才被送去福利院。

平白提起他的伤心事，戚百合很愧疚，想了会儿，也不再辩解了，双手交叠放在他的手背上，语气诚恳，一字一句地说："以后我就是你的家人。"

感应灯暗了下去，狭窄的楼道只有窗外漏进来的月光，清辉一般洒在辛其洲的脸上。他眼神微闪，看着戚百合郑重其事的表情，蓦地勾唇笑了一下："真的？"

戚百合瞪大眼睛："比珍珠还真！"

"好。"辛其洲散漫地应了声，从口袋里掏出了一个什么东西，再一垂眼，戚百合还没反应过来，就看见一枚戒指被套在了她的无名指上。

辛其洲唇边扬起长长的笑，一双眼紧紧地盯着她："口说无凭。"

戚百合完全没想到，像看傻了一样，一句话也说不出来，手就那样僵在了半空。

辛其洲看着好笑："我是给你戴上了戒指，不是紧箍咒。"

她还没从震惊的状态中走出来，抬起头，嘴唇张了张："这是……求婚？"

"昨晚可是你提的，天一亮我就去买了。"辛其洲环顾了一下周围，"求婚是仓促了些，不行咱先把证儿领了，仪式以后再补。"

戚百合还没来得及说话，楼下的门突然开了，老式居民楼年久失修，伴随着门开时突兀的"咯吱"声，声控灯随之亮起。

邻居奶奶眯着眼，看见半层楼梯上杵着的两人，打量了会儿，惊喜地问："呀，是百合吗？"

戚百合总算有了些动作，扬手跟她打招呼："邢奶奶，我下午回来的。"

邢奶奶手里拎着一袋垃圾，应该是要下楼的，她看向旁边的辛其洲："这个小伙子是？"

辛其洲没说话，偏头看向她。

无名指上的戒指存在感很强，戚百合顿了顿，挽住了辛其洲的胳膊，弯唇笑道："是我未婚夫。"

那个晚上，两人在阳台上坐了一夜。

十月初，天朗气清，繁星满天。

戚百合靠在辛其洲的肩膀上，将手上那枚戒指反复看了很多遍，时间在这一刻停止了流动，她生出了一种错觉，仿佛过往种种不幸都只是一场短暂的噩梦。

她贪恋这一刻的温暖，将脸埋在辛其洲颈侧，瓮声瓮气地问："我现在不会也是在做梦吧？"

"不是梦。"辛其洲抬起手，在她后背缓慢地拍打着，"你往外看，天马上就要亮了。"

戚百合抬起头，隔着生锈的防盗窗，她看见远处墨青色的天边泛起了鱼肚白，就像一阵清风，即将拂过她黯淡的人生。

　　"你听过一首诗吗？"

　　"什么？"

　　"幸运，来自不幸。正如，悲生出喜。"戚百合偏过头，长而卷翘的睫毛忽闪，望进辛其洲的眼底，带着仓皇落定的安心，柔声道：

　　"黑梦滑向黎明，我奔向你。"

辛其洲知道自己身世是在初三毕业的暑假。

这事儿说来也巧，宋冉阑去商场做美容，离开时在一家早教中心撞见了李正源，将近五十岁的一个老头，却带着一个不足周岁的小婴儿。

李正源是辛远盛的秘书，辛远盛习惯将所有事都交给他处理。

宋冉阑早清楚辛远盛在外面养着别人，但她从来不说，因为她觉得没必要。

她无意管束辛远盛，只要他还愿意回家就行。宋冉阑抱着这样的心态过了十几年，直到她发现辛远盛在外面有了孩子。

那是他们有史以来规模最大的一次争吵。

辛其洲因为在球场上崴了脚，提前结束了比赛，当他一瘸一拐地走上楼梯时，正好听见书房里传来花瓶破碎的声音，随后是宋冉阑凄厉的质问：
"当时把孩子从福利院抱回来的时候你是怎么说的？你说你这一辈子除非真的找到了小洲，不然他就是你唯一的孩子！"

这段话里的"小洲"指的当然不是他。

辛其洲这才知道，原来这十五年让他窒闷到难以呼吸的生活，竟然都是他的侥幸。

他原本只是个被人遗弃在福利院的孤儿，因为宋冉阑和辛远盛的亲生孩子被拐，宋冉阑也无法再生育，那时还伉俪情深的两人决定领养，然后就在福利院里挑中了他。

那之后，辛其洲的日子好过了许多。倒不是因为宋冉阑和辛远盛对他的态度有所变化，而是他自己心境的变化。

原先他不管怎么做，辛远盛对他总有各种不满意，而宋冉阑呢，这么多年，她一直致力于把辛其洲打造成辛远盛心中的完美儿子。

过去，辛其洲以为他们是自己的亲生父母时，常常因为得不到情感需求的同等回馈而感到痛苦。现在好了，他成了辛家的外人，定位找准了，别人要什么给什么就行。

这样漫不经心地过了一年多，他遇见了戚百合。

那是春末的一个回南天，客厅的地板上泛着腥潮的湿气，辛其洲从楼梯上下来，然后就看见宋冉阑和辛芳在捂嘴笑。

戚百合迎着他们的目光站得笔直，一张巴掌大的小脸，黑睫忽颤，黑曜石般的瞳仁黑亮，像从山林中逃出来，误闯进城市的小狐狸，狡黠，勇敢，也不失诚恳。

客厅里没几个人真正看得起她，辛芳不把她放在心上，宋冉阑更是不屑一顾，她们像听什么新鲜事一样，听戚百合自我介绍，宛如逗弄一只小狗般随意。

辛其洲扶着楼梯的扶手，看向那颗圆滚滚的后脑勺，心中突然生出一种别样的感觉，好像在钢筋水泥铸就的现代森林中，他遇见了自己迷路的同类。

直到后来，经历了一些事，他才知道戚百合跟他不一样。

她比他更勇敢，也比他更有决心。

分开的那八年里，辛其洲只主动联系过她一次。

那是他毕业后的第一年，离了辛家独子这个身份，他度过了很长一段暗无天日的时光，没日没夜地做项目，拿钱，攒资金，而当事业终于迈上正轨的时候，他没忍住，做了计划外的事情。

那是个雷雨交加的夜晚，辛其洲终于从一场饭局中抽身，是学院领导介绍的客户，于公于私都怠慢不得，因此他喝了不少酒。

秘书送他回去，又倒了杯温水置于床前，等人离开，他就从床上起身去了阳台。

窗外雷声大作，狂风裹挟着豆大的雨滴扑面而来，辛其洲垂眸盯着屏幕上的联系人资料，风雨晦暝，他一动不动。

那时两人分开已经四年多，戚百合只换过一次手机号，那个号码一直都存在辛其洲的手机里，他几乎已经倒背如流。

戚百合接听得很快，但声音有些许苍白羸弱，她问他是谁，辛其洲没有开口，两人之间安静得仿佛能听到电流划过的声音，辛其洲抬眼看了看窗外，直到戚百合问了句："是你吗？"

一瞬间，窗外突然亮如白昼，几秒后，天崩地坼般的雷声响起，辛其洲捏着手机，蓦然惊醒。

那并不是他们重逢的好时机。

他挂上了电话，几分钟后，戚百合给他发来了好友申请。

她没有回拨电话过来，也没有发消息追问他是谁，她只是安静地加了好友，随后再也没有多说过一句话。

从某种意义上说，辛其洲完全理解她的想法，就像薛定谔的猫，只要你不去打开盖子，那么这只猫就既是活的，也是死的。

你想怎么想，结果就是什么样。

电话那端的人究竟是不是辛其洲，戚百合选择不追问，就是选择了不打开那个盖子。

辛其洲以这样的方式在她的社交圈里隐藏了几年，始终没有跟她见过面。

他一直没有忘记高中毕业那年发生的事，那是他最无能为力的一年，所有的承诺都像个笑话，他没有任何能力去实现。

早在戚百合离开后的第二天，辛其洲站在"停机坪"门口时，他就明白了一个道理，那是阮侯泽告诉他的——

年轻时不必过分贪恋浓烈，要为以后做打算。

毕竟人生很长。

他做梦都想义无反顾地和自己心爱的姑娘站在一起，光明正大地帮她声讨正义。可他当时太弱了，一个连名字都不属于自己的人，他连削肉还母的资格都没有，辛家给予过他的恩惠此刻是满身枷锁，他必须要还了，才能真真正正地做自己。

因此，他努力学习，寻找各种机会，创业后又不舍昼夜地拼命……在这几年里他满脑子想的都是多挣些钱，不仅为了戚百合，还为了帮辛家找回自己的亲生儿子。

好在，他也并非一无所获。

2019年春节刚过，一位师兄打来电话，说他要找的人有了下落。

师兄知道他为此事付诸的心血，专程来到凌南市找他见面详说。辛其洲在一家私厨小馆接待师兄，席间，师兄以为被拐的是他的弟弟，贴心地宽慰他说："很快了，不出半年，肯定能确认。"

多年夙愿即将达成，辛其洲一时高兴多喝了几杯酒，送师兄离开时经过走廊，他看见了周郁野。

辛其洲从不关注娱乐圈明星，之所以知道周郁野，是因为戚百合为数不多的那几个通告几乎都跟他有关，跟他一起上音乐节目，以圈中好友的身份出现在给他庆生的VCR上，或者干脆，两人在网上还有一些捕风捉影的绯闻……

周郁野在找一个服务员要毯子，因为要求过于特殊，服务员确认了好几遍，辛其洲那时刚好从走廊经过，无意间看了眼，就那么认出来了。

他身后那个包厢很热闹，热闹得像是在开年会一般。

送师兄出了店门，他回了包间，两分钟后又出来，经过那一间热闹的大包厢时，隔着半开的门，他看见了很多人，有的围在桌前聊天喝酒，有的坐在休息区打牌，还有的躺在最后面的沙发上，不知是不是喝多了，看样子已经睡着。

辛其洲经过的时候，看见的就是那一幕，周郁野脸颊上还挂着没擦干净的蛋糕，却把刚要来的毛毯小心翼翼地盖在了戚百合的身上，动作之小心，仿佛在呵护什么易碎的珍品瓷器。

辛其洲一顿，打开了朋友圈。

周郁野得了一个什么音乐类的奖项，戚百合转发了那条动态，没有文案，只是配了三个鼓掌欢呼的表情。

他没忘记自己还身处盖子里，是一只不知死活的猫。可那天晚上，他突然开始尝试，他打开了戚百合的聊天对话框。

屏幕上的文字删删改改，他不知道该说什么，想说什么，只是突如其来的危机感让他丧失了理智，要不是师兄给他打了个电话，再次通报了新进展，他多年的坚持可能就半途而废了。

好在，那之后只过了半年，辛其洲找到了宋冉阑的亲生儿子。

将人送到辛家的时候，他并没现身，只是派了秘书李琰过去代他处理了全部事宜。

宋冉阑很高兴，打电话来致谢，当时辛其洲在赶去见戚百合的路上，多年母子情分只剩下别扭和疏离，辛其洲没有勉强，虚虚地应下了那句感谢，随后便挂上了电话。

他的人生或许从一开始就偏移了，但不论如何，他还有扭转一切的勇气。

这勇气是戚百合给的。

多年后，他们总算能光明正大地在一起，辛其洲记得那是领证后的第一个晚上，他从浴室出来，看见戚百合披着一个羊绒毛毯，坐在露台的长椅上发呆。

手机屏幕上是一栏空白的对话框，戚百合将他备注成了"A"。

辛其洲换上家居服，在她旁边坐下，蓦地出声："为什么是 A？"

"我看那些微商在昵称前加上 A 能排到列表最前，就想说干脆把你改成 A，这样找起来方便。"戚百合不设防地盯着他傻笑，"所以 A 先生给我备注的是什么？"

辛其洲拿浴巾随便擦了擦头，起身往房间走："你猜。"

戚百合裹着小毯子追上来："到底是什么？"

辛其洲拉开书桌最底层的抽屉："薛定谔。"

戚百合愣了一下，随即扬着笑朝他扑过去："那你是我的小猫咪吗？"

两人在一起，夜晚似乎都变得不再漫长了。

漂泊小半生，他终于找到了自己的名字。

全文完